TEA
BOOKS

Za izdavača
Tea Jovanović
Nenad Mladenović

Glavni i odgovorni urednik
Tea Jovanović

Kompjuterski slog
Agencija TEA BOOKS

Dizajn korica
Agencija PROCES DIZAJN

Izdavač
TEA BOOKS d.o.o.
Por. Spasića i Mašere 94
11134 Beograd
Tel. 069 4001965
info@teabooks.rs
www.teabooks.rs

ISBN 978-86-6142-044-3

Branislav Nušić

BEN AKIBA

PRVA KNJIGA

Srpski književnik

Bio jednom jedan car koji je, pomagan milošću bogova i savetima mudraca, upravljao svojom državom mudro i blagorazumno. U milosti je bio veliki, a u izricanju pravde strog.

Jednog dana, ogreši se jedan mladić o cara, teško se ogreši rekavši mu istinu u oči. Njegovo carsko veličanstvo zadrhta od gneva, i sazva odmah savet mudraca, nalažući mu da smisli najtežu kaznu za tako veliku krivicu.

Mudraci se duboko zamisliše i zabrinuše.

– Gospodaru – diže glavu prvi – predlažem ti da toga drskoga mladića vežeš konjima za repove te da ga rastrgnu.

– To je malo, to je blaga kazna – odmahuje glavom car – njegov greh je mnogo veći.

– Gospodaru – prihvati drugi mudrac – predlažem ti da toga bezočnoga mladića raspneš na sramni točak.

– To je malo – odmahuje car – nađite težu, strašniju kaznu.

– Gospodaru – pokušava treći mudrac – da ga spalimo na lomači.

– Veću, strašniju kaznu hoću! – grmi car gnevom.

Tada diže glavu jedan mudrac koji se, duboko zabrinut, beše sklonio u jedan ugao. On prevuče rukom svoju dugu, srebrnu bradu i reče:

– Našao sam, gospodaru, najstrašniju kaznu kojom živa dvonošca možeš kazniti.

– Govori!

– Gospodaru, znano je i poznato da je tvoj narod neblagodaran. Zamoli bogove neka tog mladića nadahnu te neka bude veliki čovek. Veruj, većega mu bola ne možeš zadati, do naterati ga kao veliki čovek da živi u sredini neblagodarna naroda.

I tako bi.

To je davno bilo.

Kada bi se sada nešto ponovila ova priča, ovaj bi mudrac izvesno izmenio svoj predlog. On bi rekao caru:

– Ako ćeš, gospodaru, kazniti toga mladića kaznom najstrašnijom, učini ga velikim čovekom i pošalji ga u Srbiju da živi. Tamo, u toj čarobnoj zemlji, gde slavuji i hajduci pevaju zanošljive pesme u lugovima; gde se rode i činovnici svaki čas sele s dimnjaka na dimnjak; gde državni savetnici i popci tiho prespavljuju zimu; gde su ministri i ježevi uvek tako uvijeni da ih zbog bodlja ne smeš taknuti... u toj čarobnoj zemlji živi jedan narod koji je uspeo da izgubi nedavno grob svoga najvećega pesnika Sime Milutinovića, i gde je pozniji veliki mu pokojnik Vojislav Ilić zašao po čaršiji i nudio da, za jeftine pare, proda svoj budući spomenik, ne bi li bar za života video kakvu vajdu od svoga naroda!

Ali, i kad bi se ponovila ova priča, i kada bi mudrac od reči do reči rekao ovako danas caru, ja mislim da prekor o zaboravljenom grobu i prodaji spomenika ne bi bio ni najteži ni najgori. Ne bi, prvo, stoga što je to često pravo zadovoljstvo ležati u zaboravljenom grobu, kao što može biti još veće zadovoljstvo prodati još za života budući rđav spomenik, i ne bi stoga što tragedija srpskog književnika – ako se ovom prilikom zaustavimo samo na njemu – nije u tome što će od svoga naroda biti zaboravljen mrtav, već u tome što je zaboravljen živ.

Još praotac srpskih boema, onaj „s jednom nogom", Joakim Vujić, izdahnuo je gladan na rukama jednog knjigovezačkog šegrta, sa željom koju sve do sedamdeset pete godine svoga života nije mogao postići, da mu se dâ službica koja bi ga mogla prehraniti. A bedni starac Milovan Vidaković – koji je za šezdeset godina života stekao svega dva džaka šećera, i to pijući svaki dan u kafani kafu s jednim parčetom, a drugo noseći u džepu, i pribirajući tako parče po parče da bi napunio džak, te da ga posle proda – taj čestiti nemenikućanin ovako se jada na svoju sudbu, na sudbu srpskoga književnika: „I čto me ino na sej podvig oduševljavalo i nudilo, neželi iskrenoje moje želanije narodu v prosveštenije jego na polzu mu biti. Bog mi i savest moja svidetelji v sem sut, da ja ščastije moje narodnija polzi radi prenebregal jesam, žertvom jemu sotvorilsja i na konac v starosti mojej na žizal negli prosjaka nizrinovenu mi biti viždu."

I kako je ta sudba poterala pretke, pratila je ona, a prati i danas, i njihove potomke, sve do onih osamdeset groša, zbog kojih je jedan furundžija hteo da zadrži s puta pogreb Đure Jakšića, onako otprilike kao što se putnik zadržava s puta za dug.

Ali se srpski književnici na svoju sudbu ne mogu uvek podjednako žaliti. Bivalo je prilika, a biće ih valjda još, kada je bar država – ako to nije htelo društvo – znala i umela da se oduži predstavnicima njenog kulturnog života.

Prve pojave te državne pažnje ili blagodejanja prema srpskim književnicima zalaze čak u prošlost. Još 1859. godine, a pod 12. majem, potpisao je knez Miloš jedan ukaz koji glasi:

„Uvažavajući mnogogodišnju i opštekorisnu delatnost, koju urednik *Srpskih novina* Miloš Popović osvedočava oko podizanja narodne žurnalistike, pa želeći na njemu pokazati svoje knjaževsko priznanje i prema našoj knjaževničkoj klasi, blagovolela je Njegova svetlost Gospodar i Knjaz naš Miloš Obrenović I proizvesti ga u čin kapetana.“

Razume se da se s takvim proizvođenjem nije moglo produžiti, jer da je to učinjeno danas bi, možda, iz pažnje prema književničkoj klasi, Bora Stanković bio generalštabni kapetan, Jelena Dimitrijević major a, recimo, Vlada Petković-Dis, inženjerski poručnik. Ali je država ipak ostala verna toj tradiciji, začetoj 1859. godine, i prevodeći književnike iz vojne u civilnu službu, razmestila ih je, iz pažnje prema književničkoj klasi, u đumrugdžije, poštare i poreznike.

Malo posle 1859. godine srpski književnici su zadobili od države još jednu bogatu koncesiju. Došla je 1861. godine uredba po kojoj se „prosjacima, Ciganima, skitnicama i književnicima mogu izdavati besplatni pasoši“. Ima, doduše, pakosnih komentatora koji ovu uredbu tumače kao državnu tendenciju da se ovih nesnosnih elemenata otarasi, olakšavajući im iseljavanje, ali se ne može osporiti, da je njome, što je rekao knez Miloš, „ukazano priznanje prema književničkoj klasi“.

Od doba te uredbe, a to je skoro pola veka, uspelo se da se ode još jedan korak dalje. Država je, u poslednje vreme, primila na sebe galantnu pažnju da o svome trošku sahranjuje književnike. Razume se, književnici se moraju pri umiranju držati izvesnog reda i ne umirati svi u jednoj godini, jer se kod jednoga od naših drugova desilo da je umro kad je budžet za umiranje srpskih književnika bio iscrpen, pa nam je čak predlagano da njegov pogreb prenesemo u iduću godinu, inače, njegova smrt ne bi mogla biti priznata od Glavne kontrole.

I to je, eto – taj državni pogreb – maksimum pažnje koji se dao postići za ovo sto godina srpskog književnikovanja.

Pošto su srpski književnici na taj način jedno od važnih pitanja – a to je svoj pogreb – skinuli s dnevnoga reda, ostalo je da zbrinu onaj manji deo brige, a taj je: kako će da žive pre no što se udostoje državnoga blagodejanja prilikom smrti?

Na Kalemegdanu

Duboka noć. Već i poslednje ljubavne parove najurio čuvar parka, i jedino još zrikavci što svojom pesmom izjavljuju jedan drugome ljubav. Jedna bista drema na svome postolju, uz koje je prislonjen neki osušen venac sa izbledelim i otrcanim trakama. Na jedan mah se bista trže iz dremeža, diže glavu i pogleda put staze kojom se ču neki hod. Ona oslušnu, protrlja oči i zagleda se u mrak.

Bista: Ko je to?

Poeta: (izvukao se na nekakav način iz groba, pa se uputio na Kalemegdan i lunja stazama): Ja!

Bista: Kako mi izgleda, mi dosta ličimo jedno na drugo.

Poeta: Odista, odista! A s kim imam čast?

Bista: Ja sam spomenik poete X.

Poeta: Tako? Ja sam, dakle, vaš original, jer ja sam poeta X.

Bista: Pa zar ste vi živi?

Poeta: Ja? Bože sačuvaj! A ko je još u Srbiji digao spomenik živome poeti. Nisam živ, ali sam se večeras izvukao iz groba da malo prošetam. Užasno mi je dugo vreme u grobu. Mali, plesniv grob; znate već kakav mora biti grob koji opština iz priznanja pokloni jednom poeti.

Bista: No, to mogu misliti!

Poeta: Dozvolite mi jedno pitanje.

Bista: Molim.

Poeta: Kad ste otkriveni?

Bista: To jest... a, da, razumem. Svečanost otkrivanja, govori, pesme, venci. To je bilo pre dve nedelje, ali sam pre toga čitavu godinu dana bila zamotana u neko platno. Jednako se zakazivala svetkovina otkrivanja, pa odlagala, i jednako priređivani neki koncerti radi moga otkrića, a za sve to vreme ja sam neprestano sedeo zavijen u platno. Već su deca koja šetaju parkom počela da me se plaše i prozvaše me „čovek u džaku“. Jedva na jedvite jade skidoše mi taj pokrov, a po mome mišljenju nisu me trebali ni pokrivati, jer, kao što vidite, ja nisam u pobedničkom stavu, već naprotiv obučen sam vrlo pristojno; imam, vidite, čak i kaput na sebi.

Poeta: To je ovaj isti redengot u kome su mene sahranili.

Bista: Tako, e, sad razumem slučaj koji mi se desio pre dva dana.

Poeta: Radoznao sam da čujem?

Bista: Prekjuče, rano izjutra, došao je ovde jedan tuberkulozni krojač s bocom selterske vode. Stao je ispred mene, zagledao se i jedan osmeh pun pakosti razvukao mu se na usnama. Izgledalo mi je malo čudnovato i odmah mi je palo u oči da on ne gleda mene iz pijeteta što ja predstavljam jednog pokojnog poetu, jer gotovo je počeo da se kezi na mene. Najzad, poče da gunđa nešto i da me psuje, odnosno vas da psuje. Ono što mi je naročito palo u oči, to je da on, u stvari, nije ni gledao toliko vaš lik, koliko kaput koji je na meni.

Poeta: Kod njega sam pravio taj kaput.

Bista: I niste mu ga platili izvesno?

Poeta: Razume se.

Bista: Slutio sam odmah to, jer kad je krojač pošao i bacio još jedan besan pogled na ovaj kaput, on je rekao nešto kroz zube što se ni u kom slučaju ne bi moglo protumačiti kao uzvik: „Slava mu!"

Poeta: I ja mislim.

Bista: A imate li još kreditora sem tog sa selterskom vodom?

Poeta: Kako da ne, pa da nije njih ne bi u nas ni bilo literature uopšte. Kreditori su jedine literarne mecene u nas.

Bista: Ja se nadam da me ostali neće uznemiravati?

Poeta: Mene u grobu ne uznemiravaju.

Bista: Podizanje ovoga spomenika vama, mnogo veću, možda pet i šest puta veću sumu predstavlja no što su vaši dugovi. Zar nije bolje bilo da je odbor za podizanje spomenika platio vaše dugove?

Poeta: I to još za života moga, jer bi mi taj odbor tako produžio život. Poživeo bih bar još dvadeset godina.

Bista: A jesu li vam veliki dugovi bili?

Poeta: Devet hiljada dinara.

Bista: A znate li vi da više nego to koštaju banketi priređivačkog odbora povodom podizanja vašeg spomenika?

Poeta: To verujem. E, ali šta ćete: da nije tih banketa, ne bi bilo prilike da se proslave pojedini besednici i nazdravljači. Za te ljude iz priređivačkih odbora ima mnogo veću važnost smrt jednog velikog čoveka nego njegov život. Njegov rad pripada svima, celom narodu, a njegova smrt pripada njima, priređivačkom odboru.

Bista: Predsednik tog odbora, posle otkrića ovog spomenika, dobio je i odlikovanje.

Poeta: Razume se, dok ja – ja ga nisam dobio.

Zora već poče da se nazire, na Sabornoj crkvi sat izbi četiri i po, i poeta se duboko pokloni svojoj bisti, pa pođe da pre zore otide – u grob.

Posle mitinga

Biće nešto više od dve hiljade godina kako ja posećujem razne mitinge i zborove. Bio sam na onome poznatome mitingu na kome smo doneli rezoluciju i osudili izdajničko držanje Isusa Nazarećanina; bio sam na onome mitingu kad smo popeli Petra Amijenskog na magarca, a posle na onome mitingu kad su popeli mene na belog konja, kao i na svima ostalim mitinzima staroga, srednjega i novoga veka. I, ako hoćete da vam se ispovedim, povodom mitinga i rezolucija ja sam i izrekao onu poznatu moju reč: „Sve je to već jednom bilo...!"

Pa ipak, ima neke razlike između nekadašnjih i današnjih mitinga, i ta razlika po svoj prilici potiče s pismenošću. Pre, dok smo bili nepismeni, mi smo rezoluciju, koju bi doneli na mitingu, da je ne bi zaboravili, odmah izvršavali; sad otkako smo pismeni, te možemo napisati šta želimo i šta hoćemo, sad nam je već lako. Desi nam se kakva nepravda ili nevolja, a mi se zberemo na miting, izrazimo gnušanje, napišemo to na papiru i onda metnemo lepo u arhivu, uvereni da se to ne može ni izbrisati ni zaboraviti.

A, najzad, i pravo je da bude neke razlike između nekadašnjih i današnjih mitinga i rezolucija. Jer zamislite kako bi to izgledalo da se na onome mitingu na Orašcu, 1804. godine, radilo kao danas? Ako tu sliku ne umete sebi da predstavite, evo izneću vam je.

Zamislite, dakle, miting sazvan na Orašcu na dan 20. januara 1805. godine. Otvara ga gospodin Stanoje Glavaš lepim i prigodnim govorom i predlaže da se gospodin Đorđe Petrović, zvani Crni, izabere za predsednika mitinga.

Gospodin Karađorđe zauzima predsedničko mesto i, blagodareći zboru na poverenju, daje reč jednome od sazivača, gospodinu Stanoju Glavašu.

Gospodin Stanoje Glavaš: Braćo. Stanje naše braće postalo je do krajnosti nesnošljivo, i mi smo pozvani da razmislimo o merama koje treba preduzeti da bi se našoj porobljenoj i namučenoj braći pomoglo. Doduše, mi s puno pouzdanja i poverenja možemo gledati u Evropu, utoliko pre što nas je ona, u plemenitoj težnji da održi mir na Balkanu, preko svojih predstavnika ubedila da time što nas Turci ubijaju i natiču na kočeve, nisu nikakva naša nacionalna prava povređena. (Tako je!) Stoga ja, braćo, predlažem da se donese jedna rezolucija u kojoj bi se izjavilo gnušanje prema zverstvima koja se čine prema nama i da se pozove vlada da preduzme energične mere za zaštitu srpskoga življa! (Dugotrajno: Tako je!)

Gospodin Karađorđe: Kojekude, ima reč gospodin Đuša Vulićević.

Gospodin Đuša Vulićević: Ja se, u glavnome, slažem s mislima koje vam je izneo moj poštovani predgovornik, gospodin Stanoje Glavaš, i imao bih samo da učinim jednu dopunu njegovom predlogu. Nas kolju, taj fakt stoji, ali mi ne možemo, za ljubav jedne takve sitnice što će nas pet-šest hiljada nataći na kočeve, remetiti mir na Balkanu koji Evropa želi da očuva. Stoga sam ja da naša rezolucija ne bude napisana raspaljivim tonom, već ozbiljno i dostojanstveno, kako bi sobom kazivala da je izraz ljudi koji rado pristaju da sede na kočevima i da vise obešeni o kruške, za ljubav mira koji Evropa želi. (Tako je! Tako je!)

Gospodin Karađorđe: Gospodo, pozivam gospodina Janićija Đurića da pročita nacrt rezolucije. Izvolite gospodine Janićije, po duši vas, pročitati!

Gospodin Janićije Đurić (čita nacrt rezolucije koja glasi): Građani svih redova, sakupljeni na današnjem mitingu na Orašcu, a po saslušanju svih govornika, jednoglasno konstatuju:

1. da je usled anarhije, koja je ovladala u turskoj imperiji, doveden u pitanje opstanak naš;

2. da je poslednji pokolj, koji je izvršio dahija Aganlija u Beogradskom okrugu, u kome je sa svoga ognjišta rasterana nezaštićena srpska sirotinja, izazvao silno uzbuđenje kod nas sviju;

3. građani srpski, okupljeni na mitingu, najodlučnije dižu svoj glas protivu nasilnog i stalnog, sistematskog istrebljenja srpskoga življa u Turskoj;

4. poziva se ceo narod da, bez obzira na veličinu žrtava koje će podneti, preduzme sve i najenergičnije mere za brzu zaštitu našega življa u turskoj imperiji.

Gospodin Karađorđe (po čitanju): Prima li se ova rezolucija? (Svi jednoglasno: Prima se!)

Gospodin Karađorđe: E, sad, kojekude, pozivam vas da se mirno i dostojanstveno raziđete svojim kućama, a mi ćemo ovu rezoluciju staviti u arhivu manastira Blagoveštenja, kako bi bila sačuvana za potomstvo. (Dugotrajno odobravanje.)

Eto, tako bi taj miting izgledao da je tada rađeno kao danas. A kako bismo mi danas izgledali da je takav miting bio tada?

Odgovor na jedan poziv[1]

Dobio sam, drugovi i prijatelji, vaš poziv da se ovih dana, posle tako dugog niza godina, sastanemo i proslavimo dvadesetpetogodišnjicu od dana kada smo svršili univerzitet. Odazvaću se, verujući da će mi ta proslava vratiti sećanje na one lepe dane kada smo, i ja i vi svi, verovali da je u Srbiji i potrebno i vredno truda svršiti univerzitet. Za ovih dvadeset pet godina, nažalost, ja sam se uverio da su majci Srbiji pismeni ljudi vrlo izlišni, i da je univerzitetska kvalifikacija jedan luksuz kojeg čovek ne može, i da hoće, da se otrese.

Kad sam prvi put stekao univerzitetsku diplomu, ja sam mislio: moj je svet, i mislio sam: sad mi je u ruci onaj ključ što svaka gvozdena vrata otvara, Aladinova lampa pred kojom se stene razaraju.

A kako je bilo i šta je bilo, u stvari, u životu?

Otišao sam u vojsku, i kad sam pomenuo da imam univerzitetsku diplomu, oni su se raspitivali – čiji sam sin?

Obratio sam se državi i kad sam joj pomenuo da imam univerzitetsku diplomu, ona se raspitivala – imam li akcije, i koje banke?

I tada, kada sam video da mi je ta diploma jedan teret i jedna smetnja, došao sam na srećnu misao da počnem lagati kako ja i nemam diplomu univerziteta, kako je nikada nisam ni imao, i kako uopšte nikad nisam ni pomišljao da je imam.

Tako rešen, obratim se ponovo državi, koja me je jedanput već odbila. Javim se načelniku jednog ministarstva, i ovaj me primi.

– Gospodine načelniče – otpočeh ja vrlo ozbiljno, kako on ne bi ni iz jedne jedine reči saznao da sam svršio univerzitet – došao sam da vas zamolim da mi date službu.

– Šta si svršio?

– Pa... svršio sam pet razreda gimnazije, ali nisam položio ispite.

– A jesi li pismen?

– Pa, onako; ali poučiću se.

---

[1] Poziv školskih drugova na proslavu dvadesetpetogodišnjice.

– Sasvim – odgovara načelnik – ako budeš vredan, poučićeš se. Eto, ja sam svršio dva razreda i ratarsku školu, pa šta mi fali?

I dobijem službu: i pravio bih vrlo lepu karijeru, da moje kolege nisu odnekud saznale da sam svršio univerzitet i denuncirale me kod pretpostavljenih. Pretpostavljeni su me odmah uzeli na zub i, razume se, izgubio sam službu.

Pustio sam da prođe malo vremena, da se u vladinim krugovima zaboravi da sam svršio univerzitet, pa sam se uputio načelniku drugog ministarstva.

– Gospodine načelniče – otpočeh vrlo obazrivo došao sam da vas zamolim za službu.

– Šta si bio do sada?

– Pa bio sam podnarednik.

– A jesi li učio štogod?

– Svršio sam podoficirsku školu.

– Dosta. Ja sam bio poručnik, pa eto... hvala bogu.

I ja opet dobih vrlo lepu službu, u kojoj bih sve do danas ostao, ali otpoče strahovita kampanja protiv mene. Najpre počeše ministru da stižu anonimna pisma, u kojima mu se dostavlja da sam svršio univerzitet, pa onda počeše novine da pišu čitave članke: „Šta to znači, u državnoj službi trpi se čovek koji je svršio univerzitet. Zna li to gospodin ministar i, ako zna, misli li on to i dalje trpeti?" Pa, kad je i to bilo malo, pade i interpelacija u skupštini, u kojoj se ministar pita: zna li on, i vodi li o tome računa, da se u državnu službu uvukao jedan čovek koji je svršio univerzitet?

E, posle toga, nije mi moglo biti više opstanka u državnoj službi.

I od toga doba ja više nisam ni pokušavao da je tražim.

Diplomu, međutim, o svršenom univerzitetu uramio sam i obesio pored diplome kojom sam imenovan počasnim članom jednog pevačkog društva. Obe te diplome donose mi podjednake rente, pa i treba da jedna kraj druge vise.

I taman sam ja bio sasvim i zaboravio na tu neprijatnost da sam i ja nekad svršio univerzitet, a vi me, drugovi i prijatelji, vašim pozivom opomenuste. Doći ću, proslavićemo. Zašto ne bih! Kad ima ljudi koji proslavljaju dvadeset pet godina bračnoga života, zašto ne bih ja proslavio ovu manju nevolju koja me je dvadeset pet godina vezala za jednu diplomu koja mi je upropastila karijeru.

Moji drugovi ministri

Ja sam sve svoje školovanje proveo u poslednjoj školskoj klupi. Kako sam navikao u prvo doba, kada je poslednja klupa bila jedna vrsta kvalifikacije, tako sam se posle odomaćio tu i ostao do kraja školovanja, osećajući se kao kod svoje kuće.

U takvom položaju ja sam svoje školske drugove uvek posmatrao s leđa i, verujte, još tada sam mnogima prorekao ministarske položaje, što se posle u životu i obistinilo.

Ako vam to moje tvrđenje izgleda čudnovato, ja ću vam ga objasniti.

Moj drug P., na primer, imao je neobično široka leđa. Posmatrao sam ta leđa godinama i još tada sam se izmirio s mišlju da je tim leđima namenjena neka neobična zadaća u životu. Ta leđa će – razmišljao sam ja tada – ili gurati vagon ili poneti kakvu veliku državnu brigu. A bog mu ih je još i dovoljno povio, a povijenim leđima obezbeđena je karijera u ovoj zemlji, uvek bolje no pravim leđima, i tako sam došao do zaključka da će se ta leđa jednog dana morati naslanjati na ministarsku fotelju.

I nisam se prevario. Ta leđa su prokrčila sebi put i uspela se tamo.

Slonovi i ljudi širokih leđa, vele, vrlo teško mogu da se okrenu za sobom. O tome sam se uverio na ovome mome drugu. Kako se zagledao u ministarsku fotelju, on ne ume da se okrene za sobom i ne može da pogleda za sobom.

Drugi opet – i on je dogurao do ministarskog položaja. A sećam ga se neobično dobro, jer su me njegova leđa neobično zanimala. Bila su nekako sedlasta, i dušu dala da se osamare. I što mi je naročito padalo u oči, na tom čoveku je kaput uvek bio izlizan i poderan na leđima. Dok su svima ostalim pravoslavnim đacima izlizane ili poderane pantalone na kolenima, na turu ili kaput na laktovima, ovome je to bivalo na leđima i to visoko, pod ramenima. Izgledalo je, bože me prosti, kao da je počeo da nosi tovare još dok je u školskim klupama bio i, kako se tada izvežbao, tako ga je, eto, i poneo u životu. Badava sam verovao ja još tada da će ta sedlasta leđa poneti jednom samar.

A vele, što nosi samar, to se i rita. O tome sam se uverio na ovom mome drugu. Čim nema ministarske fotelje na leđima, a on divan čovek, drug, prijatelj, rod rođeni; a čim ga osamare, on zauzme stav, zarže i nastane takvo ritanje kakvo je samo u ovako ustavnoj zemlji moguće.

Treći – ne sećam se njegovih leđa. Gledam – iz poslednje školske klupe, a on je sedeo u prvoj, na njemu su se videle samo uši. Mali, sitan, te jedva izneo ramena iz školske klupe, i onda, razume se, ne vidim ništa više sem ušiju. Kad zažmuriš malo, te gledaš kroz trepavice, a tebi ona njegova ramena izgledaju kao neki brežuljci, a uši kao dva sunca u početku zalaska. Razume se, to ti tako izgleda, kad prizoveš i fantaziju u pomoć, inače njegove uši bile su neobične školjke. Još tada sam ja opazio da ovaj čovek ima sposobnosti sve da čuje i sve da – posluša. A šta će mu više i bolje kvalifikacije? O, verovao sam ja u svetlu karijeru tih ušiju još dok su bile u školskoj klupi, i nisam se prevario.

Eno ih te uši i sad se visoko uznose i maltene služe kao partijska zastava.

A sećam se još jednog prijatelja i druga, kome su se leđa od ramena pa naniže sve više širila, tako da je, gledan iz poslednje klupe, ličio na glavu šećera. Taj je još u školskoj klupi zauzimao dva đačka mesta, i ja sam još tada slutio da će čovek, kojega je bog obdario tako prostranim sedalom, morati u životu zauzeti široko mesto. I, doista, čim je izašao iz klupe, on je u životu potražio dve stolice, jer mu je jedna bila tesna.

Vele, da se ljudi s takvim teretom, koji moraju da se oslanjaju na dve stolice, teško kreću kroz život. Ali se zaboravlja da se uz takve ljude uvek nađu oni koji će ih vući. I njega su vukli i izvukli ga. Jednoga dana i njega sam video, seo, i to ne na jednu, već na dve ministarske fotelje.

Badava, znao sam ja da će se tako prostranom sedalu, kakvim je bog ovoga moga druga obdario, morati naći i prostrano sedište u životu.

A ima ih još, mojih drugova, u čekaonicama. Eno ih njihova imena u dnevnim vestima beogradskih listova, gde se pominju kao kandidati kad god je ministarska kriza. Čekajte dok se popnu, dok vam budu svima na vidiku, pa ću vam objaviti kakvi su oni s leđa izgledali dok su bili u školskoj klupi.

S lica, inače, izgleda ne vredi da vam ih opisujem, jer su to većinom bezlični ljudi.

Laž

Vodeni tok, magnet, para, elektrika i radio su velike prirodne sile, jače od čovečje snage i svih njegovih izuma. Te sile stavljaju u pokret sve, nose sve, dižu i obaraju sve. Čovek je prema njima nemoćan i majušan. Pa ipak, postoji jedna snaga, jedna manifestacija čovečjeg duha, koja je jača i od svih tih sila, a to je – laž. Nikad nijedna od pomenutih prirodnih sila nije kadra tako uništiti, razoriti, oboriti, opržiti i popaliti kao što može – laž, i nikad nijedna od pomenutih sila nije tako nevidljiva, a ipak tako uporna kao što je laž. Bez plamena ona prži, bez grmljavine ona ruši, bez tutnjave ona obara i razara.

I još jednu osobinu ima laž koju pomenute prirodne sile nemaju. Sve se one u primeni troše i same, dok laž, naprotiv, što je više u primeni, sve to više raste i sve se više snaži.

Ja vam to ne govorim proizvoljno, već na osnovu eksperimenata koje sam činio i posle kojih sam postigao rezultate koje ću vam izložiti.

Onaj koji se bavi kakvom specijalnom strukom, ne može očekivati da mu slučaji otkriju fakta. Mora te slučajeve izazivati, tražiti, mora praviti probe i eksperimente. Tako hemičar, tako fizičar i tako svako redom, pa tako i ja moram praviti probe i eksperimente.

Interesovalo me je da rešim: za koliko vremena jedna laž može da se plasira u Beogradu, i u kakvom se obliku vraća onome od kojega je potekla.

To sam postigao da utvrdim na ovaj način: prekjuče, tačno u deset sati i 17 minuta prepodne, sreo sam kod terazijskog vodoskoka gospođa Vidu. Prišao sam joj odmah, upitao je za zdravlje i, onako nemarno, više kao uz reč, dodao sam:

– A vi ste izvesno već čuli za gospodina Mirkovića?

– Šta? – učini gospođa Vida.

– Pa... kažu da se razdvaja sa ženom.

– Tä nije moguće? – prenerazi se gospođa Vida. – To je čudno, pa oni su tako lepo živeli. A zna li se za uzrok?

– Ne zna se ništa, izgleda da i nema nikakvog uzroka, nego su prosto nesnosni jedno drugom. Dosadilo im već u braku.

Gospođa se odvoji od mene, i ne pođe ni deset koraka a srete gospođu Persidu.

– Slatka moja, baš dobro te vas videh. A čuste li vi, boga vam, za to čudo?

– Koje? – pita iznenađeno gospođa Persida.

– Pa da se Mirković razdvaja sa ženom.

– Ne može biti?

– Tä kako ne može, ona već i nije kod njega, od jutros je odveo majci.

– A zašto, zaboga?

– Pa, ne zna se uzrok, al'... biće zbog onog poručnika. Mora tako nešto biti. Tek se valjda ne razdvajaju zato što im je dosadilo u braku.

– Pa izvesno. E, tome se ne bih nikad nadala. Zbogom, gospođo, zbogom.

I gospođa Persida produži put u Knez Mihailovu ulicu, pa niže *Ruskog cara* srete gospodina Ljubu.

– Ljuta sam na vas – reći će mu kao više u prolasku.

– Molim – pretrnu gospodin Ljuba.

– Tä kako ne bih bila ljuta; juče ste bili kod mene, ćaskali ste o svemu i svačemu, a niste mi kazali tako važnu stvar.

– Koju, molićú?

– Vi valjda znate da se Mirković razdvaja sa ženom?

– Bože sačuvaj, nemam ni pojma.

– Kako, zaboga, pa ceo Beograd bruji o tome. Jer, znate, nije obična stvar, to je čitav skandal. Najurio je prosto ženu iz kuće, zbog nekog poručnika. Uhvatio ga u kući pred svedocima, i tu je bio čitav sukob... Ja ne znam sve kako je i šta je bilo, al' čitav roman, kažem vam, čitav roman. Gledajte da saznate detalje, pa dođite poslepodne ili sutra da mi pričate.

– Kako ne bih, zaboga. Sad idem u kancelariju i čúću tamo. Ja radim u sobi s trojicom oženjenih činovnika. Oni su morali čuti što od svojih žena. Ljubim ruke, doviđenja.

– Al' ne zaboravite da dođete i da mi ispričate.

– Kako bih zaboravio!

I gospodin Ljuba ode u kancelariju, gde zateče tri oženjena činovnika, još piju kafu i razgovaraju šta ko kuva danas za ručak.

– Gospodo, da l' ko od vas što bliže zna o Mirkovićevoj aferi?

– Kojoj aferi? – upitaće tri oženjena činovnika.

– Tä o bračnoj, zar ništa ne znate?

– Ne znamo – odgovaraju jednoglasno tri oženjena činovnika.

– Šteta, a stvar je vrlo zanimljiva. Dakle, evo u čemu je: neki poručnik zaljubio se u Mirkovićevu ženu... Najzad, vas se detalji i ne tiču, glavno je da je prekjuče poručnik ušao kroz prozor, a Mirković s dva svedoka upao kroz vrata... bio je i dvoboj, juče ujutru... tj. nije bio, nego trebao je biti. Upravo, ja ne znam da vam kažem tačno, ali samo znam da je Mirković uzeo ženu za ruku, odveo je majci i rekao: „Evo vam je!“

– Gle, molim te! – učiniše sva tri oženjena činovnika i nestrpljivo dočekaše podne, te svaki svojoj kući i svaki svojoj ženi.

Izvesno je svaki na svoju ruku ispričao, i to otprilike ovako:

– Zamisli, Mico, ko bi to rekao za Mirkovićku?

– Koju Mirkovićku?

– Pa znaš je, valjda?

– Znam je, pa šta?!

– Pa ko bi rekao da je to tako pokvarena ženska!

– Ju, šta govoriš?

– Tä valjda je deset puta dosad muž hvatao, ali je čovek trpeo, ko veli da ne puca bruka. Al’ sad je već zagustilo, oterao je, odveo je juče sa žandarmima u autu majci, i rekao: „Evo vam je, kakva majka takva kći!“

– Ama, nije moguće?! – čudi se i krsti gospođa Mica.

– Tä čitav roman, čitav roman! Neki poručnik preobučen ulazio u kuću, pa juče bio dvoboj i taj poručnik bio ranjen.

– Gde je ranjen?

– Ne znam, tä valjda ga onako okrznuo, skinuo mu možda jedan prst na ruci.

Gospođa Mica osta skamenjena. A nije samo gospođa Mica, nego i gospođa Leposava i gospođa Jela, žene ove druge dvojice oženjenih činovnika, jer su oni kod svojih kuća, za ručkom, pričali tu novost.

Posle ručka, čim su ispratile muževe u kancelariju, digle su se gospođa Mica, gospođa Leposava i gospođa Jela, pa uhvatile svaka svoj kraj. Kao da su se dogovorile pa podelile Beograd. Jedna uhvatila Zapadni Vračar s jednim delom Istočnog, druga uhvatila Palilulu s delom Terazija, a treća Varoški kvart i onaj deo Dorćola pod Pozorištem.

I tako idu iz kuće u kuću, ali ko bi mogao da ih prati. Ja sam donekle išao za njima, da prebrojim bar koliko će kuća obići, ali sam im izgubio trag. Ono što sam primetio to je da se iz svake kuće, u kojoj su

Pa onda, osim govora još i puno pisama iz naroda. Jedan mehandžija piše i moli gospodina poslanika da premesti tog i tog pisara, jer je zdravo „siledžija" i propišta narod od njega. Kao jedan od primera, kako narod pati od tog pisara, navodi i to kako je njega, mehandžiju, kaznio zbog nečistoće u avliji.

U drugom pismu jedan glasač moli da skupština donese rešenje kojim se njegov sin proglašava za nesposobnog, jer mu je vreme da služi stajaću vojsku.

U trećem pismu, opet, jedan glasač preporučuje svome poslaniku da poradi da se ukinu šumari kao vrlo nekorisna ustanova za narod.

Jedan opet ženi sina, pa moli poslanika da mu izradi da ga skupština oslobodi za pet godina poreze, na osnovu onoga da je ženiti sina, udavati kćer ili zidati kuću jedno isto.

Jedan brat opet moli da se zakon o „vodama tekućicama" ne primenjuje u njihovom srezu, jer je, veli, njihov srez i inače plavan.

A jedan piše ovako: „Od detinjstva još vuče me želja da budem kmet, a evo sad sam punoletan i glasao sam za poslanika, pa bi pravo bilo da me narod izabere za kmeta. Ali narod me neće, pa bih te molio da se to nekako udesi i da se naredi narodu da me izabere."

I onda još masa želja, molbi i predloga. Jedna žena moli da se naredi njenom mužu da živi s njom; jedna učiteljica moli da joj se prizna u godine službe sve vreme koje je provela van službe kao otpuštena; jedan seoski ćata moli da mu se odobri da se može upisati za đaka Velike škole; jedan predsednik opštine moli da se naredi sreskom kapetanu da ga se mane jedanput i da ga ne goni za nekakvu staru pojedenu porezu, itd. itd.

Najzad, ko će izaći na kraj s tolikim željama narodnim. A ja čak i ne mogu, ne zato što sam nenadležan, već zato što je ovaj kaput nenadležno na meni.

Najzad, ovolikim željama narodnim imao sam i ja da pridružim svoju želju, svoju iskrenu želju, da što pre dođem do svoga zimskoga kaputa, koji sam tek ove godine kupio, a koji još nisam ni otplatio.

To nisam mogao drugačije postići do da odem u Narodnu skupštinu. I otišao sam sutradan. Znao sam ja vrlo dobro kako ću poznati dotičnog poslanika i nisam se prevario.

Bila je budžetska debata, ja sam skromno sedeo u jednom kraju galerije i pažljivo pratio govornike. Ređali su se jedan, drugi, treći, svi redom govornici javljeni još od pre tri dana. Najzad, dođe red na jednoga da govori i on se diže i poče da barata po džepovima. Zavuci ruku

u desni, pa zavuci u levi, a što više traži, u sve veću zabunu dolazi. Naj-
zad izvuče on jednu hartiju, primetio sam da je štamparska „šlajfna", i
poče da čita jedan moj feljton.

Možete misliti kako mi je srce zaigralo od radosti. To je, to je, on je!

Poslanik je pročitao nekoliko redi moga feljtona, pa kad vide da
to nimalo ne liči na njegov govor, a on se još više zbuni, pa zastade i
dodade ono klasično:

„Eto, to sam imao da kažem!"

Skupština, međutim, nimalo nije primetila da je on čitao neki ša-
ljiv feljton, koji nema nikakve veze s debatom. To dolazi otuda što u
poslednje vreme u skupštini mnogi poslanici i inače šaljivo govore, i to
vrlo retko o predmetu.

Tako sam ja našao moj zimski kaput. Kad sam se našao sa onim
poslanikom da razmenimo kapute, a on će mi reći:

– Jeste li čuli, zbunili ste me, al' sam se izvukao.

– I vi mene, gospodine poslaniče.

– Pa jeste, jer vi ste bili u teškom položaju što vam je rukopis bio
kod mene. Šta biste sutra pustili u list kao feljton da me niste našli?

– Pustio bih vaš govor o budžetu. To sasvim pristaje za šaljiv feljton.

Jedna beogradska statistika

Sedne, vele, Englez, pa prebroji dlake na čovečjoj glavi, pa to objavi kao statistički kuriozitet, i mi se tada divimo tome engleskom strpljenju. Ili, zasedne Amerikanac, očupa kokošku i prebroji joj pera, pa to posle objavi kao statistički kuriozitet, i mi se tada divimo amerikanskom strpljenju.

A zašto ne bi mogao Srbin izvršiti takvo jedno delo strpljenja?

Ne mislim ja da se dohvatim glave kakvoga Beograđanina pa da mu prebrojim dlake, a još manje mislim da očupam kakvu Beograđanku pa da joj prebrojim perje. Pa ipak, mislim nešto slično, rado bih i na Beograđaninu i na Beograđanki hteo da prebrojim tuđe perje.

Jelte da bi to mogla biti vrlo interesantna statistika?

A taj se posao, vidite, ne može ni vršiti u svako doba godine. Postoji godišnje doba kada se to tuđe perje intenzivnije ističe te ga je lakše i prebrojati, i to je upravo ona zimska ili, bolje reći, balska sezona.

Priznajte i sami da ste se vrlo često, kad ste se na balu, u pozorištu ili ma na kojoj zabavi, divili kakvome ukusnome i bogatome kostimu na gospođi toj i toj, u duši zapitali, ili možda čak i šapnuli kome:

– Ja ne znam samo otkud tom čoveku?

Ako ste to učinili, onda znajte da je u istome momentu taj isti gospodin, za koga se vi pitate otkud mu, posmatrao haljinu na vašoj ženi, gurnuo laktom onoga do sebe i rekao mu za vas:

– Ja ne znam samo otkud tom čoveku?

To, vidite, opšte pitanje: otkud tom čoveku, koje u celom Beogradu postavljaju svi o svakome i svako o svima, traži svoj odgovor. Ja nemam u sebi nimalo anglo-amerikanskoga strpljenja, ali imam podataka koje ću vam izneti i koji će vam tačno odgovoriti na to neodoljivo pitanje.

A znate li šta kažu ti podaci kojima raspolažem? Vele da je naš lepi, naš beli, naš gordi Beograd dužan četrnaest miliona dinara.[2] Da vas ne bi ova suma utešila, misleći valjda da je to dug Beogradske opštine,

---

[2] Pisano pre velikog rata.

moram vam odmah izjaviti da smo to mi, građani, dužni kod novčanih zavoda. U ovu sumu niti ulaze dugovanja kod Uprave fondova niti trgovačka dugovanja, već samo ona koja nemaju svoga pokrića, dakle naša, leteća dugovanja na potpise.

I sad nastaje interesantno pitanje: gde su tih četrnaest miliona? To nisu sume koje su uložene u kakva preduzeća, to nisu sume koje imaju pokrića u robi; to su četrnaest miliona pozajmljenih, dignutih i sad ih više nema niti će ih ma kad više biti. Drugim rečima, to su onih četrnaest miliona koji su popijeni, pojedeni, popušeni i pocepani, a radi kojih je i postalo ono pitanje, koje u celome Beogradu postavljaju svi o svakome i svako o svima, pitanje: otkud tom čoveku?

To su tih četrnaest miliona, koji se nisu rastočili „na nadžake i na buzdovane", a nisu bome ni na zidanje crkava, već ako hoćete da znate našta je Beograd rastočio to silno blago, a vi zađite uveče po kafanama, ili prošetajte predveče korzoom, ili otidite po večeri na kakav bal, gde ćete se zadiviti kakvome ukusnome i bogatome kostimu na gospođi toj i toj, te se u duši zapitati, ili možda čak i šanuti kome do sebe:

– Ja ne znam samo otkud tom čoveku?

Ali, možda vi i ne pojmite veličinu ovoga dugovanja; možda vama to dugovanje i ne izgleda tako preterano za građane jedne prestonice; možda se vi i mirite s tolikom sumom, te tražite od mene da vas uverim o veličini tereta koji nosite na grbači? Dobro, pokušaću na drugi način da vam predstavim veličinu vašega sopstvenoga tereta.

Četrnaest miliona dugovanja beogradskog iznosi toliko koliko i tri i po budžeta Kraljevine Crne Gore. Sa sumom koju duguju Beograđani mogla bi se sagraditi železnička pruga od Beograda do Jagodine ili s tom sumom mogla bi se celokupna srpska vojska (sva tri poziva) mobilisati za rat i izdržavati puna tri meseca.

Da vidimo samo kako ta suma stoji u odnosu prema stanovništvu naše prestonice. Od 44.470 muških, koliko ima Beograd, valja najpre odbiti vojsku (2.899), žandarme (659) i osuđenike (1.959), te ostaje svega 38.953 građana. U tome broju su i deca i đaci, kojih ima 20.304, te znači građana ima 18.649. Tih, dakle, 18.649 građana dužni su 14,000.000 dinara.

No, i taj broj nije tačan, jer postoji jedan broj koji nije dužan ni deset para, a postoji još veći deo koji je nesposoban za zaduživanje (nadničari, prosjaci, Cigani itd.), te kad se na ove odvoji mali broj od 4.649, ostalo bi da je 14.000 Beograđana dužno 14,000.000 dinara, ili da je svaki Beograđanin dužan jednu hiljadu dinara.

Ja ovde računam samo građane i mislim da sam u pravu. Ima istina jedan broj udovica, koje imaju pravo na potpis bez odobrenja svoga muža, no one ne remete ovu statistiku, jer ima opet toliko veliki, ako ne i veći, broj onih pod stečajem, koji imaju sve sposobnosti, ali nemaju prava na potpis. I tako udovice, s kojih je smrću muževljevom skinut stečaj, i one na koje je sticajem prilika natovaren stečaj, mogu da se prebiju na osnovu onoga „tante za tante“ te da moja statistika ostane neporemećena.

E, sad, kad posle ovih objašnjenja, sumu dugovanja podelimo na sve beogradske građane, onda izlazi da je svaki stanovnik varoši Beograda, bio muško bio žensko, bio čovek ili dete u kolevci, bio on milioner ili prosjak, dužan 170 dinara, i to je toliko dužan još onog trenutka kada se rodi.

Ako se, međutim, zabavimo samo s onih 14.000 Beograđana sposobnih za zaduživanje, te da vidimo koliki teret oni nose, onda ćemo doći do ovakvih rezultata:

Jedan Beograđanin je prosečno težak 65 kila, a to znači da je svako kilo mesa na njemu dužno 15,83 dinara. Svaki Beograđanin ima deset prstiju na ruci, bez obzira na to jesu li to dugački ili kratki prsti, i svaki taj prst dužan je 100 dinara. Ali, kako se čovek na menicama ne potpisuje svim prstima, već svu krivicu za potpis nose na duši samo tri prsta desne ruke, kažiprst, palac i veliki, srednji, to je pravo da kažemo za javnost koliko je svaki od tih lakomislenih prstiju dužan. Svaki prst potpisnik na ruci svakoga Beograđanina sposobnog za potpisivanje dužan je ni manje ni više nego 333 dinara i 33 pare dinarske.

Uzmite i ovo: svaki Beograđanin sposoban za zaduživanje, ima prosečno dvadeset zuba, računajući tu i plombirane i okrnjene. A to znači da je svaki zub na nama dužan po 50 dinara. Ovde nisam uračunao i zlatne zube naših žena, jer ako bih i njih računao, onda bi statistika dugovanja bila mnogo veća.

Nekakav besposleni Englez seo je i prebrojao koliko čovek ima dlaka na glavi, te je našao da jedan normalan čovek, koji niti je ćelav niti obdaren vrlo gustom kosom, ima prosečno 9.200 dlaka na glavi. Kad taj broj usvojimo kao približno tačan, onda izlazi da je svaka dlaka na glavi jednoga Beograđanina, sposobnog za zaduživanje, dužna nešto malo jače od jedanaest para dinarskih. I tako, za Beograđane se, ako ni za koga drugog, može doista reći da im je svaka dlaka na glavi dužna.

No, da biste uvideli svu težinu ovoga dugovanja, ja vam mogu i druge primere izneti. Beograd, na primer, ima svega 6.924 kuće pod krovom. To znači da je svaka kuća u Beogradu dužna 2.021,95 dinara. A ako uzmete da jedan kućni krov ima prosečno 4.000 crepova, to onda znači da je svaki crep, nad glavom naših Beograđana, dužan pedeset para dinarskih, pa i nešto jače.

Jelte da je to poražavajuća statistika? Ali, čujte i ovu: Beograd ima 1,500.000 kvadratnih metara pod kaldrmom. Kad računate da u jedan kvadratni metar kaldrme ide dvadeset pet kamenova, onda izlazi da svaki kamen u beogradskoj kaldrmi nosi 0,37 para dinarskih našega duga. I, dok je nekada svaka stopa zemlje na beogradskom tlu bila poprskana krvlju naših predaka, dotle je danas svaka stopa pritisnuta dugom njihovih potomaka.

Eto vam, dakle, jedna statistika koja vas, uz ovu balsku sezonu, može zanimati te da vam mnoge stvari, kojima ste se dosad čudili, budu jasnije. Ali nemojte da vas rezultati ove statistike zabrinu. Neće nas Beograđane polomiti težina ovolikog duga. Povadićemo mi iz kaldrme svaki kamen koji je dužan; polomićemo na krovovima svaki zaduženi crep; iščupaćemo iz vilica svaki zub koji duguje, pa ćemo ostati i bez zuba i bez krovova i bez kaldrme, ali nećemo napuštati našu pohvalnu naviku da živimo veselo, veselo, veselo...

Regulacija, nivelacija, kanalizacija

Kod nas se u Beogradu, od pedeset godina naovamo neprestano nešto meri, kopa, raskopava, nasipa, spušta kaldrma pa opet diže i... jednako se radi, a taj rad, tamo u Opštini, zove se zvaničnim jezikom čas regulacija, čas nivelacija, a čas kanalizacija. I, kao što vidite, za svih ovih pedeset godina kopanja mi niti smo regulisani, niti nivelisani, niti kanalisani.

Moj komšija, gazda Pera, nazidao je pre nekih desetak godina jednu kućicu koja je tada bila s lica ravna sa ulicom. Ne prođe malo, a ja videh tu kuću u rupi. Ne prođe još malo, a tek vidim komšijina kuća na vrh jednog brda. Prođe zatim još godina-dve a tek njegova kuća nije više na ulici nego duboko u jednoj avliji; a kad prođe još jedna godina, a njegova kuća izbila na drugu, sasvim suprotnu ulicu. Izgleda, bože me prosti, kao da smo mi još pre Amerikanaca izmislili kuće na točkovima, pa Opština samo dovede svoje vatrogasne konje, upregne ih i izvuče kuću na brdo ili svuče u rupu, ili odvuče u avliju, ili izvuče na ulicu. To tako izgleda, ali nije tako.

Evo kako to biva:

Vi, na primer, nazidate kuću na liniji koju vam je Opština dala, i čim ste nazidali i primili od majstora ključeve, a vi tek, jedno jutro, vidite, izašao opštinski inženjer, stao na raskršće, stovario neke alate, zabô neke šarene motke, razvukao kroz celu ulicu metarsku pantljiku i nešto meri. Meri on tako od jutra do mraka, pa zabode ovde-onde neke kočiće i nestane ga.

Prođe zatim tri ili četiri meseca, pa onda jedno jutro dođe drugi inženjer, povadi one kočiće zabodene ovde i onde; meri, meri, meri i zabada nove kočiće, na sasvim druga mesta. Kad prođe i trećih tri meseca, dođe treći inženjer, povadi ove druge kočiće i pobaca ih, meri od jutra do mraka i zabode nove kočiće na sasvim druga mesta.

Tada već padne sneg i nekoliko meseci ne pojavljuju se inženjeri. A kad grane proleće, nema više ni onih kočića, ali se zato, jednog jutra, pojave ljudi s nekim kolicima i počnu da nanose zemlju. Nose oni tako zemlju, nose, nose i nasipaju ulicu. Prvo, kao ono prvi sneg, zaspu trotoare i oluke; zatim opet dođe jedan čovek s metarskom pantljikom, premeri nešto i sutradan se pojavi dvogubo više kolica, te sad već stanu nasipati ulicu, kao kad sneg preko kolena padne. Zaspu temelj, pa onda zatvore vam podrumske prozore, pa onda udare nasip sve do cokle. Tad dođu kaldrmdžije i pokaldrmišu sve to, a vaša kuća, onako krasna kuća, postane sad mala, niska kućica, jedva tri metra nad zemljom. Pitate za objašnjenje i kaže vam se:

– To je nivelacija.

Huknete, dunete, pa se i pomirite sa sudbinom. Udarite u opravku; popnete ulazak za jedan metar, izdignete prozore, otvorite nove podrumske prozore i okrpite kuću, kako već možete živite u njoj mirno i zadovoljno punu godinu dana.

A kad ta godina prođe, pojave se opet na raskršću opštinski inženjeri. Stovarili neke alate, zaboli neke šarene motke, razvukli kroz celu ulicu metarsku pantljiku i nešto mere. Mere tako od jutra do mraka, a zabadaju ovde i onde neke kočiće. Posle dolaze drugi i povade te kočiće a zabadaju nove. I tako izređa ih se nekoliko i svako od njih jedan drugom vadi kočiće, a bode sve nove. Pa kad onih poslednjih nestane, kad ih povade deca i naprave od njih klisove, tada se jednog jutra pojave oni ljudi s kolicima i počnu kopati i odnositi zemlju. Nose oni zemlju, nose, a vaša se kuća postepeno izdiže. Najpre se pojave stari podrumski prozori, pa onda stari trotoar, a kopanje ide sve niže i niže, pa se tek pojavi temelj go golcat, te vam kuća izgleda kao kad čovek ostane potpuno obučen, a samo pantalone skine. Pa onda, ne ostaju ljudi s kolicima ni pri tome samo, teraju oni i dalje. Kopaju, kopaju, kopaju i dalje, kopaju pod temeljom i ostavljaju brežuljak na koji će se vaša kuća uspeti. I vaša kuća penje se, penje se, te jednog dana osvane na vrh nekog brda kao sokolovo gnezdo, ili, još bolje, kao turske karaule po drumovima. Pitate za objašnjenje i opet vam se kaže:

– To je nivelacija.

Huknete, dunete, pa opet se pomirite sa sudbinom. Udarite u opravku. Spuštate ulazak za tri metra, od bivšeg podruma pravite suteren, i to hoh suteren, udarite i kamene coklove, jer vam je prva nivelacija ovlažila kuću, i okrpite kuću kako već možete i živite u njoj mirno i zadovoljno punu godinu dana.

A kad i ta godina prođe, pojave se na raskršću opet opštinski inženjeri. Donesu one iste alate, zabodu one iste motke, razvuku kroz celu ulicu metarsku pantljiku i nešto mere. Mere tako od jutra do mraka i zabadaju kočiće. Dođu novi inženjeri. Mere, mere, mere i zabodu nove kočiće na sasvim drugim mestima. Dođu treći, pa povade te kočiće i zabodu nove, i najzad dođu četvrti, pa povade ove i zabodu sasvim nove. Tada vam se saopšti da vaša kuća nije više na ulici, da ulica sad ide drugim pravcem, prema kome će vaša kuća ostati u avliji; da vi dobijete pred kućom toliko i toliko metara placa i da ste dužni u tom i tom roku ograditi ga. Pitate za objašnjenje i kaže vam se:

– To je regulacija.

Vi, šta ćete, huknete, prežalite što vam kuća, koju ste vi zidali s lica nije sad više s lica, kupite daske i ogradite plot i živite, u vašoj kući iz avlije, mirno i zadovoljno punu godinu dana.

A kad ta godina prođe, pojave se na raskršću opet opštinski inženjeri i već... metarska pantljika... šarena motka... kočići... kočići... kočići... Na kraju krajeva vama se saopšti da vam se onaj plac oduzima, da vaša kuća izlazi opet na ulicu, ali od same kuće ima da se oduzmu dve prednje sobe s lica, tako da vam ostaje kujna, nužnik i vešernica. Pitate za objašnjenje i kaže vam se:

– To je regulacija.

Šta ćete, pomirite se! Od kujne napravite salu, od nužnika kancelariju, od vešernice sobu za spavanje. Dozidate tamo pozadi još gdešto, i tako se opet lepo i mirno namestite, te slatko proživite godinu dana.

Ali posle godinu dana... šarena motka... kočići... metarska pantljika, kočići... opet kočići, i vama se saopšti da se ova ulica, u koju gleda vaša kuća, sasvim zatvara i da vi dobijate kao avliju pripadajući deo ulice, ali zato ulica, koja ide za leđima vaše dosadašnje avlije, prolazi sad sasvim kraj vaše kuće, tako da sad vaša kuća svojim leđima, odnosno nužnikom, vešernicom i kujnom gleda na onu drugu ulicu. Pitate za objašnjenje i kaže vam se:

– To je regulacija.

Eto tako to ide kod nas u Beogradu godinama, i to se zove: regulacija i nivelacija. Ali sad nastaje treće čudo, a to je: kanalizacija.

Dosad su inženjeri baratali oko kuća i po ulicama, ali, jaoj nama, kad se sad zavuku pod kuće naše, pa tamo stanu zabadati kočiće.

Vidite kako je to dobra stvar nemati kuću u Beogradu. Mnogi od vas na to nisu ni mislili, ali ja jesam bome, i ne samo što je nemam, nego ću se teško i rešiti za života da je – stečem.

Moj prvi intervju

Juče me pozva ozbiljno gospodin urednik i reče mi:

– Slušajte, Ben Akiba, ne mogu ja vas plaćati samo za obična ćeretanja; vi se morate pogdekad obazreti i na naša važnija politička pitanja.

– Pa, dobro, obazreću se – odgovorih ja skromno.

– Ja ne tražim od vas da pišete uvodne članke, ali biste mogli, na primer, pogdekad, intervjuisati pokojeg od naših važnijih ljudi o kakvom krupnijem pitanju, i taj vaš razgovor izneti.

– A o kom krupnom pitanju da razgovaram?

– Pa, eto, o na primer, o zajmu. Idite gospodinu P, razgovarajte s njim i taj razgovor objavite.

Uzeh odmah iz štamparije četiri-pet „šlajfni", zarezah pisaljku, te se uputih i gospodinu P.

Zatekoh ga u njegovoj sobi, hrani kanarinku i zviždi nešto.

Pomislih u sebi: baš dobro, ovaj je raspoložen, moći ću s njim da progovorim reč-dve o zajmu.

Ja odmah izvadih hartiju i pisaljku i počeh.

– Čast mi je predstaviti se. Ja sam Ben Akiba, saradnik *Politike*. Došao sam da vas pitam šta vi mislite o zajmu?

– O kom zajmu?

– Pa o ovom našem, državnom zajmu.

– Ja ne mislim ništa – odgovori odlučno državnik gospodin P. i nastavi da hrani kanarinku.

Ja gornji razgovor, i moja pitanja i državnikove odgovore, tačno napisane, odnesem lepo gospodinu uredniku.

– Pa šta je ovo? – izdra se urednik.

– Intervju.

– Tä kakav intervju, bog vas video, zar je ovo intervju? Pa on vam, u stvari, nije ništa kazao.

– Molim vas, ja sam tačno zabeležio to što je on kazao, ja tek ne mogu izmišljati odgovore.

– Niste vi, moj Ben Akiba ni za kakav posao. Nije njegova krivica što vam nije ništa kazao nego vaša.

– Otkud moja? – uzeh da se izvinjavam. – Tä nije on mene intervjuisao nego ja njega.

– Tako i jeste. Ali, vidite, veština jednog intervjuiste sastoji se u tome: da vešto postavi pitanja, da natera tako dotičnoga da govori. A to možete postići samo ako mu postavite puno raznolikih pitanja. Pitanja valja ukrstiti, i što više pitanja, što više raznolikih pitanja, pa neka na svako pitanje odgovori makar po jednom rečju. Iz toga se posle da srediti mišljenje i njegov odgovor.

– Pa što mi to niste odmah kazali. Idem ja ponovo da ga ukrstim pitanjima.

Odoh ponovo, a usput sam premišljao kako da mu postavim što više pitanja.

– Vi ste opet došli? – počeće on.

– Da, izvinite, nisam bio dovoljno vešt, pa sad moram da ispravim stvar. Vi se nećete ljutiti?

I sad počeh da ukrštam pitanja.

Ja: Koliko vam je godina?

On: Meni šezdeset dve.

Ja: Jeľ odavno u vašoj kući ova kanarinka?

On: Ima tri godine.

Ja: Koju numeru kragne nosite?

On: Četrdeset dva.

Ja: Hoćete li ovog leta u banju?

On: Ne, neću.

Ja: Ko je vaš kućni lekar?

On: Doktor Vukadinović.

Ja: Šta plaćate kirije za ovaj kvartir?

On: Devedeset dinara.

Ja: Jedete li vi rado knedle sa sirom?

On: Volim, ali sa zemunskim sirom.

Ja: Koliko držite klasne lutrije?

On: Jednu osminu.

Ja: Dajete li van kuće veš da vam se pegla?

On: Da.

Ja: Na koliku ste sumu osigurani?

On: Na deset hiljada.

Kad sam mislio da sam mu dovoljno raznolikih pitanja postavio i kad sam sve odgovore tačno zabeležio, ja se uputim srećan i zadovoljan uredniku.

– Šta je ovo? – zgranu se urednik i poče da čupa kose.

– To? – rekoh ja sasvim mirno, znajući da mi je savest mirna. – To su raznolika ukrštena pitanja i odgovori dobijeni na ista.

– O gospode, o savaote! – poče urednik da besni po redakciji i već pruži ruku da se maši divita.

– Čekajte! – počeh ja odlučnije. – Što se ljutite, ovo je sve po vašem uputstvu.

– Pa šta se mene tiče jede li državnik P. knedle sa zemunskim sirom? – poče dalje da se dere urednik.

– Pa ni mene se to ništa ne tiče.

– Pa što ste ga onda to pitali?

– Tako... da bi bilo što više pitanja.

– Pa što više pitanja, ali takvih da se iz njih može zaključiti njegovo mišljenje o zajmu! Pročitajte, pročitajte samo sva pitanja i odgovore, pa mi recite: može li se iz ovih odgovora zaključiti njegovo mišljenje o zajmu – i tu mi urednik poturi pod nos moj rukopis.

Ja uzeh, pročitah, pročitah dva-tri puta i odista se uverih da se ne može zaključiti njegovo mišljenje o zajmu.

– I što je najgore – poče dalje da zipara urednik – vi ste saradnik moga lista, kao takav ste se predstavili i kakav sad moj list izgleda pred tim čovekom kad mu takve ljude šalje? Da ste mu odmah otišli ponovo, radi izvinjenja i tom prilikom postavili mu evo ova pitanja.

I urednik uze, pa napisa dvanaest pitanja, pa još dodade:

– Ta pitanja naučite napamet, nemojte ih čitati, jeste li me razumeli?

– Razumem – rekoh skromno i krenuh se i po treći put državniku P, učeći usput ona pitanja napamet.

Kad sam ušao, a državnik P. me dočeka sa:

– Šta je, zar opet...? Napolje, napolje, gospodine! Ne dozvoljavam ja nikome da tera šegu sa mnom!

– Ali, gospodine, sad sam naučio pitanja napamet.

– Napolje, kad vam kažem!

Vratih se poražen u redakciju.

– Šta je bilo? – dočeka me još s vrata urednik.

Ja mu rekoh šta je bilo.

– Vrlo dobro, vrlo dobro – poče urednik zadovoljno da trlja ruke.

Ja se začudih.

– Ali, molim vas, gospodine uredniče, time što sam ja izbačen iz državnikove kuće, vi niste dobili odgovor o njegovom mišljenju o zajmu?

– Da – reče urednik i pakosno i zadovoljno – ali sam dobio jedan feljton više. Sedite, Ben Akiba, pa pišite taj feljton, ako hoćete malo akonta.

I, evo, ja napisah.

Polaženik

Polaženik je vrlo lep narodni običaj. On o Božiću ulazi u kuću i drži se da donosi sreću. Polaženik ponese u ruci žito, pa kad nazove s vrata „Hristos se rodi!“, pospe iz ruke žitom po kući, a iz kuće ko pospe njega i odgovori mu „Vaistinu se rodi“, pa onda skreše badnjak tj. uzme vatralj pa udara njime badnjak i izjavljuje svoje želje. Najzad razgrne pepeo na kraj ognjišta i onde metne novac.

Eto, to je narodni običaj. Razume se da su ti običaji u svakom kraju naše otadžbine, u svakom okrugu, pa skoro i u svakom srezu drugačiji. Eto, na primer, u krajinskom okrugu, sasvim su drugačiji običaji. To ćemo se uveriti ako zapitamo Jocu šnajdera, jer on je rodom iz krajinskog okruga.

Joca šnajder je mlad čovek koji ima vrlo rđav kroj, ali je zato vrlo dobar tenor. On radi kod kuće, i to, moraš mu letnje haljine naručiti još decembra ako hoćeš da ti stignu tamo druge polovine maja meseca ili prve polovine juna.

Zato je Sima, opštinski kontrolor, još avgusta poručio kod njega zimski kaput te ga jedva dobio krajem novembra. Ali za to vreme, od avgusta pa do kraja novembra, Joca je neprestano dolazio Siminoj kući radi probe. Te probe je on održavao puna tri meseca. Ako je Sima kod kuće, on proba, a ako nije Sima kod kuće no samo njegova žena Savka, on opet proba. Simi je to već postala obična stvar, kad dođe na podne da mu Savka kaže:

– Bio jutros Joca šnajder radi probe.

A valja odmah reći da je Savka ženica onako, da se pred kuma postavi. Omalena, punačka, a oči joj pune struje. Mogla bi četvora tramvajska kola krenuti, pa nikad da ne bude prekida struje.

Dakle, nikakvo čudo nije što je Joca šnajder tako dugo pravio kaput i tako revnosno držao probe.

Mora da mu je jednoga dana proba dobro ispala, jer i kad je kaput bio gotov, Joca je nastavio da dolazi kod Sime kontrolora.

I to se prosto čovek preobrazio, ni onaj šnajder ni dajbože. Zaljubljen do ušiju, pa kako je bio suv, sad se još više osušio, skoro da ga udeneš u iglu. Pre je imao malo četvrtasto jastuče, ono šnajdersko jastuče, u koje se ubadaju igle, uzeo ga sad pa ga prekrojio, napravio jastuče u vidu srca. Pa onda, žalost ga pogledati kad kakav posao radi. Rasejan postao, pa se sav izbode dok posao svrši. Dok jedno dugme sašije, a on izbode sve prste te ga krv oblije.

Toliko je Joca šnajder bio zaljubljen u Savku kontrolorku.

A Sima kontrolor čovek poslen. Jednako ima posla na klanici. Pa pokoji put se i po celu noć kolje. Eto, ni Badnje veče nije mogao provesti kao čovek i kao Srbin kod kuće. Nije mogao ni razastrti slamu, nije mogao vikati: ko, ko, ko, ko... a za njim Savka svojim slatkim glasom: pi... pi... pi... pi... Nije mogao, morao je biti cele noći na klanici. Kad je pošao, a on će reći Savki:

– Ja tek ako dođem oko sedam ujutru. Spremi mi vruće rakije!

E, ali umesto u sedam, Sima svrši posao u tri sata noću, te potegne kući da bar malo i prospava. Dođe lepo, te kao svaki muž, ne osvrćući se na patroldžiju, lupne u prozor: kuc, kuc, kuc, kuc...

Savka skoči na prozor i užasno se prestravi. Samo što ciknu, uvuče se u sobu i tamo sad nastade neka lomnjava i neko muvanje. Sima već na vratima. Ne otvaraju se, te on već nestrpljiv. Grune u vrata kolenom i podvikne, pa se vrata odmah otvoriše:

– Hristos se rodi, Savka! – veli Sima.

– Vaistinu! – odgovara Savka prestravljeno.

– A šta je ovo, otkuda ti, Joco, noću kod mene?

Joca se pribio u jedan ćošak i čisto mu krivo što nema pri sebi šnajdersku iglu ili utiju, pa da izvrši samoubistvo.

Ali se Savka brzo doseti.

– Pa sad je došao, tek što je došao, došao nam je kao polaženik. On je polaženik, Simo.

– Jest – dodade Joca, dohvativši se grčevito te ideje – došao sam ti, brate, kao polaženik.

– Polaženik? – pita Sima strogo. – Pa kad si polaženik, a što si go, što si samo u gaćama i košulji?

Savka pretrnu, jer je na tu sitnu okolnost sasvim zaboravila.

Ali se sad doseti Joca šnajder.

– Pa... ovaj... takav je običaj kod nas, u krajinskom okrugu. Ja sam otud rodom pa... takav je tamo običaj...

Tada se i Sima seti narodnih običaja. On je rodom iz podrinjskog okruga, a tamo polaženika ogrnu guberom ili ponjavom, da im se hvata debeo skorup preko godine. Dohvati Sima jednu ponjavu, baci je na glavu Joci šnajderu, pa ga obori na zemlju i poče ga tući kao marvu, uzvikujući jednako:

– A ovakav je opet običaj u podrinjskom okrugu, a ja sam otud rodom.

Šta je bilo dalje, ne znam.

Dobrotvor

I danas ima puno pevačkih društava, počev od onih kod kojih postoje i članovi i hor, ali niti postoje pravila niti uprava, pa do onih kod kojih postoje pravila i uprava, ali ne postoje ni članovi ni hor. Svaka narodnost ima već svoje pevačko društvo, i Jevreji, i Palilulci, i Vračarci. Upotrebljena su već sva imena naših književnika i kompozitora kao imena društava; upotrebljena su i imena vladarska, razume se, ona iz novije istorije, jer se imena vladarska iz starije istorije nimalo ne rentiraju. Drže se koncerti, peva se po pratnjama i svadbama, drže se skupštine i, uopšte, nastala je takva aktivnost u obrazovanju pevačkih društava u Beogradu kao da su to zemljoradničke zadruge. Pevačka društva i novčani zavodi to su najmnogobrojnije ustanove u Beogradu. Izgleda kao da to ide uporedo. Čim se obrazuje jedno pevačko društvo, gde se ljudi skupe da pevaju, odmah se obrazuje i jedan novčani zavod oko kojega se skupe ljudi da kukaju.

Elem, jedno od takvih pevačkih društava steče jednog dana i jednog dobrotvora. Gazda Triša Miljković, bakalin kod *Sardine u kutiji* (tako mu glasi firma), reši se jednog dana i položi 1.000 dinara u ime svoje, svoje žene Pavke, svoje dece Marice, Raše, Zdravka, Momčila i Perside, da se svi zajedno uvedu kao dobrotvori, tj. on da se smatra kao dobrotvor, ali da to prelazi s kolena na koleno.

Razume se, upravni odbor pevačkog društva odmah se skupi i reši da društvo podnese gazda-Triši diplomu. Odredi se i naročiti dan, te posle službe božje, njih četrdeset na broju, s predsednikom i horovođom na čelu, krenu gazda Triši.

Predsednik ga pozdravi vrlo toplo. Gazda Triši, Pavki i njihovoj deci Marici, Raši, Zdravku, Momčilu i Persidi pođoše suze na oči. Zatim horovođa diže po dva prsta svake ruke uvis, uzdiže obe obrve na čelo, preleti očima svih četrdeset pevača, viknu ono obligatno: a, a, a, a... i onda hor grunu: „Padajte, braćo, plin'te u krvi... "

Pa onda nastade zakuska, i zdravice, i „mnogaja ljeta", te se tako bome svojski počastiše, i jedva se odvojiše od stola oko dva sata popodne. Ispratiše ih lepo i ljubazno, i s punim očima suza, gazda Triša i Pavka i njihova deca Marica, Raša, Zdravko, Momčilo i Persida.

Gazda Triša zadovoljno trlja ruke i veli Pavki:

– Eto, vidiš! Čovek odvoji od usta malo pa postane dobrotvor, pa mu se to posle celoga veka vidi i čuje.

A tako je i bilo, gazda Triši se zbilja celoga veka videlo i čulo.

Dođe Uskrs, na primer, a pevačko društvo, posle službe božje, gde će i kome će pre čestitati nego dobrotvoru svome. Dignu se svih četrdeset gazda Triši, predsednik u ime svih vikne: „Hristos vaskrs!“, u ime svih se poljubi s gazda Trišom, u ime svih se kuca jajetom s gazda Trišom i onda horovođa digne po dva prsta svake ruke uvis, uzdigne obe obrve na čelo, preleti očima svih četrdeset pevača, vikne ono obligatno a, a, a, a... onda hor grune: „Opšteje voskresenije“.

Pa onda nastane zakuska i zdravica i „mnogaja ljeta“, pa se opet svojski počastiše i jedva se odvojiše oko dva sata popodne. Ispratiše ih lepo i ljubazno i s punim očima suza gazda Triša i Pavka i njihova deca Marica, Raša, Zdravko, Momčilo i Persida.

Gospa Pavka se vajka:

– Da sam znala samo da ofarbam poviše jaja. Ja, nesrećnica, ofarbala samo pedeset, kao svake godine, pa sad ostadoh o Uskrsu bez jaja.

Pa tako posle dođe Božić, pa kud bi društvo zaboravilo svog dobrotvora. Horovođa digne prste uvis: a, a, a, a... predsednik zdravi, gazda Triša, Pavka i njihova deca Marica, Raša, Zdravko, Momčilo i Persida plaču od radosti.

Pa onda Nova godina. E, ako tu pevačko društvo zaboravi svoga dobrotvora, i to jedinog dobrotvora svoga, kad će ga se onda setiti. Malo je bilo Triši celo jedno prase, jer je oduševljenje bilo veliko a želje iskrene.

Pa onda naiđe slava dobrotvorova. Eh, tu se tek pokazalo društvo pažljivo. Pevalo je pri rezanju kolača, pevalo je o ručku, pa o večeri, pa pevalo i sutradan na patarice.

Pa onda, blagodarnost je blagodarnost, ne da se lako izbrisati iz srca. Razabra se društvo kad je dobrotvorov rođendan, pa grunu u kuću s „mnogaja ljeta“. Opet zakuska, opet zdravice, opet gazda Triši, njegovoj ženi i njihovoj deci pune oči suza.

Pa onda naiđe i gospa Pavkin rođendan, pa to pođe tako redom. Rođendan Maričin, pa Rašin, pa Zdravkov, pa Momčilov, pa mezimice Perside.

Hor se već izvežbao pa sve lepše peva „mnogaja ljeta", predsednik se izvežbao pa sve lepše zdravice drži, a u očima gazda Trišinim i njegove dobrotvorne porodice sve manje i manje suza.

Prekjuče me nađe grešnik, pa kune i proklinje onoga ko ga je prvi naučio da bude dobrotvor.

– Gospode bože, što ću i kako ću, ako ova blagodarnost potraje s kolena na koleno, kao što sam ja ispočetka želeo, te da i moja deca ispaštaju to što sam ja dobrotvor.

– Šta da ti kažem – velim mu ja – trpi!

– Ama ne može, gospodine, da se trpi. Popiše i pojedoše sve što stekoh. Nego da te molim nešto.

– Šta gazda Trišo?

– Ovaj, pomozi mi, primi se da budeš posrednik izmeđ' mene i njih. Eto, ja nudim drage volje još hiljadu dinara, pa da me ispišu iz dobrotvora. Ne mogu više, dosta je bila jedna godina.

Penzioner s kvalifikacijama

Ja sam već poodavno penzionisan, ali sam sve dosad nekako osećao da mi nešto nedostaje te da u svemu odgovorim svome zanimanju. Nedostajale su mi izvesne kvalifikacije, to sam osećao, ali nikako nisam mogao da uhvatim šta je to što mi nedostaje.

Išao sam, kao i svi drugi penzioneri, svako jutro na Veliku pijacu, raspitivao se za cene iako nisam hteo ništa da kupim. Išao sam oko devet sati u kafanu, naručio kafu, pokupio sve jutarnje novine i metnuo ih na stolicu poda se. Čistio sam prvo po pola sata muštiklu, pa onda zavio cigaru, pripalio i otpočeo da vadim ozdo broj po broj novina, te ga čitao od naslova pa dole, do potpisa urednika, posmatrajući preko novina s pakosnim uživanjem onog grešnika koji očekuje baš te novine. Kad sam to svršio, išao sam te obilazio kuće, one koje se zidaju, pravio sam primedbe, zamerao što su coklovi niski, što su prozori mali i, uopšte, zamerao sve što mi je palo na pamet, koliko samo da mi prođe vreme. Posle ručka sam spavao, a posle spavanja sam išao u *Kasinu* i kibicovao, kraj poznatoga penzionerskoga stola, sve do predveče.

I sve i sva sam činio što čine ostali penzioneri, pa ipak sam osećao da mi još uvek nešto nedostaje, te da mogu biti pravi penzioner s kvalifikacijama...

Jednoga dana – kad se ovo poslednjih dana poče da menja vreme – osetih da me nešto žiga u ramenu. Pa to kao danas žignu malo, sutradan jače, a preksutra sasvim steže kao kleštima, i ja iznesoh jedno rame uvis. Ne mogu da mičem rukom i ne mogu da spavam.

Potrčim odmah lekaru i pokažem mu svoje rame.

Lekar me pipnu, pritište, pa sasvim ozbiljno reče:

– To je reumatizam.

– Tako. Vrlo mi je milo.

– Moraću vam propisati štogod za veštačko znojenje.

– To nije potrebno, to mi je država već propisala.

– Kako?

– Pa dala mi je tako malu penziju da od nje nema boljeg leka za veštačko znojenje, ako hoću da izađem na kraj.

Lekar, međutim, nije bio raspoložen da se dalje upušta u razgovor, izvesno osećajući instinktivno da mu vizitu neću platiti. On propisa neki lek, a kad ga zapitah treba li još koji put da dođem, odgovori mi vrlo kratko:

– Ne, nije potrebno.

Uzeh recept, kupih lek i počeh da gutam praškove. Ne pomaže, ne pomaže ništa. Bol sve veći i veći, i uznosim rame sve više u visinu.

Najzad mi pade srećna misao na pamet. Tu je prvi maj, kad se prima penzija, i kad se osam stotina penzionera skrha u čekaonice Ministarstva finansija. Svaki je od njih penzioner s kvalifikacijama, svi imaju pored opštih odlika i reumatizam. I što će meni onda boljih lekara, kad ću tamo naći čitav konzilijum, i to najveći konzilijum na svetu, osam stotina lekara, tj. osam stotina penzionera, od kojih svako zna po jedan lek od reumatizma.

Odoh, dakle, tamo, uđoh u čekaonicu Ministarstva finansija i pođoh od jednoga do drugoga da se žalim kako me žiga rame.

– Nije to ništa – veli mi jedan bivši okružni načelnik. To će tako boleli jedno petnaest-dvadeset dana, dok se bol ne ukrti, a posle će da prođe. I samo kad se vreme menja opet će da se javi.

– Znaš šta ćeš – veli mi jedan bivši upravnik carinarnice. – Nastruži crne rotkve pa metni, odneće ti bol kao rukom.

– Ne rotkve, kakve rotkve! – ljuti se jedan kaznačej. – Rena, brate, rena, pa posoli ren!

– Koliko ja znam, gospodo – počeće jedan poručnik u penziji, koji uvek pred kasom Ministarstva finansija zauzima vojnički stav, kao da stoji pred đeneralom – za reumatizam je jedini lek gas. Gas, gospodo, leči bolje nego ne znam šta.

– Kakav gas! – brecnu se jedan potpukovnik, koji vuče penziju i reumatizam još od srpsko-turskog rata. – Kakav gas, brate! Tu su modu doneli kod nas Rusi. Oni su i pili gas, pa valjda je to za njih i lek. Neka ga oni i dalje piju i neka se leče, ali od reumatizma, ako ko hoće da se izleči, treba da privija nastrugan krompir.

– Slušajte vi mene – reći će jedan savetnik bez zuba, onaj što ga viđam svako jutro na Velikoj pijaci kako juri za tuđim ženama i pilji im u oči – slušajte vi mene. Imate li vi mladu ženu?

– Šta se to vas tiče?

– Molim... pardon... govorim bez ikakvih zadnjih namera. Ali hoću da kažem da boljega leka nema nego špiritus i kamfor, pa ako je žena mlada, hoću reći zdrava, pa svaki dan da trlja.

– Nije istina – upade u reč jedan bivši poreznik – žena kad je mlada žali muža. To treba tašta da trlja, pa da vidiš što je trljanje, jer tašta uživa kad grešni zet počne da se uvija i jauče. Ja vam kažem, ja ne znam bolji lek od reumatizma nego špiritus, kamfor i tašta.

– Koješta, tek makar šta vam padne na pamet – upade u razgovor jedan prgavi profesor – špiritus, kamfor i tašta! Čudo niste kazali: jedna oka špiritusa, devet grama kamfora i sedamnaest oka tašte, pa sve to troje dobro izmešati i mazati se svakog sata. Čudo tako nešto niste izmislili! Ne pomaže to, razumete, sve to ne pomaže! Jedini je lek, i to oprobani lek, katran. Trebate se mazati katranom.

– A ne, varate se – umeša se nekakav bivši kontrolor. – Ja ću vam kazati lek za reumatizam. Valja uzeti salo, razumete li, salo, rastrljati ga na krpu i posuti istucanim nišadorom, pa to privijati.

Najzad, uze me za ruku jedan od mlađih penzionera, jedan od onih koji se još nadaju da se vrate u službu. Veli:

– Odite ovamo, ja ću vam kazati lek.

I odvede me na stranu, pa poče poverljivo da mi govori:

– Nemojte slušati ove matore. Oni se po dvadeset-trideset godina leče tim lekovima, koje sad vama preporučuju, pa kažite mi ko je od njih izlečen. Zar ne vidite kako se svi mršte na boga čim počne da se menja vreme. Znate kakvi su oni? Samo neka je nešto masno, a oni to odmah ščepaju pa se mažu. Čuli ste: katran, salo... ako ih i dalje budete pitali, oni će vam reći i firnajs, terpentin, fiks, samo neka je masno. Jedni, razume se, uzmu pa to pospu solju, drugi nišadorom, treći stipsom, i to je sva razlika. Međutim, sve to ništa ne pomaže.

– E, pa, dobro, šta pomaže, ako boga znate?

– Ja ću vam kazati. Imate li vi dva dobra prijatelja, al' onako dva prijatelja koji imaju dobru ruku?

– Da me istrljaju?

– Bože sačuvaj. Naprotiv, vi njih da istrljate.

– Ja vas ne razumem?

– Pa pitam vas, imate li dva prijatelja, koji imaju onako dobru ruku? Ako imate, a vi ih zamolite nek vam potpišu menicu, pa idite lepo u Ribarsku banju i, eto, to vam je lek.

– Hvala, hvala, prijatelju. – I ja mu prijateljski stegoh ruku, jer se i sâm složih s tim da je to najbolji lek.

Dakle, prijatelji, izbegavajte me ovih dana.

Sa Sremčevog pogreba

Da budem u odboru za doček, navikao sam već, ali evo gde sam morao ući i u odbor za ispraćaj, i to ispraćaj do večne kuće, pa još onoga što mi je najmiliji. Ispratili smo Stevana Sremca.

Spremili smo vence, govore, pozvali na učešće društva, izradili čitav program pogreba, iako smo svi ubeđeni bili da time činimo nepravdu pokojnom Sremcu. Nije on to voleo, nije on to želeo. Za njega bi bilo dovoljno da su mu se oko sanduka skupila dva-tri lična prijatelja i da je u tišini bio sahranjen na kakvom skromnom mestašcu.

Da je on znao šta mu mi sve spremamo ovde u Beogradu, on ne bi ni došao iz Sokobanje, a kad je već došao, da je mogao, znam pouzdano šta bi učinio.

Dok smo se mi majali, uređujući pratnju na železničkoj stanici, on bi se izvukao iz mrtvačkog sanduka pa bi najsporednijim ulicama umakao na Novo groblje i zapitao bi tamo skromno crkvenjaka:

– Jelte, molim vas, koja je moja grobnica?

– A, vi ste, gospodin Sremac, izvoľte, izvoľte ovamo.

I pokazao bi mu grobnicu. Sremac bi se sakrio u nju, pa bi se još setio da dâ crkvenjaku sto para.

– Čujte – rekao bi mu – evo ovo vama, ali budite dobri pa mi učinite jednu uslugu.

– Molim.

– Naići će sad otud iz varoši jedna parada s vencima, ripidama i govornicima. Poznaćete ih...

– Tä kako ne bih poznavao vence i ripide?

– Ne to, nego poznaćete i govornike... Dakle, kad dođe cela ta parada, a vi budite dobri, pa im nemojte kazivati gde je moj grob.

Ja znam pouzdano da bi Sremac tako učinio, samo da je mogao. I jedino što bi u gornjim njegovim rečima moglo biti pogrešno to je da bi i grobar mogao poznati govornike. Tä ne bi ih mogao poznati čak i da je čitao program sahrane, jer su tamo bili označeni jedni govornici a govorili su drugi.

Vi i ne znate, možebiti, o toj akademskoj zabuni, koja se desila na dan Sremčevog pogreba.

Trebalo je, dakle, u crkvi da govori jedan akademik. Već počelo opelo, već nameštena nalonja za govornika, ali govornika nigde. U zao čas javiše da je govornik bolestan. Uzmuva se odbor za sahranu: šta će sad? Sremac je bio akademik, i zar ne bi bila bruka da se sahrani, a bez pozdrava i govora od Akademije.

Razlete se odbor za sahranu kroz publiku i poče da traži akademika. Ma kakvog, samo neka je akademik. Začas, pa prohujaše kroz publiku reči:

– Traži se akademik, traži se akademik! – Najzad, pade nekome na pamet srećna misao, te zovnu mene i reče:

– Slušajte, Ben Akiba, uzmite brzo fijaker i trčite po varoši pa nađite kakvog akademika. Opelo će dugo trajati, stići ćete.

– Tä da, stići ću – rekoh ja – ali, molim vas, po čemu ću ja poznati ko je akademik a ko nije?

– Eh, bože moj, pa valjda toliko dobro oko imate, to se da poznati.

– Dobro! – rekoh. Sedoh u fijaker i udarih u lov na akademike.

U Knez Mihailovoj ulici vidim jednog čoveka. Sasvim običan čovek, nit velika kosa, nit veliko čelo, niti klasični nos. Da li je, bože, akademik ili nije?

Ajd' da bacim sertme – pomislim u sebi – šta znam, možda će biti dobar lov. I zaustavim ga.

– Izvinite, molim vas, jeste li vi akademik?

– Ja? – učini čovek i razrogači oči. – Ja, jelte?

– Pa da...

– Ovaj... ja nisam – reče čovek zbunjeno – ali imam sina u drugoj godini.

– U kakvoj drugoj godini?

– Pa Akademije.

– A tako, e, molim vas, pozdravite vašeg sina. Zbogom!

– Hvala. Zbogom, gospodine!

I fijaker opet udari u trku, a ja kao kobac merkam levo i desno ne bih li ulovio kog akademika.

Najzad sretoh jednog, baš onako neobičan čovek na oči. Visoka čela, pametnih očiju, krupnih, odlučnih koraka. Ako ovo nije akademik, a ono ne znam ko je.

Zaustavim kola i bacim sertme.

– Gospodine... ah, za vas sam pošao. Molim vas sedite u kola...

– Ali ja vas ne razumem, gospodine! – uze on da se brani.

– Jeste li vi akademik?

– Nisam, ja sam bakalin.

– Bakalin? To nije moguće?

– Tä šta nije moguće, kao da ja ne znam šta sam!

– Ne, ne, to nije moguće!

– Molim vas lepo, eno vam firme: *Kod friške morune*.

– Kod „friške"?

– Jeste, gospodine, a možete čekati i moj oglas, koji sam na osnovu paragrafa 14. trgovačkog zakona dao u *Srpskim novinama*.

– Hvala, čitaću, čitaću tu vašu pristupnu akademsku raspravu. Zbogom, izvinite ako sam vas što uvredio.

– O, molim, samo upamtite, *Kod friške morune*.

– Hvala, upamtiću.

I opet sedoh u kola, te u trk loveći akademika. Sreo sam još jednoga profesora, za koga znam da bi se obradovao i da bih mu zasitio sujetu već i time što bih ga samo zapitao da li je akademik. On bi to pričao na pivu, za profesorskim štam-tišom, on bi to pričao u školi izmeđ' časova, on bi to gledao ma kako da uplete i u svoje predavanje.

– Idem ja tako jedanput ulicom – pričao bi profesor – a jedan gospodin siđe sa fijakera, priđe mi učtivo i upita me: „Jeste li vi, gospodine, akademik?" Kad mu ja rekoh da nisam, a čovek se čisto iznenadi i reče: „Tä nije moguće?"

Znao sam ja da bi profesor to jedva dočekao da sam mu prišao, pa zato baš nisam ni hteo. Jurio sam dalje i sreo opet jednog koji je morao biti akademik. Ćelav, nosi naočare, nabrale mu se bore na čelo i, uopšte, pravi utisak čoveka koji misli u ime cele Kraljevine Srbije. Ako ga sad nisam našao, neću ga ni naći.

Zaustavim kola i priđem mu odmah:

– Jeste li vi, molim vas, akademik?

– Kako? – zapita začuđeno.

– Traži se jedan akademik, jeste li vi slučajno?

– Nisam, ali ja na to ne pretendujem.

– Uh, vi ste me rđavo razumeli. Ne traži se neko da bude izabran za akademika, to je bar lako. Uzme se šematizam, pa prvi profesor filologije na koga se naiđe izabere se za redovnog člana. Dakle, ne traži se neko da bude izabran, nego neko koji je već akademik.

– E, izvinite, ja nisam, ja sam poštar. Al' ako mislite da bi trebalo što za mene učiniti, onda, molim vas, neka Akademija nauka poradi da mi se da klasa, jer krajnje je vreme da se naša poštanska struka re-organizuje i uredi.

– A to će se postići kad se vama da klasa?

– Pa da, zaboga! Zar niste primetili da naši poštari uvek uoči kakvog poštanskog ukaza pišu kako je krajnje vreme da se poštanska struka reorganizuje?

– Jest, jest, imate pravo. Govoriću Akademiji da se zauzme za vas. Ali sad me izvinite, u poslu sam, žurim.

I kočijaš ošinu konje pa trkom prođosmo kroz Beograd. Ja se premeštam samo s levog sedišta na desno i s desnog na levo i uzvikujem mimoprolazećoj publici:

– Traži se akademik, traži se akademik!

Najzad me jedan gimnazista zaustavi.

– Izvinite, gospodine, ja bih rekao da postoji jedan.

Ščepah dečka obema rukama, zagrlih ga suznih očiju i počeh da ga ljubim:

– Govori, govori, spasioče moj?

– Pa, gospodin Giga Geršić.

– Gospodin Giga?

– Jeste.

Ja se pljesnuh po čelu, udarih u uzbuđenju šamar kočijašu, kočijaš u uzbuđenju udari nogom konje u slabinu, projurismo kao furije kroz Beograd i sručismo se pred gospodin Giginom kućom.

– Gospodine, vi ste akademik?

– E, boga vam – veli gospodin Giga – a ko se to setio?

– Tä Akademija nauka se svakojako nije setila.

– No, to sam i mislio.

– Spasavajte situaciju.

Ja neću dalje da vam pričam šta je bilo i kako je bilo. Svi znate. Gospodin Geršić je dojurio u crkvu, pred crkvenim vratima zapitao je samo:

– A molim, ko je umro? – A zatim je odmah stao za nalonju i spasao Akademiju.

Društvo za zaštitu životinja

No, hvala bogu, osnovano je i kod nas „Društvo za zaštitu životinja“. Otkad ja govorim da mi moramo ići u stopu za velikim kulturnim narodima, pa, ako je moguće, čak i stići ih, te poći „u nogu“ s njima.

Zbrinuli smo brigu o iznemoglim starcima, zbrinuli smo brigu o svim vrstama napuštene dece, srećno smo preskočili, praveći se gluvi, radničko pitanje, i sad je sasvim na redu društvo za zaštitu životinja.

Doduše, bio bi veći odziv, i bilo bi kao onako savršenije, kad bismo ustanovili „Društvo za zaštitu činovnika“, ali to nas ne bi stavilo u red kulturnih naroda.

Da bi moji činovnici bili, dakle, tačno obavešteni o ovome novome društvu, ja sam odmah stavio sebi u zadatak da intervjuišem nekoliko zainteresovanih ovim pokretom, te da njihovo mišljenje iznesem.

Intervjuisao sam jednog papagaja, jednog vola, jedno jagnje i jednog psa. Moram vam izložiti njihova mišljenja.

Kod papagaja

Ja: Dobar dan želim.

Papagaj: Dobar dan, lolo!

Ja: Kakav je to otpozdrav?

Papagaj: Izvinite, tako sam naučio od gospođe, ona, znate, tako pozdravlja uvek gospodina.

Ja: Vi ste čuli, valjda, da je osnovano „Društvo za zaštitu životinja“, pa sam došao da čujem vaše mišljenje?

Papagaj: Samo još jednu reč ako laneš, ja ću ti glavu razbiti.

Ja: Ali, molim...

Papagaj: Izvinite, omakla mi se reč. Znate, to je takođe jedna fraza, koju svaki dan za ručkom moja gospođa kaže gospodinu, pa ja naučio i, tako, zalepila mi se za jezik, pa čim zinem a ja je izbacim. Dakle, šta ste radi, ugursuze?

Ja (sasvim izmiren s ovim familijarnim rečnikom papagajevim): Hteo bih da čujem vaše mišljenje o „Društvu za zaštitu životinja".

Papagaj: Pre svega, to je uvreda za mene, ja nisam životinja, ja sam ptica, a drugo...

Ja: Ali svejedno, kažite mi vaše mišljenje?

Papagaj: E pa lepo, kazaću vam. Recite mi samo hoće li i dame biti članice tog društva?

Ja: O, dabome; one još pre nego mi. One su, zaboga, i po nežnosti svojih osećanja, što i čini osobinu njihovog pola, pozvane da budu članice.

Papagaj: E pa lepo, otidite na skupštinu tog društva i nemojte slušati šta se govori, nego gledajte samo u šešire gospođa članica.

Ja: Zašto to?

Papagaj: Pa zato što će one osnovati društvo za zaštitu životinja, a šeširi će im biti pretrpani najlepšim ptičjim glavama i krilima. Otidite, vidite, uverite se, pa onda dođite meni i tada ću vam izneti svoje mišljenje.

Kod vola

Ja: Izvinite što vas možda uznemiravam, ali sam rad da vas intervjuišem.

Vo: O carinskom ratu?

Ja: A ne! Ali, čuli ste da se kod nas osniva „Društvo za zaštitu životinja"?

Vo: Da, čitao sam.

Ja: Pa, hteo bih da čujem vaše mišljenje o tom društvu?

Bo: A hoćete li i vi biti član tog društva?

Ja: Razume se.

Vo: Onda mi dozvolite da ja vas intervjuišem.

Ja: Molim.

Vo: Jedete li vi rado bifteke?

Ja: Osobito rado, kad je lepo garniran.

Bo: A rozbratne?

Ja: S belim lukom.

Bo: A jedete li rado file?

Ja: Dabome.

Vo: A lungenbraten?

Ja: Jedem.

Vo: Vi mora biti volite i rinflajš?

Ja: Otkud ste pogodili?

Vo: Vidim ja odmah moje mušterije.

Ja: A što vas interesira jelovnik koji ja volim?

Vo: Ništa, hoću samo da konstatujem da ćete vi biti jedan od naj-
revnosnijih članova „Društva za zaštitu životinja“.

Ja: A vaše mišljenje o tom društvu?

Vo: Idite vi pa pitajte za mišljenje Kostu Panđelu, kasapina, njegovo
mišljenje je mnogo interesantnije od moga.

Kod jagnjeta

Ja: Hteo bih da čujem vaše mišljenje o „Društvu za zaštitu životi-
nja“?

Jagnje (ćuti i gleda u zemlju).

Ja: Meni je potrebno da čujem i vaše mišljenje o „Društvu za zašti-
tu životinja“?

Jagnje (još ćuti i stidljivo gleda u zemlju).

Ja: Možda nećete da mi kažete?

Jagnje: Izvinite... ali ja imam tremu. Ne mogu da govorim, imam
tremu.

Ja: A zašto, molim vas?

Jagnje: Vi me fiksirate.

Ja: Fiksiram vas, tä nisam vam ni sagledao oči, vi jednako gledate
u zemlju.

Jagnje: Ne oči, ali vi fiksirate moj rep, i sve se bojim pružićete ruku
da me pipnete oko repa.

Ja: Ah, da. To je istina, ali ću vam odmah objasniti tu okolnost. Ja,
znate, slavim Đurđevdan.

Jagnje: Tako, milo mi je.

Ja: Dakle, možete li mi kazati vaše mišljenje o „Društvu za zaštitu
životinja“?

Jagnje: Sve što znam to je da ću ja i krv svoju dati za to društvo.

Najzad, otišao sam i do psa. Znao sam da se on više bavi političkim pitanjima no društvenim, ali, mislio sam, umeće i ovde da odlaje štogod.

– Gospodine – reče mi pas – ja pre svega ne verujem da će to društvo moći uspeti što. Vi i danas idete sokakom i hvatate nas žicom i, kako mi izgleda, vi to ne primenjujete samo prema nama no i prema političkim ljudima...

– Pardon – prekidoh ga – ja ne bih bio rad da govorimo o politici.

– Pa ja i ne govorim – nastavi pas uvređeno – ja i ne govorim, ja lajem. Razumete li, ja lajem. A ako ovakve političke prilike i dalje ustraju, prolajaćete i vi, moraćete svi da prolajete, jer vam druge pomoći nema.

Nisam hteo dalje da ga slušam, jer sam mu prozreo nameru da ceo intervju navede na politiku.

Popis stanovništva

Zamislite, i mene odredili da popisujem beogradsko stanovništvo, i juče sam ceo dan raznosio liste po kućama. Meni se to vrlo dopada, tako da bih čisto pristao da mi to bude stalno zanimanje – da popisujem stanovništvo. Šta sve čovek ne vidi i šta sve ne čuje tom prilikom. Pa još kad se dobije zgodan kvart i zgodna ulica, kao što sam ih ja dobio...!

Ulazim u kuću broj 7. Ostarija, suvonjava ženica, baš čisti šargarepu da spusti u supu. Objasnih joj da sam došao radi popisa. Žena pretrnu, preblede i ispusti šargarepu.

– Nemate šta popisivati. Sve su stvari na moje ime, ja ću vam pokazati i sudsku presudu. Sve sam ja to donela kao miraz mome mužu.

– Ali, molim vas, gospođo, ne mislim ja to. Šta je vaš muž? – počnem ja blago.

– Bivši činovnik – odgovori ženica.

– Eh, vidite, dajte vi njemu samo ovu popisnu listu, on će već znati šta treba da učini, a ja ću doći drugog januara.

– Doći ćete drugog januara da iznesete stvari, znam ja to vrlo dobro. Ne smem ja tu listu da primim. Primila sam jedanput tako nešto iz Opštine, pa mal' me muž nije ubio... Neću ja to da primim.

– Ali, gospođo, ne tražim ja stvari, ovo je popis.

– Pa popis, dabome...

– Ama, nije, čekajte... dakle, stanovništvo, na primer, vi, eto, vi morate da se popišete...

– A za čije dugove?

– Ama nije za dugove!

– Onda za vojsku, valjda?

– Ama, pobogu, gospođo, strpite se da vam objasnim...

I jedva se dočepah reči i jedva objasnih ženi u čemu je stvar, utrabih joj popisnu listu u ruke te kidnuh kao bez duše.

* * *

Kuća broj 9.

Opet žena. Snažna, zdrava, izrasla onako da te ponese i da te spusti na zemlju, a ti ni da pisneš.

Vidi se čak da je to žena koja ima posla s vlastima i razume se prilično u zvaničnim stvarima. Čim sam joj kazao u čemu je stvar, razumela je i uze listu, samo što dodade:

– Slušajte, gospodine, samo unapred da znate, ja moga muža neću da upišem.

– Kako, molim vas?

– Tako, neću da ga upišem, neću ga više za muža.

– To je druga stvar, gospođo, to vi raspravite s konzistorijom.

– A neću, ništa mene konzistorija nije uvredila, pa da s njom raspravljam, raspravljaću ja s njim što imam.

– Ali, gospođo, pa on je starešina kuće.

– Bože sačuvaj, ja sam! – veli ona odlučno.

– Ali on ovde stanuje.

– To jeste – veli ona – ali tri dana nije dolazio, lumpovao je, pa sad ne sme ni da dođe.

– Pa dobro, istucite vi njega, i sasvim ste u pravu, ali ga morate upisati. Evo vam liste!

Ona uze listu.

– Dobro, ostavite vi listu, ali unapred znajte da ga ja neću upisati, i gde sam ga god dosad upisala kao svoga muža, izbrisaću ga, kao što ću i samog njega dobro izbrisati, samo dok mi naiđe.

Kuća broj 11.

Našao sam zatvorena vrata i kad sam kucao čuo sam u sobi neko „juh!“, neko muvanje, i jedva na jedvite jade otvoriše mi se vrata.

Mlada lepa ženica, da čovek prosto sve prste poliže.

Ali vrlo zbunjena, vrlo zbunjena. Iz sobe, u koju me primila, ide se u drugu sobu, i u toj drugoj sobi čuh da neko nešto preturi. Videh još i na patosu jedan oficirski kačket i – odmah sam razumeo situaciju.

Iako me gospođa nije ponudila, seo sam na stolicu. Ja imam naročite pasije za takve situacije.

Zatim sam razvio prijavnu listu i počeo gospođi da objašnjavam kako se popunjava.

– Vidite, gospođo, ovde ima dve vrlo važne rubrike. *Prva*: gde je onaj član porodice koji se slučajno za vreme popisa nije zatekao kod kuće? I *druga*: gde stanuje stalno (odakle je) ono lice koje se slučajno za vreme popisa zateklo ovde?

Gospođa pretrnu.

– Tako – nastavih ja vrlo ljubazno da objašnjavam – kod ovog prvog pitanja ćete napisati da, recimo, vaš muž nije kod kuće. On nije ovde, jelte?

– Da, muž mi je na putu.

– Odmah sam mislio. A u ovu ćete drugu rubriku morati zapisati ime lica koje se ovoga momenta slučajno zateklo u kući.

– Ju! – učini gospođa i preblede kao smrt.

– Evo, pročitajte sami zaglavlje rubrike broj petnaest.

– Pa znam, ali... On će sad otići – reče prestravljena žena i pokaza rukom na onu sobu gde se nešto preturilo.

– E, pa dobro – rekoh ja praštajući joj i pođoh iz kuće da dam prilike „onom što se slučajno zatekao u kući za vreme popisa" da izađe.

A drugog januara, odmah po Novoj godini, zašao sam opet od kuće do kuće da pokupim ispunjene liste.

Skupio sam 21, i od tih, pala mi je u oči najpre lista redni broj 4. Kao starešina kuće zapisana Maca Petrovićka, i na kraju liste opet potpisana kao starešina, koja je listu ispunila, ista Maca.

Međutim, pod broj 2 zapisan Joca Petrović. U rubrici: šta je ko starešini, piše: muž. I u rubrici: zanimanje, piše takođe da je Jocino glavno zanimanje: muž.

Otidem gospođi Maci starešini da se objasnimo.

– Molim, vi ste udati?

– Jesam, gospodine.

– E, pa, onda ste pogrešno ispunili listu.

– Zašto, molim? – isprsi se Maca starešina.

– Vaš muž ima da dođe napred kao starešina kuće.

– Aja – veli Maca – ja sam starešina, ja plaćam kiriju, ja vodim kuću, ja zarađujem, ja njega izdržavam.

– Pa dobro, čime se bavi vaš muž?

– Ničim, gospodine, eto tim što sam napisala, njegovo je i glavno i sporedno zanimanje to što je muž.

Badava sam pokušao da Maca starešina izmeni red u listi, ona to nikako nije pristala.

U listu broj 7 zapisala se jedna mlada raspuštenica, ali sem imena i prezimena, sve ostale rubrike ostavila nepopunjene.

Morao sam ići lično.

– Gospođo, vi niste upisali koliko vam je godina.

– Pa, ostavila sam da vi popunite – reče ona ljupko.

– Lepo, molim vas, ja ću to drage volje učiniti, ali recite mi koliko vam je godina?

– Pa... šacujte vi sami – reče raspuštenica obešenjački.

– Gospođo, to vi morate sami reći.

– A ne, bogami – veli odlučno raspuštenica – ja nikad dosad nisam kazala pred vlastima koliko mi je godina. Eto, toliko sam puta u kvartu saslušavana, zbog ratnih intriga, pa ja nikad nisam kazala godine, nego to sami pisari ošacuju. Pa i u konzistoriji nisam kazala koliko mi je godina, nego su to sami popovi ošacovali.

– E, ovde to ne može biti, ja ne umem da šacujem.

– More, ubio vas bog s lolom, mislite ne poznajem vas ja po očima.

Šta sam mogao posle ovog, a da ne okrnjim dostojanstvo državnog popisivača, nego zažmurih i napisah godina: 21.

U listu broj 9 upisale se samo majka i ćerka, a u rubrici „godine starosti" majci, Jeleni, udovi 26 godina, a ćerci njenoj, Sojki, 18.

– Gospođo, to ne može biti – primećujem joj skromno.

– Šta, molim vas? – pita iznenađeno Jelena udova.

– Ne možete vi imati 26 godina kad vaša ćerka ima 18.

– Eto ti sad! – isprsi se Jelena udova. – Pa valjda ja bolje znam kad sam se rodila nego vi.

U listu broj 11 upisao je Mirko Sarić, činovnik, sebe (24 godine), i svoju svastiku (19 godina).

– Pa što niste u rubriku „bračno stanje" stavili da ste udovac?

– Kako da stavim kad nisam udovac.

– A, dakle, živa vam je žena? Pa što je onda niste upisali?

– Ali, molim vas, da se razumemo. Nisam ja ženjen, nisam se nikad ni ženio.

– Niste. Pa otkud vam onda svastika?

– Pa... tako... našla se tu – poče gospodin Mirko zbunjeno da odgovara.

– Uzmite, popravite listu. Metnite da vam je gospođica sestričina.

– A, tako. Hvala.

I uze te izbrisa svastika, a stavi sestričina.

Lista broj 13 ispisana je bila vanredno lepim kancelarijskim rondšriftom. Međutim, gospođa Mica je udovica i žalila mi se na svoju usamljenost kad sam joj odneo listu.

– Hoćete li mi učiniti jednu ljubav? – zamolila me je ljupko kad sam otišao po listu.

– O, molim!

– Dajte mi listu gospođa Staninu, da vidim samo koliko je godina zapisala?

Ja razvih listu broj 8.

– Gospođa Stana je zapisala 23 godine.

– Iju, sram je bilo! – pljesnu se gospođa Mica šačicama. – Ima 35 kao jednu. Ona nikad nije ni bila mlada. Popravite vi to, gospodine, slobodno. Na moju odgovornost, popravite!

U listi broj 17 zapisan muž, žena i nekakav privatije.

Opet objašnjavanje. Razume se, kao i svuda, ne zatečem muža kod kuće, a muka živa sa ženama se objašnjavati.

– Šta je ovaj privatije vama, gospođo?

– Ništa nije, tako, prijatelj!

– Znam, je li kirajdžija?

– Nije.

– Pa šta je?

– Privatije.

– A sedi kod vas?

– Znate, on je vrlo dobar prijatelj s mojim mužem, on mu je i provodadžisao za mene, pa sad ga iz blagodarnosti držimo kod nas.

– A koliko je vašem mužu godina?

– Pa ima mu 50.

– A koliko je star privatije?

– Njemu ima 28.

– E, onda u rubriku zanimanja valja zapisati: domaći prijatelj.

Najviše mi je muke zadala jedna baba, neka Nančika Crvenčaninova. Našao sam je u tri razne liste. U listi broj 3, u listi broj 12 i u listi broj 21.

Izvesno ne postoje tri Nančike sa istim imenom i prezimenom i sa istim brojem godina.

Odoh u kuću broj 3. Hvala bogu, zatekoh domaćina kod kuće.

– Molim vas, gospodine, postoji li neka Nančika Crvenčaninova?

– Znam – prekide me u reči nabusito gospodin – bolje bi bilo da i ne postoji.

– Tä ono, bolje bi bilo i za mene, jer će mi grozno zaplesti popis.

– Pa ona zato i postoji da kome što zaplete.

– Molim vas, objasnite mi.

– To je bar jasno – veli gospodin – ona je moja tašta, a tašta je i onome na listi broj 14, a tašta je i onome na listi broj 21.

– Znam, ali gde stanuje ona?

– Kod sve trojice.

– Dobro, ali u čijoj se kući ona slučajno zatekla za vreme popisa?

– To ne može da se utvrdi, ona je svakog trenutka kod sve trojice.

– Pa dobro, ali kad ste vi popunjavali listu?

– Ona je bila kod mene. Kad je moj pašenog popunjavao listu, bila je kod njega, a kad je moj drugi pašenog popunjavao listu, bila je kod njega.

– Onda ja ne znam šta ću s tom babom?

– Što god hoćete, gospodine, ni mi zetovi ne znamo. Evo već sedam godina i mi se pitamo: šta ćemo s tom babom?

Lista broj 21 bila je užasno izgužvana i izbrljana. Sramota me je bilo da je nosim komisiji.

Odem u kuću i nađem ženu s hladnim peškirom oko glave.

– Gospođo, vaš muž je užasno izbrljao ovu listu i pogrešno popunio.

– Ne pominjite mi njegovo ime.

– Zašto, molim vas?

– Tä došao je sinoć pijan kao svinja i drao se na mene i tukao me i, eto, pogledajte u listu, da vidite samo gde me je upisao.

Zagledam u listu, a on ženu nije ni upisao.

– Pa nije vas čak ni upisao.

– Jeste, jeste, eto pogledajte na poslednju stranu, iz inata tamo me je upisao.

Prevrnem i vidim odista u popisu domaće stoke, u rubrici pod 9, „Krmače“, stoji napisano: „moja žena Marija“.

Morao sam praviti novu listu.

Jedna lekcija iz zemljopisa

(Ovo je lekcija iz jednog zemljopisa, koji je Opština varoši Beograda, rešenjem svojim od 17. maja № 14.742, zabranila i zapretila učiteljima da će im smanjiti kvartirinu ako se budu u nastavi ovim zemljopisom služili.)

Pitanje: Od reka koje protiču kroz Beograd koja je najveća?

Odgovor: Kroz varoš Beograd protiču mnoge reke, ali jedna od najvećih jeste reka Skadarlija.

Pitanje: Gde izvire, kakav joj je pravac toka i gde utiče?

Odgovor: Reka Skadarlija izvire pod razvalinama stare *Esnaflije*, protiče kroz Skadarsku ulicu, prolazi između Dve bule i utiče u reku Dunav, a s njom zajedno u Crno more. Ona u svom toku ide prvo severozapadno, zatim na jedan mah skreće na istok, pa kad primi u se pritočicu iz Zetske ulice, ona savije na zapad, pridržavajući se stalno u svom toku regulacionog plana varoši, Beograda.

Pitanje: Prima li reka Skadarlija usput kakve pritoke, i koje su poimence?

Odgovor: Reka Skadarlija u svom toku prima mnoge pritoke, od kojih su najglavnije ove: 1. Pašonin potok. Izvire iz kujne kafane *Bulevar* – i utiče u Skadarliju, nedaleko od svoga izvora. 2. Gospa Persin potok. Izvire iz pomijare gospa Perse piljarice i utiče u reku Skadarliju, nedaleko od svoga izvora. 3. Zetska reka. Jedna od najvažnijih pritoka Skadarlijinih. Slazi sa planina cetinjskih, tj. sa onih brda koja su postala usled rđave kaldrme u Cetinjskoj ulici, protiče kroz svu Zetu, primajući usput mnoge potoke iz raznih avlija i pomijara, prolazi u svome toku kraj *Bumsa* i, kad izađe iz Zetske ulice, meša svoje vode s vodama reke Skadarlije, pa s njom zajedno žuri u Dunav, a s ovim u Crno more. 4. Pucerkin potok. Izvire iz pomijare Matilde pucerke i utiče u levu obalu Skadarlijinu. 5. Potok broj 42. Nosi ime svoje po broju kuće iz koje izvire. 6. Gospodin Jevremov potok. Izvire iz nužnika gospodin Jevrema penzionera, i utiče u desnu obalu Skadarlijinu. 7. Brabecov potok. Ističe iz Male pivare i vrlo je žute boje, a utiče u desnu obalu

Skadarlijinu. Osim pobrojanih, u Skadarliju utiču još mnoge reke i potoci, kojima izvori nisu u svemu ispitani.

Pitanje: Je li reka Skadarlija plovna?

Odgovor: Reka Skadarlija jeste plovna. Kad nadođe voda, naročito posle kakve jače kiše, njome obično plove šeširi, glavice kupusa, korpe s trešnjama, kante, kaločne i uopšte svi predmeti koje ona u svom bujnom toku dočepa ispred raznih dućana i piljarnica. Svi ti predmeti, glavice kupusa, kaločne i korpe s trešnjama, žure hitno s rekom Skadarlijom u vode reke Dunava, da zatim, s ovim, otplove u Crno more.

Kafa sa salatom

Vama je, dabome, čudan taj naslov „Kafa sa salatom“ i ne možete da razumete šta hoću time da kažem. Čudan je i meni, ali, evo, već tri dana kako se ja hranim kafom sa salatom, pa o tome hoću i da vam pričam.

Ja vam nisam nikad pričao o jednoj svojoj tetki. Uostalom, ne bi vas to ni zanimalo, jer nije to, da kažete, neka naročita, zanimljiva tetka. Nije, to je jedna sasvim obična tetka.

Ona nije u Beogradu, pa se i ja s njom retko viđam, ali me zato češće obraduje kakvim amanetom. Jedanput će poslati kajsije, drugi put grožđe, treći put jagnje. Pre neki dan dobio sam pismo, šalje jedno pečeno prase. A danas sam dobio i avizu s carinarnice. Možete misliti kako sam oblizao i samu onu avizu i odmah otrčao na pijacu te kupio salatu.

Razume se, naredio sam ženi da ništa ne kuva za ručak. Šta će nam drugo šta, dovoljno je prase i salata.

Dabome, požurio sam odmah na savsku carinarnicu, jer je prase iz Smedereva poslato. Primio me ljubazno šef carinarnice, ponudio me da sednem i naručio mi kafu. Dok sam ja pio kafu, on je razgledao moju avizu, razgovarajući ljubazno sa mnom. Zatim mi reče da s tom avizom moram sići na donji sprat, kod revizora carinarnice.

Zablagodarim mu na ljubaznosti i siđem na donji sprat. I revizor me vrlo ljubazno dočeka.

– O, molim, izvol'te vi samo, sedite.

I on odmah zazvoni u zvonce i naruči mi kafu. Dok sam ja pio kafu, revizor se izgubio iz kancelarije te poduže ne dođe. Kad se vrati, on mi reče da je za stvar nenadležan, ali da će me uputiti kome treba. Reče mi da se popnem na gornji sprat i da se prijavim činovniku koji radi u sobi broj 4.

Odoh gore i prijavih se. Činovnik broj 4 dočeka me kao rođenoga brata.

– O, zar vama...? Tä vama ću svršiti posao pre svih ostalih poslova. Sedite vi samo ovde, a dajte meni tu cedulju. Sad ćete, za dvadeset minuta, imati amanet. Popijte vi dotle jednu kafu.

Činovnik broj 4 zazvoni i naredi da se meni donese jedna kafa. Ja počeh da srčem kafu, a on se zagnjurio u neke knjige, pa onda u neke liste, zari se prosto sav.

Najzad, pošto sam ispio kafu, on diže glavu i, pružajući mi listu, reče:

– Nije kod mene, ali... Molim vas siđite dole, na donji sprat, pa prva vrata levo... Kažite činovniku da ste bili kod mene, pozdravite ga samo s moje strane, on će vam stvar odmah rešiti. Ne brinite se, on će vam stvar odmah svršiti.

Šta ću, zablagodarim se na kafi, uzmem avizu, pa siđem dole i odem činovniku na prva vrata levo. Ja, zbilja, ne mogu da se požalim na neljubaznost našega carinskog osoblja. Naprotiv, svi su tako ljubazni i predusretljivi. Eto, ovaj gospodin, tek što sam mu se predstavio, a on zazvoni i poruči kafu.

Ja sam, razume se, iz učtivosti morao da pijem kafu, a on je brižljivo razgledao onu avizu i vodio sa mnom opširan razgovor o carinskom ratu. Na kraju tog razgovora on mi reče da ta stvar nije kod njega, već da moram ići na gornji sprat, kod činovnika koji radi u sobi broj 6.

Kad sam se peo uz stepenice na gornji sprat, na Sabornoj crkvi izbijalo je jedanaest i četvrt. Uđem činovniku broj 6, i on me odmah predusrete:

– Pa, zaboga, ko vas je to tako ludo uputio, te ste lutali od nemila do nedraga. Šta to znači; što niste, zaboga, odmah došli k meni? Sedite, molim vas, da popijemo po jednu kafu. Stvar će sad biti u redu.

Dok sam ja pio kafu, činovnik broj 6 se prepirao u sporednoj sobi s nekim drugim činovnikom. Najzad, vrati se u svoju sobu i reče mi:

– Moraćete sići dole. Zapitajte dole magacionera.

Ja se učtivo oprostim s ljubaznim broj 6 i siđem dole. Na Sabornoj crkvi već je udaralo podne, i dole mi rekoše da je magacioner već otišao kući i da mogu doći popodne, u tri sata.

Dignem se da idem kući, pa kako sam već bio sit od silnih kafa, to ručam samo one salate, što sam, uostalom, jedino i imao spremljeno za ručak.

Popodne dam novac da se opet kupi nova salata i napravi za večeru, kako večeras ne bih jeo prase bez salate.

Oko tri dignem se pa pravo magacioneru. Krasan neki čovek, čim me vide, a on poruči kafu za sebe i za mene i uze sasvim svojski da razgovara o svemu i svačemu. Pričao mi je o zemunskim piljaricama, o tome kako je na lađi *Kulpi* rđava kujna; pa onda o svojoj ženi, kako je prekjuče plombirala zub i, najzad, o svom najmlađem detetu, kako već tri dana ima proliv.

Kad je sav taj razgovor svršio, i kad smo ispili kafu, a on mi reče da je to užasno glupo što su me k njemu uputili. On rukuje samo espapom, a prase nije nikakav espap. Uputi me da idem opet na gornji sprat.

– Videćete tamo jednog starca momka, on će vas već uputiti gde ćete ući.

Poslušam ga i odem gore. Javim se tamo momku i on me uvede u jednu kancelariju, gde me dočeka jedan čupavi činovnik.

– Molim vas, gospodine, meni je stiglo jedno prase.

– Tako – učini taj činovnik – sedite, molim vas. Dozvolite da vam poručim jednu kafu.

– Hvala.

– A, molim vas, jednu kafu, nemojte me odbiti. A jelte, je li to neka naročita rasa praseta?

– Ne verujem, obično... smederevsko prase.

– A, tako? E pa, onda hvala na pažnji, ali nama za muzej nije potrebno prase.

– Kakav muzej?

– Pa ovde je carinski muzej, ja sam čuvar carinskog muzeja.

– Gospode bože, pa ko me je ovde doveo?

– To je neko pogrešio. Vi morate sići dole, izvoľte dole na donji sprat.

Morao sam se uzdržati i biti učtiv, jer sam pio kafu, a čim sam to svršio, pojurih niz stepenice dole.

Odvedoše me jednom starijem činovniku, koji mi odmah reče da sam mu dobrodošao. Mrzi ga, veli, samog da pije kafu, pa da mu pravim društvo. Popismo kafu i progovorismo o mnogo koječemu, a posle mnogog i dugog razgovora on mi reče da je to greška od mene što lutam tako. Treba da idem gore, na gornji sprat, tamo je naročiti činovnik koji te stvari radi.

Odoh opet gore i nađoh tog činovnika, popih i kod njega kafu, pa mi onda reče da je već kasno i da moram doći sutra ujutru.

Umoran i izlomljen od penjanja i silaženja s gornjeg na donji sprat, i obratno, odoh kući, pa, kako ništa nisam imao za večeru, pojedoh onu salatu.

Sutradan dadoh pare da se kupi opet salata, jer sad sam već našao nadležnog činovnika i prase ću doneti do podne kući. A tek ne mogu jesti prase bez salate.

Krenem i, razume se, odmah se uputim činovniku koji je za prasiće nadležan. Primi me odmah i naruči mi jednu kafu.

Kad sam ispio kafu, a on mi reče:

– Ovde, gospodine, mora da je neka zabuna. Otidite vi kod samoga šefa pa se objasnite.

Odoh i šefu, koji me primi ljubazno kao i juče. Kao i juče ponudi mi da sednem i naruči mi kafu. Pošto sam ispio kafu, objasni mi on u čemu je zabuna. Veli:

– Evo, u čemu je stvar. To nije kod nas, morate ići u carinarnicu na železničkoj stanici.

Odjurim kao bez duše, te uskočim u tramvaj, pa hajd' na železničku stanicu.

I tamo me činovnik dočeka vrlo ljubazno i ponudi me te popih s njim kafu, ali mi reče da je već dockan jer je podne. Moraću doći popodne.

Dignem se opet kući, da ručam moju salatu. Posle ručka dam da se kupi nova salata za večeru, a ja se dignem te hajd' na železničku stanicu. Dočeka me isti činovnik, te popijemo zajedno kafu, pa me uputi kod šefa. Šef me dočeka raširenih ruku.

– Pa što nisi odmah došao kod mene, crni Ben Akiba, nego se bambadava muvaš dan i po.

On mi odmah poruči kafu i uze stvar u posao.

– Dakle, stvar je sasvim prosta. Uzmi ovu tvoju avizu, pa idi dole u magacin.

Siđem u magacin i nađem opet poznanika činovnika. Naruči mi odmah kafu i uze stvar da svrši.

– E, vidiš moj dragi – reče mi pošto ispismo kafu – ja ću ti odmah svršiti stvar, ali idi do revizora da ovo overi.

Odoh revizoru, ispih i s njim kafu, ali mi on reče da idem ponovo upravniku i da mu kažem da po knjigama nikakvog praseta nema na železničkoj stanici.

Odoh opet do šefa. On mi reče da sedim u njegovoj kancelariji i da pijem kafu (koju je odmah i naručio), a on će lično stvar izvideti.

Ja sam trpeljivo srkao kafu dok se on ne vrati i ne saopšti mi da prase nije ovde no na savskoj carinarnici i da se on telefonom obavestio, dakle nemam šta više da lutam.

Tog dana već je bilo dockan da odem opet na Savu. Odem pravo kući i pojedem i po četvrti put salatu. I ja i žena počeli smo već i da mršavimo, a moja tašta prosto kost i koža. Pa malo što smo izmršavili, nego tašta uzela i da mi prebacuje:

– Šta znači to, dva dana jesti samu salatu! Ako ti, zete, misliš da me time umoriš ili da me time oteraš iz kuće, varaš se. Ješću ja još nedelju dana salatu, ali mi je žao samo ovog deteta. Zar ne vidiš kako ti je žena izmršavila?

Sutradan odjurim kao besomučan na savsku carinarnicu. Šef me najljubaznije dočeka, naruči mi kafu i izvini mi se za pogrešku. Dade mi zatim jednu cedulju i uputi me revizoru.

Odoh kod revizora, on mi poruči kafu, pa mi i on dade jednu cedulju i uputi kontroloru.

Kontrolor mi poruči kafu, pa mi i on dade jednu cedulju i uputi magacioneru.

Magacioner mi poruči kafu, pa mi i on dade jednu cedulju i uputi činovniku broj 4.

Činovnik broj 4 poruči mi kafu, pa mi i on dade cedulju i uputi onom činovniku levo do vrata.

Činovnik levo do vrata poruči mi kafu, pa mi i on dade cedulju i uputi me činovniku broj 6.

Činovnik broj 6 poruči mi kafu, pa mi dade i on jednu ceduljicu.

Utom je već izbilo i podne, te sam morao kući na ručak. Dođem kući pun frahtova, deklaracija, aviza, i već ne znam kako se zovu ove cedulje, ali znam da sam ih imao devet.

Pojedem salatu sa svojom izmršavelom familijom i ostavim pare da se kupi nova salata za večeru.

Jedva tog dana popodne izvadim amanet. Otvarajući ga, ja sam već spreman tu na carinarnici da odvalim jednu nogu, pa da je oglođem, pa možete misliti kako sam se zgranuo, kad umesto praseta nađoh u paketu ful. Pod fulom našao sam i tetkino pismo, koje je glasilo:

> *Draga deco,*
> *Prevario me seljak, pa mi nije doneo prase. Stoga vam sad šaljem ful za poštrikavanje čarapa, a iduće nedelje, akobogda, prase.*
> *S pozdravom*
> *vaša tetka*

I sad, kako ću sa ovim fulom za poštrikavanje čarapa pred izmršavelu taštu i ženu. Bog neka mi je na pomoći!

S jučerašnjih trka

Na beogradskim ulicama se može čoveku mnoga i mnoga neprijatnost desiti. Ne mislim ja samo na onu neprijatnost kad čovek sasvim nevino šeta i baca pogled levo i desno na dame koje mu idu u susret, pa se odjednom nađe oči u oči s kreditorom kojega već godinu dana izbegava. Ne mislim ni na onu neprijatnost kad šeta Knez Mihailovim korzoom i pari oči sretajući se pogledom čas s toplim plavim očima, čas sa žarkim crnim očima, a čas s vragolastim zelenim očima, pa na jedan mah, i usred te razdraganosti, sretne se oči u oči sa svojom ženom, i njenim strogim pogledom.

Sve su to ipak manje vrste neprijatnosti od one koja se meni juče desila.

Već znate da je juče bio Sveti Luka, pa i ja grešnik pošao po slavama. Nije mi baš nimalo prijatno ići po slavama, ali moram.

Čim uđem, prvo me domaćica presretne rečima:

– Dobrodošli! A vi valjda ne mislite i o slavama pisati?

Čim uđem u salu, a ono žene, usred najslađeg razgovora, ućute se, kao da je nečastivi ušao među njih. Ućute se i samo se pogledaju ispod očiju, a iz tog pogleda ja jasno čitam: „Koji ga đavo baš sad donese!“

I jedva ako se kakva baba, sadašnja ili buduća tašta, odvaži i upusti u razgovor sa mnom. Ona mi prašta najzad što diram toliko tašte, ali me moli da koji put progovorim i o svekrvama.

Dabome, neka svet vidi da nisu samo tašte, nego i svekrve krive!

Ja joj, razume se, dam reč na to i tako se prođe.

Kažem vam, dakle, nije ni to sva neprijatnost ići na slave. Ali je nevolja što je juče duvao tako strašan vetar, kakav odavno nije, a prilikom duvanja vetra može se čoveku desiti jedna od najvećih neprijatnosti, da mu sleti s glave šešir, te da ga juri kao lud.

To je maler kao i svaki drugi maler, ali je on dva puta teži, što vas niko, ko vas posmatra, ne žali, ne saučestvuje u maleru nego, dok vi muku mučite trčeći za svojim šeširom, svi koji stoje, i oni pred kućom, i oni na prozorima, i oni pred kafanskim vratima, slatko vam se smeju.

Eto, to se meni juče desilo. Taman sam izašao s jedne slave, te žene kojih je bila puna sala odahnuše, a meni poduhvati vetar cilindar, tresnu ga o zemlju i poče da ga nosi.

Ja pogledah očajno, opljunuh šake i udarih u trk za njim. To je bilo vratolomno trčanje koje je bilo vredno videti.

Cilindar udari najpre u jedan fenjer, pa se zaleti i preskoči potok te ja za njim. On pođe dalje, pa udari na neke fijakerske konje. Konji se poplašiše, te počeše skakati u propac, ali se moj cilindar nimalo ne uplaši, on nastavi put dalje i ja za njim. Preda mnom je išla jedna dama kojoj je vetar visoko uzneo suknje. Cilindar se uputio te prošiša pravo između nogu te dame. Razume se, ja nisam mogao tim istim putem proći, nego obiđem damu i poletim dalje za cilindrom.

Trčeći tako, skačući i preskačući, čujem neku tutnjavu za sobom. Okrenem se i vidim još dva gospodina jure za svojim šeširima. Jedan je izostao iza mene tako oko deset, a drugi blizu petnaest metara.

Mi počesmo da se trkamo. Crni šešir, koji je bio odmah za mnom, približi mi se dva metra, a beli, koji je bio za njim, dobi novu brzinu i prekrati odstojanje za pet metara.

Cilindar se još jednako dobro drži i izmiče.

Beli šešir poteže bržom snagom. Crni šešir udari u jedan fijaker, a beli se koristi tom momentalnom neprilikom crnog šešira i preteče ga.

Moj cilindar, međutim, još jednako se dobro drži, i izmiče pred svima.

No, osim mene, koji sam već posustao trčeći za cilindrom i ona dva gospodina od kojih je jedan isplazio jezik, sa strane, trotoarom, juri za nama i ocenjivački sud.

Dva mangupčeta opkladila se u dinar koji će šešir biti brži. Jedna bitanga secovala je na moj cilindar, a onaj drugi na beli šešir. Oni jure za nama, i njihovoj strepnji, nadi i nagađanju nema kraja. Čim moj cilindar učini kakav bolji skok, a onaj uzvikne:

– Bravo, cilindar, živeo cilindar! Samo napred, samo napred!

Tako ga kuraži on, a moj cilindar kao da ga sluša, i kao da je i sâm dobio volju da ovom prilikom dobije pobedu, žuri i juri kao lud.

– Beli! Beli! – uzvikuje onaj drugi iz ocenjivačkog suda. I, zbilja, u tom momentu istrča napred i poče s mojim cilindrom uporedo da trči. Za momenat samo pa da ga preteče. U ocenjivačkom sudu nastade gužva i panika.

– Beli!

– Nije, cilindar!

– Živeo beli!

– Živeo cilindar!

U tom momentu moj cilindar udari opet u fenjer, pa obrnu stazu i kroz otvorenu kapiju ulete u tuđu avliju. U avliji nastade darmar. Najpre rasplaši neke guske, pa uskoči u jedno korito s vešom i opet iskoči i najposle udari u noge jedno dete, dete pade i sede na moj cilindar. Ono, čim je dete selo na moj cilindar, izvesno je bio pobedni stub.

Ja ni sad ne znam jesam li dobio trku, ali znam da sam dobio cilindar koji sad može ići u muzej.

Srednjoevropsko vreme

Ja dosad još nisam video dva sata koji jednako rade, onako isto kao što nisam sreo dva čoveka koji jednako misle. Nije to samo kod nas, tako je to na celom zemnom šaru. Zapitajte trojicu iz vašeg društva, kad je na vašem satu tačno pet, koliko je sati pa ćete videti da će kod jednoga nedostajati dva minuta do pet, kod drugoga je pet i četvrt, a kod trećeg prošlo sedam minuta preko pet.

Obratite se u tom slučaju našim javnim satovima koji pokazuju tačno vreme u Beogradu i videćete da je na Upravi fondova četiri i po, na Narodnom pozorištu pet i dvadeset minuta, a na Sabornoj crkvi četiri i četrdeset minuta. I to na Sabornoj crkvi na onom satu koji gleda u Mitropoliju, a na onom iza njega, okrenutom varoši, četiri i sedam, na onom što gleda na Kalemegdan ravno četiri, a na satu iza njega, onome što gleda na Varoš kapiju, ravno pet. I sad, ko će tu da mu se razabere koliko je sati.

Ali, najzad, i to ne menja mnogo stvar, niti je tako važno što se vaš sat ne slaže sa satom vaših prijatelja ili sa satovima Uprave fondova, Narodnog pozorišta ili Saborne crkve. Niti je šteta ako zbog toga zadocnite na predstavu pozorišnu, niti je neobično ako donesete Upravi fondova otplatu pošto su činovnici izašli već iz kancelarije, niti je čudo ako ne odete na službu u Sabornu crkvu.

Ali ima jedan sat, za nas ženjene naročito merodavan, s kojim naš lični sat ne može nikako da se složi. To je kućevni sat.

Kad pođete od kuće ujutru, a vi naročito udesite vaš sat da ide u minut s onim kućevnim. Na podne, razume se slučajno, vi dođete u pola jedan na ručak. Sretnete ženu, vidite ljuta kao ris, pogledate vaš sat: vidite pola jedan, pogledate kućevni sat: vidite jedan sat. Izmakao za pola sata.

I onda vam žena donese supu i, razume se, tresne činiju o sto, pa poviče:

– Ovo, Joco, ovako više ne ide. Niti je ovo supa kao što su druge supe, niti je to više ručak kao što su drugi ručkovi. Čitav sat već ima kako sam je izmakla, eto sva je uvrela. Govedina se osušila kao pršuta, ovo ovako više ne ide. Ili dođi kao čovek na ručak, ili mi kaži pa da pristavim ručak u jedanaest sati.

Šta ćete, pijete onu supu kao vodu, reckate govedinu perorezom i ćutite. Sutradan, kad pođete od kuće, vi opet navijete sat s kućevnim satom, da vam se ne bi desilo ono što je bilo juče, i požurite pa odete kući u pola dvanaest. Zatečete ženu opet ljutu, preseče vas pogledom kao krvnika, pogledate u svoj sat, vidite – pola dvanaest, pogledate u kućevni sat – tek jedanaest.

I, razume se, žena odmah otpočne:

– Šta to sad opet znači. Čudo nisi došao u devet sati na ručak. Pa ja da imam četiri ruke, ja bih mogla, možebiti, da stignem i krevete da namestim, i sobe da počistim, i ručak da pristavim još u šest sati ujutru kako bi gospodinu stigao ručak u jedanaest sati, kad gospodinu padne na pamet da u jedanaest ruča.

I vi šta ćete, opet ćutite.

I to se, razume se, vaš sat danju razlikuje od kućevnog za pola sata, ali noću je razlika mnogo veća. Izađete vi, na primer, kao čovek posle večere, a pre no što se krenete, udesite vaš sat u minut s kućevnim satom. Posedite u kafani recimo do ponoći, ili baš i do jednog sata po ponoći, i dođete kao domaćin čovek kući. I onda, razume se, počnete da se svlačite uz muziku. Vi znate, oni glumci na bini oblače se za vreme sviranja muzike, a nama, glumcima braka, svira muzika za vreme svlačenja.

– Pa, molim te, šta je to? Šta znači to, doći u dva sata noću, u doba kad samo beskućnici dolaze? Ja ne mogu tebe da razumem više; kako te nije od sveta sramota da sediš do ovo doba! Itd. Itd.

Pogledate u vaš sat, tačno jedan, pogledate u kućevni sat, dva i pet minuta. Šta ćete, dunete u sveću i zarijete glavu u jastuk i pokrijete se jorganom preko ušiju.

I to noću je razlika čitav sat na vašem i kućevnom satu kad vi sami sa ženom živite u kući; ali ako je tu u kući i tašta, onda ta razlika ide u beskrajnost, i nikad ga majci ne možete uspeti da vaš sat udesite s kućnim satom. Uvuče se neka đavolja sila u kazaljke te trče oko sata, kao da igraju valcer. Časkom prođe ponoć, časkom svane.

Ili sam se ja nosio da udesim satove, ili sam ja podešavao, pa ništa. Na mom satu podne, na kućevnom dva popodne, na mom satu ponoć, na kućevnom tri po ponoći.

Najzad, nije mi ostalo ništa drugo, nego da se oduprem silom sili. Ja proglasim moj sat za tačan i to kategorički proglasim, zahtevajući da se sve u kući upravlja po mome satu.

– Ali kućni sat radi po Upravi fondova – veli žena.

– Ne valja.

– Ja sam ga jutros doterala po Sabornoj crkvi – veli tašta.

– Ne valja.

– E, pa šta valja?

– Valja ovo, samo moj sat valja.

– Tako? A po kome satu, molićemo, zete, navijate vi vaš sat, da znamo i mi da navijamo svoj.

– Ovo je srednjoevropsko vreme, po tom se vremenu upravlja ceo obrazovani svet – grmnem ja, i učini mi se da su te dve strašne reči, „srednjoevropsko vreme", učinile silan utisak.

– Pa dobro – veli tašta kao malo primirena – dobro, onda ćemo se i mi upravljati po srednjoevropskom vremenu.

– Pa jeste – dodaje žena – i mi ćemo se upravljati po srednjoevropskoj modi.

I, zaista, upravljale su se. Dođem ja sutradan na ručak, supa slana kao da je s morskom vodom kuvana i jelo zagorelo, pa se sve ulepilo za rantljiku.

– Šta je ovo, kakav je ovo ručak? – izderem se ja.

– Pa to je, zete, srednjoevropski ručak – veli tašta pakosno.

Dođem uveče malo docnije kući, zatečem u mom krevetu jorgan bez čaršava.

– Šta je ovo, kakav je ovo jorgan?

– Bože, zete – odgovori sasvim blago i slatko tašta – pa zar ne poznaješ, pa to je srednjoevropski jorgan.

Sutradan ja, bogme, prilično zadocnim na ručak. Zadržim se tako u društvu skoro do pola dva, pa tek krenem kući. Kod kuće ne zatečem nikog i ništa, ni ručak, ni ženu, ni taštu. Devojka mi veli: otišli su kod neke tetke na ručak.

Poduzme me bes, razume se, i požurim u poteru. Jedva ih nađem, i odmah s očiju napadnem taštu:

– Šta znači to, kakva su to posla. Najzad, ne marim za vas, vi ste tašta, i to je upravo vaš poziv u životu, da terate inat zetu. Ali moja žena... Kakva je to žena, molim vas, koja ostavlja i kuću i muža bez ručka, i ide u rodbinu da ruča? Kakva je to žena, molim vas?

– Pa to je srednjoevropska žena, dragi zete – veli tašta i smeška se pakosno.

I, posle toga, šta mi je ostalo nego da se pomirim sa sudbinom. Morao sam da se upravljam po kućevnom satu, morao sam da priznajem da je tri kad je dva, u stvari, ako hoću da izbegnem srednjoevropske komendije po kući.

Jelte da se i vama to dešava? Priznajte da je i kod vas stariji onaj kućni od vašeg džepnog sata.

Aparat za sekiraciju

Kao da vas gledam. Ama čim ste pročitali gornji naslov, vi ste svi u sebi pomislili: pazi ga, Ben Akiba hoće opet o taštama da piše. A nije mi ni na kraj pameti. I otkud bih ja tašte zvao aparatom za sekiraciju?

Ne, ne, prevarili ste se. Ne mislim o taštama pisati, i rešio sam se da ih još zadugo ostavim na miru. Pravo je da se odmore malo, a posle, da vidite, i strah me je malo. Onomad me srela jedna tašta, pa me zaustavila na putu:

– Slušajte, Ben Akiba, verujete li vi da ima boga?

– Kako da ne verujem, pa meni je bog uvek treći potpisnik na menicama.

– Kako to?

– Znate, ona dva prva potpisnika, to su obično dva moja prijatelja. Čim su to moji prijatelji, samo vam se kaže da su bez kredita, kao i ja. Da su bogati i da imaju kredita, ne bi bili moji prijatelji. Njihovi potpisi, dakle, ne vrede ništa. Pa kad mi menica ipak prođe na cenzuri, ja tad moram verovati da je sâm bog sišao i potpisao se kao treći.

– Dobro – veli tašta – tek vi verujete da ima boga?

– Pa dabome.

– E, pa, zamislite vi, da ostanete jednoga dana udovac.

– O, molim, ništa mi nije lakše nego to zamisliti, jer sam se već vežbao. Vrlo često sam to zamišljao u sebi, pa sam se navikao.

– E pa, znate li vi da se po drugi put ne biste mogli oženiti?

– Tā nije moguće!

– Ne biste, verujte. Ne bi vam nijedna beogradska tašta dala svoju kćer za ženu.

– Ala ste naivni, kao i sve tašte. Ja vas uveravam da bih se ja ipak oženio.

– Ama kako?

– Pa ne bih ja ni tražio ćerku, ja bih u tom slučaju prosio samu taštu.

– E, to je druga stvar! – odgovori mi naivno tašta i stidljivo obori oči.

Eto, vidite, kako mi prete tašte, a ja grešnik znam šta to znači kad zetu samo jedna tašta preti. Upravo, to i vi svi znate kako je, pa zamislite mene grešnika kome sve beogradske tašte prete.

Ne, neću više o njima pisati i zato vam svečano izjavljujem da se gornji naslov ne odnosi na njih, i da pod imenom aparata za sekiraciju ne mislim na tašte.

Aparat za sekiraciju, to je naš telefon. Ja ga bar tako zovem.

Pre neki dan sam baš išao u telefonsku centralu da se pretplatim. Šef telefonistkinja dočekao me vrlo ljubazno.

– Šta ste vi radi, Ben Akiba?

– Pa znate, gospodine, ja vrlo mirno živim u kući. Tašta živi odvojeno od mene, ženu sam slao ove godine u banju, te je, evo, već dva meseca sasvim mirna i iz blagodarnosti ne jedi me, pa mi je taj život vrlo monoton. Izgubio sam sasvim apetit. Želeo bih koji put da se najedim, a nemam načina.

– Pa? – pita šef telefonistkinja.

– Pa to, ja bih se rado pretplatio na jedan aparat za sekiraciju.

– Ama kako, ja vas ne razumem?

– Hoću da se pretplatim na telefon, da mi se uvede u kuću telefon.

– E, to je drugo!

– Nije to drugo, to je tačno to, jer telefon je, bar kod nas, samo aparat za sekiraciju, i ništa više.

Pre neki dan baš sedim u svojoj kancelariji, a bio tako neki telefonski dan. I evo otprilike šta sam sve razgovarao na telefonu.

– Zvrr...

– Zvrr...

– Alo.

– Budite dobri, dajte mi broj 373.

– 373?

– Da.

– Krrr... krkrkrkr...

– Alo!

– Alo!

– ... krr.

– ... krr.

– Molim lepo, ima li koga tamo?

– ... krr...

– Alo!

– Zvrr...

– Molim lepo, molim ljubazno, ima li koga tamo?

– Alo!

– Alo!

– Zvrr...

– Krrrrk...

– O gospode bože, ima li koga tamo?

– Pa ovde je centrala, gospodine.

– Tako, milo mi je.

– Šta ste radi?

– Pa pre pola sata tražio sam broj 373 fotografa Jovanovića, i posle tolikih muka dobio sam opet centralu.

– A vi ste radi broj 373?

– Da.

– Odmah!

– Zvrr...

– Zvrrrr...

– Krrrrk...

– Krrkrkrkrkr...

– Alo! Alo!

– Ko je tamo?

– ... rrr...

– Alo...?

– Alo!

– Ko je tamo?

– Centrala.

– Oh, božanstvena centralo, odreši se jedanput od mene i veži me s Jovanovićem fotografom.

– Koji broj želite, molim?

– Trista sedamdeset tri.

– Tako! Dobićete odmah.

– Zvrrr...

– Zvrrr...

– Krrrk... krk... krrk...

– Alo!

– Alo!

– Ko je tamo, molim vas?

– Rafajlovića podrum.

– Kako?

– Rafajlovića podrum.

– Pardon, molim vas, nisam vas tražio.

– Zvrr... zvrr...

– Rrrrr...

– Krk... kr... kr...

– Alo!

– Alo!

– Ko je tamo?

– Centrala.

– O, gospode bože, ima li kakvog načina da se otkačim od centrale?

– Šta želite, gospodine?

– Broj 373. Upamtite, broj 373.

– Molim, odmah.

– Zvrr...

– Rrrr...

– Krrkrkrkrkrkr...

– Alo!

– Alo!

– Ko je tamo?

– Rafajlovića podrum.

– Tä šta ste se zakačili za mene! Dužan sam vam svega onih sedam litara vina, pa me ne puštate. Prekinite vezu!

– Prekinuću!

– Zvrr...

– Krkrkr...

– Alo!

– Alo!

– Ko je tamo?

– Centrala.

– Jeste li čuli, ako mi se još jedanput javite, ja ću vas kroz telefon poljubiti.

– Pa šta želite, molim?

– Tä broj 373.

– Pa zar vi još niste dobili taj broj?

– Tä kako dobio, već sam malaksao viseći na telefonu, smilujte se!

– Izvolite, gospodine, vezu.

– Zvrr...

– Zvrr...

– Krr...

– Alo!

– Alo!

– Ko je tamo?

– Fotograf Milan.

– No, hvala bogu, jedva jedanput dobih vezu. Šta je sa slikama moje tašte? Pozvan sam sutra na ručak kod nje, pa joj ne smem na oči ako nisu gotove slike.

– Gotove su.

– Jesi li joj doterao struk da bude tanji?

– Kažite vi Simi da je on jedan prost magarac. Ja sam menicu poslao još prekjuče, na povratni recepis.

– Koji Sima, brate, kakva menica?

– Nego on se pravi lud! Nateraće me samo da sednem večeras na voz pa da doputujem u Beograd.

– Pa ko si ti, brate, tamo?

– Tasa.

– Koji Tasa?

– Pa prvi potpisnik.

– Pa odakle vi govorite na telefonu?

– Iz Niša.

– O, gospode bože, šta je to sad?!

– Zvrrr...

– Zvrrrr...

Bacim slušalicu i klonem umoran. Za jedan dan, dovoljno sekiracije. Dignem se kući da legnem i da se odmorim malo od malaksalosti, kako bih mogao ručati.

Jelte da se i vama svima tako dešava?

Tramvajska kola broj 63

To je bilo prekjuče. Imao sam menično plaćanje u Vračarskoj štedionici. Tamo kod Slavije i to prekjuče je bio, razume se, drugi dan roka. Kao nikad dosad, našao sam na vreme potpisnike, spremio sam na vreme otplatu. Sve sam uradio tako tačno kao da nisam srpski akceptant i kao da nemam plaćanje kod srpskog novčanog zavoda.

Čak sam se na vreme krenuo u zavod. Tačno u tri sata popodne sačekao sam kod Narodnog pozorišta tramvaj i seo. Šta je to, od Pozorišta do Slavije, pa još na tramvaju! A imam čitav sat na raspoloženju, od tri do četiri.

To su bila tramvajska kola broj 63. Na njima nije bio ni jedan konj, ni jedan žandarm, ni jedna tašta i ni jedan izvršitelj. Naprotiv, bili su samo civilni ljudi, pa ipak mi se desilo ono što se može desiti samo jednom Srbinu kad i on hoće da je uredan na plaćanju menica.

Tek što je krenuo tramvaj od Pozorišta, a na ćošku kod *Kolarca* naiđe jedna pratnja. Nije mi poznato ime pokojnikovo, ali mora da je neki vrlo zaslužan čovek, jer se pratnja grdno otegla, čitavih 15 minuta. Ja nestrpljivo stojim na zadnjoj platformi pa brojim samo. Jedan venac, dva, tri, četiri, pet, šest, itd. Pa onda jedno pevačko društvo, dva, tri; pa onda jedan đakon, pa dva đakona, pa tri đakona; pa onda jedna mrtvačka kola, pa – tj. samo jedna mrtvačka kola, a posle svet. Razume se, tramvaj je za sve vreme morao stajati.

Jedva na jedvite jade prođe pratnja i tramvaj krenu dalje. Taman isterasmo do Terazijske česme, a naiđe ozdo, iz Balkanske ulice, jedan bataljon vojske. Napred muzika, pa onda bataljon. Zaustavi se tramvaj i muzika zasvira neki lep marš. Ja počeh da ga pevam, a znam kako mi je u duši. Gledam u sat, vidim tri prošlo 25 minuta. Ipak ima vremena do četiri.

Krenusmo dalje, ali ozgo od ministarstva naiđe jedna jevrejska svadba. Kola, kola, kola za kolima, a u njima Jevreji, Jevreji, Jevreji, sve jedno na drugo. Gospode, ko će tome živ dočekati kraja. Kad već i poslednja kola prođoše, pogledam u sat, tri i po. Ipak ima još pola sata vremena, a tramvajem se brzo ide.

Taman ja to u sebi mislim „a tramvajem se brzo ide“, i taman krenula kola i učinila jedno 20 metara puta, pa se kod Ministarstva prosvete zaustaviše.

– Šta je, pobogu, brate? – pitam ja ljubazno konduktera.

– Nema struje.

– Al’ ja imam menicu, rođeni moj – počeh ja da mu laskam, kao da kondukter ima struje u džepu, pa od njega zavisi da je nalije.

– Šta vam mogu! – veli on i sleže ramenima.

– A kako vi onako mislite o struji? – počeh ja i dalje oko njega.

– Pa... – uze se on češati iza uveta. – Kako da vam kažem? Kad hoće, ona hoće, a kad neće, ona neće.

– Tačno, to si tačno kazao, brate moj rođeni. To toliko, koliko ti znaš, zna i odbor Beogradske opštine. Nego, znaš li ti štogod više? Bi li ti, na primer, mene savetovao, pošto imam menično plaćanje, i pošto stojimo već pet minuta ovde, bi li me ti savetovao da ja pođem peške?

– Pa, razume se, gospodine, ako imate menicu, uvek vam je bolje ići peške no tramvajem.

– Tako je. Baš ti hvala na savetu.

I lepo siđem te pođem peške. Nisam učinio ni tri koraka, a kondukter se razdra za mnom:

– Struja, struja!

Pojurim natrag, uskočim u tramvaj i krenemo dalje. Doguramo tako do Londona. Išli bismo mi i dalje, ali otud naiđe jedan fijaker. Nasta neka dreka, mrdnu fijaker ulevo, mrdnu udesno i, tako mi svega na svetu, ne bi se ništa dogodilo, da je i tramvaj mogao da mrdne ulevo i udesno. Ali on jok, nego pravo, pa du! I razmrska rudu. E, tu smo, razume se, stali da bismo se objasnili. Kočijaš, i oni što su sedeli u kolima, napali su konduktera. Mi smo opet držali stranu kondukterovu, i tako uopšte razvila se debata kojoj nije mogao da se sagleda kraj.

Najzad, kad smo već hteli da se pokrvimo, naiđe slučajno jedan žandarm. U prvi mah i njega je zanimala cela stvar, pa je stao u kraj i slatko se smejao, kako se mi svađamo i kako smo se podelili u dve partije, u „tramvajce“ i u „fijakeriste“. Jedva se zatim seti da je on vlast, priđe nam, zapisa nam svima imena i, pošto je „vlast preduzela korake“, krenusmo se dalje. Na satu je već bilo 3 i 52 minuta. Ipak ću stići. Zapitam opet ljubazno konduktera:

– Šta mislite, bratac moj, hoćemo li stići do četiri sata do Slavije?

– Hm! Kako da vam kažem, gospodine moj. Ne zna čovek šta nosi dan a šta noć. Eto, vidite, ko bi se nadao ovim kolima. Međutim, to se ne bi desilo kad fijakeri ne bi imali rude. Razumem pre, dok nije bilo tramvaja, mogli su još i imati rude, ali sad to nema nikakva smisla.

– I meni je, pravo da vam kažem, čudno – počeh ja da ga tešim. – Ja znam da je u celom svetu običaj da neko naleti na rudu, a ne ruda da naleti na nekog. Međutim, ovde je očigledno da je ruda naletela na nas.

– Tako je! – odgovori on zadovoljno.

– A jelte, šta mislite, hoćemo li stići do četiri sata?

– Pa... verovatno.

Tako u razgovoru, dođosmo već i do Cvetnog trga, ali otud, iz sokaka gde je *Crna mačka*, zaguši ulicu jedna masa. Da li su bili radnici ili đaci, ne znam; tek bila je neka demonstracija. Gospode bože, ko sme sad da tera tramvaj u demonstraciju. Pogledam u sat, još dva minuta do četiri. A za dva minuta ne može cela ova masa da prođe. Kad bih se rešio sad i peške da idem, ne bi mi više vredelo. Ne bih mogao ni koraka mrdnuti kroz ovu masu. Prolazi gomila, prolazi, a i sat prolazi, a prolazi i rok mojoj menici.

Prođe sva gomila, a na satu šest minuta prošlo četiri. Tä valjda nisu tako požurili.

– Teraj, teraj, slatki gospodine kondukteru!

I tramvaj pođe. Još nije ni stao čestito, a ja skočih, te juri u banku.

– Da nisam zadocnio? – upitah onog činovnika na rupici.

– Ama za jedan minut. Sad smo baš poslali momka u sud. Čudo ga niste sreli?

– Zaboga, pa možemo li ga vratiti?

– Ako potrčite za njim, možete. Slobodno ga vratite, jer nema druge menice osim vaše.

Pojurim kao lud na ulicu i tek što sam izašao na kapiju, a ja spazih momka štedioničinog penje se na platformu onog istog tramvaja kojim sam ja došao. Kola broj 63. Piše lepo natrag krupnim slovima broj 63.

Pojurim kao bez duše, ali tramvaj izmače.

O, gospode bože, šta da se radi?! Ispred nosa mi jure kola broj 63, na platformi stoji štedionički momak, drži pod miškom protokol, i u protokolu moju menicu.

Uostalom, šta imam da se brinem. Ne može on do pet stići u sud. Mora usput nestati bar na dva mesta struje. Naići će na kakvu jevrejsku svadbu, sudariće se s fijakerom; naići će na demonstraciju, pa na kakav bataljon koji se vraća s vežbanja, pa onda ma na kakvu pratnju. Oho, ja čak i neću da ga jurim, idem peške, stići ću do suda pre no on, pa ću ga tamo na vratima čekati.

Idemo tako, idemo, tramvajska kola broj 63 s momkom i protokolom preda mnom, a ja peške za njim. Prođosmo Cvetni trg, prođosmo Ristićevu kuću, prođosmo Ministarstvo spoljnih poslova – vidim ja, ova kola bome neće ni na kakvu smetnju naići. Oho, idu li, idu, kao da tramvajsko društvo zna da je na njima moja protestovana menica. Ne ostaje mi, dakle, ništa drugo, nego da uskočim u prva tramvajska kola, koja naiđu, pa da požurim koliko god mogu napred.

I naiđoše kola broj 64. Da l' da uđem, da l' da ne uđem? Neću.

Prođoše kola 65. Sednem. Pođoše u poteru za kolima broj 63. Ama tek što sam krenuo – nestade struje.

Gospode, gospode bože moj! Suđeno, suđeno, suđeno je da bude protestovana! Pa neka bude!

U šinterskim kolima

Pre neki dan sam bio vrlo iznenađen jednom novom ustanovom kod nas. Nisam znao da li da je pripišem u zaslugu našoj Opštini, ili sanitetu, ili – Materinskom udruženju.

Reći ću vam odmah i šta je u stvari. Šetam ja tako predveče korzoom Knez Mihailove ulice i vidim jednu lepu, mladu gospu, onu, znate, što sam pre neki dan uzdahnuo za njom. Ide graciozno, ukoliko se po beogradskoj kaldrmi može graciozno ići. Za njom se naturio jedan potporučnik i čas je prođe, a čas zastane pa je propusti da ona kraj njega prođe. U njegovim brkovima, a la Viljem, vidite puno muške odlučnosti; sablju je pustio nemarno, pa se čas repliće a čas raspliće s njome. Razume se da nisam oka mogao odvojiti od scene.

Ali se utom desi ono što me je iznenadilo. Sa strane i krišom dovuče se jedan čovek s motkom i žicom na motki i zavuče je publici izmeđ' nogu, pa trže.

Ja prestravljen pogledah.

– Nije ga ulovio! – kliknuh u sebi, iako se ja, u stvari, tome ne bih trebao da radujem u momentu kad u meni bukti ljubomora.

Onaj čovek sa žicom nastavi i dalje svoj posao i, malo-malo, pa tek bi poturio onu žicu izmeđ' nogu šetača, ne bi li uhvatio koga, kod kojega je opazio valjda nameru da zaljulja kakvu „kuću sklonu padu“.

Sretnem se s jednim mojim prijateljem i pohvalim mu ovu ustanovu.

– Zbilja, ne znam samo kome da pripišem to u zaslugu – rekoh – jer, najzad, krajnje je vreme i bilo hvatati na žicu te ljude koji tako olako nasrću na tuđe domove.

– E, moj dragi – reče mi prijatelj – varaš se, nije to to što ti misliš. To su šinteri koji hvataju pse. Zar ne vidiš da je već proleće?

– Eh, dabome, kao da ja nisam video. Pa kad hvataju pse, što će na korzou Knez Mihailove ulice i što će da turaju žice ljudima međ noge.

– E, tako – veli prijatelj – što nema nikoga da im naredi, što nema nikoga da im kaže da to ne sme biti.

I, odista, ja sam bio smeo sa uma da je proleće već tu, i da su šinteri po beogradskim ulicama naše prve laste. Svi znaci govore da je tu proleće. Ljubičice su već iznikle u izlogu Toše Mraovića; praktikanti su već založili zimske kapute; podrumski prozori na svim kućama već su otvoreni da se podrumi „izluftiraju" od prosutog kiselog kupusa; mašamode su već napunile svoje izloge letnjim šeširima i da nije onih šikana u pograničnom saobraćaju izmeđ' nas i Austrougarske već bi uveliko po ćoškovima svirali verglovi.

I zar sam malo puta, otkako su granuli ovi lepi dani, sreo šinterska kola? Eto, pre neki dan, sedim pred jednom kafanom; šinter ušao unutra kao čovek da popije koju, a kola mu stoje ukraj ulice. U kolima jedan mali pinčika i mršavi a poveliki ptičar. Pinčika radoznalo gleda kroz rešetke u publiku koja prolazi, a ptičar sedi, vidiš „ne mili mu se ovaj svet".

– Hoćemo li se dugo ovako voziti, čiko? – pita pinčika.

Ptičar ga pogleda prezrivo, kao što bi svaki ozbiljan čovek pogledao lakomišljenjaka, pa okrete glavu na drugu stranu. Ali pinčika pređe na onu stranu i navali opet pitanjima na ptičara, dok najzad i ovaj popusti, te se upustiše u razgovor.

Evo tog dijaloga koji se izmeđ' njih vodio:

Pinčika: Tako se osećam neugodno. Ja sam u ovo doba naučio da fruštukujem.

Ptičar: Gle'te, molim vas. A gde si ti to naučio?

Pinčika: Pa kako gde, kod moje gazdarice. Ja sam siguran da je ona sad u očajanju. Sutra će već izaći i oglas u novinama kojim me traži. Ja bih sve dosad spavao na kanabetu, pa onda bi me gazdarica probudila i poljubila, pa bih onda dobio ili mleko, ili kakvo parče šunke, ili...

Ptičar (zadržavajući vodu koja mu je pošla na usta): Dosta, dosta, ne brbljaj! Pa dobro, a što su te uhvatili?

Pinčika: Ne znam. Šetao sam s mojom gazdaricom Knez Mihailovom ulicom, pa ujedanput sam se izgubio od nje, pa onda sam se zapleo izmeđ' nogu jedne dame...

Ptičar: Lolo jedna!

Pinčika: Pa onda, ona me udari amrelom i, dok sam ja bežao, a neko mi natače žicu na vrat i strpa me u ova kola. Eto, to je sve.

Ptičar: Tako ti i treba.

Pinčika: A vi, čiko, zašto su vas uhvatili?

Ptičar: Mene? Nizašto. Lajao sam, prosto lajao sam, ništa više. Ako u ovoj zemlji nije slobodno lajati, to je druga stvar, to su nam trebal objaviti. I da sam bar lajao na vladu, ili na skupštinu, ili tako što, pa ajde de. Nego onako, lajao sam u vetar. I zašto baš na meni da se skrhaju kola? Zar sam ja jedini u ovoj zemlji koji laje onako u vetar?! Laje se i usmeno, laje se i pismeno, pa vetar nosi. I svi, svi imaju prava da laju, a ja, kome je to zanat, ja nemam. Ali, tako je to, nepravda, na svakom koraku nepravda!

I dve krupne suze skotrljaše se niz lice mršavom ptičaru, a pinčika, meka srca, diže se na zadnje noge i poliza mu suze.

Utom već i šinter izađe iz kafane i potera dalje kola.

Pop-oficir

Čitali ste, pre neki dan, da je poslednjim ukazom vojnim i jedan pop proizveden za oficira. To je pop Vlada Ćurković iz Lapova.

Nemojte misliti da ja o tome hoću danas da vam pišem što mi je krivo nešto. Bože sačuvaj! Naprotiv, ja nalazim da bi mnogog i mnogog popa trebalo proizvesti za oficira, kao što bi mnogog i mnogog oficira trebalo oterati u popove.

Dakle, nije mi krivo. Naprotiv, ja nalazim da je proizvođenjem ovoga popa za oficira pronađen jedini put i način da se i u našu Crkvu unese disciplina.

Trebalo bi samo u tom pravcu i dalje raditi. Mitropolit bi, na primer, mogao biti proizveden za generala; vladike bi mogle biti proizvedene za pukovnike i to: vladika Melentije za pešadijskog pukovnika, vladika Nikanor za konjičkog, vladika Sava za artiljerijskog, a šabački vladika Sergije za komandanta municione kolone i provijanta.

Prote bi izvesno bile majori, i to raznih rodova oružja. Jedino što bih onoga protu Božu s groblja postavio za žandarmerijskog majora.

Popovi bi već bili kapetani i poručnici, đakoni potporučnici; crkvenjaci bi mogli biti niži činovi, a zvonari bi bili značari.

I kako bi to lepo bilo, bože moj, kad bi se tako uneo vojnički duh u crkvu. Zamislite, na primer, kapetan-pop Pera otvori oltar, stane pred isti i izdere se na sakupljene pobožne građane:

– Mirno!

Pa onda uzme kadionicu, prekadi hrišćane, a sve merka ispod oka, pa počne službu.

– Blagosloven bog jesi... ti, ti, ti u zadnjem redu, ne mrdaj. Ne mrdaj kad ti kažem, inače ću te sad ovom kadionicom po cimenti!

A onaj grešnik prekrsti se pa se ućuti, živ ne mrda i sluša pažljivo dalje službu. A kapetan-pop nastavlja službu:

– Slava tebi, gospode, slava tebi... Slavu ti tvoju, tebi, tebi, ti četvrti u redu što si zinuo kao som. Ako te zveknem ovim evanđeljem po glavi, ti ćeš se smiriti.

I tako, uopšte, služba božja bi išla da bi bila milina slušati.

Ali ne bi se samo to postiglo već i mnogo štošta drugo. Tako, na primer, ovim bi bilo potpuno uređeno svešteničko stanje. A vi znate da su to stanje i učiteljsko stanje, dva stanja koja nam već decenijama zadaju brigu.

Pa onda, kad bi popovi postali oficiri, mogle bi im se i godine službe računati u duple. A oni zdravo vole te duple stvari. Vole, na primer, duple džepove, pa vole duplu taksu, pa razume se da bi voleli i duple godine službe.

Eto, vidite, sve bi to moglo da se postigne, ako ovo proizvođenje pop Vladino ne ostane usamljeno. Ovako nije nikakvo čudo što se pop Vlada iz Lapova preplašio pa dojurio u Beograd da se raspita o sebi i o svome položaju.

Ne znam ko mu je rekao da će najbolje učiniti ako dođe k meni da se posavetuje. Najzad, ja sam mu svojski i iskreno kazao svoje mišljenje, pa hoću i vama da iznesem taj naš razgovor:

Pop: Jeste li vi, gospodine, Ben Akiba?

Ja: Ja sam, oče.

Pop: Meni su rekli da ste vi uvek voljni da ljudima i ženama date iskrene savete?

Ja: I to besplatno, oče. Ja to odavno praktikujem da svetu dajem besplatne savete.

Pop: Bog vas blagoslovio!

Ja: Hvala.

Pop: Namalo.

Ja: A šta biste vi hteli, oče?

Pop: Pa eto, vidite, meni se desilo što se možda nijednom popu u Srbiji nije desilo.

Ja: Tako, a šta je to?

Pop: Postao sam poslednjim ukazom rezervni potporučnik.

Ja: Gle, molim te...! E pa, čestitam vam.

Pop: Hvala. Ali vi ne znate kako me je to zabrinulo.

Ja: Što, da se ne bojite višeg kursa?

Pop: Tä nije to. Nego, prvo i prvo, bojim se da to ne izađe u novinama. Znate kakvih sve ima novinara, pa hoće da dohvate to i da se ismevaju.

Ja: A, to neće. Ja vam dajem reč da to neće izaći u novinama.

Pop: Baš vam hvala.

Ja: Namalo!

Pop: Posle, ne znam i brine me kako će to moje postavljenje da primi majka crkva?

Ja: Upravo, vas više brine kako će tu stvar da primi otac Mitropolit?

Pop: Pa da.

Ja: To ne brinite: otac Mitropolit ima računa da bude na dobroj nozi, ne samo s majkom crkvom nego i s majkom vladom.

Pop: Pa, to jeste. Ali svet, kako će to svet da primi?

Ja: To ne brinite! To će biti vrlo lepo primljeno. Kod nas je svet već navikao da đumrugdžije budu ministri, oficiri da budu privrednici, profesori da budu šumari, a novinari da prave sir. Nije to kod nas u Srbiji nikakvo čudo što će jedan pop biti oficir.

Pop: Pa dobro, al' ja ne znam ni kako da se nosim sad?

Ja: Ne znate. To je vrlo lako. Obucite najpre na sebe oficirsko odelo, pa preko toga mantiju.

Pop: Iju!

Ja: Molim vas, videćete da to ima i svojih praktičnih strana. Prvo i prvo, vaša popadija mnogo će vas više voleti. Vi ćete preko dana ići ulicom u mantiji, a kad dođete uveče kući, a vi samo skinete mantiju i postanete potporučnik. A za popadiju je mnogo važnije da vi danju budete pop a noću oficir, nego obratno. Ona će, u stvari, imati dva muža...

Pop: Iju!

Ja: Pa da, kako joj je kad po volji. Može da menja. Ako hoće popa, popa; ako hoće oficira, oficira.

Pop: Ubio vas bog da vas ubije, baš ste vi neki obešenjak!

Ja: Hvala lepo. A zatim, i u samoj službi može vam ta dupla uniforma mnogo koristiti. Zamislite samo, kakva mlada dama dođe kod vas na ispovest. Vi je pitate: je li zagrizla jabuku? A ona se snebiva i neće da prizna. Vi tada samo zadignete mantiju i mlada dama postaje odmah iskrenija.

Pop: Tä idite, grom vas spalio, gde bih ja pred mladom ženskom zadizao mantiju.

Ja: Tä zaboga, da pokažete da ste odozdo potporučnik. Verujte meni, mlade gospe se radije i iskrenije ispovedaju potporučnicima nego popovima.

Pop: Pa jeste.

Ja: E, dakle, vidite da vas iskreno savetujem.

Pop: E, baš vam hvala. Ali po novinama o tome neće biti ništa pisano, jelte?

Ja: Ah, koješta, ne brinite. Šta bi imalo o tome da se piše, to i nije nikakav materijal da bi se o tome moglo što napisati.

I pop ode zadovoljan, a ja čak mislim i da održim reč. Neću više ni reči o tome da vam pišem.

Crnogorska banka[3]

Čim jedna zemlja dobije ustav, znači da širom otvara vrata kulturi. A kroz ta otvorena vrata, kao predstavnici kulture, prvi naiđu novčani zavodi, pa tek onda sve ostalo.

Tako je i s Crnom Gorom. Čim sam čuo da će dobiti ustav, znao sam da će morati osnovati i Narodnu banku. I osnovala je.

Kao i za sve ostalo, Crna Gora se obratila i za banku „bratskoj nam Srbiji" da joj pošlje spremne ljude koji bi banku uveli u život. I, kao što čujem, otići će neki od naših za upravnika te banke. Ali ja mislim da je to vrlo malo. Ako ćemo da učinimo bratsku uslugu, mi treba ili da je učinimo potpuno ili da je ne učinimo.

Dok se uvede u život crnogorska banka, treba tamo poslati ne samo direktora već i nekoliko akceptanata i žiranata. Pa lepo akceptanti da dignu novac s potpisima, o roku da ne plate, kao što je to već red, da menice odu na protest, da dođe do izvršenja, te tako da braća Crnogorci, onako na praksi, vide celu tu proceduru, i da se lepo pouče od nas, starije braće.

Ovako, bez te potrebne prakse, kako će manipulisati ta banka? Ja prosto ne znam, a jedva mogu i zamisliti.

Evo, baš da vam kažem kako ja zamišljam rad u toj budućoj crnogorskoj banci.

Špira Cuca, na primer, poterala nevolja. Junak je kao niko njegov u plemenu, glasovit je među Cucama, znan je i ostalim plemenitim i malo mu je ravnih. I jedina mu je mana što je uvek švorc. A ne podnosi, recimo, ni njegovu obrazu, ni njegovu junačkom ponosu, biti tako večito švorc. Razmišlja on, razmišlja tako, pa jednog jutra uzdahne tako duboko da bi tim uzdahom celu Moraču mogao usrkati, uzdahne i rekne:

– Od švorcljuka gorijeh jada nema! – pa dočepa svoj bojni jatagan, pa na Cetinje te kao hala navre u banku.

Pisano 1906. godine.

– Dobri vi dan, bančini sinovi!

– U dobri čas došâ! – otpeva mu blagajnik, kroz onu blagajničku rupicu.

– A da je u dobri čas, pa ni po jada, nu u zli čas dođô.

– A što je, Špiro?

– Da mi daš malo para?

– A našto da ti dam?

– Pa, evo, na ovi jatagan. Rekoše mi dole na čaršiji oni lacmani, daćeš mi para na ovi jatagan.

– Može, Špiro, može. Evo ovi jatagan da ostaviš ovde u rem, pa ću da ti dam jednu fiorinu.

– Što zboriš, nikogoviću nijedan?

– To što ti kažem!

– A znaš li ti da je to jatagan Špira Cuca?

– Znam.

– A znaš li, crn ti obraz, što vredi taj jatagan u ruci Špira Cuca?

– Znam.

– E, kad znaš, đe ti ode um, a đe duša, kad mi 'tede natovarit jednu golu fiorinu. Znaš li, more, da je ovi jatagan pošjekao šesnaest turskijeh glava na Rumiji, pa zar za njega da daš jednu fiorinu?

– Znam, Špiro, ama je stari, eto ga i rđa spopala!

– Nije to rđa, rđo od rđakovića, nego je to turska krv! Nego da daš dvije fiorine.

– Ne može, Špiro.

– Jal' će da može, jal' će ovi jatagan posjeći i sedamdesetu glavu.

I blagajnik, hoće-neće, da Špiri dve fiorine.

A malo zatim upade u banku Joko Piper. Doneo menicu na eskont. Platio tamo na Lokandi nekom, te mu napisao parče hartije, pa ga doneo u banku.

– Dobro vi jutro, junaci! – razdra se još s vrata glasinom, kakvom se samo Piper može razdrati, a činovnici svi na one rupice, pozdravljaju ga.

– A što ste se zabili te čkiljite kao miši kroz rupe? A nije li to sramota za crnogorsku đecu, krit se tako od svijeta. Što ne iziđete na svijet i na megdan, nego ka' miši?

– Pa tako je red, Joko. A šta bi ti?

– Pa ja bih malo para, na ovu hartiju.

– Ne može, Joko! Ovde mora da se potpišu jošte dvojica.

– E, što će to?

– Pa tako, da ti budu jemci!

– Što veliš? A znaš li ti ko sam ja, znaš li, čoče?

– Kako ne bih znao!

– Pa zar za mene neko da jamči? Cijelo pleme pipersko stoji za mnom, jamče za me sto i dvanaest pušaka. Znaš ti dobro što je i ko je Joko Piper.

– Znam, ali ne može bez toga.

– Ej, teško nama i do boga kad i to doživjesmo da za Joka Pipera treba neko da jamči, kad je malo cijelo jedno pleme.

I tako Joko ne dobi pare.

Ili, zamislite, na primer, jednog Martinovića, digao novac na menicu, pa potrošio, kao što bi svaki junak potrošio, a došao rok i prošao i otišla menica na izvršenje. I jednoga dana, vidiš, izvršitelj se penje uz planinu, te pada pod kulu Martinovića i hoće da uzme u popis stvari.

– Što veliš? – pita ga Martinović.

– Pa to, da ti uzmem stvari.

– Ha, žlji ti dan danas svanuo, rđo lacmanska! Zar ti da razoriš ovo gnijezdo, đe se toliki sokoli izljegoše. Zar ti da mi razoriš ognjište? Na ovu su kulu nailazili i grđi od tebe, odbio sam ja i samoga Mehmed-pašu skadarskoga, pa ćeš ti, 'uljo od 'ulje, da mi udariš na obraz!

Pa dohvati s jeksera pušku, tresnu je u vazduh, pa dade aber te se celo pleme Martinovića dočepa puške i poteče na kulu.

Tek vidiš malo posle, a niz Cetinjsko polje spustio se izvršitelj pa sve po dva koraka hvata u jedan i skače junački, misliš soko leti pa bira gde će pasti na Cetinje. A za njim se nadalo pleme Martinovića, pred njima onaj čija je menica protestovana, razglavio vilice i klikće ka' soko:

– A, Nikac, a, Jovo, a, Pero, a, Martinovići, sokolovi, potecite za mnom, da nam ne uteče rđa od rđakovića! Predajte mi ga živa u ruke, jali živa, jali mu odsijecite nos i uši, te da više ne nasrće na tuđi dom i ne razara tuđe gnijezdo!

A soko izvršitelj na taj bojni usklik isplazi jezik, te poteci još brže.

Eto, tako će otprilike manipulisati crnogorska banka. Ja ne znam kako bi drukčije.

Proleće

Sunce je granulo, raskaljužilo, otopilo zemljinu koru, i sve što je zima prikrivala opet se pojavilo. Pojavio se, na primer, opet reumatizam, koji se za vreme zime bio pritajio, i proleće već miriše na ljubičice i na špiritus i kanfor.

Penzioneri u *Kasini* već pipaju jedan drugome kolena i tuže se:

– Evo, molim te, metni ruku ovde... osećaš li? I ko će sad tu da mu uhvati kraj! Lanjske godine je sevalo dole u članku, sad opet u kolenu, a pretprošle zime sevala mi je cela strana.

– More, sve se to da podneti. Istrljaš se pa spavaš. Ali kukovi, meni se ove godine pojavilo sevanje u kukovima; idem raskorak kao da sam cele zime jahao konje, i previjao sam se kao da hoću da vodim kokonješte.

– Misliš li ti ove godine opet u Vrnjce?

– Pa... videću, daleko je, ali tek, vreme bi bilo da se već pomišlja. Moraću.

A nisu samo penzioneri ti koji uz kafu već vode reč o banjama iako je banjska sezona daleko. Na banje još sad, odmah s osvitkom proleća, misle već podjednako i penzioneri i žene.

Izmeđ' njih i penzionera ima jedna razlika i ima jedna sličnost u bolestima koje se sad s proleća javljaju: penzionere doista žiga i odista osećaju sevanje, a žene to često i izmisle – eto, to je razlika; a sličnost je u tome što i penzioneri i žene svakog proleća na drugom mestu osećaju sevanje. Jedanput u članku, drugi put u kolenima, a treći put u kukovima. Samo što to kod penzionera dolazi otuda što reumatizam putuje, a kod žena dolazi otuda što često zaborave gde su se prošle godine žalile da ih je bolelo.

I, onda, kod žena to ima i svoju skalu. Zavisi od banje u koju se namerava ići. Evo, otprilike, te skale, kojom se služe žene, u razgovoru s mužem:

Vrnjačka banja

Prvog prolećnog dana: Baš mi se ne mili ovo proleće. Ceo mu se svet raduje, ali jadna mi moja radost kad već osećam sevanje.

U polovini proleća: Ja ne znam šta mi ti savetuješ, da li da zovnem lekara? Znaš li ti da se ovo ne može izdržati! Gledam te kako ti slatko spavaš, a ja se, kukavica, previjam po celu noć od sevanja.

Početkom leta: Ovo se više ne može izdržati, ja ću da poludim od bolova! Ovo su nečuvene muke! Evo, zvala sam i doktora pa ništa. Ne pomaže tu ni doktor, kad me je bog tako osudio da se celoga života mučim.

Petnaest dana pred otvaranje banjske sezone: Ja te molim, uzmi revolver pa me ubij! Kako možeš da me gledaš ovako kako se mučim.

I, razume se, posle ovako očajnih izjava, dolazi menica, pakovanje i tužan oproštaj na stanici.

Sasvim je druga skala ako treba ići u koju stranu banju. Evo je!

Marijenbad

Prvog prolećnog dana: Kako sam se radovala da jedanput otopli, ali sam se kanda na svoju nesreću radovala. Zamisli, opet osećam nesvesticu i grčeve u stomaku.

U polovini proleća: Nemoj se ljutiti što si danas ostao bez ručka. Nisam se makla iz kreveta. Celo prepodne imala sam nesvesticu. Dolazio je i lekar i kazao mi je: „Sâm bog neka vam pomogne!“

Početkom leta ne govori ništa, tri dana leži u krevetu i obvija glavu hladnim krpama. Muž donosi jelo iz kafane i sâm sebi namešta krevet...

Petnaest dana pred otvaranje banjske sezone, rasplatene kose, uplakana, na njoj donja suknja sva iscepana: Ne gledaj me kakva sam i ne pitaj ništa! Ovo je da se izludi! Znaš li ti da sam sve na sebi kidala odelo od grčeva. Nemoj da se ljutiš, al’ ću ja da zađem po kućama da prosim. Hoću da prosim groš po groš dok ne naprosim koliko mi treba za banju. Ja ovako ne mogu više, ili ću se lečiti ili ću skočiti sa šteka...!

I, razume se, posle ovako očajnih izjava, dolazi menica, pakovanje i tužni oproštaj na stanici.

Sunce je već granulo, raskaljužilo se, otopilo zemljinu koru. Nastali su prvi prolećni dani. Opominjem žene da već, onako izdaleka, progovore muževima ono što po ovoj skali valja reći prvog prolećnog dana.

Prvi jul

Danas je prvi jul, danas je upravo početak banjske sezone. Domišljao sam se bio da jutros to objavim jednom naročitom proklamacijom mome milom narodu, tj. mojim milim čitateljkama. Ali mislim da je to suviše izlišno, one taj istorijski dan, početak banjske sezone, suviše dobro znaju.

Ja sam siguran da je jutros moja komšika, gospođa Persa, poranila vrlo rano, otvorila pre zore da uđe u sobu malo sveža vazduha, obukla nov šlafrok, skuvala kafu, metnula na služavnik teglicu sa slatkim od višanja, koje još nije ni načeto, čašu hladne vode, džezvicu punu kafe i čistu šolju, pa ušla u sobu, sela na krevet u kome je još spavao gospodin Josif, pa ga nežno pomilovala po čelu.

Gospodin Josif otvara oči i, razume se, iznenađuje se. Obično se dosad gospođa Persa budila posle njega; obično mu je odgovarala kad je tražio slatko:

– Nemam načeto, a za tebe, bogami, neću tek načinjati teglu.

Obično je pio prvu jutarnju kafu u kafani; obično se gospođa Persa još valjuškala pod jorganom kad je on polazio od kuće. Pa otkud sad to?

– Kaži dragička – veli mu mazno gospođa Persa i trpa mu, kao golubu, u usta kašičicu punu višanja.

– Dragička! – odgovara zaprepašćeno gospodin Josif.

– Danas počinje banjska sezona! – odgovara mu ushićeno gospođa Persa, i briše mu svojom nežnom rukom znoj sa čela i doteruje mu svojim prstićima kosu.

– Jest, bogami, danas – veli zabrinuto gospodin Josif.

– A vidiš kako se to lepo potrefilo? – utrčava mu u reč gospođa Persa i naliva mu šolju s kafom.

– Šta se to potrefilo? – pita gospodin Josif.

– Zamisli, danas je i cenzura u Vračarskoj štedionici.

– Otkud ti to znaš?

– Bila sam juče kod gospođe Olge. Išla sam naročito da vidim, kakav je ona šlafrok za banju napravila, pa mi ona kaže: To se nijedan zavod u Beogradu nije setio, a vidite kako je pažljiva Vračarska štedionica. Odredila je cenzuru baš na dan kad počinje banjska sezona.

– E, pa to će biti zato što ta štedionica drži i sama jednu banju pod zakup! – veli gospodin Josif.

– Jeľ istina? – pita radoznalo gospođa Persa.

– Dabome.

– Bože, kako je to lepo. Pa to bi trebalo tako udesiti da svaki naš novčani zavod ima po jednu banju, pa prvog jula svi da drže cenzuru. Pa ja, na primer, hoću u Ribarsku banju, a ja podnesem menicu Vračarskoj štedionici. Gospođa Olga, recimo, hoće u Vrnjačku banju, njen muž podnese menicu Beogradskoj zadruzi; gospođa Mica hoće, recimo, u Smrdanj-banju – za nju smrdljušu uostalom i nije druga banja – a njen muž podnese menicu Prometnoj banci. Jeľ da bi to bilo vrlo lepo?

– Bilo bi – odgovara tronuto gospodin Josif, pa seda u krevet i oblači čarape.

– Ovako nam ništa ne ostaje nego da se obratiš Vračarskoj štedionici. Menica se mora još do podne podneti! – tako mi kaže gospođa Olga.

– Da, mora – odgovara gospodin Josif, uvlačeći prvu nogu u nogavicu od pantalona koje mu pridržava gospođa Persa. – Da, mora, kad čovek već ima potpisnike, a kad ih nema, onda može i sutra-prekosutra, može se i mnogo docnije podneti menica.

– Kako, zar ti još nemaš potpisnike? – pita usplahireno i prestravljeno gospođa Persa.

– Imam jednog – odgovara mirno gospodin Josif i uvlači i drugu nogu u nogavicu od pantalona koje mu pridržava gospođa Persa.

– Jednoga? – navaljuje dalje pitanjima gospođa Persa.

– Da, to je potpis tvoga oca, kome ćeš ti ići danas prepodne i moliti ga.

– A ako neće da potpiše?

– Plači, uveri ga da ćeš propasti, reci mu da si s dana na dan sve slabija, da te sve nešto štreca, da nemaš sna, da imaš nesvesticu. Uopšte, reci tvome ocu sve ono što si meni kazala, ubedi ga, kao što si mene ubedila, pa mora potpisati.

– Pa dobro – veli gospođa Persa i uslužno pridržava prsnik u koji gospodin Josif utura ruke – pa, dobro, a drugi potpis?

– Drugi? – zamisli se gospodin Josif. – Ko je tebi savetovao da moraš ići u banju?

– Pa doktor.

– Koji doktor?

– Pa... doktor Vukadinović.

– Jel' ti kazao da nipošto ne propustiš ići?

– Kazao mi je: „Ako ste radi svome dobru, vi morate ići.“

– Vrlo dobro. Onda neka doktor Vukadinović potpiše menicu kao drugi.

– Doktor?

– Razume se. Ja nalazim da bi to bilo najlepše, kad bi se tako udesilo. Svaki zavod ima svoju banju, kao što si malopre kazala, a svaki doktor, kad koju ženu savetuje da ide u banju, nek joj lepo potpiše menicu, pa onda, nek se ta menica eskontuje kod onoga zavoda u koju banju valja ići. To bi bilo najbolje.

Tako se jutros svršio razgovor između gospođe Perse i gospodina Josifa.

Ja ne znam da li je gospodin Josif uspeo da dobije oba potpisnika, ali nalazim da to nije nimalo rđava ideja, da muževi hvataju za potpisnike one doktore koji su žene savetovali da idu u banje.

Moju ženu je, na primer, savetovao doktor Vukadinović, pa neka mi se sklanja da se ne sretnemo ovih dana.

Beli udovac

Svaki treći koga sad sretnete ulicom, svaki drugi koji sad u kafani ruča bez sumnje je „štrovitver“. Žene su se razbegle po banjama, ili bar otišle ovamo i onamo u goste, a „štrovitveri“ ostali da čuvaju kuće.

Je li vam poznato kako se „štrovitver“ ili „štrovitverka“ zovu srpski? Mi imamo i lepši i tačniji izraz. Kod nas se muž koji je privremeno ostao bez žene ili žena koja je privremeno ostala bez muža zovu „beli udovac“ i „bela udovica“. To stoga što tim nazivom hoće da se napravi razlika od „crnog udovca“, tj. od udovca koji nosi crninu, jer je ženu, recimo, sasvim izgubio. Kad je privremeno izgubio, on ne nosi crninu i zato se zove „beli udovac“.

Eh, vidite, ja sam rad da vam opišem život jednog takvog belog udovca.

Njegova soba ovako izgleda. Krevet koji se nikad ne namešta, jastuk grozno ugnječen, jorgan se skupio u jedan kraj kreveta, a čaršav sav žut od praška za buve. Do kreveta „nahtkastna“, tu je sveća u čiraku i još u rezervi, kada se ona potroši. Na sveći, oko fitilja, više onako kao dekoracija, pet-šest isprženih ili bolje reći, pohovanih stenica, jer se oko njih uhvatio debeo sloj milikerca. U fioci od „nahtkastna“ su makaze, još dve kutije šibica, kad se one gornje potroše, kapljice od nane za grčeve, četiri-pet dugmeta i igla i konac. Kad je polazila gospođa u banju, rekla je naročito mužu:

– Evo ovde u fiočici imaš sve sitnice. Tu je i igla i konac.

– Dobro.

– Nije to samo dobro, nego upamti da su ovde igla i konac. Nemoj da te odnese đavo, kao prošle godine kad sam bila u banji, što si prelazio preko puta kod gospođe Stevke da pozajmiš kao bajagi iglu i konac.

Pod krevetom je veš-korpa, u koju će beli udovac bacati prljav veš, a na stolu, nasred sobe, stoji čist veš. Tu je sve odbrojano, sve složeno i pokriveno jednim peškirom. Povrh tog peškira leži cedulja, na kojoj je tačan spisak veša:

Džepnih maramica 24
Noćnih košulja 4
Košulja 12
Čarapa 14
Peškira 7

Itd, itd.

Predajući mu to, gospođa je opet naročito naglasila:

– Pazi dobro. Nemoj da mi se pogubi veš. Naročito pazi da ti se ne pogube džepne maramice kao lanjske godine, jer, bogami...

– Pa, znaš kako je... lepo je... čovek ponese po dve i po tri maramice po džepovima, pa se lako izgubi koja.

– Lako se izgubi. A što se ne izgubi koja od ovih starih, nego od novih novcatih, i to ovih finih. Ama, pomogao ti je sâm bog, što ja nisam videla u koga moju džepnu maramicu, inače bih joj ja izbrisala nos.

Ovoj nežnoj primedbi dodala je gospođa pred polazak i jedno uputstvo ili, bolje reći, naredbu:

– Pa ako ti se isprlja veš, nemoj mi se šaliti da mi dovodiš u kuću kakvu vešerku.

– Neću.

– Nećeš, jest. I lanjske sam ti godine kazala to isto, pa si opet zvao.

– Pa bila je stara žena, ona Kata. Znaš je, Kata vešerka.

– Sve je to jedno, stara ili ne stara. Neću da mi se ženske muvaju po kući. Ako ti se isprlja veš, odnećeš mojoj tetki. Ja sam se s njom već sporazumela. Razumeš li?

– Razumem.

E eto, u tako nameštenoj sobi, i pod takvim uputstvima, stanuje beli udovac.

A evo kako živi:

Čim se probudi, otvori sve prozore.

– Dok si ti kod kuće, da držiš uvek prozore otvorene, da mi se ne usmrdi kuća.

– Dobro.

– Nije to samo dobro, nego to upamti! Lanjske godine, kad god si bio kod kuće, držao si zatvorene prozore pa još i zavese spuštene. Otkud to ima smisla, ženjen čovek pa ceo dan spuštene zavese na prozorima.

Pošto je otvorio prozore, natočio je vodu sa česme i popio čašu vode s parčetom šećera.

– Evo ti šećer u ovoj kutiji – rekla mu je žena – slatko ne mogu da ti ostavim. Zabrljaćeš kašike, zabrljaćeš služavnik, ostavićeš otvorenu teglu, kao lanjske godine, pa će se u njoj podaviti muve.

Pošto je popio vodu, navio je sat, a zatim nahranio mačku.

– Nemoj mi zaboraviti mačku!

– Ne boj se, neću.

– Nećeš jest, a lanjske godine hvali mi se gospa Stevka: „Vaša mačka svaki čas je bila kod mene. Morala sam da je hranim!“ Malo ti je što si ti prelazio kod nje za iglu i konac, nego si pustio i mačku tamo da ručava. Čudo nisi celu kuću tamo preselio.

Kad je pošao od kuće, zaključao je dvaput vrata („Pazi dobro, da uvek dvaput zaključaš vrata!“) i otišao je u kafanu da pije kafu. U kafani je i ručao, u kafani je i večerao, i to bi još podnosio, ali ga ubiše vizite. On ne voli da pravi vizite, ali mu je žena pred polazak i to naredila:

– Bar dvaput nedeljno otići ćeš do moje majke, ići ćeš jedanput nedeljno i kod moje tetke.

– A zašto sve to?

– Tako, da te vide. Nije da ti njih vidiš, nego da one tebe vide. Hoću, kad se vratim, da znam kakav si izgledao, jesi li bio uvek ispavan, da nisi koji put bio malaksao i... tako, hoću da te vide.

I tako, pored ostalih muka, on mora još da pravi vizite, da ga vide.

Hej, crna vam sudbina, beli udovci! Potražite utehe, to vam jedino mogu savetovati, jer i ja sam vaš drug.

Doviđenja... posle večere!

Jedan čudan doktor

Taman ja hoću da pišem o čemu drugom, a okupe me kartama i anonimnim pismima sa svih strana: „Pišite o banjama. Sad je sezona, pa ako sad nećete pisati, onda kad ćete." I tako, hteo – ne hteo, sasvim sam digao ruke od Beogradske opštine i jedino me još teši što je od nje i bog već digao ruke.

Ja mislim da mi se to pismima obraćaju i mole da pišem o banjama ili muževi, kako bi mogli na osnovu mojih podataka da se podsmehnu ženama, kad ove sirotice izjave da moraju ići u banju: ili žene, koje se nadaju da im ja pronađem kakav novi način kojim bi ubedile muževe da ih puste u banju.

Ko je da je, moram se tek odazvati želji mojih čitalaca.

Dakle, gospođa Danica upravlja se potpuno po mojim savetima koje sam dao ženama još marta meseca ove godine. Još tada se prvi put požalila mužu na probode; aprila meseca već se žalila na nesvesticu i glavobolju; maja meseca svaki čas je vezivala glavu i nije htela da ručava, žaleći se na apetit, a juna meseca već je češće puta dobijala grčeve i morala je jedanput da odleži tri dana u krevetu, a jedanput, bogami, i čitavu nedelju dana.

E eto, tada, kada je gospođa Danica ležala čitavu nedelju dana u krevetu, rešio je gazda Sava da pozove i lekara.

– Dobro si se i sad setio da zoveš doktora! – veli mu gospođa Danica iz kreveta, bono jecajući. – Ali badava ćeš me samo mučiti da gutam lekove, meni druge pomoći nema osim banje. Evo, doći će doktor pa ćeš se i od njega uveriti, i on će ti to kazati.

– Pa ako nema druge pomoći... onda moraš ići. Šta ćemo kad se mora! – uzdiše gazda Sava i polazi da potraži doktora.

– Ali slušaj, Savo – nastavlja gospođa Danica teško dišući – gospođa Milica mi preporučuje nekog doktora Mihailovića. Kaže, sad je skoro svršio i zdravo je učevan. Ona je ležala tu skoro, kaže, pa samo što je pogledao i nešto propisao, kao da je rukom odneo.

– Dobro – veli gazda Sava pa se kreće u varoš, raspituje i dovodi doktora Mihailovića.

Mlad doktor, tek što se otkinuo od nauka, pa predan svome pozivu i sasvim ozbiljno uzme ispitivati bolest.

– Pa da... da – veli doktor, a ispituje bolest.

– Jelte, gospodine doktore, da tu druge pomoći nema sem banje? – veli tihim, bolesničkim glasom gospođa Danica.

– Može i banja, može – veli doktor.

– Tako sam i lanjske godine patila, pa mi Aranđelovac pomogao – nastavlja gospođa Danica.

– Može, Aranđelovac može – veli doktor i propisuje nove praškove. – Zasad uzmite ove praškove, pa ćemo videti.

Sutradan gospođi Danici još teže. Zove hitno doktora.

Doktor dotrči i ponovo uzme stvar u ocenu i, najzad, jedva postavi tačnu dijagnozu.

– Da, vama, gospođo, treba banja. Samo vam banja može pomoći!

Sutradan je gospođi Danici bilo lakše, ali je umolila doktora da je češće obiđe kako joj se bolest ne bi povratila.

Doktor ju je obilazio, a ona se polako, polako pakovala. Gazda Sava je, međutim, pribirao sitan pazar i menjao niklove u banke, te da spremi putni trošak svojoj ženici.

I sad, kad je već spremio gomilu od četrdeset banaka i poneo ih kući, kad je gospođa Danica već bila spakovana – nastane jedno neopisano iznenađenja. Dođe u kuću, a žena ga radosno predusrete:

– Savo, zamisli, Savo, ja ne moram ići u banju. Taj kao da rukom nosi bolest. Zamisli samo, jutros je opet bio, pregledao me, pa kaže da sam sasvim dobro i ne moram ići u banju. Pa zašto bi se onda trošili kad ne mora, je li tako, Savo?

Možete misliti kako je ushićenje poduzelo gazda Savu; došlo mu je da pojede svoju ženu od radosti.

– Kako?

– Kažem ja tebi, uzmi tog čoveka za doktora.

– Evo, sutra će ujutru opet doći doktor, pa budi i ti kod kuće, da čuješ iz njegovih usta,

I zbilja, gazda Sava, koji čisto nije verovao ovakvim rečima iz usta svoje žene, radovao se da ih čuje iz usta doktorovih.

Sutra u devet sati i on je očekivao doktora kod kuće.

Doktor ponovo pregleda gospođu Danicu, i ponovo izjavi da gospođi ne treba banja.

– Pa, dabome, tako je, tako je! – veli gazda Sava, i u tom momentu doktor mu dođe kao neki svetac, kao najmudriji čovek, kao da je sad iz ikone ispao, a ne da je tek sa nauka došao.

Ali se doktor diže, priđe gazda-Savi, pa tek učini:

– Dozvolite... – i prevrte mu prstom očni kapak. Zagleda se, zagleda, pa se uozbilji. Pa onda uze donju usnu gazda Savinu, prevrte i nju pa se zagleda.

– Slušajte, gazda Savo, vi... avaj, vi biste trebali pošto-poto da idete u banju. Vaša gospođa ne, ali vi, vi ne smete propustiti, morate ići i to što pre, razumete li, što pre!

Gazda Sava spusti ruke i zaprepasti se.

– Ama jeľ ja, gospodine?

– Jest, jest, gazda Savo, morate ići!

Gazda Sava se prekrsti.

Sutradan poče gospođa Danica da ubeđuje gazda Savu.

– Ti vidiš da je ovo dobar doktor. Evo kako je mene izlečio, pa ništa sad ne osećam. Pa kad ti kaže, on se ne šali. Nemoj da se igraš sa svojim zdravljem nego da ideš. Spremi se pa da ideš.

Prođe još jedan dan, i gazda Sava i doktor sretoše se ulicom. Čim ga srete, a doktor ga dočepa za ruku da mu opipa puls.

– Gazda Savo, da idete što pre u banju!

I tako na ulici doktor, a kod kuće gospođa Danica, pa se grešni gazda Sava spakova da ide u Sokobanju.

Sinoć sam bio na železničkoj stanici nekim poslom, pa sedim s gazda Savom i on mi se grešnik žali:

– Baš čudan neki doktor, gospodine, ja ga zovem zbog žene, jer ona ište da ide u banju, a on isprati mene u banju. A baš mi ništa ne fali! Jedanput me samo boleo jedan zub, ali sam ga izvadio, izvadio sam ga, brate. Pa šta ću ja sad u banji? I to mi još kazao da sedim tamo šest nedelja.

Otputovao je, a gospođa Danica ostala grešna sama. Ona će se lečiti ovde u Beogradu.

Zar nije pravo bilo da vam iznesem i jednu ženu koja neće ove godine ići u banju?

Isledna komisija

Vraćaju se! Vraćaju se!

Ja sam pre mesec dana toplim rečima ispratio prvu partiju žena koja je krenula u banju, pa je pravo da sad dobrodošlicom dočekam prvu partiju koja se vraća. A stižu već, stižu, vraćaju se.

Nađite se kod Londona, oko četiri sata poslepodne, kad stiže voz iz unutrašnjosti, pa ćete videti skoro svakog dana po jedan ili dva fijakera sa železničke stanice. Kod kočijaša veliki kofer i jedna korpa; u kolima na gornjem sedištu tašta i „ona", ona što se iz banje vraća: Na donjem sedištu jedna svastika i on, muž, koji drži neku bošču i ženin mantil na kolenima, i pokunjeno gleda mimoprolazeće, srećne ljude.

Na stanici su je, dakle, dočekali muž, tašta i svastika. Poljubila se s mužem i samo ukratko rekla:

– Je li kod kuće sve u redu?

– Jeste! – odgovorio je on.

Zatim mu je tutnula u šake ceduljicu od gepeka, nosač je spustio preda nj korpu, bošču, njen mantil, amrel i druge sitnice, a ona se upustila u dug i opširan razgovor sa sestrom i majkom. Kad su već bila kola natovarena, on ih je pozvao, te su seli u kola, njemu su strpali bošču i ženin mantil na kolena, pa udarili kraj Londona, te kući.

Kad su stigli kući, on žuri napred i otvara vrata i, još turajući ključ u bravu, oseća već nešto hladno oko srca.

Čim su ušli, tašta je odjurila pravo na prozor i otvorila ga širom, dodajući:

– Uh, gospode, dajte malo vazduha! Tä ovde je zagušljivo kao u podrumu!

– Pa da, zaboga, tako je malo luftirano! – dodala je svastika.

Zatim su istovarene stvari, pootvarani su svi prozori na sobama, žena je protrčala kroz sve sobe uzvikujući:

– Gospode bože, gospode bože! Pa kaže, makni se ti od kuće i leči se. Bolje ti je, sedi tu pa crkni, a ne da ostaviš kuću na orjatinu.

Zatim je svukla bluzu i obukla reklu, svukla je cipele i počela da traži svoje papuče:

– Miloše, gde su moje papuče?

– Pa tu valjda – odgovara Miloš – gde bi bile.

– Evo, nisu na svome mestu, ja sam ih ostavila pod krevetom.

– Ne znam – odgovara Miloš, pa se saginje i sâm ih traži – ne znam, tek tvoje papuče nisam ukrao, nisu mi trebale.

Najzad, papuče se nađu i to jedna iza furune, a druga pod „nahtkasnom“. Dotle je svastika već pristavila mašinu za kafu, jer je tašti pripala muka od smrada u kući, pa su onda svi posedali. Posedali su da progovore.

U stvari, to i nije bio razgovor, nego isleđenje, koje je ova pravilno sklopljena isledna komisija, iz žene, tašte i svastike, povela protiv optuženoga.

Optuženi je seo u jedan ćošak, podvio noge pod stolicu i brižno gledao u plafon.

– Pa dobro, Miloše, jesam li ti kazala da svaki dan otvaraš prozore?

– Otvarao sam!

– Otvarao, jest – dodaje tašta i drži maramu na nosu – a ovde se ne može ni disati.

– Gle sad – otpočeće opet žena – šta je ovo?

– Koje? – pita on.

– Ovo nije moj čaršav na krevetu.

– Pa dabome da nije – dodaće tašta.

– Nego čiji je? – pita on glasom optuženoga.

– Naši čaršavi svi imaju monograme – dodaje svastika.

– Ja ne znam, ja ga nisam menjao.

– Izgleda kao robijaški čaršav – dodaje tašta.

– Ju – iščuđava se svastika – nisam ni opazila monogram od buva i od ovog žutog praška.

Zatim nastaje pauza, jer svastika služi kafu. Tašta srkne jedanput, ostavi šolju, pa poče:

– Bože, siroto ovo mače, gle kako je izmršavelo, grehota ga je pogledati.

– Ju, siroto! – zaplače se svastika i uzme ga u naručje.

– Razume se, nisi ga ni hranio.

– Hranio sam ga redovno.

– Zar je tebi bila pamet za kućom i za mačetom!? Ko zna šta si ti mislio, i ko zna kad si dolazio kući, valjda u tri dana jedanput.

– Dolazio sam redovno.

– Redovno, jest, to se vidi na mačetu.

– Siroto mače! – uzdiše opet svastika i nežno miluje mače.

Žena je sad već popila kafu i zašla opet iz sobe u sobu. Razume se, za njom se kretala i cela isledna komisija.

– Gledaj, gledaj, molim te, jedna čarapa pod pisaćim stolom. Otkud sad čarapa pod pisaćim stolom?

– Pa valjda, kad sam je svlačio i bacio iz kreveta, pala tamo.

– Pa dobro, a gde je druga?

– Druga? – pita grešni Miloš i zavlači glavu pod pisaći sto – i druga će valjda biti tu.

– Može biti drugu nije ni presvukao, možda je zaboravio.

– Nije, evo je druga čarapa – uzvikuje svastika čak iz treće sobe.

Tašta se, razume se, odmah prekrsti.

– Bože moj, bože moj – jadikuje žena – pa valjda nisi igrao kankan po kući?

– Koješta! – dusa se Miloš.

– Pa otkud sad druga čarapa čak u trećoj sobi. Jesi li video ili čuo za kakav živi stvor na svetu koji jednu čarapu svuče u jednoj sobi, a drugu čak u trećoj sobi. O, gospode bože, šta ću sve ja doživeti i šta li ću sve zateći u svojoj kući?

– Nemoj, kćeri, da se ljutiš – teši je majka – našto ti je onda bila banja?

– Pa i ja se pitam, našto mi je bila banja! Tolike sam novce istrošila, lomila se tamo, kao prava mučenica, pa došla ovde da se pojedem...!

– A gde je s ovog stola tvoja fotografija? – upada u reč tašta.

– A gde je, bogati, moja fotografija? – zgrane se žena.

– Pa tu je valjda.

– Šta ti je trebalo da sklanjaš moju fotografiju? No, no, lepe stvari, vrlo lepe stvari. Čovek ostao sâm u kući, pa sklonio ženinu fotografiju. Valjda je kome smetala?

– Evo je, brate, evo je, pala je – uzvikuje radosno Miloš, pošto je našao fotografiju.

– Gle, gle – dodaje tašta koja je za to vreme nastavila cunjanje po kući – gle, gle, pa naš je zet bio prilično štedljiv. Za mesec dana nije potrošio ni frtalj sveće.

Na taj taštin pronalazak, slegne se cela isledna komisija oko „naht-kasne“.

– Pa, razume se, nije upalio sveću ni pet puta. Ti si valjda uvek u zoru dolazio kući, pa ti sveća nije ni trebala?

– Nije, dolazio sam na vreme – odgovara optuženi.

– Pa zašto sveću nisi potrošio?

– Pa... ne znam... palio sam je, ali nisam čitao, gorela je samo dok sam se svlačio.

– Čekaj čekaj, evo ih sve žižice ovde na „nahtaksni“, prebrojaću koliko si žižica potrošio paleći sveću. Jedna, dve, tri, četiri... svega jedanaest žižica. Eto, toliko si puta upalio sveću, a dvanaest noći nisi dolazio kući ili si došao u zoru.

– Nije, palio sam svako veče sveću.

– Pa gde su žižice?

– Ne znam.

– Kako ne znaš?

– Pa ne znam... valjda sam ih upotrebio.

– Ama kako upotrebio? Našta si žižice mogao upotrebiti?

– Pa... čačkao sam zube, na primer.

– E, zete – upade u reč tašta – ja neću da se mešam u vaše domaće stvari, ne tiče me se, ali to za čačkanje zuba, to se baš vidi da si izmislio.

– Uopšte, on se nešto uzvrdao i sumnjivo odgovara. Eto, na primer, ni reči mi nisi umeo da kažeš, zašto moje papuče nisu bile na svom mestu. Ti nisi mogao da ih upotrebljavaš, jer su to ženske papuče, a posle, imao si svoje. Pa otkud onda jedna moja papuča iza furune, a druga pod „nahtkasnom“?

– Pa ne znam.

– Jesi čuo, ako je ko te papuče navlačio na noge, navući ću ti ih na glavu.

– Ko će da ih navlači? – odgovara skromno grešni Miloš.

– E, pa što onda nisu na svome mestu?

– Ne znam, valjda se mače igralo s njima.

– Iju! – zgranu se žena. – Gde sad mače izmisli, i kao da je mačetu, ovako izgladnelom, bilo još i do igranja.

I tako se to isleđivanje nastavlja sve dalje i dalje, dok grešnom Milošu ne dosadi, pa sčepa šešir, natuče ga na glavu i pobegne od kuće.

Ali mu to ništa neće pomoći. Doći će on večeras, a dotle će isledna komisija nastaviti svoj posao, dotle će biti prebrojan veš i biće nađeno da najlepše maramice fale; dotle će se naći da je jedna čaša razbijena; da je jedna ženina rekla zgužvana, kao da je bila oblačena, dotle će... e, pa dotle, a kuda ćeš više.

Svešteničko pitanje

Na dnevnom redu je, dakle, svešteničko pitanje. U Srbiji se rešava pitanje o uređenju njihovog položaja, u pravoslavlju se rešava pitanje o dozvoli da se i sveštenici udovci mogu ženiti.

Sasvim popovski, trpeli su dok su trpeli, pa sad duplo ili ništa. Jednovremeno će im se obezbediti i plata i žena.

Zamislite samo, kako će to lepo izgledati kad se popovima dozvoli da se mogu kao udovci ženiti. Dobijete tek jedno jutro poštom kartu: „Pop Mihajlo Petrović i gospođica Jula Janković, vereni“.

Ili, zamislite svadbene pozivnice. Ne može to, razume se, nikako biti da te pozivnice glase: „Naš sin pop Jova... itd.“ jer pop ne pripada svojim roditeljima, on pripada Crkvi i parohijanima. Pozivnice bi, dakle, glasile ili ovako:

„Hram Svetoga evangeliste Luke ima čast izvestiti svoje poznanike i prijatelje da će se njegov pop, gospodin Jova, u nedelju 17. ovog meseca, venčati s gospođicom Milkom, mašamodom ovdašnjom, i pozvati ih na ovo prvo veselje svoje. Venčanje će se obaviti posle službe božje, u deset časova prepodne, a igranka će biti u dva časa popodne u crkvenoj porti.“

Ili, ako bi parohijani smatrali za sinovlju dužnost da oni prirede svadbu, onda bi pozivnice glasile:

„Naš duhovni otac, uzvišeni pop Kosta, venčaće se u nedelju 22. ovog meseca s gospođicom Sofijom, privatijerkom ovdašnjom. Čast nam je umoliti svakoga poštovaoca Svete Crkve i pravoslavlja da izvoli ovo sinovlje veselje seoskih parohijana udostojiti svojom posetom.“

Najzad, pozivnice kakve bile da bile, ali zamislite kako bi to mogla lepa svadba biti. Ženi se, na primer, pop taj i taj ili, još bolje, ženi se prota. Pa zamislite sad onaj red kola niz Knez Mihailovu ulicu. Napred jašu na konjima, oko mladinih kola, četiri đakona, pa onda u prvim kolima mlada i dever, recimo pop Aleksa, s lentom preko grudi i grdnim buketom u ruci. Pa onda u drugim kolima prota Trifun mladoženja, s ruzmarinom na grudima, s belim glaze-rukavicama na rukama i s brenovanom kosom. Milina ga prosto pogledati.

Pa onda već stari svat, pa kum, i onda niz fijakera s parohijanima i, u poslednjem fijakeru, crkvenjak s gajdašem.

Verujte da bi to bile najlepše svadbe, oficirske pa popovske. Najzad, to bi i bile jedine uniformisane svadbe i ja verujem da bi se naše devojke isto tako grabile za popove kao i za oficire. Što sad ne polaze rado za njih, to je stoga što se oni žene kao bogoslovi, dakle još neuniformisani, ali kad im se jedanput dozvoli, a kako izgleda to će biti uskoro, da se mogu i sa uniformom venčavati, onda će se izvesno naše gospođice malo više zainteresovati za popove, jer, najzad, za njih i ne važi ono narodno pitanje:

„Je li pop čovek?" već važi isključivo to da on ima uniformu.

Doduše, ne može se reći da je popovska uniforma tako lepa kao oficirska, ali nek bog da samo da oni jednom postanu mladoženje, pa će se sve to polako, polako izmeniti. Neće uvek ostati ovakva uniforma kakva je sad. Biće lepši pojas, štikovan možda šarenom vunicom, pa će biti mantija plavih, morastih i žandar-blau, pa će biti postava kao krv crvenih, pa će biti mantija na struk i bez struka, pa će biti... šta ti sve neće biti. Doteraće se naši popovi da će ih milina biti pogledati.

Možda će čak promeniti i uniformu. Jer, najzad, ova sadašnja, pristala je za ovaj konzervativan položaj sveštenstva. Oni i kad su se venčavali, nisu se venčavali kao sveštenici, već kao bogoslovi, u civilu. Ali kad se počnu venčavati kao sveštenici, može to malo nezgodno da mu dođe, da, recimo, prvo bračno veče pop svuče suknju! Ne kažem da bi to bilo nezgodno za njega, nego onako, kao figura je nezgodno. Zato i mislim da bi se u tom slučaju izvesno izmenila unekoliko i popovska uniforma.

Najzad, kako bilo da bilo s uniformom, nije to ovde glavno, već je glavno da se popovi mogu ženiti.

Jedna bi stvar, možda, bila drugačija no kod nas običnih ljudi. Kod popova ne bi devojke nosile miraz nego mladoženja.

– Za koga se, bogati, ti udaješ? – pitala bi, na primer, gospođica Savka gospođicu Sofiju.

– Pa udajem se za pop Aksentija.

– A šta ti nosi?

– Pa šest stotina sedamdeset kuća.

Razume se, to pop ne nosi toliko nazidanih kuća, nego to mu je nurija, a dozvolićete da to nije mali miraz.

Jedno me samo zanima. Kakva li će izgledati četvrta strana *Srpskih novina*, kad se jedanput dozvoli i sveštenicima da se mogu po drugi put ženiti.

Zamislite samo ovakve oglase:

Moja žena Mileva, odbegla je od mene i smuca se sad po tuđim nurijama, bez ikakvog razloga. Umoljavam braću svoju u Hristu i, uopšte, otačastveno sveštenstvo, da moju ženu, u slučaju pronalaska u svome domašaju, dobrim savetom upute na pravu stazu hristijanstva i pošalju mi je na dalje prakticiranje bračnog života, bez kojega se sad osećam epitimičan.

Pop Marko Jeremić

Ili ovakav oglas:

Moja žena Anka odbegla je od mene i, protivno božjim i hristijanskim zakonima, živi nevenčano s pop Nikolom, mojim u Hristu bratom, što od njega nije lepo. Mada je, doduše, pop Nikolina parohija mnogo bolja od moje, ipak pozivam moju ženu Anku da se vrati na moju parohiju i, ako to ne učini za petnaest dana od dana ovoga oglasa, počeću da verujem što se već uveliko zucka, a to je... da ona nije čestita.

S poštovanjem
pop Toma Petrović

I ko zna kakvih ti sve drugih oglasa ne bi bilo. Bilo bi svakojakih.

Bogami, jedva čekam da se to pitanje, o dozvoli da se sveštenici udovci mogu ženiti, reši već jednom.

Telegrafija bez žica

Postavio sam dve stanice, jednu u rejonu Varoškog kvarta, ispod Narodnog pozorišta, a drugu na zapadnom Vračaru.

Onu stanicu u Varoškom kvartu označio sam kao predajnu stanicu, a onu na zapadnom Vračaru, kao prijemnu stanicu.

I evo sad kako sam izvršio opit s predajom i prijemom telegrama, na telegrafiji bez žica.

Na predajnoj stanici. Tačno u deset časova i 22 minuta prepodne, otišao sam u posetu gospođi Julki.

Nisam joj davno bio i gospođa me vrlo ljubazno dočeka.

– A što ste se vi tako otuđili? – reče ljubazno i graciozno uznese ruku do mojih usana.

– Oprostite, hiljadu vas puta molim za oproštenje.

– Zaboravili ste me.

– Ne, gospođo, ali sam podivljao. Toliko sam poverenje u poslednje vreme izgubio kod ženskog sveta da sam već i sâm počeo da ga se klonim.

Gospođa je sela na plavi otoman, a ja na neki tako nizak i mali taburet da ne pamtim sebe u takvoj pozi od najranijeg detinjstva.

– Izgubili ste poverenje? – nastavi gospođa Jelka koketno. – Valjda zato što u vašem pisanju ne ostavljate ženske na miru.

– A, ja ne mislim zato. Tä gospođe vole kad se o njima govori u novinama.

– Pa zašto biste inače imali da izgubite poverenje? – upita gospođa živo i radoznalo se naže prema meni.

– Ja mislim zato što sam već dobio prve sede.

– No, no, no... vi obešenjače; vi to valjda meni prebacujete – i unese brzo svoje, dijamantima okićene prstiće u kosu, te poče nervozno da pokriva jedno mesto koje se bilo razredilo.

Ja ugrabih ovaj momenat.

– Vidite, gospođo, kako ste nepravedni prema meni.

– Ja?

– Da. Prebacujete mi da sam vas zaboravio i da sam nepažljiv prema vama, međutim, čuo sam ovog trenutka jednu interesantnu novost, pa nisam mogao da odolim a da ne dođem do vas. Ko bi mi drugi bio preči, kome bih pre no vama saopštio.

Gospođa zahvalno klimnu glavom, nagradi me jednim slatkim osmehom i dozvoli mi da joj još jedanput poljubim ruku.

– Dakle? – zapita nestrpljivo.

– Zar niste ništa čuli o gospođi Mojkovićki? Deset godina posle udaje, ona je ostala teška. Zamislite, to niko više ne zna do ona, njen muž, ja, i sad vi.

– Teška?

– Da.

– Dozvolite mi da se prekrstim levom rukom. A od čega je, zaboga, mogla ostati, teška?

– Ne znam. Kažu: pila je aspirin, po jedan prašak na dan.

– A prolazi li još gospodin Stojanović, poručnik, svaki dan kraj njene kuće na konju?

– A ne, kažu da sad prolazi peške.

Gospođu je jako iznenadila ova vest, te nastade začas pauza.

Pošto sam smatrao da sam već izvršio predaju telegrama, oprostim se od gospođe koja mi zablagodari na poseti i dozvoli mi i treći put da joj poljubim ruku.

Na prijemnoj stanici. U pet časova i 34 minuta popodne, istoga dana, otišao sam u posetu gospođi Sojki.

Čim su me prijavili, otvorila su se preda mnom vrata njenog ružičastog salona koji uvek miriše na sveže ljubičice.

– Ne dam vam ruku – reče gospođa odlučno kad se ja sagoh da je poljubim.

– To znači, srdite se na mene? – primetih skromno.

– Ne samo što se srdim, no ću preduzeti i dalje mere protiv vas.

– Molim da čujem svoju krivicu?

– Sedite, pa ću vam reći. – I gospođa Sojka jednim elegantnim, širokim gestom, pokaza na masu raznolikih sedišta po salonu. Ja u zabuni sedoh na klavirsku stolicu, i već osetih da ću se na njoj kao kaživetar okretati levo i desno, ali ostah uporan pritom da ja volim tvrdu stolicu. Uostalom, to mi je okretanje i zgodnije bilo, jer je gospođa Sojka već poznata kao nervozna dama koja prilikom primanja poseta uvek šeta.

– Ja sedim već na optuženičkoj klupi i čekam tužbu državnog tužioca – rekoh da izazovem optužbu.

– Da – poče uzbuđeno gospođa Sojka – žale mi se mnoge dame na vas. Ja sam rešila da uzmem inicijativu i da sastavim sud žena koji će vas suditi za krivice počinjene slabom polu.

– Oh, kako ćete me usrećiti.

– Usrećiti?

– Da. Vi ne znate kako bih ja voleo da imam krivice prema slabom polu; vi ne možete da pojmite kako bih ja rado seo na optuženičku klupu za krivice počinjene našim damama.

– Hoćete da budete mučenik?

– A ne, naprotiv, voleo bih da me sude kao mučitelja.

– Ja bih vas prva optužila što mi niste došli u posetu, evo već tri meseca.

– I ja bih pristao na kaznu, da šest meseci nikako ne izlazim iz vaše kuće, da prosto budem uhapšen.

– Dobro, dobro – nastavi brzo dražesna gospođa – to ćemo već videti na sudu. Ali vam ozbiljno kažem da grešite što mi češće ne dođete. Znate li vi da bih vam ja često koristila materijalom za vaše feljtone.

– To nisam znao. A imate li sad, na primer, štogod interesantno što bi moglo kao materijal poslužiti?

– Razume se! – reče pouzdano gospođa Sojka, i prošeta dva-tri puta po salonu, pa stade preda me.

– Zar niste ništa čuli o gospođi Mojkovićki? – nastavi dražesna gospođa živo. – Deset godina posle udaje, ona je ostala teška. Zamislite, to niko više ne zna do ona, njen muž, ja i sad vi.

– Teška? – zgranuh se ja.

– Da.

– A od čega je zaboga mogla ostati teška? – upitah ja naivno kao kakva učenica Više ženske škole.

– Ne znam. Kažu pila je aspirin, po jedan prašak na dan.

– A prolazi li još gospodin Stojanović, poručnik, svaki dan kraj njene kuće na konju?

– A ne, kažu, sad prolazi peške.

Pošto sam smatrao, da sam već primio telegram, koji sam jutros u 10 časova i 22 minuta ispratio, to se oprostim od gospođe koja mi zablagodari na poseti i, sad već izmirena sa mnom, dozvoli mi da joj poljubim meku i belu ručicu.

I tako dakle, Markonijev pronalazak ima i kod nas primene. A da vidite, nije ni tako kratko odstojanje od pozorišta do zapadnog Vračara.

Poslanički stanovi

Nije ni Đurđevdan ni Mitrovdan, pa ipak je ovih dana osvanulo po prozorima vazdan cedulja kojima se oglašava izdavanje stanova za samce.

Čudno mi je palo otkud to tako u nevreme, dok nisam razabrao da su to stanovi za narodne poslanike. Izdaju se samo onda kad je Skupština na okupu.

To mi je objasnila gospođa Maca Ristićka. Meni, kad god tako treba kakvo obaveštenje o pojedinim pojavama u Beogradu, ja se obratim gospođi Maci. Ona sve zna i na svako pitanje je kadra da dâ tačan i iscrpan odgovor, tako da čovek ne mora da luta od nemila do nedraga.

Gospođa Maca je moj informacioni biro, i otuda vas, moje lepe čitateljke, pogdekad iznenadi kad u mojoj hronici pročitate pogdešto što ste mislile da niko ne zna sem vas.

Dakle, i po ovoj stvari, kad sâm nisam mogao da je rešim, obratio sam se gospođi Maci.

– Otkuda to, gospođo, da u ovo doba godine mnogi samci napuštaju Beograd?

– Po čemu vi to sudite?

– Pa po tome što vidim na prozorima mnoge liste za izdavanje kvartira za samce.

– Varate se. Ne dolazi to otud što mnogi samci napuštaju Beograd, već što je Skupština na okupu.

– Tako?

– Da, i sad ću vam to objasniti. Uzmite, na primer, kakvog siromaha, pisara ili, recimo, poreznika ili carinika.

– Dobro, uzmimo carinika.

– Lepo. Zamislite sad toga carinika s malom platom.

– Zamisliću, to je vrlo lako zamisliti.

– Zamislite sad da taj carinik s malom platom ima ženu.

– Ako treba da zamislim lepu ženu, onda mi je to takođe lako. Lepu ženu ja sam kadar i u svako doba noći da zamislim.

– Pa dobro baš, neka je i lepa. E sad, zamislite da on ima dve sobe, u kojima skromno živi sa svojom ženicom.

– Pod pretpostavkom da nemaju dece.

– Dobro, recimo pod pretpostavkom da nemaju dece. E, sad zamislite da se kod nas, u Srbiji, bar dvaput godišnje sastaje Narodna skupština.

– Pa to mi nije potrebno da zamišljam, to je već postojan fakt.

– E, lepo – nastavlja gospođa Maca – dođe vreme da se sastane Skupština, a carinik... Hoćete da ostanete baš pri cariniku?

– Zašto ne, ostanimo pri cariniku!

– Dakle, carinik dođe uveče kući i počne da razgovara sa ženom; „Šta misliš ti, ženo, kad bismo jednu sobu izdali kome narodnom poslaniku?“ „Kakvom poslaniku?“, pita žena. „Pa, razume se, poslaniku iz većine!“, odgovara muž. „A što baš iz većine?“, pita radoznalo žena. „Pa kako to pitaš; prvo i prvo, vući ćemo dobru kiriju, drugo i drugo, taj čovek će me poznati, mogu mu se dopasti, može uvideti da sam dobar činovnik, može progovoriti ministru za mene, pa mogu i klasu dobiti!“, odgovara muž. I tako se slože muž i žena, da izdadu jednu sobu, s nameštajem i poslugom, poslaniku iz većine.

– Dobro, to mi je sasvim jasno.

– E, ako vam je to jasno – nastavlja moj informacioni biro – onda ajdemo dalje.

– Ajd’mo.

– Vi znate da naše skupštine traju dugo, a poslanici su ljudi familijarni i oni napuste i svoje kuće i ženu i decu, pa sede ovde po Beogradu po nekoliko meseci, jelte?

– Jeste, siroti, ja ih čisto sažaljevam zbog toga.

– E, pa ti ljudi radije onda sede u privatnoj kući, no u kafani.

– Tako je i u redu.

– Prvo i prvo, jeftinije prođu, a drugo, imaju i bolju negu.

– Sasvim, familijarnu negu.

– A da, zaboravila sam da smo mi zamislili carinika. Dakle, carinik prvo i prvo izvuče lepu kiriju, a drugo izvuče klasu.

– A kako izvuče klasu?

– Pa kazala sam vam već. Uveri se poslanik iz većine da je to dobar i vredan činovnik.

– Pa to sam i hteo baš da vas pitam, kako se uveri: da li ga obilazi u kancelariji da ga vidi na radu?

– A to ne, ali ga ubedi žena. Zauzme se gospođa carinikovica, a međutim, dobrom negom i poslugom, učini da se poslanik iz većine oseti prosto kao da je kod svoje rođene kuće i, onda, umoli ga, prosto ga umoli.

– Eto, vidite, da sam ja bio u pravu što sam zamislio carinikovicu kao lepu ženu.

– Pa... niste pogrešili. Je li vam sad jasno, otkud, za vreme Skupštine, tako mnogo lista za izdavanje kvartira za samce.

– Jasno mi je. Vrlo mi je jasno. Hvala na obaveštenju.

Izborni dnevnik

Vi sad svi mislite da je to onaj izborni dnevnik, odnosno zapisnik što ga birački odbor vodi na dan izbora. Nije, ovo je dnevnik gospođe Zore T, koji je ona vodila za vreme dok joj je muž bio na putu kao predsednik biračkog odbora. Muž joj je određen u neko selo, nekog udaljenog okruga, i probavio je na putu četvrtak, petak, subotu, nedelju, ponedeljak, utorak, pa tek je u sredu stigao u Beograd. Gospođa Zora je za to vreme uzela jedan čist propis svoje devojčice, koja uči prvi razred osnovne škole, i zapisivala je svaki dan svoje utiske i svoja razmišljanja.

Meni, čije su veze sa ženskim svetom tako razgranate, nije bilo teško saznati za sadržinu tog dnevnika, pa hoću i da ga iznesem.

Petak
Jutros je Mika, odnosno moj muž, otputovao na izbore. Tako mi je danas neobično, čisto mi je prazna kuća.

Kad čovek zrelo promisli, to je, bogami, tirjanski od ove države. Naredi tek da muž ode u kakvu komisiju, a i ne pita ženu: ženo, more, kako je tebi bez muža? Podnosi li tebi da te tako odvojimo od čoveka, s kojim si ti naučila jesti so i hleb; nije li te strah noću samu, s detetom samo?

Subota
Nisam mogla skoro celu noć spavati. Pala mi je na pamet jedna vrlo lepa misao, pa me je to rasanilo i prevrtala sam se celu noć levo i desno.

Ići ću danas kod gospođe Ruže, da zamolim njenog muža gospodina Peru da mi izračuna koliko dijurine ima da primi moj Mika. Bože moj, ala će to biti lepa stvar, ako mogne iz te dijurine da mi kupi letnji šešir i suncobran. A moći će, kako da neće moći kad je dobio tako daleko mesto, pa ima mnogo da primi.

118

Bože moj, baš ova država učini nepravdu čoveku, ali ga i pomogne. Tako se radujem što je moj Mika dobio tako udaljeno mesto.

Nedelja

Danas je dan izbora, a treći dan kako moj Mika nije kod kuće. Već sam se navikla bez njega.

Od jutros je puno sveta prošlo ulicom, išli su na glasanje. Sedela sam ceo dan na prozoru i posmatrala kako svet žuri na glasanje. Razgovarala sam i s gospodinom Jocom sekretarom.

– Kuda, kuda vi? – upitala sam ga baš kad je bio pod prozorom.

– Idem da glasam.

– A za koga ćete vi glasati? – pitala sam ga radoznalo.

– Kad bi moglo biti, glasao bih samo za vas! – odgovori mi obešenjački a i ne pocrvene.

Bože moj, što ti je tako žena ostavljena, bez muža, bez odbrane svoje, pa odmah svako ružno misli. Nisam se nadala od gospodina Joce takvim mislima.

Poslepodne je prošao kraj kuće i gospodin poručnik Milorad.

– Da nećete i vi na glasanje? – zapitala sam ga.

– A ne – odgovori on galantno.

– A što?

– Pa ja nemam pravo glasa.

– Šteta – rekoh mu, a to zato što sam bila radoznala, da li bi i on kazao da bi za mene glasao, tj. da l' bi i njemu takve misli pale na pamet.

Posle smo razgovarali i o drugim stvarima, jer gospodin Milorad je vrlo razgovoran čovek.

Baš ovaj dan izbora može se reći da je pravi dan izbora. Ja sam se baš posle razgovora s gospodinom Miloradom rešila da vodim svoj izborni dnevnik malo opširnije.

Ponedeljak

Siromah moj Mika, jutros mi i on pade na pamet. Noćas sam sasvim neke druge, onako više izborne stvari mislila, pa mi je tek jutros pao i on na pamet.

Dakle, tačno sam obaveštena. Dobiće 1534 dinara dijurine, a neće potrošiti ni trista. Suncobran i letnji šešir je moj. I kako ću tek izgledati s novim suncobranom i šeširom. Ja mislim da će gospodin Milorad, kad me vidi, odmah zažaliti što nema pravo glasa.

Danas ću izaći malo na Kalemegdan. Eh, bože moj, pa ne mogu se za ljubav toga što moj muž ima državna posla zaboraviti. Naposletku, država može tražiti od njega da se muči tamo po selima, ali ne može država tražiti i od mene da sedim kod kuće.

Utorak

Ovakva kakva sam, bez novog šešira i suncobrana, pa mi gospodin Milorad kaže jutros da sam sinoć bila najlepša na Kalemegdanu. Štaviše, on kaže da on ništa ne polaže na odelo. Ja bih se, veli, njemu mogla dopasti i u beloj spavaćoj rekli.

Raspitivala sam se i čula da su izbori mirno prošli, jer sam se bojala da se Miki što ne desi.

Vele, on je lepo i pravilno izvršio izbore. Ali ne samo on, i ja sam izvršila izbor. Bez glasanja, bez biračkog odbora, ja sam moju kuglicu, moje srce, poverila gospodinu Miloradu. To ne smem nikome priznati, ali smem napisati samo ovde, na propisu moje ćerke. Ovaj dnevnik ću ionako spaliti, čim dođe Mika s puta.

Sreda

Danas dolazi Mika s dijurinom. Jedva čekam dijurinu.

Ja ne znam šta ću da radim. Gospodin Milorad veli, kad sam mu pokazala moju kuglicu, da moram da mu izdam i mandat. Baš sam u neprilici.

Sići ću večeras na železničku stanicu da dočekam dijurinu, pa ću sutra poslepodne, s novim šeširom i amrelom, razgovarati opširnije s gospodinom Miloradom. Sve se bojim da na ovaj moj izbor ne bude kakve žalbe, stoga ću ova izborna akta, još pre no što stigne Mika, u furunu.

Moja kandidacija

Juče mi dođe jedna deputacija iz naroda. Primio sam je vrlo ljuba-zno.

Deputacija mi reče: došla je da me pozove da se primim kandi-dacije za narodnog poslanika. Tim povodom razvio se izmeđ' mene i deputacije ovakav razgovor.

Deputacija: Narod bi želeo da vas vidi kao svoga predstavnika na poslaničkoj klupi...

Ja: Molim, da vas prekinem. Rad sam da vam obratim pažnju na tu sitnu okolnost da bih i ja želeo sebe da vidim na poslaničkoj klupi. Obratite pažnju, molim vas, na tu čudnovatu slučajnost, da se već u jednoj od najvažnijih narodnih želja – ja i narod slažemo.

Deputacija: Narod bi želeo da na poslaničkoj klupi vidi jednom onoga koji će hteti iskreno braniti ga i zalagati se istinski za njegove interese i, upravo, posvetiti se, ceo i kroz ceo život, odbrani narodnih interesa.

Ja: Što se toga tiče, ja sa svoje strane sasvim pristajem i na ceo život. Zašto ne bih, molim vas, kad je i to jedno zanimanje kao i svako drugo. Eto, na primer, pop se posveti tome da služi bogu kroz ceo život; ili oficir, na primer, obuče uniformu zato da služi odbrani otadžbine kroz ceo život; zašto se, dakle, ja ne bih posvetio tome da branim i zastupam narod kroz ceo život. I, što je glavno, ne bih ja bio prvi u Srbiji kome je to postalo zanimanje da brani narod kroz ceo život.

Deputacija: Narod će vas nagraditi svojim poverenjem i...

Ja: Dozvolite mi da vam prekinem reč. Što se tiče nagrade, ja bih želeo i tu da olakšam narodu, koliko je god moguće. Stoga ću se ja, što se tiče nagrade, pogađati s državom.

Deputacija: Ne mislimo mi tu na dijurinu.

Ja: Eto, vidite, tu se takođe slažemo. I ja ne mislim tu na dijurinu. Dijurina, to je jedna sasvim zasebna stvar, koja meni sleduje kao po-slaniku, pa zastupao ja narod ili ga ne zastupao. Vama su, gospodo, po-znati slučajevi da i opozicioni poslanici primaju dijurine. Dakle, nije

reč o dijurini, nego o nagradi za moj trud, koji će morati država da mi
da, s obzirom na želje i potrebe naroda.

Deputacija: Mi vas ne razumemo.

Ja: Meni bi vrlo žao bilo ako se ja ne bih već na prvom koraku ra-
zumeo s mojim biračima. Docnije, kad ja već budem imao mandat u
rukama, to ne bi bilo nikakvo čudo. Ja ne bih bio prvi poslanik koji ne
razume svoje birače, niti biste vi bili prvi birači koji ne razumete svoga
poslanika. Ali sad, sad je još vrlo potrebno da se razumemo. Dakle, ja
vam svečano ovde dajem reč, i ovlašćujem vas da o tome izvestite i sve
ostale birače da ću uvek, tražeći sebi od države nagradu, voditi računa
o potrebama kraja koji zastupam. Ako se moje želje, recimo, budu sve-
le na to da dobijem pravo na goroseču, ja ću je tražiti u vašem kraju.
Zašto bih ja ogolio i opustio gore u drugim krajevima otadžbine koji
me nisu ni izabrali.

Deputacija (razdragana i radosno uzbuđena, kane joj jedna krupna
suza na oko. Ona digne ruku i rukavom ubriše suzu).

Ja: Molim vas, nemojte brisati tu suzu. Ja sam upravo njome pri-
jatno uzbuđen i želeo bih da znam samo smem li tu suzu smatrati kao
narodnu suzu, tj. plačete li vi samo u ime svoje, ili plačete u ime svih
mojih birača?

Deputacija: U ime svih vaših birača. Znate, mi smo se, u ovoj dugoj
političkoj borbi, već navikli na to da plačemo u ime svih birača.

Ja: E, to je već druga stvar. Onda izvoľte ubrišite je u ime svih bi-
rača. Ali, kako meni nije poznat taj narodni običaj, molio bih vas da
mi objasnite: kad vi plačete u ime svih birača, prilikom kandidacije i
izbora poslanika, ili posle?

Deputacija: Obično posle.

Ja: E, onda, ostanite pri tom narodnom običaju. Ja sam veliki pri-
stalica održavanja narodnih običaja. Sačuvajte tu narodnu suzu za po-
sle, kad ja već budem u Skupštini. A sad, ako imate još kakvu želju, ja
bih vas molio da mi je kažete.

Deputacija: Pa mi bismo želeli da nam kažete vaš program.

Ja: Program...? Mogu vam reći da me tim zahtevom niste nimalo
iznenadili. Iako sam ja protivnik programa, ja sam ipak očekivao da
ćete ga vi od mene tražiti. Ja ću vam uistinu reći da nisam nikakav pro-
gram ni spremao. Zašto bih se ja mučio da spremam program, kad tih
programa već ima gotovih i izrađenih. U toj našoj tridesetogodišnjoj
političkoj borbi, ako ništa drugo nije postignuto, a ono to je izvesno
poslanički programi su skroz izrađeni. I, što je glavno, bez obzira na
122

partije, svi ti programi su vanredno izrađeni. Ja, dakle, ma koji od tih programa primam za svoj, ali kazaću vam nešto iskreno. Ti programi, koje kandidati razvijaju pred biračima uoči izbora, meni jako liče na ono što provodadžika govori i jednoj i drugoj strani uoči proševine.

Deputacija: Ali narod je već navikao na to.

Ja: Molim vas, ja sam već kazao da sam veliki poštovalac narodnih običaja. Kad je to već postao običaj, ja ću ga poštovati. Naši narodni običaji naša su odluka, i valja ih održati. Vi ne znate kako mene potrese, na primer, onaj narodni običaj, kad na Badnji dan domaćin uzme breme slame u ruke, pa on pođe napred i viče: ko, ko, ko, ko, a deca za njim, držeći se kao slepci jedno za drugo i vičući: pi, pi, pi, pi... Eto, tako bih ja želeo, po primeru tog običaja, neka se narod pohvata za mene, kao što se slepci hvataju jedno za drugo, i neka viče samo: pi, pi, pi, pi, pi... i, razume se, svako takvo pile neka snese i po jednu kuglicu, a ja ću napred, i sa slamom u ruci, ući u Narodnu skupštinu.

Deputacija: Ovaj...?

Ja: Da, znam šta hoćete da kažete. Ne sa slamom, nego s programom u ruci, ući ću u Narodnu skupštinu. U velikom uzbuđenju i patosu, zaboravio sam da slamu zamenim programom. Dobro, dakle, ja ću vam spremiti breme programa, i doći u narod da ga objasnim.

Deputacija (razdragano i uzbuđeno): Živeo!

Ja: A molim vas još nešto. Izvinite što ću vam sad na kraju postaviti jedno pitanje što sam trebao odmah u početku.

Deputacija: Izvoľte.

Ja: U čije ime vi dolazite da me kandidujete za poslanika?

Deputacija: Pa u ime narodno.

Ja: E, to mi je onda žao, onda se ne mogu primiti.

Deputacija: Zašto?

Ja: Zato što neću biti izabran.

Deputacija: Ali ceo narod je za vas. Svi će glasati kao jedan.

Ja: Pa ipak neću biti izabran?

Deputacija: Mi ne razumemo.

Ja: Zato što me nije kandidovao nikakav glavni odbor. Jer vi valja da znate da se sloboda izbora narodnog ne sastoji u tome da on sâm sebi izbere kandidate nego da slobodno glasa za onoga koga mu kaže odozgo glavni odbor. Pošto su sad slobodni izbori, narod nema prava i to da zahteva da sâm sebi nađe kandidata. Inače, kakva bi to sloboda bila. Idite vi i sporazumite se s glavnim odborom, a dotle ću ja spremiti program...!

Kuće sklone padu

Odredi i mene jedanput predsednik Beogradske skupštine u komisiju, kojoj bude stavljeno u zadatak da pregleda sve beogradske kuće, pa da referiše opštinskom odboru koje su kuće sklone padu, te da se što pre poruše.

Ta komisija izabere mene za predsednika, i ja se vrlo predano odam proučavanju i ispitivanju kuća koje su sklone padu, te i podnesem predsedniku opširan referat. Ovde ću štampati samo izvod iz tog referata.

Broj 1. – Mužu je 54, ženi 27 godina. On stalno pije budimsku vodu, vrlo rado jede rezance sa sirom, čita čak i oglase po novinama i smrdi sav na špiritus i kamfor.

Ona je vrlo „držeća", čita rado moderne žurnale, vrlo voli *ajskafe*, ima i svoj žur, drži i frizerku, i njena sobarica miriše na rezedu.

Eto – ta kuća je sklona padu, i to je broj 1.

Broj 2. – On je mlad, a ona je i mlada i lepa. On je dobar činovnik, svi ga hvale, ali – ne avanzuje. Ili nema sreće ili nema prijatelja. I njega to ne ljuti, on čeka strpljivo da ga se sete, ali, ukoliko je on strpljiviji, utoliko je ona nestrpljivija; ona hoće da on što pre i što više avanzuje.

– Treba da im kažeš, treba da im kresneš u oči – veli mu ona.

– Ne vredi to ništa – pravda se on.

– Šta ne vredi! Ne umeš ti, ali ako ti nećeš, ja ću bome; ja ću im sve kresnuti. Ići ću i ministru i načelniku i svakom redom.

I, eno je, sad je ona zašla po kancelarijama, ide od ministarstva do ministarstva, od kancelarije do kancelarije, od činovnika do činovnika. Eno je i u skupštinskom hodniku, eno je po ceo dan po čekaonicama, ona radi i rukama i nogama za svoga muža.

Broj 3. – I on i ona su mladi. Uzeli su se iz ljubavi. Posle već malko im je i dosadila ta ljubav. On jednako u kafani, noću retko dolazi kući;

ne dođe na ručak, ne dođe na večeru. Ako i izvede gdekad ženu, a on zamoli kakvog prijatelja da je zabavlja.

Ona po ceo dan sama, ili čita nešto, ili šeta po Kalemegdanu, jedva ako se nađe gdekoji od njenih poznanika da progovori s njom reč i dve.

Pa onda, o njemu ona sluša svašta; te ne znam kome je kupio svilenu haljinu, te ne znam kod koga je bio, te ne znam s kim se zabavljao, a ona jednako sama.

A samoća je i kaluđeru dosadila.

Eto – i ta je kuća sklona padu.

Broj 4. – On je čestit i valjan i poznat i poštovan. I ona ga je sama poštovala kad je pošla za njega. Ali, on se suviše zaneo svojim pozivom. Zavuče nos u knjige, ili piše, ili ide po konferencijama, a žene se seti kad mu treba ugrejati ciglu da metne na stomak, ili kad mu treba podgrejati vodu da seče žuljeve.

Ona čisto ne zna kad je bolje za nju, da li kad je kod kuće, ili kad nije kod kuće. Kad nije kod kuće, ona kao očajnica, ne zna ni s kim će da progovori. A kad je kod kuće, on nervozan, turoban, džandrljiv, ili gleda samo svoj posao, a za nju i ne zna da postoji.

Ona će morati jednoga dana da traži sebi naknade; ona će morati progovoriti, moraće se pobrinuti da neko i o njoj povede računa.

Eto – i ta je kuća sklona padu.

Broj 5. – Ona je vesela i živahna, a on ima malu platu. Ona se meša sa svetom, a on ima malu platu. Njoj je potrebno da je lepo obučena, a on ima malu platu. Ona mora i na zabave, i na koncerte, i u pozorište, a on ima malu platu. Njoj je potrebno leti ići i u banju, jer je „nervozna", a on ima malu platu.

Eto – i ta je kuća sklona padu.

I tako dalje, i tako dalje. Ovo je samo izvod, a u mom referatu je izneto 279 kuća koje su sklone padu.

I, zamislite, toliki moj trud, pa uzaludan. Gospodin predsednik je bacio moj referat u arhivu. On veli da ga nisam razumeo. Po mišljenju gospodin-predsednikovom, one kuće su sklone padu gde su zidovi popustili ili se temelj poljuljao.

Ja ipak ostajem pri svome, da sam ja gospodina predsednika dobro razumeo, i da sam našao koje su kuće sklone padu.

Kako se namnožilo pleme akcionara

Kad je bog stvorio svet, bila je jedna jedina banka, „Beogradska banka“. Htedoše da joj izvade jedno rebro, da bi joj stvorili druga u životu, pa pogrešnom operacijom izvadiše joj sva rebra i ona morade da likvidira.

Tada postade: „Beogradski kreditni zavod“, koji rodi „Narodnu banku“.

I „Narodna banka“ nastani se u obetovanoj zemlji i izrodi mnoge akcionare. A kad se namnoži pleme akcionarsko, tada se jedan deo njihov iseli u drugu kuću, i osnova „Beogradsku zadrugu“.

I tu to pleme akcionarsko življaše životom bogu ugodnim i namnoži se jako. A kad se namnoži isuviše akcionara, tada se jedno pleme izdvoji i osnova „Palilulsku zadrugu“.

I „Palilulska zadruga“ rodi „Vračarsku zadrugu“.

I „Vračarska zadruga“ rodi „Vračarsku štedionicu“.

I „Vračarska štedionica“ rodi „Savinačku zadrugu“.

I „Savinačka zadruga“ rodi „Dunavsku zadrugu“.

I „Dunavska zadruga“ rodi „Udeoničku zadrugu“.

I „Udeonička zadruga“ rodi „Trgovačku štedionicu“.

I „Trgovačka štedionica“ rodi „Palilulsku štedionicu“.

I „Palilulska štedionica“ rodi „Savinačku štedionicu“.

I „Savinačka štedionica“ rodi „Građansku štedionicu“.

I „Građanska štedionica“ rodi „Činovničku zadrugu“.

I „Činovnička zadruga“ rodi „Savinačku zadrugu“.

I „Savinačka zadruga“ rodi „Narodnu zadrugu“.

I „Narodna zadruga“ rodi tri sina: „Zanatlijsku zadrugu“, „Radničku zadrugu“ i „Zanatlijsko-radničku zadrugu“, od kojih svaka za sebe izrodi veliko pleme akcionara.

Iz plemena jednog rodi se „Duvandžijska zadruga“. Iz plemena drugog rodi se „Mehandžijska zadruga“. Iz plemena trećeg rodi se „Poslužiteljska zadruga“.

A iz plemena oca njihova, „Narodne zadruge", kad se ovo namnoži, rodi se „Narodna akcionarska zadruga".

I dok se tako množilo pleme akcionarsko u jednom kolenu, dotle i praotac onoga plemena, „Narodna banka" nije ostala bez semena u svojoj utrobi. U njoj je i dalje bilo poroda i množilo se pleme i tada se drugo pleme odvoji i osnova „Trgovačku banku".

I to se pleme akcionarsko naseli na lepoj i plodnoj zemlji i poče da se množi i izrodi mnoge akcionare. A kad ih se namnoži toliko da dividenda bivaše s dana na dan sve manja, tada se deo njihov iseli i osnova novo pleme „Prometnu banku".

I „Prometna banka" rodi „Savsku banku".

I „Savska banka" rodi „Založnu banku".

I „Založna banka" rodi „Eskontnu banku".

I „Eskontna banka" rodi „Izvoznu banku".

I „Izvozna banka" rodi „Zemaljsku banku".

I „Zemaljska banka" rodi „Produktnu banku".

I „Produktna banka" rodi „Transportnu banku".

I „Transportna banka" rodi „Savinačku banku".

I „Savinačka banka" rodi „Slovensku banku".

I „Slovenska banka" rodi „Privrednu banku".

I „Privredna banka"" rodi „Centralnu banku".

A „Centralna banka" rodi „Mesarsku banku".

I namnoži se pleme akcionarsko i u tom drugom kolenu, i pritište ovu zemlju, a ne popuštaše ispod 12 odsto interesa.

I namnoži se isuviše pleme akcionarsko, tako da će se teško dividendom ishraniti. I preplaviše zemlju menice i raziđoše se po svoj zemlji izvršitelji, i propišta Trgovački sud.

I to je, eto, prva glava od stvaranja akcionarskog sveta.

Amin!

Spaljivanje mrtvaca

Kao što znate, i kod nas se već uveliko radi na tome da se mrtvaci spaljuju. Drže se predavanja, agituje se, i već ima i pristalica. Bila je izložena i jedna furuna za spaljivanje, na kojoj se gustiralo svakome tako da, ko je god video tu furunu, dobio je volju da što pre umre, samo da bi mogao biti spaljen.

Dolazio je i k meni jedan naš doktor i bio je zdravo ljubazan. O, bože, merkao me je, zagledao me je sa svake strane, kao da bi hteo reći: „Ala će ovo biti dobro pečenje!“ I ja sam još samo očekivao da me pipne, kao što se jaganjci pipaju pred Uskrs. Zatim me je stao ubeđivati, kako bih ja trebao da pristanem da se ispečem posle smrti, i dokazivao mi je kako je to najslađa smrt na svetu biti spaljen posle smrti.

– Ja nemam ništa protiv, doktore – rekoh mu – ali, evo, vidite, ja sam pečen još za života...

– Ništa zato, ništa zato...

Najzad sam pristao pošto me je uverio da će se moj pepeo čuvati.

Uostalom, zašto i ne bih pristao? Kakva je, kao bajagi, razlika izmeđ’ toga hoće li me mrtvog strpati u rupu ili u furunu! To mi liči na onu anegdotu o belom čoveku, kojega su uhvatili crnci ljudožderi pa hoće da ga pojedu. Ali kako je taj beli čovek vrlo znamenit svetski putnik i naučenjak, to su i crnci smatrali za potrebno da budu prema njemu pažljivi, učtivi i predusretljivi, pa kad su ga svukli i hteli da ga zakolju, a oni ga najučtivije zapitaju da im sâm izjavi: želi li da ga pojedu u sosu, ili obično pečenog? To je bila lepa pažnja od divljaka i vrlo je tronula naučnika.

Eto, tako meni izgleda to pitanje, šta će biti sa mnom posle smrti. Jer, u stvari, ništa se neće izmeniti, pratnja će biti onakva ista kao i do sada, pevačka društva će pevati iste pesme, popovi će dobijati istu taksu, govornici će govoriti posmrtno slovo isto tako... tj. ne, tu će već morati da se učine izvesne izmene. Jer, na primer, ona stereotipna fraza u svim posmrtnim govorima: „Stan’te pred ovom tužnom rakom...!“ itd. morala bi se izmeniti i glasiti: „Stan’te pred ovom usijanom furunom!“ Pa onda ona posmrtna fraza: „A njegovo telo predadosmo materi zemlji“

glasila bi: „A njegovo telo strpasmo u majku furunu“. Morale bi se uči-niti neke izmene i u opevanju mrtvaca, jer, na primer, ona fraza: „Iz zemlje si proizišao, u zemlju ideš“ ne bi se mogla prosto preobrnuti pa glasiti: „Iz furune si izašao, u furunu ideš“ nego bi se moralo to nekako poetski reći, na primer: „Prah si bio, u prah ćeš i otići“. I ta bi fraza bila tačna, jer bi iz furune bio zbilja izvađen prašak.

Bože moj, kako bi to lepo bilo. Zamislite, izvade iz furune prašak i predadu ojađenoj familiji. Vraća se, na primer, udovica s pogreba i nosi fišek. Pitaju je ljudi:

– Šta vam je to?

A ona tužno odgovara:

– To je muž u prašku.

Posle, razume se, ona se preuda i opet ostane ojađena i opet je sret-nete s jednim fišekom i pitate je: šta je to?

A ona vam odgovara:

– To je drugi muž u prašku.

Ja ne mogu samo još nešto da razumem, a to je: da li bi ti praškovi bili zgodni i za kakvu upotrebu; da l’ bi, na primer, bili lekoviti? Jer ako bi to bilo, ja već unapred znam šta bi od čijeg praška moglo biti i na šta bi se mogao upotrebiti.

Na primer, prašak od gospođe S. T. – ah, to je ona lepa, bela gospo-đa na korzou, u Knez Mihailovoj ulici, kraj koje ne mogu da prođem a da ne uzdanem – dakle, prašak od nje bio bi izvesno najfiniji puder, od kojega se dobija meko, fino i glatko lice i sveža koža.

Od praška gospođe R. – to je ona udovica što se uvek svađa sa svojim kirajdžijama – bio bi divan prašak za zube, oštar i čvrst, te bi časkom iščistio zube.

Prašak od gospodina K. P. bio bi odličan za posipanje dece kad se ojedu.

Prašak od gospođice S. R. S. – nedajbože samo da ona umre – ali bi to bio izvesno onaj prašak što se pospe čoveku za vrat, pa ga spopadne užasan svrab. To je onaj poznati prašak što je jednom i u našoj Narod-noj skupštini upotrebljen.

Prašak od moje žene, ili, svejedno, od vaše žene, ili, najposle, od svačije žene, bio bi izvesno prašak za kijanje.

Ali, neka je sve ovo dovde samo pretpostavka, jedno znam si-gurno, a to je, da bi prašak od moje tašte bio odličan prašak za buve. Upotrebom njegovom ne samo da bi buve crkavale, no bi se prosto iselile iz kuće.

Nervoza

Kao dete vrlo sam se rado pravio bolestan, jer sam mnogo voleo *ajmokac*. Docnije, kad sam prestao voleti to jelo, osećao sam se uvek zdrav, sve do pre kratkog vremena, otkako bolujem od nervoze.

Ne bolujem ja od nervoze zato što je to moda, već stoga što mi se odistinski dopala ta bolest. Dopala mi se kao originalna. Na primer, moja žena potegne u ljutini pa tresne tanjirom o patos i razbije ga. Ja se isprsim i pripitam:

– Šta je to?

Odmah mi njena majka, i cela njena familija, objasni da je to nervoza.

Tu skoro gospodin X, narodni poslanik, baci jednu gadnu reč i uvredu u Skupštini, i onaj drugi htede da prsne, ali mu za vreme odmora objasniše da je to kod gospodina X – nervoza.

Jedan opet moj poznanik, dugovao mi nešto malo po priznanici, pa kad sam mu i po četvrti put zatražio, on dočepa onu priznanicu i iscepa je na paramparčad. Posle mi je objasnio da je to kod njega nervoza.

I meni se neobično dopadne ta bolest i, pošto mi se dopala, to je i ja dobijem. Ostavljao sam menice da se protestuju, pa kad su me prijatelji potpisnici pitali: zašto, odgovarao sam im da je to kod mene nervoza. Izbacivao sam gazde kućne, kad su dolazili po kiriju, pa kad su me u kvartu pitali: zašto, objašnjavao sam im da je to nervoza.

I tako je ta bolest sve više i više uzimala maha kod mene.

Jednoga dana se sâm za sebe zabrinem. Šta li će biti, bože moj, od mene, ako ta bolest uzme sasvim maha? Bolje je izranije se lečiti.

I odem doktoru.

– Pa šta onako osećate; kad ste otprilike nervozni? – pita doktor.

– Pa... tako od 22. ili 23. pa do kraja meseca, osećam se vrlo turoban i neraspoložen. Pa onda, nervozan sam kad mi uđe izvršitelj u kuću. Dok on vrši svoj posao, a ja sve merkam da l' da ga uhvatim za grudi ili za vrat; pa onda, takav sam isti kad mi dođe gazda za kiriju, omrznem ga odmah kao skota... Uopšte, nervozan sam, vrlo nervozan.

Doktor me prvo pogleda u oči, poče da kuca po grudima, opipa mi džepove (ali je on tako udesio da bi naivan bolesnik mislio da mu stomak pregleda), natera da isplazim jezik; promisli malo, promisli, pa će mi reći:

– Znate, morate živeti dijetalno. Ne smete se uzbuđivati i ne smete ništa misliti.

Odem od doktora sasvim zadovoljan. Živeću dijetalno, čuvaću se uzbuđenja i neću ništa misliti.

Ali dođavola, kako ću živeti ako ne budem ništa mislio. Pa ja živim pišući po listovima, a kako ću pisati ako ne budem ništa mislio. Ne kažem da u nas nema mnogih i mnogih koji i pišu i ništa ne misle, ali je moja rubrika tako delikatna da ja, hteo – ne hteo, moram misliti.

Ne ostaje mi ništa drugo nego da napustim novine, pa da potražim državnu službu. Oh, koliko ja njih znam koji su se u toj banji izlečili od nervoze, sigurno time što nisu ništa mislili.

I sad počeh da pravim onaj dugački put, koji svi u Srbiji čine kad traže državnu službu. Iz ministarstva u ministarstvo, iz čekaonice u čekaonicu. Snabdeo sam se s jedno pedeset taksenih maraka, poneo sam čitavo tuce hartije, da uvek pišem molbe, sve nove i nove. Za poštara, đumrugdžiju, diplomatu, policajca, svejedno. Kod nas je to svejedno, glavno je samo kakvo mesto, kakva državna službica, da bih samo mogao mirno živeti a ništa ne misliti.

Uđem kod ministra, i on me, kao što je to u celom svetu običaj, primi sedeći i pušeći cigaretu:

– Šta biste vi želeli?

– Službu u vašem resoru.

– Otkud baš da izaberete ovu struku?

– Ah ne, gospodine ministre, ma koju struku, to je sasvim svejedno. Utoliko pre što je meni potrebna služba samo zato da ništa ne mislim, a to se može kod nas u svima strukama postići.

– Varate se, gospodine – poče me ubeđivati ministar i objašnjavati mi značaj svoje struke, dokazujući mi da ipak treba u njoj nešto malo misliti, makar nešto malo.

Tako me je drugi ministar uveravao da u njegovom resoru nema položaja na kojemu ne treba misliti.

Tako treći, tako četvrti i svi redom.

Ja se s očajanjem obratim opet doktoru. Požalim mu se. Kažem mu da bih hteo ne misliti, da sam smatrao da se to može postići jedino ako dobijem državnu službu, ali me svi ministri uveravaju da se u njihovom resoru mora makar koliko-toliko misliti.

– Šta ću sad? – pitam očajno doktora.

– Tä nisu vam ministri bili iskreni. Ima mesta u Srbiji – veli mi doktor – na kojima čovek može biti a da ništa i ni o čemu ne misli.

– Kažite mi ih, doktore, ako boga znate?

– Pa to su, zaboga, ministarska mesta. Oni vam to iz sebičnosti kriju, ali to su kod nas položaji na kojima čovek može mirno i spokojno sedeti ne misleći ništa.

– Jes', bogami! – pljesnuh se ja po čelu.

Eto, od tog doba neprestano očekujem da postanem ministar, te da se oprostim od ove moje boljetice.

Zaboravljene stvari

Prošle su silne zabave, još samo pogdekoji koncert sa sve mršavijim i mršavijim programom što se priredi. Igrači su se već odmorili; toalete već spakovane, uspomene zabeležene u knjigu *Spomenicu* i sve je u svom redu. Još samo, kao ostatak tolikih silnih zabava, vuče se po garderobama, po kakva zaboravljena stvar – rukavica, džepna marama ili tako što – koju dotični nije digao ni dosad.

Najzad, te sitne stvari čoveka i mrzi da digne, ali mi je još čudo da u garderobi u Oficirskom domu, još od decembarskih zabava pa sve dosad, leže tri zaboravljene stvari, koje niko ne diže. To su: jedan boa, jedna manžetna i jedan cviker.

Boa je lep, elegantan, od belog perja; manžetna nosi marku „R Sans rival 67. 10-25“ i ima crveni merdžan u rupici kao dugme; cviker je običan, srebrn, numera jedan i po.

Te tri stvari leže mirno jedna kraj druge, očekujući da ih potraže gazde. I evo već tri meseca kako leže, pa im i dosadilo. Najzad, da bi prekratile vreme upuste se u razgovor. Evo tog razgovora:

Boa (manžetni): To ste vi krivi što sam ja sad ovde ostavljen i zaboravljen.

Manžetna: Ali, molim lepo...

Boa: Jeste li igrali sa mnom fokstrot?

Manžetna: Jesam. Oh, kako sam ga zanosno igrao.

Boa: A jeste li igrali čarlston?

Manžetna: Jesam, oh, kad bih ga mogao ponoviti.

Boa: Pa onda tango, pa vals?

Manžetna: Sve, sve, ceo red igara sam igrao s vama.

Cviker: Razume se, a meni je ostalo da igram samo „odmor“ s njom, i da platim večeru.

Manžetna (ljutito cvikeru): Ćutite vi, vi ste celu intrigu i napravili.

Boa: S njim ću ja već posle razgovarati; nego o vama je reč. Dakle, kad ste sve igrali, zar vam je to malo bilo, nego ste, posle drugog kadrila, potrčali za mnom u garderobu! Zašto ste morali da potrčite za mnom u garderobu?

Manžetna: Primetio sam da vam se odrešila cipela, hteo sam da vam pomognem.

Boa: Lepo, a zašto ste spustili u ruke garderoberu deset dinara, te se izgubio za časak.

Manžetna: To je... onako... sasvim slučajno i sasvim nevino. I cela stvar bi ostala sasvim nevina, da nije naišao u garderobu ovaj, ovaj cviker numera jedan i po.

Cviker: Ali, dozvolićete, ja sam bio na muževljevom nosu. Još dok ste vi igrali čarlston, pa tango, pa sve valcere, on me je bar petnaest puta izbrisao. Ljutio se čak što sam numera jedan i po, što nisam numera jedan.

Boa: A zašto?

Cviker: Pa numera jedan još bolje uveličava.

Boa: Da, njemu to i treba, on i voli da uveličava stvari. Eto, to je bila jedna obična sitnica, gospodin „Sans rival", numera 25, hteo je da mi pomogne da vežem cipelu... jedna obična sitnica...

Manžetna: I to jedna nevina, više familijarna sitnica...

Boa: A vi, vi, uveličavajuće staklo, vi ste tu stvar tako uveličali da je dama, kojoj sam se ja oko vrata vio, morala u neprilici da me zaboravi.

Manžetna: Razume se, gospodine, na čijim sam ja rukama bila, kad ste se vi pojavili na vratima, tako su zadrhtale ruke da su mu obe manžetne spale. Jednu i to levakinju, u hitnji je dohvatio, ali mene, nije imao vremena.

Cviker: Kako ste nepravedni. Pa da sam ja hteo da uznemirim tu familijarnu sitnicu, da sam ja intrigant kao što velite, zar bih i ja bio ovde s vama? Naprotiv, ja sam vam pomogao, to ćete odmah uvideti kad vam ispričam kako je stvar tekla. U sali, dok ste vi igrali i dok se niste odvajali jedno od drugoga, ja sam se neprestano znojio, to bi već bila prva usluga koju sam vam učinio, ali se ja na nju ne pozivam. Ovde je glavna ona sitnica, ona nevina, više familijarna sitnica, kao što se izvoleo gospodin „Sans rival, numera 25" izraziti. Dakle, situacija je bila ovakva: odmah posle drugog fokstrota, beli boa nestade iz sale, ja budem dobro izbrisan. Malo zatim, nestade i manžetne „Sans rival". Ja budem ponovo izbrisan i odmah pođem u poteru. Pred vratima garderobe sretnemo garderobera, onog što je primio deset dinara da se momentalno ukloni. Ja grunem u garderobu i... tu zateknemo pomenutu familijarnu sitnicu! Beli boa u zagrljaju s manžetnom „Sans riva numera 25“. To je svakojako bila pogreška, jer cipela se svakojako nije oko vrata odrešila. Da bih izbegao skandal, ja hitno padnem s nosa mužu. Razume se, kad sam takvu uslugu učinio, nije nikakvo čudo što je svako mogao kraj njega da pobegne u salu, a on ostao tražeći mene. Nije čudo ni to, što ste vi, beli boa, morali pasti s vrata, kao što ste i vi, „Sans rival“ morali pasti s ruke, koja je zadrhtala. Je li vam sad jasno, vidite li vi da sam ja, u stvari, bio umanjavajuće, a ne uveličavajuće staklo?

Boa: Sad razumem, hvala.

Manžetna: I ja vam blagodarim.

Eto, tako su razgovor vodile međ’ sobom ove zaboravljene stvari.

Pre i posle rata

Kada sam se, pre skoro dvadeset godina, javio u ovoj rubrici, ja sam prvu svoju hroniku počeo rečima: „Sve je to već jednom bilo!" Danas, kada se povodom jubileja *Politikinog* vraćam toj rubrici, ja je ne mogu početi kao pre, ja bih jedino mogao reći: „Sve ovo nikad dosad nije bilo...!" Jer, odista, od tada pa do sada sve se tako izmenilo, prevrnulo, izmetnulo i posuvratilo, da ni nalik nije više na ono doba kada sam ja otpočeo pisati beogradsku hroniku. Novi ljudi, nove navike, novi običaji, nove vrline i novi poroci, te ne umem čisto ni da se snađem među njima. I kakvo bogatstvo tema za pisanje danas; gamižu kao mravi u mravinjaku, zuje kao pčele u košnici, i nameću se same hroničaru da ih se prihvati. Gde god se okrenete oko sebe, gde god bacite pogled, ili na koju god stranu pružite ruku, a vi napipate temu za pisanje. Konkursi za lepotu žena i ankete o ministarskim aferama; razvrstavanje činovnika po novom zakonu i rasprštavanje komunista po staroj obznani; pa naš izvoz u inostranstvo diplomata i defraudanata i uvoz iz inostranstva kockara i umetnika; pa sudari vozova i sudari kirajdžija i kućevlasnika, pa razni konkordati, konvencije, koncesije, uredbe, protokoli, a uz to sekvestri, šverceri i ratne odštete; pa onda, izvoznice i procenti, naoružanja i bankrotstva, i još: padanje dinara na berzi i skakanje morala u politici. A povrh svega toga još: fokstrot i agrar, varieteti i drugi sveštenički brak, a već i da ne pominjem razne deklaracije, afirmacije, degradacije, detronacije, manifestacije, ovacije, demonstracije, reputacije, kvalifikacije, deputacije, kolonizacije, komasacije, opservacije, likvidacije, stagnacije, perturbacije, adaptacije, regulacije, kandidacije, eksproprijacije, evakuacije, informacije, licitacije, racije i dacije. Tako, ko bi još bio kadar izbrojati sve današnje teme za pisanje, a kamoli u tolikoj gomili se umeti snaći!

A nekada! Gde je ono blaženo nekada, ono predratno nekada, kada je, istina, bilo malo tema za pisanje, ali je bar bilo mnogo smeha, mnogo iskrenoga smeha. Sećate li se? Bilo je svega nekoliko tema. Kaldrma, menice, tramvaji i – tašte. Ali kad bih pokušao da se i na te teme vratim, nisu ni one više ono što su bile. Izmenilo se, sve se izmenilo! Kaldrma je u Beogradu sad mnogo gora no što je bila pre dvadeset godina; stare menice se ne plaćaju zbog Likvidacione banke, a nove se ne eskontuju zbog likvidacije raznih banaka; tramvaji su pre imali svega dve osovine i četiri točka, sad imaju četiri osovine i osam točkova; tašte su pre rata bile jedna obična porodična napast, a sad i one, bome, potkratile suknje, manikiraju nokte, posećuju bioskope, i eno ih već i pred konzistorijskim vratima. Ni nalik na nekadašnje predratne tašte!

I sad sam već u takvoj neprilici da među mnogobrojnim posleratnim temama ne umem da se snađem, a starih tema ne smem da se prihvatim, jer nisu više ono što su bile; ne ostaje mi ništa drugo no da se vratim na onu jednu, na onu večitu, na onu nepromenljivu temu, na – žene.

„Sve se menja!“, rekao je jedan nepoznati filozof. „Sunce hladni, Severni ledeni pol se kreće; Zemlja menja svoju večitu putanju; planine se razoravaju; reke menjaju tokove, more usahnjuje; izumiru rase ljudske; države propadaju i nove niču; menjaju se društveni odnosi, naravi, pojmovi, religije – sve, sve se menja, samo žena ostaje uvek ono što je bila sedmog dana po stvorenju sveta, prvog dana po stvorenju čoveka. Jedna i ista kroz sva vremena, kod svih rasa i u svim svetovima; u pariskim salonima, kao i međ ledenim brdima na polovima; na Ekvatoru kao i na nepristupačnim visovima Himalaja!“ E pa, ako je tako – a nepoznati filozofi često su bliže istini no poznati – onda: zašto bih ja bežao od žena kad nikad dosad nisam bežao, odnosno: zašto bih ja bežao od teme koja je jedina nepromenjena, te o njoj mogu pisati i sad posle rata, onako isto kako sam pisao nekada, pre rata.

Pa ipak neće biti da nepoznati filozof ima u svemu pravo, jer, ako mu se i prizna, onako uopšte, da su žene kroz sva vremena, kod svih rasa i kod svih naroda, uvek iste i nepromenljive, ne može se reći da nema baš nikakve razlike između predratne i posleratne žene. O, ima je: to je nesumnjivo da je ima, i to će vam svaki dobar poznavalac žena potvrditi. Dajte vi u ruke jednome stručnjaku, poznavaocu robe, parče štofa, i čim ga pipne, on će vam odmah reći: „Ovo je predratna, ili, recimo, posleratna roba!“ Jelte? Tako i ja, vidite – a kako mi priznajete da sam poznavalac žena – velim vam: dajte mi u ruke jednu ženu i ja, čim je pipnem, reći ću vam: „Ovo je predratna ili, recimo, posleratna žena!“

Razlike su očevidne, pa se mogu čak i bez stručnjačkih kvalifikacija uočiti. Pre rata sve je bilo nekako dugačko; duga suknja, duga kosa i dugačak brak; sad, posle rata, sve je kratko: kratka suknja, kratka kosa i kratak brak. Pre rata žene su se dekoltovale odozgo, a sad, posle rata, dekoltuju se odozdo. Pre rata muž se mešao u politiku, a žena je ogovarala; sad, posle rata, muževi ogovaraju a žene vode politiku. Pre rata žena je rađala jedanput godišnje; sad, posle rata, rađa i po triput, ali bez posledica na priraštaj stanovništva. Pre rata, ako se za ženom i vukao kakav rep, šaputalo se to i ona ga je, grešnica, skrivala i zataškavala na sve moguće načine: sad, posle rata, rep je postao sastavni deo toalete. Pre rata ako si sreo koga reduciranog čoveka, a ti si bar znao da je pošteno odslužio svoje i državi i ženi, a sad, posle rata, sretneš zdrava zdravcita čoveka i čuješ, reducirali ga i država i žena. Pre rata zazorno je bilo za neku ženu reći da je raspuštenica; sad, posle rata, to je čak i kvalifikacija. (Ja znam jednu raspuštenicu koja ima štampane vizitkarte, a ispod imena stavila je kao zanimanje „raspuštenica", jer joj ta vizitkarta obezbeđuje da kod raznih načelnika i inspektora bude i preko reda primljena.) Pre rata kad dođeš u tri sata po ponoći naljoljan kući, a žena te izgrdi kô vašku i gađa te papučama i šamlicom; sad, posle rata, kad dođeš u tri sata po ponoći kući naljoljan, a ti i ne zatekneš ženu kod kuće. Pre rata kad te žena uhvati da si vanbračno vrdnuo, ona najpre padne u nesvest, zatim ustane i ispljuje te svojski, pa onda uzme nov novcat, još neplaćen amrel, ode i potraži „onu", sretne je nasred ulice i razbije joj nov novcati amrel o glavu, a zatim se vrati kući na produženje bračnoga života; sad, posle rata, kad te žena uhvati u neverstvu, a ona se iskida od smeha, pripali cigaretu i teši te, veli: „Uostalom, imaš pravo, brak i ne treba da bude robija; mi moramo jedno drugome dati slobodu u tom pogledu i tolerisati takve male bračne nestašluke!"

Pa kad je već tako očigledna razlika izmeđ' predratnih i posleratnih žena, zar ne bi onda logično bilo da je i vrednost ženi, kao i svemu ostalom, mnogo više skočila posle rata prema vrednosti koju je ona imala pre rata. Stanovi su, na primer, dvadeset pet puta skuplji sad no pre rata; obuća trideset puta skuplja, odelo dvadeset puta, a životne namirnice petnaest puta. Nastaje, dakle, pitanje: koliko je porasla vrednost posleratne žene od one koju je ona imala pre rata; drugim rečima: kad je pre rata muž trošio na oblačenje ženino po jednu menicu mesečno, je li dovoljno sad, posle rata, potrošiti po jednu kuću mesečno? Ili, moglo bi se možda i drugačije postaviti pitanje: ako je jednome čoveku pre rata bila dovoljna jedna žena radi održavanja braka, da li mu je, s obzirom na izmenjene prilike, potrebna sad za održavanje braka odgovarajuća vrednost, tj. dvadeset pet žena ili, ako žene stavimo u red životnih namirnica, onda, recimo, petnaest žena?

Ali, uviđate valjda i sami da bi ovakva pitanja teško bilo postaviti ako ne želimo ostati bez odgovora. Uostalom, žena nije nikakav artikal, pa da joj se vrednost odmerava prema ostalim artiklima. Istina, prilikom oporezivanja luksuznih artikala u Narodnoj skupštini, jedan narodni poslanik je insistirao na tome da se i žena oporeže kao luksuzni artikal, ali, hvala bogu, nije uspeo. Jer, dozvolite, kada bi žena imala vrednost jednoga artikla, ona bi tada nesumnjivo morala biti berzanska roba, ne zato što se na berzi obično prodaju papiri koji su skloni padu, već zato što je žena artikal vrlo nestalne i promenljive vrednosti.

Bože moj, kada bi to nešto bilo, ala bi se u novinama rado čitali berzanski izveštaji. Ja mislim da bi bila najčitanija rubrika, tako da bi bacala u zasenak rubriku s natpisima: „Tajanstvena soba broj 48 u hotelu *Palas*", „Leš na mokroluškom drumu"; „Svetski kockar iz hotela *Astorije*" itd. Još s jutra počele bi se pred redakcijama zbirati gomile radoznalih čitalaca očekujući brojeve iz mašine, otimali bi ih od prodavaca i nervozno preskakali i rursko pitanje i grčku republiku i razgraničenje s Rumunijom, preskakali bi čak i Narodnu skupštinu i sve ostale rubrike, samo da što pre vide jučerašnji kurs na berzi. A ti berzanski izveštaji bi verovatno ovako glasili:

Zagreb: Žene pokazuju tendenciju da padnu.

Beograd: Žene naglo skaču.

Ljubljana: Vrednost nepromenljiva, tražnja velika.

Sarajevo: Žene promenljive, čas padaju čas se dižu.

Osijek: Vrednost žena kolebljiva. Ponuda velika.

Split: Žena se čvrsto drži na ceni.

Tako bi to izgledalo, vidite, kada bi žene bile berzanska vrednost, ali, nažalost, one to nisu. Ja čak nisam mogao tu pojavu da razumem, pa sam se obratio jednom priznatom finansijeru da mi objasni: zašto žene nisu, ili zašto ne bi mogle biti berzanska vrednost, i on mi je vrlo stručnjački odgovorio:

– Mada žene imaju pokriće, ne mogu se ipak smatrati kao zdrava valuta!

Posle tog jasnog objašnjenja prestao sam se dalje raspitivati, ali, posle tog objašnjenja, čini mi se, mogao bih prestati i o ovoj temi pisati. Ja nemam prednje zube, a bez prednjih zuba bolje je izbegavati ovakve teme.

Ratna šteta

– Monolog –

Udovica iz unutrašnjosti, lepa i vragolasta, navučenih obrva i nakarminjenih usana. Obučena je i očešljana srpski, s dijamantskom granom na šamiji. U jednoj ruci suncobran, a u drugoj tabak hartije, previjen na četvoro. To je njena molba koju podnosi Direkciji plena.

Jelte, molim vas, da l' ko zna da mi kaže gde, gde je Direkcija plena? Raspitujem se na sve strane, pa niko ne zna da me uputi. Ono, što se ne zna gde je plen, to još i razumem, ali red je bar da se zna gde je Direkcija plena, jer, što kažu naši, ako je pita i pojedena, a ono bar tepsija treba da je tu!

A čudo me ne pitate šta će mi Direkcija plena? Kako, šta će mi, zaboga, pa valjda je red da i ja dobijem ratnu odštetu. Izdobijaše, izdobijaše, ko ti već nije dobio ratnu odštetu. Ajd' ne kažem, ko je oštećen i pravo je da dobije; ali ih ima... eto, što kažu, gospa Mica poštarka naša ne samo da joj ni dlaka nije izneta iz kuće nego se još kod nje našao i tuđ klavir, pa javila se i ona za ratnu štetu. E, pa što onda da se ne javim ja kad sam odista oštećena. Sâm mi je advokat priznao da sam u pravu. Pa dabome, ne bi mi čovek inače ni napisao molbu da nisam u pravu.

Kad sam pošla u Beograd, a kuma Lena me zaplaši. „Pazi, kaže, da ne padneš u advokatske ruke!" More, mislim i ja u sebi, nije ni to najveća nesreća pasti u advokatske ruke. Dabome, nisam otišla kod prvog čiju sam firmu pročitala nego sam se malo raspitivala. Raspitivala sam se ko je od reduciranih činovnika skoro postao advokat – taj će, znate, biti jeftiniji. I rekoše mi za jednoga koji je koliko onomad reduciran, te je hajd’ k njemu. I ne mogu da se požalim, bogami! Dočekao me čovek kao sestru, pa sve: „Izvol’te, molim vas; sedite, molim vas; kako ste, molim vas; šta želite, molim vas!“, i tako sve lepo i slatko, kao da su mu puna usta ćetene alve. Pa kažem ja njemu zašto sam došla a on meni: „Izvol’te, dođite sutra opet.“ Pa „dođite opet“, pa „dođite opet“ – te išla sam tako jedno pet-šest puta kod njega i napisa mi čovek molbu a ne naplati mi ništa i još on prilepi marku i plati dvaput večeru za mene. Neki vrlo sposoban čovek, šteta što država tako sposobne ljude reducira.

I eto, gotova mi molba, a sad nema ko da mi kaže gde je Direkcija plena?

Kad sam pošla u Beograd zbog ove stvari, a kuma Lena jednako navalila: „Ama, ostavi se, bogati; kako možeš tražiti odštetu kad ti nijedna igla iz kuće ne fali. Nisi baš ništa oštećena!“ Eh, mislim se ja u sebi, ja znam da li sam oštećena ili nisam. Ne mogu se ja tek celom svetu ispovedati, ali vama ću kazati te ako hoćete da mi pomognete i da progovorite koju dobru reč za mene gospodinu ministru. Kazali su mi: može da ti se svrši stvar, samo ako ima ko da progovori koju reč ministru za socijalnu reformu i agrarno izjednačenje zakona. Pa zato, ko velim, da vam kažem sve kako je bilo i što je bilo, te ako hoće ko od vas da mi se nađe.

Kad naiđoše ono Švabe, preplašili smo se, bome, pa još kako. Baš svi smo se preplašili, a kako ja tek samohrana udovica bez muške glave u kući. Pravo da vam kažem, onda sam tek videla šta vredi muška glava, i od tada sam svaku mušku glavu počela ceniti. Pa to tako, preplašila sam se kao niko moj, i ne izlazim iz kuće dva dana. Kad, trećeg dana, zakuca meni neko na vrata. Ja pretrnuh živa i jedva procedih kroz zube: „Slobodno“, a uđe jedan austrijski oficir, mlad kao kaplja, a obrijan i udešen kao da je pošao na fotografisanje. Uđe i reče mi nešto švapski, ali ko će ga razumeti šta mi je rekao. Razumela sam samo: „Bite, bite!“ pa i ja njemu odgovorim: „Bite!“ On progovori još nešto, pa ujedanput uštinu me za podvaljak. Iju, prevrte se ona soba oko mene pa ti mu podviknem: „Šic!“ Ne znam pusto nemački i učini mi se to „šic!“ kao da mu je nešto nemački. Pa tako, viknem ja njemu „šic!“ kao što bi svakom mačoru viknula, a on meni odgovori: „Tanke“ i sede. Sede, bogami, i to na minderluk. Tek posle sam razumela zašto je seo; objasnio mi je Joca šnajder da „šic“ nemački znači sedite, pa ja umesto da ga oteram, a ja ga još ponudim da sedne.

Pa tako danas, tako sutra, navadio se lepo čovek pa svaki dan dolazi, a ne mogu da kažem da je bio čovek neučtiv, naprotiv vrlo učtiv i miran. To toliko što me pokoji put pipne za podvaljak, ali, što kažu, neka mu je prosto, kad je samo inače učtiv.

I tako to lepo išlo donekle, dođe on ujutru ja mu viknem „šic", on sedne, ja mu skuvam kafu, on me pipne za podvaljak, kaže on meni „tanke", kažem i ja njemu „tanke" i lepo ode čovek.

Jest, ali posle nekog vremena čujemo mi da su austrijske okupacione vlasti dobile naredbu da preduzmu prema našem građanstvu strože mere. Crna ja, mislim u sebi, šta ću i kako ću, ako i onaj što mi dolazi svaki dan na kafu preduzme prema meni strože mere. A, bogami, tako vam je i bilo!

Nasta jedno nasilje, pa nasilje, pa nasilje, a ne znam pusto nemački, pa ne umem ni da se branim; a okupaciona vlast pa ne smeš ni da se protiviš, a oni naši ne vraćaju se tri godine, pa ko će živ i da ih sačeka! Htela sam i da se žalim višim vlastima, nije da nisam htela, uvidela sam da nema smisla. Rat je, neprijatelj je pa ima prava rekvizicije u okupiranoj zemlji. Rekvirira namirnice, rekvirira kuću, rekvirira železnicu, rekvirira čitavu državu te da nema prava da rekvirira mene, jednu samohranu udovicu.

Ali, bilo je što je bilo, pomenulo se a ne povratilo se, a najposle, i boljima od mene pa se zaboravilo. Ali sad bar, kad je sve svršeno, pravo je da tražim ratnu odštetu.

A zašto, zaboga, ne! Zar druge, razbilo im se lonče ili ogledalce, pa potegle i traže hiljade, a što ja da ne tražim za moju razbijenu čast i dobar glas, kad je to moj jedini kapital. Ako tu ne treba država da dâ odštetu, a ono ne znam gde treba.

Jelte, molim vas, da li ko zna da mi kaže gde je Direkcija plena da predam ovu molbu. Šta kažete – dole na Savi, u Karađorđevoj ulici? E, hvala, idem odmah tamo. Baš vam hvala!

Predlog za himnu

Gotovo nema godine, a da ovu lepu zemlju, ovu veselu Srbiju, ne snađe po kakva nevolja. Jedne godine filoksera, druge peronospora, treće suša, četvrte grad, pete poplava, a da i ne računam u narodne nevolje i izbore narodnih poslanika, pošto se ta nevolja svake godine ponavlja te smo i navikli na nju.

I sve se to podnese i svemu se nađe leka; nevolji koja nas je ove godine zadesila niti će se naći leka, niti se može podneti.

A znate li koja je to nevolja? Propevali smo. Propevali smo kao nikada dosad.

Ono, istina, poslovica veli: „Blago kući u kojoj se peva“, te bi se moglo reći i: „Blago narodu koji peva“, ali što je mnogo, mnogo je.

Ovo je već poplava, prava poplava. Nabujala i nadošla voda pa plavi, plavi listove i čitaoce – predlozima za himnu.

Sretnem pre neki dan đakona Sretu. Zbunjen, bled, iznuren i nepoverljivo gleda u svakog ko prođe kraj njega, kao da mu je popadija odbegla.

– Šta vam je, oče đakone, vi ste pre tako dobro izgledali? Da niste bolovali?

– Nisam – veli mi tiho i zagleda mi duboko u oči, rešavajući se da mi se poveri.

Kako sam meka srca ja se rastužih i, da ga okuražim, pružim mu prijateljski ruku. On je srdačno prihvati, stište je i zapita tiho:

– Smem li vam se poveriti?

– Slobodno, oče đakone, ja zdravo volim te tako familijarne stvari.

– Ovo nije familijarna.

– Nego?

– Državna stvar.

– Tako?

– Da. Ajdemo, ako je po volji, na Staro groblje; tamo nas neće niko videti.

Ja sam često tako udvoje išao na Staro groblje, kad sam imao potrebu da nas niko ne vidi, ali nikad nisam u životu išao s đakonima. Najzad, nek me i to u životu snađe, kad sam već dao reč.

Sedosmo na klupu, đakon se najpre osvrnu levo i desno, pa kad vide da nema nikoga, a on poče da se raskopčava. Pošto raskopča mantiju, zavuče ruku i izvadi jednu hartiju.

– Ja sam napisao predlog za državnu himnu koja se da pevati na osmi glas.

– Tako? – učinih ja.

– Slušajte!

I đakon poče da mi čita, čita. Kad je svršio, a on me pogleda pravo u oči, iz kojih, razume se, nije mogao ništa da pročita.

– Čujte sad i da vam otpevam ovaj predlog – reče đakon i poče tiho, nežno da peva svoj predlog na osmi glas.

Ja mu ushićen čestitah i htedoh već da pođem, ali me đakon zadrža za kaput.

– Čekajte! Budite strpljivi! – reče tiho pa zavuče ruku u levi džep i otud izvadi drugu hartiju.

– Šta je to? – zgranuh se ja.

– Pa još jedan predlog koji se peva na šesti glas. Slušajte!

I đakon poče opet da čita, a zatim mi i otpeva svoj predlog. Kad je svršio, on mi se okrete:

– Dakle?

– Pa šta biste vi sad želeli od mene?

– E, vidite, ja bih vas molio da vi sad ova dva predloga paralizirate?

– Kako da ih paraliziram?

– Pa tako, da ih uporedite, pa da mi kažete koji je bolji, pa taj da objavim.

– Oče... kako da vam kažem... oba su dobra, objavite oba predloga.

– Hvala vam! – reče đakon i stište mi prijateljski ruku, te krenusmo s groblja.

Kad sam otišao kući, rekoše mi da me je tražio jedan vatrogasac. Veli, imao bi nešto da mi pročita.

Izvesno je i on išpricovao kakav predlog za himnu.

Dobio sam i poštom iz Niša, od jednog artiljerijskog podnarednika, jednu pesmu kao predlog za himnu. U sprovodnom pismu podnarednik veli: „Ja vidim da je moja otadžbina u neprilici, pa hoću da joj pritečem u pomoć.“

A prekjuče ujutru, ja sedim kod kuće i čitam novine, tek evo ti ga jedan opštinski izvršitelj. Možete misliti kako mi se presekoše noge. On uđe u sobu, pozdravi se i poče da se obzire po sobi, razgledajući izvesno stvari koje bi se mogle uzeti u popis. Kad je dobro promerio stvari, a on mi reče:

– Da li biste mogli preći u drugu sobu, molim vas? Ja bih hteo da smo nasamo.

– Zašto, molim vas, izvol'te vi slobodno i pred mojom ženom svršavajte što imate.

– A ne, takve se stvari svršavaju nasamo.

– A ja bih baš voleo pred mojom ženom, jer moram vam reći da su sve stvari na nju prenete, te ovaj...

– A ne, zaboga – reći će izvršitelj sasvim ljubazno, tj. utoliko ljubazno ukoliko izvršitelj to može biti – ja bih vas molio da pređemo.

Učinih mu po volji. Pređemo u drugu sobu i tamo on izvadi jednu hartiju iz džepa. Mislio sam, razume se, rešenje kakvo. Kad ono nije – i on napisao predlog za himnu.

Malo je falilo da zagrlim izvršitelja od uzbuđenja i, razume se, rekao sam da ja još u životu nisam čitao tako lepe, tako pune poezije himne, kao što je ova izvršiteljska himna.

Kako da se spasem ove poplave?

Ostaje, ili da se svi zamolimo, lepo i učtivo i hristijanski, mitropolitu Dimitriju da odobri nošenje litije ili... ili i mi svi da počnemo pisati himne.

U ovom drugom slučaju, moj predlog za himnu bi glasio:

Bože pravde, ti što spase
Od propasti dosad nas;
Čuj očajne naše glase,
Pa od himna spasi nas.

Palilulski „Miloš Veliki"

Kad pođete Takovskom ulicom naniže, vi ćete tamo u Paliluli naići na jednu veliku zgradu u kojoj tamnuje „Miloš Veliki". Razume se, svi ćete odmah pomisliti, to on izvesno tamnuje od 29. maja. Ne, tamnuje on tamo bez obzira na istorijske datume, bez obzira na režime, tamnuje on tamo u tvrdoj tamnici, iz koje nikad neće kosti izneti.

A evo i da vam kažem zašto tamnuje „Miloš Veliki" u Paliluli.

Vi svi znate onog Peru Ubavkića, vajara, kojega je pokojni Ljuba Nedić zvao „skulpter". E taj Pera Ubavkić padne na jednu veliku ideju. Odnosno, sama ideja nije bila tako velika, nego je on mislio u velikim razmerama da je izvede. Mislim po izvesnoj porudžbini ili bar migu ozgo; s izgledom na otkup, on je trebao da izradi grupu „Takovski ustanak". Za tako veliku ideju njemu je trebao i veliki lokal, i on ga stade tražiti.

Bile su školske ferije i Ubavkić pade na srećnu misao da bi jednu od učionica osnovnih škola mogao upotrebiti za atelje. Bila mu je najzgodnija palilulska osnovna škola kao nova, prostrana i vidna zgrada. Obrati se Opštini za dozvolu i Opština beogradska, ne toliko iz obzira prema umetniku koliko iz obzira prema Milošu Velikom, ustupi gospodinu Peri jednu učionicu da za vreme ferija radi u njoj „Miloša Velikog".

Divna, lepa, visoka, prostrana učionica, milina čoveku da radi. I, odista. Ubavkić odmah dovuče dvoja kola gipsa, opasa kecelju, zavuče se u tu učionicu, zaključa se iznutra i tri meseca nije se otključavao.

Figura je s dana na dan rasla, najpre Miloš triput veći od prirodne veličine, pa onda kraj njega Melentije, opet triput veći od prirodne veličine, pa Melentijev krst, jedan metar više glave, pa tek onda Milošev takovski barjak, ogroman, razvio se po celoj učionici, od tavana do patosa i od jednog zida do drugog.

Učionica velika, ideja velika – Miloš Veliki, pa nije ni čudo što je cela grupa ispala grdno velika te ispunila svu sobu, od južnog do
146

severnog i od zapadnog do istočnog zida i, još k tome, od patosa do plafona. A stvar izrađena umetnički, te joj se svako divi.

E, a sad nastaje školska godina i Opština beogradska moli umetnika, pošto je posao svršio, da iznese grupu, jer je učionica potrebna za đake.

I sad nastaje ono što niko nije očekivao. Grupa se ne može ni na prozor ni na vrata izneti. A i kad bi se iznela, gde bi je? Morao bi uzeti zasebnu kuću, pogoditi je pod kiriju da u njoj stanuje grupa. Zamislite da Ubavkić, pored svoje kirije, plaća još i kiriju za kvartir u kome mu stanuje grupa.

Razume se, prvo što je mogao učiniti to je da se obrati nadležnima da otkupe grupu, pa nek oni trljaju glavu kako će je izneti. Sedne Ubavkić i, poznatom svojom stilističkom snagom, napiše jedan akt: „Taka i taka stvar, meni je dat mig...“ Ali oni koji su dali mig prave se kao da nikad u životu nisu mignuli.

A školska godina već počinje, školska uprava piše energično Opštini i traži učionicu. Opština donosi energično rešenje: da se „Miloš Veliki“ iseli iz prvog razreda Palilulske osnovne škole, saopštava to rešenje Ubavkiću, a ovaj, grešnik, očajno čupa ono malo kose na glavi.

Najzad, dođe na misao da je jedini način razrušiti spoljni zid dotične učionice, izneti „Miloša Velikog“ i ponovo sazidati zid. I tako bi to i bilo svršeno i izvršeno da se nisu isprečile dve sitne okolnosti i to:

a) predračun majstorov za rušenje tog osnovnog zida i ponovno zidanje u sumi od 3.272 dinara i 44 pare dinarske i

b) stručna komisija opštinska, koja je izašla na lice mesta, razgledala zgradu i, pošto je „Miloš Veliki“ u parteru, a tu su osnovni, temeljni zidovi, koji na sebi nose prostranu zgradu, izjavila je zvanično da se taj zid ne sme rušiti, jer u tom slučaju predstoji opasnost za celu zgradu.

Sad tek nastaje prava zabuna. Recimo: Ubavkić bi vrlo lako našao potpise, te na menicu digao 3.272,44 dinara, al’ eno, ne sme se rušiti osnovni zid, jer će pasti cela zgrada.

Nastaje očajan položaj. Školska uprava energično traži učionicu, jer je zbog „Miloša Velikog“ strpan privremeno prvi razred osnovne škole u suteren; Opština energično naređuje Ubavkiću da u tom i tom roku iznese „Miloša Velikog“. Ubavkić (praveći se kao da je njemu lako nabaviti potpise za 3.272,44 dinara) traži energično da ruši; stručna komisija izjavljuje energično da će pasti kuća i da ona ne dozvoljava rušenje.

Napravi se tako jedna užasna situacija, jedna od onih partija šahovskih gde se dve figure međusobno šahuju, te ne može nijedna da se krene.

A deca pište u suterenu, a „Miloš Veliki“ se raskomotio u učionici, a uprava školska grdi Opštinu, a Opština grdi Ubavkića, a Ubavkić grdi sâm sebe i zaklinje se da nikad u životu više neće padati na tako velike ideje koje ne mogu izaći kroz prozor ili bar kroz dvokrilna vrata.

Najzad, Ubavkić padne na jednu vrlo srećnu misao. Pošto je još dva-tri puta pokušao hoće li se odazvati onaj „mig“ odozgo, pa video da od toga nema ništa, on sedne te još jednom stavi sebi u službu svoju poznatu stilističku snagu. Napiše jedno toplo i lepo patriotsko pismo, kojim Opštini beogradskoj poklanja svoju grupu „Miloš Veliki“.

Opštinski odbor, razume se, po dužnosti, po pročitanju akta uzvikne: „Živeo“, a zatim se odmah zabrine šta će s grupom. Ta briga utoliko pre postane velika briga, što se sad školska uprava obraća Opštini i umoljava je da „svoju“ grupu iznese iz škole.

Sad Opština dođe u položaj Ubavkićev. I, razume se, koristi se i Ubavkićevim vicem. Padne na misao da „Miloša Velikog“ pokloni građanstvu beogradskom.

Da se stvar još više zamrsi, dođe 29. maj i sad nastade nova situacija. Ubavkić energično tvrdi sad da „Miloš Veliki“ nije njegova grupa, on ju je poklonio Opštini; Opština se opet odriče i veli: „Miloš Veliki“ pripada građanstvu; građanstvo ne veli ništa, ali bar ništa i ne zna o stvari; školska uprava sad, posle 29. maja, još energičnije traži da se „Miloš Veliki“ izbaci; komisija ne dâ da se ruši kuća: „Miloš Veliki“ serbez robuje u učionici prvog razreda, a Ubavkić ponosito šeta Terazijama kao čovek koji je podvalio Opštini.

Ja sam nameran ovih dana da intervjuišem Peru Ubavkića o celoj aferi, pa ću pisati o tome.

Broj 46

Vi izvesno mislite da je to broj kakvog fijakera u kome se odigrao možda neki mali ljubavni roman. Ili mislite, valjda, da je to broj neke kuće, u kojoj se svakodnevno odigrava po nekoliko ljubavnih romana.

Nije, međutim, ni jedno ni drugo. Broj 46 je sasvim običan, redni broj, ispisan na parčetu kartona, koji se obesi na kaput ili drugi koji predmet koji predate garderobi kad odete na zabavu.

Reč je, dakle, o zabavi, ili o zabavama ovozimušnjim.

Kakvih sve nije bilo, i humanih, i patriotskih, i političkih. Sve stranke u Srbiji priredile su po jednu igranku, na kojima je „veselje trajalo do zore". Ove godine naročito, igranke svih stranaka su vrlo lepo posećene i „raspoloženje prisutnih bilo je osobito". Izgleda da su ove godine naše političke stranke bile vrlo raspoložene i orne za lumpovanje, a i nalumpovale su se i naigrale da im prosto nije žao.

A baš o tome, o zabavama naših političkih stranaka, i hoću da govorim. Znate, to nisu obične zabave, gde „samo pozvani imaju pristupa", niti se o njima, kad se reklamiraju u listovima, sme reći da će prisustvovati samo „otmeno i probrano društvo". Taman posla. Naprotiv, tu se poziva da dođe svaki član i prijatelj stranke, i svako od njih smatra za partijsku dužnost tom prilikom da ide na igranje, kao god što ide na glasanje. Zato ćete često pred vratima lokala, u kome se priređuje takva zabava, videti međ fijakerima i male taljige palilulske s okretnim konjićem u rukunicama, sa sicem od sena zastrvenim šarenim ćilimčetom; zato ćete često u garderobi lokala u kome se priređuje takva zabava videti pored pelcane varoške bunde kakvog budućeg ili bivšeg ministra i neko skromno džube s podrtom postavom.

Na takve zabave može doći svaki prijatelj stranke, i tu je publika najizmešanija, niti kome možeš što prebaciti što je došao ovako ili onako obučen, niti smeš kome zameriti, ako se malo više razveseli, niti smeš koga uvrediti, jer svako je član stranke, svako je glasač.

Nije dakle nikakvo čudo, ako na takvoj zabavi vidite poneku mnogobrojnu familiju iz predgrađa, kako, sem sve ostale opreme, nosi u boščici i potrebno jelo, da se potkrepi za vreme odmora, niti je kakvo čudo ako vidite kakvog Palilulca sa ženom koja nosi i dete u naručju, jer ga nema kome kod kuće ostaviti, a „partijska disciplina" zahteva da se na zabavu mora doći.

O takvom jednom slučaju baš i mislim da vam govorim. To je bilo ove zime, na jednoj od partijskih zabava. Došli lepo muž i žena i doneli u povoju dete. Aranžeri, oni što dočekuju goste, nisu opet imali druga posla, nego priša'nu na ulasku „partijskom prijatelju" kako će to biti nezgodno uneti dete u salu.

– A što, brate? – pita partijski prijatelj. – Moje je dete, nije da je tuđe pa da ima nešto da se stidi stranka od njega.

– Ama nije to da se stidi – izvinjava se aranžer i uvija da ne bi uvredio glasača – nego znaš ima i koncert, pre igranke je koncert, pa ako se i dete umeša u koncert, to znaš može da načini čitavu bruku, pa sutradan naši protivnici da nam uzmu zabavu u podsmeh.

Ovaj poslednji razlog ubedi glasača.

– Pa dobro, šta ću ja sad s detetom? Da ga nosim natrag ne mogu, daleko sedim, a nema ko ni da mi ga čuva kod kuće.

– Odnesi ga u garderobu, sasvim, odnesi ga u garderobu. Tamo se predaju stvari na čuvanje.

Počeša se glasač za uvo, pa ode u garderobu i preda šnajderu dete. Šnajder, sasvim mehanički strpao ga s ostalim stvarima, izmeđ' zimskih kaputa i ženskih mantila, i prikači mu broj 46.

– Molim, numeru – viče za Palilulcem koji je već krenuo u salu.

– Eto ti sad. Šta će mi numera?

– A mora – uvija se šnajder. – Neću, znate, posle neko drugi da uzme vašu stvar, pa ja da plaćam. Numeru morate uzeti.

I tako uze on numeru i uđe u salu.

Ali, nas se ne tiče toliko sala koliko garderoba. Broj 46, pretrpan sa svih strana nekim bundama, dao se u slatko spavanje i slatko sanja valjda materino mleko.

U sali koncert, pa igranka, pa odmor, pa zdravica, u kojoj se preti da će se protivnik prosto srušiti, pa „ura", pa već veselje u najvećem jeku, kakvo samo može biti kad jedna čitava politička partija reši da se proveseli i da se naigra.

Ali ujedanput šnajder, koji je u garderobi već zadremao, odskoči sa svoga mesta.

– Ženo, čuješ li ti da neka od stvari plače?

– Ne čujem.

– Slušaj, slušaj samo.

I, zaista, iz gomile stvari začu se dreka.

– Šta li to plače? – pita se iznenađeno šnajder.

– Bože me prosti – krsti se njegova žena – izgleda mi kao da plače ovaj muf.

– Ama kakav muf, otkud muf može plakati?

I sad počeše i žena i muž da razgrću stvari, dok ne natrapaše na broj 46. A broj 46 se zacenio, pa udario u takvu dreku kao da, u stvari, on sudeluje na koncertu te i njegova tačka došla na red.

– Broj 46 plače! – pljesnu se šnajder.

– Jest.

– Idi mu odmah nađi majku.

– Idi, molim te – brani se šnajder – ko bi mogao svakoj stvari u garderobi da upamti oca i majku.

– Idi u salu pa viči!

I šnajder, baš za vreme kadrila, upade u salu i poče da se dere:

– Broj 46 plače, broj 46 plače!

Uzbuni se cela sala, prekrati se šesta figura kadrila i pojuriše svi u garderobu da vide, čuda radi, kakav je to broj koji plače.

Ali, kad su stigli, već je dockan bilo. Broj 46 svršio je povoljno svoju koncertnu tačku, ućutao se i slatko se smejao.

Ipak su svi imali pune ruke posla, da vlažnim krpama izbrišu one stvari koje su bile u blizini broja 46. Odmah su nabavili i kolonjske vode, da namirišu dotične stvari i venje da okade garderobu.

„Gospođa Milhbrot"

Već svi znate kakav je lom po kućama uoči Božića. U avliji se tresu ćilimovi, u sobi na patos selo dete i ljušti orahe; svastika sela na kanabe, metla izmeđ' nogu avan i tuca badem; sluškinja riba patos u sali i peva mađarske patriotske pesme; u kujni pod šporetom kmeči prase: na šporetu u loncu vri pasulj za ručak: u spavaćoj sobi, kraj tople furune, stoji na stolici korito i u njemu testo za milhbrot, pokriveno najpre čistim čaršavom pa preko ovoga taštinom bundom. To kao zato da bolje naraste.

I onda fišeci i kese. Gde god se po kući okrenete, sami fišeci i kese. Na vašem krevetu neki limunovi, kutije sa sardinom, i šunka; na vašem šrajbtišu fišeci s najkvircom, biberom, kesa puna pirinča, druga kesa puna šećera, paklo makarona i dve funte sveća. Pa onda po patosu neki avani, ljuske od oraha, kore od limunova, modle od kohova, metle, četke, lavori i krpe za brisanje prozora.

Ujutru, kad pođete od kuće, a vi prosto ne možete izaći. Izgledate kao onaj klovn u cirkusu, koji se producira da skače kroz gomilu jaja posutih po patosu a da nijedno ne razbije.

Prođete kroz salu, a žena za vama vrisne.

– 'Di ćeš tamo, ubio te bog da te ubije! Zar ne vidiš da je još mokar patos?

Pođete kroz spavaću sobu, a žena za vama vrisne:

– Ama pazi kako ideš, oborićeš mi naćve s testom, pa ću ti ih nataći na glavu!

Pođete kroz kujnu, a ona opet za vama vrišti.

– Pazi, pazi, zgazićeš na piliće!

I tako vi vrd levo, vrd desno, dok se izvučete iz kuće.

A kad dođete na podne kući, a žena nervozna, što god joj dođe šaka a ona baca. Razume se, vi već znate šta je. Ili nije narastao kvasac, ili je furundžija pregoreo pitu od oraha, ili je sluškinja razbila vanglu s podvarkom ili ma šta tako.

Razume se, žena vam ćušne pod nos tanjir s pasuljem, koji je uvek zagoreo, a ona veže glavu maramom, sedne na minderluk i plače od jeda

Eto, tako je skoro u svakoj kući uoči Božića. A naročito taj kvasac, odnosno taj milhbrot, pravi užasne skandale. Uvek se žene zbog njega jede.

Eto gospa Milku gospodin Đokinu i prozvali su „Gospođa Milhbrot“. Tako je sve zovu. To ime ona je dobila još prošle godine, uoči Božića, i ja sam znao za maler zbog kojeg su joj prišili to ime, ali nisam hteo o tome sve dosad da pišem. Dao sam joj reč da neću pisati i držao bih ja tu reč, ali, pravo da vam kažem, ne mogu prosto da izdržim. Godinu dana ja to krijem kao tajnu, i nikom ne govorim, pa eto ne mogu više da izdržim.

Došao opet Božić, i nastao onaj vašar po kući, pa sam se setio „Gospođe Milhbrot“ i njenog malera, te vam ga moram ispričati.

Dakle, bilo je to prošle godine. Gospođa Milka otišla u čaršiju uoči Božića, da kupi sve što joj treba. Milhbrot nije htela da mesi, kupiće gotov kod Pantelića. Što bi se jedila samo.

Otišla u dućan s devojkom i napunila joj korpu. Čega ti tu nije bilo. A razume se da se setila i svoga Đoke. Njen Đoka zdravo voli tej-buter, pa mu tako uvek, kad izađe u čaršiju, kupi po jedno paklo, pa mu namaže na hlebac te on to slatko jede.

Šta ćete, stariji je čovek, pa mlada ženica hoće da mu učini bar to zadovoljstvo, kad nikakvo drugo ne može. Tako i danas kupi ona jedno paklo tej-butera. Ali ni u dućanima uoči Božića nije bolji red no u kući. I tamo je vašar: kese, šegrti, publika. Pravi haos.

Šegrt u zabuni, u žurbi, umesto tej-butera strpa u korpu gospa Milkinu paklo kvasca, a njeno paklo s tej-buterom izvesno strpa u kakvu tuđu korpu.

Čim je stigla kući ona, razume se, uzme krišku hleba i namaže je svome Đoki i posoli. Proba Đoka pa tresnu o zemlju.

– Ovakav buter daj ti tvome drugom mužu, a ne meni!

– Pa šta mu fali?

– Znam ti ja, tek ne valja ništa.

– Jutros si se nakrivo probudio, pa ti sad ništa ne valja! – uzviknu gospa Milka pa sede uz inat sama da jede.

Videla je i ona da taj buter ništa ne valja, ali ga je jela uz inat. A žena je uz inat kadra i kučinu da jede.

Ona se najede tako kvasca, a Đoka otide u kancelariju. I sad nastane prava nesreća. Kako je bilo hladno, to gospođa Milka sedne kraj furune i uzme da čita nekakav roman. Ona čita, čita, čita, a trbuh raste, raste, raste. Svrši tek jednu glavu romana, pa se pipne po trbuhu:

– Ju šta mi je, ubio me bog!

Pa što bliže podne, a trbuh sve više raste. Kad na podne Đoka dođe kući, a on zateče ženu u devetom mesecu. Prenerazi se on, prenerazi se žena.

– Šta je to, ako boga znaš? – čupa se on za kose.

– Ne znam. Bog me ubio da me ubije ako znam.

– Pa dobro, otkud to, kad to, kako to?

– Ne znam, eto tako od boga. Jutros u osam sati još sam bila sasvim kao devojka. To znaš.

– To znam sigurno.

– Oko devet sati izgledala sam već kao u petom mesecu; oko deset sati izgledala sam već kao u šestom mesecu; oko jedanaest sati izgledala sam kao u osmom mesecu, a oko pola dvanaest izgledala sam već kao u devetom mesecu.

– A sad izgledaš već kao u devet meseci i četrnaest dana. Još gore, izgledaš kao da imaš blizanke, bože me prosti. Pa otkud to?

– Ne znam, sedela sam ovde kraj furune i nisam ni mrdnula.

– Jesi li sigurna da nisi ni mrdnula?

– Sigurna sam.

I kao što je gospođa Milka bila sigurna da nije ni mrdnula, tako je isto gospodin Đoka bio siguran da nije ni mrdnuo. On je pouzdano znao, da njegova žena ne može biti ni u prvom mesecu, a kamoli u devetom.

Dočepa se grešnik još jedanput za kosu, pa pojuri kod doktora. Malo je tu jedan doktor, sazvao je odmah konzilijum.

Dođoše lekari, pregledaše gospođu, šaptaše nešto latinski, pa se okrenuše gospodin Đoki:

– Nije ništa. Gospođa je jela kvasca; sedela je kraj furune pa kvasac narastao.

Sad se svi uveriše da je gospođa jela kvasca; to priznade i sama gospođa Milka, a samo gospodin Đoka ostade i dalje neutešan.

– Pa, dobro, dobro, kvasac, kvasac, ali ko je taj kvasac zamesio? – pitao se on u sebi i gledao je neprestano u ženin trbuh, kao mače u žižak.

Eto, od toga doba gospođu Milku zovu „Gospođa Milhbrot“. Pomenulo se, ne povratilo se.

Odbor za doček

Jednoga dana dođe mi čovek s nekakvim pozivom. Umoljavam se da istoga dana popodne dođem tu i tu, u sednicu odbora za doček.

To me nije nimalo iznenadilo, jer upravo od mog najranijeg detinjstva, ja sam večiti odbornik za doček. Jedino valjda prilikom moga rođenja nisam bio odbornik za doček (tom prilikom su bili odbornici za doček: moj otac, babica, i jedna komšika), inače nema slučaja, niti će ga biti, a da i ja ne budem pozvan u odbor za doček.

To dolazi otud što ja „imam naročitih sposobnosti" za to, koje, razume se, ne bih imao kad bi to bilo kakvo zvanje s platom i, drugo, zato što ja mislim da uopšte i nema Srbina koji u svome životu već nije bio odbornik za doček. Pa već svi znate da nam je to najmilije zanimanje da dočekujemo i ispraćamo. Imamo mi za to već i stalno utvrđene programe, koje bi naša državna štamparija mogla komotno izdati kao monopolisane hartije, jer bi to donelo jedan nov prihod državi. Evo tog stalnog programa:

1. DOČEK NA STANICI. Predsednikov pozdrav. (Vikanje: „Živeli!")

2. BANKET (sa oduševljenim zdravicama posle kojih nastaje ljubljenje gostiju i domaćina).

3. KONCERT (s poznatim programom svih naših koncerata).

4. IZLET (jelovnik: mlad sir s lukom; jagnjeće pečenje i ćevap na ražnju. Prangije i zdravice).

Pošto sam, dakle, znao taj program napamet, a pošto su me i uverili da imam „naročitih sposobnosti za to", primio sam se odborništva i otišao to poslepodne na sednicu.

Pred predsednikom je, razume se, stajalo zvonce, a svi su odbornici doneli iz svojih redakcija šlajfne i zarezane pisaljke i nastalo je najozbiljnije većanje.

Uzede najpre reč jedan mali odbornik i poče:

– Gospodo, ja mislim najpre da rešimo jedno od najvažnijih pitanja. Razume se, mi smo dužni dočekati goste, ali da bismo ih dočekali potrebno je da imamo kokarde.

– Nije tako! Prvo kvartiri – upade neko.

– Pa da – nastavlja mali odbornik – ali da bismo mogli tražiti kvartire potrebno je da imamo kokarde.

– Ja mislim opet, gospodo – uzeće reč jedan odbornik – da mi moramo najpre izraditi program, detaljan program, pa ćemo onda po njemu videti šta nam sve treba.

– Tako je! – odazvasmo se svi.

– I ja predlažem – nastavi odbornik – da mi izradu programa poverimo Ben Akibi.

– Tako je! Prima se! – odazvaše se svi odbornici.

Tako se ja primih da izradim program za doček gostiju.

Evo tog programa:

1. DOČEK NA STANICI, pri kome bi se imala istaći tri momenta: pozdrav gostiju, pucanje iz prangija i užasno dranje: „Živeli!"

2. RAZGLEDANJE VAROŠI. Vi svi znate da je razgledanje varoši jedna od stalnih tačaka u svim našim programima, kad naiđu stranci. To je potrebno da bi stranci videli sve naše znamenitosti te poneli što prijatnije utiske iz naše prestonice. Po mome programu, imale bi da se razgledaju ove znamenitosti: Narodna skupština, umetnička zgrada slikarsko-vajarske škole, grob i veličanstven spomenik na grobu Đure Jakšića; zgrada i prostorije Svešteničkog udruženja; park na trgu Svetog Marka; velelepna pijaca na Zelenom vencu i najzad ona gvozdena kućica na Terazijama.

3. BANKET. Za banket sam predložio ovakav jelovnik:

Mlad sir i rotkvice.

Zdravica.

Sardine.

Zdravica.

Ajvar.

Zdravica.

Kisela čorba.

Zdravica.

Ragu.

Zdravica.

Jagnjeće pečenje.

Zdravica, pri kojoj će svi prisutni zaplakati.

Salata.

Zdravica.

Praseće pečenje.

Zdravica, pri kojoj će se svi prisutni grliti i ljubiti.

Salata.

Zdravica.

Pita s mesom.

Zdravica.

Crna kafa.

Zdravica.

Eto, to bi, uglavnom, bio moj program, ali, da bi se on mogao i postići, ja sam predložio da se veliki odbor za doček rasturi u mnogo manjih odbora ili sekcija, od kojih bi svaka primila po jedan zadatak na sebe. Tako bi valjalo ustanoviti ove sekcije ili odbore:

1. ODBOR ZA BANKET, kome bi naročito valjalo preporučiti da ne pojede ajvar. Nekako se uvek pri tim banketima dešava da ajvar stoji u jelovniku, ali ga na stolu nema. Kad se stvar posle raspravi, uvidi se da je odbor za priređivanje banketa, prilikom držanja svojih sednica i prilikom raspoređivanja mesta, mezetisao ajvar. Najzad, ja priznajem da je ajvar dobro meze, a i lako je, te ne može vrlo mnogo opteretiti savest odborničku, ali bi ipak bolje bilo da ga bude i na jelovniku i na stolu.

2. DEKORATIVNI ODBOR. Mi, srpski građani, već imamo toliko ordena i medalja da svi zajedno možemo predstavljati dekorativni odbor, kad se samo o kakvom prazniku iskupimo i okačimo svoje muzeume na grudi. Ali ja ne mislim na taj odbor, nego na onaj koji će da kači zastave i da bere lišće i zelenilo. To je vrlo važan odbor, jer ako taj odbor bude vredan i nabere što više zelenila, pa ga strpa gde god stigne i zakiti barjakom, može se mnoga opštinska bruka u našoj varoši sakriti. Tako bi, na primer, pojedine ulice, u kojima je rđava kaldrma, mogli sasvim zelenilom zatvoriti; pa onda opštinske čuvare, koji su onako prljavo i bedno obučeni, mogli bi sasvim u zelenilo uviti, dati im svakom po jedan barjačić u ruke te da izgledaju kao pokretne zelene piramide. Bolje bi bilo nego ovako.

3. ODBOR ZA VIKANJE. U taj odbor bi imala da uđu bar dva opštinska odbornika i još nekoliko poznatih govornika s naših političkih zborova koji su već izvežbali svoje grlo i obezbedili se od promuklosti... Taj odbor bi imao da se brine da se, kako on sâm tako i sav narod,

što je moguće više dere, kako bi gosti uvideli i jednu od najlepših naših narodnih osobina.

4. ODBOR ZA NOŠENJE. U taj odbor bi ušli naši najjači predstavnici koji bi sobom imali strancima da pokažu i to da smo mi narod koji je kadar mnogo štošta na svojoj grbači poneti. Zadatak tog odbora bi bio, čim ko od gostiju štogod oduševljeno kaže, da ga ščepa i ponese na ramenima uz oduševljeno sudelovanje odbora za vikanje.

5. TOPOVSKA KOMISIJA. To nije ona topovska komisija koja ni do danas još nije rešila koji top da kupimo; ova naša komisija ne bi morala ni da putuje po Evropi. Ne, ona bi otputovala samo do Crkve Svetog Marka i umolila bi tutore te crkve da nam pozajme prangije, bez obzira na kalibar i sistem tih prangija. Ta komisija bi vrlo lako dobila prangije, prvo što su tutori Svetog Marka vrlo ljubazni ljudi, a drugo što pretpostavljam da se Austrija ne bi umešala u to pitanje. Čim bi jednom prangije bile nabavljene, topovska komisija bi se pretvorila u odbor za pucanje.

Eto, to je bio moj program, ali ga odbor za doček gostiju nije usvojio, iako ja nalazim da je zdravo lep.

Žandarmski kongres

Gotovo svi beogradski listovi opazili su i zabeležili da se u poslednje vreme zbira u Beogradu žandarmerija iz unutrašnjosti. Mnogi listovi su to pokušavali da objasne, a ostali su samo, na kraju beleške, stavili znak pitanja. Prirodna stvar da je i mene cela stvar zainteresovala, pa sam se na nadležnom mestu i raspitao. „Nadležno mesto" me je vrlo predusretljivo obavestilo, i tako sad znam u čemu je stvar.

Dakle, žandarmi se ne zbiraju u Beogradu zbog ne znam ovog ili onog, nego su oni sami, svojom sopstvenom inicijativom, održali jedan žandarmski kongres, na kome su doneli i odluke koje se odnose na položaj žandarma uopšte, i regulisanje njihovih odnosa prema građanstvu.

Kako sam ja bio na tom kongresu, to ću po novinarskoj dužnosti izložiti ovde ceo rad, kako bi moji čitaoci bili tačno obavešteni o ovoj kulturnoj pojavi.

Kongres je održan u dvorištu Uprave varoši Beograda, izmeđ' fotografskog ateljea *Policijskog glasnika* i zatvora Upravinog. Od publike je prisustvovao samo doktor Vladan Đorđević koji je, naročito za ovu priliku, angažovao sebi jednu sobu u Upravi varoši.

Kongres je bio mnogobrojno posećen, i može se reći da je u svemu vladao red i mir.

Za predsednika kongresa izabran je jednoglasno Ljubojević, apsandžija Uprave varoši, s obzirom na to što on već ima zvono kao najvažniji atribut predsednički.

Podnarednik apsandžija zauze svoje predsedničko mesto, cimnu u zvono i zablagodari na poverenju, otprilike ovim rečima:

– Mada je mene, braćo, kao apsandžiju vrlo teško tronuti, ja vas uveravam da me je vrlo tronulo vaše poverenje. Vama je poznato da ja, već po svome pozivu, uživam poverenje tolikih i tolikih ljudi (i tu značajno diže uvis jedan grdan svežanj ključeva) ili, upravo, oni uživaju moje poverenje, odnosno, da se jasnije izrazim, oni su meni predati na poverenje. (Odobravanje.) Onda ćete mi verovati da me je i vaše poverenje obradovalo. Ja otvaram zbor i pozdravljam vas sa: srećan vam rad!

Na ove tople reči, žandarm broj 371 se zaplaka kao dete, a ostali burno pozdraviše predsednika.

Predsednik zatim opet cimnu u zvonce i reče:

– Član kongresa broj 412 ima reč!

Broj 412: Gospodo i braćo! Ja hoću da iznesem pred vas jedno tužno i tugaljivo pitanje...

Broj 279 (upada mu u reč): Nećemo, ne volimo tugaljiva pitanja!

Broj 412: Ali, molim vas, saslušajte me! (Žagor: hoćemo, nećemo!)

Broj 279 (nadvikuje sve, jer je pogranični žandarm, pa zapeo onim glasom, kojim se iz karaule dovikuje s drugom karaulom): Molim vas, budimo parlamentarni, nismo valjda narodni poslanici. Nas nije ovde narod poslao, niti imamo dijurine, pa da uzalud trošimo vreme larmajući. (Odobravanje.)

Predsednik (uzbuđen): Član kongresa broj 412 neka nastavi.

Broj 412: Dakle, hoću da iznesem jedno tugaljivo pitanje. Tiče se toga da nađemo razloga: šta je to što ruši naš žandarmski ugled u narodu. Ne osećate li vi da smo mi s dana na dan sve manja vlast! Kamo ga ono zlatno vreme kad sam ja u srezu bio važnija ličnost od kapetana. A sad? Pa ostavite srez, tamo se još nekako i može, ali evo ovde, usred prestonice. Ja idem ulicom, a obrćem se na sve strane, sa zebnjom očekujući s koje će strane da mi se vikne: ua! Ja to smatram kao jednu od vrlo važnih stvari, i molim gospodina predsednika da je kao prvu stavi na dnevni red. (Tako je!)

Predsednik: Član kongresa broj 172 ima reč!

Broj 172: Slažem se s predgovornikom, ali nalazim da opadanju našeg ugleda treba prvo da potražimo razloga u nama samima. Tako, na primer, ja mislim da je naš red vrlo izgubio od svoga ugleda otkako su i patroldžije obučene u žandarmsku uniformu. (Živ pokret i protesti.) Ja ću to i potvrditi. Molim vas. (Nije tako, nećemo da čujemo.) Ne čini, gospodo, čoveka uniforma; patroldžija ostaje patroldžija... (Dole, ua, dole!)

Predsednik (zamane ključevima da udari jednog opozicionara koji je viknuo: „Ua!" ali, setio se svoga dostojanstva, uzdrža se).

Broj 747: Molim za reč!

Predsednik: Nemate reč.

Broj 747: Govorim u ime bivših patroldžija. (Neka mu se da reč! Hoćemo svakoga da čujemo!)

160

Predsednik: Član kongresa broj 747, ima reč.

Broj 747 (busa se u prsa): Ja se, gospodo, s ponosom sećam moje patroldžijske prošlosti i ne dam niko da to ovde pomene. Varate se da je to, to što naš ugled ruši. Ja mislim da pre naš ugled ruši to što nas za svašta upotrebljavaju. Uzmite samo ovo, molim vas: na primer, u pozorištu nema publike, a oni nas presvuku u civil da bi samo bilo što više publike. I to nas vode na takav komad koji mi uopšte ne razumemo. Ako se tako produži, onda će jednoga dana, kad, recimo, nema putnika na železnici, upotrebiti nas kao putnike ili kad, na primer, đaci univerziteta prave demonstraciju, pa neće da posećuju predavanja kog profesora, upotrebiće nas preobučene kao slušaoce dotičnog predmeta. Pa ako to tako potera, kad opozicija, recimo, u Skupštini vodi opstrukciju, mogu nas još ponuditi da popunimo i poslanička mesta, i ko zna na šta nas sve mogu upotrebiti. (Opšte odobravanje. Čuju se pojedini glasovi: „Nećemo da budemo narodni poslanici!“)

Predsednik: Usvaja li se da to uđe u rezoluciju? (Usvaja se.)

Predsednik: Kako smo mi svi nepismeni, zamolićemo gospodina Peru bivšeg žandarma, a sadašnjeg pisara sreskog, da nam izradi rezoluciju. (Usvaja se.)

Predsednik: Na dnevnom redu je da izaberemo jedan dan u godini kao naš žandarmski praznik, kojom ćemo se prilikom svi zbirati u Beogradu.

Broj 133: Molim za reč!

Predsednik: Član kongresa broj 133 ima reč.

Broj 133: Ja bih predložio, gospodo, da za svoj praznik uzmemo Đurđevdan. Vi znate kako narodna pesma kaže: „Đurđev-danak hajdučki sastanak!“ (Žagor, neodobravanje, larma.)

Broj 133: Molim, saslušajte me.

Broj 711: Nećemo da te čujemo. Šta hoćeš kao bajagi time da kažeš. Mi te dobro razumemo. Ako si ti nekada bio vašarski kockar, pa posle postao žandarm, to je tvoja stvar, al' to se ne odnosi na nas. Ima nas ovde i familijarnih ljudi. (Tako je!)

Broj 133: Ali, zaboga, narodna pesma...

Broj 72: Nećemo da ga čujemo! Dole! (Burno: Dole! Nećemo da ga čujemo!)

Predsednik (opet u uzbuđenju poteže denjak ključeva da gađa one koji larmaju pa se uzdrža): Mir, razumete li, mir! Pa zašto, majku mu, ne razmislite u kakvom sam ja teškom položaju. Ako vi ovde napravite nered, ja ne mogu pozvati žandarmeriju da povrati red, i onda mi ništa drugo neće ostati no da pustim apsenike, te da oni povrate međ vama red. Molim vas, dakle, uzdržavajte se! (Odobravanje.) Član kongresa broj 501 ima reč.

Broj 501: Ja mislim, gospodo, da pređemo sa osudom preko predloga koji je izneo broj 133. A predlažem da uzmemo za svoj praznik prvi maj po novom kalendaru. (Čuje se: Zašto to?) Toga dana je, znate, i socijalistički zbor, pa zašto se ne bismo toga dana i mi našli sabrani u Beogradu. Bolje je nek smo i mi toga dana u Beogradu. (Burno: Usvaja se!)

Predsednik: Gospodo, predlog je usvojen. Kako je ovim zbor svršio svoj posao, molim vas da čujete još i neke pozdrave iz unutrašnjosti upućene zboru. (Da čujemo!)

Predsednik (čita): „Želim slogu, ljubav i svaku mudrost zboru. Kaplar Ljuba iz Čačka." (Živeo!)

Leskovac: „Sprečen dužnošću da prisustvujem zboru, zbog izvesnih licitacija, ja sam uz vas i dušom i telom. Mita dobošar." (Živeo!)

Zaječar: „Na našu struku je uprla oči sva Srbija. Poradite za napredak struke, kako bi Srbija i ubuduće s razlogom upirala oči na žandarme. Podnarednik Ilija." (Živeo!)

Niš: „Sakupljenoj braći, braniocima mira, reda, braniocima Ustava zemaljskog, čestitam rad. Kaplar Toma."

Posle pročitanih čestitki zbor se u miru i redu rasturio.

DRUGA KNJIGA

Narodni praznik

Odvojeno od crkvenih i odvojeno od državnih praznika, svaki narod ima i svoj narodni praznik, o kome proslavlja pobedu narodnih ideala ili narodne svesti. Takvi praznici su kod Italijana, na primer, osvojenje Rima, u kome ni danas nisu osvojili papu; kod Rusa dan oslobođenja mužika, koji ni do danas nisu slobodni; kod Mađara dan proglasa liberalnih zakona, koji ni danas ne važe za nemađarske narodnosti; a kod Turaka dan proglasa ustava, ovoga istoga pod kojim i danas u Turskoj cveta sloboda.

I mi smo imali vazdan nekakvih narodnih praznika, ali oni kod nas nikako ne mogu da se održe. Ili se oni ne drže, ili ih mi ne držimo, tek nekako kod nas to ne ide kao kod drugih. Mi ih menjamo svake političke sezone, kao što je red menjati stvar koja izađe iz mode. Ne dopada nam se, recimo, taj i taj praznik, a mi lepo ukaz, pa napolje iz državne službe. Tako smo isterali dosad iz državne službe Cveti, pa smo isterali 6. april, pa 22. februar, i da je bog dao nešto da je u našim rukama Vaseljenska patrijaršija, ko zna kako bi se po nama proveli mnogi i mnogi sveci. Ja verujem da bi dosad već i Sveti Nikola bio u penziji i šetao početkom svakog meseca po parku Ministarstva finansija podruku s kakvim načelnikom ili poreznikom, žaleći se na skupoću i zla vremena. A već o drugim svecima, onima mlađim po rangu i po godinama službe od Svetoga Nikole, i da ne govorimo.

Ali i pored toga našeg ukaznog ukidanja praznika imamo mi jedan praznik koji nikako ne ukidamo i kojim upravo proslavljamo pobedu narodnih ideala i svesti. Taj praznik naš, to su ovi naši izbori! Nema brate Srbina od Drine pa do Timoka i od Avale pa do Kopaonika, a da se o ovome opštenarodnom prazniku ne zaraduje od srca, kao najvećem godovnom svecu. I šta su Božić i Uskrs prema ovim našim Svetim izborima. O Božiću se radujemo rođenju Isusa Hrista, a o Uskrsu crvenim jajima, a u ovome našem narodnom prazniku spojene su obe te radosti ujedno. Umesto jaja mi se kucamo kuglicama i radujemo se rođenju novog narodnog poslanika.

Pa onda, o Božiću i Uskrsu mirimo se ako smo s kim zavađeni, obilazimo rodbinu i kumove i ižljubimo se međusobno, čestitajući velike božje praznike. A o ovome našem narodnom prazniku, naprotiv, zavađamo se s kim stignemo; s rodbinom se pokrvimo, kumove izgrdimo uzduž i popreko, pa proslavljamo praznik izbora u ljubavi i u veselju sa svojim partijskim drugovima, tako da i samom bogu pođu suze na oči od miline. Pa onda, šta su Božić i Uskrs, svega tri dana traju, te se čovek i ne odmori čestito. A o izborima, brate, dignu se ruke i od posla i od kuće čitav mesec dana, pa se odmoriš kao niko tvoj. Pa i inače ovi izbori u svemu liče na svaki drugi božji praznik, ima i mrsa, ima i jela, ima i pića, a, ako se baš i ne ide u crkvu, ide se na ispovest i slušaju se revnosno propovedi. Ne zvone, istina, zvona, ali se udara u klepetuše i u stare kante čim ulicom prođe protivnički kandidat. Ne zalazi, istina, pop s bakračetom od, kuće do kuće, ali zato dođe sreski načelnik i pisar, i predsednik opštine, i redom svi te obilaze.

Pa još ko od nas ume da se nađe ovih izbornih dana, stiga njemu. Vele, prijatelj Josa, iz ne znam kog sela, zašao bio prošlih izbora, pa na sve zborove. Gde god čujete da se drži partijski zbor, a on potegne pa odstoji zbor, i kao što bi, recimo, u crkvi posle službe prišao da uzme naforu, tako bi i ovde prilazio za čašu, i pio bi, bože me prosti, tako dušmanski kao da mu se sin ženi.

Badava ga ljudi i iz jedne, i iz druge, i iz treće stranke okupili da se izjasni; aja, prijatelj Josa veli:

– Ima dana, izjasniću se!

Najzad jednog dana bila dva zbora u sreskoj varošici, jedan vladine stranke, a drugi opozicije. Stao prijatelj Josa na raskršće, pa se domišlja na koju će stranu. Ne bi hteo čovek kao da se zameri nikome. I da se ne bi zamerio, ode lepo do pola na jedan zbor, a od pola na drugi. E, tu se sad dalje nije moglo, morao se izjasniti. Kad su se svršili na podne zborovi i ispilo što se imalo ispiti, okupili ljudi prijatelj Josu da kaže šta misli:

– Eto, sad si bio na oba zbora i čuo si pa umeš presuditi i odrediti se. Reci nam šta misliš?

– Pa – oteže prijatelj Josa i češe se za uvom – kako da vam kažem. Ja sam presudio, presudio sam, ne mogu reći da nisam presudio.

– E, pa reci.

– Evo, braćo, kako ja mislim. Oni onamo (opozicija) bolje govore, a ovi ovde (vladina stranka) toče bolje vino.

I eto tako, kao ovaj moj prijatelj Josa, mnogi i mnogi još presuđuju. Jednima se dopadaju govori i razlozi u njima izneti, a drugima vino, i cela se Srbija danas bori između razloga i onoga što o izborima može da zgrabi.

Pa zar to nije lep i veseo praznik, i zar mu se s razlogom ne raduje svaki dobar Srbin?

Pred događajima

„Mi smo pred događajima" počinju poslednjih dana svoje članke naši listovi, a završavaju ih sa: „Događaji su pred nama!"

„Događaji su na dogledu", uzvikuju strani listovi.

„Događaji će nas iznenaditi", vele jedni.

„Nas neće događaji nimalo iznenaditi", vele drugi.

I tako se već dva-tri meseca jednako govori o događajima i jednako se očekuju. Ja ne znam da li svako od nas veruje, ali ja verujem u te buduće događaje koji su na pragu. Nekako sva atmosfera, sve što se događa oko nas i kod nas, kazuje to.

Austrija mobiliše, u Turskoj vri, Bugarska priprema „manevre", a mi – pišemo ukaze. Verujte mi, to je vrlo tačan i pouzdan znak. Kad god se nešto krupno imalo desiti na Balkanu, uvek su se ti znaci kao prethodni javljali, tj. Austrija je mobilisala, Turska je vrila, Bugarska je „manevrisala", a mi smo pisali ukaze.

A najzad i zašto ne bismo pisali. Nisu događaji valjda tako ludi, pa da grunu sad, za vreme banjske sezone. Znaju oni da nije red uznemiravati ljude kad se odmaraju.

To ne govorim ja napamet, o tome sam se uverio. Čim sam čuo da su događaji „vrlo blizu", ja sam se na sve strane počeo raspitivati: gde su? Hteo sam da ih nađem i da progovorim kao čovek s njima reč-dve.

Potrčim jednom državniku i zapitam ga:

– Jelte, molim vas, biste li mi vi mogli kazati gde su događaji?

– Vrlo blizu, gospodine, vrlo blizu.

Odem drugom državniku pa ga upitam:

– Jelte, molim vas, biste li mi vi mogli kazati gde su događaji?

– Događaji su, gospodine moj, takoreći pred vratima.

Lako mi je, dakle, bilo odškrinuti vrata i proviriti malo napolje. A ono napolju ništa, sve sitnice: Turska ratuje s Italijom – al' šta se to nas tiče; u Arbaniji revolucija i ustanici zauzeli već sve varoši oko naše granice – al' šta se to nas tiče; u Hrvatskoj pošto su osudili ljude i žene sad počeli da sude decu – al' šta se to nas tiče; u Vojvodini Mađari pojeli jedino pravo koje je Srbima zaostalo – al’ šta se to nas tiče; u Austriji nagomilali vojsku na tursku granicu, i razume se to se nas ne tiče, nagomilali je i duž naše granice, al’ to nas se još manje tiče.

A kad sam već tu, pred vratima, rekoh: hajd’ da progovorim reč-dve s tim događajima, te da se bar svojim ušima uverim o njihovim namerama. I taj je razgovor ovako tekao:

Ja: Jelte, more, događaji, pa vi se odigravate tu pred našim vratima, a i ne pitate jel’ to nama prijatno?

Događaji: Pa šta imamo da vas pitamo, mi se razvijamo nezavisno od vas.

Ja: Pa dobro nezavisno, al’ to nije red i nije učtivo od vas, da larmate pred tuđim vratima. Taman mi, Srbija, legli posle ručka malo da spavamo, a vi nadigli toliku larmu.

Događaji: Pa vi se probudite.

Ja: Jes’, za vašu ljubav da se probudimo, nije nego još nešto.

Događaji: Pa dosta ste spavali.

Ja: Gledaj ti njih kako su razuzdani i neučtivi! Kao da ćete vi nama određivati dokle ćemo i koliko ćemo spavati. Nemojte da uzmem metlu pa da vas sve razjurim.

Događaji: Nemojte, molim vas.

Ja: E, kad molite, to je druga stvar. Možete se i dalje odigravati pred našom kućom i pred našim nosom, ali nemojte toliko da larmate.

Događaji: Vi valjda volite mir i tišinu?

Ja: Ne to, ali smo u poslu.

Događaji: Važnom poslu?

Ja: Tä dabome, važnom, pišemo ukaze, premeštamo i unapređujemo svoje prijatelje i svoje rođake.

Događaji: E, kad je tako, mi ćemo, događaji, čekati, dok vi posvršavate te poslove.

Ja: Hvala vam.

Događaji: Namalo.

I posle ovoga iskrenoga razgovora rastali smo se kao najbolji prijatelji, još su mi „događaji“ poželeli doviđenja.

Status quo

Moj prijatelj pokojni Ilija Rakić vrlo je lepo živeo sa svojom ženom, sve dok ne uđoše u modu ovi ženski šeširi s velikim obodom. Kad mi se jednom prilikom žalio, on mi je to ovako objašnjavao:

– Pre, brate, bili kusi šeširi, pa kad šetam sa ženom, a ja vidim gde gleda ona. I dok su ti šeširi trajali, moram priznati, gledala je uvek u zemlju, al' otkako izađoše ovi šeširi sa širokim obodom, nisam je mogao kontrolisati i, dabome, onda je mogla gledati gde je htela. Eto, odatle poče međ nama drugi život, pa nas odvede i u konzistoriju.

I vi nećete verovati šta je sve i koliko patio moj prijatelj pred konzistorijskim vratima.

Pođe najpre svome parohu, kao što je to već red u brakorazvodnim parnicama, i poče mu se žaliti na nesnosan život u kući.

– Ovo se više ne može trpeti – veli on svešteniku – ono više nije kuća nego pakao. Svađamo se, čerupamo se, mrzimo se pa, bogami, i tučemo se. To se više ne može izdržati.

A paroh razmišlja, prevrće knjige indžijele, studira kao bajagi, pa mu donese rešenje kojim se upućuje na dalji bračni život.

– Ajd' – misli u sebi moj prijatelj Ilija – valjda mu je takav red.

I, pokoravajući se tome redu, snosi i dalje strpljivo bedu i nevolju koja ga je snašla. A kad prođe neko vreme, i kad muke dođoše u podgrlac, a on ode opet parohu.

– Ne može, pa ne može! – veli mu očajno.

– Upućujete se na dalji bračni život! – veli mu paroh, pošto mu je opet razgledao knjige starostavne.

On se vrati sa ženom kući i „nastave bračni život", kako se već da nastaviti bračni život posle dva mirenja. I kad su već, praktikujući bračni život, polupali po kući sve tanjire, rantljike i ogledala, obrate se i po treći put parohu.

– Ne ide više ni dana! – veli on.

– Ni sata! – dodaje njegova žena.

A paroh ih upućuje na konzistoriju i, razume se, dok se konzistorija sastane, razmotri, razmisli, presudi, dotle će oni i dalje morati produžiti zajednički život, sve dok ne polupaju sve od kućnog nameštaja što se da još polupati.

Stoje oni tako pred konzistorijskim vratima jedan mesec, stoje dva i tri, stoje i čekaju, i najzad ih zovnu unutra i počnu ih savetovati da i dalje produže zajednički život. Badava grešni Ilija vrišti i busa se u grudi i čupa kose i dokazuje da se u onoj kući ne može više živeti, opet konzistorija veli:

– Upućujemo vas na dalji zajednički život.

E, sad vas molim, recite mi sami, zar ovaj evropski *status quo* na koji nas Balkance osuđuju stalno evropske konzistorije, kad se prevede na srpski, ne liči u svemu na ono: „Upućujemo vas na dalji bračni život“.

I mi smo, svaki za se ili svi zajedno, najpre otišli parohu, kakvoj sili koja nam je najbliža, i požalili se:

– Ono se na Balkanu ne može više trpeti, ono nije više kuća, ono je pakao. Svađamo se, čerupamo se, mrzimo se, pa, bogami, i tučemo se. To se više ne može izdržati.

A dotična sila razmišlja, prevrće knjige indžijele, studira kao bajagi, pa tek veli:

– *Status quo.*

Mi Balkanci natovarimo to *status quo* na leđa i vratimo se kući, misleći kao, takav mu je red. Pa kad prođe neko vreme, mi hajd’ opet parohu:

– Ne može, pa ne može!

– *Status quo* – odgovara paroh, pošto je opet razgledao knjige starostavne.

I mi se vratimo kući na produženje *status quo*-a. Sad nastaje ono isto što i u Ilijinoj kući. Ne lomimo doduše tanjire, rantljike i ogledala, ali palimo kuće, ubijamo ljude, bacamo železnice u vazduh, pa kad sve to svršimo, a mi opet hajd’ parohu:

– Ne ide više ni dana ni sata!

A paroh nas upućuje na evropsku konferenciju i, razume se, dok se ta konferencija sastane, razmotri, razmisli, presudi, dotle ćemo mi i dalje praktikovati *status quo* sve dok ne razorimo sve mostove, dok ne porušimo sve bogomolje, dok ne dignemo u vazduh sve železnice i dok ne predamo plamenu sve varoši.

I tad, otići ćemo ponovo pred evropsku konzistoriju, i ona će stvar uzeti u ozbiljnu ocenu, i opet će nam posavetovati: *status quo*.

Ja znam i kraj svemu tome. Desiće se ono što se desilo i s pokojnim mojim prijateljem Ilijom Rakićem. Izdržavao je dok je mogao muke i nevolje, žalio se, tužio se, borio se, nosio se, pa je najzad i malaksao. Jednoga dana je presvisnuo, oterao ga je u grob zajednički život. Na nadgrobnom spomeniku mu i sad piše: „Ovde počiva Ilija Rakić. On je smrću postigao ono što mu je trebalo da bi mogao živeti.“

Tako će isto biti i s nama Balkancima. Podnosićemo ove muke i nevolje, žalićemo se, tužićemo se, borićemo se i nosićemo se, ali ujedno i izumiraćemo, raseljavaćemo se i razoravati ognjišta svoja. I jednoga dana neće nas biti više, a na našoj krstači pisaće: „Ovde je živeo jedan narod, ali je umro od *status quo*-a.

Tako će to biti i tako je uvek bivalo kad god su siti gladnima preporučivali: „Ne jedi!“ a pijani žednima: „Ne pij!“ i besni bednima: „Trpi!“

Posle jedne berbe

Naša zemlja je bogata, i rodi svakojakim rodom i plodom toliko da nas i ishrani i pretekne za izvoz u tuđinu. Najvažniji produkti naši, tj. oni koji dospevaju u tolikoj količini da mogu i nas zadovoljiti i izvesti se na stranu, jesu: žito, ječam, kukuruz, jabuke, kruške i ordeni.

Svi ovi artikli, naročito kad je plodna godina, predstavljaju znatne količine proizvoda, koji se obično objavljuju u *Srpskim novinama*. O kukuruzu, žitu, ječmu, jabukama i kruškama možete čitati na trećoj strani novina; o ordenima međ ukazima, na prvoj strani.

Ali kako proizvodnja ordena i njihova berba s godine na godinu sve više raste, to neće biti nikakvo čudo, ako i taj artikal jednoga dana pređe na treću stranu *Srpskih novina*. I tada još možemo među berzanskim vestima čitati i ovako nešto:

Traženo ordena 742
Nuđeno ordena 262
Podeljeno ordena 324

I što je glavno, ta rubrika bi bila stalno među berzanskim vestima, jer kod nas u Srbiji mogu omanuti i žito i kukuruz, mogu podbaciti i vođe i bostan, ali ordeni nikad podbaciti neće; njihova tražnja je sigurna.

Prilikom takve jedne ordenske berbe palo mi je u oči jedno odlikovano ime, koje nikad dotle u životu nisam čuo. Rekoh, baš ću se nakaniti da se propitam: koji li je ovo čovek i kakve su njegove zasluge zbog kojih je odlikovan?

Rekoh i učinih.

Al' nemojte misliti da je to u Srbiji tako lak posao pronaći zasluge nekoga ko je odlikovan!

Otišao sam najnadležnijem, samome gospodinu ministru. Ako mi on ne bude mogao dati objašnjenja, da ko će!

– Molim vas lepo, gospodine ministre, za jedno malo obaveštenje. Među odlikovanima poslednjim ukazom, nalazi se neki Sima Savatić. Možete li mi objasniti ko je taj čovek?

– Sima Savatić? Prvi put sad čujem to ime, gospodine.

– Pa on je odlikovan na vaš predlog?

– Na moj predlog?

– Da, izvoľte zvanične novine, pa se uverite.

– Jeste, odista, na moj predlog. Ali, vidite, biće da je taj Savatić bio na spisku koji mi je doneo načelnik. Znači da ga on zna i izvesno mi ga je on i preporučio.

Oprostih se od gospodina ministra i odoh gospodinu načelniku.

– Molim vas lepo – ponovih mu celu gornju frazu, taka i taka stvar – pa sam došao da vas pitam ko je taj Sima Savatić?

– Sima Savatić – učini iznenađen gospodin načelnik – prvi put sad čujem to ime.

– Pa on je odlikovan na vaš predlog.

– Ne činim ja predloge nego gospodin ministar.

– Da, ali gospodin ministar veli vi ste mu podneli spisak!

– A, spisak, da, da, sećam se. Taj spisak je meni podneo, vidite, gospodin sekretar.

– Tako, onda od njega se najbolje i mogu izvestiti?

– Da, samo od njega.

– Hvala.

Otišao sam i gospodinu sekretaru koji me je vrlo ljubazno dočekao i na moje pitanje je li on podneo spisak za odlikovanja gospodinu načelniku reče:

– Da, da, ja sam.

– Pa da li vam je poznato, za šta je u stvari odlikovan Sima Savatić?

– Prvi put sad čujem to ime – iznenadi se sekretar.

– Pa vi ste ga uneli u spisak.

– A, spisak? – uze da se buni gospodin sekretar. – Pa znate, taj spisak nisam ja gradio, to su tamo pisari. Gospodin Sava pisar.

– Tako dakle, gospodin Sava pisar?

Otišao sam gospodinu Savi pisaru i on mi odmah priznade da je on izradio spisak.

– Eh, vrlo dobro – uskliknuh ja – onda ćete vi sigurno znati zašto je odlikovan Sima Savatić?

– Ne znam, gospodine.

– Pa vi ste ga uneli u spisak.

– Da, ali mi je to naredio gospodin sekretar.

Odem gospodinu sekretaru i on se seti, ali reče da mu je to naredio gospodin načelnik. Odoh načelniku i on se seti, ali reče da mu je to naredio gospodin ministar. Odoh ponovo gospodinu ministru.

– Dakle, izlazi na kraju krajeva da sam ja naredio?

– Da, gospodine ministre.

– Verovatno, vrlo verovatno. Samo, ukoliko se sećam, ja sam to naredio na osnovu jedne privatne preporuke. Biće da je načelnik dobio neko pismo.

Načelnik reče: Biće da je sekretar o tome dobio neko pismo.

Sekretar reče: Biće da je gospodin Sava pisar dobio o tome neko pismo.

I tako nikad kraja. Morao bih se rešiti da nekoliko dana šetam kao šetalica između ministra i Save pisara pa ipak nikad ništa da ne saznam.

Stoga sam se i rešio na najkraći put. Otići ću samome Simi Savatiću i pitaću ga, zna li on za šta je odlikovan.

Iako je to bila vrlo teška stvar pronaći Simu Savatića, ipak sam ga ja nakon nekoliko dana traganja našao.

– Jeste li vi, gospodine, Sima Savatić?

– Jesam.

– Jeste li vi odlikovani Sima Savatić?

– Jesam.

– E, vrlo dobro, ja vas i tražim. Hoćete li biti tako dobri da mi kažete: je li vama poznato zašto ste odlikovani?

– Jeste! – odgovori on pouzdano.

– Vrlo dobro – kliknuh ja ushićen. – Kažite mi, molim vas, kažite mi za šta ste odlikovani?

– Pa po spisku.

– Kako po spisku?

– Došao sam na red.

– Ama kako, molim vas, ja vas ne razumem?

– Po knjizi krštenih.

– Ama, molim vas, gospodine Simo, budite jasniji.

– Pa po knjizi krštenih, pre dve godine bio sam regrutovan, a sad sam odlikovan.

– A – pljesnuh se ja po čelu – dakle vi mislite da u Srbiji kao god što mora svako odslužiti vojsku tako isto mora nositi i dekoraciju?

– Pa da.

– I vi mislite da se kod nas daju ordeni po Knjizi krštenih, pa ko dođe na red?

– Pa dabome!

– E, vrlo dobro i – hvala vam na obaveštenju.

Prva srpska komisija

Kao što svaki narod ima svoje osobine i vrline, kao što je, na primer, narodni ponos, požrtvovanje, hrabrost itd., tako svaki ima i svoje osobine. Slabost jednoga naroda je lukavstvo, drugoga sujeta, trećega ovo, a četvrtoga ono.

Ja ne znam da li ću pogoditi a gotovo bih hteo da tvrdim da su naša slabost naše komisije. Jeste li vi primetili da mi ne umemo već nijedan posao da svršimo bez komisije? Ja se čudim samo, kako to da nismo do sada uveli komisije u čisto privatne odnose. Mogli bismo, na primer, pri ženidbama izaslati komisiju na lice mesta, i to kako komisiju sa strane mladine tako komisiju sa strane mladoženjine.

Ama pođite od države, pa siđite do opštine, i kažite mi koji je to posao koji smo mi svršili bez komisije. I onda, zar vam je čudo što ja ovo parče naše otadžbine nazivam zemljom komisija i što sam i gotovo došao do uverenja da su komisije naša narodna osobina.

Čim sam jednom pao na takvu misao, odmah sam, kao što bi to svaki lekar učinio, potražio bolesti uzroka. Vi znate da se kod bolesti dece lekar razbira i o zdravlju roditelja, da vidi nije li to odnekud nasledna bolest. I ja sam pošao tim putem te da razberem nisu li odnekud i naši preci bolovali komisijskom bolešću.

Zario sam se već nekoliko dana u sve „istorije srpskog naroda" i one koje je odobrio Glavni prosvetni savet i one koje nije odobrio i one čija su izdanja potpomogli Čupić, Kolarac i Književna zadruga i one koje nisu pomogli. Preturao sam i strane pisce i strane izvore da vidim samo jesu li i naši stari vršili svoje poslove preko komisija. Jer, ako je to kod nas odista nasleđena narodna bolest, onda je vrlo verovatno da je, na primer, Milutin odredio komisiju za „prijem Gračanice", pa Stevan komisiju za „prijem Dečana", pa Dušan komisiju „za izradu zakonskog projekta", pa onda „za ispitivanje uslova Kantakuzenovih", pa komisiju „za izradu ceremonijala za krunisanje", itd. itd.

I trud mi je urodio plodom, pronašao sam kad je postala prva srpska komisija, i to sam pronašao da je bilo u mnogo većoj davnini no što sam ja mislio...

Uostalom, vi svi znate za ovu osobinu srpske istorije, da u njoj svaki istoričar može dokazivati ono što hoće. Vukašin je ubio Uroša, Vukašin nije ubio Uroša; Vuk je izdao, Vuk nije izdao na Kosovu; Srbi su imali zlatan novac, Srbi nisu imali zlatan novac; ko je bio Đemo Brđanin, ko nije bio Đemo Brđanin itd. I ne samo to već i sve drugo možete kod nas dokazati, pa zašto onda ne bih i ja mogao dokazati postojanje prve srpske komisije još u osmom veku.

Uostalom, ja ću se za svoje tvrđenje pozvati na istinite istorijske fakte. Otidite molim vas u biblioteku i nađite *Acta sanctorum*, October VI, str. 177 (Ev. Bolland 1866. godine).

Dakle, to je bilo oko 780. godine, kad su Sloveni napali na Solun. Tada: „Jedan od njih koji je bio vešt u mašinama, izmisli (pronađe) jednu čudno udešenu kulu s kojom je on tvrdio da će Sloveni sigurno osvojiti Solun.“ Sve ovo dovde je lepo i nije ništa neobično, jer se i drugome narodu moglo desiti da izmisli kulu. Ali dalje ovaj istorijski izvor veli: „Kad je on ustrojio mašinu, ona je *kneževima slovenskim bila prikazana i oni su je odobrili.*“

Eto, dakle, jednoga traga o prvoj komisiji i njenome radu. Kneževi su sastavili komisiju i odobrili pronalazak. I nemojte sad misliti da sve što se preko komisije radi ispadne naopako. I ti Sloveni što su Solun napadali bili su Srbi i današnje naše komisije vode svoje poreklo od preistorijskih srpskih komisija, pa izvesno da su i sve dobre i rđave strane komisijske nasleđe od predaka.

Evo šta dalje pomenuti istorijski izvor tvrdi: „Onda su s tom mašinom napali na Solun, ali *mašina nije funkcionisala.*“

Kao što vidite, tačno srpska komisija. Pregledali mašinu, primili, a kad je trebalo da radi, ona „nije funkcionisala“. Bugari u svome preteranom šovinizmu tvrde da su ti Sloveni koji su napadali na Solun bili Bugari. Nama ne treba jačeg istorijskog podatka da dokažemo da su to bili Srbi no što je ovaj rad prve srpske komisije.

Žao mi je samo što nikako nisam mogao da pronađem kolika je dijurna bila ove prve srpske komisije. Ako još i to pronađem, ja mislim da ću rešiti jedan veliki istorijski problem i utvrditi da su komisije kod nas opravdana bolest.

Situacija

Kao god što svaka žena koju sretnete boluje od nervoze, a svaka druga od migrene, tako, vidite, i mi otprilike patimo od situacije. Vidite, vesela žena vam i cvrkuće po kući kao da će sutra u banju poći, a kad predveče, tek naslonila glavu na ruku, prevrće očima i teško uzdiše.

– Šta ti je? – pitate je.

– Migrena, boli me glava, hoće da prsne.

E, tako, vidite, i ova naša vesela Srbijica, malo-malo pa tek nasloni glavu na ruku, prevrne očima i teško uzdane.

– Šta ti je? – pitate je.

– Situacija – veli vam – opet me spopala situacija!

I odista, situacija je naša stalna, naša stalna zarazna bolest. Taman mislite, izlečili smo se od jedne i pridigli se malo, a ono spopadne nas nova situacija. I, razume se, kao svaka teška bolest, i situacija povlači za sobom vazda komplikacija, te često puta nas i zabrine i snuždi, pored svega toga što smo vrlo jake građe, te smo već mnoge i mnoge situacije prebolovali.

Kad biste me pitali kojoj bolesti je najsličnija ta naša bolest, situacija, ja ne bih umeo tačno da vam odgovorim. Ona je, na primer, donekle slična influenci zbog nesvestice koja nas prilikom raznih situacija hvata, pa je slična i migreni zbog glavobolja koje nam razne situacije zadaju, a slična je i grčevima, jer zbilja naiđu i takve situacije koje nam čupaju utrobu i zbog kojih se previjamo i zavijamo kao udovice na sedmodnevnom parastosu.

Proučavajući tu državnu bolest, nazvanu situacija, ja sam došao do uverenja da se ona pojavljuje u oba vida, to jest i kao spoljna i kao unutrašnja bolest. Zato ćete često čuti da patimo čas od unutrašnje a čas od spoljne situacije, pa se prema tome raznoliko i lečimo. Ako bolujemo, na primer, od spoljne situacije, tada nam prepisuju ili hladne krpe ili trljanje ili topla kupatila, a ako bolujemo od unutrašnje situacije prepisuju nam ili izbore, ili da progutamo kakav zajam, ili ma što tako što radikalno leči.

I mada sam napred nagađao kojoj je bolesti naša državna situacija najsličnija, ipak bih rekao da je grčevima. Ne po tome što nas muči i što se zbog raznih situacija previjamo i uvijamo kao crvi, već zbog toga što te naše državne grčeve stalno prati – kriza.

Pričao mi je lekar prijatelj kako mu je došao seljak da ga leči.

– A šta ti je, prijatelju? – zapitao ga je ovaj.

– Imam mnogo stolice! – požalio mu se seljak.

E, vidite, to bismo mogli da odgovorimo i mi za ove naše krize, koje su već dijaretične i koje dolaze od grčeva koje nam zadaju situacije.

– Imamo mnogo stolica! – mogli bismo i mi reći, i kada bismo rekli, mi bismo odista suštu istinu iskazali. Jer da nemamo tako mnogo stolica, kao što su, na primer, ministarske, pa savetničke, poslaničke stolice, onda možda ne bismo ni bolovali tako često od krize niti bi nas grčevi situacije mučili toliko po stomaku.

U ovom momentu, mi opet imamo jednu novu situaciju, i prema dijagnozi koju su postavili lekari, utvrđeno je da je to unutrašnja bolest. Izgleda čak da nije obična, već teška situacija. To se da zaključiti po tome što se oko bolesničke postelje iskupila cela porodica, i radikali, i samostalci, i naprednjaci, i nacionalci, i brižno se savetuju. A bilteni, koji se svaki dan izdaju, nagoveštavaju da je bolest ozbiljna. I primera radi, samo nekoliko biltena od nekoliko poslednjih dana:

Beograd, 17. aprila: Situacija vrlo ozbiljna i dosta teška, praćena stalnim grčevima. Temperatura još normalna.

Beograd, 18. aprila: U situaciji stalno je znojenje, temperatura se popela naglo.

Beograd, 19. aprila: Znojenje je vrlo veliko, trzavice stalne, temperatura promenljiva, kriza neizbežna, zabrinutost opšta.

I kad vam tako glasi bilten na sâm dan otvaranja Narodne skupštine, onda već možete misliti kako je u stvari. Otuda ćete i videti kako su se rastrčali svi bliži i dalji rođaci, svi radoznali ljudi, političari i novinari, te nervozno raspituju:

– Šta je, kako je situacija?

– Pa... ima izgleda, uzdamo se u boga, nisu sve nade izgubljene! – odgovara vam situacijin najbliži rođak, član vladine većine.

– Šta je, kako je situacija? – pitate samostalca.

– Nikakva, nema nikakve nade. To nije običan nazeb koji je vlada sad zadobila, pa da ga istera jednom kijavicom, nego ovo je, brate, nazeb do kostiju, od kojega će vući reumatizam celoga života.

– Šta je, kako je situacija? – pitate naprednjaka.

– A kako će joj i biti, kad je celog života sama sebi o glavi radila. Ne gleda šta jede, nego samo žderi, žderi, žderi. E, pa to jednog dana mora da se plati.

– Šta je, kako je situacija? – pitate nacionalca.

– Nikakva, ne valja, već je u agoniji.

Ali po svim znacima i svim kazivanjima izlazi na kraju krajeva da situacija pati od nazeba u stomaku. I, verovatno, moraće kao poslednje sredstvo uzeti štogod na čišćenje. Dajbože, da bar posle toga dobijemo čistu situaciju.

„Policija traga"

Ne znam zašto, ali kad god na kraju kakve policijske vesti pročitam već obligatno „Policija traga", a meni to liči na ono „Bog da ga prosti!" što se stalno ponavlja, u beleškama koje nose naslov „Čitulja".

A gotovo i da nema razlike izmeđ' tih dveju fraza, jer odista se kod nas može reći: „Bog da ga prosti" za sve ono za čim policija traga.

Nekada još, dok sam bio naivan – a to je tako davno bilo – i dok sam verovao u to „policija traga", reskirao sam i sâm jednom prilikom da se tim traganjem koristim. Ukrali su mi bili sat, kojim se ja nisam nikad u životu služio, ali koji je bio skupocen te je time u očima mnogih, i samom meni, davao izvesnu vrednost.

Ja sat uopšte ne volim, nekako mi ta naprava secka život sitno, i svaki onaj kucanj koji obeležava sekundiće, izgleda mi da je kucanj maloga čekića koji odvaljuje i odronjava parče po parče moga života. Našlo se ljudi, međutim, kojima je uvo naviknuto na kucanje topčiderskog kamena, te im je smetalo kucanje moga sata. I kako su mi ti ljudi oduzeli jedan deo moje sopstvene vrednosti, i to one tekuće, čaršijske vrednosti, to sam se krenuo u policiju da tražim zaštite.

U čađavom i krivičnim zadahom ispunjenom hodniku, zatekao sam žandarma koji je čitao uvodni članak iz jednog opozicionog lista. Nisam hteo da uznemiravam čoveka koji se tako predano sprema za politički život, kome će se posvetiti čim odsluži rok u žandarmeriji. Tek kad sam video da je završio članak, obratio sam mu se tronutim glasom onih koji od vlasti traže zaštite.

– Ja sam pokraden, pa bih vas molio da me uputite činovniku koji je specijalista u krađama.

Žandarm mi pokaza prstom na jedna vrata koja se otvoriše, i ja se nađoh pred jednim gospodinom, koji je svojom spoljašnjošću kazivao da je dorastao – još za jednu klasu. Iz njegovih očiju je virila reč ‚istraga", a njegova pronicavost izbijala je iz vrha šiljatog mu nosa kao električna varnica.

– Gospodine – počeh ja svoju žalbu – ovoga trenutka jedan nesrećnik zavukao je ruku u moj džep.

– Pa? – učini policajac.

– Pa to, zavukao je ruku u moj džep i ukrao mi zlatan sat.

Policajac me pogleda iskosa, iz vrha njegovog nosa senu jedna električna varnica, a u očima mu se ponovo ispisa reč istraga.

– I ako biste vi ili vaši organi požurili – nastavih ja – lopov bi se još mogao uhvatiti. On je još tamo, na licu mesta, ja bih vam ga mogao prstom pokazati.

– E, gospodine moj – uze sad reč policajac – kad bi to tako išlo, kao što vi mislite. Stvar nije obična...

– Jeste – ohrabrih se ja da tvrdim – stvar sasvim obična.

– Sedite, molim vas, da vam objasnim.

Potčinjujući se običajima koji su već ozakonjeni u srpskim kancelarijama, seo sam očekujući da me ponudi kafom.

– Vidite, gospodine moj – nastavi policajac znalački i uze makazama da secka na sitno nečije saslušanje, koje mu se pri ruci našlo – to nije prosta stvar. Lopov se može uhvatiti samo tako, ako se na taj slučaj pravilno primene sva sredstva koja nam daje bertilonaža za takve slučajeve.

– Ali, gospodine, eno ga lopov još tamo, na licu mesta, ja vam ga mogu prstom ukazati.

– Čekajte! – uzviknu policajac nervozno, kao čovek kome preti opasnost da izgubi red misli – prvo i prvo: pretpostavljajući da je on zavukao ruku u vaš džep, nesumnjivo je da je on morao ostaviti na vašem prsluku i trag svojih prstiju. Ono što bi prvo trebalo učiniti, to je fotografisati vaš prsluk. Time ćemo mi fotografski dobiti otisak njegovih prstiju. To bi već bio trag koji daje pouzdane mogućnosti za početak istrage...

– Ali, gospodine, eno ga lopov...

– Zatim, gospodine moj – nastavi on bez zabune – lopov je morao na onome mestu gde je izvršio krađu, ostaviti tragove svojih stopa.

– Eno ga on ceo tamo...

– Čekajte, molim vas. On je, dakle, morao ostaviti tragove svojih stopa. Te tragove takođe valja fotografisati i to bi bio drugi podatak koji bi mogao dati pravac istrazi.

– Pa dobro, a kako ću ja da dođem do svoga sata?

– Samo tako, ako na stvar pravilno primenimo sva sredstva koja nam daje bertilonaža za takve slučajeve. Dakle, izvoľte vi... da... ovaj, izvolite u ovu drugu sobu da se saslušate i...

– I onda?

– I onda, mi ćemo odmah preduzeti istragu. Otišao sam u onu drugu sobu, gde je jedan praktikant počeo najpre da mi govori o malim platama i skupoći namirnica, i pošto sam s teškom mukom skrenuo reč na stvar radi koje sam došao, uspeo sam da budem saslušan.

Razume se, dok mi je iskusni policajac objašnjavao svoju teoriju o bertilonaži, lopov je umakao. On je čekao, koliko je red i učtivost zahtevala da posle izvršene krađe priček policiju, pa kad mu je dosadilo, a on otišao, i, držeći se i sâm teorije o bertilonaži, ostavio je propisne tragove svojih stopala na mestu gde se desila krađa.

Ali, kako meni nisu trebale njegove stope već moj sat, digao sam se sutradan ponovo u policiju – specijalisti, da ga zapitam šta je uredio, i je li koliko uspeo?

On me pogleda pogledom tako svojstvenim srpskim činovnicima, a iz kojega je virila cela celcata fraza: „No, jeste li čuli, pa vi ste već dosadni!“ I na moje pitanje: šta je sa satom, odgovori značajno:

– Policija traga!

Sutradan otišao sam opet da mi se kaže: „Policija traga!“

Prekosutra otišao sam opet da mi se kaže: „Policija traga!“

Oni koji boluju od reumatizma i oni koji imaju kakvu muku kod vlasti, rado se jadaju i rado će upotrebiti svaki lek koji im se preporuči. Meni preporučiše da se obratim nekom drugom policajcu, starešini drugog odeljenja. Vele i on je vrlo spreman, bio je o državnom trošku na strani, kao god i onaj što se bavi bertilonažom i, ako nije bolji od njega, gori odista nije. Nadao sam se da nije dockan, jer sam razabrao da se lopov još bavi u Beogradu, i krije se kod jednog svog prijatelja na periferiji varoši.

Prijaviše me i njemu i vrata mi se brzo otvoriše. Preda mnom je stajao, ili bolje reći ja sam stajao pred jednim gospodinom koji je bio pljunuti Šerlok Holms. Ličio mi je u tom trenutku na mađioničara koji samo treba da mane rukom, pa da mu iz rukava pokuljaju istrage, otkrića, senzacije.

Svi Holmsovi odlikuju se obično time što i ne sačekaju da vi zinete i da im kažete čega ste radi došli, već vam oni to iz očiju pročitaju. Tako i ovaj, samo što podiže glavu, samo što nam se sretoše pogledi, i samo što me odmeri od glave do pete, reče s najvećim pouzdanjem:

– Hm! Znam šta je, odbegla vam je žena?

– A nije – zaustih ja – eno je kod kuće pravi musaku i ne misli me ta majci napustiti olako.

– Hm! Hm! Hm! – učini Holms, iznenađen time što „prvi put u životu" nije pogodio. – Dakle, onda šta je?

Ispričah mu sve po redu i završih s onim: „I ako biste vi ili vaši organi požurili, lopov bi se još mogao uhvatiti. On je još u Beogradu, ja bih vam mogao saopštiti i gde se nalazi."

– Da, da, da... – ponovi nekoliko puta Holms i poče dobovati prstima po stolu, a to bi kao imao da bude taj svečani trenutak kad se u njemu rađa kombinacija. Najedanput on pocrvene, iskezi lice i počeše da mu se grče nervi; dočepa brzo maramu iz džepa da u nju valjda istrese ideju koja je već sazrela. Ali umesto toga, on samo urnebesno kinu i zapeva jedno dugačko *a*.

Najzad, kad je već dovoljno promislio, on mi se okrete:

– Nemoguće, nemoguće, gospodine, ma kakvu ozbiljnu istragu učiniti, kad država neće da žrtvuje više na te stvari. Tu bi, vidite, jedino pomogli policijski psi. Oni bi, vidite, sad omirisali vas...

– Ali, gospodine, lopov je u Beogradu, ja znam gde je i samo ako biste vi ili vaši organi...

– Psi bi, vidite, sad omirisali vas i onda, po tom tragu, oni bi se krenuli u poteru. To je, vidite, ustanova koju su zavele već sve moderne policije. Nama nedostaju samo psi pa da budemo moderna policija. A znate li vi šta znači pas u službi policije? Ajd', kažite mi da li vi znate šta znači pas u službi policije?

– Ne znam, ja samo znam da je meni nestao sat.

– To je sporedna stvar, gospodine, glavno je ovde da je već krajnje vreme da se i kod nas primene tekovine kulturnih naroda. Kako ja sad, na primer, mogu da uhvatim lopova koji je ukrao vaš sat kad ne raspolažem policijskim psima?

– Vrlo prosto, gospodine – drznuh se ja da kažem – dajte mi jednog žandarma, a ja ću mu kazati gde se nalazi lopov.

– Eto, vidite, kako to nije ništa pouzdano. Međutim, kad bih ja imao psa, mogao bi lopov slobodno i pobeći.

– Pa on će i pobeći.

– Neka beži, molim vas, slobodno nek beži. Vidite li, na primer, ovu tačku – i Holms nacrta pa poleđini nečijeg saslušanja jednu tačku – to je recimo lopov. A vidite li ovu drugu tačku – i on nacrta još jednu tačku na samoj ivici akta – e, to je recimo pas. I lopov beži, recimo, ovim pravcem, beži, beži, beži, beži... – i izgovarajući to, Holms je vukao pisaljkom po aktima neke grane koje je uvio u oblik perece... – E, dobro, sad ja viknem psu „hop...!"

– Razumem ja to, gospodine, ali kako ću ja da dođem do svoga sata?

– Hop! – uzviknu još jedanput Holms, ali kako je mojim nesnosnim pitanjem već bio isteran iz koncepta, to spusti ton. – Ah, da... jest... hteo sam reći, po toj vašoj stvari, izvolite u ovu drugu sobu da se saslušate.

I sad je nastalo sve isto kao i prvi put! Dok mi je Holms objašnjavao svoju teoriju o psima, dok me je praktikant saslušavao, i dok je otpočela istraga, dok su mi tri dana uzastopce odgovarali: „Policija traga“ – lopovu je dosadilo čekati na policiju, te je napustio Beograd i otišao u Zemun.

Uputili su me i na trećeg, koji je „osobito vičan kriminalnim stvarima“. Lopov je još bio u Zemunu, nade je još bilo. Taj treći gospodin „osobito vičan kriminalnim stvarima“ bavio se pitanjem o reformi žandarmerije. Morao sam izdržati da mi pročita ceo svoj projekat.

Badava sam ga ja usred čitanja češće prekidao, uzvikujući:

– Ali, gospodine, lopov je u Zemunu, i ako biste vi ili vaši organi požurili...

Nisam mogao uspeti. On je čitao, čitao, čitao: o žandarmerijskoj školi, o slanju pitomaca na stranu, o dodacima policijskim činovnicima u Beogradu, o unapređenjima itd.

I opet saslušanja u drugoj sobi i opet „policija traga!“ Prvi dan „policija traga“, drugi dan „policija traga“, pa treći dan tako. A lopov je čekao, čekao i čekao u Zemunu nekoliko dana, čekao toliko koliko je uopšte red čekati policiju, pa kad mu se dosadilo, otišao u Peštu.

Četvrti od „vičnih kriminalnim stvarima“ kome sam se obratio, uređivao je neki policijski list čitao mi je svoj članak – lopov je otputovao u Rumuniju.

Peti ne znam kakvu je teoriju zastupao – lopov ne znam gde je.

A policija, međutim, traga, ozbiljno traga, i moga sata ni do danas nema, ozbiljno nema.

Odsad, kad mi budu ma šta ukrali, čuvaću to kao najveću tajnu da otkud ne dozna beogradska policija. Samo se tako mogu nadati da dotičnu stvar još i nađem.

Izborni epilog

Prošli su burni izborni dani, borilo se pa se umorilo. Sanduci s kuglicama već se vraćaju u Beograd u svoj magacin; listovi koji su na deset i petnaest dana pre izbora ponikli da propovedaju „iskrenu reč narodu" već objavljuju svoj privremeni prestanak; školske učionice koje su gotovo po celoj Srbiji bile birališta, već su provetrene i izribane, a besplatne železničke karte, kojima se služila vojska i vojskovođe, već su prestale važiti. Ko je ranjen ranjen je, kome je razbijena glava razbijena mu je, ko je uskočio uskočio je, a ko je preskočio preskočio je.

Dani već počinju bivati obični; razgovori u kafanama monotoni, porodični i trgovački, i jedva vas još podseti da su pre neki dan bili izbori, kad vidite ulicom kakvog propalog kandidata kako ide pognute glave kao mlada posle suočenja u konzistoriji, ili slušate izabranoga kako dokazuje da svest u narodu još nije izumrla, ili čujete žalbu kakvoga kafedžije kojega šalju od nemila do nedraga, a on ne zna kako i od koga da naplati narodni ceh, ili zatečete ministre kako već po dvadeseti put prebrajaju izborni rezultat, prebrajaju ga i od napred i od natrag, pa im na isto izlazi.

A narod se, međutim, već prebrojao, i to tako prebrojao da sad tek krsna imena ne znaš, te nikako ne možeš da se razabereš ko je čiji i šta je ko. Neko je, međutim, rekao, čini mi se, da se izbori mogu smatrati kao neka vrsta pretakanja narodne svesti, i ako je tako, onda nije nikakvo čudo što je rezultat još tako mutan. To je obična pojava posle pretakanja, te treba pričekati duže vremena da talog slegne.

A treba pričekati i duže vremena da se majka Srbija, posle ovoga nervnoga napada koji stiže tako s vremena na vreme, odmori i oporavi. Jer zbilja ovi izbori kad naiđu, a meni to liči na nervni napad koji je zadesio majku Srbiju, i ja je čisto zamišljam, posle izbora, povezane glave, kako brekće i uzima kapljice od broma triput dnevno radi umirenja živaca.

– Jel' tako, majko?

– Pa jeste...

– A kako ti je sad, jeľ ti bolje, bonice moja?

– Bolje? – odmahne majka Srbija sumorno glavom. – Ne može meni biti bolje kod ovakve nevaljale dece. Ovoliko uzbuđenje koliko ja podnosim, ne da se podneti. Pa bar da me štede, kad znaju da sam sklona toj bolesti, nego me za vreme izbora muvaju u rebra, podnose mi pesnicu pod nos, i uopšte tako postupaju sa mnom kao da sam im maćija, a ne majka rođena.

I kako je bolesnicima prijatno razgovoriti ih, to smo, recimo, i nastavili svoj razgovor, koji bi se dalje ovako razvijao:

Ja: Pa ipak, majko Otadžbino, tebi moraju biti mile ovakve pojave kao što su izbori, pri kojima se manifestuje svest tvoje dece?

Majka otadžbina: Kako da nije, ja sam uvek bila mišljenja da su moja deca bistra i to ne kao drugi narodi što, siromašni u svesti narodnoj, manifestuju istu jedva jedanput u pet i šest godina. Kod moje dece svest prosto preliva, pa i mora svaki čas da se manifestuje.

Ja: Pa jeste, to je vrlo lepa pojava.

Majka otadžbina: Toliko lepa pojava! Ja čak mislim da menjam svoj grb, i umesto ona četiri ocila u četiri kuta krsta da metnem četiri kuglice.

Ja: To je odlična ideja.

Majka otadžbina: I što je glavno tačna, jer bih ja u svaki kut metla po jednu partijsku kuglicu, dakle nacionalističku, naprednjačku, radikalnu i samostalnu.

Ja: A socijalističku?

Majka otadžina: Oni i inače ne priznaju grb.

Ja: I tako bi svi bili predstavljeni na grbu?

Majka otadžbina: Sva moja deca bila bi sabrana oko krsta.

Ja: Ali bi time bio uništen onaj simbol: „Samo sloga Srbina spasava".

Majka otadžbina: Taj simbol je već odavno uništen, ali bi ga ovom prilikom bar zamenili novim koji ne bi bio fraza već sušta istina.

Ja: A kako bi glasila ta nova rečenica?

Majka otadžbina: „Kuglica pravi silata!"

Ja: Eto ti sad, pa što pomalo na bugarski?

Majka otadžbina: Pa zato, da to bude ujedno odgovor na ono njihovo: „Sjedinenije pravi silata".

Ja: To je lepo, to je vrlo lepo.

Majka otadžbina: I dalje reforme ja mislim da izvedem.

Ja: Baš sam radoznao?

Majka otadžbina: Mislim da zavedem glasanje kao obavezan predmet u osnovnoj nastavi; zašto ne bi deca već odmalena znala kako treba glasati za Otadžbinu.

Ja: E, to je lepo.

Majka otadžbina: Pa onda, mogla bi se i u vojsci zavesti bar tromesečna obuka u glasanju.

Ja: Moglo bi.

Majka otadžbina: Pa onda sokoli, i oni bi se mogli vežbati s kuglicama.

Ja: Mogli bi.

– I onda, neka izvoli još jedanput doći kakva aneksija Bosne i Hercegovine, kad ja izvedem na granicu šest stotina hiljada spremnih i kuglicama naoružanih glasača. „Ama, mi ćemo da pucamo“, veli, na primer, Austrija nama. „Izvolite vi pucati“, velimo mi njoj, „al’ mi ćemo svi listom glasati protiv aneksije, pa da vidimo onda šta ćete.“

Eto, tako bi otprilike tekao razgovor izmeđ’ majke Srbije i mene, a taj bi razgovor sasvim i odgovarao prilikama i momentu u kome smo. Eto pre neki dan baš, na nekoliko dana pre izbora, otidem ja u kafanu, naručim kafu i novine i konobar mi donese jedan naš beogradski list i jedan bečki. Otvorim ja naš list i među telegramima, crnjim i krupnijim slovima štampanim, pročitam ovaj telegram:

Sarajevo: Austrija s najvećom žurbom stalno gomila vojsku na granici novopazarskog Sandžaka.

Otvorim zatim bečke novine i pročitam tamo ovaj telegram:

Beograd: U Srbiji se na svim krajevima drže partijski i izborni zborovi. Vlada, partijske uprave i sâm narod predao se isključivo brizi za izbore.

Jelte da ta dva telegrama tačno kazuju da smo mi potpuno spremni da jednodušno glasamo protiv upada Austrije u novopazarski Sandžak.

Izmeđ' života i smrti[4]

Lečen ne samo znalački već i s jednom retkom usrdnošću: negovan brižljivo od svoje supruge i sestara Ruskinja, koje su svoju negu još i udvostručile, znajući da neguju svoga kozaka – gospodin Nušić je prebrodio jednu vrlo tešku i ozbiljnu krizu i vratio se s puta na koji je bio pošao, a koji bi ga put zauvek odveo iz naše sredine.

Kad su već minuli dani opasnosti, posetili smo ga, mada je vrlo teško dopreti do njega... U beloj, čistoj, lepoj postelji utonuo je bolesni Nušić kao dečko od dvanaest godina, toliko ga je temperatura ispila.

– Jedva ako imam oko pedeset kila žive mere – veli on sâm za sebe, a onda smešeći se dodaje: – Što niste doneli fotografski aparat; zar ne vidite koliko sad ličim na Gandija? A da bih što više ličio na Gandija, osudili su me lekari na čitavu nedelju dana ćutanja. „Ju, kakav je to srednjovekovni režim!" – zgranula se moja rođaka gospa Zora, koja nedelju dana ćutanja smatra jačom kaznom no kuvanje u vrućoj vodi. Kad sam doktora upitao: Zašto je potrebno toliko da ćutim, odgovorio mi je: zato što sam u svoje vreme vrlo mnogo govorio. Po ovom doktorovom odgovoru rekao bih da u tom njegovom načinu lečenja ima i intriga sa strane.

– Kako sam obavešten, gospodine Nušiću, vi ste nekoliko bolesti preležali ovom prilikom?

– Da, to sam učinio s obzirom na današnju krizu. Zašto bih ja lečio jednu po jednu bolest! To bi me skuplje koštalo. Ovako sam skupio ujedno nekoliko bolesti, pa ih o jednom trošku lečim.

– Preležali ste, vele, tri teške bolesti?

– Da, zapaljenje pluća, astmatično gušenje i malaksalost srca.

– Koja je od tih bolesti bila glavna?

– Sve su tri glavne, ali one dve prve nisu literarne. Malaksalost srca već je literarna bolest. Samo, pravo da vam kažem, ja sam tu bolest

---

[4] Razgovor s bolesnim Branislavom Nušićem, u sobi broj 308, na klinici profesora gospodina doktora Radenka Stankovića, u Opštoj državnoj bolnici. Nušić je tom prilikom, na izmaku 1931. godine, bio teško bolestan.

već odavno i na nogama odležao, pa sam sad došao ovde na kliniku s namerom da mi se izvrši operacija toga slepoga creva, tj. toga najizlišnijega organa u mome telu.

– I, jesu li vas operisali?

– Ne, nisu. Lekari su mi pregledali srce i našli su da je doduše dosta izanđalo, ali da može još da posluži. Vele, olinjalo se, ali je materijal dobar, pa kao što stara cipela koja već propušta vodu, kad se solidno okrpi, može još dugo vremena da posluži, tako, vele oni, i moje srce. I opravili su mi ga. Udarili valjda nove herclove i nove štikle, ne znam šta su radili, tek ja osećam moje srce da više ne prokišnjava, ne propušta vodu i, pravo da vam kažem, poslužiće ovako okrpljeno još koju godinu. Hvala bogu, te sam u dubokim godinama, inače bi jedina neprilika u koju bih mogao doći bila kada bih došao u situaciju da iskrpljenim srcem izjavljujem ljubav.

– A bilo je, dakle, ozbiljne opasnosti po život?

– Da, naročito prva tri dana. Jednoga od tih je bilo u ponedeljak 28. decembra, mogu reći da sam se nalazio između života i smrti i da sam junački pogledao smrti u oči.

– Znači, srećno ste izmakli?

– Davno sam ja već primetio kako je ta gospa, smrt, počela da koketira sa mnom, ali sam ja uvek dosad vešto izbegavao da joj budem predstavljen. Mislio sam, što će mi još jedno novo poznanstvo kad ih i inače imam previše.

– Verujte, i mi vaši prijatelji bili smo vrlo zabrinuti vašim stanjem. Mi u redakciji, na primer, pripremali smo i sabrali ceo nekrološki materijal.

– Hvala na pažnji. Ali ja volim više da vi objavite ovaj razgovor sa mnom no ovaj materijal koji ste pribrali.

– Hoćete li mi reći još štogod interesantno iz vašega bolovanja?

– No, pa to. Decembra 28. bio sam tačno na granici između života i smrti.

– Kako vi zamišljate tu granicu?

– Granica kao i svaka druga granica. S one strane granice šeta po kalendaru toga dana dežurni svetac, neki Sveti Elevterije. Priđem ja njemu i pitam ga: „Pa kako, kako gospodine Elevterije?“ A on me otpozdravlja vrlo ljubazno, veli: „Hvala bogu, kako vi gospodine Nušiću?“ I onda nastaje između nas ovakav dalji razgovor:

Ja: Pa, kako, ima li što novo kod vas na nebu, gospodine Elevterije?

Elevterije: Ne, sve po starom, ali kao i kod vas, kriza, vrlo velika kriza.

Ja: Zar i na nebu kriza? Pa zbog čega kod vas kriza, ako boga znate? Je li zbog dolara ili zbog funte, zbog reparacija ili zbog moratorijuma?

Elevterije: Nije, ali zbog budžetske preopterećenosti! Imamo, na primer, vrlo mnogo svetaca...

Ja: Pa i kod nas ih ima.

Elevterije: I sad moramo da ih reduciramo.

Ja: A šta vas još davi?

Elevterije: Velika nezaposlenost umrlih, pa onda budžetski deficit. Šta mislite, molim vas, mi trošimo šezdeset vagona uglja dnevno na loženje pakla. Dobro, recimo, od tih šezdeset vagona bar dvadeset dnevno krade komisija, kao što je to red pri svakoj dobro uređenoj administraciji. Ali i četrdeset vagona nalazim da je mnogo. Ne moraju se grešnici sasvim dokuvati, dovoljno je samo ako se dobro ošure.

Ja: Sasvim, a naročito oni koji već sa zemlje dođu ošureni, a takvih nas je većina.

Elevterije: A vi ste došli malo k nama, gospodine Ben Akiba?

Ja: A, bože sačuvaj. Izašao sam samo malo da prošetam do granice života.

Elevterije: A ne znate kako bi vas tamo lepo dočekali?

Ja: Znam, al' sam verujte sit tih dočeka. Hoću malo da se odmorim.

Elevterije: Verujte, nigde se nećete bolje odmoriti nego s one strane života!

Ja: To vam verujem, pa ipak zasad ostajem gde sam. Ne volim da pođem na duže putovanje.

I, eto, zasad ostajem gde sam!

Teški dani

Gospodin kandidat za narodnog poslanika vratio se kući s jučerašnjega zbora mrtav umoran. Njegove haljine još zaudaraju na kafanski dim, njegove usne su još umljeckane od narodnih poljubaca, a njegova glava je još puna huke i buke. On je već izgubio svaki smisao za običan, dnevni, porodični život, jer ovo je već mesec dana kako juri sa zbora na zbor i kako sve ljude, sve što je u životu i što mili po ovoj veseloj zemlji, deli na dve zoološke vrste, na „pristalice" i „protivnike" svoje.

Da, teški su to i preteški dani za jednoga poslaničkoga kandidata!

Za večerom, kad uopšte stigne da večera kod kuće, govori mu žena gorkim tonom zaboravljene i napuštene:

– Misliš li ti, bogati, da imaš kuću ili ne misliš? Digô si ruke od kuće kao da su u njoj dušmani!

A dok ona tako govori, on je tupo posmatra, i ne može da se otrese pomisli da je plaćena od vlade.

On čak za večerom ili ručkom ispadne pokoji put, zaboravi se, pa ne ume da govori običnim jezikom.

On, na primer, ne kaže ženi: „Donesi pilav", nego: „Mislim da je na dnevnom redu pilav!"

To tako za ručkom i večerom, gde još može da upravlja sobom, ali kad naiđe noć, te zahrče snom budućeg poslanika, možete već misliti kako mu je. Skovitlaju ga snovi sve strašniji od strašnijega.

Ugrabite priliku, ako vam se da, da sad još, pre izbora, posmatrate poslaničkog kandidata pri spavanju. Vredno je posmatrati ga, jer možete prosto poznati šta sanja. Ako hrče bezbožno, regrutski, znajte da je opozicioni kandidat, a da je u snu razglibio vilice na zboru, derući se: „Dole reakcija!" a ako hrče meko, meko, takoreći udovički, onda znajte da je kandidat vladine stranke i da umiljato i slatkim, probranim rečima brani poslednji zaključeni i budući, koji je u projektu, vladin zajam.

Ako steže pesnicu tako da mu nabreknu žile, znajte da to u snu lupa o kafanski sto i uzvikuje slušaocima oko sebe, kojima je već platio sedmi litar rakije: „Ne damo mi ovu zemlju, nije ona ničija prćija, mi smo je oslobodili, mi ćemo je i sačuvati!“ A ako vidite da je zagrlio jastuk, to znajte da se ljubi s biračima, pošto su jednoglasno pristali na njegovu kandidaciju.

Ako nemirno spava, prevrće se i premeće po krevetu, ako se toliko prevrće da mu noge leže na jastuku, a glava tamo gde su noge, onda znajte da je to poslanički kandidat vladine stranke, koji se muči da dokaže zboru kako su svi vladini postupci bili opravdani i zakoniti, ali mu zbor jednoglasno uzvikuje: „Ua!“

To tako izgleda ovih dana poslanički kandidat kad ga posmatrate na spavanju, a kako li bi grešnik izgledao tek kad biste mu mogli u dušu zaviriti, ili kad bismo mu mogli san pratiti. Kako to strašni snovi moraju biti.

Meni se jedan od njih ispovedio, i evo baš hoću da vam ispričam njegov san. Valja samo da vam unapred kažem da je ovo san jednog od opozicionih kandidata.

– Sanjam ja kao – tako mi je od reči do reči pričao – jedan veliki cirkus. Puno puncato sveta posedalo po klupama, pa prati pojedine tačke programa i odobrava ili ne odobrava. A ja kao imam da izvodim jednu tačku i sedim iza kulisa u trikou s gaćicama za kupanje na sebi i čekam da dođe na mene red. Najedared dođe jedan čovek s bičem, direktor li je cirkusa, šta li je, ne znam. Dođe tek i reče: „Ja sam predsednik zbora, ajde na tebe je red.“ Ja pretrnuh živ, ali znam da mi se nema kud, već hajd’ u arenu. Istrčah onako koketno, podskoknuh, digoh jednu nogu uvis i bacih publici levo i desno prstima poljupce. I tek ovom prilikom primetih ja da to nije obična publika, nego da su to sve birači; pa s leve strane posedali kao oni iz vladine stranke, a s desne oni iz opozicije. Meni se steže srce kao u zeca kad spazih cev puščanu ali, šta je tu je, producirati se moram. Utom dovaljaše jednu veliku kuglu od gume, na koju ja kao treba da se popnem i kao da po krugu trčim po lopti. Obli me hladan znoj, ali digoh nogu da se popnem na loptu. Sad tek pri penjanju, a ja spazih da to nije obična lopta, već velika, grdno velika glasačka kuglica, nabrekla kao petačka. Gospode bože, ko će da se održi na ovoj glasačkoj kuglici i da prođe na njoj ceo krug, a da ne strmekne i razbije nos.

Muzika zasvira, i ja pođoh po onoj kugli. Jao ljudi da čudna straha i muke! Ne možeš da se održiš na njoj, pa to ti je. A mrdnem jednom nogom, a druga mi sklizne; povijem se napred, sad ću na nos, pa se otmem te previjem natrag, te sad ću na leđa. Ama čim mrdnem, a lopta pojuri da mi izmakne ispod nogu. A publika s jedne strane aplaudira, a ona s druge strane viče „ua!“, a muzika naizmence svira čas „Ne boj nam se, sivi tiću“ a čas: „Padajte, braćo!“

Proklinjao sam i dušu i ko me natera da se kandidujem te moram da se kačim na glasačku kuglicu, i ko me natera da obučem kandidatske gaćice te da se pred zborom produciram. Hvala bogu te sam se probudio, inače ne znam kako bih prošao!

Eto taj mi je san ispričao od reči do reči jedan opozicioni kandidat. Vladin kandidat žalio mi se još gore na snove.

– Sanjam ja kao da osećam neke porodiljske bolove. Kao progutao sam nešto pa me muči u stomaku, a ne znam šta sam progutao. Muči me to, kao, muči me pa se sve previjam. Gde ću i šta ću nego ajd' velim da idem doktoru. Odem ja kao bajagi doktoru, te stanem se pred njim previjati i žaliti:

– Gospodine doktore, ja sam nešto progutao.

Uze me lekar pipati, kucati, osluhivati, pa će reći:

– Progutali ste narodno poverenje.

– Narodno poverenje?

– Jeste.

– Ama neće biti, doktore?

– Kao što vam kažem. Jeste li vi poslanik iz vladine stranke?

– Jesam.

– E, pa, eto vidite. Progutali ste narodno poverenje.

– Pa sad, doktore?

– Sad, ako se ne budete lečili, vas će tako da muče bolovi, mučiće vas, mučiće, dok vam jednog dana poverenje ne izbije na nos, i tada ćete se spasti bolova.

– A ako se budem lečio?

– E onda ćemo to poverenje veštačkim putem isterati iz stomaka.

– Veštačkim putem? – zapitah ja zaprepašćen. – A kakav je to veštački put?

I doktor uze da mi objašnjava neku strašnu stvar kojom, veli, može da se istera mandat iz mene. Stvar je bila tako strašna da sam ja u snu dreknuo i probudio se obliven hladnim znojem po celome telu, te još i onako budan osećah neku neprijatnost u stomaku, i kao da sam ceo dan gutao glasačke kuglice, i počeh se pipati da vidim da mi nešto nije ispalo narodno poverenje.

Eto, to je opet san vladinoga kandidata. I možete misliti, kad te ljude, poslaničke kandidate, još sad spopadaju ovako teški snovi, šta li će tek grešnici sanjati one noći uoči izbora? Zato ti ljudi, poslanički kandidati, i izgledaju tako izmučeni. Pogledajte ih kako prolaze ulicama izmoreni, obhrvani, salomljeni i bledi. Pogledajte ih, te mučenike, kandidate za dvesta dinara dnevne dijurne.

Ja kao ratni dopisnik

Bilo nas je nekoliko ratnih dopisnika tamo. To vidite već i po tome što se nijedan izveštaj ne slaže s drugim.

Mene je sasvim iznenada probudio redakcijski momak, rano ujutru, a tako sam slatko spavao i sanjao, čini mi se, kako sedim za jednim grdno velikim stolom i jedem pečene bundeve prelivene medom.

– Gospodine, ajde brzo, zove vas gospodin urednik.

– Šta je, ako boga znaš, šta se desilo?

– Ne znam.

– Da ne fali možda rubrika „Tuđe misli“?

– A ne, onaj gospodin što piše „Tuđe misli“ poslao je, kao obično, rukopis još u pet sati jutros.

– Da nije „Ženski svet“ u drugom stanju?

– Kako u drugom stanju?

– T... j... pa da... rubrika... to jest, nije rubrika nego saradnik, upravo, imate li rukopis za rubriku „Ženski svet“? – zapitah ja, znajući da u nedostatku drugih obično ja ispunjavam „Ženski svet“.

– Imamo rukopisa.

– Pa šta je onda?

– Ne znam.

– Je li zdrav urednik?

– Jeste.

– Jeľ ceo administrator?

– Jeste.

– Jesu li žive sve ajnlegerke i savijačice?

– Jesu.

– Pa šta je onda, pobogu brate?

– Ne znam, ako nije zbog Čukarice.

– A šta ima na Čukarici?

– Pa tamo se od jutros bije boj između radnika i žandarmerije.

– Pa to je, razume se da je to!

Odmah sam razumeo situaciju. Još prošle godine, kad su mi razbili nos, te sam išao ufačlovan, gospodin urednik mi je jednom rekao:

– Tako vam lepo stoje te fačle. Ličite na ratnog dopisnika.

On je izvesno to i upamtio pa jutros rano koga bi drugog i poslao od svojih saradnika do mene, kad mi već tako lepo stoje fačle.

A i pravo je, jer je već prošla čitava godina dana, a meni još nije razbijen nos.

Čim sam razumeo u čemu je stvar, odmah sam se spremio kao što bi se spremio svaki dopisnik. Uzeo sam jednu malu kesu, od onih kakve nose obično babice, i u nju sam metnuo sav pribor. Pisaljke, hartije, plan varoši Beograda, fačle, flaster, četiri do pet kifli, jednu kutiju sardina, tri-četiri čačkalice, i jedan tirbušon, koji se po Vukovom rečniku zove štopelciger.

Ni engleski dopisnici za vreme burske revolucije nisu bili bolje opremljeni.

Odmah sam požurio u redakciju i to s onom babičkom kesom pod miškom, te su mnogi mimoprolaznici mislili da žurim na kakav porođaj.

Jedva stigoh u redakciju.

– Gde ste ako boga znate? – pišti urednik, a sve čupa svoju dugu kosu koja mu pala po ramenima.

– Zadržao sam se malo, ali vas uveravam da ni list neće poslati na bojište ovako opremljenog saradnika kao vi.

– Idite vi dođavola! Nije tu glavno šta vi odovud nosite, već šta ćete otud doneti. Hoću izveštaj, razumete li, tačan, iscrpan izveštaj; pisan tamo na licu mesta, neću da ga pišete napamet, hoću sve da vidite svojim očima. Ako je ko poginuo, hoću da ga vidite, ako je ko ranjen, hoću da ga vidite. Hoću da sve opipate, razumete li, sve redom da opipate.

– Pa zar i gospodina upravnika policije da opipam?

– Ama razumite, čoveče – pisnu urednik i nervozno otkide pramen kose više levog uveta – ne morate mi nikog pipati, ali morate zavući nos svuda, svud, razumete li.

– Pa hoću li stići za to? Jer ako budem svud usput zavlačio nos...

– Nemojte da razgovaramo, nego žurite, razumete li, žurite!

– Idem odmah tramvajem.

– Kakvim tramvajem, ako boga znate! Pa onda će radnici koji su izginuli biti već i sahranjeni ako se vi našim beogradskim tramvajem krenete na Čukaricu.

– Pa dobro, ići ću fijakerom.

– Možete fijakerom, ali da prođete onim ulicama kojima ne prolaze tramvaji, jer bi vam se još mogao desiti sudar!

Sednem, dakle, na fijaker, a cela redakcija izađe do kapije i isprati me srdačno. Urednik, saradnici, administrator, faktor, ajnlegerke, savijačice, šegrti, svi, svi.

Ajnlegerke su se divile mojoj hrabrosti i zabrinuto se pitale: „Da li će se, bože, živ vratiti?“; saradnik rubrike „Ženski svet“ toplo me je pritisnuo na grudi; administrator me je poljubio u čelo i tom prilikom mi je šapnuo: „Za ovaj mesec imate da primite još trista dinara“; a u očima saradnika rubrike „Spoljna politika“ primetio sam dve krupne suze. Saradnik rubrike „Dnevne novosti“, odnosno reporter, i faktor štamparije, pomogli su mi da se popnem u kola. Ja sedoh, okretoh se da se još jednim pogledom oprostim od mojih milih i dragih, manuh rukom na administratora, kao da bih hteo reći: „Upamtio sam koliko još imam da primim“, otvorih babičku torbicu, razvih na kolena plan varoši Beograda i viknuh kočijašu:

– Teraj!

Kola krenuše.

Držao sam se tačno plana varoši Beograda.

Usput sam sreo još jednog dopisnika nekih stranih novina, te ga uzmem u kola. Bio mi je, razume se, blagodaran, a ujedno to mu je dobro došlo da od mene potraži neka obaveštenja.

– Molim vas, šta je to Cukaric?

– A... mesto borbe... da znate, to je jedno geografsko ime, tamo je znate podignuta fabrika cukera.

– Ja, ja, cuker fabrik.

– Da, pa zbog toga se i zove sad to mesto Čukarica. Za vreme Rimljana se zvalo to mesto Makiš i spominje se u jednoj buli pape Grigora pod imenom „Makijaveli“.

– Baš vam hvala – blagodari mi dopisnik i zabeleži sve detalje.

– A gospodin Cerović, upravnik policije? – uze da me pita dalje dopisnik.

– Ja ne znam tačno da vam kažem kako se gospodin Cerović zvao za vreme Rimljana, ako nije Cerus ili Cerisimus.

– A policija?

– E, što se tiče naše policije, ona vodi poreklo od Turaka, tj. ona ne vodi poreklo od Turaka, nego mi imamo policiju otkako smo se oslobodili od Turaka. Znate to je stvar navike, mi smo navikli da živimo s

Turcima, pa kad smo se njih oslobodili a mi smo, da bismo zadovoljili svoju naviku, ustanovili policiju.

– Ah, tako!

U tom razgovoru smo stigli i na Čukaricu. Ja, razume se, postupim kao što bi svaki ratni dopisnik. Odem prvo na jednu poljanu, prostrem kaput, sednem, izvadim kutiju sa sardinama i počnem jesti.

„Ratni dopisnik na prvom mestu mora biti sit“ – pisao je još Antonije Flavus kad se ponudio Scipionu da ga vodi u Aziju kao svog ratnog dopisnika.

Kad sam osetio da sam sit, ja sam izvadio svoj notes i zapisao prvo to, da sam jeo na poljani. To će biti vrlo interesantan detalj za izveštaj.

Zatim počnem razmišljati o planu kojim ću pristupiti poslu. Gde prvo da zavučem nos, koga prvo da pitam. Najzad se rešim da siđem na bojište. Siđem ja i – zamislite kakva srećna okolnost. Na bojištu mir, i cela gomila, i policija i radnici, već otišla u varoš.

Utoliko bolje, pomislim ja u sebi, bar izveštaj ne mora biti dugačak.

Odmah otrčim na telefon u čukaričku mehanu da potražim redakciju i da je zapitam, hoću li ići za gomilom ili da sedim i dalje na Čukarici.

– Zvr, zvr, zvr!

– Alo.

– Alo.

– Dajte mi redakciju *Politike*.

– Alo.

– Alo.

– Ko je tamo?

– Parni mlin *Zaharija*.

– Ah, gospode bože. Zvr, zvr...

– Zvrrrrr...

– Alo.

– Alo.

– Molim vas redakciju *Politike*.

– Odmah.

– Alo.

– Alo.

– Ko je tamo?

– Blagoje Dinić, prodavac boja na Terazijama.

– Zvrrrrrr...

I sad nastade: zvrrr... pa se javi Rosulek, opet zvr... pa se javi Obrad Simić, advokat, pa opet zvr... pa se javi osiguravajuće društvo *Rosija*, opet zvr... pa se javi Popara kafedžija kod *Balkana* i, kako je ta kafana u blizini redakcije *Politike*, jedva na jedvite jade dobijem vezu s redakcijom. No, hvala bogu.

– Alo.

– Alo.

– Ko je tamo?

– Urednik. A tamo?

– Ben Akiba.

– Šta hoćete?

– Sa Čukarice svi su otišli. Je li potrebno da ja i dalje sedim ovde? Ako je potrebno, pošaljite dve kutije sardine za ručak, onu jednu sam pojeo.

– Idite vi, dođavola! Ja već imam izveštaj potpun, i list je već u mašini. Vratite se što pre u varoš da pročitate iz *Politike* šta je sve tamo bilo.

I vratio sam se. A šta bih i radio tamo, kad nemam šta da ručam?

Najkraći put

Neka budala, koja je o sebi mislila da je filozof, rekla je jednu ludu reč, za koju mnogi misle da je mudra. „Pravi put je najkraći put", glasi ta njegova mudrost, kojoj su se u prošlosti smejali, kojoj se u sadašnjosti kikoću, a kojoj će se u budućnosti keziti.

Ko god je poslušao gornju mudrost i pošao pravim putem, tamo gde je hteo stići, ili je stigao poslednji ili nije nikako ni stigao.

Uzmite ovakav slučaj. Vi znate da je pravi put od Kalemegdana do Slavije onaj što ide kroz Terazije, kojim putem ide i tramvajska pruga. E, sad neko lice, recimo Aleksa, pođe tim pravim putem ka Slaviji, a neko drugo lice, recimo Borisav, pođe od Kalemegdana pa Varoš-kapijom i Kraljice Natalije ulicom. Izvesno je da će ovaj drugi, tj. Borisav, stići pre do Slavije no onaj prvi.

Ali to nije tako dobar primer, vrlo sam ga rđavo izabrao. Razume se da će ovaj drugi, tj. Borisav, čak kad bi i Savskom ulicom išao, pre stići, jer onim pravim putem kojim ide onaj prvi, tj. Aleksa, postoji tramvaj, i to beogradski tramvaj. On, razume se, neće ići peške, nego će sesti na tramvaj, a čim sedne na naš tramvaj, onda je, razume se, sigurno da pravi put nije najkraći put i još sigurnije da će onaj drugi Savskom ulicom i peške pre stići do Slavije.

Nije to, dakle, dobar primer, ali ima i drugih primera kojima se može utvrditi da pravi put nije najkraći put.

Eto uzmite jednu od najobičnijih pojava u životu. To je ljubav, ali ona ozbiljna ljubav iz koje se gazi u brak. Gospodin Pera je recimo zaljubljen u gospođicu Anku, i to onako baš ozbiljno zaljubljen. On, razume se, nalazi da je najbolje da to i kaže devojci. Traži priliku danas, traži sutra i, najzad, na jednoj zabavi, a zabave se zaboga zato i priređuju, prilazi on njoj, zadršće, prebledi, uzme mu se jezik i prošapće:

– Ja vas volim!

Ona na to učini sve ono, što je u takvim prilikama red da učini devojka. Zbuni se, porumeni, obori oči, zakuca joj srce i osuše joj se usne.

"

Ali on okupio: „Jedno da li ne?" Igra se kadril, on joj šapće: „Da ili ne?", igra se valcer, on je pita: „Da ili ne?", igra se seljančica a on opet: „Da ili ne"?

Najzad, devojci se otkine s usana: „Da!" i on sav srećan sanja o svojoj lepoj budućnosti.

Ali dok gospodin Pera ima njeno „da" u džepu, i dok na osnovu te gotovine sanja o budućnosti i pravi kule od karata, dotle gospodin Sima, kome se isto toliko dopada gospođica Anka, ne prilazi njoj da joj izjavi ljubav. Zna on da pravi put nije najkraći put.

On prilazi gospođi majki i zabavlja je:

– Ah, kako vam je to krasno dete, vaša kći, gospođo. Ja skoro nisam video tako lepo vaspitano dete.

A mama se slatko smeši i nešto je milo golica po duši.

– Međer, pravo kaže naš narod – nastavlja gospodin Sima – pogledaj u majku pa prosi ćerku. Kod nas se, međutim, ljudi varaju, kad ko prosi ne otvori često oči pa da vidi kakva je majka, je li ona vaspitana, je li ona otmena. Jer kakva je majka takva će biti i ćerka. Eto, molim vas, to se najbolje vidi kod vas.

A mama to sluša, pa joj se duša nadima kao milihbrot, srce joj se širi kao harmonika i sve joj izgleda nedovoljna jedna stolica, oseća kao da joj je potrebna još jedna da sedne.

A gospodin Sima ne ostaje samo na tome. On traži i nalazi i tetku gospođice Anke. A s tetkom sasvim drukčije razgovor vodi.

– E pa neka kaže svet, gospođo, da godine čine štogod. Možete vi imati koliko hoćete godina, a mogu ove devojke na zabavi predstavljati koliko hoće mladost, ali vaša svežina i vaš pogled je ono što bih ja svakoj mladosti poželeo.

A gospođa tetka užagri očima, i oseti nešto toplo po telu, tako toplo da bi čisto otrčala kući da se presvuče.

A gospodin Sima neće ni na tome ostati, naći će on i oca i strinu i sve redom. I šta mislite ko će uzeti gospođicu Anku za ženu? Da li gospodin Pera koji je pravim putem došao do njenog srca i koji već ima u džepu njeno „da", ili Sima?

Nije to tako samo u ljubavi. Okrenite se svaki svojoj sredini, okrenite se oko sebe.

Uzmite državnu službu. Gospodin Janko čestito i pošteno služi, radi, radi i dan i noć, gomila decu, gomila dugove, ali se nada, ima čemu da se nada:

– Doći ću do veće plate pa ću se razdužiti; doći ću do boljeg i ugled-
nijeg položaja pa ću vaspitati decu.

A sme i da se nada, ima sigurnu gotovinu u rukama: pošten rad i
priznanje koje mu se za taj rad sa svih strana odaje.

I dok on to ima, gospodin Steva ima nešto drugo. On ide od kapije
do kapije i raspituje se na kojoj kući ima kapidžika; on ima strinu, a
strina je drugarica iz osnovne škole s gospođom ministarkom; on ima
ujaka, a ujak je neki daleki rod s drugom gospođom ministarkom; on
ima tetku, a tetka je rod gospođi Savki savetnikovici, a gospođa savet-
nikovica je bila prva žena gospodin generalova, a gospodin generalova
druga žena u dobrim je ličnim odnosima s gospodinom ministrom.

I šta mislite, ko će u Srbiji pre da pravi karijeru, da li onaj grešni
Janko koji misli da je pravi put najkraći put ili onaj gospodin Steva
opkoljen svim tetkama, ujacima i strinama?

Čitajte samo ukaze u *Srpskim novinama* i kad god ih pročitate, ra-
spitajte se ko je kome rod, pa će vam i zagonetka biti rešena.

Ne, ne, pravi put u Srbiji je najduži put i to ne samo onaj tramvajem
od Kalemegdana do Slavije.

Ni bogu se ne možete pravim putem obratiti. I njegovu milost ako
hoćete da stečete, ne smete mu se prostom, usrdnom, poštenom moli-
tvom obratiti; morate se raspitati gde su kapidžici kroz koje se zaobila-
znim putevima može što pre božja milost isprositi.

Moj Maša

Imam kod kuće jednog mačka koji je sve do pre neki dan bio moje ljubimče.

Za toga moga mačka, koji se zove Maša, moglo bi se sasvim reći da je jedno familijarno mače. Lep, čist, tigraste boje, velikoga i svetloga oka i razmažen, sasvim razmažen. Inače ozbiljan, potpuno ozbiljan mačak, koji vrlo ozbiljno igra ulogu kućevnog mačka.

Sitnije njegove prohteve i ispade ja mu nikad ne pripisujem u velike grehe.

Tako, na primer, on neobično voli kajmak s mleka i hladno pečenje. Možete vi ma gde u kući sakriti hladno pečenje, on to smatra kao šalu koju vi s njim terate. I da bi šalu isterao do kraja, on tako revnosno traži to pečenje dok ga ne nađe, kô ono kad deca igraju žmure. On upravo misli da ste vi zato i sakrili pečenje da se šalite s njim i da biste ga namučili dok ne nađe. I nije samo pečenje, voli on i švargle, ribu, pileće noge, slaninu; drugim rečima vrlo je opširan jelovnik svega onoga što on voli.

Pa onda, nisu to samo jela. Kad hoće svojski da se našali, on dohvati i šešir moje žene i raščupa ticu na šeširu; dohvati boa i raznese mu perje po celoj kući; uzme dečji muf i tako se obešenjački igra s njim da se posle čovek iskida od smeha kad vidi kako izgleda taj muf. Ako vidi na kom mestu malo razderan jorgan, on izvuče pamuk koliko god može iz njega, da je prosto milina čoveku videti. Inače, razume se, zavuče njušku u svaku šolju, u svaku rantljiku, u svaku činiju, u svaki tanjir i u svaki bokal; šeta po ormanima i obara ogledala, ramove sa slikama i sve drugo što nađe; šeta po policama i obara tanjire, slanike, kašike i sve drugo kujnsko posuđe.

Kad sve to ne čini, on spava, i to, razume se, ili na mom zimskom kaputu, ili na ženinom mantilu.

Jednom rečju, moj Maša je pravi familijaran mačak, sasvim intiman i onako svojski mačak.

Ali od nekoliko dana naovamo primetio sam na njemu neku promenu. Pobledeo, oči mu sasvim upale i neprestano uzdiše. Ni onaj mačak, ni dajbože. Sasvim se izmenio. Ne igra se više s mufom detinjim, prođe pored ženinog šešira sasvim ravnodušno; ne jede više kajmak, ne jede ni slaninu, ribu samo okusi. Prosto gladuje, ili samo okusi malo kiselih krastavaca ili lišće od kiseloga kupusa i uopšte samo ono što je nakiselo.

Kad padne veče – a on je nekada po celo veče provodio kraj peći – on se izgubi i ne dođe sve do zore, a ujutru, kad dođe, oči mu mamurne, noge mu kaljave od blata, i legne ma gde: na drva, na kakvu korpu, ma gde. Spava, spava, pa kad se probudi, a on ide po kući kao kakva senka, samo šeta i uzdiše. Kažem vam, ni onaj mačak, ni dajbože. Prosto ne mogu nikako da rešim šta li se to za tako kratko vreme učini od tako jednog familijarnog mačka. Sve se bojim da ne smišlja kakvo samoubistvo.

Čim sam na tu misao pao, počeo sam da mu pratim svaki korak. Ne bih želeo da mi se u kući desi takav slučaj.

Prateći ga tako, opazim da on ide preko puta moje kuće kod udovice gospođe Dane. Jedne lepe mlade udovice, koja ima jednu lepu mladu mačkicu s plavom mašnom na vratu.

Razmišljao sam šta da radim, pa sam najzad odlučio da ne idem obilaznim putem, već da idem pravo gospođi Dani, pa da zajednički preduzmemo potrebne korake dok stvar ne uzme ozbiljnije razmere.

Išao sam dva-tri puta dok smo se sporazumeli i rešili šta da radimo. Najzad smo rešili da ona pošalje svoju mačku kod jedne svoje tetke, nek sedi tamo jedan mesec dana. Daleko od očiju, daleko i od srca.

I mogu vam reći da sam prilično uspeo. Maša je od toga doba mnogo veseliji, ali ne znam šta je to sa mnom sad što se zbiva. Onako isto kao Maša, sad sam ja pobledeo, oči mi sasvim upale i neprestano uzdišem. Ni onaj čovek koji sam bio ni dajbože. Sasvim sam se izmenio. I ne smešim se više, prolazim pored ženinog šešira sasvim ravnodušno, ne jede mi se ništa. Prosto gladujem ili jedva ako okusim malo kiselih krastavaca ili sitno isečena kisela kupusa i, uopšte, da mi je samo tako nešto nakiselo. Šta li mi je, bože?

Baš ne valja to kad se približi februar.

Popis stvari

Grad, poplava, grmljavina i sve ostale nedaće dadu se nekako predvideti. Ili će se nebo naoblačiti, ili će kiša pljusnuti, tek se da predvideti. Ali jedna od najvećih nedaća, popis stvari za račun protestovane menice, prosto se ne da predvideti.

Sasvim mirno i ravnodušno sedite vi recimo ujutru i doručkujete. Žena pije belu kafu a vi jedete hlebac namazan puterom i razgovarate, recimo, o tome kako vam je već nestalo drva u podrumu, ili o tome kako bi krajnje vreme bilo platiti prošlomesečnu kiriju, ili o tome, recimo, kako bi trebalo okrpiti cipele... i uopšte o tako familijarnim stvarima, o kojima svaki muž i žena razgovaraju ujutru za vreme doručka.

Taman tako vi u najlepšem razgovoru, a tek neko kuca na vrata, otvaraju se i ulazi prvo izvršitelj s kožnom kesom za akta, za njim dva „građanina“, a u avliji ostaje žandarm.

Vama poslednji zalogaj hleba namazanog puterom sklizne u grlo i nesažvakan; vaša žena ispusti kašiku i prevrne „cukerpikslu“, i vi se dižete ljubazno, prijateljski i predusretate goste:

– Izvol'te molim, izvol'te! – i nudite im stolice i bogzna kako, a za to vreme domišljate se u sebi kako li ćete se izvući.

Eto tako se nešto pre neki dan desilo gospodinu Peri, bivšem porezniku. Samo se njemu nije desilo jedno već tri iznenađenja.

Baš na sâm dan propasti sveta, koji je Falb onako tačno utvrdio, probudio se gospodin Pera s ovim iznenađenjima:

Prvo iznenađenje: Nije imao ni deset para u džepu.

Drugo iznenađenje: Rodila mu je to jutro žena sina.

Treće iznenađenje: Nije ni počeo da doručkuje, niti je uopšte pomišljao na to, a na vratima je zakucao izvršitelj i „građani“.

Možete misliti sva ova iznenađenja u jedan mah. Nije znao prosto na koju stranu da se okrene. Dete se dere, izvršitelj preti, žena plače, a on se zbunio kao niko njegov i malo je trebalo pa da izvršitelja podoji, a dete da izbaci iz kuće, kao što to energični dužnici vrlo često i praktikuju.

Izvršitelj navalio da vrši popis, gospodin Pera dokazuje da mu je sve popisano.

– Sve, gospodine, sve je već popisano, za račun gazdin. Evo, mogu vas uveriti.

– Pa dobro – veli izvršitelj – ali da nije kakva stvar prinovljena od poslednjeg popisa.

– Jeste – veli gospodin Pera – evo ovo dete. Prinovljeno je od jutros. Ali njega ne možete popisati, ne možete ni zato što nije ni kršteno. Kako bi ga uneli u zapisnik popisa, kad nema ni imena?

– Ama nije o tome reč – brani se izvršitelj.

– Uostalom – zavarava gospodin Pera izvršitelja izlišnim razgovorima – ako vi baš navaljujete, pa lepo, izvolite popišite i dete, ali onda molim da se kao popisan predmet da gospodi građanima na čuvanje.

I posle tih reči gospodin Pera otrča do ženinog kreveta i donese povijeno dete s uzvikom:

– Izvol'te, izvol'te, molim vas!

Građani, kad spaziše novorođenče, popljuvaše ga po običaju i turiše ruke u džepove te svaki izvadi po jedan dinar i turi ga detetu u povoje, kao što je to kod nas običaj da se daruje novorođenče.

Kad to spazi, a gospodinu Peri sinu kroz glavu divna misao.

– Molim vas – okrete se on izvršitelju – koliko svega imam da platim?

– Pa... sto šezdeset dinara zajedno s troškovima.

– A ako vam dam osamdeset, biste li me za ostalo čekali?

Izvršitelj slegnu ramenima. Bolje mu je i osamdeset nego ništa.

– Pa... čekao bih vas.

– Dobro. Onda sutra u ovo doba imate pare.

– E, to ne može.

– Dobro, onda večeras u sedam sati.

– Jel' sigurno? – pita izvršitelj.

– Sigurno kad vam kažem. Setio sam se gde ću naći novac.

Izvršitelju ne ostade ništa drugo no da veruje, pa se diže s građanima i ode. A gospodin Pera navuče cipele, natuče šešir pa se razjuri po Beogradu. Gde god je roda imao, gde god je poznanika imao, bilo on ili žena, on je utrčao u kuću i veselo objavljivao:

– Došao sam da vam javim veselu vest, dobio sam sina od jutros. Molim vas da dođete još danas, ne znate kako će se radovati moja žena.

Nije ostavio ni komšiluk na miru, ni kuma, ni starog svata, ni tetku, svoga ručnoga devera, ni provodadžiju i njegovu familiju, sve, sve,

sve okupio koga god se setio i koga god je makar i jedan put samo u životu sreo.

A žene kao žene, krenuše da obiđu porodilju. Najpre komšiluk, pa rodbina, pa tako redom. I, razume se, po srpskom običaju, ko god dođe a on dariva dete. Ko sto para, ko dinar, ko dva, a kum boga mi i petodinarku.

Gospodin Pera svakih sat-dva tek se uvrati kući, raspovije dete pa broji. Do podne već bilo četrdeset sedam dinara i pedeset para dinarskih.

– Malo, malo – mrda glavom gospodin Pera pa se nanovo razleti po Beogradu i objavljuje da je dobio sina.

Poslepodne bilo je još više poseta. U četiri popodne bilo je 66 dinara. U četiri i po bilo 78 dinara. U pet sati bilo je 82 dinara; u pet i četvrt 94 dinara, a u šest sati 106 dinara.

U sedam je dao izvršitelju osamdeset dinara i ostalo mu je u džepu još 26 dinara. Oh, kako je bio zadovoljan. Seo je kraj ženinog kreveta i veselo je ćaskao.

– Uh, majku mu, kad bi nešto mogla svaki dan.

– Šta? – pita žena.

– Da rađaš svaki dan kao kokoška. Tek se ja probudim, a ti čučiš i kokoćeš. Uh, ali bi to bio lep posao!

– Idi, bogati, zar te nije sramota da tako govoriš.

– A što? – učini gospodin Pera i osta i dalje da razmišlja kako bi to lepo bilo, pa uze čak i parče hartije da izračuna koliko bi na taj način mogao godišnje da zaradi na ženi.

Moja anketa

Evo da učinim jedno priznanje. Ko priznaje, pola mu se prašta, a moj greh je tako veliki da mi je dovoljno ako mi se samo pola skine.

Priznajem evo da sam se grdno naturio na žene. Malo-malo pa o njima pišem, malo-malo pa njih diram. Čas žene, čas devojke, čas udovice, čas raspuštenice, čas tašte. Ne dam im prosto oka otvoriti. Što je mnogo baš je mnogo, i to sve je utoliko ružnije što ljude štedim i njihove pogreške nekako zamazujem.

Nastala je prosto jedna opšta povika na mene, i ja sa strepnjom očekujem kad će žene sazvati zbor te izabrati kakav „odbor za grebanje“, kome će se staviti u dužnost da me dočeka nasred Terazija te da mi počupa i kosu i brkove, i da me izgrebe onako svojski, kako bi, recimo, svaka odbornica izgrebala svoga sopstvenoga muža.

Priznajem, evo javno priznajem, da sam grešio i zato sam se rešio da stanem uz žene. Ja sam i inače oduvek voleo da stanem uz žene, pa sad kad sam se pokajao, utoliko će mi lakše biti da pređem na žensku stranu.

E, ali da bih to mogao, potrebno je da mi se žene povere, da mi se sasvim iskreno povere, onako kako su to dosad ljudi radili. Stoga ću ovde da izložim nekoliko pitanja na koja molim da mi sve moje čitateljke iskreno odgovore. Neka budu uverene da ću tajnu njihovoga imena umeti da poštujem, a da ću iz njihovih odgovora objaviti samo ono što se sme objaviti.

Pitanja ću podeliti u četiri grupe. *Prva grupa*: Pitanja za devojke. *Druga grupa*: Pitanja za žene. *Treća grupa*: Pitanja za udovice. (Dozvoljava se i raspuštenicama da pod ovom rubrikom odgovaraju.) *Četvrta grupa*: Pitanja za tašte.

Ja molim, dakle, moje lepe i dobre čitateljke da mi na svako pitanje iskreno odgovore, kako bih dobro naoružan, mogao stupiti u njihove redove te s njima zajedno mogao povesti borbu protiv ljudi i njihove pakosti.

Evo tih pitanja:

I Pitanja za devojke

1. Uviđate li vi da ima razlike između onih ljudi na balovima i onih u životu?

2. Je li vas već naučila majka da plačete i onda kad vas ništa ne boli ni na telu ni u duši?

3. Je li vam već dotužilo robovanje u devojaštvu; osećate li već prohteve da budete „svoj gosa“?

4. Koliko ste se puta dosad zaljubljivali, i mislite li da ostanete pri ovome koga sad volite?

5. Ako mislite ozbiljno da se udajete, javite mi koju numeru rukavica nosite?

6. Kad već dođe do udaje, dajete li mi reč, da ćete se meni obratiti za savet?

7. Šta ste sanjali sad o Bogojavljenskoj noći?

8. Nosite li uza se svinjsku njušku, krilo od slepoga miša ili list od deteline?

II Pitanja za žene

1. Otkad ste udati i je li vas devojkom još ko prosio osim ovog vašeg današnjeg muža?

2. Jeste li koji put zaželeli da se vratite u devojaštvo?

3. Kako ste prvo vreme posle braka zvali svoga muža (golube, zlato, dragi itd.), a kako ga sad zovete?

4. Imate li običaj da češće presolite jela?

5. Je li pokušao ko da vam kao udatoj izjavi ljubav?

6. Koja je najgrublja reč do danas koju ste, prilikom kakve svađe, kazali svome mužu?

7. Imate li u ženskom svetu neprijatelja i ogovaraju li vas mnogo?

8. Nalazite li da ste sad lepši no devojkom kad ste bili, ili možda obratno?

9. Dolazi li vam muž redovno na ručak i na večeru, ili je možda nemaran?

10. Potrese li vašeg muža što, kad vidi suze u vašim očima; neguje li vas kad ste bolesni? Ako ništa više, cedi li bar hladne krpe koje vi mećete na glavu?

11. Liče li deca više na vas ili na vašeg muža, ako ih imate? Želite li ih ako ih nemate, i šta vam na tu želju kaže vaš muž?

12. Jeste li ljuti na mene i jeste li gotovi da mi oprostite?

III Pitanja za udovice

1. Jeste li održali pokojniku šestomesečni parastos?
2. Stoji li vam lepo crnina?
3. Kad vam je, u vašoj usamljenosti, teže, noću ili danju?
4. Volite li mačke; imate li na kućnom pragu zakovanu potkovicu i palite li noću kandilo ili spavate u mraku?
5. Jeste li već koji put sreli slučajno kakvog čoveka koji „kao pljunut" liči na vašeg pokojnog muža?
6. Držite li karte u kući?
7. Idu li leti rado na vas buve?
8. Ako bi se našla zgodna prilika, biste li se rešili da ponovo sebe okućite?

IV Pitanja za tašte

1. Poštuje li vas vaš zet?
2. Ima li vaš zet običaj, kad ste vi na ručku, da se makar na šta naljuti? Da li se izdire na ženu ili na devojku ili na decu? Ili mu je slano jelo ili prljava čaša ili mu se klati stolica, tek samo da se izdire?
3. Jeste li već koji put savetovali zeta kako treba da se ponaša prema vašem detetu?
4. Kad nazebe vaš zet, zove li vas da ga trljate?
5. Otkako vam je uzeo dete, je li vam ma što dao na dar? Makar to bila i najmanja sitnica, javite mi šta vam je dao.
6. Kad ste bili bolesni, je li vam zet nudio ma kakve praškove?
7. Voli li zet pitu koju vi umesite?
8. Kajete li se što ste dete zarobili?
9. Izgleda li vam koji put da je vaša ćerka prešla na stranu zetovu?
10. Šta sve imate da se požalite na toga nesrećnika što vam je uzeo dete?

Eto to su sva pitanja. Ja molim svaku moju čitateljku da mi iskreno odgovori.

Na moja postavljena pitanja stiže mi svakom poštom puno odgovora. Razume se, ne može biti bez onoga što sam ja već pretpostavljao. Vrlo veliki broj muških, naročito onih koji misle da su duhoviti, izokrenu malo ruku i pišu mi odgovore, a potpisuju se kao tašte, udovice, raspuštenice i devojke. I zadovoljno šalju te odgovore misleći da su me nasadili. Od četrdeset dva pisma koja sam dosad dobio, svega su pet ženskih a trideset sedam muških. I razume se da su svih trideset sedam otišli u koš. Tek ne mislite, moji dragi čitaoci, da sam ja tako naivan, da ne mogu razlikovati muško od ženskoga. Ja žensku namirišem na dva kilometra daljine, te je neću poznati kroz jednu jedinu reč u pismu.

Dakle, smatram da sam dosad dobio svega pet odgovora pismenih i jedan usmen. Gospođa Simka Stankovićka nije htela pismeno da mi odgovori, ali me je jednom kartom umolila da dođem k njoj te da mi usmeno odgovori na postavljena pitanja, i verovaćete da sam se pozivu vrlo rado odazvao.

Gospođa Simka nije bila sama, tu je bila i njena snaja. Izvesno i vi poznajete njenu snaju, mladu i lepu gospođu Nadu, koja je već tri godine udata, a još nije uspela obradovati svoga muža porodom.

– Zvala sam vas – presrela me je gospođa Simka – da ovako utroje razgovaramo. Eto vidite, tu je jedna tašta, jedna snaja i vi. Dozvolićete da to može biti i interesantan i iskren razgovor.

– O, molim! – prošaptah ja.

– Eto vidite, imate pred sobom jednu taštu i jednu mladu ženu, izvolite, dakle, ponoviti vaša pitanja, pa da vam odgovorim.

Gospođa Nada, koja se, međutim, vrlo zbunila čim sam ja naišao, prošapta gledajući u zemlju:

– Nema još devojaka i udovica.

– Ne čini ništa – uzeh ja da pravdam – devojački odgovori su i inače vrlo naivni pa prema tome i nezanimljivi, a udovički su opet svi jednaki. Ostaju dakle kao najinteresantniji odgovori tašta i mladih žena, a vi predstavljate to dvoje.

Mlada gospođa koja se od prvog mog ulaza zbunila, sad još više pocrvene i kroz šapat mi ponudi:

– Biste li jednu kafu ili možda radije rakiju?

– Imamo vrlo dobru rakiju! – dodade gospođa Simka tako ubedljivim tonom da sam joj odmah poverovao.

– Nemojte, dakle, kafu. Danas sam obišao tri-četiri državne kancelarije pa sam ispio devet kafa. Radije ću jednu rakiju.

Gospođa Nada ode do jednog ormančića, gde onako zbunjena najpre preturi jedan služavnik na zemlju, pa onda ispusti i razbi jednu tacnu od kafe, dok najposle ne nađe flašicu s rakijom, te nali čašu i posluži me.

– Jelte da je jaka? – upita me gospođa Simka kad sam ispio čašicu.

– Pa... ovaj... ne nalazim da je jaka.

– E, pa da, to je vrlo stara rakija, ne oseća se nimalo kad se pije, ali posle pali stomak. Biste li još jednu?

– Vrlo rado, zašto ne.

Gospođa Nada mi donese još jednu.

– Danas ćete vrlo slatko ručati. Ne znate kako otvara apetit. Već vas pali po stomaku jelte?

– Ja ne osećam nimalo.

– Kako? Ta nije moguće? Pa to biste vi mogli još jednu da popijete?

– Mogao bih!

Gospođa Nada mi donese i treću rakiju i ja je na dušak ispih, a gospa Simka se uze krstiti.

– E, jeste čuli, ni moj pokojni Đoka nije mogao više od tri čašice od te rakije.

– Nije mogao? E, vidite ja bih mogao i četvrtu čašicu.

– Iju, šta govorite?

– Uveravam vas da bih mogao.

– Posluži, Nado, gospodina još jednom čašicom.

Ispio sam četvrtu.

– Tã nije moguće? – poče da se pljeska šakama gospođa Simka.

– Šta nije moguće?

– Da ste ispili četvrtu čašu.

– Kô što vidite, čaša je sasvim prazna – i ja obrtoh čašicu u vazduhu da se gospođa Simka uveri.

– E, to ne bih mogla ni pomisliti. Zar vi tako rado pijete rakiju?

– Ja nikad ne mogu da popijem više od pola čaše.

– I ja samo pola čaše, ne mogu više. Daj i meni, Nado, pola čaše, baš mi se nešto otvorilo srce kad vidim gospodina kako je s apetitom pije.

Gospođa Nada, još uvek zbunjena, donese svojoj tašti pola čaše rakije.

Gospođa Simka naže, gucnu, pa napravi lice kao kad se čovek sprema da kine, pljucnu ono što je ispila na ćilim i prosu sve što je ostalo u čaši.

– Ju, crna ćeri – učini – pa ovo je neka voda.

Gospođa Nada se još više zbuni.

– Kakva voda?

– Voda, prosta voda. Čudim se ja što gospodin pije četiri čaše. Mogao je sasvim ispiti i četiri pivske čaše. Odakle si sipala molim te?

– Pa iz flaše.

– Iz koje flaše?

– Evo iz ove.

– Iju, snajo, da od boga nađeš! Iju, ne bilo te dabogda! Iju šta ti bi! – i uze žena da se pljeska šakama i da nariče.

– Šta je, zaboga? – zbuni se još više mlada gospođa.

– Kako šta je, zar ne vidiš! Pa ti si pogrešila flašu. Dala si gospodinu te je ispio svu bogojavljensku vodicu, eto nema ni kapi više. Snaho crna, šta ti bi da od boga nađeš!

Čim to pomenu gospođa Simka, ja osetih kako podrigujem na bosiljak.

– Pa zaboga, nije to ništa! – uzeh ja da branim mladu ženu, koja se sad tek zbuni kao ćurkica, ne smejući čisto u oči da me pogleda.

– Kako ništa, kako ništa, ako boga znate. Da znate samo šta ste popili, ah samo da znate?

– Pa znam zaboga, popio sam bogojavljensku vodicu, nisam valjda popio i kakav popovski epitrahilj u njoj. Ja bar nisam ništa osetio.

– Lek ste popili, lek.

– Kakav lek?

– Izađi napolje, snaho, da kažem gospodinu.

Mlada gospođa izađe.

– Vi znate da ona ne rađa?

– Znam.

– E pa, kazali su nam da o Bogojavljenju uzmemo vodu iz triju crkava, pa od te vode da pije po tri kapi svakog petka našte srce.

– Pa da rodi?

– Da!

– Ja mislim da se od vodice ne može roditi.

– Može. Zaklela mi se žena koja je tako rodila.

Nisam mogao da je utešim, digao sam se da je u očajanju ostavim, a ona me isprati do vrata tako dušmanskim pogledom kao da bi htela reći da sam joj ja popio unuče.

Ceo dan sam juče smišljao kako bih mogao tu štetu gospođi Simki ili možda njenoj snahi da nadoknadim, a jutros kad sam seo ove redove da pišem, zabrinuo sam se jako. Počeo sam da osećam neke grčeve u stomaku. Pa razume se, ispio sam toliko bogojavljenske vodice koliko bi dosta bilo gospođi Nadi da četiri puta blizni.

Ići ću na podne lekaru.

Jedan nakit

Zubi ne služe samo da se njima makar šta zagrize. Ne, oni su ujedno i nakit čovekov, a služe još i za to da bi se jezik mogao držati za zube.

Koliko je to lep nakit čovekov ili ženin, poznaćemo najbolje po ovome: kad se na šetnici javite kakvoj gospođi, ako vam se javi zatvorenih usta, znajte da ima prirodne zube, a ako vam se javi ljupko smešeći se poluotvorenih usana, tako da joj se javi beli niz zuba, znajte da su veštački zubi.

Gospođa Savka, na primer, svoje zube smatra sasvim kao nakit. Ona ih drži u naročitoj šatuli s minđušama, grivnama i prstenjem. I neguje ih, pazi ih i čuva ih.

Baš pre neki dan razgovaraju ona i gospođa Persa. Gospođa Persa znate ima u kući muža i kanarinku. Drži ih i jedno i drugo sasvim kao u kavezu, i lepo ih je pripitomila, te kanarinku pusti tako koji put da leti po sobi, a muža pusti tako opet pokoji put da izađe na ulicu. Kanarinku hrani šećerom, smokvom i šargarepom, a muža đuvečom, musakom i ćulbastijama.

E, pa, ta gospođa Savka što drži zube u šatuli, razgovara baš pre neki dan s tom gospođa Persom što je pripitomila kanarinku i muža. Veli joj:

– Ja ne znam, bogami, kako vas ne mrzi tako da se zanimate s 'ticama i da ih negujete.

– E, pa tako – odgovara gospođa Persa – to mi je pasija. Neko voli da neguje 'tice, neko zube, tj. lažne zube.

– Pa jest... – prošapta gospođa Savka i htede da se ujede za jezik, ali se posle seti da nema smisla ujedati se tuđim zubima.

Pravo da vam kažem, ne bi mi ni palo na pamet da vam govorim o zubima da nisam saznao za jedan interesantan slučaj. Gospodin Aca ima u kući ženu i taštu, ima u džepu ključ od kapije i ima na plati šest zabrana. Ja mislim da je to troje – zabrane na plati, ključ od kapije i tašta u kući – jasan znak da taj čovek voli da izlazi posle večere. A čovek koji rado izlazi posle večere, rado i ostaje posle ponoći, bez obzira na to na šta će naići kod kuće.

E, sad da vidimo kako je kod njega u porodici stanje naoružanja. I tašta i žena imaju „nakit“, tj. tuđe zube. Žena ima devet zuba i jedan plombiran, a tašta ima trideset jedan zub i jedan prirodni. Taj prirodni to je umnjak, koji joj je u četrdeset šestoj godini po drugi put izbio.

I tašta i žena neguju svoje zube, kao što recimo gospa Persa neguje svoju kanarinku. Svako veče sipa se u dve čaše sveža voda i u jednu čašu spuste se taštine vilice, a u drugu ženini zubi. Dugo vremena je gospodin Aca prolazio ravnodušno kraj ovih čaša i ne dosećajući se da upravo u tim čašama leži oružje od kojeg on toliko pati.

Jer noću, kad kasno dođe kući, a žena i tašta ćute pod jorganom, ali čim se ujutru probude, dočepaju se zuba, napune njima usta, dođu mu kraj kreveta, jedna čelo glave a druga kraj nogu, i otpočnu svoje jutarnje cvrkutanje, tako da ih je milina slušati.

Pre neki dan, to je bilo prekjuče, pade gospodin Aci srećna misao na pamet. Došao je u četiri sata ujutru kući i znao je da će, kad svane, izdržati najdužu lekciju. Prođe kraj onih čaša, zagleda se u njih, pa ščepa babine vilice i ženine zube te ih strpa u džep.

Kad ujutro jutro osvanulo, a on čuje više svoga kreveta neko guščije pištanje i neke pokušaje, kao kad promukao petao hoće da kukurekne.

On se zadovoljno i lagano diže iz kreveta. Tašta se podbočila, unela mu se u oči i samo šišti:

– Tttttttt...

– Ne razumem, ništa ne razumem – sleže on zadovoljno ramenima.

Žena opet zašla mu za leđa pa samo pišti.

– Sssssssssss...

– Ne razumem, ništa ne razumem – odgovara opet ravnodušno gospodin Aca i pakosno se u sebi smeje od zadovoljstva što je učinio takav pronalazak.

Kad se obuče, on zadovoljno pođe od kuće, pa tek s ulice, kroz prozor doda tašti i ženi zube.

– Eto tako ću ja ubuduće – hvalio mi se juče gospodin Aca – razoružati protivnika pa mirna krajina.

Srećan je ipak – ali šta ću ja grešnik kad moja i tašta i žena imaju zdrave, prirodne zube.

Jedan dijalog

Kad hoću uveče da se uspavam, a ja obično čitam ili kuvar ili kalendar. Čitam, čitam tako dok mi se umore kapci i svedu trepavice, pa onda strpam knjigu pod jastuk i dunem u sveću.

Otuda ja najčešće sanjam ili kakvog sveca ili kakvo jelo. Ili ću sanjati, na primer, proroka Jozekilja u društvu, recimo, s mučenicom Agapijom, ili ću sanjati špric-krofne ili čak i obične krofne filovane s pekmezom od šipaka.

Uvek mi samo tako nevini snovi dolaze, nikad onako nestašni i neučtivi snovi, kakve obično sanjaju drugi oženjeni ljudi.

Tako sam i sinoć legao prelistavajući kalendar, pa kad mi se prispavalo, a ja kalendar pod jastuk, dunem u sveću, pa jorgan preko glave.

Žmurim ja tako, žmurim, ne bih li zaspao, ali čujem neko tiho šaptanje i razgovor u mojoj blizini. Napnem malo više uši, kad imam šta i čuti: četvrtak i petak razgovaraju pod mojim jastukom. Kako sam metnuo kalendar pod jastuk, a oni tamo u kalendaru, osetili se usamljeni, skriveni od sveta, našli se u četiri oka pa se upustili u poverljiv razgovor.

Razume se da sad već nisam ni hteo da spavam, nego se ućutim, zaustavim čak i disanje ne bih li što bolje čuo. A ono što sam čuo dabome da sam i zabeležio.

Evo šta su među sobom razgovarali četvrtak i petak:

Četvrtak: Tek valjda nećeš tvrditi da si važniji dan u nedelji od mene.

Petak: O, svakojako, a od tebe uvek.

Četvrtak: Da si važniji, bio bi na čelu nedelje ili bar u sredini nedelje, opkoljen svim ostalim danima kao i ja. Šta inače tebi može dati važnosti nad nama?

Petak: Šta? Ono što daje svima u svetu važnosti koji je inače nemaju. Istorija, poreklo, tradicija.

Četvrtak: Nije nego još i kanalizacija. Ti si jedan običan postan dan i ništa više.

Petak: I ništa više? Zašto govoriš tako pakosno. Ja sam pre svega dan koji i danas čitava jedna vera smatra za svoj praznik; pa onda ja sam jedini dan kome se jedanput u godini dodaje pridev „veliki“; to je Veliki petak pred Uskrs.

Četvrtak: To ti već ništa ne vredi. Mi smo, brate, dani iz srpskog kalendara, a kod Srba ništa lakše nego nekom dodati pridev „veliki“ a ništa lakše nego oduzeti mu ga.

Petak: Pakost, uvek pakost. A kad bi mi ti bar mogao i toliko svoje važnosti nabrojati koliko sam ja tebi, pa hajd’ hajd’.

Četvrtak: Prvo i prvo, ja važim kao neki mali praznik. Sva mi se školska deca raduju. Drugo, četvrtkom su obično cenzure menične; četvrtkom mogu biti svadbe, a petkom ne. Četvrtak je uopšte posle nedelje, kao neka vrsta manjeg praznika. Otidi samo u kafanu, pogađaj kost, pa ćeš videti da je nedeljom i četvrtkom četiri jela, dodaje se „melšpajz“. Da nije nedelja na čelu sedmice, ja sam uveren da bih ja bio izabran za starešinu nedeljnih dana.

Petak: Bi, jeste.

Četvrtak: Razume se, ti ne bi glasao za mene, glasao bi za subotu. Znam ja to dobro, poznajem ja tvoje jevrejske sklonosti. Ali bi za mene glasali i ponedeljak i utornik i sreda.

Petak: Ne razumem te i molio bih te da mi objasniš, šta hoćeš da kažeš s onim jevrejskim sklonostima koje mi prebacuješ?

Četvrtak: Nije to jedino što bi ti se moglo prebaciti, ti si i turski svetac, tebi bi se tako isto mogle prebaciti i turske sklonosti.

Petak: Šta...? Kako...? Šta hoćeš time da kažeš?!

Četvrtak: Najzad, ne valjaju ako hoćeš ni tvoje hrišćanske sklonosti.

Petak: Hrišćanske?

Četvrtak: Da, ti si jedini dan u nedelji u koji se posti. I, priznaćeš, zbog te tvoje osobine nisi baš najprijatniji u društvu. Kad se svi nedeljni dani koji put skupe u sednicu, ja ću predložiti da te sad bar, za vreme posta, isključimo iz društva.

Nisam dalje čuo ni reč. Izgleda da se petak osećao pobeđen pa se ućutao.

Kod nas se sve jedno s drugim zavadilo, pa zašto ne bi i dani nedeljni.

Intervju s golom ženom[5]

Stigla je. Stigla je železnicom sasvim obično u kupeu. Niti je bila spakovana, kao što smo navikli da nam dolazi južnjačko voće, niti je na njoj pisalo: „Pazi, ne tumbaj".

Ništa od toga nije bilo, već je sasvim lepo kao i svaki drugi putnik stigla.

Čim je, međutim, kroz varoš prohujao glas da je stigla gola žena, odmah me je pozvao gospodin urednik.

– Ben Akiba, stigla je ona gola žena.

– Znao sam ja da će stići i da neće imati nikakvih neprilika zbog pasoša na granici.

– To ne znam – veli urednik – ali dozvolite mi da je to jedan posao za vas.

– Šta je posao za mene?

– No pa, mogli biste je, na primer, intervjuisati.

– A, to. To bi moglo, ali samo pod jednim uslovom.

– Kakvim?

– Da se taj intervju ne štampa!

– Eto ti sad.

– Pa da, zaboga, ja sam ženjen čovek. Znate li vi da bi takav jedan intervju bio sasvim dovoljan dokaz za konzistoriju.

– Ah, ne bojte se, vama se ne može desiti da vas žena napusti. Vama se može samo desiti da koju ženu više dobijete a ne da i ovu jednu izgubite.

„To jeste", pomislih ja u sebi.

– E, pa dobro, šta treba da radim?

– Da odete kod Mis Mod Alen. Ona je odsela u hotelu *Grand*, evo vam broj sobe, pa je intervjuišite.

– Pa šta imam vraga da je intervjuišem, ja mislim da je tu dovoljno da je samo vidim, pa da posle napišem šta sam sve video.

---

[5] Tada je prvi put u Beogradu prikazivala Salomu u punoj golotinji baletkinja Mis Mod Alen. Prethodila je velika reklama.

– Ne, ne, bolje je da razgovarate malo s njom.

– Pa dobro.

– Samo, slušajte, Ben Akiba, nemojte tek tako ići, budite spremni kad idete u posetu goloj ženskoj.

– Ama, kako da budem spreman?

– Pa tako, spremite unapred pitanja koja ćete joj upraviti.

– Ah, da. Ali molim još za jedno uputstvo, gospodine uredniče.

– Da čujem?

– Šta mislite da li je potrebno i ja da odem go k njoj?

– Koješta, kakvo pitanje!

– Zašto, molim vas. Ona je Engleskinja, ona mora vrlo mnogo voditi računa o etikeciji i učtivosti.

– E, pa – začudi se urednik – pa kako možete tako da me onda pitate?

– Kako kako? Tako. Učtivost je, molim vas, najrelativniji pojam na svetu. Vidite, na primer, uđite pod kapom u crkvu – to je neučtivost. Ali uđite u džamiju i skinite kapu, to je takođe neučtivost. Zašto? Zato što hrišćani skidaju kapu a Turci je ne skidaju, takav je običaj i prema tome običaju treba se i vladati. Zamislite, na primer, da ja odem go na kakav beogradski žur. E, dabome, to bi bio bezobrazluk, ali tako isto može biti od mene neučtivo ako odem obučen da pravim posetu Mis Mod Alen.

– Ne znam, učinite kako znate i umete, samo mi napišite intervju.

– Lepo, zbogom. Ja idem pa šta mi bog dâ.

I tako se jedva na jedvite jade krenem u hotel *Grand*.

Prijavim se kartom Mis Mod Alen, i vrata se odmah otvoriše. Uđoh u jedan prijatan salon gde me dočeka neka ženska koja mi ponudi da sednem.

Seo sam i počeo da razgledam salon. S onom ženskom, koja me je dočekala, nisam hteo ni da se upuštam u razgovor, već sam nestrpljivo okretao glavu vratima, očekujući kad će se pojaviti Mis Mod Alen.

I sama ona ženska što me je dočekala pojmila je izvesno da me ona ne interesuje, pa je i ona strpljivo ćutala i nije me nimalo uznemiravala.

Prođe tako u ćutanju pet minuta, prođe deset pa prođe i dvadeset, a Mis Mod Alen se ne pojavljuje. Najzad meni pade srećna misao na pamet. Pravi reporter treba da se koristi svakom sitnicom, ne treba ništa da propusti da što više dozna o onome radi čega je poslat od urednika. Ova ženska je izvesno kakva prijateljica Mis Modina. Od nje bih, veštim ispitivanjem, mogao saznati mnogo štošta, pre no što i dođe sama Mis Mod. Čim mi je tako srećna misao pala na um, otpočnem s ispitivanjem.

– Dozvolite, gospođice, da prekinem ovo dugotrajno ćutanje.

– Hvala bogu kad ste se jedanput rešili – odgovori ona ljupko – a ja sam bila rešila da vas ostavim celoga dana tako da ćutite.

– Izvinite, priznajem, nisam bio pažljiv, tako da me je sad strah da neću imati prava na vašu iskrenost.

– O, molim, zašto ne?

– E, pa ja bih vas molio da mi kažete jednu stvar, vrlo poverljivu stvar.

– Molim?

– Vi poznajete dobro Mis Mod Alen?

– Kakvo pitanje! – uze ona da se čudi.

– Dakle, na časnu reč, kažite mi iskreno, je li ona odista žensko ili je možda muško?

– Kakva su to pitanja?

– E, pa zaboga, ja sam intervjuista, meni je potrebno da saznam što više detalja, što više sitnica.

– Ali to nije nikakva sitnica.

– To priznajem. Ali...

– Ne, gospodine, o tome ne vredi ni govoriti. Kakvog bi interesa imala Mis Mod da bude muško?

– Nikakvog, to je istina. Uostalom, recite mi bar to, zar tako dugo traje toaleta Mis Mod?

– Kako dugo?

– Pa evo, ja sam već pola sata ovde, a ona se još nije svukla; naše bi se gospođe dosad već pet puta obukle.

– Ama kako, molim vas. Ja vas ne razumem.

– Ne razumete me. Čudnovato. Pa lepo, reći ću vam to jasnije: kad će doći Mis Mod?

– Gde?

– Pa ovde, u sobu.

– Pa ja sam, zaboga, Mis Mod Alen.

– Vi? – zgranuh se ja.

– Pa nego šta? A što vas to iznenađuje?

– Pa vi niste goli, molim vas, vi ste zakopčani sve do guše.

– A zar ste vi očekivali da ću ja biti gola?

– Pa dabome, video sam vam i slike.

– Varate se, ja nikad nisam gola u četiri oka, ja sam pred svetom gola.

– Bože moj, međer je istina ono: tuđa zemlja tuđi običaji.

– Kako?

– Pa kod nas je sasvim obrnut običaj, kod nas ne bi moglo biti to da ženska bude gola pred svetom, a u četiri oka...

– A kad vi mislite da pišete vaš intervju? – upita me Mod, smešeći se.

– U četvrtak, gospođice.

– Pa dobro, šta ćete napisati?

– Napisaću... upravo uzviknuću kao Cezar: *Veni, vidi, vici.*

– Kako?

– Samo ću ja to srpski kazati: Bio, nisam ništa video i vratio sam se.

Pošto ni do kakvih detalja nisam mogao doći, to sam prekinuo dalje ispitivanje i, evo, samo ovoliko, koliko sam izneo, znam, pa to sam i napisao.

Izložbena ekspedicija

Naši izložbeni predmeti već su poslati u London. Sad prolaze vagoni s bugarskim predmetima i o tome naše novine donose naročite beleške. Kada li će i kod nas u Beogradu jednom da se priredi izložba na koju će se ovako vagonima donositi sve ono što je ova lepa i bogata zemljica kadra da dâ? Bogami, već su mi dosadile ove naše poljoprivredne izložbe s klipovima kukuruza i krompirima. Kukuruz, krompir, jabuke, kruške, đerzonke košnice, rotkve, kupus, pasulj i sočivo. I to je onda poljoprivredna izložba.

Nego, kad je već reč o tim našim poljoprivrednim izložbama, da vam bar kažem iskreno otkad sam ih ja omrznuo.

Doživeo sam, što je možda retko koji dvonožac doživeo, pa od toga doba i kad se pomene poljoprivredna izložba, a mene nešto štrecne te me zaboli čak i palac u cipeli.

Ne sećam se gde je bila ta izložba. U Beogradu, Smederevu ili Požarevcu, ne mogu tačno da se setim, tek negde na Dunavu. Ja sam putovao lađom iz Šapca za Beograd, a sa mnom su istom lađom nošeni i izložbeni predmeti za tu poljoprivrednu izložbu. Tačno sam zabeležio sve predmete i evo spiska:

1. Četiri grdno velike glavice kupusa.
2. Jedna patka.
3. Tri kile krompira.
4. Dve grdno velike bundeve.
5. Jedan državni ćuran (tj. odnegovan na nekakvom državnom rasadniku).
6. Deset klipova kukuruza.
7. Pet đerzonki košnica punih pčela.
8. Tri kile paradajza.

Eto, te predmete je slao ne znam koji okrug na izložbu ne znam koga okruga.

Svi prebrojani izložbeni predmeti su vrlo mirno putovali. Ležali su mirno na gomili, jer najzad šta bi se drugo i moglo očekivati, recimo,

od kupusa ili od paradajza. Jedino je patak svakog redom koji bi prošao kraj njega pozdravljao nekim naročitim, cincarskim dijalektom i
naglaskom; dok državni ćuran, kao što u takvim prilikama svi državni
ćurani rade, napućio se i riterski šeta s izrazom odvratnosti prema patki, prvo zbog njenih cincarskih manira, a drugo i zato što nije državna
patka. Pčele, međutim, u košnicama spavale su mirno, svesne toga da
one nisu pozvane da se na lađi produciraju već na izložbi.

Osim pomenutih predmeta, na lađi je putovao jedan pop, gospodin Sima računoispitivač s gospođom, jedan isterani pisar koji ide u
Beograd da pokuša vratiti se u službu i još nekoliko njih koje ne poznajem. Oni nisu putovali kao izložbeni predmeti, već kao obični gosti, jer najzad kako bi se mogao jedan pop ili, na primer, gospođa Nata,
gospodin-Simina žena, izložiti.

I sve bi to išlo tako mirno i lepo da neko od putnika nije usput
uvredio državnog ćurana. Da je to bilo na suvu, državni ćuran bi, kao
što to rade svi državni ćurani, tu uvredu suzbio ili zvaničnom ispravkom ili tužbom kod suda. Ali ovako, on se silno naljuti, pokida kanape
kojima je bio vezan i poče da juri po lađi. Skoči prvo na mesto gde stoji
kapetan, pa onda u prvu klasu te pravo na sto i preturi ručak koji su
tek poručili gospodin Sima i gospa Nata. (Jer gospa Nata neobično voli
da jede biftek na lađi.) Pa onda nastade jedna trka za njim, matrozi,
kontrolori, sva publika i pop, svi smo se razleteli po lađi da uhvatimo
državnog ćurana. On odjuri s prve klase na drugu, obori usput jedno
dete, prevrte neke sudove pred kujnom, pregazi sve izložbene paradajze i napravi od njih prosto pekmez, pa onda skoči na neke džakove i
najzad – uh, gospode bože, i sad me zatrese groznica kad se toga setim
– najzad, prevrte jednu đerzonku košnicu i svu je, saće i pčele, prosu
po lađi.

I sad nastade tek jedna nesreća nad nesrećama. Roj se rasturi po
celoj lađi i poče da juri putnike. Počesmo svi da pištimo i da vrištimo, i
da sklanjamo glave i ruke. Gde je ko mogao i stigao turio je glavu. Neki
tamburaš na drugoj klasi našao komarnik u kome stoji meso za kujnu,
izbacio meso, metnuo u komarnik svoje dete, zaključao pa metnuo
ključ u džep. Pop nadao dreku pa se zabio u kujnu, a kuvarice pište i
teraju ga varjačama napolje. Gospodin Sima računoispitivač metnuo
glavu pod sto. Kapetan lađe se zbunio pa ne zna gde da metne glavu.

Na ćurana više niko i ne misli.

Najzad, isteraše popa iz kujne, a on, kao najodvažniji među nama,
viknu:

– Braćo i sestre, spasavajte se u kabinu, dole u kabinu!

I svi poleteše dole. Dole, međutim, zatekosmo četvoricu već s naduvenim obrazima i punu kabinu pčela.

Šta ćemo sad?

Pop se opet stavi na čelo nas sviju i grmnu:

– Za mnom, braćo!

Poslušasmo ga svi i pođosmo za njim gore na palubu. On napred ponosno, kao vođa pobunjenika na kakvoj ruskoj lađi a mi kao vojska za njim: gospa Nata, gospodin Sima, ja, onaj tamburaš (njegovo dete sasvim mirno sedi i doručkuje u komarniku) i još dvoje ili troje.

Pop stade pred kapetana:

– U ime celog ovog naroda, molim vas priterajte lađu obali, da se spasemo.

– Nemoguće.

– Kako nemoguće? – grmnu pop.

– Ovde se uz obalu ne može pristati, plićak je.

Utom pisnu pop, skoči za pedeset santimetara u visinu, zadiže mantiju, i strpa obe šake pod mantiju.

– Nadući ću se kao niko moj! – pišti siromah pop i češe se.

Utom pisnu i gospodin Sima, ujede ga pčela više obrve. Ja počeh kao lud da trčim po lađi; kapetana ujele dve odjedanput; tamburaš psuje na sva usta, ujela ga pčela baš kod donje usnice. Pop uzeo hladnu vodu pa se pljuska pod mantijom, kapetan ide kao lud po lađi, glava mu veća od onih izložbenih bundeva; tamburaš skače s noge na nogu a obesila mu se donja usna kao u Hotentota.

Utom izleteše iz kujne s vriskom i s naduvenim obrazima kuvarice; jedan konobar sasvim izgubio desno oko, toliko mu se naduo obraz, kontroloru se nadule i obe ruke i obrazi. Svi, svi se naduli, još se samo dobro držim ja, gospa Nata i ono dete u komarniku, koji lepo visi obešen o krov lađe.

Ali dođe i na nas red. U jedan mah pisnu gospa Nata i skupi suknju međ noge.

– Ju, ju, ju, ju – poče zbunjeno gospa Nata. – Simo, bog te ubio da te ubije!

– Šta je zaboga? – pita gospodin Sima s polovinom usne, jer mu je druga polovina naduta.

– Nisam znala da su i pčele bezobrazne životinje – pišti gospa Nata.

– Jel' te ujela?

– Nije nego mili.

I gospa Nata otrča dole u kabinu da izvadi pčelu, ali se maločas vrati.

– Ne mogu da je nađem.

I za divno čudo, pčela ostade pod suknjama gospa Nate, ali je ne ujede.

– Ja to ne razumem – veli meni gospodin Sima.

– Možda pčela misli da je ušla u košnicu. Vi još možete biti srećan čovek ako je pčela počela da pravi saće. Zamislite samo, zadignete ženi suknju kod kuće i vadite med. Kakva privreda, kakva ekonomija!

– Pa jeste, to može da bude – odgovori gospodin Sima u teškom bolu.

Najzad prispe lađa s ranjenicima u Beograd.

Možete misliti kakvi smo izgledali, svi naduveni, svima zatvoreno po jedno oko, a pop ide raskorak kao da na buretu jaše.

Oh, bože, kad se svega toga setim, mene i danas groznica spopadne.

Godišnji zborovi

Pročitajte samo četvrte strane naših novina, i onih u Beogradu i onih u unutrašnjosti. Sami pozivi na godišnje zborove s dnevnim redom: „Čitanje izveštaja stare uprave" i „Izbor nove uprave".

Tu su ti banke, tu zadruge, tu esnafi, pa tu udruženja i razna društva. Sve to drži svoje godišnje zborove u ovo doba godine. Zaključeni su i bilansi, blagajnici se naoštrili razlozima, oni što će oponirati na godišnjim zborovima već šuškaju po kafanama o nepravilnosti rada upravnih odbora.

I kakvih tu nema bilansa. Ima lepo, čisto izrađenih, pisanih crnim mastilom i kaligrafskim slovima, išpartanih plavim mastilom, a ona reč „svega" i „glavna suma" ispisana crvenim mastilom. Vrlo lep bilans, da ti je milina da ga uzmeš u ruke. Ali tepsija je tu, ali pite nema; bilans lepo izrađen, ali para nema.

Pa onda ima bilansa izrađenih na raboškoj osnovi, zarezan svaki izdatak, pa mu ne možeš krsna imena uhvatiti.

Pa ima tu duplih knjigovodstava, pa ima prostih, pa ima notesa, pa ima onih naših knjigovodstava koja se na zboru ovako raspravljaju:

– Pa dobro, blagajniče, a šta je s onih dvesta dinara što sam ti o Đurđevdanu dao?

– Kojih dvesta dinara? A jest, to sam dao poslužitelju Đoki.

– Pa jesi li zabeležio negde?

– Nisam. Baš dobro te me podseti, evo sad ću da zabeležim.

I dok tako ide na jednoj strani, na drugoj opet, usled velikog broja onih koji su svršili trgovačku akademiju pa ostali besposleni, uvuklo se duplo knjigovodstvo i tamo gde mu nije mesto. Tako, na primer, bar tako čujem, i Materinsko udruženje uredilo je svoje knjige na osnovu duplog knjigovodstva.

O gospode bože, kakve li tek moraju izgledati te knjige Materinskog udruženja na osnovi duplog knjigovodstva? S leve strane se beleži „ulaz dece" a s desne „izlaz dece". Hajd' „izlaz dece" to još razumem šta je, ako u nadzornom odboru Materinskog udruženja postoji i koja babica, lako će tu stranu overiti, ali šta mu je to „ulaz“?

I onda kakav izgleda taj bilans. Izvesno ovako:

U gotovini	21 dete
Na dugu	9 dece
Svega	30 dece

I ko mu ga zna, možda je čak izračunata i dividenda, te na svaku članicu upravnog odbora pada tri frtalja deteta. To bi bila lepa dobit za godinu dana rada, naročito ako članicama upravnog odbora bog nije dao od srca poroda. Njihovi muževi bi izvesno bili zadovoljni kad bi za godinu dana rada mogli steći i tri frtalja deteta.

Ali nije reč o bilansima, reč je o godišnjim zborovima.

Ja sam pokušao da napravim račun, iz kojega bi se videlo koliko puta godišnje jedan Srbin glasa. Evo tog računa:

Za izbor skupštinski, koji se kod nas, hvala bogu, svake godine obnavlja, glasa jedanput godišnje.

Za izbor opštinski opet jedanput.

Za izbor partijske uprave opet jedanput.

E, sad, svaki Srbin je prosečno u pet udruženja, bilo to banka, esnaf ili pevačko društvo i tu glasa jedanput za izbor uprave. U toku godine u svakom udruženju izjavi upravi nepoverenje, i tu glasa jedanput, a zatim glasa za izbor nove uprave.

Dakle, s jednog na drugo, svaki Srbin glasa šest puta godišnje.

Nosim se nešto mišlju, ako mi dâ bog da jednog dana budem ministar finansija, da udarim porez na glasanje. Po jedan dinar od jednog glasanja. A pretpostavimo da je u Srbiji bar milion stanovnika zaraženo potrebom glasanja. Zamislite kad taj milion glasa šest puta godišnje to bi bilo šest miliona, šest miliona. Taman dovoljno da se nazida Narodna skupština.

A pravo bi i bilo da se naša Narodna skupština nazida na račun naše bolesti za glasanjem.

Kućne maze

Čovek je navikao da ponešto mazi. Ima ih koji maze svoju ženu, kao što ima žena koje maze svoje muževe, a ima ih koje ne maze nikog. Pa ipak, svaka kuća ima poneku mazu.

U najobičnije maze spadaju: deca, kučići, mačke i kanarinke. Vrlo često ćete čuti kad žena mužu kaže:

– Slušaj, mi nemamo dece, pa mi čisto prazna kuća kad ti odeš. Kupi kakvu 'ticu, na primer kanarinku.

A nikad nećete čuti:

– Slušaj, mi nemamo kanarinke, pa mi čisto prazna kuća kad ti odeš. Udesi nekako da dođemo do deteta.

Ili decu ili kučiće ili kanarinku, tek svaka kuća ima poneku sitnicu koliko da ne bi bila gluva.

Ajd' baš da pregledamo sve te vrste kućnih maza.

I Deca. To su mala umiljata stvorenja koja ponekad liče na oca, ponekad na majku, a ponekad ni na oca ni na majku. Kad se maze, ona se slatko smeju, a imaju običaj i da se dernjaju da ti uši zaglunu.

Kad je jedno u kući, otimaju se o njega i otac i majka, a kad ih je više, guraju ih i doturaju jedno drugom.

Dok su sasvim mala, ona su prosto ukras porodični (bez obzira na stanje njihovog veša), a kad odrastu malo, oni postaju opasnost za sve što je stakleno u kući, počnu da prave vašar, i svaki treći dan izvlače batine. Kad sasvim odrastu, ona postaju opasnost za sasvim druge stvari, van kuće, i umesto da služe i dalje kao ukras porodice, oni postaju udes porodice.

II Mačka. To je druga vrsta kućnih maza. One su umiljate i lukave. Dok su male, igraju se klupčetom, orahom i svačim što nađu na patosu. Spavaju na gazdinom kaputu, na gazdaričinom mantilu i uopšte gde god im dođe zgodno. Iako se rado maze, ipak se ne mogu maziti u toku cele godine. Januara i februara vrlo rado beže od kuće, i vraćaju se u takvom stanju da svaka gazdarica kad ih spazi mora pljunuti i reći:

– Gade jedan!

III Kanarinka. To su one 'tičice što lepo pevaju i što piju vodu iz gazdaričinih usta.

Koliko li sam puta ja u životu uzviknuo:

– Ah, da mi je da sam kanarinka! – no, razume se, u kući gde je lepa gazdarica i gde nema mačaka.

IV Psi. To je četvrta vrsta kućnih maza. Razume se, tu ne računam na one pse što drežde noću u avliji, niti na one što ih drže udovice, jer ih strah da same zanoće u kući. To su psi koji imaju svoju službu, oni su upravo kućna posluga. Ja mislim na one pse s malim niklovanim litrom oko vrata, koje gazdarica kupa svake subote i koje obično s gazdaricom zajedno stoje na prozoru i gledaju publiku koja prolazi i laju na svakog gospodina koji neće da obrati pažnju na prozor.

Eto, to su četiri vrste kućnih maza. Razume se, ima i drugih po izuzetku. Ima ih koji drže papagaje, ima ih koji drže kućne prijatelje, ima ih koji maze piliće, ima ih koji maze jagnje, sve dok mu ne osete debljinu oko repa, a ima ih koji maze konje. No ja više govorim o onim sobnim mazama.

Od ove četiri vrste najčešće se upotrebljavaju deca a najređe kanarinke. Kanarinke i mačke su najčistije maze, a deca i kučići najgore. Zbog dece uvek je u avliji zategnuto uže na kome se suši veš, a zbog kučića svako jutro gazdarica iznosi nešto zavijeno u stare novine.

I nema kuće bez jedne maze bar. Ja ih imam punu kuću, tu su i deca i 'tice i mačići i psi. Pa pored svih imam još jednu kućnu mazu. Vi znate ko je to; sećate se valjda koga ja tako često pominjem?

Moj dvoboj

Ja s uvredama postupam sasvim kao s gotovim novcem. Primam ih i dajem ih i to sasvim kao i kod novca, teže ga primam, a vrlo lako ga dajem.

Zaveo sam čak i knjigu u koju upisujem svoja primanja i svoja dugovanja. Baš sam sad o novoj godini zaključio knjigu za prošlu godinu i ispao mi je bilans vrlo povoljan. Sa strane primanja imao sam svega tri uvrede meni nanete i to:

1. Uvredio me je moj krojač u jednom pismu koje mi je uputio, a koje je bilo vrlo bezobrazno napisano;

2. Uvredio me je jedan izvršitelj koji mi je prosto napao na kuću, iako se dotle nismo ni poznavali i

3. Uvredila me je tašta, jer je zašla po kućama, i koga god je srela tvrdila je da se ja nisam trebao oženiti, međutim, ja i dan-danji osećam da sam trebao.

Sa strane davanja imao sam četiri uvrede koje sam ja naneo i to:

1. Uvredio sam jednu devojku koju sam voleo pa sam se posle drugom oženio, kao što je to već naš narodni običaj. Uostalom, ovo nije dug iz prošle godine, već prelazi kroz moje knjige iz godine u godinu;

2. Uvredio sam jednog kralja;

3. Uvredio sam jednog prijatelja kome nisam dao sto dinara na zajam i

4. Uvredio sam jednog gospodina, kome sam kazao da je „magarac“.

Dakle, kad sam zaključio knjigu, izašlo je sa strane primanja tri uvrede, a sa strane davanja četiri. Kad se davanje izravna s primanjem, onda se po tri uvrede sa svake strane brišu i u bilansu ostaje svega jedna po kojoj ja dugujem.

I to je onaj mali suvišak na strani davanja, onaj gospodin kome sam kazao da je „magarac“.

Ja sam tu uvredu hteo da prenesem u knjigu za ovu godinu pa da je u toku godine odužim, ali je taj gospodin bio vrlo nestrpljiv, poslao mi je svedoke. Zamislite, poslô mi je svedoke!

Kako je u Srbiji dvoboj vrlo ozbiljna stvar, možete misliti kako su mi se presekle noge kad su mi se javila dva gospodina kao svedoci. Tako
230

mi se pojaviše u pameti slike sviju mojih prijatelja i poznanika koji izgiboše na dvobojima i, razume se, poduze me neko neprijatno osećanje.

– Gospodine – reče jedan od svedoka, vadeći neku hartiju iz džepa – dužan sam najpre da vam pokažem naše punomoćje.

– Tä ostavite se, molim vas. Nećete mi valjda popisivati stvari pa da pokazujete punomoćje.

– E, pa lepo, gospodine – uze sad drugi svedok reč – ostajete li pri tome da je naš punomoćnik magarac?

– Pa, molim vas, to je sasvim njegova stvar i ja sam mišljenja da se ni ja ni vi ne mešamo u tuđe privatne stvari.

– Da, ali to nije vaša privatna stvar.

– Nego?

– Pa to je javna stvar.

– Kako, zar je to javna stvar da je on magarac?

– To jest – uze opet svedok – uvreda je javna.

– Nije molim vas – branim se ja.

– Jeste, gospodine, vi ste njemu rekli u kafani da je magarac, i to ste mu kazali pred tri lica koja to svojim svedodžbama tvrde.

– Vidite, u tome i jeste sva pogreška. To nisu tri lica, već tri njegova prijatelja koji ga isto tako dobro poznaju kao i ja.

– Svejedno, gospodine, vi niste smeli našem punomoćniku na javnom mestu reći da je magarac.

– Da, vidim da sam pogrešio, trebao sam ja to njemu u četiri oka kazati.

– Dakle, vi se izvinjavate? – kliknu prvi svedok.

– Kako se izvinjavam?

– Pa trgnućete reč natrag.

– Drage volje. Sasvim, zašto bi dolazilo do dvoboja! Trgnuću reč, ne moram ja to njemu javno reći, ja mogu ostati samo pri mom tvrdom uverenju da je gospodin magarac.

– To vi onda ne trzate reč? – namrgodi se drugi svedok.

– Trzam je, gospodine.

– Ali trgnite i vaše uverenje.

– Eto ti sad, kako ću da trgnem uverenje?

– Tako, trgnite ga.

– Nemoguće, gospodine, kako se može uverenje trgnuti?

– To vi onda primate dvoboj? – reče svečano prvi svedok.

– Ama ne primam ga, ko vam kaže da ga primam – uzeh ja da se branim, ali svedoci počeše da mi dokazuju kako je to red, kako poziv treba da primim, kako je to čak vrlo lepo poginuti u dvoboju i tako uopšte počeše da mi gustiraju celu stvar.

Kad sam ja i dalje počeo uporno da branim svoje gledište da nema smisla ginuti za ljubav jedne magareće afere, svedoci me zamoliše da im pošaljem svoje svedoke i odoše.

Možete misliti kako mi je bilo tog dana. Padao sam na hiljadu ludih ideja i ni kod jedne se nisam mogao skrasiti. Najzad, kad sam video da će do dvoboja morati doći, ja sam pao na najsrećniju ideju na koju sam mogao pasti. Razjurio sam se po Beogradu i na sve strane raspitao o kreditorima moga protivnika, naročito o onima od kojih on godinama beži. I našao sam ih: jednog krojača i jednog kafedžiju. Dužan im je velike sume još iz 1902. godine i beži od njih kao đavo od krsta. Ne sme da prođe ulicom gde su njihove radnje, a kad ih izdaleka spazi, on beži u pobočnu ulicu.

Odem i predstavim im stvar. Nisu odmah stvar shvatili, naročito krojač. Prvo i prvo, on ne trpi pucanje, o Božiću čak nosi pamuk u ušima, a drugo i drugo, on se boji da ja svog protivnika a njegovog dužnika ne ubijem, međutim, on to ne bi bio rad.

Jedva sam ga ubedio da do toga neće doći, zakleo sam mu se da ću ja pre pojesti revolver no što ću ubiti čoveka koji krojaču duguje 6.646 dinara; uveravao sam ga da ja potpuno pojmim da takvog čoveka treba pošto-poto sačuvati u životu, i najzad sam prelomio krojača.

Razume se, do dvoboja nije moglo ni doći. Čim je moj protivnik saznao da sam ja za svedoke izabrao dva njegova kreditora, pojmio je odmah situaciju.

Za njega je bilo svega dve mogućnosti: ili da ga pogodim ili da on mene pogodi, a njega da uhvate kreditori. I u jednom i u drugom slučaju on bi izgubio dvoboj.

Odmah je nastalo izmirenje. Njegovi svedoci su bili vrlo popustljivi dok su moji odlučno tražili dvoboj. Ni krojaču ni kafedžiji nije se dopadalo to što on popušta. Oni su pošto-poto tražili u moje ime dvoboj, pristali su čak makar i da ne dođe do pucanja, ali da se na lice mesta svakojako izađe. Međutim, moj protivnik baš to nije hteo, on se baš toga klonio – da izađe na lice mesta.

Najzad, njegovi svedoci toliko čak popuste da su mi dozvolili da ja ostanem pri svome uverenju da je moj protivnik magarac, samo da to javno ne kažem. E, na to sam već morao pristati i tako je dvoboj uklonjen i od toga doba ja o mome protivniku imam, na osnovu utvrđenog sporazuma, uverenje da je on magarac, samo to nigde javno ne kazujem.

Mladenci

Meni još nikako nije jasno, zašto mladenci padaju na dan četrdeset mučenika. Ima li to kakve veze jedno s drugim?

Druga stvar bi bila kad bi svako bračno doba imalo svoj dan u kalendaru. Onda bi mladenci, tj. oni koji su se tek uzeli, proslavljali „verige“ koje padaju 16. januara. Pa bi posle jedno godinu dana jedan po jedan od novooženjenih počeo da proslavlja. Na primer, gospodin Voja bi uzeo za svoj praznik 16. februar, dan Mučenika Pamfila, gospodin Sveta bi opet uzeo za svoj praznik 6. mart, dan Jovana Mnogostradalnoga, a gospodin Toma bi uzeo recimo 11. januar, dan Prepodobnog Teodosija.

Pa kad bi se nabralo podosta njih, koji tako slave pojedine dane, onda bi se odvojili u pojedine grupe. Jedna grupa bi uzela recimo 6. mart, četrdeset dva mučenika u Amoreji; druga bi grupa uzela 9. mart, 40 mučenika; treća bi grupa uzela možda 10. jul, četrdeset pet mučenika u Nikopolju; četvrta grupa bi izvesno uzela 7. novembar, trideset tri mučenika metilinskih; pa onda peta grupa bi uzela, recimo, 29. novembar, Paramon i tri stotine sedamdeset mučenika.

I tako bi se ljudi lepo rasporedili po kalendaru, pa bi svako imao mesta da proslavi svoje mučeništvo. A kad bi se namnožio rod Filistinski, kad bi posle deset godina bračnog života bilo toliko mnogo mučenika da već ne bi bilo mesta za njih u kalendaru, tada bi sve strpali u jednu grupu te bi slavili svoj bračni život 28. decembra kao dvadeset hiljada mučenika nikomedijskih.

Eto, tako bi to moglo biti kad bi nešto bilo reda u kalendaru, ali ovako, kad već nemamo nekog reda, neka slavi šta ko hoće, kao što su juče ovogodišnji mladenci proslavili svoj dan.

Imao sam grdne muke juče s gospodin-Tomom. On je, znate, mator neženja, ali rado se daje pozvati na svadbeni ručak. Gotovo o svim svadbama videćete ga, lepo izbrijana, nasmejana lica, s dobrim apetitom i iskrenim željama za mladence, jede svako jelo koje se na sto donese.

Ali je on zato i pažljiv prema njima. O jučerašnjem danu svakom pošalje po kakav dar. Još se nisam ni obukao juče ujutru, a on mi je već došao da moli za nešto.

– Znate, rad sam da uz svaki dar pošaljem po jedno pismo, ali onako lepo sastavljeno pismo.

– Pa?

– Pa to bih vas molio da mi vi sastavite to pismo.

Možete misliti kakvo mi je zadovoljstvo učinio. Ja nikad u životu ne umem pametno da napišem nikakvu čestitku niti izjavu sažaljenja. Ali me on okupio te sam morao popustiti.

– Pa dobro, šta, na primer, šaljete kome?

– Pa eto, mladoj gospođi Danici šaljem štof za jednu haljinu.

– Lepo.

Sednem pa mu na jedvite jade sastavim pismo, koje je glasilo:

„Čestitajući vam današnji praznik mladenaca, šaljem vam ovaj štof za haljinu sa željom da ga što pre pocepate.“

Bio je vrlo zadovoljan sastavom. Pitao me je samo:

– A kako za ostale, jer ja šaljem nekoliko darova raznim mladencima kod kojih sam ove godine bio o svadbi na ručku?

– Pa, tako isto, napišite tako isto.

I on ode kući zadovoljan te prepiše pismo u pet egzemplara.

Pošalje gospođi Danici štof za haljinu i gornje pismo.

Mladoj gospođi Sofiji pošalje lepo ukoričenu knjigu „Kuvar“ i pismo koje glasi: „Čestitajući vam današnji praznik mladenaca, šaljem vam ovaj kuvar sa željom da ga što pre pocepate.“

Gospođi Nataliji poslao je svoju fotografiju i pismo koje glasi: „Čestitajući vam današnji praznik mladenaca, šaljem vam ovu fotografiju sa željom da je što pre pocepate.“

Gospođi Olgi poslao je jedan državni loz i pismo koje glasi: „Čestitajući vam današnji praznik mladenaca, šaljem vam ovaj državni loz sa željom da ga što pre pocepate.“

Najzad s gospođom Micom hteo je da se pošali, jer je njen muž gospodin Ješa vrlo šaljiv čovek. Njoj je poslao pljuvaonicu i još nešto što se drži pod krevetom i uz to pismo koje glasi: „Čestitajući vam današnji praznik mladenaca, šaljem vam ove dve stvari sa željom da ih što pre pocepate.“

Eto tako je gospodin Toma juče razaslao svoje darove a jutros je došao da mi se pohvali kako je sve lepo svršio.

Ja sam juče samo pismeno čestitao mladencima. Nisam im slao nikakve darove. Ko velim, sad odmah posle svadbe nisu ničega željni. Bolje je docnije da ih obradujem.

Intervju sa Svetim Savom

Jedan naš pisac doveo je Svetog Savu dole na zemlju i, čini mi se, proveo kroz Višu žensku školu. To, međutim, nije učtivo. Danas se čovek diže na noge ministrima, načelnicima ministarstava, narodnim poslanicima pa ih intervjuiše, a kako ne bi jednome svecu.

Osetio sam vrlo veliku potrebu da progovorim reč dve sa Svetim Savom i, dabome, nisam njega pozvao ovamo već sam ja otišao k njemu. Predstavio mu se i izjavio želju da s njim govorim o pitanjima koja su na dnevnom redu.

Taj naš razgovor tekao je otprilike ovako:

Ja (pošto sam prvo pred vratima njegove kancelarije otpevao: „Uskliknimo s ljubavlju", ulazim i duboko se klanjam): Ja sam novinar iz zemlje Srbije, znate one zemlje za koju se u vašem Troparu kaže „puna jesi košnice".

Sveti Sava: Tako, milo mi je. Sedite. Baš sam rad da čujem malo novosti iz te interesantne zemljice.

Ja: O, molim!

Sveti Sava: Tako, na primer, šta je s mojim pepelom?

Ja: Odmah sam mislio da ćete me o tome pitati. Vidite, zasad je istorijski utvrđeno da je vaš pepeo razneo vetar.

Sveti Sava: To sam znao, nego je li utvrđeno mesto gde je to bilo?

Ja: Zasad još nije, ali imamo vremena za to, jer znate mi mnogo bolje rešavamo istorijske događaje i datume, kad se malo udaljimo od njih. Uostalom vi biste nam učinili veliku uslugu kad biste hteli reći gde je to bilo. Recite mi, molim vas, a zašto biste vi to i krili od svoga naroda?

Sveti Sava: A radi ste valjda da taj istorijski fakat vi prvi rasvetlite, kako biste stekli kvalifikacije za akademika.

Ja: Bože sačuvaj. Kakav akademik! To se kod nas u Srbiji ne rentira. Ali sam rad, znate, da znam gde ste bili spaljeni, pa tu u blizini za vremena da kupim plac.

Sveti Sava: Eto ti sad, a što će vam plac?

Ja: Pa znate postoji namera da se u Beogradu podigne velelepni hram na onom mestu gde ste vi spaljeni. Pa onda, razume se, ti placevi će poskupiti.

Sveti Sava: A dakle, misli se odista na to da se podigne katedralna crkva?

Ja: Misli se najozbiljnije.

Sveti Sava: Pa što se ne diže?

Ja: E, pa znate, kod nas se takve stvari najpre deset do petnaest godina „ozbiljno misle“. Tako, na primer, kod nas se „ozbiljno misli“ da se podigne Narodna skupština, pa se „misli ozbiljno“ da se nazidaju škole, pa se „misli ozbiljno“ da se nazidaju ministarstva, i uopšte ima jedno pedeset godina kako mi u Srbiji izgibosmo misleći ozbiljno o svemu i svačemu, pa od teških misli prosto nemamo kad ni da pristupimo ostvarenju svega toga.

Sveti Sava: Čekajte, čekajte! (Osluhuje.) Čujete li vi neku larmu ozdo sa zemlje i to baš iz Srbije?

Ja: Šta će to biti? Osim ako Narodna skupština ne drži sednicu.

Sveti Sava: Zar danas?

Ja: A da, imate prava, danas je vaša proslava. Sva deca Srbije i srpstva pevaju: „Uskliknimo s ljubavlju“.

Sveti Sava: A pevaju li to deca i kad odrastu?

Ja: To je kod nas u Srbiji sasvim lepo udešeno. Dok smo mali pevamo: „Uskliknimo s ljubavlju“, a kad odrastemo, mi pevamo onu drugu polovinu Tropara: „Puna jesi košnice“, i ne samo što to pevamo već u tu punu košnicu i zavlačimo prste.

Sveti Sava: Kako?

Ja: Pa tako, zavlačimo da izvučemo iz nje ili državnu službu, ili kakav zajam iz Klasne lutrije, ili državnu stipendiju, ili kakvu liferaciju, ili bar koncesiju.

Sveti Sava: Da, ali zato bar nastavljate moj nauk, dižete škole.

Ja: Ah, vi to mislite po onome: „Dižite škole, deca vas mole“. A ne, mi se sad držimo sasvim drugoga principa: „Zatvarajte škole, ministri finansija vas mole“. Znate, vi ste živeli u jedno sasvim naivno doba kad je snaga narodna udružena s prosvetom koristila zemlji i veličini narodnoj i državnoj. E, ali mi sad nismo tako naivni. Znate, prosveta je prosveta, ama budžet je budžet. Neka nas bog podrži samo ovako mudre i valjane, pa ćemo kroz koju godinu zatvoriti čak i one škole koje ste vi još u trinaestom veku otvorili.

Sveti Sava: Baš bih rado zagledao malo u taj vaš budžet da vidim šta trošite na prosvetu.

Ja: O, molim, poslaću vam jedan egzemplar projekta budžeta koji se sad nalazi pred Narodnom skupštinom pa ćete se uveriti da srpski Pijemont, da Kraljevina Srbija, troši isto toliko na prosvetu koliko ste vi još u trinaestom veku trošili.

I tako smo se rastali, a ja sam već današnjom poštom poslao projekat budžeta Svetom Savi te da ga čita u isto vreme kad se o njemu raspravlja u Narodnoj skupštini.

Intervju sa Sinan-pašom

– Slušajte, Ben Akiba – reče mi od jutros urednik – vi ste prošli put intervjuisali Svetog Savu. Mislim da bi u redu bilo čuti mišljenje i protivne strane. Tako se uvek praktikuje u novinarstvu.

– Mislite da bi možda trebalo da intervjuišem Sinan-pašu?

– Pa možda ne bi bilo zgoreg.

– Molim, učiniću kao što želite!

I odmah posle ovoga razgovora otišao sam u ovdašnju džamiju da mi viziraju legitimaciju te se uputio Sinan-paši.

Primio me je vrlo srdačno i razgovor je izmeđ' nas tekao ovako:

Ja: Sabanajr' olsum, paša-efendi.

Sinan-paša: Ošđeldum, efendi!

Ja: Ošbuldum.

Sinan-paša: Oturs'ns, efendi!

Ja (pošto sam od svojih nogu napravio šamlicu i seo na istu): Na prvom mestu, ja vam donosim pozdrave od doktora Voje Kujundžića.

Sinan-paša: Voja Kujundžić? Odnekud mi je poznato njegovo ime.

Ja: Pa to je vaš najodaniji poslednik. On se među prvima pridružio vašem pokretu za spaljivanje mrtvaca.

Sinan-paša: Ah, znam sad! Pa kako mu ide?

Ja: Zasad, siromah, nije još uspeo nikoga da spali.

Sinan-paša: Pa da, kad on čeka blagoslov od mitropolita. Recite mu molim vas da se socijalne reforme nikad ne vrše s blagoslovom. Da sam ja čekao na blagoslov, ne bih nikad spalio Svetog Savu.

Ja: E, sad smo naišli na pravu temu. Ja baš o tome spaljivanju želim da govorim s vama.

Sinan-paša: Bujrum, efendi!

Ja: Hteo bih na prvom mestu da znam: grize li vas savest za to delo?

Sinan-paša: Bože sačuvaj. Nikad čoveka ne može gristi savest kad učini dobro delo.

Ja: A vi smatrate da ste učinili dobro delo?

Sinan-paša: Da, vama Srbima učinio sam dobro delo.

Ja: Ne razumem.

Sinan-paša: Pa objasniću vam. Da ga ja nisam spalio, on bi počivao i danas u grobu. Je li tako?

Ja: Tako je!

Sinan-paša: Ali pitam ja vas, da mi kažete iskreno koliko bi se puta on dosad prevrnuo u grobu zbog vas?

Ja: A zašto vi mislite da bi se naši sveci morali prevrtati u grobu zbog nas?

Sinan-paša: Pa pogledajte malo šta se radi u crkvi, a šta u školi. Prelistajte malo privatna žitija vaših vladika; zavirite malo u sinodske poverljive arhive.

Ja: Znam, aľ mi ipak Svetoga Savu cenimo, poštujemo i veličamo.

Sinan-paša: Ko, vi? Ej, blago njemu po vašem poštovanju! Pa hoćete li, bolan, da vam pokažem spisak svih onih koji su odlikovani Ordenom Svetoga Save. Kod vas načelnik sreski izvrši izbore po volji ministrovoj i dobije Orden Svetog Save; pisar uhvati kesaroša, dobije Orden Svetoga Save; vatrogasac ugasi vatru i dobije Orden Svetoga Save; gospođa ima muža ministra i za tu zaslugu dobija Orden Svetog Save; kafedžija spremi dobar banket posle kakvog partijskog zbora i dobije Orden Svetoga Save. I vi još smete reći da poštujete uspomenu Svetoga Save. Digli ste na mene dreku što sam ga samo jedanput spalio, a vi ga spaljujete svaki čas. Pravo da vam kažem, ja sam čak očekivao da ćete mi poslati kakvu deputaciju.

Ja: Da vam saopštim valjda izbor za počasnoga člana društva *Oganj*?

Sinan-paša: Ah, ne to, ali da mi blagodarite što sam zaturio grob Svetoga Save.

Ja: A, zbilja, kad je o tome reč: biste li bili tako dobri da me obavestite na kome ste mestu spalili pokojnoga sveca, jer se kod nas pokrviše istorici i kućevlasnici oko toga pitanja.

Sinan-paša: Ne vredi da vam kažem jer ćete ga vi zaboraviti. Vi ste Srbi pravi majstori u gubljenju grobova svojih velikih ljudi.

Ja: To je istina. Samo još jedno pitanje, paša-efendi.

Sinan-paša: Molim!

Ja: Da li možda i vi uskoro ne očekujete odlikovanje Ordenom Svetoga Save?

Sinan-paša: Nije isključeno. To mi se može vrlo lako desiti.

Ja: Čestitam vam unapred.

Sinan-paša: Ejvala!

Posle ovoga ljubaznoga razgovora ja se digoh, a Sinan-paša me isprati sve do kapidžika i, stiskajući mi ruku pri rastanku, dobaci:

– Pozdravite mi doktora Voju Kujundžića!

Sapun

Neobičan naslov. Ne može se nikako reći da je sapun na dnevnom redu, da je to onako aktuelno pitanje da bi se o njemu dalo što reći. Ono, istina, u politici svaki čas neko nekoga nasapuni, ali kako su u poslednje vreme političari počeli jedan drugoga da brijaju i bez sapunice, to je sapun i tu sišao s dnevnog reda.

Ne bi se, dakle, imalo šta pisati o sapunu, utoliko pre što ja smatram za vrlo sitnu stvar maler gospodina Trajanova, koji je pre neki dan mezetisao uz pivo berberski sapun umesto Godomina Draškovićevog.

O takvim privatnim malerima pojedinaca neću da pišem. Zašto bih iznosio na javnost ono što se desilo u užem krugu. Ja mislim da govorim o sapunu kao društvenoj pojavi.

Razume se, vama će izgledati čudnovato, kako može sapun, skuvan od sala i sode, biti društvena pojava.

A, međutim, može. Sapun ima dve vrste osobina tako potrebnih za naše društvo i te osobine ga čine društvenom pojavom.

Evo tih osobina:

PRVA VRSTA:
1. Lako se peni.
2. Lako isklizne iz ruku.

DRUGA VRSTA:
1. Njime se pere obraz.
2. Njime se peru ruke.
3. Njime se pere prljav veš.

Prva vrsta sapunskih osobina sasvim je obična, svakodnevna. Ko se sve kod nas ne penuši, ko se sve kod nas ne nakiti sapunjavim mehurima, čiji sve renome i politički i literarni nije obična sapunjavica u koju kad dunete a vi je prosto raznesete.

Što više sapunjavice to više glasa, to više imena, to veći položaj. Predstavite naše društvo kao jedno malo more kroz koje gamižu, penju se na površinu i padaju na dno tipovi i karakteri. A vi znate da se u vodi laki predmeti penju na površinu, a teški padaju na dno. Otuda i vidite kod nas ljude s praznom glavom kako ih voda iznosi gore, na površinu. Njima njihova prazna glava upravo služi onome istom, čemu neveštim plivačima služi suva i prazna tikva, koju privežu uz telo da bi ih održavala na površini. Otuda nije ni čudo što je kod nas ponikla reč: „Treba imati samo što veće ono čim se sedi da bi se moglo sesti na što veću stolicu.“

Mehuri, mehuri, sapunjavi mehuri uzdižu se kod nas, uzdižu se svojom lažnom svetlošću i svojom prazninom, i eto to je prva osobina sapuna, kao društvene pojave, što se on kod nas, u našem društvu, vrlo lako peni, vrlo mnogo mehurića daje.

Druga osobina mu je, rekoh, što lako isklizne iz ruku. I to je u nas česta pojava. Ko se sve kod nas ne isklizne iz ruku. I partijski čovek – taman misliš da se uhvatio – isklizne; i žena – taman misliš da ti je verna – isklizne; i razbojnik – taman sud misli da je pribrao sve dokaze – isklizne.

Klizamo, klizamo svi na ovoj klizavoj, sapunjavoj stazi koju su nam pripremili naši očevi i koju ćemo mi još bolje uglačati za naše sinove.

Pa onda one druge vrste sapunskih osobina. Koliko je sve oprano njime, razume se, samo oprano, jer mrlje ipak ostaju. Sapun ne vadi i mrlje – zagledajte samo, ako imate zdrave oči, ako ne upotrebljavate naočari, zagledajte malo bolje u obraze lica koja prolaze kraj vas.

Zagledajte ministra, zagledajte narodnog poslanika, zagledajte činovnika, a zagledajte i ženu, pa ćete videti da su to prani obrazi, prani i ribani.

Zamislite samo kolika je tu zasluga sapuna kao društvene pojave.

A njime se peru i ruke. Vi znate da je još Pilat prvi oprao ruke od jednog zločina. On je tada ujedno uveo u modu pranje ruku. I kažite mi ko je to od tada pa do sada koji ne pere ruke od onoga što je učinio? Pogledajte na život naših političkih partija, pa vidite samo kako se jedna za drugom odriču onoga što su učinile u prošlosti. Pogledajte ljude koji se odriču prijatelja, uverenja, načela, odriču imena, svega, svega, svega. Kod nas je nastalo jedno opšte pranje ruku i eto gde sapun, kao društvena pojava, ima upravo najširu upotrebu.

A već o pranju veša i da ne govorimo. Prljavog veša je toliko u našem društvu, da je sapun, više no ma gde, nasušna potreba. A kad je već nasušna potreba, pravo je i da vam objavim recept kako se sapun kuva.

Dakle: Treba uzeti dva kila karaktera pa dobro izmešati s jednim kilom plemenitosti, i sve to iskuvati na jakoj vatri u vodi koja treba da je dobro zasoljena savešću.

Eto to vam je recept.

Jelte da sam danas nešto pakostan? Ne znam šta mi je, od jutros sam se ružno digao iz kreveta.

Opstrukcija

Čim pročitaju žene gornji naslov, znam da će reći: „Eno ga opet, e baš nas taj čovek ne ostavlja na miru!"

A, međutim, i pored toga što bi se pod gornjim naslovom moglo i o ženama pisati, ja ih ne mislim čak ni pomenuti.

Danas mislim da vam pišem o opstrukciji, parlamentarnoj opstrukciji.

Vi valjda znate da mi nismo jedina zemlja na svetu koja ima ustav i parlament. Imaju ih i sve ostale napredne države, kao što su Rusija, Crna Gora, Abisinija, Persija itd.

E, dakle, u Persiji postoji ustav, postoji šah, postoji vlada, postoji skupština i u skupštini postoji bife.

To, uostalom, nije nikakav specijalitet persijski, u svakoj ustavnoj zemlji postoji skupštinski bife i u svakoj ustavnoj zemlji narodni poslanici, za vreme sednica ili za vreme dugačkih govora, trknu u bife i gucnu po štogod.

E, dakle, u persijskom parlamentu bio je na dnevnom redu, tu pre neki dan, zakonski predlog o degenecima. Vlada je htela tim predlogom da uzakoni pitanje o degenecima. Ona je zahtevala da se vladinim privrženicima ma za kakvu krivicu ne može udariti više od dvadeset pet degeneka po tabanima, s tim da se posle izvršenja moraju svakome namazati tabani zejtinom. Onima, međutim, koji pripadaju opoziciji mogu se udariti i pedeset degeneka, i ne moraju se mazati tabani zejtinom.

Razume se da je opozicija, bez obzira na stranke, graknula kao jednim glasom, pa kad nije mogla legalnim putem da suzbije nameru vladinu za donošenje ovoga zakona, udari u opstrukciju, držeći beskrajne govore. „Kratka pitanja" i „dugački govori" trajali su skoro petnaest dana, dok najzad šah persijski ne prizva vladu i ne izjavi joj želju da bi opoziciji trebalo štogod popustiti.

Vlada uze da se savetuje. Ministar pravde Nasr-edin bio je mišljenja da bi se broj degeneka za opoziciju mogao spustiti od pedeset na četrdeset.

– Time bismo pokazali našu gotovost da izađemo u susret željama opozicije – dodao je Nasr-edin, ministar pravde, pogladivši se zadovoljno po bradi, što je umeo da izbaci tako lepu frazu.

– Ič ti ne valja ta reč – reći će mu na to ministar prosvete Muzafer-edin – ja im ne bih toliko popustio, dosta je ako pristanemo da se i njima namažu tabani zejtinom pošto izvuku degeneke. Eto, toliko možemo da učinimo, koliko da se ne kaže da nismo savremeni.

Ministar predsednik prihvati ovaj predlog, uz njega pristanu i ostali, i tako se reši da se opoziciji popusti utoliko što će se pristati da se i njima namažu tabani zejtinom kad izvuku degeneke.

Oba krila opozicije, od kojih je jedno, krajnji levičari, sasvim bilo protivno degenecima, a drugo, oportuniste, pristajalo u načelu na degeneke, ali da bude jednak broj kako za vladine ljude tako i za opoziciju; oba, dakle, ta krila ostanu i dalje pri opstrukciji i počnu je sad tek svom žestinom terati, držeći sve beskrajnije i beskrajnije govore. Zabrinu se šah, zabrinu se vlada, zabrinu se većina, zabrinuše se vladini privrženici, zabrinuše se činovnici, a jedan jedini čovek u Persiji bezbrižno i zadovoljno se smeši. To je onaj što drži skupštinski bife. On zadovoljno trlja ruke i misli u sebi:

– Bog da pomože. Četiri-pet ovakvih dugačkih sednica, pet do šest govora dnevno, pa postadoh ja bogat čovek.

Ministarstvo jednako drži sednice i razmišlja se: šta će i kako će, dok jednog dana ministar policije Nuredin Bin Ali ne uskliknu veselo:

– Našao sam!

– Šta, tako ti Alaha! – đipiše svi ministri s minderluka, misleći da je Nuredin našao kakvu novu stranu banku kod koje bi se mogao zaključiti još jedan zajam.

– E? – učini predsednik vlade Nasradin Bin Vehir.

– Jeste, efendi, i molim vas da me saslušate.

Svi načuljiše uši.

– Ovaj čovek što drži bife to je vladin čovek?

– Pa dabome – odgovori predsednik ministarstva – u svim ustavnim zemljama bife se daje vladinom čoveku.

– Vrlo dobro. Ja sam nabavio pet oka ricinusa, i to se ima da stavi njemu na raspoloženje.

– Što će mu, Alaha ti? – pita radoznalo Nasr-edin, ministar pravde.

– U svaki šerbet koji naruči opozicionar, on mora da sipa po pet kapi zejtina.

– Pa onda? – gurka se da čuje Muzafer-edin, ministar prosvete.

– Pa onda čik mu ga da ko drži od njih dugačke govore!

– Ha, ha, ha, ha – udari zadovoljno u smeh ministar predsednik – nek sipa more i deset, pa da ne mogu ni kratka pitanja stavljati.

– Hi, hi, hi! – udariše svi ministri u smeh i izglasaše da se sipa po deset kapi.

Sutradan pre početka sednice sabili se svi poslanici u bife, te se potkrepljuju šerbetom i lokumom, jedva na jedvite jade poče sednica.

Prvo se diže najljući opozicionar Asr-edin da stavi jedno kratko pitanje.

– Pitam ministra predsednika, je li istina da je šah dobio kijavicu, ali se to od naroda krije?

Čim on svrši pitanje, a diže se ministar predsednik da demantuje, kao što u svim ustavnim zemljama ministri predsednici demantuju sve što se upitaju. Taman on da zine, a Asr-edin, najljući opozicionar, pocrvene kao aleva paprika i sunu kroz salu te obori usput jednog skupštinskog slugu.

– Zašto Asr-edin efendija beži od odgovora? – pita ministar predsednik, i pogleda ispod oka Nuredin Bin-Alija, ministra policije.

– Ima reč Haki-efendija – zvoni predsednik skupštine.

– Neka, hvala, docnije... – maše rukom Haki-efendija i juri kroz salu napolje.

– Ima reč Šimahi Bin Mohamed – veli predsednik.

– Eno ga u avliji! – viče većina.

– Ima reč Bahri Bin Nadir.

– Eno ga u avliji – viče većina.

– Ima reč Eli Bin Eli – zvoni predsednik. I Eli Bin Eli se značajno diže.

– A – a – a! – učini cela skupština, jer se već od dva-tri dana govorilo po Teheranu da će Eli Bin Eli govoriti više no Dragiša Lapčević u srpskoj skupštini.

Eli Bin Eli se nakašlja, a ministar predsednik se naže ministru policije i upita ga šapatom:

– Je li ispio?

– Dva'est kapljica – odgovori ovaj.

– Efendi – poče Bin Eli efendi, pa se čovek zbuni, pa se stušti s govornice i poče još u skupštini da dreši čakšire.

I, posle pola sata, cela opozicija je čučala oko skupštine, a većina izglasala zakon o degenecima. Eto tako se doskočilo opstrukciji u Teheranu!

* * *

Ama što ja ovo pričam baš ovih dana, da se kogod ne koristi ovom pričom...!

Balkanska izložba

Englezi su veliki mučenici i paćenici. Mučenici su što su robovi svoje originalnosti, a paćenici što su robovi svoje ortografije i prononsijacije. Čim vam se kaže: Englez, vi jelte da morate zamisliti čoveka s kariranim kaputom i pantalonama i debelim đonovima na cipelama, a čim čujete kako Englez govori, vi mu se prosto divite i čudite kako se taj čovek muči i petlja sa svojim rođenim jezikom. Da bi vam bilo jasno koliko siroti Englezi petljaju sa svojim jezikom, moram vam izneti dva-tri primera. Oni pišu na primer: Bikonsfild, a izgovaraju Šekspir, ili pišu: guma, a izgovaraju lastik, ili pišu „Okupacija Egipta“, a izgovaraju „Velika Britanija“.

Ali nas se ne tiče ta njihova muka s jezikom, tiče nas se više njihova originalnost.

Zamislite samo, sem kariranih pantalona i debelih đonova, njima je pala još jedna originalna ideja na pamet, a ta je: da prirede balkansku izložbu.

Da mi je da znam samo šta bismo to mi, Balkanci, zanimljivog mogli izložiti, manj’ ako ne očekuju da im pošaljemo turski ustav, grčku flotu, crnogorski budžet, bugarski zakon o univerzitetu i gaće kneza Ferdinanda od 3. januara ove godine i najzad srpski parlament zajedno sa zgradom. A osim toga da im za etnografsko odeljenje pošaljemo jednog komitu srpskog, bugarskog i grčkog, i jednog turskog zaptiju kome je Mirpštetski ugovor poverio izvođenje reformi u Makedoniji.

To bi odista bila zanimljiva izložba, ali ja ne verujem da bi se to moglo učiniti. To bi se moglo postići samo u slučaju kad bi sve balkanske zemlje bile u sporazumu. Ali kako je sporazum balkanskih država teže postići no pronaći severni ledeni pol, kako se, tražeći taj sporazum kao ono severni pol, mnoge lađe već razbile, mnoge političke ekspedicije izgubile, pa im se ne zna ni traga ni glasa, to ja i ne verujem da će ga ma kad moći biti. Jer, najzad, kad bi se na Balkanu postigao sporazum, to bi već bio dovoljan izložbeni predmet za londonsku izložbu.

E, pa kad je tako, onda nastaje pitanje: šta kog vraga da izložimo na balkanskoj izložbi?

I ja sam dugo lupao glavu s tim pitanjem, pa sam, bar što se nas Srba tiče, došao na misao da izložimo mi srpski stomak, uporedo s narodnom kujnom.

Ja mislim da bi to izazvalo ogromno interesovanje one nacije s kariranim pantalonama: od jutra bi se do mraka tiskao svet i gledao i čudio i divio.

Ali vam odmah moram reći kako ja to zamišljam: u jednom naročitom paviljonu, za jednim stolom, sedeo bi jedan brat Srbin i jeo bi, jeo kao što mi obično jedemo, i to ovim redom:

U osam sati ujutru za pet dinara bureka.

Posle bureka dve boze.

Odmah u osam i po dvadeset ćevapčeta i čaša vina.

Zatim kafa i cigareta.

Oko deset sati jedna ćulbastija nabibrena, napaprena, s lukom.

Oko deset i po popio bi jednu flašu rasola radi popravke stomaka. Razume se, rasola s paprikom mehunom.

Oko jedanaest sati jedno pet rubova kao meze za pivo, a kad bi ispio dva piva, uzeo bi krastavac iz vode da bi mogao preći na rakiju.

Zatim bi se nalaktio i počeo ručati đuveč s ovnujskim mesom, i odmah zatim jedno tri-četiri kriške gibanice.

E, posle toga, dabome, jedan litar vina, posle čega bi brat Srbin odspavao jedan san.

Posle spavanja, da bi presekao, uzeo bi jednu glavicu kisela kupusa, isekao bi, prelio zejtinom, rastresao bi tri paprike mehune i još bi, koliko da cela stvar dobije lepu boju, osolio malo i alevom paprikom. Posle bi ispio jednu, pa drugu, pa treću, pa četvrtu kafu i onda otpočeo meze za predveče. Za pet dinara pršute, jedno četiri-pet crevanca, tri-četiri ruba i dva-tri pečena jaja.

Pa onda tek nastaje večera.

Ja sam siguran da bi ovaj srpski stomak ne samo privukao opštu pažnju na izložbi, no bi odneo i pobedu kao najinteresantniji izložbeni predmet.

Možda bi se čak desilo i da bude odlikovan, što uostalom ne bi bilo neobično, jer kod nas to ne bi bio prvi stomak koji je dobio odličje.

Jedno bi se još moglo desiti, kako su Englezi humanitarni narod, oni bi napustili i nevolje u Makedoniji, i glad u Japanu, i revoluciju u Rusiji, pa bi se založili i obrazovali humanitarnu ligu za spasavanje srpskoga naroda, koji će propasti zbog svoga stomaka.

Spomenica

Ja ne znam ko od vas već nije stradao zbog te spomenice. Odete sasvim nevino u posetu, odete da se vidite ili s ćerkom ili s majkom, kako gde. Sednete, posluže vas najpre slatkim, iznesu vam zatim kafu, pa tek, kao treće posluženje, iznese vam gospođica spomenicu.

– Da li biste bili tako dobri, gospodine, da mi zapišete što u album?

– O, molim, drage volje!

Utrape vam album i donesu umočeno pero, i sad nastanu tek ježeve muke. Tri vam se pera osuše i opet umoče u mastilo, ali vam ništa pametno ne pada na pamet. Lakše vam je u tom času izmisliti mašinu za štrikanje čarapa, lakše vam je izmisliti gde biste mogli uzajmiti hiljadu dinara, nego se setiti ma čega pametnoga što bi trebalo zapisati.

I, razume se, u takvom slučaju zapišete prvi stih koji vam padne na pamet, koji ste pre nekoliko dana zapisali već u album kakve druge gospođice, ili koji ste pročitali u albumu kakve druge gospođice.

Ah, taj album naših gospođica, to vam je prava napast. Bolje vam je dati potpis na menicu no zapisati što u taj album. Najzad, kod potpisa na menici može se desiti slučajno da menicu izistinski isplati akceptant. To ne biva obično, ali se vrlo često dešava. Pa najzad i vi baš da platite, verujte da ćete je platiti s manje interesa no što ga plaćate zbog one gluposti koju u album zapišete. Vi i ne znate možda kako glupost vuče veliki interes. Učinjena glupost još kako-tako, dvadeset do dvadeset pet odsto, ali napisana i potpisana glupost može da vuče i sto na sto interesa.

Preturite samo spomenicu kakve gospođe, u koju ste, recimo, pre osam ili deset godina zapisali štogod, pa da vidite kako će vas obliti rumen stida.

Jedina je još uteha što se te spomenice ne drže dugo. One žive s devojaštvom i umiru s devojaštvom.

Baš prekjuče, o Novoj godini, pravio sam posetu gospođi Julki. Ovo je njena prva Nova godina koju dočekuje u svojoj kući, tek je osam meseci udata.

Poželeo sam joj sve lepe želje koje se mladoj dami, prve godine udatoj, mogu poželeti, i ćaskali smo o razlici izmeđ' udate žene, u prvoj, pa u drugoj i trećoj godini. I dok je ona izašla da mi skuva kafu, ja sam međ kalendarima, na ogledalu, našao njenu spomenicu. Njenu devojačku spomenicu.

Razgledao sam je. Ima 72 strane. Prvih 28 strana ispunjenih zapisima, počev od zapisa gimnazista i onih s potpisom „tvoja iskrena drugarica" pa sve do potporučnika, raznih sekretara, računoispitivača itd. Poslednji je, razume se, potpis njenog današnjeg muža, kao poslednjeg potpisnika na menici, koji iako je poslednji potpisan, prvi plaća ceh.

A tad je nastala udaja, i spomenica je završila svoje. Već na dvadeset devetoj strani možete čitati pisaljkom ispisan rukom gospođe Julke recept za komisbrot.

„Koliko su teška 4 jajeta, toliko brašna i toliko šećera. Na to dodati još 2 jajeta. Prvo umutiti 6 žumanceta sa šećerom, pa dodati brašna i penu od 6 belanceta. Voće treba iseći i to: 50 p. d. pistacije, 50 p. d. citronata, kore od pomorandže, suva grožđa, lešnika, oraja, smokve, kitnikeza, to sve po jednu osminu kile. To metnuti zajedno s brašnom i penom, dobro izmešati i tada peći."

A malo dalje, na tridesetoj strani, vidite opet rukom gospođa Julkinom:

Funta sveća .... 8 groša
Litra gasa .... 3 groša
Aleve paprike .... 1 groš
Zejtina .... 6 groša
1 kilo govedine ...... 4 groša
Pišla peršuna .... 1 groš
Pirinča .... 5 groša
5 jaja .... 2 groša
Biber .... 1 groš

To je na tridesetoj, a na trideset prvoj opet rukom gospođa Julkinom:

Dato vešerki:
Astalskih čaršava 3
Jorganskih čaršava 6
Muških košulja 12

itd. itd.

I to sve u prvoj godini braka. A šta mislite kakva će ta spomenica izgledati u drugoj, pa u trećoj, i tako dalje, godini?

Pa još kad naiđu deca, te kad stanu i oni zapisivati svoje osećaje. Video sam ja i takve spomenice, gde se deca nisu samo mastilom upisivala. I onda to tek postaje pravi album.

Još jedna banka

Tu skoro obratilo mi se nekoliko mojih čitalaca s molbom da im u jednoj stvari pomognem. To su nekoliko bankrotiranih trgovčića, jedan poštar koji je pre šest godina izašao iz zatvora, tri penzionera koji su se godinama nosili s nekakvim komisijama i jedan naslednik čijeg su pokojnog strica dva puta vadile iz groba nekakve lekarske komisije i superkomisije i ponovo ga sekcirale.

Ti ljudi, dakle, sabrali su se – radi da osnuju jednu novu banku. Nisu radi ljudi da im kapital leži mrtav, a kod nas i inače nije privreda razvijena, pa bi svi trebalo da legnemo i da se posvetimo toj grani. Povodom toga i oni su se rešili da legnu, pa su mi se obratili da im pomognem u jednoj muci. Vele, toliko je banaka u Beogradu, da već ne mogu da izmisle ime jednoj novoj banci.

Zamislite, ako boga znate, tu muku: izmislili pare, izmislili pravila, izmislili članove upravnog odbora, izmislili članove nadzornog odbora, izmislili akcionare, a ne mogu da izmisle ime. Stoga su se obratili meni da im pomognem, s obećanjem da će, kao nagradu, eskontovati prvo moju menicu, i to sa 16 odsto dakle jeftinije no što će drugima koji posle mene dolaze.

A nije ni lako izmisliti novo ime jednoj novoj banci. Sve već što je moglo biti, razgrabljeno je i upotrebljeno je. Druga je to stvar da je to obična firma, kakve se upotrebljavaju za radnje. Ali se banka ne može zvati, recimo: „Banka kod tri ’tice“, ili „Banka kod morune“, ili „Banka kod sedam Švaba“, ili „Banka kod znaka pitanja“, ili što je najgore „Banka kod poslednjeg groša“.

Aja, nikako to ne ide. Mora se izmisliti neko solidno ime. Ono, da su se naši stari držali reda, danas ne bi bilo nikakve zabune. Jer kad je prvi put osnovana banka u Beogradu, lepo je nazvana „Prva beogradska banka“. Oni koji su zatim osnovali drugu banku, trebali su je prosto nazvati „Druga beogradska banka“ kao što je na primer „Druga beogradska pivnica“. Pa onda treća „Treća beogradska banka“, pa četvrta, peta, šesta itd. i tako sad ova nova koja se osniva i za koju su mi se obratili da im nađem ime, zvala bi se prosto „Šezdeset druga beogradska banka“.

Da su se, dakle, držali naši stari nekog reda, danas bi sve bilo lako, ali šta ćemo kad eto nisu.

Pade mi nešto na pamet da su se i naše gimnazije nekad zvale prva, pa druga, pa treća, pa su se i one poplašile da ne doteraju do šezdeset druge, te počele uzimati imena velikih ljudi, kao „Vukova“, „Dositijeva“, „Daničićeva“ itd. Kako bi bilo kad bi nešto i banke tako učinile, kad bi uzele imena velikih ljudi. Ja mislim čak da bi to lepo i zvonilo, na primer: „Banka Vasa Čarapić“ ili „Banka Hajduk Veljko“ ili „Banka Konda Bimbaša“ ili „Banka Baba Višnja“.

Ili kako bi to lepo zvonilo – reći:

– Eskontovao sam menicu kod Hajduk Veljka.

Ili:

– Danas ima cenzure kod Baba-Višnje.

Ili:

– Ubi me protestima onaj Konda Bimbaša!

Baš mi se to dopada i, bog i duša, tako ću i predložiti onima što su me molili da im izmislim ime.

Svadba na tramvaju

Nisam je izmislio, bila je uistinu prekjuče. Niti sam ja izmislio mladu i mladoženju, niti sam izmislio popa, niti tramvaj. Baš i kad bih hteo, gde bi ja takve stvari izmišljao. Ako mi je stalo do izmišljanja, ja bih pre izmislio kakav nov novčani zavod, nego popa. Šta će im pop, bože me prosti!

Uveravam vas da je sušta istina, i ja mislim da ste vi o tome i u novinama čitali. Venčanje je bilo u Topčideru, pa umesto da uzmu fijakere, uzeli su svatovi zasebna tramvajska kola, okitili ih lepo cvećem unaokolo, obesili kočničaru peškir, pa onda na prvoj platformi stala deca sa svećama, unutra u kolima poređali se svatovi: prvo dever i mlada, pa kum, stari svat, pa pop, pa onda svi drugi gosti, momci i devojke, a na poslednjoj klupi tast i tašta i, najzad, na zadnjoj platformi, Cigani.

Meni se, pravo da vam kažem, to dopada, originalno je. Ja sam odavno primetio da u nama ima nečeg originalnog, i neće me nimalo začuditi ako kroz pet-šest godina, recimo, kakvo akcionarsko društvo osnuje na jednim tramvajskim kolima kakvu novu banku. Toliko ih se namnožilo u Beogradu da već nijedna nova banka, prvo, ne može da nađe lokal, ali takav da u istoj ulici ne bude još jedna banka, no što je još teže od lokala, ne može da nađe sebi ime. Meni se već u dva-tri maha obraćala jedna grupa bankrotiranih trgovaca, koja je rada da osnuje novu banku, da im izmislim ime i lokal. E, zamislite sada kako bi to bila srećna ideja osnovati banku na tramvajskim kolima.

Zvala bi se recimo: „Prva srpska mobilna banka Kalemegdan--Slavija“. Ono kapitali sviju naših banaka manje više vozaju se, ali što bi ga se majci taj kapital navozao, kao nijedan dosad.

A bila bi i praktična stvar. Kupite, recimo, kod Slavije blanket i menicu i odmah uletite u banku. Kod prve stanice tramvajske siđete i potražite potpisnika; kod druge stanice tramvajske potražite drugog. Ako vas ko i odbije, imate do Kalemegdana još šest stanica. I tako do Kalemegdana vrši se i eskont i vi primite pare.

Uđete kroz prednju platformu s parčetom hartije u džepu, a izađete kroz zadnju platformu s džepovima filovanim novcem. Kao ono, bože me prosti, u fabrici salama, što se s prednje strane mašine pusti samo suvo crevo, a na zadnjoj strani izađe isto crevo napunjeno mesom.

Neću ni da govorim o onoj dobroj strani takve „Prve srpske mobilne banke“, što bi ona oko četiri sata poslepodne, vozom koji bi krenuo od „Slavije“, sama nosila svoje menice u Trgovački sud, a ne bi ih slala preko momaka.

Oho, pardon, ja sam sasvim zaboravio na moje svatove, o kojima sam i seo da pišem, pa se rasćeretao i govorim o bankama i menicama. To dolazi otud što baš danas imam plaćanje kod „Narodne akcionarske zadruge“, pa mi je pamet neprestano tamo.

Reč je, dakle, o svatovima koji su na tramvaju otišli u Topčider.

Ja nalazim da to nije rđava ideja, ali ipak ima, kao i svaka dobra ideja, i svojih zlih strana. To su one eventualnosti koje mogu nastati.

Da je to u drugim zemljama i kod drugačijih tramvaja, pa bi još nekako i moglo biti, ali na našim tramvajima, šta ti se sve ne može desiti svatovima.

Ja pomišljam samo na dve eventualnosti, na sudar i nestanak struje, a to su dve sitnice koje se našim tramvajima svaki čas događaju.

Zamislite, molim vas, vesele svatove, vraćaju se iz Topčidera na lepo iskićenom tramvaju. Pevaju, grle se, ljube se, muzika veselo svira i ne sluteći ništa. Najedanput: dum. Ogroman sudar, pisak i vrisak i, recimo, ovakva slika:

Pop seo deveru u krilo, a mladina ujna sela popu u krilo. Tašta pala na zeta i uhvatila ga grčevito za kose da ne bi pala. Starom svatu, kako je zinuo nešto da naredi, ušlo primaševo gudalo u usta, pa se zarilo čak u grlo. Starosvatica pala u naručje kočničaru; jedan mali Ciganin tako se nezgodno spotakao da mu se desna ruka zavukla kumu u džep, a mlada pala na begeš (bas) pa ga čvrsto zagrlila. Zamislite, molim vas, tu situaciju – mlada zagrlila begeš.

A ne zna se šta je gore, da li to kad bi se desio sudar, ili kad bi, nešto, nestalo struje. Nasred puta, pri povratku iz Topčidera, ujedanput nestane struje. Kakav maler, kakav maler!

Zamislite očajanje svatova od kojih jedni predlažu da se zapne peške preko Topčiderskog brda, a drugi, da se strpeljivo čeka struja.

I zamislite očajan položaj mladin koja očekuje struju. To je njeno prvo bračno veče, a – nema struje.

Šta njoj sve ne prelazi preko glave, šta ona sve u tom trenutku ne pomišlja:

– Bože moj, da ovo ne bude kakav rđav znak, prvo veče pa nema struje... A hoće li je biti... hoće li naići...?!

Eto, vidite, to su te nepraktične strane svadbe na tramvajima.

Ali ja ipak izjavljujem da mi se ideja dopada. Originalna je.

Satovi po raznim Evropama

Vrlo sam često sedeo tako i razmišljao: kako li je to čudno udešeno na ovoj zemaljskoj kugli. Ajd' što nismo svi ljudi jednaki, što nismo ni jednako obojeni, ni jednaka lika, ni jednakih običaja, ni jednoga jezika, ali nemamo zajedničko čak ni ono što bi odista moglo biti zajedničko za ceo svet. Nemamo jedno vreme, jer dok je nama ovde, u Beogradu na primer, podne, onda je u Honolulu, na Sandvičkim ostrvima, ponoć, onima u Pekingu predveče, a onima u Čikagu tek svanjuje.

O, koliko puta sam se ja na račun zemaljskih stanovnika slatko smejao.

Sedim tako pa ručam kod kuće, slatko i mirno. Razume se ja to slatko ručam onoga dana kad nemam plaćanje. Dakle, sedim ja tako i slatko ručam i mislim u sebi: sad je kod nas u Beogradu podne; to znači da je u Jerusalimu jedan sat popodne, u Teheranu dva sata, u Kandaharu tri i na Čimborasu četiri sata.

I dok ja ovde u Beogradu slatko ručam, dotle oni grešnici u Kandaharu trče kao ludi i traže potpise i novac za otplatu menice, jer imaju još svega jedan sat vremena, a oni nesrećnici na Čimborasu, jer tamo je već četiri sata, huču, jer im je menica otišla na protest.

Ali, ajd' da se ne držimo baš samo menice. Đavo će me znati otkud mi baš taj primer prvo pada na pamet. Da se setimo i drugih primera.

Dok ja slatko na podne ručam u Beogradu, dotle se na Kurilskim ostrvima, gde je devet sati uveče kad je kod nas podne, tek otvara igranka koju priređuju kurilske gospođice, recimo, u čast kakvog nemačkog profesora, koga su uhvatili i koga će pojesti oko dvanaest sati noću, za vreme odmora, kao što se i kod nas na balovima jedu u to doba krofne. Dakle, na Kurilskim ostrvima počinje igranka, a u Honolulu je već veliki odmor, jer tamo je ponoć kad je kod nas u Beogradu podne. Tamo su na balu honolulski mladići već izjavili ljubav honolulskim gospođicama, i sad se odmaraju od tog napora.

Najzad, to su razlike u satovima, vele toga mora da bude, jer je zemlja okrugla. Ali ima na ovoj kugli zemaljskoj i razlike u danima i mesecima, a ne samo u satima.

Gore na Severnom ledenom polu, u onim zemljama koje su prošlog stoleća pronađene, vele da dan traje šest meseci a isto toliko i noć.
Zamislite, jedna noć traje šest meseci i jedan dan šest meseci. To znači
da u godini ima svega jedan dan i jedna noć.

E, sad zamislite, kako je to kod nas strašna reč kad čovek kaže:

– Sutra imam plaćanje.

A zamislite kako bezbrižno Eskimo može da kaže:

– Sutra imam plaćanje.

Jer to sutra je kroz šest meseci.

Ili zamislite, kako je to zgodno Eskimozima kad im dođe izvršitelj,
a oni mu se umole:

– Pa, molim vas, strpite se, ja ću to za dan-dva regulisati.

I, mislite vi, kad tamo noć traje šest meseci i dan šest meseci, kako
li tamo glase menice. Ja ne verujem da tamo glase: „Za tri meseca od
danas“. No hvala lepo, kad bi tako glasile, ja bih bio prvi koji bi tamo na
Severnom polu eskontovao svoje menice. Ja mislim da tamo menice
glase: „Od danas do sutra...“

Pa i to bi bio ćar za nas Srbe, kako smo mi tačni u plaćanju menica,
jer, zamislite, eskontujete „od danas do sutra...“ a to je kroz šest meseci,
a posle imate još jedan dan, onaj poslednji dan posle roka, a to je još
šest meseci. Hajde, bogami, da se selimo na Severni pol, jer ovde na
Južnom polu, valjda zbog velikih vrućina, tek svaki čas padaju rokovi
otplata. Prosto čovek ne može da digne glavu.

Eto, ja baš danas imam jedno plaćanje... Ali, šta se to vas, najzad,
tiče.

Domaći rečnik

Vele, dosta je znati tri stotine reči nekog jezika, ma da se čovek može tim jezikom služiti. Ima, međutim, jedan jezik kojim se s mnogo manje reči služi. To je ovaj domaći, bračni jezik.

Ne može čovek verovati s koliko se malo reči čovek u braku služi. To je, razume se, reč i o čoveku i o ženi. I neka vas ništa ne buni taj fakt pred faktom da žena mnogo govori. Svi su njeni kraći ili duži govori sastavljeni iz jednih istih reči, reči iz oskudnoga bračnoga rečnika, te otuda vi muževi najčešće i završavate polemiku sa ženom, onim običnim:

– To si već kazala sto puta!

Bez ambicija da na osnovu toga postanem član Srpske akademije nauka, seo sam jednoga dana i izradio taj domaći rečnik i objaviću ga ovde, ne bi li ga možda kogod dopunio.

Rečnik sam podelio u pet delova:

I Rečnik ljubavi

II Rečnik medenog meseca

III Rečnik prvog sukoba u braku

IV Rečnik roditeljski

V Rečnik staraca i baba.

Hajd' sad da pregledamo svaki od ovih odeljaka.

I Rečnik ljubavi

To je najmanji deo celokupnog rečnika. Najmanje je reči u njemu, jer najzad moje lepe čitateljke znaju da se prava ljubav kazuje sa što manje reči, i da tamo u stvari nema ljubavi gde je mnogo reči. Ja sam ih zabeležio ovoliko:

– Ah! – Dragi – Anđele – Zlato – Srce moje – Oči moje – Srećo moja – Tvoj do groba – Večito – Iskreno – Verno – itd.

Ja nisam mogao više reči da nađem. Ali se nadam da će mi ovaj rečnik moje čitateljke lako popuniti.

II Rečnik medenog meseca

I to nije bogat deo rečnika. Mlada i mladoženja medenih dana obično ne govore mnogo. Bog će ih sveti znati zašto.

Ja sam za taj deo rečnika zabeležio ovoliko reči:

– Golube – Jabuko – Jagnje – Pile – Gugutko – Prase – Šećeru – Krofnice – Čedo – itd.

Tek pre neki dan su bile Poklade i završila se venčanja mnogih i mnogih te im sad uz post traju medeni dani. Oni bi mogli najbolje dopuniti ovaj deo rečnika, jer ja sam verovatno mnoge i mnoge reči pozaboravljao. A nekad sam ih znao vrlo mnogo.

III Rečnik prvog sukoba

Dabome, ustavio sam se na prvom sukobu, jer ako bih uneo u rečnik i sve ostale sukobe koji u braku posle prvog nastaju, onda bi mi trebala vrlo debela knjiga samo za taj rečnik. Nikome to već nije nepoznato da se naši muževi i žene u svađama služe rečnikom kojim se služi i sokak. Počevši od „marš" pa do „džukelo", muževi i žene revnosno se služe rečnikom kojim se služi sokak. Ali ja neću da pišem sokački rečnik, ja hoću domaći, i zato sam i sabrao samo one reči koje se čuju posle prvog sukoba.

– Neblagodarniče – Ja nisam tvoj rob – Mladost si mi oduzeo – Grubijanu – Tako mi i treba – Varvarine – Alapačo – Gulanferu – Jezik za zube – Jednu manje – Doteraćeš me do krajnosti – itd.

Dakle, ne mogu očekivati da će mi i ovaj deo rečnika poštovani čitaoci i čitateljke popunjavati. Što ne ide, ne ide, ne mogu ja to od njih tražiti.

IV Rečnik roditeljski

Ja mislim na onaj rečnik koji se razvija u kući kad se počnu ređati deca. Nije reč o tepanju deci. Tu se obično upotrebe one iste reči koje je čovek ili žena upotrebljavao jedno prema drugom za vreme medenih dana. Ono isto tepanje koje sam izložio u drugom delu rečnika.

– Golube – Jagnje – Pile – Jabuko – Gugutko – Prase – Šećeru – Čedo – Krofnice – itd. Što je žena govorila mužu ili muž ženi, sad govore detetu.

Ali sem toga tepanja, među roditeljima se pojavi čitav niz novih reči. Evo ih nekoliko:

– Mleko – Cucla – Fačle – Babica – Klistir – Korito – Kamiltej – Sapun – Pelene – Dojkinja – itd.

Taj rečnik već znamo svi.

V Rečnik staraca i baba

Kad se zađe već u godine, muž i žena onako isto malo govore kao kad se prvi put sretnu i izjave jedno drugom ljubav. Doba prve ljubavi i doba starosti su dva najiskrenija doba u životu čovečjem. I kod jednoga i kod drugoga se malo govori, jer se razumeju i bez reči.

U doba starosti i nema mnogo reči, te ono što ima, lako je zabeležiti. Evo nekoliko:

– Špiritus – Kanfor – Žiganje – Tej od zove – Naočari – Sutlijaš – itd.

Eto toliko.

Ipak ću ja nastaviti ovaj posao, te dopuniti koliko više mogu moj rečnik.

Todorovo žito

Pre nedelju dana bila je Todorova subota, a ja nisam ni mislio o njoj što da pišem. Nisam rad bio da mi se reče: „Živ mi Todor da se čini govor.“

E, ali za Todorovu subotu vezan je jedan narodni običaj, vrlo lep i vrlo praktičan. Još u petak odu majke u crkvu na večernje, i tamo svaka dobije pomalo žita. To se zove Todorovo žito. E, to žito, vidite, uzmu majke, zaviju u malu krpicu pa metnu svojim kćerima pod jastuk, ali tako da kćeri ne znaju o tome. I to ne metnu samo u petak uveče nego i u subotu uveče.

A znate li zašto se meće Todorovo žito devojci pod jastuk? Jer to je sigurno, kao dva puta dva četiri, da će tada devojka sanjati svoga suđenika.

I zamislite kako je to praktična stvar, kad i devojka i roditelji znaju unapred suđenika. Oni ga onda sasvim mirno očekuju.

Devojka recimo sanja poručnika i, sad, to je sigurno da će jednoga dana doći poručnik da je prosi. I na osnovu te sigurnosti vrlo je lako i devojci i roditeljima upravljati se u životu. Dođe, na primer, profesor i prosi devojku – odbiju ga; dođe sekretar sudski i prosi devojku – odbiju ga. Odbiju svakog ko god se javi, jer su sigurni da se mora javiti onaj poručnik što je proklijao iz Todorovog žita.

A ne meću Todorovo žito pod jastuk samo devojkama već i udovicama i raspuštenicama. Prvog dana, tj. u subotu ujutru majka obično ne pita ćerku ništa, nego ostavlja za nedelju ujutru da se san ponovi i dobro utvrdi, pa onda porani dok još ćerka spava, sedne joj na krevet i tiho joj mazi čelo rukom dok je ne probudi. Čim se dete probudi, a majka odmah ispituje:

– Čedo moje, šta si sanjala?

A dete se kao malo zastidi, ali opet kaže. Kome će ako neće svojoj majci.

– Sanjala sam, majko, jednog artiljerijskog poručnika.

– A prošle noći?

– Prošle noći...? A jest, sećam se, sanjala sam jednog generalštabnog kapetana.

Majci se razvuku usne na milo, pogladi kćeri čelo i tumači joj san:

– To je, vidiš, ćero, tvoj suđenik.

– Kako moj suđenik, koji od njih dvojice?

– Pa to je jedan isti. On je sad artiljerijski poručnik, ali će preći u generalštabnu struku, dobiće za kapetana i doći će tebe da prosi.

A biva i drukčije. Razbudi majka ćerku poljupcem i tiho je pita:

– Šta si, dušo, noćas sanjala?

A dete se misli i priseti se:

– Sanjala sam kao našu mačku Micu, pa kao ti je, majka, juriš po kući portfišom da je tučeš, jer je pojela ribu što je ostala sinoć od večere, pa kao ona beži, beži i razbije porcelanski bokal.

– Budi bog s nama! – krsti se majka.

– A juče, šta si juče na noć sanjala?

– Juče na noć...? A, jest, sećam se. Sanjala sam lađu *Deligrad*.

– Eto ti sad!

I majka u ljutini ščepa ono Todorovo žito ispod jastuka, pa ga tresne kroz prozor.

Još gore je prošla udovica gospođa Stanka. Ona sirota nije metala Todorovo žito pod glavu dve-tri godine posle smrti svoga muža. Sve se bojala da se ne pojavi pokojnik. Taman, samo bi joj to još trebalo. Jedva se ove godine rešila, i to ne bi ona sama, nego je okupila gospođa Milka.

– Metni, ludo, Todorovo žito pod glavu, da vidiš ko ti je suđenik.

– Ostavite zaboga, gospođa Milka, zar je meni do toga! – uzdiše Stanka.

– Ne kažem da ti je do toga, ali ti od sudbine ne možeš pobeći – ubeđuje je gospođa Milka.

Najzad se prelomi udovica, i metne žito i u petak uveče i u subotu uveče.

Prekjuče je bila kod mene da mi se žali na sudbinu. Veli mi:

– Dragi Ben Akiba, rekli su mi da se vi razumete u ženskim stvarima.

– Prevarili su vas, gospođo, to se razume Jova Jovanović, doktor, a on sedi u...

– Ama ne to! Izvinite što sam se pogrešno izrazila. Hoću da kažem, vi umete tako da se nađete oko ženskih kad se one nalaze u teškom položaju...

– Opet su vas prevarili, za te stvari mnogo je bolja Anka Kolarovska, babica...

– Oh, zaboga, kako ne možemo da se razumemo!

– Pa tako, gospođo, što vi pravite neki uvod u vaš razgovor. Međutim, ja nisam navikao kod udovice ni na kakav uvod, već da se odmah pređe na stvar.

– Pravo kažete. Meni se desilo nešto neprijatno...

– Ah, to je lako pomoći, u kom ste mesecu?

– Tä ne, zaboga, čekajte, saslušajte me, u snu mi se desilo, sanjala sam.

– A tako? – i ja primakoh brže-bolje stolicu. – Pričajte, pričajte, ne znate kako ja volim da slušam udovičke snove.

I ona poče iskreno da mi se žali:

– Metla sam Todorovo žito pod glavu...

– Pa?

– Pa u petak na noć sanjala sam gospodina Jocu, sudiju.

– Sasvim dobro, vrlo dobro.

– Jest, ali u subotu sam sanjala gospodina Peru, konjičkog kapetana.

– A u nedelju?

– Ne, samo se dva puta meće žito pod glavu.

– E, pa šta je tu neprijatno. Oba sna su vrlo prijatna. Istina, gospodin Joca je malo postariji čovek, ali je ipak to prijatan san.

– Ali, htela bih da znam koga da smatram za svoga suđenika, ne mogu ih tek obojicu smatrati.

– A, što se toga tiče, stvar je vrlo lako izmiriti. Vi smatrajte gospodina Jocu za suđenika pošto ste prvo njega sanjali, a i zato što je on stariji čovek.

– Pa da, on me već i prosi.

– Vrlo dobro, vrlo dobro.

– A šta ću s gospodinom Perom?

– On vas ne prosi, jelte?

– Ne.

– Svejedno, smatrajte i njega za suđenika. Nije vaša krivica, to je tako bog hteo kad vam ga je u snu poslao.

– Ali kako dvojica?

– Pa tako, zaboga. Udajte se za gospodina Jocu, a gospodina Peru smatrajte za suđenika kojega vam je Todorovo žito dalo.

– Pravo kažete – uteši se udovica, stište mi blagodarno ruku i oprosti se.

A šta ste vi, moje lepe čitateljke, sanjale s Todorovim žitom pod jastukom?

Poplava

Ja znam pouzdano da vas je bilo kojima je i suza naišla na oči kad
ste čitali one strašne izveštaje o nevoljama našega naroda povodom
poplave, kao što znam pouzdano da mi nećete verovati da ih je bilo
koji su se tome i radovali. Nećete mi verovati, reći ćete da sam izmislio,
a ja, međutim, imam pisma u rukama koja ću citirati te da vas uverim.

Pisma su pisale dve beogradske gospođice jedna drugoj, a meni ih
je dala treća, jedna moja simpatična obožavateljka.

Evo tih pisama:

I

Gospođice Mico,
Jeste li čitali u današnjim listovima da Srbiji preti poplava? Ako
naiđe, mi bismo mogle s naše strane mnogo da učinimo, o čemu
bi trebalo još ranije razgovarati, jer ako bi, na primer, trebalo pri-
rediti kermes, onda bi još sad trebalo bezecovati Kalemegdan. Vi
znate da je posle navala drugih društava, pa nećemo moći dobi-
ti dobar dan. Ako se slažete sa mnom, mogli bismo se sastati pa
razgovarati o tome.
Ljubi vas i grli
Dara

II

Draga gospođice Daro,
Ideja vam je vrlo dobra, ali ja mislim da ne možemo žuriti. No-
vine javljaju da je poplava tek u izgledu. Ako naiđe veća voda,
sastaćemo se i videćemo.
Grli vas
Mica

III

Slatka gospođice Mico,

Hitam da vam javim radosnu vest da je po današnjim telegramima poplava već naišla.

Po mome mišljenju, program bi morao biti nešto originalno. Konfeti su već dosadili, treba nešto novo izmisliti. Jedino bi se iz starog programa mogla zadržati ljubavna pošta, srećke i paviljoni. Inače bi trebalo što novo izmisliti. Javite mi kad ćemo se videti.

Grli vas vaša
Dara

IV

Draga gospođice Daro,

Moj otac kaže da ne treba verovati prvim novinarskim vestima, treba sačekati bar sutrašnji dan da se vesti potvrde.

Vrlo ste tačno primetili da treba pronaći kakvu novu ideju, jer dosadašnji način priređivanja kermesa vrlo je dosadio. Ja imam jednu sasvim novu ideju. To su ljubavne ljuljaške. Između dva drveta na Kalemegdanu vezane bi bile ljuljaške, na kojima ne bi više njih moglo sesti nego dvoje. Plaćalo bi se dinar jedno ljuljanje. Zamislite kako bi to prijatna stvar bila kad biste se vi recimo ljuljali s osobom koja je mila. Na ljuljašci biste s tom osobom mogli poverljivije razgovarati nego dole na zemlji međ tolikim svetom koliko ga obično ima na kermesima. Kad je ljuljaška dole, morali biste još biti i nešto obazriviji, ali zamislite kad se ljuljaška popne gore, u vazduh, kad vas iznese iznad sebičnog sveta, kad vas uznese na visinu do koje ne dopire ni uvo ni oko pakosnoga sveta, zamislite šta sve možete kazati. Eto, to je moja ideja. Videćemo ako poplava bude jača, obrazovaćemo odmah odbor.

Iskreno vas ljubi
Mica

V

Slatka gospođice Mico,

Naš je uspeh osiguran; voda je već nadošla za 70 santimetara, ima i potopljenih sela. Sad više sumnje nema.

Oh, slatka moja, kako vam je divna ideja. Nisam celu noć spavala misleći na vašu ljubavnu ljuljašku. To je i lepo i novo i originalno. Bogami, svi će se iznenaditi tom novitetu.

Zamišljala sam sebe na ljuljašci sa... Eh, znate već s kim. Ljuljaška se zanjihala, pa leti, leti, leti. Čas uzleti visoko iznad sveta, a čas se spusti te proleti kraj majke i oca koji sede dole na klupi i čekaju da se svrši ljuljanje. Ja sam čak smislila šta bismo nas dvoje razgovarali gore, u vazduhu, a šta dole, blizu zemlje, kad ljuljaška prolazi kraj oca i majke. Evo da vam citiram samo nekoliko primera:

Vazdušni razgovor: – Ah, zlato moje, šećeru moj, ja ne mogu bez vas, ja neću bez vas da živim!

Zemaljski razgovor: – Da, imate pravo, i govedina je sad već poskupila, velika je skupoća.

Vazdušni razgovor: – Odite bliže meni, zagrejte me pogledom, zagrejte me nadom da ste moja, jedino moja!

Zemaljski razgovor: – Ne možete više nigde dobiti čisto vinsko sirće, eto naši se krastavci ove godine pokvarili.

Jelte da bi tako divno izgledalo? Oh, divna ideja! Žurite, žurite da obrazujemo odbor, poplava je obezbeđena, nema šta više da nas plaši da je neće biti.

Grli vas, ljubi vas i stiska vam ruku vaša
Dara

VI

Draga gospođice Daro,

Sutra u 3 sata popodne, izvol'te doći u salu Građanske kasine radi obrazovanja odbora za pomoć poplavljenima.

Vaša prijateljica
Mica

Kod nas je bolje

Čitam juče baš u jednim našim novinama kako selo Javenštat u srezu Rensburškome, u Nemačkoj, u toku četiri stotine godina promenilo svega osam učitelja. Neverovatna stvar, ali istinita. U belešci se iznose tačno imena dotičnih učitelja, kao i godine kad je ko postao učitelj a kad je prestao biti, i tačno izlazi četiri stotine godina. Zamislite, osam učitelja četiri stotine godina!

Kod nas je, međutim, mnogo bolje. Ja znam kod nas jedno selo, koje se ne zove Javenštat, i koje nije u Nemačkoj, pošto je u Srbiji, i znate li kako kod tog našeg sela stoji po tačno utvrđenoj statistici? Sasvim obratno onome u Nemačkoj. Kod nas je za osam godina promenjeno četiri stotine učitelja.

Vama je već poznata moja sklonost da se zabavljam statistikom. To je moja naročita pasija. Ima tako ljudi pa im je pasija šah, drugima opet farbl, trećima, recimo, da skupljaju anzihts-karte. A moja je, vidite, pasija statistika i ona me toliko zanima, da osećam neku naročitu naklonost i prema onim gospođicama što rade u statističkom odeljenju Ministarstva privrede, pa čak i prema onima što rade u Opservatoriji, iako one nisu statističarke, ali ih simpatišem samo zato što beleže cifre u linije.

Dakle, kad već volim statistiku, nije nikakvo čudo što sam taj podatak o učiteljima kod nas odmah stavio u statističke tablice. I evo kakve sam rezultate dobio:

I

U Nemačkoj za četiri stotine godina učiteljevalo je osam učitelja u jednom selu; u Srbiji za osam godina učiteljevalo je četiri stotine učitelja u jednom selu.

II

Osam godina čini 2.924 dana, što znači da na svakog učitelja dolazi 7,31 dan.

III

Toliko je dana učiteljevao jedan učitelj predstavljajući da u godini ima 365 dana, ali učiteljska, odnosno školska godina (zbog ferija) iznosi svega devet meseci ili tri stotine dana, što za osam godina čini 2.400 dana; prema čemu na svakog našeg učitelja pada da je u tom selu učiteljevao šest dana.

IV

To tako stoji, kad bi bilo sve u redu. Ali kod nas se obično u početku školske godine opravlja škola i kreči i na to ode mesec dana, prema tome ostaje devet meseci u godini ili za osam godina 2.160 dana, što znači da na jednog učitelja pada 5,4 dana.

V

E sad moramo uračunati i božićne i uskršnje ferije, ferije pred ispit i pred mali ispit, što recimo ukupno godišnje čini 40 dana ferija, a za osam godina 320 dana ferija. Prema tome na jednog učitelja pada 4,6 dana.

VI

Kad uzmete sad da svaki učitelj bar po jedan dan u godini boluje, ostaje mu da radi tri dana.

VII

E, sad kad uzmete i to u obzir da svaki učitelj u godini uzme bar dva dana odsustva, da bi se promuvao malo po čekaonici ministarskoj

u doba kada se pravi učiteljski razmeštaj, onda ostaje da na jednog na-
šeg učitelja, od onih četiri stotine, pada taman jedan dan rada.

A jedan od te četiri stotine učitelja čak je u javnosti zahtevao sma-
njivanje radnog vremena na šest sati dnevno.

Jelte da je bolje kod nas no u Nemačkoj.

Pseće pitanje

Na sinoćnoj sednici Opštine beogradske rešeno je da se dosadašnja taksa za držanje pasa povisi na deset dinara.

Mora se čovek ozbiljno zapitati šta Opština hoće sa ovom tako velikom taksom. Ona može samo dvoje hteti: ili da povisi svoje prihode ili da uništi pseći stalež.

Da razmotrimo sad i jednu i drugu pretpostavku i njihovu opravdanost. Recimo, Opština hoće da postigne što veće prihode, i to će na psima postići. Sasvim je moguće, moguće je da će ti prihodi biti toliki da će Opština moći od psećih prihoda čak i jednoga kmeta da plaća. Pa ipak, ja nalazim da Opština nije trebala u ovom slučaju da se ugleda na državu. Naša država čim hoće da postigne kakav prihod više, a ona odmah to na praktikantima. Pa valjda nije sav budžet državni i opštinski legao na praktikantima i psima.

Da pređemo, međutim, na drugu pretpostavku, a to je, da je Opštini cilj da ukine pseći stalež u Beogradu. Ako se zbilja, naša Opština na tako što odvažila, onda neka nam opštinski odbor odgovori i kaže: pa ko će onda lajati u Beogradu?

Moram odmah izjaviti da ja razumem onu razliku izmeđ' olajavanja i lajanja. I kad bi kojom srećom naša Opština uspela da udari taksu na olajavanje, to bih razumeo. Bila bi to za najkraće vreme najbogatija opština na svetu; izvela bi sve velike radove; nazidala bi velelepne škole; podigla bi pokrivene pijace; podigla bi domove za starce, dobrovoljce, za gimnastička društva itd. Toliko bi to bio silan i veliki prihod kod nas u Beogradu.

Ali, na lajanje niti se može udariti taksa, niti se ono može zabraniti. Ono je čak, ako hoćete, i javna društvena potreba.

Koliko li je puta dosad lajanje kakvoga psa spaslo pogdekome domaću sreću i čast?

Koliko je puta lajanje kakvog psa spaslo pogdekome imanje i imovinu? O, koliko sam puta ja u sebi pomišljao, kako bi to dobro bilo kad bi naši noćni stražari po celu noć lajali, kad već nisu kadri drugačije da nam obezbede imovinu. Ja verujem da bi na taj način mnogo više doprineli bezbednosti beogradskih građana.

Ovako to sad čine naši psi. Al' evo, gde je Opština oglasila psima rat, i preti im istrebljenjem.

Pa dobro, ko će onda lajati u Beogradu? Niko više neće imati računa da drži pse, a lajanje, kao što sam već gore kazao, društvena je potreba.

Moraćemo se dovijati. Ja mislim da će se tu mnogi pomagati gramofonom. Pre no što sadašnjeg svog psa žrtvuju zbog velike takse i predadu ga šinterima u ruke, pustiće ga siromaha da se izlaje u gramofon. Pas će izlajati sve što mu je na srcu, izlajaće ceo svoj testament i biće predat šinteru. A gazda će njegov, kad padne veče i pođe da zaključa kapiju, poneti lepo i gramofon i metnuti ga iza kapije.

Lele, majko, kad nastane lajanje gramofona iza raznih kapija, ta neće ni lopovima ni ljubavnicima pasti na pamet da preskaču plotove.

Ili možda, kako su gramofoni dosta skupi, doviće se svet i drukčije. U nas je bar, hvala bogu, uvek puno ljudi i bez službe i bez hleba. Ko zna da se tako ne stvori jedna nova profesija. Tek jednoga dana, a mi čitamo ovakve oglase:

„Jedan mlad čovek, vičan lajanju, može dobiti mesto u jednoj otmenoj kući.“

Dabome, taj mlad čovek vršio bi u toj otmenoj kući samo noću dužnost, te bi mu lajanje moglo biti sasvim uzgredan prihod. Uostalom, zar je malo mladih ljudi koji u pojedinim našim otmenim kućama vrše samo noću dužnost? E, pa, oni ne bi imali ništa više, do samo da nauče lajanje.

Ko zna ne bi li, prema tako pojavljenoj potrebi, i naše škole za učenje stranih jezika ustanovile naročite kurseve za lajanje.

Najzad, sve ovo dovde, to je kako ćemo se mi pomoći. Međutim, važnije nego to je kako će se psi pomoći. Jer, ovim je Opština pseće pitanje stavila na dnevni red i ja ne verujem da će oni ostati ravnodušni.

Ja sam čak čuo da su oni imali jednu užu konferenciju (doduše ne u lovačkoj sobi kod *Pariza*, nego na Starom groblju) na kojoj su rešili da se ovih dana sazove veliki pseći miting.

* * *

Dakle, održan je miting. Održan je u onoj kotlini na Tašmajdanu. Bilo je predstavnika svih grupa: kasapskih pasa, pinčika, sokačkih pasa, seljačkih i uopšte pasa svih zanimanja i poziva.

Zbor je otvoren tačno u tri časa popodne. Za predsednika je jednoglasno izabran Murga sa akcionarske klanice.

Predsednik se pope na jedno brdašce, pa pošto omirisa travu i jedan kamen koji je tu ležao, on jasnim, zvonkim glasom izlaja blagodarnost na poverenju zbora i odmah predstavi kao komesara nekakvu džukelu, koju sam svakoga dana viđao da se vuče po Velikoj pijaci.

Na zbor nije učinio baš najbolji utisak komesar. Bilo je čak i gunđanja, jer tu džukelu svi poznaju kao policijskog špijuna, koji je već nekoliko puta bivao u šinterskim kolima pa se protekcijom pojedinih žandarma spasavao. O toj džukeli je, u dobro obaveštenim psećim krugovima, kružilo čak mišljenje da nije čistih ruku. Dva-tri puta je već na Velikoj pijaci uhvaćen na delu, kad je kakvoj zaljubljenoj kuvarici izvlačio meso iz korpe.

Ali sad, kakav je da je, on je imenovan za komesara, i zbor je mogao režati koliko je hteo, morao je trpeti.

Prvi na zboru uze reč jedan Samsov.

– Molim, gospodine predsedniče, dozvolite mi da se ja prvi izlajem.

– Molim, izvoľte.

– Braćo! – uze Samsov reč. – Vama je poznato zašto smo se mi sabrali. Kao što znate, nas ne gone ekonomske nevolje da se ovako jadamo. Možemo čak reći da se od vremena sukoba srpskog s Austrougarskom naš položaj poboljšao. Sad se ne izvozi živa stoka iz Srbije već se ovde kolje u mestu, to sve više ima cuboka za nas. S te strane, dakle, ne bismo se mogli žaliti; ali je naš socijalni položaj ugrožen. Lična poreza, koju nam je Opština razrezala, tolika je, da se jasno vidi tendencija opštinske uprave da nas zatre. Hoćemo li mi to da trpimo, ili ćemo se protiv toga dići i protestovati. Eto, to je ono o čemu se ima danas većati.

– Protestovaćemo, protestovaćemo! – zahori se iz svih grla.

– Molim za reč! – pišti jedna mala kudrava pinčika.

– Pinčika ima reč! – odlaja predsednik.

– Molim lepo predsedništvo – poče pinčika plačevnim i mekim glasom – da opomene ovu palilulsku džukelu da me ne uznemirava. Pun je čičaka, sav mu rep od čičkova, a jednako se vunja oko mene.

– Pa šta je – izdra se Palilulac – valjda sam i ja građanin ove zemlje, baš i ako mi je rep od čičaka.

– Mir! – viče predsednik.

– Gle'te, molim vas – dernja se Palilulac – kupala se, namirisala se kolonjskom vodom, pa sad ne sme niko da sedne do nje. Mustra bečka!

– Mir, zaboga! – umiruje opet predsednik. – Ja bih molio da se ne stavljaju nikakva kratka pitanja, inače ne možemo preći na dnevni red, a mi nemamo po 150 dinara dijurne pa da nam je to svejedno. Molim, dakle, da se govori samo o stvari radi koje smo se i sabrali.

– Molim za reč! – urla jedan s Pašinog brda.

– Ja ne razumem tendenciju vlasti sa ovim nametom – urla brđanin. – Ja ne znam smetamo li mi vlasti kao stalež, pa nas kao takve hoće da uništi, ili vlasti smeta naše lajanje. Ako je to lajanje, vlast ima sredstva da mu stane na put. Neka pooštri odredbe u zakonu o štampi i mi ćemo onda lajati svaki svojim tonom. Ako li je pak cilj da naš stalež uništi, onda ćemo najpre da se zapitamo, jesmo li mi zbilja najizlišniji stalež u prestonici. Ja ću navesti i mnoge druge sasvim izlišne staleže u našem društvu, pa što se ne dozvoli šinterima i njih da hvataju nego samo nas. Ali naša policija ne gleda na to!

– Molim, molim! – diže se džukela-komesar. – Ne dozvoljavam da se olajava državna vlast. Odluku je donela samoupravna opštinska vlast i na nju se samo može lajati, a nikako na državnu vlast.

– More, lajaćemo na boga, ako treba! – dere se promuklo onaj Palilulac s repom od čičaka.

– Mir! – urliče predsednik.

– Au! – dere se jedan Dorćolac s jednim okom.

– Au, au! – pridružiše mu se još nekolicina.

– Molim, tiče li se to policije? – pita komesar.

– Mir, zaboga! – viče predsednik, i pope se na dve noge da bi sagledao ceo zbor.

Utom se napravi neka gužva. Nastade dreka, piska i sabiše se psi na jednu gomilu. Počeše da se ujedaju, štipaju, dave.

– Šta je, šta je, zaboga – urla predsednik – šta se tamo dešava?

– Bezobrazluk! – pakosno odgovori jedno jevrejsko kuče s Jalije, s jednom kraćom nogom.

– To je bezobrazluk, ova pinčika donela parče šunke pa se sad svi otimaju.

– Zaboga, pa ovo nije opstrukcija pa da morate donositi jelo na zbor. Molim, dakle, šta je s tom šunkom?

– Progutao je onaj s repom od čičaka.

– Nek mu je nazdravlje! – laje onaj s Pašinog brda i curi mu voda na žvale.

– Molim da se pređe na dnevni red! – dere se predsednik.

– Na dnevni red! Na dnevni red! – urla zbor.

Zatraži reč onaj na tri noge s Jalije i taman poče, a otud ulicom začu se neki tresak, lom, piska. Ujedanput uleti u zbor jedna džukela s kantom od gasa na repu. Nastade užasna dreka. Pinčike vrište kao udovice, drugi urlaju i poče sve redom da beži.

Onaj opet s kantom juri kroz zbor, a kanta lupa o ledinu i o glave prisutnih.

Sve se redom razbeže. Prvo predsednik, pa komesar, pa svi za njim.

A na mestu zbora ostade hrabro samo onaj Palilulac s repom od čičaka. Kao pobeđeni vojvoda, okrete se levo i desno i poče da reži ove reči:

– To je gadno, kakvim se sve sredstvima naša policija služi da rastera zbor.

Pa savi rep pod noge, te ode tamo put kragujevačkog druma.

Evina jabuka

Još dok sam učio školu, ja sam imao jedno jasno i precizno gledište. Nijedan predmet nisam baš onako iscrpno izučio. Ja sam bio načisto s tim: dok svršim školovanje, da će sve to drukčije izgledati, pa našto bi mi onda bilo učenje.

Uzmite samo fiziku, molim vas, pa mi recite šta je od onoga ostalo onako kako ste vi učili? Pa uzmite hemiju, pa matematiku i redom sve. I ne samo te predmete već i samu istoriju. Uzmite, na primer, istoriju Srba. Vi zapnete i učite, recimo, kosovsku bitku, znate o kosovskoj večeri sve sitnice, znate čak i reči Lazareve, a znate i o izdajstvu Vukovom sve što vam treba, znate i planinu Grdeč za koju je zašao s vojskom kad je napustio Lazara.

I to vi, recimo, učite u četvrtom razredu gimnazije, i dok vi pređete u peti, a ono se već dokazalo da kosovske večere nije ni bilo. Dok vi pređete u šesti razred, a ono se dokazalo da se ona planina ne zove Grdeč nego Goleš, i taman vi došli na maturu, a ono se dokazalo da nije bilo ni izdajstva Vukova.

E, pa šta vredi tu učiti? I ja sam se toga svoga gledišta uvek u školi i držao, a bilo je među mojim drugovima grešnika koji su zapeli pa učili, učili, učili, a razume se sad vide i oni da istoriju Srba znaju toliko isto koliko i ja.

Pa nije to samo istorija Srba, nego čak i crkvena istorija. Ili bi ta nauka trebala da bude svetinja, ili ne znam koja. Sve što je u njoj, biblijska je istina, pa bar to ne bi smelo da se menja. Al' eto, sad se i to već uveliko menja.

Mi smo svi, na primer, učili da je Eva u raju zagrizla jabuku. Ja sam to tako lepo naučio da i sad kad zažmurim ja vidim u mašti jednu ženu, jedan smokav list i jednu jabuku. Tako mi je to ostalo živo u pameti da ja drugačije ne mogu da zamislim.

Jest, ali evo sad gde je pokrenuto to važno pitanje: je li baš jabuka bila ono što je Eva zagrizla i, ako nije, šta je onda zagrizla.

Olivije Džonson, član američkog naučnog udruženja, dokazuje da jabuka ni u kom slučaju nije mogla biti to što je Eva zagrizla. Jabuka, prvo rodi samo u umerenom pojasu a nikako u žarkom, a raj je bio u žarkom pojasu. A drugo, jevrejska *Biblija* u originalu ne pominje jabuku, nego samo voće i tek kad je *Biblija* prevedena na latinski uneta je jabuka.

Prema tim važnim faktima otpada, dakle, svaka mogućnost da je Eva zagrizla jabuku, i sad nastaje pitanje: Pa kog je vraga onda zagrizla?

I kako nauka nikad ne postavlja pitanje, a da na isto sama ne potraži i odgovor, to je i ovde tako učinila.

U žarkom pojasu jedino voće koje rodi, a koje bi se dalo zagristi, bio bi limun. I onda, ništa drugo Eva nije ni mogla zagristi do limun.

A kad se pođe od te tačne pretpostavke, onda se i mnoge druge stvari mogu razumeti. Sad se tek može razumeti božja naredba da se to drvo ne sme brati.

Nije Bog zabranio uopšte da se to drvo ne sme brati, nego je naredba morala glasiti:

– Slušaj, Evo, sve možeš jesti i sve možeš gristi, ali kad zagrizeš limun, ja ću već znati koliko je sati.

Svi vi koji niste naivni, znate kad žene grizu i sisaju limun. E, pa onda, je li vam čudo sad, zašto je gospod Bog smatrao celu stvar za tako veliki greh?

A zbilja, kad god sam o tome razmišljao ranije, meni je bilo vrlo čudno: zašto je bog zapeo baš toliko za jednu jedinu jabuku? Sad mi je, međutim, sve vrlo jasno.

Sad razumem i položaj Adamov. Vi ste valjda videli na slikama kako Adam pravi glupo lice gledajući kako Eva grize jabuku. Međutim, ta je glupost sasvim opravdana kad uzmete u obzir da je njemu morala curiti voda na usta kao muzikantu gledajući kako Eva sisa limun.

Sad će, posle ovoga otkrića, morati razume se da se izmeni i prva glava u crkvenoj istoriji, te će deca na ispitima ovako morati govoriti taj pasus iz te lekcije:

„A kad Gospod Bog primeti da Eva nešto vrlo često sisa limun, naljuti se... itd.“

Baš ću ići ove godine na ispite da čujem hoće li tako biti izmenjeno.

Opservatorija

Ja ne mogu da razumem i našto nam je ta Opservatorija, kad je tako ružno vreme. Ja bih razumeo ustanovu opservatorije samo tako kad bi čovek mogao lepo da poruči ovakvo ili onakvo vreme.

Zamislite samo kako bi to lepo izgledalo, odete na telefon i zazvrjite:

– Alo!

– Alo. Molim opservatoriju.

Malo posle javi vam se otud ljupki glas, kakve opservatoristkinje s platom od osam stotina dinara (jer valja znati da je kod ženskih činovnika sve ljupkiji glas što je manja plata).

– Molim šta želite? – upita vas taj ljupki glas.

– Je li tu gospodin opservatorista?

– Ko, molim?

– Pa gospodin šef opservatorije.

– Nije ovde, a šta ste radi?

– Pa rad bih bio, ako je moguće, da naručim za sutra jedan lep dan.

– Izvinite, nemoguće, za sutra je već bezecovana kiša.

– Ah, tako, onda za prekosutra, ako je moguće.

– Ne, gospodine, zauzeto je. Gospodin potpukovnik Sima naručio je vetar.

– Pa lepo, onda za subotu.

– Dozvolite da vidim... Moguće je, subota je slobodna.

– Onda vas molim zabeležite za mene taj dan lepo vreme.

– Želite ajnfah lepo vreme, ili možda garnirano?

– Kako garnirano?

– Pa ako je po volji ujutru malo kišice, oko deset sati sunce, a predveče prijatan vetrić?

– Da, to može, nije rđav garnirung, jer i inače se opština neće setiti da polije ulice. Vrlo dobro, dakle garnirani lep dan.

Zamislite kako bi to lepo bilo kad bi tako moglo biti. Proslavlja, na primer, kakvo pevačko društvo svoju dvadesetpetogodišnjicu i odmah jedne i napiše pismo:

Opservatoriji

Ovde

*To i to pevačko društvo proslaviće na dan 13. i 14. ovog meseca
svoju dvadesetpetogodišnjicu. S obzirom na plemeniti cilj ovoga
društva i na misiju koju je ono vršilo, pronoseći narodnu pesmu
širom srpske zemlje, uprava se nada da će Opservatorija besplat-
no ustupiti za gornje datume lepo vreme, kako bi moglo svoju
svetkovinu obaviti.*

I, šta mislite, da l' bi i tada bilo ovako ružno, kišno i hladno vreme
kakvo nas je zadesilo sad na kraju marta, tako da moramo još nositi
zimske kapute?

Pa ono, đavo će ga znati, sve mi izgleda da bi ovakvo isto vreme
bilo baš i kad bi poručivali dane. Ja sam siguran da bi se skupilo bar
pet stotina potpisnika koji bi od Opservatorije zahtevali da još nikako
ne otopli.

Prođite samo Knez Mihailovom ulicom pa pogledajte izloge. Puni
puncati lepih prolećnih šešira, amrela, kostima, mantlova, a setite se
kad dođete uveče kući na večeru o čemu vaša žena razgovara s vama
sad s proleća.

– Baš nešto se kanim, Joco, da izađem danas-sutra u čaršiju. Mo-
raš mi ovih dana spremiti novac, treba mi prolećni šešir, pa moram i
haljinu praviti.

– Da, trebalo bi! – odgovara Joca pokunjeno a u sebi misli: „Eh, da
hoće Gospod Bog podržati ovo hladno vreme."

E, vidite, te Joce, Pere, Steve i svi ostali koji u razgovoru sa ženom
tako misle u sebi: „Eh, da hoće Gospod Bog podržati ovo hladno vre-
me", oni bi se obratili Opservatoriji sa zajedničkom molbom da bude
ovakvo vreme kakvo je.

Pa kad bi već tako bilo i onda kad bi od nas zavisilo, onda nemojte
se ljutiti na ovaj ludi mart. Dobar je on ovakav kakav je sve dok ne na-
đete zavod kod kojega ćete eskontovati menicu.

Koncert na lađi

Ne samo nova no i praktična je sasvim ideja, koncert na lađi. Prekjuče ga je priredilo rodoljubivo društvo „Knjeginja Ljubica". I da vidite, ako to samo uđe u modu, počeće mnoge i mnoge stvari da se priređuju na lađi. Počeće svadbe, javna predavanja, pa onda sednice partijskih klubova, pa sednice novčanih zavoda itd.

A zašto i ne bi? Zašto se ne bi i kakav politički klub mogao otisnuti od obale i navesti se na vodu? Ili, zašto ne bi uprava kakvog novčanog zavoda, otisla svoj zavod niz vodu?

A već za javna predavanja, naročito kad ih profesori drže, lađa je dušu dala, jer je predavač siguran da mu se slušaoci neće razbeći.

No za koncerte lađa je odista u prvom redu praktična, i videćete da će to ući u modu. Razume se, neki će se termini morati izmeniti, neće moći važiti ovi isti koji važe za priređivanje koncerata kod *Kolarca* ili na Kalemegdanu. Na primer, neće više postojati ulaznice, nego karte. Odete na kasu i tražite putničku kartu za koncert, i to za koncert I klase i za koncert II klase. Pa onda, neće se više kazati: „Koncert je počeo u 8 ½ časova", nego „Koncert se otisnuo u 8 ½ časova", kao što se ne bi reklo ni: „Koncert je završen u jedan po ponoći", već „Koncert je pristao uz obalu u jedan po ponoći".

Uostalom, to nije glavno, koje bi se i kakve fraze upotrebljavale za taj koncert, već kako to sve na samoj lađi izgleda. A to smo prekjuče videli.

– Jedno je ipak nezgodno – žali mi se gospođa Savka – što na lađi ima vazdan ćoškova i budžaka. Malo-malo, pa mi se dete izgubi. „Gde si, bogati, ti?" – pitam je. Kaže: „Gledala sam mašinu." Šta ima svaki čas da gleda mašinu?

– Pa to jeste... Al' možda dete voli mašinu – kao tešim je ja.

Gospođica Perka opet žali mi se na nešto drugo. Veli, odveo je gospodin Žika u stranu, pa počeo da joj izjavljuje ljubav. A ona oseća kako je poduzima neka toplota, kako su joj se zažarili obrazi, pa se odazove njegovoj izjavi i odgovori mu da i ona njega voli. Kad se posle vratila majci, a ona ujedanput oseti kako je počela da se hladi i poče da se kaje što se odazvala, kad je tek pre neki dan kazala gospodinu Ljubi da ga voli.

– A znate li u čemu je stvar? – veli mi, žaleći se.

– U čemu?

– Odveo me je znate kod kazana, pa se ja tamo zagrejala, a ja mislim da me to ljubavni žar poduzeo. Čim sam se ohladila, videla sam u čemu je stvar.

Gospođa Stana opet žali mi se na svirajku.

– Znate, ja sam u šestom mesecu, pa mi smeta svirajka.

– Kako molim vas?

– Pa znate sedim mirno i ne mislim ništa, a ono tek pisne ona svirajka. Znate da me svu jeza poduzme.

– Pa jeste, na svirajku se treba navići.

– Nije da kažete da nisam navikla, ali kad tako iznenada svirne, mora čoveka iznenaditi.

– Pa, tako je.

Mašinista s lađe žali mi se opet na kapetana.

– Znate, veli mi, prilikom koncerta, kad muzika svira, kapetan bi trebalo baš najglasnije da komanduje, a on naprotiv sve nešto šapće.

Posle sam ispitivanjem saznao i tome razlog. Kapetan se zaljubio, pa naslonio usta na onu lulu pa samo uzdiše a mašinista misli – on šapće.

No najopravdanija žalba je bila gospođa Stankina.

– Bogami, nikad više neću ići na koncert koji se priređuje na vodi. Na suvu hoću, ali na vodi nikako.

– A što, zaboga?

– Pa okupio me onaj gospodin Steva, okupio, i morala sam da mu popustim.

– A što ste morali?

– Tä kako ne bih kad preti da će skočiti u vodu.

– Pa to vam se isto može i na suvu desiti.

– Ne može, nema čim da preti; u šta će da skoči?

– To je istina. Dakle, 978-86-6142-044-3 popustili ste?

– Morala sam. Samo zato što smo bili na vodi.

– Pa jeste, na vodi je mnogo klizavije no na suvu.

Eto, to su otprilike utisci i impresije koje sam čuo s prvoga koncerta na vodi. Možda je bilo još čega, ali se ne može stići da se u svaku kabinu zaviri. Lađa ima vazdan ćoškova i budžaka, što kaže gospođa Savka.

Reforma pravoslavnog kalendara

Osim Petra Tipe i Maksima Trpkovića, bavili smo se reformom kalendara još ruski Sveti Sinod i – ja.

Rusiji ne idu reforme baš tako od ruke, te ko zna hoće li se i setiti kalendara. Petar Tipa i Maksim Trpković pokrvili su se među sobom, a Rusija pristala uz njih pa se sad i ona pokrvila sama sa sobom, te će naposletku ostati da tu reformu izvedem ja sâm.

Da bih mogao tačno izložiti svoj plan po kome bi trebalo reformisati kalendar, ja moram u nekoliko reči da navedem šta u dosadašnjem kalendaru ne valja i šta bi trebalo raščistiti.

Na prvom mestu, valjalo bi prečistiti pitanje s godišnjim vremenima. Po starim kalendarima, svako je od godišnjih vremena imalo svoje mesto, najpre proleće, pa leto, jesen, pa zima. Ali je u tom pogledu u poslednje vreme nastao takav darmar da se sad ne zna ni ko pije ni ko plaća. Niti je zima zima, niti je proleće proleće, niti jesen jesen, ni leto leto. Niti ta vremena znaju za red, niti idu svojim redom, nego su se pomešala, pa grune zima jula meseca, proleće decembra, jesen maja, leto januara i već kako ko dohvati.

Dakle, od godišnjih vremena treba iziskati reč: hoće li po redu vršiti svoje dužnosti ili neće?

Pa onda krajnje bi vreme bilo da se izmene i mesečni nebeski znaci. Otkud, na primer, vodolija da označava januar; to neka bude znak za jul, kad se piju špriceri, a ne za januar; pa onda i bliznake treba sasvim odvojiti, dosta je jedno dete da služi kao znak za mesec maj. Naši stari su mogli biti raskošni nekada, kad nije bila ovakva skupoća. Pa onda, sasvim sam protivan da škorpija bude znak za oktobar. Ako uopšte u životu koji mesec ujeda čoveka, to je decembar kad su balovi i koncerti; tu mu slatka škorpijica zabode žaoku u srce pa ostane celog života sakat. Dakle, nek škorpija bude znak za decembar. Pa onda ne znam kakvog smisla ima da znak za jul bude lav. To je mesec kad žene idu u banje, a muževi ostaju kod kuće. Dakle, za taj mesec nek se uzme kao znak ovan, i to ovan sa što dužim rogovima da bi što tačnije označio muža koji je ostao kod kuće. Terazije bih sasvim ukinuo, to i nije nikakav nebeski znak; otkud kantar na nebu? Moralo bi se takođe razmisliti šta bi se učinilo i s jarcem kao vrlo neestetskim nebeskim znakom.

Osim ovoga, mogle bi se učiniti i neke izmene u samim danima. Tako, na primer, meni se ne dopada red dana u nedelji. Ja bih, na primer, utorak sasvim izbacio, kad ga već svi smatraju za nesrećan dan i kad neće niko u utorak da počne kakav posao. Bolje je ustanoviti dva ponedeljnika ili može biti dve nedelje.

To bi bilo onako uglavnom obeležene načelne stvari o kojima bi trebalo razmisliti, a sad da pređemo na samu reformu kalendara.

Po mome projektu, i na kalendar bi valjalo primeniti metarski desetni sistem. Primenjen je već za težinu, za dužinu, za meru vrednosti (novčani sistem), a kalendar je mera vremena.

Još kako bi se lepo dalo udesiti. Godina sto dana; u jednoj godini ima deset meseci, u jednom mesecu deset dana.

Razume se da bi takva kalendarska reforma imala grdna utiska na sve društvene odnose, jer bi godine bile kraće. Na primer, ako se čovek sad ženi u tridesetoj godini, onda bi se ženio u 110. godini, gospođica, mlada kao kaplja, tek stigla za udaju, kojoj je sad 19 godina, bila bi tada u 69. godini.

Pa onda zamislite taštu koja je u zetovoj kući doživi osamdesetu godinu, što nije nikakvo čudo, jer sve tašte u zetovljevim kućama dožive duboku starost. Takva bi tašta doživela 292 godine.

Posmrtni oglasi glasili bi ovako: „Moja dobra i neprežaljena supruga Jelka preminu u cvetu svoje mladosti, u svojoj 96. godini.“

Ili, na primer, izgubi vam se dete od 11 godina (a vi već znate da se deca kod nas često gube), a vi date ovakav oglas: „Moj sinčić koji je ušao tek u četrdesetu godinu izgubio se idući od Slavije itd.“

Pa onda i sve drugo, na primer: u vojsci bi se služilo sedam godina i tri meseca, a stupalo bi se u vojsku u 73. godini; deca bi u prvi razred osnovne škole polazila u 25. godini; punoletstvo bi bilo tek kad se napuni 73 godine; činovnici do pune penzije služili bi državu 146 godina; poslanički mandati trajali bi 18 godina.

Razume se da bi se tada godine pisale po načinu kako se pišu desetni brojevi. U protokol venčanih ne bi se uvodilo kao do sada: mladoženja star 52 godine, jedan mesec i dva dana; mlada stara 24 godine i 7 meseci, nego bi ovako to bilo:

mladoženja star: 189,05 godina;

mlada stara: 87,75 godina.

Kažem vam, bilo bi to vrlo lepo, a kad bi se to tek, na istoriju i događaje primenilo, dokazalo bi se bar da je u Srbiji jedan ustav doživeo 30 godina, da je jedna vlada trajala 20 godina i da činovnik nije bio isteran iz službe bar deset godina.

Razmislite o ovom projektu.

Dve buve

Legao ja tako posle večere pa čitam novine. A ja imam naročiti način čitanja novina. Tako, na primer, kad čitam uvodni članak, a ja obično legnem na levu stranu, jer u tom slučaju nimalo mi nije potrebno srce da radi, mogu ga sasvim pritisnuti; kad čitam ženski svet, prevrnem se i legnem na desnu stranu, kako bi mi leva strana bila slobodna da bi srce moglo funkcionisati; kad čitam dnevne vesti i ostale sitnice, ja obično ležim na leđima, a kad čitam podlistke u kojima se pričaju strahoviti događaji, ležim obično potrbuške da bih na taj način izbegao, grčeve.

Dakle, tako to veče, ležim ja na leđima, i već prema tome znate da čitam nešto sasvim nevino. Čitao sam baš neku zanimljivu beleščicu pod naslovom „Čudo od deteta“. Tu se priča o nekom detetu, rođenom u mestu Grotlandu u Americi, koje je već u petoj godini dobilo brkove i osećalo potpunu mužansku snagu, te je počelo tako da se ponaša da su roditelji našli za umesno da ga ožene. Oženio se i već u sedmoj svojoj godini imao je dvoje dece. Bilo je s njim raznih nezgoda: tako, na primer, on je kao dete od šest godina imao prava da se u kupatilu kupa sa ženskima sve dotle dok mu ženske nisu uhvatile njegovu slabu, odnosno jaku stranu, pa ga isključile. Njegovi preci su dugo živeli, pa će verovatno i on. Jedan američki statističar je izračunao da će on u svojoj šezdesetoj godini, kako je rano počeo, imati pedeset petoro dece.

Vrlo zanimljiva beleška, i baš sam je u slast pročitao a čitao bih i dalje da ne čuh sasvim blizu mome uvu neki tih, vrlo tih razgovor.

Ne okrećući glavu, okrenem samo oko i spazim na mome jastuku dve buve, baš nedaleko od moga uveta, sastale se tu u borama šlingeraja (svi jastuci na kojima ja spavam šlingovani su) pa se nešto dogovaraju. Bacim, razume se, novine, jer ako mi treba da čitam o kakvom amerikanskom događaju, šta će mi amerikanskiji događaj no što je ovaj razgovor buva.

Sasvim tiho i poverljivo razgovaraju i ne sluteći da ja osluškujem njihov razgovor.

A evo šta su razgovarale:

Prva buva: Ne sad, vidiš da je gospodin još budan, čita novine. Kad ugasi sveću.

Druga buva: Pa da... i mene je sramota kad gori sveća.

Prva buva: Pa dobro, a gde da se sastanemo?

Druga buva: Ja mislim pod samim nosom gospodinovim, u njegovim brkovima.

Prva buva: Nije zgodno, on strahovito duva pri spavanju, može nas usred najboljega razgovora oduvati. A posle, sad ima i kijavicu. Zamisli kako bi to izgledalo da on kine recimo u najinteresantnijem momentu. Ne, ne, nije to zgodno mesto.

Druga buva: Pa dobro, ajd' da se sastanemo na njegovom trbuhu. Tu je bar toplo.

Prva buva: Idi dođavola, to je baš najnezgodnije mesto. Pod rukom mu je pa se svaki čas češe. Može nas obe zgrabiti pa onako zagrljene metnuti pod nokat od palca.

Druga buva: To je istina.

Prva buva: Ja bih najradije u košulji, recimo u rukavu, u desnom rukavu.

Druga buva: Nije to zgodno mesto, bila sam jednom u njegovom desnom rukavu pa sam jedva glavu iznela. Ne znaš kako vešto on hvata nas buve.

Prva buva: Onda nam ostaju kao najzgodnije mesto leđa. Tu je najkomotnije, možemo čak i trčati i igrati se koliko hoćemo, a sem toga tu je njemu najteže češati se i hvatati se. Samo, razume se, sastanak da bude malo više na leđima a ne naniže, jer se dole ipak može počešati.

Druga buva: Dobro, pristajem.

Prva buva: Čim on ugasi sveću.

Druga buva: Dobro.

Prva buva: A sad da se rastanemo da ne bi štogod svet primetio.

I rastadoše se.

I tako ugovoriše svoj ljubavni sastanak na leđima. Najzad, preko mojih leđa je mnogo štošta prešlo, na mojim leđima su mnoge i mnoge ljubavi ostavile svoj trag, pa zašto ne bih učinio i tu sitnu uslugu buvama. Neka ih neka se sastanu. Izdržaću taj sastanak a neću se ni počešati.

Neću odmah da ugasim sveću, neka ih, neka malo prošetaju, da ne bi svet primetio. Eno ga on šeta po severozapadnom delu moga jorgana, a oni po jugoistočnom i prave se kao da se i ne poznaju.

Nemojte se čuditi njihovoj bojazni od sveta. O, svet se zabavlja i tako sitnim stvarima da mene neće začuditi ako jednog dana počne voditi računa o ljubavnim sastancima pojedinih buva.

Tačno u jedanaest sati ugasio sam sveću a ujutru sam se probudio s grdnim crvenim flekama po leđima.

Dorćolski Adam i Eva

Isterani su, pre neki dan su isterani iz kvartira, i to ne zato što nisu plaćali kiriju, nego baš zato što je najpre ona zagrizla jabuku pa onda naterala i njega te i on zagrizô jabuku.

On se zove Paja a ona Juca, i uzeli se tek pre godinu dana. Ona, doduše, nije postala iz njegovog rebra, ali su ipak njemu rebra prebili dok je do nje došao. Nju je voleo neki bandista iz gardijske muzike, a Paja se navrzô, navrzô, dok jedne noći nije pao bandisti šaka, te mu ovaj odsvirao s vrlo dugačkim notama. Kažu da mu je tom prilikom rebro bilo nagnječeno, ali i pored toga on je ostao stalan pri svojim simpatijama i hteo je pošto-poto Jucu.

Pa najzad i dobio je i oženio se. On, doduše, nije imao nikakvog zanimanja, sasvim onako kao i otac Adam, ali se ipak oženio, jer ga je njegov stari čika primio besplatno u stan. I tako su u toj maloj kućici, u jednoj uličici ispod Skenderbegove ulice, proživeli ovu godinu dana kao u raju, Paja, Juca i njihov čika. A živeli bi i dalje srećno, ali – kao što je to i u *Bibliji* red – pojavila se zmija. I ta zmija niko drugi nije bio nego onaj – podnarednik bandista.

Malo-malo koja noć da prođe, a tek se onom uličicom gde je bio Perin i Jucin raj, razlegne truba i ječi Dorćolom mrtvački marš Betovenov. To kao bajagi bandista odsvirava svoju tugu za Jucom. Tako bandista svira danas svoju tugu, tako sutra i već sva deca naučila njegovu tugu napamet. Ono što su deca naučila ništa, nego i sâm čika naučio, pa ceo dan i on duva kroz nos Betovena, a ako i počne što drugo, a ono izađe na Betovena. Najposle dosadi bandistova tuga čiki, dosadi Paji, dodija Juci i dosadi celoj ulici, te je krajnje vreme i bilo da prestane.

Juca se najzad prelomila da otvori prozor i od tog doba sasvim je prestao da se ori Dorćolom mrtvački Betovenov marš, već gde i kad čuje se kroz gluvu noć veseli marš „Uzdanice". Posle je već i to prestalo, jer, kažu, da se bandista umeo koristiti otvorenim prozorom.

Šta je sve zatim bilo, moglo bi se samo nagađati, i jedino među tim nagađanjima što bi bilo pouzdano to je da je Juca zagrizla jabuku.

Paja je, doduše, kod čike imao besplatan stan, ali kako nije imao nikakva zanimanja, nije imao nikad troška da kao čovek izađe u kafanu ili bar popuši cigaru dve.

Juca njemu jednog dana da dinar na trošak, i on ga primi i ne pitajući je otkuda joj. Eto, tom prilikom je i Paja zagrizao jabuku.

I tako je sad u onoj maloj kućici živelo njih četvoro. Čika, Paja, Juca i zmija, koja nije u stvari živela u kući nego, tako, bila skrivena u lišću.

Ali kako koji dan, a bandista sve se više i više pripitomljava i već poče i da se ne krije, pa poče čak i s trubom da dolazi, i ne samo da dolazi, no poče i da svira, onako isto kao što je pre neki mesec svirao na ulici.

Razume se da to već čika nije mogao više da trpi i prekjuče Paja i Juca izgubiše raj. Isterao ih je čika iz kvartira da se potucaju po svetu i u znoju lica svoga zaslužuju ubuduće kiriju.

I siroti dorćolski Adam i Eva evo već tri dana nemaju kvartira, već se potucaju i jednako raspituju gde sedi onaj bandista, koji im je odsvirao sreći, ali ne mogu nikako da doznaju.

Jedna nova rasa ljudi

Malo-malo, pa tek čitate u novinama kako je, taj i taj smeli putnik, na vrhovima američkih ili azijskih planina, pronašao neku novu dosad nepoznatu felu ljudi. Ili neke patuljke 80 santimetara visoke, ili neke džinove i već kakve ti sve razne nove fele i rase nisu dosad otkrivene.

I, razume se, taj odlučni i odvažni putnik ispituje tu novu rasu ljudi, njihove običaje, naravi, njihov izgled, način njihova života i sve to objavljuje naučnome svetu.

A eto, i ja sam otkrio jednu naročitu rasu ljudi, ispitivao sam im i običaje i naravi, i osećanja i načine života, pa se ne razmećem time. Nisam čak dosad to ni objavio.

Ja se nisam peo na vrhove američkih i azijskih planina, ja sam tu felu ljudi otkrio onako, slučajno.

A ako ste baš radoznali i da vam kažem kakvo je to pleme, mogu vam baš i reći. To su – blagajnici naših državnih nadleštava.

Dabome, vi ćete sad odmah reći: „A, pa i to su Srbi!“

Nemojte se varati. Niti su oni Srbi, niti Turci, niti Englezi, niti Španci – oni su blagajnici.

To je sasvim jedna zasebna nacija, sasvim zasebna fela ljudi, koja nema ničega zajedničkoga ni s jednom narodnošću, ni s jednom rasom na zemljinom šaru.

Jer, valja znati da ovde nije reč samo o ovim našim blagajnicima „od Balkana do Adrije“. Svud su oni jednaki; i u Engleskoj blagajnik nije Englez nego blagajnik, i u Portugaliji blagajnik nije Portugalac nego blagajnik, i svud na svetu blagajnici čine jedno zasebno pleme, koje sam ja otkrio.

Kad bih sad ja nešto o tome svome otkriću držao predavanje, ono bi otprilike ovako glasilo:

– Blagajnici su jedno prastaro pleme, od kojega ostaci žive i danas rasuti ovde i onde po svim delovima sveta. Na Balkanu je to pleme poznato pod imenom kaznačeja. Oni žive povučeno od sveta, obično obitavaju u kavezima od gvožđa, odakle izviruju kroz male prozorčiće.

Kao naročita karakteristika toga plemena je da su uvek namršteni i uvek mrzovoljni. Vrlo rado se zaključavaju u svojim sobicama i spuštaju zavese na prozore i tako, odvojeni od sveta, provode po nekoliko sati. O vratu obično nose neke amajlije u vidu ključeva od kase. Vrlo su nepoverljivi prema strancima i strašno se plaše kad vide da im prilazi kakav čovek s hartijom.

A što bih ja, uostalom, držao vama predavanje, kao da nijedan od vas nije imao posla s kakvim blagajnikom državnoga nadleštva. Pođete, na primer, s priznanicom, i prvo vas pred vratima predusretne momak, naročito izvežbani momak. Jer, valja znati da su blagajnički momci, već jedna naročita vrsta momaka.

On vas prvo premeri od glave do pete, tj. od šešira do cipela, pa prema tome kako vas je ocenio, i odgovara vam:

– Gospodin blagajnik nije ovde.

– Jeste, bratac, eno ga ključ u ključaonici.

– Mogu biti i tri ključa u ključaonici, ali kad ja kažem da blagajnik nije ovde, onda nije ovde.

– Nemojte tako, eno se sad baš zakašljao.

– Slušajte. Može kašljati i cela Glavna kontrola, ali blagajnik nije ovde.

Na to se otvaraju vrata od kancelarije i pojavljuje se blagajnik.

– Ništa, nema ništa. Nemam para! – izdere se još s vrata.

Jer, valja da znate, da blagajnici i ne čekaju da im se kaže dobar dan, oni čim vide čoveka s hartijom, niti ga pitaju šta je ni kako je, ni zašto je došao, već odmah dreknu:

– Nema ništa. Danas ne može biti ništa.

Toliko im je to prešlo u strast, da koji put i ulicom, prođete mimo njih i kažete im: – Dobar dan! – a oni se tek trgnu i uzviknu:

– Ne može, brate, nemam para!

Tu skoro desilo se tako nešto meni. Ne znam kakvu sam hartiju imao u rukama, mislim ljubavno pismo, neke mlade gospođe, kojoj sam zakazao ove godine randevu u Niškoj banji. Pa tako s tim pismom pošao ja blagajniku. Kucnem na vrata i otvorim ih, a on baci jedan mrzovoljan pogled na mene, pa kad još spazi hartiju u mojoj ruci, njemu se prosto diže kosa na glavi.

– Nemam, ne mogu nikom danas...

– Ali, molim vas...

– Ne mogu, ne mogu, kad vam kažem srpski.

– Ama ja sam došao...

– Neću da čujem, kad vam kažem da ne može biti...

– Samo da vam kažem...

– Molim vas, nemojte mi ni govoriti, neću da čujem...

– Morate, zaboga, čuti...

– Neću da čujem.

– Ama, slušajte. Dobili ste sina. Došao sam da vam javim. Molila me vaša svastika, sad usput.

– Dok računoispitivač ne škontira kasu, ne dam ni deset para, razumete li, ni deset para.

– Ne tražim vam pare, zaboga, čujte što vam govorim.

– Pa šta će vam ta hartija u ruci?

– Ostavite vi tu hartiju. To je sasvim privatna stvar. Dobili ste sina, razumete li, dobili ste sina!

Tek sad mu se razvedri lice i razumede me. Tresnu kasu, zahvali mi na usluzi i, češući se iza uveta, dodade samo:

– To znači, treba otvoriti novu partiju u partijalniku.

Strasna nedelja

Ja nisam ni saznao iz kalendara da je ovo strasna nedelja, ja sam to saznao iz policijskih raporta. Čega tu nema.

Na primer, gospodin Kosta, primeran domaćin, dobar otac, ali pati od onog od čega mnogi od nas pati – član je mnogih odbora. Ti odbori opet zapucali pa svi ove nedelje drže sednice. Kao male ferije, ne rade sudovi, ne rade škole, a snabdeveni svi za Uskrs novcem, pa kao najbolje je sad držati sednice. Elem, i jedno od dobrotvornih društava, u kome je i gospodin Kosta član, držalo je baš sinoć sednicu, te je i on, primeran domaćin i dobar otac, morao izaći posle večere.

Video sam ga kad se vraćao sa sednice. Tako oko 2 ½ po ponoći. Razapeo amrel iako ne pada kiša; zavalio šešir pa prišao jednom telefonskom direku i moli ga da upali cigaretu. Pa onda ujedanput progunđa nešto, opsova nekom „tamo njemu“, pa klisnu u stranu, preskoči trotoar, ispusti amrel pa se saže da ga dohvati, ali pade mu šešir, a on onda, valjda u rasejanosti koja nije nemoguća kod primernih domaćina i dobrih očeva, umesto rukama pruži nos da dohvati šešir.

Odmah sam se setio da je ovo strasna nedelja.

Pa onda gospodin Pera, prosto devojka a ne čovek. Njegova gospođa Simka toliko puta je rekla za njega:

– Moj Pera je tako vaspitan i dresiran da on prosto ne sme ženskoj da pogleda u oči. Bogami, ja sam manje stidljiva nego on.

E, dakle, i toga stidljivog gospodina Peru video sam sinoć. Sedeo je na Bulevaru izmeđ' dveju pevačica, i tako im je stidljivo stezao ruku, kako se stidljivo mašao njihovog struka, tako je stidljivo plaćao šampanj, prosto kao dete.

Čim sam ga spazio, i meni je pala na pamet gospa Simka. To ti je srećna žena, ima vaspitanog i dresiranog muža, pa ne sme žensku ni u oči da pogleda.

Dabome da sam se odmah setio da je strasna nedelja, čim sam spazio gospodina Peru.

Pa onda gospodin Sima. Ako za ikoga, za njega se može reći da je redak čovek. Ne možete ni verovati kako je to tačan i štedljiv čovek. Za njega se može reći da pazi na svaku paru i da svaki kraj sastavlja s krajem.

Njegova žena nije raskošna kao druge, ne da on to. Ne kupuje joj svake sezone nov šešir, nego se ona pokrpi. Promeni pantljiku, promeni cvet pa opet lepo izgleda. A tako i deca. Prepravi im kaput od svoga kaputa, napravi im pantalone, pa opet lepo izgledaju.

A šta će siromah, danas su takve prilike pa treba paziti na svaku paru.

A, eto, video sam i gospodina Simu sinoć. Sedi u prijateljskom, vrlo prijatnom društvu i baš uzvikuje:

– Da popnemo vizu na dvadeset dinara.

On ne bi predlagao da se viza popne na dvadeset dinara, jer on, kao solidan čovek koji pazi na svaku paru, igra u redovnim prilikama samo s pola dinara vize. Ali sinoć je to predložio valjda zato što je na pola dinara vize izgubio sedamdeset šest dinara, pa bi rad bio, kao dobar domaćin, da povrati tu sumu.

Inače, u redovnim prilikama, on igra s pola dinara vize i ne izgubi nikad više od dvadeset do dvadeset pet dinara. A sinoć je izgubio sedam stotina dinara, dok je bila pet dinara viza, i već posle, na dvadeset dinara, izgubio je još stotinak dinara i preko četrdeset stoparaca, ne računajući pikslu.

Čim sam ga video, palo mi je na pamet da je ovo strasna nedelja.

A nije da sam samo na njima primetio, primetio sam ja i na sebi samome da je ovo strasna nedelja. Eto i ja pamtim: pre kad idem Knez Mihailovom ulicom, a ja gledam u zemlju kao inštitutka, a kako je počela ova nedelja, tako nešto zavirujem damama u oči kao da sam, bože me prosti, gardijski potporučnik.

Đavo će me znati šta mi je!

Zgodan svedok

Kakvih ti sve seoba nije bilo prekjuče o Đurđevdanu. Ima ih koji su se iselili iz starog kvartira sa ženom i svim stvarima; ima ih koji su se iselili sa ženom a bez stvari, a ima ih najzad koji su se iselili i bez žene i bez stvari.

Tako se, na primer, iselio grešni Joca Simić, koji već dvadeset godina upotrebljava vizitkarte s titulom „bivši činovnik". Otkako zna za sebe, on je „bivši činovnik", tako da izgleda kao da nije ni bio aktivan, nego samo „bivši činovnik".

Tako se onomad i on iselio. Upravo nije se on iselio, nego se zajedno sa stvarima iselila njegova žena Julka, a on je ostao na sokaku.

Uoči svakog Mitrovdana i Đurđevdana, od ovo nekoliko godina, pretila je Julka, „bivšem Joci" da će ga ostaviti.

– Skupiću sve moje prnje što sam ti ih donela, pa ću naći sebi sobicu i živeću kako mi bog dâ, a ti gledaj šta ćeš!

I najzad, evo, ovog Đurđevdana je svoju pretnju i izvršila.

Žalost je to bila videti tu scenu. Pred vratima taljige; kočijaš iznosi stvari i tovari ih, a „bivši Joca" stao kod kapije, gleda svaku stvar, gleda je, razmišlja i svaka mu izaziva hiljadu uspomena, a svaka mu uspomena natera suze na oči.

Iznese kočijaš, na primer, kutiju sa šeširom i metne u kola, a Joca razmišlja:

– To je onaj šešir što ga je dobila od tetke. Lepo joj je stajao. Ako ga popravi, može ga nositi i ovog leta.

Ili iznese kočijaš šporet, a Joca gleda šporet, gleda, pa mu tek naiđu suze na oči:

– Šporet! Bože moj, koliko juče kuvala je na tome šporetu sočivo sa šniclom i jeli smo ih zajedno. A sad, nikad se više moja večera neće podgrejavati na tom šporetu!

Pa onda kočijaš iznese korito.

– Čiji li će sad veš prati, bože moj, u ovom koritu? – razmišlja „bivši Joca" i tako svaku stvar redom propraća nekim razmišljanjem i uzdahom.

Natovari se dušek, on uzdahne; natovari se bure od kiselog kupusa, on uzdahne; natovare se tri kalupa sapuna za veš, on uzdahne. I tako redom. Što punija kola, on sve dublje uzdiše.

Najzad, kad se potpuno natovariše kola, izađe i gospa Julka, a njemu tek onda naiđoše suze.

– Julka, pa gde ću ja sad?

– Šta ja znam?!

– Pa zašto me ostavljaš?

– Pa kazala sam ti. Nećemo valjda sad na ulici nanovo razgovarati. Niti si čovek, niti si muž. Nikad paru da doneseš u kuću.

– A, neće biti to, Julka. Ja sedam godina, otkako smo se uzeli, nisam donosio ni paru u kuću, pa opet smo mi lepo živeli. Nego ti mene ostavljaš zbog gospo...

– Ajde, ajde, laj samo! – preseče ga ona, pa se obrte kočijašu. – Teraj!

Kretoše kola put Vračara, i Joca osta pred vratima da laje, ako mu je kakva fajda od toga.

Najzad, kad ubrisa i poslednju suzu iz oka, a on stište pesnicu i diže je u vazduh, šapćući ove značajne reči:

– Osvetiću ti se!

I osvetio se.

Svako veče i svaku noć, otkako se Julka preselila u zaseban stan u R... ulicu broj 29, on je dežurao. Ili se prikrio, ili se šetao kraj njene kuće, te da uhvati: da li zbilja gospo... (onaj zbog koga mu je Julka kazala one značajne reči: „Ajde, ajde, laj samo!“) dolazi k njoj, pa da je obruka pred svetom, i nju i njega, i da je tuži konzistoriji te, ako ništa drugo, a ono bar konzistorija da mu dosudi izdržavanje.

Sasvim je pravilno on rezonovao:

– Moraće konzistorija rešiti da ona meni daje izdržavanje. Prvo i prvo zato što je ona mene u braku izdržavala a ne ja nju, a drugo i drugo, zato što je ona mene isterala iz kuće a ne ja nju!

Razume se, nije dugo čekao. Već drugo veče tako posle ponoći onaj „gospo...“ (Joca se toliko preplašio od žene, da nije smeo ni celu reč „gospodin“ da izgovori, a kamoli da mu pomene ime), dakle onaj „gospo...“ ušao je u kapiju gospa-Julkinu.

– Tu je! Ušao je u mišolovku! – uzviknu „bivši Joca“ i htede da utrči u kuću, pa se najedanput na kapiji zaustavi i zamisli:

– A baš mi ništa ne vredi ući u kuću. Prvo, ona i on su jači, istući će me i izbaciti. A drugo, i ako uđem, kako ću da dokažem da sam zatekao gospo... Trebalo bi da imam svedoka. A gde sâm da nađem svedoka? I ako koga pozovem niko neće pristati.

I tako se grešnik vrati. Ali sutradan se doseti. Čekao je opet do ponoći i posle ponoći. Oko 2 ½ naiđe „gospo...“ i uđe u kapiju.

„Bivši Joca“ trkom otrča do najbliže kafane, ščepa telefon pa:

– Alo!

– Alo!

– Šta želite?

– Opštinu beogradsku.

– Alo! Alo!

– Molim, je li tamo dežurni opštinski lekar?

– Jeste, ja sam na telefonu.

– Molim dođite hitno u R* ulicu, broj 29. Vrlo opasna bolest.

Lekar opsova nešto u duši, otprilike ono što svi lekari opsuju kad ih ko zove u 2 ½ po ponoći, pa se hitno krete, te na Vračar pa u R* ulicu.

Pred vratima kućnim dočeka ga „bivši Joca“.

– Vi ste tražili doktora?

– Ja, izvoľte unutra!

Pa „bivši Joca“ napred, a lekar za njim; te gurnu kolenom u vrata i izbi ih. I sad se nađoše u sobi doktor i „bivši Joca“ i gospa Julka i „gospo...“

– Ko je bolestan? – pita lekar.

– Nije niko! – odgovori „bivši Joca“ – ali je meni potreban svedok da pred konzistorijom dokažem da je moja žena nepoštena. Hvala vam, gospodine doktore, što ste došli!

Možete misliti već šta je bilo, i šta je doktor kazao, i kako je vikao i pretio, i kako je vriskala gospa Julka, i kako je crveneo „gospo...“

Ali je sve to otrpeo „bivši Joca“. Otrpeo bi on čak i da su ga tukli, samo kad je nabavio svedoka.

A sutradan je otišao u konzistoriju da traži izdržavanje.

Nas se ne tiče šta je bilo i šta će biti u konzistoriji. Ja sam sve ovo ispričao samo da obratim pažnju muževima, kad im se, nedajbože, desi maler, da nema zgodnijih svedoka od noćnih dežurnih opštinskih lekara.

Svaka bračna nesreća dešava se obično noću, pa gde će čovek u takvoj prilici da nađe svedoka. A dežurni lekar je prosto dušu dao za to. Spava obučen i čeka.

Vrlo zgodan svedok.

Bračna matematika

Odavno sam ja opazio to da nema nijedne nauke koja ima toliko primena na život kao matematika. Još dok ste u školi, brojevima vam odmeravaju sposobnost; čim uđete u život, odmah s brojevima imate posla (veličina tih brojeva zavisi, razume se, od potpisnika); u službi državnoj sva vam je ambicija da dostignete što veći broj (mislim na cifru godišnje plate); kad se ženite, na prvom mestu su brojevi i, najzad, kad umrete, svršavate takođe jedan matematički zadatak, jer ste smrću podvukli sve cifre života, sabrali ih i našli da životne cifre sabrane posle groba daju kao rezultat jedno beskonačno ništa.

Pa i sâm brak, najinteresantnija životna pojava, čista je matematika. Postoji najpre cifra jedan, to je recimo on, i postoji za sebe opet cifra jedan, to je recimo ona. Znak sabiranja. (+) to je u braku provodadžika. I sad, čim taj znak sabiranja stane između dve jedinice, rezultat je dva. To je ono: 1 + 1= 2.

To je običan svakodnevni brak.

Odmah posle sabiranja, u braku nastaje množenje. Žena počne da rađa, i cifra postaje sve veća.

Ako slučajno ne nastane množenje s te strane, ženice, onda se množi druga cifra – muž. Uz njega se odmah prilepi još jedna cifra, kućni prijatelj i ta bračna formula izgleda ovako: 1 + (1 + 1) = 3.

Ako se ova poslednja bračna formula potpuno matematički razvije, onda se prelazi u deljenje, koje se svršava u konzistoriji.

Ja znam jedan brak koji je potpuno matematički sklopljen. Prvo su bile poznate dve količine, gospodin Jevrem, kome je pedeset godina, i njegova žena gospođa Anka, kojoj je dvadeset tri godine. Čim se u matematici imaju dve tako poznate količine, odmah se traži treća nepoznata. I, razume se, meni kao starom i dobrom matematičaru lako je bilo naći je. Nepoznata količina je gospodin Pera sekretar, kome je dvadeset sedam godina.

Čim sam dobio i tu treću količinu, lako mi je bilo da radim sve vidove računa. I evo, ja ću vam ih pokazati:

SABIRANJE:

Gospodin Jevrem, godina	50
Gospođa Anka, godina	23
Gospodin Pera, godina	27
Svega	100

ODUZIMANJE:

Cela familija, godina	100
Gospođa Anka i gospodin Pera	50
Gospodinu Jevremu ostaje njegovih	50

MNOŽENJE:

Gospodin Jevrem	50
Gospođa Anka	23
Za izravnanje do 100, umnožava se	
familija s gospodinom Perom, godina	27
Svega	100

DELJENJE:

Sto godina, koliko cela familija ima, podeliti s dva. Ostaje svakom po 50. To jest, gospodin Jevrem sâm za sebe zadržava svojih 50, a drugih pedeset padaju na gospođu Anku i gospodina Peru.

E, sad valja još znati, da je matematika nauka kojom se mogu izvesti i najtačnije pretpostavke. Recimo zadatak ovako glasi:

– Dodajte svakoj cifri po deset godina, pa mi nađite rezultat?

Evo i toga rezultata:

Gospodin Jevrem 50 godina + 10 = matori magarac;

Gospođa Anka 23 godine + 10 = žena u najboljim godinama.

Gospodin Pera 27 godina + 10 = stalni prijatelj, koji bi i život založio za gospodina Jevrema.

A mogu se i mnoge druge matematičke kombinacije praviti.

Pop-trkač

Prilikom poslednjih trka, o Duhovima, priređenih na Banjici, dobio je trku i jedan pop.

To nije bila popovska trka, jer se kod nas popovske trke ne priređuju na Banjici, one se izvode u samom krilu crkve. Jer, kad bi i popovi priređivali trke, onda bi njih izvodio Arhijerejski sabor. On bi, na osnovu kakvog kanonskog propisa, odredio mesto za trke, dužinu staza, nagrade i sve ostalo. Pa bi onda izvesno bilo tu i podele neke, na primer, protinska trka; pa onda trka parohijskih sveštenika s preponama, pa onda trka vojnih popova, pa trka đakona jednogodaca.

Tako bi to nekako bilo, kad bi bilo popovske trke. Ali, hvala bogu, toga nema, i što je sad o Duhovima ovaj pop dobio trku, to ne znači da je on trčao. Trčao je konj, kojega je pop za trku odnegovao.

I sad bi bilo pitanje: otkud da se kod popa razvije taj sport negovanja konja?

Izgleda vrlo neobična stvar da se kod popa, s obzirom na njegov poziv u životu, razvije želja za sportom. Ako bi svaki pop dozvolio sebi da se kod njega razvije sport, šta bi sve moglo biti i šta bi se sve moglo videti.

Zamislite, na primer, popa s fotografskim momenat-aparatom, trči po groblju o zadušnicama i slika, juri za svadbama ili demonstracijama. Ili, zamislite popa kao automobilistu. Ili, zamislite, da nas bog sačuva i sahrani, popa na velosipedu ili kao fudbalistu. I tako uopšte, zamislite šta hoćete; popa sa šlitšuama, ili kao člana veslačko-pecarskog kluba, ili kako se, kao gimnastičar, prevrće na reku, ali kako god vi hoćete, pa ćete videti kako u samom popovom pozivu ne leži da bude sportista.

Otkud je, dakle, i kako se ovaj pop bacio na sport negovanja konja i vaspitanja istih za trku?

Verovatno kao mlad bogoslov, čim je obukao mantiju, išao je u parohiju s tvrdom namerom da vaspitava svoju pastvu. Kad je uvideo da to ne ide baš tako lako, digao je ruke od pastve, pa se bacio na konje. I eto uspeo je.

I jednoga dana, kad je oglašena duhovska trka na Banjici, diže se lepo pop, popadija i odnegovani konj, pa po sniženim cenama na železnici u Beograd.

Konj doputuje da trči trku. Pop doputuje da vidi kako će mu proći konj, a popadija doputuje više kao kontrola da nadzirava popa. Jer najzad, pustiti popa sama za vreme trka nije ni probitačno.

I tako, pop i popadija odu u publiku, a popov konj međ konje. Frču oni beogradski, oficirski konji, strižu ušima i prezrivo gledaju popovog konja.

– Zar ti misliš s nama da trčiš? – pita ga s neke visine konj jednog artiljerijskog kapetana.

– A što ne bih? – odgovara popov konj.

– Ama zar mi, oficirski konji, koji znamo i teorijski i praktično šta je to trka, pa ti s nama da trčiš.

– E, bratac moj, sve je to u božjoj ruci – odgovara popov konj.

– Ama zar ti, koji se hraniš suvim slavskim kolačima što ih pop zbira po slavama; ti što se hraniš suvim poskuricama, pa da trčiš s nama što jedemo državnu furaž! – veli mu konj jednog konjičkog poručnika.

– Božji su putevi neispitani. Ako je božja volja, mogu i ja stići kad i vi – odgovara popov konj.

Utom dadoše znak da počinje trka. Kapetanov konj opsova nešto u sebi, poručnikov takođe, a popov konj pročita Očenaš.

A kad poče trka, vidiš kako ko, al' popov konj napred, pa napred. Popu sve igra svešteničko srce u grudima, a popadiji suze na očima.

– Ju, ako pobedi, ceo će svet govoriti o nama! – veli popadija.

– More pobediće, siguran sam da će pobediti. Ja znam, kad o slavama sečem kolač, tri sela obiđem na njemu i u sva tri sela ručam, a nigde ne zadocnim na ručak – veli pop.

I cela istina, popov konj pobedi. Ali, sad se otkri jedna stvar, da to nije konj, no kobila. To jest, to se nije sada otkrilo; šta bi imalo tu da se otkrije? To se znalo, znao je to i pop, znala je i popadija, znao je i ocenjivački sud, i uopšte se znalo da je to kobila, ali se nije znala jedna delikatna želja popova koja je počivala u vrlo dubokoj dubini duše njegove.

– Ako mi kobila pobedi na trkama, govoriće se o njoj, pričaće se o njoj, pisaće u novinama, i možda ću uspeti da na nekakav način dođem u vezu i sa samim dvorom.

Ta želja bi bila vrlo čudnovata i tajanstvena kad bi je pop sačuvao sakrivenu u duši. Ali je on nije mogao sačuvati. Došao je k meni da me pita za savet. Evo našeg razgovora:

Pop: Jelte, Ben Akiba, kako vi stojite u dvoru?

Ja: Dobro, vrlo dobro.

Pop: Ja bih hteo da stečem tamo neke veze, pa ako biste mi u tome pomogli.

Ja: Molim, drage volje. Samo, kakve biste vi to veze hteli?

Pop: Tä nije ja, nego upravo moja kobila, znate ova što sad o njoj pišu novine... pa, kad bi ona nešto mogla dobiti veze.

Ja: Ama, kakve veze?

Pop: Pa sad su, ovaj, stigli iz Carigrada neki konji naročitog soja, pa ovaj, kao što vidite, moja kobila nije kojeko. Moglo bi se reći da je dostojna te počasti, posle ove pobede na trkama.

Ja: Pa to jeste, oče, ja bih mogao da vam pomognem, ali, to su konji Sultanovi, nekršteni su, pripadaju drugoj veri. A vi ste predstavnik pravoslavlja, pa ovaj...

Pop: To jeste, bogami. Onda nemojte ni činiti nikakve korake. Baš vam hvala što ste mi to pomenuli.

I tako ode pop u selo, a dogodine, akobogda, evo ga opet na trke.

Svinjska njuška

Hajd' neka digne ruku i neka kaže ko je taj koji je sad o Božiću i Novoj godini pojeo praseću glavu, ali neokrnjenu? Ovo naročito pitam one koji imaju u kući devojaka i udovica. U takvoj kući se ne može pojesti glava s njuškom. Njuške prosto nestane pre no što glava dođe na sto.

Verovatno je i kod vas takav isti red. Pojedete prase o Božiću, a glavu sačuvate do Nove godine. Kao red je da s glavom dočekate Novu godinu. Razume se, ima glava koje dočekaju Novu godinu a ima ih koje je i ne dočekaju, pojedu se ranije, ali njuška obično ne dočeka ni Božić.

A znate li zašto se to čuva i zašto naročito devojke i udovice idu u lov na svinjske njuške? Vele, kad devojka kroz njušku pogleda u mladića, a on posle da poludi za njom. Otuda ćete kod mnogih devojaka, žena i udovica videti da nose u nedrima kao amajliju svinjsku njušku, da bi im uvek bila pri ruci. Zamislite svinjsku njušku na ženskim grudima! Uostalom, to nije teško zamisliti, jer je vrlo česta pojava u životu.

Gospođa Dana – to mi je ona sama pričala – čak se i udala kroz svinjsku njušku.

– Ovoga istoga današnjeg mog Jocu ja sam gledala kroz svinjsku njušku.

– I to vam je donelo sreću?

– Tä idite, molim vas, zar ga ne vidite kakav je. Prokleta bila i ona svinjska njuška koja mi ga je dovela.

Znam još jedan brak koji je sklopila svinjska njuška. To su supruzi gospodin Sreta i gospođa Ljubica. Ja ne znam ko je koga pogledao kroz svinjsku njušku, ali znam da su se uzeli iz ljubavi. I znam, kad su se prvi put posle svadbe posvađali, da je ona uzviknula:

– Upamti da će ti ona njuška izaći na nos!

Ja to u prvi mah nisam razumeo, jer nisam nikako umeo da predstavim kako nekome njuška može izaći na nos. Posle su mi već objasnili i ne samo što su mi objasnili nego sam se svojim rođenim očima uverio da je Sreti izašla njuška na nos. A evo i kako.

Gospođa Ljubica je zadržala njušku i u braku. To jest, nosila je neprestano uza se njušku. I dok druge žene upotrebljavaju u društvima lornjet, dotle je gospođa Ljubica upotrebljavala svinjsku njušku. Kažu da je ona čak padala na misao da nabavi dve njuške, da iz lornjeta izvadi staklad pa da u društvu upotrebljava lornjet sa svinjskim njuškama.

Dabome, to nije bilo nimalo pravo gospodinu Sreti. Moglo bi mu i biti pravo, da je ona samo njega gledala, ali je ona počela redom da gleda. Nije mu bilo pravo i domišljao se svakojako šta će i kako će.

Pomogla mu je mačka. Jednoga dana mačka, ne znajući ništa o čarobnoj moći svinjske njuške, prosto pojede ovu.

To ne bi bio tako veliki događaj, jer najzad svinjska njuška je prilično sitan zalogaj. Ali izgleda da je mačka, progutavši taj zalogaj, pojela ujedno i ljubav koja je tako lepo spajala ovaj bračni par. Mogli su oni davati mački i ricinus, pa opet ne bi više došli do ljubavi koja je na taj način iščezla.

I eto od toga doba gospođa Ljubica ne može da vidi očima gospodina Sretu:

– Kad ga vidim samo, a ja se odmah setim svinjske njuške. On je kriv što ju je mačka pojela, on joj je poturio.

I od toga doba grešnome gospodinu Sreti ta njuška je prosto izašla na nos.

Uostalom, moglo bi se preporučiti muževima da preture malo džepove svojih žena. Ko zna da li koja od njih ne nosi uza se svinjsku njušku. A obraćam pažnju muževima da mačke neobično vole te božićne svinjske njuške.

Naša administracija

Vi, dabome, znate da u svakoj državi administraciju vode njeni činovnici: Tu su šefovi kancelarija, tu sekretari, tu pisari, tu praktikanti, arhivari i protokoliste. Oni su od šefa pa do protokoliste tako ponameštani da izgledaju kao jedan levak; pustite akt na usta levka, tj. predate ga šefu, i on, snabdeven numerom, vezom, rešenjem i dr. ispadne kroz protokol kao kakva stvar.

I kad bi to tako bilo, sve bi dobro bilo. Ali kod nas, osim pobrojanog osoblja, postoji još čitav niz administrativnog osoblja kroz čije ruke prolazi akt i od kojega upravo zavisi sva srpska administracija.

Evo samo da vam ispričam šta je bilo s gospodinom Mihajlom Petrovićem, članom Kasacije u penziji, kome ni položaj, ni kuća koju je stekao i koja nema duga kod Uprave fondova, ni mnogobrojna porodica, nisu mogli pomoći da ne bude proglašen licem koje ne postoji.

Načelstvo kruševačko uputi jedan akt Načelstvu beogradskom, radi saopštenja gospodinu Mihajlu Petroviću. Načelstvo pošalje taj akt Upravi varoši Beograda, a Uprava Kvartu dorćolskom kao nadležnom. Kvart dorćolski, razume se, preda akt žandarmu broj 123 na izvršenje. Žandarm ga metne u nedra, prođe jednu, dve, tri ulice, pa onda sedne na prag jedne kuće, izvuče iz čizme debelu pisaljku, opljune je i napiše na aktu:

„Imenovani Milan Petrović se ne nalazi u ovom kvartu.“

Praktikant uzme taj akt, pročita referat žandarma broj 123, pa sedne i napiše za potpis pisarov:

„Upućuje se ovaj akt Kvartu palilulskom da rečenog Miliju Petrovića potraži u svom rejonu.“

Kvart palilulski preda stvar žandarmu broj 67, te ga ovaj strpa u nedra i zađe kroz kvart da traži „Miliju“.

Kad svrši posao, a on sedne za kafanski sto, opljune pisaljku i napiše:

„Imenovani se Mitar ne nalazi u Kvartu palilulskom.“

Praktikant uzme taj akt, s referatom žandarovim, pa, za potpis pisarov, napiše:

„Upućuje se ovaj akt Kvartu savamalskom da ga rečenom Dimitriju Petroviću saopšti.“

I tamo, u Kvartu savamalskom žandarm učini svoje, i kako imenovanoga ne nađe, izjavi pisaljkom na aktu kako imenovani „Diša“ ne postoji u Kvartu savamalskom.

Savamalski praktikant uputi akt Kvartu vračarskom s molbom da on u svome rejonu potraži imenovanoga „Trišu“.

Dabome da i vračarski žandarm ne izostaje iza drugova u drugim kvartovima. Posle bezuspešnog traženja, on jasno i čisto napiše da se Trifun Petrović, član Kasacije u penziji, ne nalazi u tome kvartu.

Cela stvar se vrati Upravi, Uprava je vrati Načelstvu i Načelstvo je pošalje natrag u Kruševac saopštavajući da lice pod imenom Trifun Petrović, član Kasacije u penziji, ne postoji.

Kruševačko načelstvo se zgrane kad vidi kako je od imena Mihajlo postalo ime Trifun, pa spakuje samo akt u kovertu i pošalje ga poštom direktno na adresu gospodina Mihajla Petrovića.

Ja sam svojim rođenim očima video taj akt.

Jedan milion

Milion dinara ne može biti ni glavni zgoditak, ne može biti ni miraz devojački, ne može biti ni zarada, ni poklon.

Milion dinara mogu biti ili suma s kojom je kakav blagajnik, kojega od velikih novčanih zavoda, otputovao u Ameriku, ili san kakvog praktikanta koji je, pošto nije večerao, legao da spava; ili najzad, to može biti deficit u budžetu malih država, kao što je naša.

Ali, milion o kojem hoću danas da govorim nije ni jedno, ni drugo, ni treće.

To je onaj milion koji je italijanska narodna skupština izglasala da se iz državne gotovine, a u čast stogodišnjice Garibaldijeve, razdeli među Garibaldijeve borce koji su još ostali u životu.

Stari i umorni borci, koje je i dosad pomagala blagodarna Italija, dobiće sada obilate sume s kojima će u miru i izobilju dotrajati poslednje dane.

Kad sam to pročitao u novinama, pade mi nešto na pamet kako bi to lepo bilo kad bismo se koji put tako i mi setili svojih dobrovoljaca, pa ako ne možemo milionima a ono bar jednom stotinom hiljada. I odmah sam seo da napravim račun, koliko bi od te stotine palo na svakog našeg dobrovoljca.

Eto toga računa, s pretpostavkama da je naša država votirala već 100.000 dinara da se podele dobrovoljcima.

Prvo i prvo, morala bi se obrazovati jedna komisija koja bi izradila spiskove dobrovoljaca i pribrala sve potrebne podatke o njima. Rad te komisije, kojoj bi se odredile dijurne ne bi koštao skuplje od 20.000 dinara.

Čim bi ta komisija svršila posao, obrazovala bi se druga, kojoj bi bilo stavljeno u zadatak da, prema sabranim podacima, klasificira dobrovoljce u dve, tri ili četiri kategorije, kako bi sirotniji dobili veću pomoć, a oni koji su koliko-toliko u stanju, manju pomoć.

Ta bi komisija, bogami, morala da radi dva i tri meseca i, razume se, njene bi dijurne iznele bar 30.000 dinara. Ali bi ipak ostalo 50.000 za deobu.

Čim bi ta komisija svršila rad, pojavile bi se žalbe na njen rad. Jedni bi dokazivali da treba da dođu u prvu a ne u četvrtu kategoriju, drugi u drugu itd.

Da bi izvidela sve te žalbe, njihovu opravdanost, morala bi se obrazovati nova komisija, koja bi, bogami, morala vrlo dugo raditi i koja bi najzad morala koštati bar 20.000 dinara, što nije mnogo, jer bi ipak ostalo još 30.000 dinara da se razdeli među dobrovoljce.

Razume se, da se taj rad vodi i administrira, moralo bi postojati i naročito kancelarijsko osoblje koje bi takođe koštalo bar 9.500 dinara, te bi u svemu ostalo 20.500 dinara da se razdeli.

E, kad bi sve to tako sređeno i uređeno bilo, morala bi se obrazovati komisija koja će izvršiti deobu novca. Recimo da ta komisija ne bi koštala više od 20.000 dinara, pa ipak bi ostalo 500 dinara za deobu.

Tada bi bili pozvani svi dobrovoljci iz srpsko-turskog rata koji su još u životu – a ima ih tako jedno hiljada – da svako podnese molbu i da na istu prilepi taksenu marku od 0,50 dinarskih.

Svakome bi tada od tih dobrovoljaca pripalo pri deobi po 0,50 dinara, što je sasvim dosta kad se uzme u obzir da je time pokrivena tačno ona suma koju je molilac izdao za taksenu marku.

Tako bi to bilo kod nas, i ja ne znam zašto Italija ne pripita nas kako da izvrši deobu onog miliona. Mi bismo joj dali prijateljski savet.

Novo poduzeće

Pre neki dan, tako, stojim na Terazijama i gledam, prolaze neki ljudi, na leđima im prikačene table. Pa idu, tako, šestoro jednom stranom ulice. Ne govore nikom ništa, nego samo nose one table, a svet sa onih tabla čita anonse za rvanje u cirkusu koje će biti toga dana. Sećate se i vi svi tih ljudi; sretali ste ih skoro svakoga dana po svima življim ulicama Beograda.

A ja sam ih nekoliko puta sreo i uvek mi je padalo na pamet kako je to odista lak posao. Nikakvih drugih napora ni truda nemaju ti ljudi, jer jedini im je zadatak da šetaju. Ništa više, samo da šetaju.

Bože moj, a koliko sveta kod nas bambadava šeta i ne sanjajući da bi se i šetajući moglo zaraditi.

Eto, na primer, naši penzioneri; šta bi im falilo da šetnjom zarade bar po trideset dinara na dan? Oni već šetaju pa šetaju do Slavije, po Kalemegdanu i gornjem i donjem, i ujutru po Velikoj pijaci. Ne bi, dakle, imali ništa drugo da rade, do što bi poneli na leđima po jednu reklamu.

Zamislite, na primer, gospodina Jocu, načelnika ministarstva u penziji. Vrlo otmeno obučen. Onako od oka da ga šacuješ, ne možeš mu više dati od 65.000 meničnih dugova. E, pa on, dakle, lepo obučen, šeta, šeta, a na leđima mu reklama koja glasi:

„Samo kod Vuletića i Gavrilovića, ogroman izbor svile za preveze sveća, za kumove, spreme za udavače, mladoženje i devere.“

Ili, na primer, spustio se otud niz Terazije gospodin Pera, inspektor u penziji. Ide na Kalemegdan da pije seltersku vodu, a zatim će na Veliku pijacu, a odatle opet da švrlja ulicama. E, pa kažite mi onda šta bi njemu smetalo kad bi mu na leđima pisalo, na primer:

„Moderna trgovina boja i hemijsko-tehničkih proizvoda Blagoja Dinića na Terazijama jedina je kadra da snabde sve i svakoga svima vrstama boja i drugih potreba.“

Ili, na primer, gospodin Jevrem penzioner ima komotan i prostran trbuh. Raširio se u srećno doba kad se plata računala u talirima, a meso bilo tri groša oka. E, sad, da se pita čovek, zašto toliko širok trbuh da mu stoji besposlen i neupotrebljen. Šta bi njemu smetalo kad bi se preko tog trbuha ispisalo:

„Ko hoće da pije čisto, zdravo, ukusno i domaće vino, neka ide u Rafajlovićev podrum na Zeleni venac, gde će se iznenaditi malim cenama.“

Eto, kažite mi sad sami šta bi to smetalo našim penzionerima. To je bome devet stotina dinara mesečno, pola kućne kirije.

A ništa to nije, samo kad bi jedanput ušlo u modu. Ja sam siguran da bi to zatim i naše dame prihvatile, jer ko bi ako ne bi one podržale svaku modu, pa bila ona lepa ili ne.

A suncobrani naših dama zbilja bi vrlo lepo poslužili za one kratke oglase. Zamislite, na primer, na korzou Knez Mihailove ulice, gospođu Julku, mladu, punačku i utegnutu, a na njenom crnom suncobranu piše: „Traži se dojkinja“. Ili, zamislite gospođu Danicu, onu sa interesantnim očima što nosi cipelu broj 35, zamislite dakle nju i njen suncobran: „Stan za samca“. Ili zamislite gospođicu Sofiju, znate onu što vrlo rado ispušta maramicu na Kalemegdanu ako za njom ide prijatan gospodin koji bi se hteo sagnuti; i zamislite njen otvoreno plavi suncobran na kome piše: „Dobar puder samo u drogeriji Lamiko“.

I već, samo kad bi se to razvilo, ne bi mu bilo kraja.

A kako bi tek to bilo o Đurđevdanu i Mitrovdanu. Znate već svi, kakva je to nesreća juriti po ovoj zloj beogradskoj kaldrmi od jutra do mraka i tražiti stanove. Ovako, kad bi bilo ovih pokretnih oglasa, ništa lakše. Sedne čovek na Kalemegdanu, na jednoj klupi a oglasi prolaze, prolaze, prolaze, a onaj s klupe samo čita.

Prođe, na primer, gospodin Steva penzioner, a na leđima mu piše:

„Udoban stan na donjem spratu s vodovodom a bez osvetljenja, i s vrlo lepim izgledom. Izdaje se odmah ili od prvog idućeg meseca.“

Ili, na primer, prođe gospođa Mara udovica, a na njenim leđima piše:

„Komotan stan s novom fasadom i zasebnim ulaskom. Vrlo se lepo greje i okrenut je suncu. Može se videti u svako doba dana.“

I tako dalje. Nema smisla opisivati kakvih sve stanova može biti. Dosta je samo, da se ovim utvrdi, kako bi to zbilja praktično bilo.

Ja toliko verujem u praktičnost toga, da bih smeo reskirati da celo ovo preduzeće uzmem pod zakup. Ne znam šta bi mi zacenila opština, ali ja bih vrlo rado sa svoje strane plaćao jedna muška leđa hiljadu dinara mesečno, a jedna ženska leđa hiljadu i pet stotina dinara mesečno. Istina, ženska leđa su manja, te bi manji oglasi mogli stati, ali opet se za ženskim leđima svako radije okrene, te bi, hteo – ne hteo, pročitao oglas.

Razmislite, gospodo penzioneri, o tome.

Neprilike

Ima raznih neprilika koje se svaki čas mogu desiti čoveku. Ne mislim ja na one velike neprilike ili nevolje u koje spadaju: popis stvari za tuđu menicu, bekstvo ženino s tuđim čovekom; § 76 i druge takve. Ja mislim samo na one male koje se svakome na ulici mogu desiti i koje se svaki čas dešavaju.

Pođete, na primer, od kuće bez amrela, pa vas uhvati kiša; imate u džepu sto dinara, a sretne vas prijatelj i uzme na zajam osamdeset; prolazite ispod balkona, a padne vam na glavu saksija s cvećem (sreća je još kad je to samo saksija); dune vetar, pa vam odnese šešir s glave, i vi ga jurite na uveseljenje mimoprolaznika; šetate Kalemegdanom radi čista vazduha, pa sretnete kreditora; izađete u ponedeljak izjutra iz kuće svež i razdragan da uđete u novu nedelju s novom srećom, pa na prvom koraku sretnete popa.

Eto, to su te neprilike koje se svakome na ulici mogu desiti i koje se svaki čas dešavaju.

Jedna od tih, najopasnija u poslednje vreme, to su naše gospođice koje po ulicama prodaju ulaznice za razne koncerte i zabave.

Idete vi sasvim nevino ulicom, a u susret vam ide gospođica Sofija. Ljupka i šik, a smeši se još izdaleka na vas. Vi sav srećan i pravite slatko i milo lice, te vam obrazi izgledaju kao suva šljiva. Žurite joj u susret, i jedva čekate da joj se javite, ne toliko skidanjem šešira koliko toplim i značajnim pogledom.

Pa zamislite, koliko vam toplote pođe iz peta i prođe kroz sve telo kad vas lepa gospođica još i zaustavi na ulici i oslovi svojim slatkim glasićem.

– A, dobar dan – i taman biste vi hteli da se istopite, a ona vam prekine to zadovoljstvo.

– Nećete valjda odbiti da uzmete ulaznicu od mene?

Šta ćete, vadite poslednjih dvadeset dinara i dajete, a u duši proklinjete čas i kad ste se sreli s gospođicom.

I nije to samo na ulici, već u poslednje vreme ne smete otići ni u kafanu na pivo, ni na Kalemegdan na svež vazduh, ni u crkvu da se pomolite bogu.

Eto ja pre neki dan baš bio u crkvi, i taman se prekrstio i počeo da čitam Očenaš u sebi i dogurao lepo do „no izbavi nas od lukavago", kad mi priđe gospođica Mara i turi mi u šaku nekakvu ceduljicu.

Ja je grešnik grčevito ščepam, misleći da je to ljubavno pismo, da ne bi publika primetila, odmah strpam u džep pa se spremim da izletim kao na krilima iz crkve te da negde u porti pročitam ljubavno pismo.

I taman da koračim, ali me gospođica dohvati za kaput.

– Dvadeset dinara.

– Šta kažete?

Nisam mogao da razumem. Šta mi sve u prvi mah nije palo na pamet. Ne može biti da je gospođica Mara udarila taksu na svoju ljubav. Jedino što bi moglo biti to je da je ministar finansija, znajući da bi od toga država mogla sabrati vrlo veliki prihod, naredio da se odsad na svako ljubavno pismo mora udariti taksena marka od dvadeset dinara.

Čim mi to pade na pamet, odmah sam bio načisto s tim da valja i dati. Najzad i pravo je. Čovek mora da plati dvadeset dinara takse za jedno najobičnije rešenje, pa zašto onda ne bi platio i za rešenje o ljubavi.

Izvadim ja dvadeset dinara, dam pa izjurim iz crkve i radoznalo izvučem hartijicu iz džepa. Kad tamo, a ono ulaznica za neki koncert.

Ne, bogami, što je mnogo baš je mnogo. Mnogi već ne smeju da šetaju Knez Mihailovom ulicom zbog tih ulaznica; mnogi izbegavaju Kalemegdan; a mnogi ne idu u poslednje vreme u crkvu, a sećate se kako je pre u crkvi bila navala.

I sad birajte od svih neprilika koje vam se na beogradskim ulicama mogu desiti, koja vam je bolja. Jeľ vam bolje pokisnuti, sresti kreditora, juriti za šeširom, izdržati udarac saksije po glavi ili sresti se s gospođicom koja prodaje ulaznice za neki dobrotvorni koncert.

Ja pristajem da me svaki dan pljesne po jedna saksija po cilindru, no jedanput u nedelji da sretnem gospođicu s ulaznicama.

Rvanje

Otkako je počelo ovo rvanje, ceo svet je kao u nekoj groznici. To pa to. Odeš u kafanu na pivo, o tome se govori; prođeš ulicom, o tome govore i ona dvojica što idu pred tobom i ona dvojica što idu za tobom.

– Murzik, gospodine moj, ima i snage i veštine! – dokazuje jedan.

– Da, ali dozvolićeš da Aberg ima divnu školu.

I sve tako neki razgovori. Više se o tome govori no o onome rvanju koje su tu skoro uz buran aplauz srpskoga naroda izveli radikali u Narodnoj skupštini.

Kažem vam, prava zaraza. Otidite ma u koju državnu kancelariju pa ćete videti i tamo: leže akta na gomili a činovnici zabili pera u divite pa se nadvikuju. I podelio se svet u partije: jedni su „crnačka" partija, drugi su „ruska" partija, a ima ih čak koji predstavljaju i tursku partiju. Gospodin Sima, na primer, kaže:

– Meni, brate, imponuje Kara Abdula.

Prekjuče sam se zatekao u jednom nadleštvu. Imao sam da svršavam neke poslove, ali me je gospodin šef zadržao da popijem kafu. Za to vreme vodila se strahovita prepirka između gospodina šefa i gospodina sekretara.

– Pravilno je, gospodine – dokazuje visokim glasom gospodin šef – pravilno je. Rvač ne sme samo za noge da dohvati, a Murzik nije njega dohvatio.

– Da, ali ga je prebacio preko glave.

– Pa to je ono. On ga je, vidite, uhvatio ovako... ovako... recimo. Izađite molim vas ovamo.

– Ko, ja? – upita sekretar.

– Da, molim vas, izađite da vam pokažem – poče gospodin šef padajući sve više u vatru.

Gospodin sekretar napravi lice kao prazan novčanik i uze da se kezi.

– Ah, izvinite gospodine šefe, ali ja ne mogu ni da mrdnem; imam užasne probade pa mi je žena metla zečju kožu s biberom.

Ja pretrnuh živ da se gospodin šef ne obrati meni, a morao bih pristati da se rvem s njim, samo da mi posao svrši. A gospodin šef već sasvim pao u vatru, skida manžetne, zvoni u zvonce i dokazuje:

– Međutim, on je njega s leđa uhvatio, pravilno i čisto.

Utom ulazi momak.

– Neka dođe gospodin Laza praktikant – naređuje gospodin šef.

– Razumem!

Odlazi momak, a gospodin šef dalje dokazuje.

– Protivnik više nije mogao da se drži na nogama. Ostalo mu je samo da učini jedan snažan skok...

Utom ulazi gospodin Laza praktikant.

– Ah, vrlo dobro. Jeste li vi rvač, gospodine Lazo?

– Ne, gospodine, ja sam tenor u pevačkom društvu.

– Kakav tenor?

– Pa tako, hoću da kažem da se ja tim stvarima bavim – odgovara gospodin Laza ponizno.

– Ništa ne smeta. Stanite molim vas ovde, stanite ovde.

Šta je mogao gospodin Laza? Jutros je baš molio za akonto zbog Uskrsa i gospodin šef mu je obećao.

– Dakle, vidite – objašnjava gospodin šef gospodinu sekretaru – on ga je ovako dohvatio.

I dočepa praktikanta s leđa pa ga diže uvis. Vrisnuo je kao udovica gospodin Laza, koji se tome nije ni nadao.

– Pa sad? – pita radoznalo gospodin sekretar.

– E sad molim, gospodine Lazo, preturite se vi preko glave.

– Iju, gospodine šefe – odgovara praktikant otud sa visine – ne umem ja to.

– Preturite se kad vam kažem, ništa se ne brinite.

Grešni gospodin Laza, za dvesta dinara akonto, poče gore nad gospodin šefovom glavom da stenje i da se pretura. Utom ga šef ispusti i on ljosnu o patos koliko je dug.

– Pardon! – učini gospodin šef.

A grešni praktikant pokuša da se digne, proklinjući i sebe i čas kad mu je došlo na pamet da traži akonto. Da je tražio ukaz, pa hajd', hajd' da se i pretura preko glave, ali ovako, razbio se sav. Htedoh i ja da mu pomognem da se digne, ali me preseče gospodin šef.

– Ne, nemojte se dizati – veli on gospodin Lazi – pa niste pali na obe plećke. Niste još pobeđeni, dogod ne padnete na obe plećke.

– Pao sam na sve četiri plećke – brani se praktikant.

– Ne, ne – dokazuje gospodin šef, pošto je pao u još veću vatru pa naleteo na gospodina Lazu i nasta jedna gužva na patosu. Čas gospodin šef gore a praktikant dole, a čas gospodin šef dole. Poispadali im iz džepova notesi, cvikeri, gospodin Lazina priznanica za akonto,

muštikle, tabakere, dugmad sa manžetna i već ko zna gde bi mu bio
kraj da ja i gospodin sekretar ne povikasmo:

– Dosta je, dodirnuo je zemlju obema plećkama!

Tada se ponovo diže gospodin šef i diže se isprebijani praktikant,
pa počeše da skupljaju svoje stvari.

– Eto, gospodine – uze šef unoseći se u oči gospodinu sekretaru –
vidite, to je ta škola.

Zatim se okrete praktikantu koji je već dočepao vrata da ne bi šefu
palo na pamet još koju školu da pokaže.

– Hvala, gospodine – reče mu.

– Namalo! – odgovara gospodin Laza.

– Za ono, znate, posle.

Eto, tako je to bilo prekjuče. A gospodin Paja još gore je postupio.
I njega je zarazila strast rvanja i potreba da svakom to objašnjava, pa
nemajući koga otišao kući te počeo svojoj ženi.

– Tä idi dođavola! – viče mu gospa Ruža, ali to ništa ne pomaže.

– Dakle, on, vidiš, ovako obuhvati protivnika, pravilo je samo da se
ne sme za noge hvatati, inače... dakle, vidiš ta škola...

– Ali ostavi se, jesi li poludeo! – vrišti gospa Ruža.

– Pa možeš i da se braniš. Slobodno, brani se. A ne moraš baš ni da
se braniš. Što bi se opet branila? I nisi pobeđena sve dok ne padneš na
obe plećke.

I sad nastaje rvanje. Vriska, piska. Gospa Ruža zavukla prste go-
spodinu Paji u kose, a njega čuješ stenje i viče:

– A... nema zaplitanja sa suknjom... ne štipaj se... što me grebeš i...

– Tä, ubio te bog da te ubije, što me prebacuješ preko glave – vrišti
gospa Ruža – što me odmah ne položiš na plećke.

I tako eto poludeo ceo Beograd. Bogami, zarazili se svi. Verujte mi,
ne mogu mirno da prođem ulicom. Sretnem se tek s prijateljem.

– Dobar dan – odgovara mi prijatelj i dok se jednom rukom ruku-
je, drugom mi pipa muskule na ruci.

I nije samo prijatelj nego i poznanici, svi, svi se pipaju za muskule
ovih poslednjih dana.

Pa i mene uhvatila ta zaraza rvanja i užasno sam u nezgodnom
položaju. Ne smem kući da idem, bojim se da ne zatečem tamo taštu
pa da je ne prebacim preko glave, a bojim se da idem ulicom da ne
pipnem koju damu.

Da bog sačuva s takvom zarazom.

Dečja nedelja[6]

U našem kalendaru ima i belih i rusih, a valjda i plavih i modrih nedelja. Ali ovu nedelju, kad bi nešto bilo do mene da je krstim, ja bih nazvao dečjom nedeljom.

Izađite samo prepodne u čaršiju, pa da vidite jedan čitav niz roditelja i dece.

Ako je ko i eskontovao menicu, juče je prepodne primio novac, a danas već zašao po čaršiji vukući za ruke decu kao remorker šlepove.

I, zbilja, od jutros mi Knez Mihailova ulica nešto liči na reku kojom plove razne lađe natovarene espapom, i tek pogdekoja putnička lađa.

Eno pogledajte gospodina Peru, zar vam ne liči na remorker. Ide on napred i sve dahće koliko se umorio. Za njim ide žena, za ženine haljine uhvatio se mali Miša, a Mišu za ruku uhvatila mala Sojkica. Svi natovareni. Gospođa Anka Mišine gotove haljinice; Miša nosi dva slamna šešira, a mala Sojkica dva para cipela. I tako remorker putuje i vuče šlepove i pristaje usput uz razne štekove. Prvo pristanište Vuletić i Gavrilović, pa onda Smolkova, pa onda već redom dodiruje sva pristaništa, i s leve i s desne strane reke i iz svih tovari nov espap, dok na podne već nestane uglja u mašini (svega mu je, recimo, dve hiljade dinara odobreno poslednjom cenzurom) te se remorker krene kući.

Otidite samo u Knez Mihailovu ulicu, pa ćete videti puno takvih remorkera. Razume se, vas ne treba nimalo da zbuni ako recimo vidite da gospa Anka ide napred, a da se mali Miša uhvatio za očev iberciger, a Sojkica uhvatila Mišu za ruku.

To zavisi od toga ko je kapetan na lađi. Ima tako tih kućnih remorkera gde je muž kapetan, tj. on duva u onu lulu i komanduje, a ima opet tih kućnih remorkera gde je žena kapetan, te ona duva u onu lulu i komanduje.

Ali, ako odete u Knez Mihailovu ulicu ove dečje nedelje, vi ćete, osim remorkera, spaziti i putničke lađe. To su one gospođe koje

---

6 Uoči Vaskrsa.

nemaju dece nego iz navike idu svaki dan u razna pristaništa i pazare. To što ih ja nazivam putničkim lađama, ne mislim ja da one u raznim pristaništima primaju putnike, no, hvala lepo! Nego ja to zato njih nazivam putničkim lađama, što su komotne, udobne, lepo ofarbane, što lako plove i uz vodu i niz vodu i što ne vuku šlepove.

Ali da se ja okanem toga upoređenja, jer i ja od jutros već plovim čaršijom kao remorker, i kako sam nesrećne ruke, da mi se ne desi još i kakav sudar s kojom putničkom lađom.

Da se vratim ja dečjoj nedelji kako sam nazvao ovu nedelju. Dakle, ove nedelje samo se za decu pazari, samo se za njih brinu roditelji.

Čim se muž probudi, dođe mu žena kod kreveta:

– Možeš li, Đorđe, danas da izađemo do čaršije? Rasprodaće se sve što je bolje, a evo je Vrbica. Posle ćemo kupovati navrat-nanos i plaćaćemo sve skuplje.

– Pa što ne ideš ti sama?

– Neću, posle da mi zvocaš: ovo si skupo platila, ono nisi trebala da uzmeš. Neću, hoću i ti da pođeš.

– Pa dobro! – veli grešni Đorđe i kreće na put.

– Ajdemo kod Vuletića prvo da kupimo Milkici gotov kostim.

– Ajdemo.

Odu i biraju, oblače dete i zagledaju ga sleva, zdesna i Đorđe počne da zavlači ruku u džep da plati a tek ga gospođa Leposava preseče.

– Đoko, vidiš šta kaže gospodin Marko. Ima, veli, i za odrasle vrlo lepe i jeftine kostime, a rasprodaće se veli sigurno.

– Pa... ovaj... – počne Đorđe da oteže.

– Ono, istina, mi smo pošli samo za decu da kupujemo, ali, kad je već takva prilika, šteta bi bila ispustiti priliku.

– Pa jeste! – gunđa Đorđe, a dotle već gospođa Leposava odvaja kostime za sebe i čudi se kako su jeftini, i odlazi u onu sobicu s ogledalima i izlazi otud obučena.

– Kako ti se dopada, Đorđe? Uju, je li da sam sasvim druga žena!

– Sasvim druga žena! – gunđa Đorđe pa plati uz dečji i mamin kostim.

Izađu opet na ulicu pa krenu dalje.

– Ajdemo do Smolkove da kupimo Milkici slamni šešir.

– Ajdemo.

Gospođa Leposava dune u lulu i remorker krene od Vuletića, pa preko i pristane uz šlep kod Smolokve.

– Gospođo, jedan šeširić za dete – veli gospođa Leposava.

– A za vas, gospođo? – pita prodavačica.

– Ne, za mene ne mislim. Samo za dete. Je li, Đorđe?

– Dabome! – odgovara Đorđe.

I dete proba, gleda se u ogledalo, zagleda se ovamo i onamo. A dotle prodavačica iznosi iz kutije jedan šešir i nudi ga gospođi.

– Ne morate uzeti, probajte samo ovaj šešir.

– Pa da ga metnem na glavu, koliko da me prođe volja – veli gospođa Leposava i meće šešir na glavu.

– Iju, Đorđe, druga žena. Pogledaj, Đorđe!

Đorđe jedva digne trepavice i pogleda.

– Pa dobro, uzećemo posle Uskrsa.

– Bogami, ne mogu garantovati da se neće prodati – odgovara prodavačica.

– A bila bi grdna šteta – veli gospođa Leposava – ovako lepa prilika, šteta je ispustiti priliku.

– Pa jeste, šteta je ispustiti priliku – gunđa Đorđe pa plaća i detinji i mamin šešir.

Odatle se remorker otisne niz vodu.

– Ajdemo još samo kod Živkovića da kupim dva-tri metra satina Milkici za kecelju, pa je dete onda snabdeveno.

Uđu kod Živkovića, kupe satina dva i po metra, ali gospođa Leposava uzgred spazi jedan vrlo lep štof za sebe...

– Iju, šteta bi bila ovakvu priliku ispustiti.

I, razume se, kupi se i šest metara štofa za haljinu gospođi Leposavi.

I tako, pošto se dete snabde svačim što je potrebno, remorker pođe kući.

Kod kuće se svede račun. Za dete potrošeno 142 dinara, a za majku, više onako uzgred, da se samo prilika ne ispusti, 1731 dinar.

Eto, zato ja i zovem ovu nedelju dečjom nedeljom, što se uz decu i majke ove nedelje snabdevaju.

Bračne lisice

Kad bih vam ja nešto postavio ovakvu zagonetku, dašto mi ti dašto: de, ko pogodi šta su to bračne lisice? – vi biste svi digli ruku, i odgovorili biste mi kao deca na ispitu.

– Bračne lisice, to su žene – odgovorio bi gospodin Pera inspektor, koji se u poslednje vreme nešto mnogo druži s popovima i džedži pred konzistorijskim vratima.

– Bračne lisice, to su tašte! – odgovorio bi gospodin Aca, koji se isušio kao pastrma otkako se oženio.

– Bračne lisice, to su kućni prijatelji! – odgovorio bi gospodin Paja koji u poslednje vreme prekida svoje prijateljske veze, pa čak i s onima s kojima je u detinjstvu živeo.

Međutim, nijedan ne bi pogodio. Vi bar, koji me redovno čitate, znate da ja ne mislim tako rđavo ni o ženama, ni o taštama, ni o kućnim prijateljima. Može i gospodin Pera, i gospodin Aca, i gospodin Paja čak i misliti da su oni bračne lisice, ali ja ne mislim tako.

Vi znate, valjda, šta su to lisice uopšte? To je ona sprava koja se krivcu natakne na ruke te se tako okovan vodi u policiju i na sud. E, sad zamislite tu spravu u minijaturi, toliko veliku da se samo na jedan prst može nataći, a napravljenu od plemenitijeg metala. Eto, to je bračna lisica koja se krivcu natakne na prst, pa se tako okovan vodi na strašni sud. Ta sprava se inače zove i burma.

Još dok nisam bio ženjen, mislio sam o burmi da pišem jednu naročitu studiju, i tada sam se obratio mnogim muževima s ovim pitanjima:

1. Je li teško nositi burmu?

2. Osećate li koji put potrebu da je skinete?

3. Osećate li kakvu razliku u raspoloženju kad je burma na vama i kad ona nije na vama?

Dobio sam masu odgovora, ali nisam napisao nikakvu studiju, jer sam se i sâm u to doba oženio, ali pre neki dan preturajući fioke nađem te odgovore. Evo nekoliko najinteresantnijih.

Jedan muž odgovara:

„Burma koju sam natakao na dan svadbe morala je biti tesna. Ruka mi je odmah podbula te je od tog doba ne mogu nikako da skinem. Moraće me i sahraniti s njome.“

Drugi muž mi piše:

„Venčana burma mi je vrlo komotna. Pre je bila vrlo dobra, ali sam se grdno osušio. Spada mi svaki čas s prsta i kad treba i kad ne treba.“

Jedan profesor mi odgovara:

„Ja sam svoju burmu nosio u džepu. Nervozan sam pa je nisam mogao trpeti na ruci. Jedanput u rasejanosti (ja predajem matematiku) umesto da dam groš, njome sam platio kilu trešanja. Ali uostalom i ne treba mi više, pošto mi je žena pobegla.“

Jedan moj prijatelj opet mi odgovara:

„Odgovoriću vam samo na treće pitanje. Ja ne osećam drugačije raspoloženje kad je burma na meni, a drugačije kad nije na meni. Naprotiv, od raspoloženja koje ja kad osećam i zavisi to hoće li burma biti na meni ili neće biti.“

Jedan grešnik ovako mi je odgovorio: „Burma nije tako teška za nošenje i to je baš ono što mi je krivo, jer da je teža, da je bar jednu kilu teška, ja bih njome razbio provodadžiji glavu.“ Gospodin Aca odgovorio mi je: „Otkako sam metnuo burmu, ostao sam joj veran, nisam je nikad skidao. Naprotiv, da sam i neženjen, ja bih nosio burmu, jer sam primetio da će se tuđa žena pre poveriti ženjenom čoveku no mladiću.“ Jedan boem mi je odgovorio: „Burmu sam založio odmah posle svadbe i, kad god mi žena što prebacuje, ja obvijem založnicu oko prsta. Iako je založnica jedan običan list hartije, verujte da je isto tako teška kao i sama burma.“

A već bilo je i vazdan drugih odgovora, no ko će ih sve rеđati. Jedan je od njih ipak interesantan.

Ja sam pitanja napismeno uputio muževima, ali gospodin Jevremova Pola dočepala ta moja pitanja upravljena njenom mužu, pa mi ona odgovorila. Evo njenog odgovora:

„Dragi Ben Akiba! (Dragali te đavoli, dabogda!) A zar se onakva pitanja postavljaju jednom čestitom mužu i ocu koji ima dvoje dece. Ono ne kažem da je moj Jevrem baš sasvim čestit i da mu se ne bi imalo šta zameriti. Došao mi je, onakav kakvog ga vidiš, jednog dana bez burme kući. Ama čim se uhvati za kvaku, primetila sam da mu nema burme na ruci. Pisnem ja, kao što mi je bog dao grlo, a moj ti Jevrem ustumara po džepovima, pa taki nađe burmu u džepu od prsluka.

’A što si je krio po džepovima?’, pitam ja njega.

’Nisam je krio, dušo’, poče on da me laže, ’nego bio sam u kupatilu, pa da mi u bazenu ne spadne a ja metnuo u džep.’

’To nije istina’, velim mu ja, ’čestit čovek i u kupatilu ponese burmu sobom, a ako se boji da će mu spasti a on je veže za učkur.’

Hajde, poverujem mu ja, a kad uveče legnemo, ja mu zadignem košulju i omirišem ga. Ako se kupao mora mu mirisati telo. Vidim ne miriše. Zagrebem ga noktom po koži, ne ostaje traga.

E, već šta je izvukao u krevetu, ne pitaj ga, niti će ti on to kazati, ali ga drugi put majci nije skinuo burmu.

Eto, to ti je, dragi moj Ben Akiba, odgovor na tvoja pitanja, niti očekuj kakva druga odgovora. A ako misliš što da pišeš o ovome, najbolje je traži da se zakonom zabrani muževima da kriju svoje burme po džepovima.“

Eto to mi je napisala gospođa Pola. A ono, istina, sad je ovde Skupština na okupu, pa bi se moglo o njenom zakonskom predlogu promisliti. Sem ako i narodni poslanici, baveći se bez žena u Beogradu, nemaju pogdekad potrebe da skidaju burmu.

Petstogodišnjica

Proslavili smo pre neki dan retku slavu. A retko se to i dešava kome narodu da doživi petsto godina od postanja tako važnih ustanova, kakvu svojom prošlošću predstavlja manastir Manasija. To nije samo bogomolja, nego je to pre nekoliko stotina godina bila i naša akademija i naš univerzitet.

I zato smo mi pojmili veličinu ovog datuma i značaj ove proslave, pa smo lepo ostavili za časak sve lične i partijske zavade, sve one sićušne, svakodnevne poslove, pa smo se toga dana slegli svi tamo, svi od najmanjega do najvećega, jer neka bi Evropa znala i čula da kultura nije prosjačka mrvica hleba koja nam je juče, prekjuče pala s bogatih stolova zapadnjačkih, već da smo je i mi imali, imali kad i oni, imali pre no oni.

Eto, zato smo mi ovoj proslavi petstogodišnjice manastira Manasije dali tako veliki značaj i zato smo toliko polagali na ovu svečanost, te je izveli dostojno generacije koja je pregla da uznese svoj narod među narode.

Učinjeno je sve što se moglo da svetkovina dobije što veći značaj, te da na nju obrati pažnju sav slovenski svet i sav onaj strani svet, koji stalno previđa da smo i mi imali svoju kulturnu prošlost.

Učinjeno je sve. Gospodin Ministar prosvete poslao je jednog pisara kao svog izaslanika, Kraljevska vlada poslala je okružnog načelnika, a načelnik, da bi što veći značaj dao proslavi, izvesno je poslao svog pisara; moravski okrug poslao je tri čoveka; kmet sela Despotovca poslao je svoga ćatu da ga zastupa.

No, nisu samo ovi nabrojani uveličali ovu proslavu. I sva naša udruženja i ustanove setile su se i poslale svoje izaslanike. Tako je Svilajnačka štedionica poslala svoga likvidatora da je zastupa; Ljubičevska ergela je poslala svoga zastupnika, poslalo je i jedno osiguravajuće društvo svoga agenta, a i okružni rasadnik poslao je kao izaslanika svoga šefa i gospođu rasadnikovicu, njegovu suprugu.

Druge naše ustanove – izuzimajući Akademiju i Univerzitet – nisu mogle poslati svoje izaslanike. Bile su sprečene. Društvo „Dušan Silni" moralo je baš u to doba poslati svog izaslanika na svečanost polaganja temelja neke fabrike stakla, arhijereji naši nisu mogli otići, jer su baš u to doba bili zauzeti izbacivanjem vladike Sergija iz zajedničke trpezarije; Žensko društvo moralo je baš u to doba poslati svoju izaslanicu na kaluđersku skupštinu održanu u Sremskim Karlovcima, Presbiro opet morao je poslati svoga izaslanika na javno vežbanje nekoga pastuva u Pečuju.

Ali, to što su izostala izaslanstva jedno četrdeset do pedeset naših udruženja, nije se ni primetilo prema mnogobrojnosti izaslanstava koja sam nabrojao i koja su bila zastupljena.

Svetkovina je bila obavljena u najlepšem redu, čemu je mnogo pripomoglo to što se narod u crkvi nije gurao.

Ručak je takođe bio obavljen u najboljem redu. Ali, za vreme ručka desilo se ono što sam ja očekivao, jer, najzad, to se i pre pet stotina godina za vreme ručkova dešavalo. Pala su na bedeme gradske dva vrana gavrana, i pošto su od zdravica jedva došli do reči, oni su, po svome starom običaju, „zagraktali“.

Dakle:

Zagraktala dva vrana gavrana,
Jedan grakće, drugi progovara.

Čim sam čuo ovaj gavranski intervju, ja sam seo po novinarskoj dužnosti da ga zabeležim, i po novinarskoj dužnosti ga objavljujem.

PRVI GAVRAN:
    Ti si mnoge proživeo dane,
    Ti si mnoge preleteo strane;
    Da li znadeš pravo da mi kažeš:
    Ima l' đe god još Srbina živa?

DRUGI GAVRAN:
    Kad me pitaš, pravo da ti kažem:
    Srpsko pleme nije izumrlo,
    Još ga ima na sve četir' strane
    Gde se sunce rađa i gde tone.

PRVI GAVRAN:
    E, pa gde je, ne bilo mu prosto,
    Da zbor zbori oko manastira?

DRUGI GAVRAN:
  Kad me pitaš, pravo da ti kažem:
  Što je Srba, te ima mandata,
  Pohitalo gradu Beogradu;
  Sastalo se u četiri kluba,
  Te se bije ko će da dobije,
  Među se se hoće da pokolju,
  Zlaćanijem da pobodu noži.
  Ono resto, što nema mandata
  Otišlo je, pobro, na zborove
  Treba, pobro, izabrat kmetove;
  Treba, pobro, doneti odluke;
  Treba, pobro, režim osuditi
  Ja l' osudit, ja l' ga odobriti.

PRVI GAVRAN:
  I još nešto, pobro, da te pitam.
  Mož' li znati, mož' li pametovat,
  Kada Stepan zadužbinu gradi,
  Tu se sabra sva srpska gospoda,
  Od vladara sve do Patrijara.
  Pa kaži mi šta je ovo danas?
  Pogle, pobro, sve gospodstvo srpsko
  Policijske dve-tri uniforme.
  Đe se dede Ministar prosvete?

DRUGI GAVRAN:
  On je poslô Rošu Dimitrija.

PRVI GAVRAN:
  A kraljevska đe se dede vlada?

DRUGI GAVRAN:
  Poslala je sreskog kapetana.

PRVI GAVRAN:
  A đe li su četiri vladike,
  Sa Timoka, zlatnoga potoka
  I iz Niša grada ponosita,

I iz Šapca grada bijeloga
I iz slavne Žiče sedmovrate?

DRUGI GAVRAN:
Kad me pitaš, pravo da ti kažem,
Sastale se četiri vladike
Da osude brata pijetoga
(Nek oprosti Novaković Stole
Tu sam malo zbrko narečija)
Što on daje harač udovički.
Ćeraju ga iz svojega društva
I gone ga oko Samodreže,
Trzaju mu brkove i bradu.
Al' se ne da junak od megdana,
Sergije se i bije i brani
I izjave neprestano daje;
Na sveti se žezal naslonio,
Sveti mu se žezal prelomio,
A na njega navalili sveci,
Dosad mislim da je poginuo.

Eto toliko sam zabeležio, a dosta je i tol'ko.

Baš mi u ovakvim prilikama uvek padne na pamet kako su nam
Turci mnoge i mnoge usluge učinili, a mi večito žalimo na njih. Eto,
oni su i slici Visokog Stefana u Manasiji iskopali oči i mi smo ih toga
radi kleli i prokleli. Međutim, sad nam je dobro došlo što Visoki Stefan
nema očiju, bar nije video svoju proslavu, a našu bruku.

Založene stvari

Tu skoro je jedan ovdašnji novčani zavod objavio da će prodavati založene stvari, kojima je rok prošao, pa se ja baš digao da vidim da li bih našao što za sebe.

I šta ti tu sve nisam video, i kako svaka ona stvar, o kojoj sad visi numera založnice, priča istoriju o sebi. Idem redom tako od jedne do druge stvari, uzimam je u ruku i ostavljam, i razmišljam o svakoj i čitam sa svake čitav mali roman.

Hajd' pođite sa mnom da ih, nekoliko, zajedno razgledamo.

1. *Srebrna kašika.* Četiri srebrne kašike, razume se, s monogramom. Nekad je bilo dvanaest, kad ih je ona donela uz ostalu spremu, udavajući se za svog prvog muža. Njen otac je to kao stari penzioner još u staro, srećno doba, sabrao talire pa izlio dvanaest kašika. Njena majka je te kašike čuvala na dnu sanduka, nije ih upotrebljavala; kad im se jedinica isprosila, izvadili su kašike iz sanduka i dali da se na njima izreže njen devojački monogram. Kad se udala, donela je mužu, osim miraza, još i dva kreveta, ogledalo, dvanaest srebrnih kašika, kanabe i šest fotelja i dve tepsije. Te kašike su čuvali, iznosili su ih samo kad su imali goste, ali jednoga dana im kuvarica ukrade jednu kašiku. Čim im je na taj način raspareno, tuce nije više imalo vrednosti. Nije ni čudo, dakle, što je njen prvi muž jednoga dana odneo pet kašika u zalogu, a umro te se ni dan-danas ne zna gde je založnica.

Za vreme njenoga udovanja nestala je još jedna kašika. Ne sme da greši dušu, al' sve joj se čini da je tu kašiku zdipio jedan mladi gospodin s kojim se kao udovica poznavala i koji je tom istom kašikom jeo jedanput uveče kod nje.

Tako je ona drugom mužu donela svega četiri kašike i te četiri je založila zimus. Muž joj je dao svega sto dinara da kupi šešir, a ko će za 100 dinara kupiti čestit šešir. Založila je ovaj rest od svoga miraza i kupila šešir od 440 dinara.

Tako bar ja zamišljam istoriju ovih založenih kašika.

2. *Tabakera i muštikla.* Tabakera od ruske tule, a muštikla ćilibarska.

Kao pisar nosio je drvenu, robijašku tabakeru i kupovao one kartonske muštikle s guščijim perom, po marijaš komad. Posle, kao sekretar, kupio je lepu pakonsku tabakeru i muštiklu od višnjeva drveta, a kad je dobio platu 4.000 dinara, odmah je kupio tabakeru srebrnu i ćilibarsku muštiklu. To mu je bio ideal još na Velikoj školi.

Još tada je zamišljao sebe za sekretarskim stolom, kraj njega električno zvonce, a on iz ćilibarske muštikle pušta kolutove dima ili ga izduvava kroz nos.

Razume se, tada nije zamišljao i da će jednog dana biti otpušten i to bez penzije i da će na prvom čestu založiti svoj ideal, svoju tabakeru i ćilibarsku muštiklu, koju zalogu neće moći u roku da otplati.

Tako bar ja zamišljam istoriju ove založene tabakere i ćilibarske muštikle.

3. *Založena burma.* Bile su nekad dve. Jedna na njenoj ruci, a jedna na njegovoj. Kako je sanjao, kako je zamišljao život, kako budućnost svoju kad ih je kupovao! Burme, pa blagoslov, pa prvi poljubac, pa svadba, pa tih i skroman porodični život, pa deca – slatka, ljupka i do nosa ubrljana deca.

I sve bi to tako bilo, bar s njegove strane, sve bi to tako bilo, ali sreća nije u ruci čovečjoj.

Ona je najpre bila dobra, mirna, krasna, a posle je odnese đavo. Počela je vrlo često da odlazi od kuće i vrlo često da se viđa s onim. Najpre je svet mnogo štošta govorio, a on sve to nije verovao; posle je svet sasvim i prestao govoriti, a on se uverio. Uverio se da je burma najslabija bračna veza i – jednoga dana ju je oterao.

Kod konzistorije je primio svu krivicu na sebe i – ona se udala i odnela svoj miraz, a on ostao bez igde ičega.

I kad je dopao u nevolju, šta mu je bilo izlišnije od stvari nego ta zlatna burma i nju je založio, pa možda i namerno propustio rok. Neka mu se više ne vraća. Tako bar ja zamišljam istoriju ove založene burme.

4. *Zimski kaput.* Lep, sačuvan zimski kaput s fatiranom postavom. On je založen na osnovu jedne najtačnije matematičke formule. Poručio ga je na otplatu za 3.800 dinara. Nosio ga je zimus, a nije dao ni deset para otplate; čim je grunulo proleće založio ga je i izvukao trošak za đurđevski uranak u Topčideru. Iduće zime naručiće drugi kod drugoga krojača. Tako bar ja zamišljam istoriju ovoga založenoga kaputa.

5. *Srebrni venac.* Jedna obična istorija, jedan običan događaj. On je veliki umetnik i on ima velike dugove. On nas je, čitavu generaciju, zapajao dahom svoje duše, silom svoje moći. Mi smo mu to priznavali

pljeskanjem i odobravanjem i gdekad vencima, onima što se suše. Ali došao je dan njegove slave, koji i za njega i za nas označava zapetu ili tačku, posle čitavog jednog perioda naše kulture, dan koji označava krišku naše istorije. I mi smo hteli trajnijom uspomenom da obeležimo taj dan pa smo mu dali srebrn venac.

A kad je prošao dan trijumfa, dan bure, radosti i toplih suza; kada smo se odvojili od njega, on je opet ostao sâm, sâm sa istinom, sâm sa svojim dugovima i nevoljama.

I tada je srebrn venac prestao predstavljati zahvalnost, on je predstavljao vrednost. Tako je on došao ovamo u zalogu.

Tako bar ja zamišljam istoriju ovog založenog venca.

I koliko još ima stvari. Klaviri, lepeze sa srebrnim drškama, žaketi i srebrna ogledala. Progovorio bih ja o svima njima, ali te istorije nisu baš uvek vesele. A proleće je granulo, toplo sunce sja i svež nas miris napupelog voća i cveća zapaja – bolje je da budemo vedra čela.

Bratski odnosi

Kad nama, mladoj državi, treba da iz kulturnih država presadimo kakvu modernu ustanovu, a mi obično pošaljemo kakvu komisiju koja prošeta po Evropi. Zasad su u tom pogledu čuvene naše vojničke i opštinske komisije.

To su one komisije, koje se s lepim dijurnama otisnu u svet i dok su tamo mi obično ništa o njima ne čujemo, a kad dođu ovamo, mi obično ništa od njih ne vidimo.

Bugari su, međutim, mnogo praktičniji. Oni čekaju da se mi istrošimo na nekoliko komisija, da ustanovimo ili nabavimo ono radi čega su komisije bile izaslate; čekaju još i da te ustanove u funkciji pokažu sve svoje dobre i rđave strane, i onda, na osnovu našega iskustva, oni podižu ustanove.

Tako su podigli Klasnu lutriju, sa svima rđavim stranama naše Klasne lutrije; tako su podigli Narodno pozorište, sa svima dobrim i rđavim stranama našega Narodnoga pozorišta.

S obzirom na naše bratske odnose, oni sad idu i dalje. Eto, pre neki dan, obratila se opština varoši Plovdiva aktom od 7. aprila № 3501, našoj beogradskoj opštini, s molbom da joj pošalje svoje planove o „skotobojni“. To najzad ne bi bilo ništa rđavo; zašto jedna prestonička opština ne bi pomogla jednoj opštini bratske nam, susedne države. I red je i pravo je.

A tako su pomislili i oni u beogradskoj opštini, kad su oberučke prihvatili taj akt i jednoručno ga zaveli u delovodni protokol.

Međutim, kod toga jednoručnog posla, tj. kod zavođenja akta u delovodni protokol i desilo se ono što je najgore, i radi čega sam ja uzeo danas da vam pišem o našim bratskim odnosima.

Arhivar, koji je zavodio akt u delovodni protokol, nije razumeo dovoljno bratski bugarski jezik. On je najzad umeo još zavesti to da plovdivska opština traži planove o „skotobojni“, ali kad je to trebalo registrovati, on dođe u zabunu.

– Skotobojna, skotobojna. Šta li će mu to biti, majka mu stara?! – pita se arhivar sâm u sebi, pa se okreće i drugima i pita ih.

– To neće ništa drugo biti – veli mu jedan praktikant, koji je ranije bio skupštinski prepisač – no ili narodna skupština ili velika pijaca.

– Eto ti sad! Otkud velika pijaca? – pita arhivar.

– Pa tako – odgovara praktikant – „skotobojina“, šta može biti drugo. Tako nešto, neki vašar.

– Pa zašto onda narodna skupština? – pita iznenađeno arhivar.

– Pa... opet zato, zbog vašara.

– Kako zbog vašara?

– Pa tako. U Beogradu ima svega dva stalna vašara, to su Velika pijaca i Narodna skupština.

– Ono, jeste – veli mu arhivar – ali mi niti imamo planove naše Velike pijace, niti planove naše Narodne skupštine. Šta, dođavola, da pošaljemo plovdivskoj opštini radi održanja bratskih odnosa.

– Najzad – nastavlja praktikant – ovde i nije glavno šta ćemo odgovoriti plovdivskoj opštini, no je glavno kako ćete vi registrovati taj akt.

– Jeste, bogami – priseti se arhivar – to je glavno. Ja mislim da zavedem akt na reč „Narodna skupština“. Bolje da dam stvari veći značaj.

– Ja mislim da zapitamo i gospodina delovođu.

– Sasvim, to vam je dobra ideja. Vidi se da ste se koristili službom u Narodnoj skupštini, tamo se čovek izvežba da friško misli.

I arhivar se diže sa aktom plovdivske opštine od 7. aprila № 3501, pa pravo gospodinu delovođi.

– Gospodine delovođo, ovaj... ovaj bugarski akt... – poče arhivar.

– Pa šta?

– Pa, oni traže planove od naše „skotobojine“.

– Treba im poslati, za ljubav naših bratskih odnosa.

– Da, znam, nego, šta je to „skotobojina“?

– Skotobojina, skotobojina, pa bože moj, šta bi drugo moglo biti nego naša ustanova šintera.

– Kako?

– Tako. Skotovi to su psi, a boj to je ubistvo, dakle oni traže planove naše ustanove šintera, pošto znaju da je to kod nas evropski uređeno.

– Pa kakve planove? Mi nemamo planove.

– Dabome da nemamo, ali poslaćemo im fotografije.

– Kakve fotografije?

– Pa, fotografisaćemo jednu žicu kojom se hvataju psi; fotografisaćemo jednog našeg beogradskog psa, jedna šinterska kola i Jocu šintera.

– Četiri snimka, to im je dovoljno. Eto to im je dovoljno da mogu kopirati ovu našu modernu ustanovu.

– Sasvim! – reče zadovoljno arhivar i ode pa zavede akt i unese u registar na slovo „š“. Fraza je u registru ovako glasila: „Šinterluka beogradskog planove traži bratska opština plovdivska.“

Najzad, tako zaveden akt dođe na red. Srećom, nekom pade na pamet da u Beogradu sad ima dovoljno Bugara te da bi se mogli oni upitati, šta mu znači ta reč „skotobojina“.

I zamislite kakvo je zaprepašćenje nastalo u opštini grada Beograda, kad im je objašnjeno da „skotobojina“ znači: klanica.

Odmah su odjurili te predupredili fotografisanje Joce šintera i šinterske žice, jer, najzad, kako su Bugari u poslednje vreme vrlo ratoborno prema nama raspoloženi, ko zna kako bi oni primili to kad bi im se poslala šinterska žica. Hvala bogu te je ta moguća politička uvreda otklonjena. Akt plovdivske opštine od 7. aprila № 3501, eno ga sad već na radu u opštini.

Ni reči od ovog nisam izmislio. Ko ne veruje, nek ide u Opštinu pa nek se uveri.

Naši odbori

Mnogi moji lični prijatelji već znaju to da ja od dvadeset pet godina naovamo vodim statistiku o svima našim društvenim pojavama. Rešio sam se i da preturim malo te statistike. Evo, na primer, samo da izvedem koliko je u nas za tih dvadeset pet godina obrazovano odbora privatnom inicijativom:

a) obrazovano odbora koji su izvršili svoj zadatak 217

b) obrazovano odbora koji nisu zatim ništa ni učinili,
    nit se zna šta je s njima 4.653

v) nije se postiglo da se odbori obrazuju,
    jer se zbor razišao zbog nesuglasice oko kandidacije 2.046

g) nije se postiglo da se odbori obrazuju,
    jer niko nije došao na zbor 72

Dakle, svega   6.988

Od ovih po polu:

a) muških odbora 5.796

b) ženskih odbora 491

v) mešovitih (ženskih i muških zajedno) 701

U ovu statistiku nisu ušli upravni odbori raznih novčanih zavoda, jer ja o njima ne vodim računa već i zato što i oni imaju običaj da u datim slučajevima ne vode računa o meni.

U ovu statistiku nisu takođe ušle ni razne opštinske komisije i „stručni odbori" opštinski, jer je o njima nemoguće voditi statistiku. Prema približnom računanju ili bar na osnovu računa o verovatnoći, za ovih poslednjih dvadeset pet godina obrazovano je u beogradskoj opštini više odbora i „stručnih komisija" no što ima stanovnika u Beogradu, tako da na svakog stanovnika u Beogradu dolazi po jedna opštinska komisija.

Dakle, bez upravnih i nadzornih odbora novčanih zavoda i bez opštinskih komisija i „stručnih opštinskih odbora", obrazovano je u Beogradu za poslednjih dvadeset pet godina 6.988 odbora.

Kad se taj broj obrazovanih odbora uporedi s brojem stanovnika varoši Beograda, doći će se do vrlo interesantnih rezultata.

Kad se uzme da je Beograd pre dvadeset pet godina imao oko 45.000 stanovnika, a sad ima 72.000, to znači da je prosečan broj naselja u Beogradu bio za ovih dvadeset pet godina oko 55.000 stanovnika, a kad se to stavi u odnos s brojem odbora, izlazi da na svaki odbor dođe osam Beograđana. Jedan odbor, kao što je to u celom svetu uobičajeno, sastavljaju jedanaest lica: predsednik, potpredsednik, blagajnik, sekretar i sedam odbornika. Prema tome nama nedostaje stanovništva da bi popunili sve odbore. Rezultat je ove statistike, dakle, ovo:

a) Beogradu nedostaje još 20.964 stanovnika da bi mogao popuniti sva odbornička mesta po raznim odborima;

b) svaki Beograđanin ili Beograđanka, čim se rodi, još onako nekršten, već je po statistici član ili članica odbora za priređivanje neke zabave ili obrazovanja nekog udruženja ili...

Naši „mlađi"

Ja ne znam otkud se u nas posluga zove „mlađe". Kad je reč samo o sluškinjama, sobaricama, kindsmedlama i dojiljama, pa kad su iste „mlađe", to je vrlo lepa stvar, ali u „mlađe" po našim pojmovima spadaju i sluge, kočijaši, portiri itd.

Ja neću tako da generališem gornji pojam, smatraću pod „mlađe" samo ono što je odista dobro samo dok je mlađe. Dakle, reč je o sluškinjama, sobaricama itd., drugim rečima, reč je o „devojkama" kako ih mi Beograđani takođe zovemo.

Niko neće sporiti da je to jedno od vrlo važnih beogradskih pitanja. O, koliko je puta bilo brige u kući, koliko je puta muž ostao bez ručka, koliko je puta gospođa, ostavši iznenada bez mlađega, pravila na brzu ruku kajganu od sira, jaja i svojih suza; koliko je puta zbog toga bilo svađa u kući, koliko puta itd.

Zamislite samo one muke dok nađete „mlađe". Koliko i koliko čovek mora da trpi. Trpite pored mlađih i neke vatrogasce, podnarednike, bandiste i koga sve ne trpite.

Dođe vam mlado, skromno devojče i pogađa se.

– Kako se zoveš?

– Rozika Deninger.

– Šta tražiš?

– Četiri stotine dinara.

– Dobro, primiću te.

– Ali, molim vas, ima li za kujnu zasebna vrata?

– Zašto?

– Pa... ovaj... nisam sama.

Ako je sama a lepa, još gore. Tada tek vidite muž nešto češće dolazi kući, ne ide onako redovno na pivo kao što je išao pre, vrlo je ljubazan prema ženi i jednako je podseća gde sve nije pravila posete.

– Ti dugo, već odavno nisi bila kod tvoje tetke Savke – govori muž ljubazno, iako do tada nije trpeo ženinu familiju, počev od tašte pa do najudaljenije strine i tetke.

– Pa, nisam – veli žena – a mrzi me, daleko sedi.

– Nije lepo, ako daleko sedi, red je da se pokoji put setiš.

Tako muž s dana na dan sve ljubazniji, dok žena ne oseti odakle je buva jede, te ono nešto „mlađe" iz kujne izleti na ulicu.

Baš mi je pri ruci jedna bukvica iz koje se vidi čitava istorija jedne „mlađe". Zove se Katica Petrović, a ovo joj je po bukvici lični opis: stara 17 godina. Najzad, što će mi opis iz bukvice, ja sam je lično video i verovaćete mome ukusu kad vam kažem da je lepa. Po bukvici nigde nije služila više od mesec dana, a evo šta joj sve piše u bukvici:

Katica Petrović je osobito uslužna i poverljiva devojka. Preporučujem je svakome. Kod mene je služila mesec dana, a izlazi po svojoj volji.
Aksentije Petrović, činovnik

Katica je nevaljala, nečasna i voli da pravi intrige po kući, kadra je da zavadi muža i ženu i sve po kući. Otpuštam je kao takvu i ne preporučujem je nikome.
Olga Jankovićka

Katica Petrovićeva služila je kod mene mesec dana i ja sam za to vreme bio s njom potpuno zadovoljan, ali je otpuštam zbog izvesnih nesporazuma.
Kosta Đorđević

Katicu otpuštam i ne preporučujem je nijednoj familijarnoj kući gde ima odrasle dece.
Panta Stojanović

Katica je dobra, poslušna i valjana, ali je vrlo nestalna, pa stoga i izlazi po svojoj volji.
Tadija Simić, penzioner

I već da ne ređam sve do kraja bukvice, koja je od korica do korica ispunjena.

Zamislite samo, u ovo nekoliko zapisa pa već imate dva-tri mala romana. I penzionera koji se žali na „nestalnost" i Aksentija koji hvali Katičinu „poverljivost", i Pantu koji ima „odraslu" decu, i Kostu kome je žao na „nesporazumu" i gospođu Olgu koja se zavadila s mužem zbog Katice.

29. februar

Kod nas ima puno istorijskih datuma, ali gornji datum nije. Eto, prevrnite istoriju od početka do kraja pa ćete videti da se 29. februara nije ama baš ništa desilo. Uostalom, i da se desilo dovelo bi nas samo u nepriliku, jer to je onaj dan iz prestupne godine koji se svake četvrte godine pojavljuje u kalendaru, pa šta bi radili sa svetkovanjem takvog „istorijskog čina". Ko bi živ dočekao da drži svetkovinu svake četvrte godine, kad mi tako volimo da svetkujemo da nam je čisto krivo što državni praznici nemaju i svoju preslavu.

Pa ipak mi pade na pamet da vam ispričam jedan ne baš tako istorijski događaj koji se dogodio na dan 29. februara.

Bio je kod nas nekakav profesor Novotni, a u to doba – pre trideset godina – nastavni program bio je vrlo jednostavan, a vino i rakija bili vrlo jeftini. I onda, nikakvo čudo što se profesor Novotni toliko isto bacio na rakiju koliko i na nastavu. Voleo je da pijucne i na podne, voleo je da pijucne i uveče, ali što je ipak lepo od njega, nije voleo sâm, voleo je uvek u društvu.

Gde god je bilo društvo, bio je i profesor, a kad su slave – slave je neobično voleo – on se useli u kuću kao Sremčev Neko pa ga tek tako pred zoru iznesu iz kuće.

Tako danas na jednu slavu, sutra na drugu, dok nije postao sasvim onako slavska rekvizita. Sveća, koljivo, kolač, devojka što poslužuje i profesor Novotni. Pa to je tako išlo, išlo godinama, dok profesor nije zadužio ceo svet i dok se svi ne pobuniše. Pobuniše se njegove kolege, pobuniše se prijatelji, pobuni se sve što krsno ime slavi i donese rezoluciju: da se natera profesor Novotni da i on primi slavu, pa kao čovek lepo da se oduži ljudima.

I lepo ubediše profesora da to mora biti, da je to red, da je najzad slava jedan vrlo lep običaj koji se samom profesoru nesumnjivo dopao; da je najzad i on kao brat Čeh – profesor je bio Čeh po zanimanju tj. profesor po zanimanju, a Čeh po poreklu – da je dakle kao brat Čeh i kao brat Sloven pozvan da „održava vezu" između dva bratska naroda.

Tako, najzad, grešni profesor uvide i sâm da će morati primiti slavu, ali se zgranu pred pomišlju šta će to sve njega koštati kad mu se nasade u kuću svi oni kod kojih se zadužio. Računa, računa, aja ne ide. Jeste, lep je običaj, jeste treba „održavati veze" izmeđ' dva bratska naroda, ali skupo. Mnogima se zadužio, pa će se svi sad skr'ati u njegovu kuću na posluženje i oduženje.

Misli profesor, misli i sve na jedno smisli. Smisli on da podvali braći Srbima. Istina, potrebno je da se s bratskim narodom održavaju srdačne veze, ali, kome ćeš onda podvaliti ako nećeš svome rođenome.

Smisli on da uzme za slavu nekog Svetog Kaspara koji pada 29. februara, a 29. februar pada svake četvrte godine pa divota.

Kako smisli tako i uradi i objavi svima da je uzeo za slavu Svetog Kaspara, koji pada 29. februara. Potrče svi svojim kućama, da razgledaju kalendare i vide da te godine nema 29. februara i da ga neće biti ni dve godine zatim i već vide koliko je sati, ali ne govore ništa profesoru, kao vele čovek je „stranac" pa da ga ne vređaju.

A izmiče polako januar, pa izmiče februar. Profesor Novotni miran, zadovoljan, spokojan i ide svakome na slavu i nabija ognjišta i poziva svakog da mu dođe kad bude njegova slava i svi mu obećavaju.

Prođe i 28. februar pa osvanu i prvi mart, kad a u kuću profesorovu prvo ulegoše Cigani i udariše jedan marš, pa onda eto ti njegovih kolega, pa svi drugi, svet, svet, svet, skr'a se cela varoš.

Profesor se dočepao za kosu i pita ih: – Šta je, zašto ste došli?

– Pa na slavu – odgovaraju mu.

– Ama, pa moja je slava 29. februara.

– Pa jeste, ali mi nismo ni došli na slavu, nego na patarice.

– Kako na patarice?

– Tako na patarice!

I sad nasta jedno veselje na račun profesorov, veselje nezapamćeno, koje je sve dotle trajalo dok profesor nije uvideo da nije trebalo ni pokušavati da podvali braći Srbima.

Zatim je svake godine tako išlo, sve dok nije profesor Novotni tražio premeštaj iz varoši i to samo zbog svojih patarica.

Ovo je cela celcata istina. Profesor je sad pokojni, ali ga se mnogi sećaju.

Pade mi na pamet ova sitnica zato što ni ove godine nema 29. februara pa da se ne bi ko njime branio.

Društva za ulepšavanje

Beograd je lepa varoš,
Jedan dva...

Ima već podosta godina kako smo mi Beograđani dobili volju da se ulepšavamo. To mislim na nas muške građane, a već naše ženske i rađaju se s tom željom ili upravo volju za ulepšavanjem usisavaju još s majčinim mlekom, tako da, bože me prosti, čoveku izgleda da naše beogradske majke pri dojenju umesto mleka daju svojoj ženskoj deci svaki dan po jednu kašiku pudera.

Ja znam, kad ste pročitali gornji naslov: „Društva za ulepšavanje"... da ste odmah pomislili da je to kakvo žensko društvo. Međutim, nije, jer ženske u društvu ne vole da se ulepšavaju, one to čine svaka za se, a u društvu one se pojavljuju tek pošto su ulepšane. Ne, dakle, one, no mi muški Beograđani dobili smo volju da se ulepšavamo. I to ne lično da se ulepšavamo već da ulepšavamo naš lepi Beograd. Naši stari su do juče tvrdili da je Beograd lepa varoš, ali mi im to nismo verovali na golu reč, mi smo hteli još više da ga ulepšamo i stoga su ponikla silna društva, koja nose imena: „Društvo za ulepšavanje tog i tog kraja".

Svaki kraj prestonice ima već po jedno društvo kome je zadatak da ulepšava taj kraj i, da vidite, od ovo dvanaestak godina i ulepšani su mnogo pojedini krajevi Beograda. Tako, ulepšan je Vračar jednom pijacom, pa ulepšana je Palilula opet jednom pijacom, pa ulepšan je Dorćol opet jednom pijacom, pa sad hoće Savamalci da ulepšaju svoj kraj jednom pijacom itd.

Što više pijaca to će Beograd biti sve lepši i lepši, tako bar izlazi po radu tih društava. Gde god ima malo prazna mesta u Beogradu, odmah treba obrazovati društvo za podizanje pijace na tom placu, te da ulepšamo Beograd. Eno ima malo placa na Terazijama, pa pred pozorištem, pa pred Slavijom, pa u portama svih naših crkava. Svud bi se tu mogle podići krasne pijace te ulepšati ovaj naš lepi Beograd.

Tako i postaju ta društva. Postoji, na primer, u nekom kraju Beograda kakav prazan opštinski prostor. Oko toga praznoga opštinskoga prostora postoje kuće koje njihovi sopstvenici izdaju pod zakup. Ali, kirija je vrlo mala, šta je to 1.000 dinara mesečno za dve sobe i kujnu, jedva sopstvenik može da plati porezu. Treba, dakle, dići kiriju. I skupe se jednoga dana sopstvenici kuća oko ovog praznog prostora, obrazuju društvo za ulepšavanje tog kraja, naprave pravila, izaberu upravu i, radi ulepšavanja tog kraja, naprave na tom praznom prostoru pijacu. Čim jednom pijacom više ulepšaju grad Beograd, izbiju na svojim kućama prozore i naprave vrata, od sobe naprave dućane i uzmu veću kiriju. Tako je taj kraj Beograda tim već ulepšan i to društvo više nema šta da radi.

Dosad su postojala društva za ulepšavanje pojedinih krajeva, a sad čujem da pojedine ulice, svaka za se, hoće da obrazuje društvo za ulepšavanje dotične ulice. I bolje, bar neka svaka ulica, ako ništa drugo, izvojuje sebi da se iskaldrmiše, i nek se svakoj ulici otvore dva-tri dućana i nek se na svakom ćošku napravi po jedna mala pijaca, pa da mirno i slatko zapevamo:

Beograd je lepa varoš,
Jedan-dva...

Krađa u našoj redakciji

Ima već podosta vremena kako me urednik *Politike* goni da se vežbam u reporterskom poslu.

– Sva veština – govorio bi mi urednik – leži u tome da budete prvi „na licu mesta" kad se što desi i da oštrim okom zapazite svaku sitnicu i svaki detalj koji bi mogao čitaoca zanimati.

Dao sam reč uredniku da ću pokušati, i nestrpljivo sam očekivao kakav slučaj, te da se oprobam. I evo, već dve nedelje niti hoće kakva kuća da se upali, niti hoće kakva devojka ceđom da polije po licu momka koji ju je ostavio; niti hoće politički protivnici da se potuku amrelima na Terazijama; niti hoće tajanstveno da ubiju kakvog kafedžiju, niti se dešavaju krađe, al' onako interesantne krađe.

I taman ja pao u očajanje, te prekjuče izjutra pošao u kancelariju da izjavim uredniku kako ne može na mene kao reportera računati – kad ono pokradena sama redakcija *Politike*. Možete misliti, „nepoznato lice" (čudnovata stvar kako uvek takve stvari vrše „nepoznata lica" da bi samo dovela u zabunu našu policiju) obilo vrata na štampariji, iz ove ušlo u redakciju, obilo sve fioke, ukralo jedan zimski kaput i jedne makaze i pobeglo neopaženo.

Dabome, ne samo ja, bili smo svi na licu mesta.

Javljeno je odmah policiji, ona je dotrčala i svestrano ispitujući, utvrdila je ova fakta:

1) Da su fioke bile prazne, tj. da sem rukopisa nije u njima bilo ničega. To je utvrđeno na zahtev samoga urednika i svih saradnika koji su juče očekivali akonto;

2) Da lopov nije zavlačio noge u fioke nego samo ruke, jer da je zavlačio noge, ostao bi u fiokama trag od kaljača i time bi bilo olakšano traganje;

3) Da lopov nije literarno obrazovan, jer međ' tolikim člancima, studijama, feljtonima i pripovetkama koje je mogao ukrasti, on je ukrao samo administratorov zimski kaput i, najzad;

4) Da je lopov „strano lice“ koje ne poznaje „okolnosti u kući“ jer je obijao i fioku na stolu za kojim radi jedan saradnik koji je uvek u akontu i u čijoj je fioci mogao naći samo jednu saradnikovu menicu odbijenu na poslednjoj cenzuri. Da se ovaj slučaj desio u Americi, ili da je ovaj naš lopov bio džentlmen kakvih ima u Americi, on bi lepo umočio pero u mastilo pa bi na odbijenu menicu stavio i svoj potpis. Ja sam siguran da bi bilo kod nas zavoda za koje bi više vredeo potpis jednog lopova nego, na primer, moj.

Dakle, pošto su utvrđena gornja četiri fakta, ostalo je da se iz njih izvuku pretpostavke na osnovu kojih bi se moglo otpočeti traganje za lopovom.

Ja ne znam kakve je pretpostavke izvela policija iz gornjih fakata, ali ću vam poverljivo reći pretpostavke koje sam ja izveo:

Prva pretpostavka: Neko se rešio da napusti svoj dosadašnji posao i da postane novinarski saradnik. To nije tako redak slučaj kod nas. Taj neko je znao da su dve stvari potrebne dobrom novinarskom saradniku, a to su: zimski kaput i makaze, eto tih stvari je nestalo. Tako će se lice vrlo lako naći; onaj koji se ovih dana svima redakcijama bude nudio za saradnika i koga sve redakcije odbiju, biće to „nepoznato lice“.

Druga pretpostavka: Po mome dubokom uverenju, celu ovu stvar je udesio sâm urednik *Politike*, i evo odmah ću vam kazati zašto. Znajući da uredništvo *Politike* dobro honoriše i plaća svoje saradnike, uredniku svaki dan stiže masa pripovedaka, feljtona, članaka, studija, polemika itd. Što to svaki dan stiže ni po jada, ali svaki dan je puna redakcija raznih pisaca koji dolaze da pitaju šta je s njihovim rukopisom. Urednik ima spremna tri odgovora:

a) nisam još pregledao;

b) pregledao sam i stvar sa izvesnim ispravkama može biti dobra. Čim stignem malo od poslova, gledaću da stvar ispravim pa ću štampati;

v) stvar je dobra, samo mora čekati na red. Pretrpani smo materijalom.

Razume se, te odgovore urednik upotrebljava čitavu godinu dana, i sad je već krajnje vreme bilo ili da pronađe nove odgovore ili da učini drugo što. On se izvesno rešio na ovo drugo. Udesio je krađu s tim da mu nestane i kožna torba u kojoj stoje rukopisi i sad ništa lakše no da kaže: „Stvar je bila vrlo dobra, mislio sam ove nedelje i da je štampam, ali... vi ste čuli za nesrećan slučaj... naša redakcija je pokradena i to baš ona torba u kojoj su rukopisi.“

Treća pretpostavka: Treća pretpostavka nije moja i ja je svečano odbijam od sebe, ali je po svoj prilici urednikova pretpostavka, jer mu je čitam iz očiju. Naime, urednik je tvrdo ubeđen da sam ovu krađu redakcije ja udesio, i to samo zato što nisam imao materijala za današnji feljton, pa da bih imao o čemu da pišem.

Povodom porođaja brzog voza

Onomad se u Beogradu desio jedan brzi porođaj. Ja znam da vi svi pod brzim porođajem razumete ono kad žena rodi treći ili četvrti mesec po venčanju. Međutim, ja ne mislim na takav porođaj nego ga nazivam brzim porođajem zato što se porodio brzi voz. Čitali ste već u svim novinama o tome čudnovatom događaju koji se desio prekjuče, u subotu.

Ja nazivam taj događaj čudnovatim samo zato što se porodio brzi voz, jer da se porodio teretni voz, to bi mi izgledalo sasvim prirodno i logično. Ja mislim da bi se tad čak i novinarske beleške o tome događaju svršavale ovom rečenicom: „Teretni voz broj 46 olakšao se.“

No da bi vam bilo jasnije, da ne bih napravio u celoj stvari kakvu zabunu, dodajem odmah da se to nije porodio baš sâm voz, na primer, lokomotiva, nego sam ja to tako u figuri rekao. U stvari, porodila se neka Liza, služavka austrougarskog konzula iz Trapezunta. I sad nastaje pitanje: zašto se ta Liza porodila baš na srpskom zemljištu, pred samim savskim mostom, a nije bila strpljiva da to učini na svom austrijskom zemljištu sa onu stranu Save, gde bi mogla kao kod svoje kuće da se porodi?

Pre svega, valja uočiti ove okolnosti: Liza je bila služavka jednoga konzula, kao takva i ona je posvećena u sve diplomatske poslove, pa prema tome morala je znati i o nepovoljnim pograničnim odnosima našim s Austrougarskom. Svakojako je ona morala znati i to da je sad granica ponovo otvorena, ali da se za svaki „izvoz“ sad tamo vrlo strogo traži uverenje o „poreklu robe“. No još joj je to trebalo, da daje uverenje o „poreklu robe“. Zato je ona vrlo pametno učinila što je robu predala Srbiji, a ona sama prešla preko.

No, kao god što je ona dobro učinila, dobro je sa svoje strane i komesar železničke policije učinio što je ovom porođaju stao na put. To jest, ja sam se pogrešno izrazio, on nije porođaju stao na put, nego je preduzeo sve potrebne mere da se ubuduće takvi slučajevi više ne dešavaju kod nas.

Vi znate svi onu priču o nekakvom begu. Legao beg, onako potrbuške na asuru, pod kruškom, pa puši i nadgleda svoje čifčije kako kopaju njivu. Taman on u najslađe eglene, a jedan miš, kako je zbunjen pobegao od motike kojom ga je čifčija hteo da ubije, potrča ovamo, potrča onamo, pa ne nađe druga puta no pravo preko tura begova. Beg skoči kao oparen, dočepa pištolj iz silava pa „dum!" za mišom. Svi se okupiše oko bega i začudiše se tom njegovom poslu, zašto na miša poteže pištolj.

– Tako – veli im beg – ne dam mu da mi pređe preko tura. Ako pustim danas miša, sutra će preći mačka, prekosutra kučka, pa napravi se carska džada preko moga tura.

Eto, ta begova logika važi i za ovaj slučaj porođaja, i opravdava sve stroge mere koje je komesar železničke policije preduzeo. Nije stvar u tome što se rodilo jedno dete, nego sutra se mogu roditi dva, prekosutra tri, i tako naša pruga od stanice do savskog mosta može postati carska „džada", te kome god se u belom svetu porađa, a on hajd' u Beograd, kao da naše Materinsko udruženje nema već pune ruke posla i s našom decom, koja su bar naš „domaći proizvod", pa nam ne može ni biti krivo.

Pa nije kubura samo u tome što je sad majka „s onu stranu Save", a dete „s ovu stranu Save", već i u tome što dete sad valja i krstiti. Juče baš bila kod mene jedna deputacija železničkih činovnika radi toga.

Prvo je uzeo reč vođ deputacije:

– Vi znate, dragi Ben Akiba, da se lanjske godine porodilo i Srpsko brodarsko društvo, pa su činovnici brodarskog društva smatrali za svoju hrišćansku dužnost da se prime kumstva i da kumuju. E, tako vidite, povodom ovog porođaja brzog voza i mi bismo hteli da se primimo kumstva.

– To je vrlo lepo od vas, ali što ću vam ja tu, valjda ne mislite da držim sveću?

– Ne, molim vas – nastavi vođ deputacije – došli smo da nam date jedan savet. Lanjske godine činovnici brodarskog društva dali su detetu ime „Šumadija" po lađi *Šumadija* na kojoj se rodilo. Pa i mi bismo hteli da damo detetu tako neko železničko ime, da mu ostane kao uspomena za ceo život. E, pa to bismo hteli da nam vi pomognete u izboru imena.

– Pa jeľ dete žensko?

– Jeste.

– Pa dajte mu ime „Direkcija".

– Ah, to nikako! – zgranu se cela deputacija, a vođ deputacije nastavi:

– Sad se baš u Direkciji sprema ukaz o nekom avanzovanju i razmeštaju, pa šta znamo da to Direkcija ne uzme za uvredu.

– E, onda, odista je teško naći ime.

– Da, vrlo je teško, zato smo i došli k vama da nam pomognete.

– Druga je stvar – nastavih ja – kod brodarskog društva, same lađe nose zgodna imena: *Šumadija, Morava* itd, ali kod vas vozovi nose brojeve. Vi ne možete detetu dati ime Numera 43. Mogli biste, znate, i to, ali samo u slučaju ako se ovakvi porođaji budu češće javljali, pa onda prosto numerisati decu: „dete broj 43“, „dete broj 44“ i već tako dalje.

– Kako bi bilo da se dâ detetu ime „lokomotiva“? – reći će jedan član deputacije.

– A ne – dodade brzo vođ deputacije – devojka je, pa bi joj to moglo docnije u životu smetati pri udaji.

– Naprotiv – tvrdi predlagač – to bi joj pomoglo, jer ko je taj od železničkih činovnika koji ne bi uzeo lokomotivu za ženu.

– Pa dobro – uzeh ja reč da presečem prepirku – imate li vi još kakav zgodan železnički termin ženskog roda?

– Imamo – veli onaj treći član deputacije – na primer kočnica.

– To bi još i bilo zgodno ime – velim ja – ali ne za devojku, već docnije kad postane tašta. Jer termin kočnica tačno odgovara misiji svake tašte u braku. Zato je bolje što drugo.

Svi se zamislismo i zabrinusmo.

– Vidite, ja vam ni sâm ne umem da pomognem, jer to je vrlo rđava praksa roditi, tako, ma gde. Ko tu može da izmisli ime. Pa onda, zamislite samo posledice toga; sutra može neko roditi na fijakeru ili velosipedu, i kako ću ja onda tu izmišljati imena. Nego, znate šta, ako znate kakvu stranu reč iz železničke terminologije, strana reč, ma šta da znači, imponovaće. Ja znam u jagodinskom okrugu jedno devojče kome je ime: „Fotelja“. Kum bio u Beogradu u vojsci, pa bio posilni, a tek što se vratio, treba da kumuje. Njemu se učini da će pred seljacima više imponovati i pokazati se učen ako da kakvo strano ime. Kao posilni čuo je reč „fotelja“ pa mu se dopalo, a sad grešna devojka nosi to ime. Tako sam čuo da i u niškom okrugu ima jedan dečko koji se zove „Šporet Stojković“. I tome je morao kakav posilni dati „fino“ strano ime. I to vam je jedini izlaz, verujte to vam je jedini izlaz.

– Pa da joj damo ime: „Rampa“ – uskliknu vođ deputacije.

– Sasvim, e to je dobro! – pristadosmo svi. I tako će dete dobiti ime: Rampa. Gospođica Rampa. Javiću vam kad se bude krštenje obavilo.

Kako se muževi izgovaraju

Izvesno svi već to znate da su žene skočile na mene, ljute se i grde me. Vele, malo-malo pa se o njih zakačim, pa zar nije vreme da ih već ostavim. Dobijam čak i anonimna pisma koja počinju sa: „Dragi Ben Akiba", a svršavaju se sa: „Ubio vas bog da vas ubije". Jedna mi se gospa žalila da zbog jednog feljtona rđavo živi s mužem i da ću ja, može biti, biti razlog razvodu braka, jer sam „neobično potrefio" prilike u njihovoj kući; druga mi se žali da zbog moga feljtona neće ići ove godine u banju, a treća mi se žali da je zbog jednog mog feljtona njen muž sad sasvim drukčiji i jednog krasnog mladog čoveka, svoga ličnog prijatelja, sad gleda popreko. Kao što vidite, počinio sam silne grehove. Teško meni, teško meni! Ostaje mi ili da ih ispaštam ili da se na kakav način izvučem. Krajnje je, dakle, vreme da bar jednim feljtonom izgrdim i muževe. Uostalom, oni to i zaslužuju!

Čitao sam tu skoro u nekim francuskim novinama jedno ogovaranje, tj. jedan feljton koji je morala napisati neka žena. Reč je o tome: kako se muževi izgovaraju kod žena kad hoće da se izvuku od kuće. Razume se, to se tiče francuskih muževa, pa se oni francuski i izgovaraju, dok se naši muževi sasvim drukčije, upravo srpski izgovaraju.

Ja sam već jedanput, u jednoj statistici, dokazao da je svaki Srbin čim se rodi već odbornik kakvog odbora ili bar član kakve komisije. I eto ti odbori i te komisije, to je već prvi dobar izgovor. Nema te žene čiji se muž na račun sednica nije izvlačio od kuće.

– Moram ići – veli zabrinuto muž – večeras je vrlo važna stvar na dnevnom redu.

Međutim, ta „važna stvar" je u stvari na noćnom redu, i toliko je važna da bi taman mogla zgodno poslužiti kao razlog za razvod braka.

Taj izgovor na sednice je opšti, njega upotrebljavaju svi muževi, ali ima izgovora koji su specijaliteti pojedinih profesija.

Tako, na primer, trgovačka žena vrlo lepo zna za onaj izgovor muževljev s „trgovcem iz unutrašnjosti". Došao je kao bajagi „trgovac iz unutrašnjosti" i odvojio mnogo espapa, pa sad siromah muž mora da provede jedno veče s njim. Međutim, taj „trgovac iz unutrašnjosti" tek će to veče odvojiti espap.

Pa onda, trgovačke žene znaju i za „inventarisanje". To je ono doba godine kad muževi dolaze na ručak kao bajagi zabrinuti, ne progovore ni reči sa ženom, a uveče po celu noć „inventarišu".

Kod činovnika je već sasvim drukčije i mnogo je lakši izgovor. Ako je policijski činovnik, onda prosto dođe žandarm i zove ga, stigla je šifrovana depeša ili „mora ići u poteru". I sirota žena isprati ga do vrata, moli ga da se čuva da ne nazebe, i on se kreće „u poteru" obećavajući ženi da će se paziti.

Kad već naiđu demonstracije, krize i uopšte kakvo vanredno stanje, onda je, razume se, vrlo lako naći izgovore.

Pa onda, činovnici se izgovaraju na svoje starije, na telefon, na telegrame, na „hitan" posao koji se mora još te noći svršiti i na hiljadu drugih stvari.

Ima još jedan način koji smo svi mi muževi bar po jedanput u životu upotrebili i žene nam poverovale – to su pisma. Još pre večere, na pivu, dogovorimo se da se posle večere sastanemo i tada napišemo sebi ovakvo pismo:

> *Dragi...*
> *Tražio sam te danas ceo dan. Vrlo je potrebno, upravo neodložno da se sastanemo zbog jedne vrlo važne stvari koja ne trpi odlaganje. Sutra bi već bilo dockan. Dođi posle večere, molim te*
> *   tvoj Toma*

Svih pet-šest muževa koji su na pivu, i koji treba da se sastanu posle večere, napišu po jedno takvo pismo svako sebi, i grozni Toma, koji i ne postoji, potpiše se na svih pet-šest pisama, pa se onda dâ sve jednom momku da raznese tako da pismo svakog čeka kod kuće. Razume se, muž zatim dolazi kući s nevinim, sasvim jagnjeće nevinim licem.

– Imaš neko pismo – veli mu žena.

On otvara pismo, pročita, pa ljutito tresne šakom o sto.

– E, ovo je da bog sačuva, čovek ne može ni da se odmori.

– Šta je? – pita žena.

– Eto to! – praska i dalje muž. – Kao da mu je mali bio dan. Zar me nije mogao potražiti, nego sad noću moram da mu idem?

– A ko ti je taj Toma? – pita žena zabrinuto pošto je pročitala ceduljicu.

– Ko je? Dosta je kad ti kažem da je to čovek koji mi treba.

I žena zabrinuto ispraća muža i moli ga da se pazi da ne nazebe.

Razume se, ima i takvih profesija gde je izgovor vrlo lak. Uzmete, na primer, doktora, taman seo da večera, a tek telefon zazvrji.

– Alo.

– Alo.

– Je li gospodin doktor kod kuće?

– Jeste, ko je tamo?

– Ovamo je Panta Simić, Kosmajska broj 46. Molim vas odmah da dođete. Hitna stvar, porođaj.

I doktor se odmah diže pa kad stiže kod *Kolarca*, on zateče onoga koji ga je kroz telefon zvao, zbilja pred porođajem, jer pred njim stoji treća flaša vina.

Zar sam malo doktora ja video koji lumpuju zajedno s instrumentima koje su morali od kuće poneti zbog „porođaja". A to su vrlo zgodni instrumenti za vađenje zapušača iz flaša.

Znao sam i jednog doktora koji je to sve veštije činio. On kad dođe kući predveče, sedne pa sâm ispuni svoju tablu.

Za vreme večere, sasvim nemarno pošalje ženu napolje.

– Idi, bogati, vidi ima li što zapisano na tabli?

Žena izađe, pa se zabrinuto vrati.

– Ima, Prote Mateje ulica broj 89 moli te da odmah dođeš.

– Uh! – učini doktor. – Ko će sad noću čak tamo na vrh Beograda.

Pa tako svako veče, doktor zapiše sebi na tabli, dok mu to žena nije uhvatila, te on zapiše a ona malo posle izbriše. Pošalje on opet sasvim nemarno služavku:

– Idi, bogati, vidi, ima li što zapisano na tabli?

A devojka se vraća i veli.

– Nema.

Možete misliti kakvo lice doktor napravi i kako se uvija kao nevesta.

Jedna obična karijera

On je učio bogosloviju, imao je vrlo lep glas, i čudo je izgledao pobožan. Kad prođe kraj tebe, izgleda ti kao da tamnjan miriše. A bio je i skroman. Mislio je da svrši bogosloviju, pa jednu malu parohiju a veliku ženu, ili još bolje jednu malu ženicu a veliku parohiju, pa da se malo i pomuči, ali opet da izađe na kraj i s parohijom i sa ženom.

Tako je on mislio, e, ali čovek nalaže a bog raspolaže. Kad je svršio bogosloviju, on počne merkati ženu i parohiju. Ženu je mogao dobiti lako, bilo ih je dosta praznih, ali nijedne prazne parohije.

A u to doba otvorio se kod nas telegrafski kurs. Razmišljao je od svake ruke, pa razmišljao čak i o tome da li njegovom bogoslovskom vaspitanju može škoditi štogod da nauči ono telegrafsko kucanje. Najzad je došao do ovog patriotskog bogoslovskog zaključka: zašto ne bi i popovi znali kuckati. Mogu oni time vrlo korisno poslužiti svojoj otadžbini. Dođe, na primer, rat, a popovi ne idu u rat, i onda stupe u službu otadžbine kao vojne telegrafiste.

Posle, već, pošto je još razmišljao, došao je i do ovog zaključka: a zašto ja ne bih bio telegrafista, po čemu ja baš moram da budem pop, kad eto nema čestite parohije.

I tako se prelomi i stupi na telegrafski kurs. Učio ga je vrlo prilježno, a što ga je više učio, sve mu se više dopadala njegova odluka. Milina ga je bilo gledati i slušati kako za aparatom kucka. Kuckao je tako sitno, tako sitno kao da nikad nije bio bogoslov.

I svrši, bogami, on lepo telegrafski kurs, pa dobi i jedno malo mestašce tamo negde u Srbiji. Mislio je i da se ženi i kad god je na aparatu dobio vezu s kakvom varoši ili varošicom u Srbiji, uvek je, posle iskucane dotične depeše, nastavljao kuckanje, i razgovarao s kolegom iz one druge varoši te se raspitivao kako stoji s devojkama. Ali, nije se oženio, jer čovek nalaže a bog raspolaže. Ne samo što se nije oženio nego nije ostao ni u službi. A evo zašto:

Izađe jednog dana u zvaničnim *Srpskim novinama* nekakav konkurs Ministarstva narodne privrede. Ministarstvo je rado da pošalje na stranu dva mladića koji bi stručno izučili preradu mleka i pravljenje boljih sireva, pa poziva sve mladiće koji imaju sklonosti ka siru, tj. osećaju sklonosti ka toj struci, da se jave.

On ujedanput oseti neku sklonost ka toj struci, ili upravo oseti neku neodoljivu sklonost da o državnom trošku ode na stranu. Javi se, i ne samo što se javi, nego upotrebi sve ono što se kod nas u Srbiji upotrebljava, i novine i familiju i obijanje pragova i sve i sva i najzad bi izabran. Pošalje ga država u Švajcarsku kao u zemlju poznatu po tome što ima najbolji ustav i najbolji sir. I on lepo izuči, izuči nekoliko vrsta sireva i jedan stran jezik, pa se vrati u svoju otadžbinu da joj koristi, jer se zbilja i kod nas osetila potreba za dobrim ustavom i dobrim sirom.

I sad, pošto je tako lepo svršio i vratio se, nastaje ona kubura koja obično u takvim prilikama nastaje. Ne zna država šta će s njim, ne zna on šta će s državom. Da pravi sir, treba para, a država ih nema, jer ima „prečih poslova". Nasloni on tako glavu na ruku pa misli i brine šta će s državom; nasloni tako isto i država glavu na ruku pa misli i brine šta će s njim.

Najposle njemu pade vrlo srećna ideja na pamet.

– Kako bi bilo – veli on državi – da vi meni date za poreznika. Zašto ne bi, bio sam na strani, govorim jedan strani jezik.

– Sasvim – uskliknu država i pljesnu se šakama od radosti – to vam je dobra ideja.

– Pa gotovo. A kako bi bilo da mi se ne da baš poslednja klasa, bio sam na strani, govorim jedan strani jezik.

– Pa gotovo – razmišlja kao država – jer mi malo imamo naše dece koja su tako bila na strani.

– A kako bi bilo – dodaje on – i da mi se dâ kakav zajam iz Klasne lutrije, pošto sam ja privrednik. Ne mora baš biti veliki zajam, koliko da napravim porezničku uniformu, da se ne bih odmah u početku zaduživao.

– Pa ne može to – odgovara država – jer Klasna lutrija daje pozajmice samo na privredne ciljeve.

– Pa tako ja i mislim – odgovara on državi – meni bi se dao zajam kao da otpočnem preradu sireva, a ja ne bih morao baš početi.

Ovamo-onamo i oni se pogode. I eno ga on je sada poreznik, kažu vrlo dobar poreznik. Predano i iskreno služi državu i sprema molbu da podnese skupštini da mu se dve godine, koje je proveo na strani kao državni pitomac, priznaju u godine ukazne službe.

Zar vam ne dolazi odnekud poznata ova karijera? Tä to je karijera svakog trećeg činovnika u nas.

Bračni politički rečnik

Ovo su dani svadbe i dani velike politike. Uzmite samo novine pa čitajte: u Mađarskoj državni udar; u nedelju će se venčati taj i taj s tom i tom; carinski savez Srbije s Bugarskom je u pitanju, u četvrtak će se venčati taj i taj s tom i tom. Eto, time su nam sad pred poklade pune novine, pa zar je onda čudo što sam, čitajući novine, pao na misao da uporedim brak i politiku i što sam, upoređujući ih, našao da imaju nečega sličnoga. Evo, na primer, Mađarskoj, koja je tako dugo u braku s Austrijom, desilo se ono što se u svakom braku mora desiti, posvađala se sa „svojom polovinom"; evo mi i Bugarska zagledali smo se jedno u drugo, pa nam ne dadu ni ljubav da izjavimo. To je u politici, a da u braku ima politike, to valjda niste ni sumnjali a, ako ste baš i sumnjali, ja ću vas uveriti. U toj nameri sam i sâm sastavio i ovaj bračni politički rečnik:

1. *Pretenzije.* I kod momka i devojke težnja za zavojevanjem. Njene pretenzije se obično znaju: profesor univerziteta, major, sekretar Ministarstva inostranih dela itd. On obično ima u džepu (u notesu) izrađenu i geografsku kartu, u kojoj su tačno označene granice njegovih pretenzija. U tom notesu je često i spisak udavača s naznačenjem kraj svakog imena: 100.000, 200.000, 300.000.

2. *Diplomatski pregovori.* Pošto se ispita teren i upoznaju prilike, nastaju diplomatski pregovori. Njih vrši obično kakav punomoćnik, koji se u tom slučaju zove provodadžija ili provodadžika.

3. *Misija poverljive prirode.* Vidi: diplomatski pregovori.

4. *Prekid odnosa.* Ako se u pregovorima ne uspe, nastaje prekid odnosa i opozivanje – provodadžike.

5. *Sankcija.* Uspe li se u pregovorima, nastaje i formalna sankcija ugovora od strane roditelja i sveštenika.

6. *Ratna odšteta.* Obrnuto onome u politici, u braku se daje – miraz, kao ratna odšteta, unapred, a ne po svršetku rata. To je vrlo lepa uredba, pod pretpostavkom da brak i nije ništa drugo nego rat. Kod ove ratne odštete još je i to različno od one u međunarodnom ratnom

pravu što se daje uvek samo jednoj strani, i to baš onoj – za koju se zna da će biti pobeđena.

7. *Dvojni savez*. Kad je sve tako uređeno zaključuje se dvojni savez – brak. Tome savezu, nakon prve godine, već počnu prilaziti „male sile" jedna po jedna, dok ih se ne napuni kuća.

8. *Povreda granice*. Iako se najčešće savez zaključuje radi održavanja mira, bračni savezi teško uspevaju da ga održe. Mir poremeti obično kakva treća sila sa strane, time što učini povredu granice.

9. *Državni udar*. Razume se, muž u prvi mah ne može odmah konstatovati povredu granice, ali on najpre primeti da su u savezu nešto ohladneli odnosi, pa onda iz ohladnelih odnosa se razvijaju zategnuti odnosi, pa onda se pređe na otvorene sukobe i, najzad, žena počne da zahteva podelu sfera. Kad već i do toga dođe, muž onda odluči i izvrši državni udar, tj. izbaci ženu iz kuće.

10. *Međunarodni izborni sud*. Razume se, odmah se sastaje međunarodni izborni sud. Inicijativu za sastav takvoga suda obično uzima kakva strina ili tetka. Taj sud sastavljaju s njene strane otac i majka, kao punomoćnici, i kakva strina sa savetodavnim glasom. Nastaje savetovanje, pokušaji izmirenja, obećavanja; dokazivanja da je u pitanju stojeća „povreda granice" samo formalne prirode i da je to više intriga skovana od sila protivnica, itd, itd. Najzad, sud obeća i izvesne reforme u braku i „popravku stanja", kako bi se brak učinio što snošljivijim i – izmire ih.

11. *Status quo ante*. Nastaje, dakle, u braku status kvo ante, sa izvesnim reformama koje je međunarodni sud utvrdio. Tako, na primer, kao jedna od najvažnijih reformi je popravka finansijskog stanja. Njen otac i po drugi put zetu isplati sve dugove. Pa onda se zavede u braku izvesna kontrola, a za komesara koji će tu kontrolu – razume se, nad ženom – vršiti primi se njegova strina.

A već zna se, teško zemlji u koju se uvuku neki strani komesari i strane kontrole. Tako je i s brakom. Badava oni lepe, krpe, udaraju nova pendžeta, pošivaju ga, aja, ne ide više. Žena, ako je samo jedanput izvršila deobu interesnih sfera, stalno teži za autonomijom. Nikome se tako kao ženi ne dopada samoupravni sistem.

I najzad – raspada se unija.

12. *Zelena knjiga*. O svemu tome, kao što je to red u međunarodnoj politici, sastavi se i „Zelena knjiga". To su konzistorijska akta pisana na zelenom koncept-papiru.

Poslednja samačka noć

Ovih dana, sve dok ne zagazimo u drugu polovinu februara, Beograd je življi no obično. Od jutra do mraka jure ulicama dugački redovi fijakera, a u njima iskićeni ljudi i iskićeni konji. Pa onda na podne pred fotografskim radnjama gomila takvih iskićenih kola; u cvećarskim izlozima puno velikih buketa s belim i rumenim manžetnama, a kroz ulice vidiš muzikante, vuku se od kuće do kafane s violinama pod miškom, i za njima ona dva dečka stenju pod teretom kontrabasa.

I što koji dan više izmičemo u februar, tih iskićenih kola, konja i ljudi sve je više i više, tako da mi koji moramo ići peške prelazimo trčeći svako raskršće.

Poklade su skoro, pa svet žuri, žuri da se oženi i uda. Najzad, neka mu je srećno, niti mu ja što zameram, ali me je oduvek zanimala kod mladenaca jedna noć, a to je ona poslednja noć pred venčanje. Kad se već svi rasture, kad se pođe spavati, jer sutra treba ranije ustati; kad ostane ona sama u svojoj devojačkoj sobi, a on sâm u svojoj momačkoj, kad se pokriju jorganima preko glave i stanu razmišljati o sutrašnjem danu koji će ih pred oltar odvesti.

Ja ću ovde izneti, ali otprilike, šta ona, a šta on u tom momentu misli.

Ona: Oh, bože, još samo ova noć, pa već sutra ja sam njegova i on je moj. Sutra me već neće biti više sramota da mu pred svetom dam ruku; sutra ću već nositi njegovo ime.

Žao mi je mamice. Posećivaću je svaki dan, a i ona mene. Pa onda otac, on je siromah ceo dan u poslu, kako ću njega viđati? Ali zato on, on će neprestano biti uz mene. Zajedno ćemo ručati, zajedno večerati, zajedno, jednako zajedno. Moraću ga naterati da uzme jedno mesec dana odsustva. Ja ne znam kako ću izdržati to vreme dok je on u kancelariji. Ili, ako ne može da dobije odsustvo, a on neka traži od šefa dozvolu da može i mene voditi u kancelariju.

Uh, tek deset sati. Čitava godina do sutra. A bar da mi je da mogu zaspati, nego se prevrćem po krevetu kao mučenica.

Kako li ću, bože, izgledati kao mlada? Tetka kaže da mi vrlo lepo stoji haljina. Da l' ću mu se dopasti kao mlada?

Nisam pitala devera kojim će ulicama terati kola. Tako bih volela da prođemo i Vračarom.

Deset i četvrt. Bogami bacíću ovaj sat, ili ne, navíću ga napred; za čitav sat napred, pa da se ujutru ranije probudimo.

Bože, da li će mi biti neobično kad me počnu zvati „gospođom". „Gospođa", „gospođa"; čisto me neka tuga podilazi od tog imena.

Ja mislim da ćemo mi vrlo lepo izgledati kad stanemo jedno kraj drugoga. Tako bih volela da svet kaže: „Baš lep par ljudi."

Hajde da probam zaspati... Žmurim samo, a ne mogu da zaspim. Brojaću do sto. Jedan, dva, tri, četiri... pet... njemu vrlo lepo stoji frak... šest... sedam... osam... devet... spremila sam mu najveći karanfil i sama ću mu prikačiti... deset... jedanaest... Oh, bože, moglo bi već da svane... dvanaest.

On: Vrlo sam radoznao da svane sutrašnji dan, jer nešto mi se starac pravi lud. Obećao je o prstenu dati miraz pa ćuti, valjda će sutra.

Ja mislim da upotrebim 40.000 da isplatam svoje dugove. Platíću svakome do pare, jedino Fridmanu u Zemunu neću. Pokvario mi je žaket. A i kod Stankovića ću pokušati da škontiram: on je već bio digao ruke od toga duga, mogao sam ga kupiti za sto dinara, pa sad je pravo da škontira.

Nisam starome ništa govorio o ovim dugovima, a i što da mu govorim. Reći ću mu docnije da sam novac uložio u neko preduzeće. Najzad, šta imam ja njega da molim, ja ću to od nje. Ona će popustiti.

Tek deset sati. Uh, gospode, ala lagano ide ovo vreme. Jedva čekam da svane sutrašnji dan, da vidim jedanput taj novac.

A jest, bogami, ništa lepše nego ne biti dužan. Prođeš slobodno ulicom, a onaj ti kao gospodinu naziva: „Dobar dan!", a ne kao dosad, ne smeš ni da prođeš, a i kad se sretneš s njim, on ti kaže: „Dobar dan!", ali tako kao da ti je opsovao oca.

Deset i četvrt, a ne mogu ni da zaspim. Hajd', sumiraću moje dugove, valjda će me to uspavati. Braći Petrovićima 3.700 i 7.000 u Prometnoj banci, to je 10.700, a u Zadruzi, Vračarska štedionica, Jankoviću, Fridmanu... 2.000... 11.500... 4.600... 9.000... ovome neću ni platiti... 4.160... 3.007, razume se, bez interesa, zar sam lud još i interes da plaćam... 900... 7.000... 3.500...

Pola razgovora

Sećam se da sam onu staru latinsku poslovicu: „Gde oružje govori tu – muza ćuti" pročitao negde sa štamparskom greškom te je glasila: „Gde oružje govori tu – muž ćuti" i kazao sam tom prilikom da gornja štamparska pogreška nije nimalo pokvarila smisao poslovice, no je upravo popravila i dopunila. Jer, dozvoliće svi muževi, da je ipak najbolje ćutati kad bračna polovina svojim najoštrijim oružjem počne seći. I kako većina muževa tako i praktikuje, to je već i pre pronalaska telefona pronađena polovina razgovora.

Imali ste svi prilike da sedite u sobi kad ko razgovara na telefonu, i moralo vam je pasti smešno kad čujete odovud samo odgovore a ne čujete pitanja, ili slušate samo polovinu nekakvog govora, a drugu polovinu ne. Eto, to ja zovem polovinom razgovora, i zato tvrdim da je to u braku pronađeno pre telefona.

Evo samo nekoliko primera.

Gospodin Rista Novaković sedi sasvim nevino, a telefon ujedanput: zvr... On skoči i sad se čuje samo ovo pola njegova razgovora.

– Da.

– Rista nije kod kuće, otišao je jutros rano a nije kazao gde će biti.

– Da.

– Ne, molim vas, otkud vi poznajete glas. Ja sam njegov brat, na telefonu, pa možda nam liči glas.

– Ne.

– Pa dobro, recite mi koliki je dug, ja ću mu reći kad dođe na podne.

– Da.

– Zašto biste slali izvršitelja. On će to izvesno platiti.

– Da.

Gospođa Mica Petrovićka sedi kraj prozora i čita nešto a telefon je poziva. Evo sad njene polovine razgovora.

– Da.

– Otišao je čim je ručao.

– Ne.

– On obično ne dolazi nikad poslepodne, kako ode s ručka tako dođe uveče na večeru.

– Možete, dođite.

– Da. Nego slušajte, srdim se na vas.

– Zato što vas juče celog dana nisam videla.

– Pa ako je moj muž bio kod kuće, vi ste bar mogli proći kraj kuće.

– Dobro.

– Da.

– Ne razumem poslednju reč, ponovite.

– Opet ne razumem.

– A, to je poljubac, taj se ne čuje kroz telefon.

– Doviđenja.

Gospodin Pera Stanković praktikant na telefonu:

– Da.

– Koliko kažete, još 600 dinara?

– Pa molim vas pričekajte me još do kraja meseca.

– Zašto, kako ste dosad čekali.

– Ne razumem.

– Ne razumem.

– Ne razumem, prekinuta je struja.

– Pa može biti vi mene čujete, ali ja vas baš ništa. Možda s vaše strane nije prekinuta struja, ali s moje je prekinuta.

– Baš ništa ne čujem šta govorite.

Gospođa Savka u deset sati noću, na telefonu:

– Jesi li ti, Joco?

– Bože, Joco, ovo je već četvrta kafana po kojoj te jurim telefonom.

– Voliš da menjaš lokal, a ja još nisam ni večerala. Misliš li, bogati, doći kući?

– Imate sednicu! Tä kakva sednica kad ja čujem neku pesmu.

– Kako ne, čuje se i neki ženski glas. Iju, Joco, sad će me šlog.

– Joco, ja sam pala u nesvest. Kupi usput limun.

Eto, to su te polovine razgovora na telefonu. Ima ih još zabeleženih, a zabeležite i vi kad ih čujete.

Svak na svome mestu

Dobijem jednoga dana pismo od nekakvog učenoga stranca. On je rad da piše o Srbiji, pa me moli da mu priberem podatke. „Ja znam da će to biti malo trudno za vas – piše on u pismu – ali vas molim lepo obiđite sve stručnjake i zamolite ih neka vam svaki da podatke iz svoje struke, pa mi tako sabrane podatke pošaljite.“

Ma koliko da je to zbilja trudan posao, meni je ipak drago bilo da učinim uslugu svojoj otadžbini i krenem se od jednog do drugog stručnjaka. Napravio sam prethodno i izvestan raspored. Treba mi nabaviti podatke: o istoriji, o veri, o nastavi, o vojsci, o literaturi, o narodnom zdravlju, o trgovini, o javnim ustanovama i građevinama, o državnim i privatnim pravnim odnosima i tako redom dalje, o svim granama javnoga života.

Tim redom i pođem i uvratim se prvo jednom profesoru istorije i literature. On me vrlo ljubazno dočeka i ja mu objasnim čega radi sam došao.

– Tako? – učini on. – To je vrlo lepo, vrlo lepo od vas, i treba učiniti, trebalo bi odista stran svet upoznati s prilikama kod nas i zainteresovati ga upravo...!

I nastavi profesor jedno dugačko predavanje o toj potrebi, koje sam ja do kraja strpljivo saslušao. Na kraju toga predavanja ja se na nekakav način dočepam reči pa ću upitati.

– Dakle, da li biste vi mogli dati podatke o istoriji ili literaturi ili o jeziku ili najzad ma o čemu što u obim vaš spada?

– Ja? – upita profesor. – To ne, ja se time manje bavim. Naš javni život zahteva da se svi njemu posvetimo i da svi učestvujemo u rešavanju najaktuelnijih pitanja. Eto ja sam baš jutros završio svoju interesantnu studiju: „O železnicama uskoga koloseka“. Ako je po volji, ja ću vas rado poslužiti podacima iz iste...

– Hvala – rekoh i digoh se te da što pre odem kod drugog.

Odatle, nekako mi je usput bilo, svratim jednome doktoru medicine te da pribavim podatke o narodnom zdravlju i uopšte o zdravstvenim prilikama kod nas.

– Vrlo ste se rđavo adresovali – predusrete me doktor – podatke o narodnom zdravlju možete dobiti i u statistici. – Ne kažem da zdravlje jednoga naroda nije važna stvar, ali i zdravlje jedne države je tako isto važno. Jer, najzad, našto zdravlja narodnog kad je nezdrava država, kao ono kad imate zdravu dušu u slabom telu. A država može biti samo tako zdrava ako su joj sređene spoljne prilike, i vidite stoga sam uzeo na sebe da tu stranu proštudiram. Ja vidite radim na velikom delu: „Spoljna politika Srbije“.

– Tako? – učinih ja, obesih nos i odoh dalje. Nekako mi je usput bilo te svratih jednom svešteniku, koji je poznat i čuven. Sećam se da sam vrlo često u novinama sretao njegovo ime. Računao sam da me niko neće moći o veri tako obavestiti kao on.

– Da, gospodine – reče pop – vi se u svakoj drugoj prilici ne biste prevarili što ste se meni obratili. Vera nam je preča od svega, ali mi smo danas u takvim prilikama da nam treba tu veru braniti, kao što su naši stari činili. Stoga, dakle, mi svi moramo sve sile napregnuti da rešimo jedno važno pitanje. Eto ja baš sad završavam jedan članak za novine koji nosi naslov: „Kakvo nam naoružanje za našu vojsku treba“. Slušajte da vam ga pročitam.

I ja sam morao strpljivo do kraja saslušati popov članak o naoružanju, a čim ga je dovršio, ja dočepah kapu pa na ulicu.

Odatle se uvratim jednome inženjeru, jer ako iko, taj će me iz svoje struke moći obavestiti. Samo što me nije zagrlio kad sam došao.

– Ne znate – veli – kako ste me obradovali vašim dolaskom. Ja odavno čekam koga da mu pročitam najnoviju raspravu: „O izuzecima pri kojima u šumadijskome govoru ne pada uvek oštri naglasak na slog“. Znate, kad sam radio trasu Lapovo-Kragujevac, ja sam to studirao.

Razume se, nisam mu ni kazao radi čega sam došao, no sam dočepao kapu pa dunuo kao vetar.

Odatle sam se uputio jednome oficiru, jer, najzad, ta je struka već samom svojom uniformom upućena da se bavi samo svojom strukom.

Kažem mu radi čega sam došao, ali mi on umesto svakog odgovora izvadi jedno deme lirskih pesama iz svoje fioke. Bilo ih je oko dvesta podeljenih u razne odeljke, koji su nosili posebne naslove: „Njoj“, „Lepi dani“, „Proleće“, „Spomenke“, „Nevenke“, „Zimzelenke“ itd.

Zgranuo sam se pred pomišlju da mu može pasti na pamet da mi ih čita, ali se vešto izvukoh ponudivši mu sâm da dođem jedno veče radi čitanja. On me ljubazno isprati do vrata i stište mi prijateljski ruku.

Odem jednom poznatom našem advokatu, od njega ću saznati sve o državnim i privatnim pravnim odnosima. Postavim mu pitanje, međutim, on me stade ubeđivati kako je naša država poljoprivredna i kako bi ta grana trebalo da nam bude najvažnija, i svi da joj obratimo pažnju. Zatim me umoli da slušam njegov članak: „Kako valja sejati mrkvicu". I, zamislite, kad sam ja tu ponudu odbio, on mi saopšti da se kod njega nalazi jedna moja protestovana menica i, razume se, taj razlog me je potpuno ubedio, te sam, nesrećnik, sve do kraja saslušao taj članak.

Odem odatle i ne osvrćući se više na advokatovu kancelariju pa usput sretnem jednog učitelja. Baš dobro, pomislih u sebi, evo u koga će se obavestiti o našoj osnovnoj nastavi. Uzeh ga podruku te pođemo zajedno i postavih mu prvo pitanje. On me ponudi da pođemo njegovoj kući, da mi pročita članak koji je napisao za *Trgovački glasnik* i koji se zove „Naše pijace i pijačne prilike". Razume se da sam pobegao od njega kao đavo od krsta i uputio sam se jednome našem uglednom cariniku da bar poberem podatke o našoj izvoznoj trgovini.

Zatekao sam ga kod kuće, komponuje novo „Iže heruvimi". I zamislite, morao sam da saslušam celo carinikovo „Iže heruvimi" koje su pevali on i njegova žena, i morao sam ga uveriti da je to najlepše „Iže heruvimi" u pravoslavnom pojanju.

Posustao sam. Nisam već više nikom smeo ni otići. Otišao sam kući, uzeo jedan aspirin radi znojenja, popio čaj i odmorio se ljudski, te onom strancu napisao pismo, koje se ovako svršavalo:

„Nemoguće, nemoguće je doći do podataka, jer u Srbiji ne može nikako da se uhvati ko se čime bavi."

Književna pijaca

Nije to valjda prvi put da čujete gornju frazu. Često se ona upotrebljava u našim literarnim studijama ili referatima. Čitali ste valjda gdekad: „Taj i taj pisac prodro je na stranu literarnu pijacu" ili: „Na našoj književnoj pijaci ove se godine nijedan pisac nije toliko istakao da bi..." itd.

I, da vidite, nije to baš tako rđavo nađena fraza, ima u toj figuri, kad bi se ona zamislila primenjena, i nečega vrlo sličnog faktima.

Zamislite jednu prostranu pijacu i vi pođete da pazarite. Sve tezga do tezge, za tezgama književni piljari, nadvikuju se i svaki hvali svoj espap.

– Molim, izvoľte, lepih friških epigrama, sto dinara pišla.

Vi priđete, uzmete jednu pišlu, pogledate i bacite je natrag.

– Neću, prozukli su – pa idete dalje, a onaj vas s druge tezge mami:

– Izvoľte, podlistak, gledajte samo, gledajte kako je dobro parče.

– Ne treba mi.

– Ama, nemojte tako, uzmite u ruke samo, pipnite samo.

Vi idete dalje, a mami vas onaj s treće tezge.

– Izvoľte, gospodine, šala i satira, vanredno duhovitih šala i satira. Probajte samo, izvoľte slobodno zagristi u jednu anegdotu.

– Hvala, neću, ne mogu našte srca.

– Aľ nemojte tako, probajte, probajte molim vas.

Najzad, natera vas i vi probate.

– Uh, pa ovo je staro, kako možete prodavati bajat espap, zar ne vidite da je ta šala već prokisla!

I pođete dalje, a zove vas jedan pod širokim amrelom koji je po tezgi vrlo ukusno namestio lirske pesme.

– Izvoľte, izvoľte... vanredno lepe i nežne lirske pesme. Vidite kako ih čuvam da ih ni sunce ne opali, a neću da ih čuvam uvek u aparatu, na ledu da bih im sačuvao temperaturu. I jeftine su, ove su godine vrlo jeftine, jer ih ima mnogo; bilo je dosta kiše, znate.

Vi pođete dalje a za vama se dere jedan:

– Ajde dobrih čestitki za imendane, rođendane, sve u stihovima. Uzeo sam ih na licitaciji pa sam u mogućnosti da ih prodajem budzašto.

Pođete dalje i stanete pred jednom kućicom u kojoj se nalazi posrednik. Kao i kod svakog drugog posla i kod književnosti ima cubringera. U izlogu toga posredničkog paviljona puno malih listića i na svakome ispisana poneka ponuda ili tražnja.

Evo šta bi se moglo pisati na tim listićima:

„Traži se izdavač za jednu pripovetku, romantičnu, vrlo poučnu, mogu je čitati i mlade devojke. Najviše dva štampana tabaka. Uslovi vrlo povoljni.“

„Jedan pripovedač rad bi da ima sutra dvesta dinara akonto, za jednu pripovetku koju će uskoro napisati.“

„Jedna lirska pesma prodaje se iz slobodne ruke.“

„Jedan roman, u kome ima četiri ubistva, u kome na tajanstven način nestaje jedno dete; u kome svaka glava nosi strašan i senzacionalni naslov, prodaje se zbog napuštanja književne radnje, pod vrlo povoljnim uslovima.“

„Jedan roman, s teretom na prvom mestu (izuzeto akonto) prodaje se. Može se videti svakog dana.“

„Jedna poduža priča, koju bi izdavač mogao nazvati i roman, prodaje se na otplatu.“

Eto, takva bi izgledala književna pijaca. Razume se tu bi bilo i sve drugo što biva na pijaci. Bilo bi i „jeksik-mere“, kad, na primer, pripovedač proda tri glave pod celom pričom, a svršetak ne daje: bilo bi i opštinskih komisija koje bi bacale „nedozrelo voće“, pa bilo bi i onih prekupaca, koji izlaze na drum pa presreću prodavce te im otkupljuju espap. Ti prekupci bi bili naši izdavači, ta oni su već navikli da se ponašaju prema piscima kao oni što na drumu presreću trgovce.

O velikom postu

Prošle su i svadbe i balovi, ko je imao da se zaljubi, zaljubio se; ko da isprosi, isprosio je, a ko da se venča, venčao se.

Od juče je već nastao veliki post, a to je jedna vrsta ferija ili primirja za vreme kojega se mogu desiti samo omanje čarke predstraža i to na žurevima ili na beogradskom frontu, u Knez Mihailovoj ulici.

A veliki post je počeo danom koji se zove čisti ponedeljak, izvesno zato što tog dana valja prečistiti račune. Kao god kad ono u blagajnama i trgovinama što se o Novoj godini završavaju knjige, sklapaju računi i izvodi bilans, da bi se videlo kako se prošlo prošle godine; tako eto na čisti ponedeljak naši momci i devojke, pa i njihovi roditelji, imaju da sklope bilans, te da vide kako su prošli ove zime.

A evo kako bi izgledali ti bilansi za prošlu zimu, sklopljeni na čisti ponedeljak.

DEVOJAČKI BILANS

1. Posetila sam zabava 7
2. Stekla izjava ljubavi 3
3. Novih poznanstava 9
4. Stekla novih koji su se „rado“ zabavljali sa mnom,
   ali mi ništa nisu izjavili 6
5. Ohladnela sam prema starom poznanstvu 1
6. Postala sam „faše“ 2
7. Od triju novih izjava ljubavi, traži odlučan odgovor..... 1
Svega:

Osećam se zaljubljena i to baš prema onome koji mi traži odlučan odgovor. Da je ostao samo pri izjavi, da nije tražio odlučan odgovor, možda bih ostala i ravnodušna, ali me je baš ta njegova odlučnost pobedila.

Oh, bože, da je bar još jedna zabava. Zašto je post tako brzo naišao. Pa nema sada ni koncerata osim „duhovnih koncerata", a tek na jednom duhovnom koncertu, i to za vreme velikog posta, nećemo moći govoriti o ljubavi.

Ne ostaje mi ništa drugo no da strpljivo očekujem letnje koncerte.

MOMAČKI BILANS

Posetio sam zabava 11
Izjavio sam ljubavi 5
Slao sam provodadžiku na mesta 3
Napravio sam menica 4
Svega:

Napravio sam još jedno 29.000 dinara duga, a ostao sam neženjen. Do sada sam tražio devojku s 200.000 dinara. Kao zgodna okolnost je još i ta što sam dobio i klasu, te jedna klasa više i 29.000 dinara duga više valjda vrede 100.000 dinara miraza više.

BILANS TATIN I MAMIN

Četiri nove haljine 6.440
Troškovi za posete zabava 3.270
Ove godine Jelka napunila godina 24
Prošena ove zime 1
Svega:
Nije se ni ove godine udala, a pošto je napunila 24. godinu moraćemo dogodine i miraz malo da popnemo.

Ovi bilansi baš nisu tačni, ja sam samo hteo da vas upoznam s formom kako se oni sklapaju, te da bi mogao svako kod kuće da sklopi svoj bilans.

Razume se, ovakva forma je propisana u prostom knjigovodstvu, kod duplog knjigovodstva sasvim je druga forma. Ali duplo knjigovodstvo ne vode momci i devojke, ono se vodi samo u braku. Zamislite samo jedan bračni par koji je takođe posećivao zabave i koji je na čisti ponedeljak na ovoj osnovi „čist račun duga ljubav" seo da sklopi bilans. Tu je moralo biti duplog knjigovodstva, jer je ona njemu stavljala na teret mnogo štošta, a tako i on njoj, sve dok se nije izravnalo potraživanje i dugovanje. Zlo, ako se potraživanje i dugovanje kod ovog duplog knjigovodstva nije moglo izravnati, jer se onda svi računi moraju poslati na pregled Glavnoj kontroli, odnosno konzistoriji.

TREĆA KNJIGA

Dar

Juče sam prisustvovao jednoj vrlo dirljivoj sceni. Gospođa Mica je stigla iz banje, i tako sam ja među prvima pohitao da joj poželim dobrodošlicu.

Ali sam ja toliko požurio da sam upravo sâm sebe doveo u nepriliku. Zatekao sam gospođu i gospodina Stojana još u zagrljaju.

– Izvinite – trgnu se gospođa kad sam naišao – ali sami možete pojmiti, otkad ga nisam videla, morala sam ga tek malo duže držati u zagrljaju.

– O, molim – uzeh ja šeprtljanski da se izvinjavam – ako je po volji, izvoľte vi nastaviti... ja se mogu skloniti za trenutak.

– Koješta – pocrvene gospođa Mica – za danas je sasvim dosta.

Pošto mi je i gospodin Stojan potvrdio da je za danas sasvim dosta, seo sam kraj njih da prisustvujem budućoj dirljivoj sceni. Ja imam neko naročito, toplo osećanje za te dirljive porodične scene. Meni uvek suze naiđu na oči kad vidim tako kako se srdačno muž i žena među sobom lažu.

Gospođa odmah naredi da se kuva kafa, a za to vreme ona uze da otvara kofere.

– Da mi kažeš pravo – okrete se mužu držeći ključ od kofera u ruci – jesi li bio dobar pa da ti dam dar koji sam ti donela.

Gospodin Stojan razvuče usta i pogleda u mene, kao da bi hteo reći: evo neka on posvedoči.

– A, ne treba mi svedodžba gospodinova...

– Imate pravo, ja sam toliko iskren da se već po prvoj reči da pogoditi šta mislim da kažem.

Gospođa pređe preko ovog odgovora i poče da otvara kofere. Mene poče da podgriza neobična radoznalost. Ja uopšte volim da zavirujem u ženske kofere, ormane i fioke, ali ćete dozvoliti da je još interesantnije zaviriti u kofer jedne gospođe koja se iz banje vratila.

Nemojte misliti da sam ja zato radoznao da bih sagledao veš. Bože sačuvaj, veš u koferu, veš u izlogu i veš na užetu pri sušenju mene nije nikada interesovao. Ja volim inače da zavirim u te kofere koji se vraćaju iz banje, a to mi je utoliko lakše bilo što je gospođa nervozno bacala stvari iz kofera da bi našla dar koji je donela mužu.

Tako su jedno za drugim izleteli iz kofera ovi predmeti:

Papuče.

Jedan nemački roman sa slikama.

Ogledalo.

Ogledalce.

Bela rekla.

Dva-tri metra ajnlaga.

Brenajz.

Jedan suv buket.

Opet bela rekla.

Još jedna bela rekla.

Još jedan roman.

Rukavice...

I onda već počeše da izleću intimnije stvari, pa čak i toliko intimne da mi je gospođa Mica uzviknula:

– Molim vas okrenite se tamo i razgovarajte štogod sa Stojanom. Što ste se ućutali.

I taman sam ja okrenuo glavom i počeo s gospodinom Stojanom da razgovaram o tome kako je napoleonu kurs nisko pao, a tek gospođa veselo uskliknu. Našla je u flispapiru uvijen dar koji je donela mužu.

– Evo ti, ali samo mi još jedanput reci, jesi li bio dobar?

– Jesam! – odgovori Stojan kao đak trećeg razreda osnovne škole.

– Pogledaj me u oči pa mi kaži: jesam!

On izdrža i to, a ona mu tada predade dar u šake i pritom ga ponovo poljubi, kao što je to red pri davanju dara.

Ja sam zažmurio da ne bih ni sebi ni njima škodio pri ovoj dirljivoj sceni, a kad sam otvorio oči, spazio sam gospodina Stojana kako radoznalo razvija paket.

– Da sam imala para uzela bih ti i što više, ali budi zadovoljan i s ovim. To je samo da vidiš da te se sećam.

U razvijenoj hartiji bio je brkovez.

– Zar to? – učini gospodin Stojan kao dete kad mu umesto čokolade date oskorušu.

– Pa dabome. Hoću jedanput da mi i ti izgledaš feš, a ne obesili ti se brkovi kao... kao...

– Kao... Zaustih ja da kažem, ali mi gospođa ponovo metnu šaku na usta.

– Molim vas, nemojte samo vi dopunjavati rečenice.

– Pa da vam pomognem da nađemo upoređenje.

– Hvala.

I dok smo se mi oko dopune rečenice koškali, gospodina Stojana nadari đavo da zaviri malo bliže u dar.

– Pa ovo je već upotrebljavan brkovez.

– Kako? – skočih ja iznenađen.

– Jeste, evo na njemu i masti i dlake od brkova.

Gospođa Mica se užasno zbuni i pogleda me.

– Tä idi, molim te, kako je mogao biti upotrebljavan, gospođa tek nema brkova, a možda ga je trgovac jedanput ili dva upotrebio radi probe.

– Ne, ne, ovo je upotrebljavan, duže vremena upotrebljavan brkovez! – viknu gospodin Stojan očajno.

Gospođa Mica se zbuni još više. Krajnje je vreme bilo da kaže ma šta u svoju odbranu.

– Da, ja sam kupila, pa sam zamolila jednog gospodina u banji da ga proba.

Uze zatim brkovez iz Stojanovih ruku, zagleda malo bolje i s ubeđenjem dodade:

– Odista, ovo je dlaka iz njegovih brkova! – pa se zatim naže i poče ponovo ljubiti gospodin Stojana koji se pokazao zadovoljan njenim odgovorom.

Tako volim što sam prisustvovao ovoj dirljivoj porodičnoj sceni. Ja imam neko naročito toplo osećanje za te dirljive porodične scene. Meni uvek suze naiđu na oči kad vidim tako kako se srdačno muž i žena među sobom lažu.

Sima samac

U stvari gospodin Sima, nije samac, on ima ženu i troje, što je rekla prija Savka, „krasne" dečice, te je utoliko čudnije otkud da ga njegovi drugovi i prijatelji zovu „Sima samac".

Međutim, ko zna da, gospodin Sima već nekoliko godina izigrava samca, tome to neće nimalo čudno biti, te ne bih vam ja čak ni pričao ništa o njemu, da ovoga Mitrovdana nije ovo samovanje preselo gospodinu Simi jedanput za svagda.

Gospodin Sima, dakle, neobično voli da uoči Mitrovdana i Đurđevdana zađe tako pomalo zabačenijim ulicama i da zastaje pod prozorima na kojima ima lista za izdavanje stanova. Njega, razume se, ne interesuju stanovi s dve i tri sobe već samo „stan za samca", i sasvim mu je svejedno da li je stan sa ili bez nameštaja.

Prirodna stvar da polazeći u tu ekskurziju uvek skida burmu i pažljivo je meće u novčanik, jer se on ne zadržava samo na čitanju lista spolja, već kad kroz prozor iza liste spazi kakvu lepu i vragolastu glavu, ili kad onako promerka situaciju, hoće on bome i da svrati da vidi sobu.

U takvom slučaju, ako se prevario te mu se pojavi kakva tetka ili strina, on ipak najozbiljnije razgleda sobu, pa se onda namrgodi i procedi kroz zube:

– Znate, nije dovoljno svetla. Meni treba vrlo svetla soba za rad. Ja sedim po ceo dan kod kuće i pišem.

I onda se izvlači iz stana kao tarana iz lonca.

Ako, naprotiv, naiđe na kakvo lepo lice i nasmejane oči, a on onda zaviruje u svaki budžak i postavlja raznolika pitanja:

– A greje li se dobro soba?

– O, još kako! – odgovara mlada gazdarica.

– A ima ko da me posluži?

– Kako?

– Pa tako, da mi donese vode, da založi.

– Pa ja, zaboga.

– Vi? Uh, to je vrlo prijatno. Ja tako volim ujutru čim se probudim da spazim tako mlado, prijatno, nasmejano lice...

I već tako se i u tom tonu nastavlja razgovor, a kako se svršava, bog će ga sveti znati, tek mora biti da gospodin Sima na ovim svojim ekskurzijama dobro prolazi kada ih već godinama vrši.

Ali od prošloga Mitrovdana pa ubuduće, izgleda da gospodin Simi nikad više neće pasti na pamet da traži stanove za samca, i ne samo to, već gde spazi na prozoru listu kojom se oglašava stan za samca, on će je obići, i proći sasvim drugim sokakom.

Da vam i objasnim zašto će tako to biti. Gospodin Sima, dakle, kao što sam kazao, ima ženu i troje „krasne" dečice. Sasvim je prirodna stvar da uz takvu jednu familiju ide kao cubok i jedna tašta, što kažu krv i nož. Od prvoga dana ne trpe se, pa čak i ne govore. Ako njega pitate zašto, odgovoriće vam:

– Ne trpim je, brate, što zabada nos u svašta.

Ako nju pitate što ne govori sa zetom, odgovoriće vam:

– Ne trpi me lola, što mu fatam tragove!

Izgleda da će tako nešto i biti, izgleda da gospođa tašta ima sve osobine mačke lovdžike, i da stalno džedži kraj svake pukotine u koju bi gospodin Sima kao miš hteo da se uvuče. Usled tih osobina taštinih gospodin Sima ne govori s njom već četiri godine niti mu ona u kuću dolazi. I umesto da sedi kod zeta i kod „svoga deteta", ona se sirotica sama samcita prebija tako po nekim kvartirićima.

E, sad već možete i sami slutiti šta se desilo. Tašta uzela jedan kvartirić s tri sobe u Kosmajskoj ulici, pa da bi olakšala sebi kiriju, rešila se da izda jednu sobu.

Dođe ovaj ili onaj, pogleda sobu pa ode, i jednoga dana – to je bilo jedne oktobarske večeri – uđe jedan gospodin a dočeka ga služavka. Tašta se bila u sporednoj sobi začešljavala i kroz poluotvorena vrata slušala razgovor.

– Za koga želi gospodin sobu? – pita devojka.

– Kako za koga, pa za mene! – odgovori odlučno gospodin Sima, pa nastavlja – a jelte molim vas, jel' gazdarica mlađa ženska?

– Pa i nije! – odgovori vragolasto devojka.

– Ne menja nimalo stvar, ako samo vi ostajete ovde u službi.

I taman se mašio rukom bio da uhvati devojku za podbradak, a vrata se od susedne sobe otvoriše i pojavi se lepo začešljana – tašta.

I šta dalje da vam pričam. Izvolite sami sebe staviti u položaj u kome je bio gospodin Sima, pa recite po duši kako bi vam bilo.

Gospođa tašta, razume se, nije ni reči kazala, ali ga je pljunula. Sima, međutim, pošto se obrisao, počeo je nešto da muca, ali čim je video otvorena vrata, on je u tri koraka našao ulicu.

Grdno sam radoznao, ali sve dosad nisam saznao, kako li je grešnik kod kuće prošao.

A bruka se čula i, eto, od toga dana, od one oktobarske večeri, drugovi su prozvali gospodin Simu „Sima samac".

Mašina za letenje

I

Još malo pa se to može postaviti kao pravilo: kad vidite ulicom čoveka otrcanog, mašna mu se spustila ispod drugog dugmeta na košulji, poslednja rupa na prsluku zakopčana mu na treće dugme, pantljika na šeširu se obrnula tako da je ona mašna došla natrag – to onda ne može biti ni isterani činovnik, ni senzal s marvene pijace. To može biti samo profesor, i to ili profesor srpskog jezika, koji ide putem tražeći koren kakvom glagolu i naleće čas na tramvaj, čas na fijakersku rudu, ili profesor matematike koji rešava kakvu formulu, ili profesor fizike koji se bavi kakvim pronalaskom.

Gospodin Antonije Stojanović, koga ćete po gorerečenim osobinama lako poznati na ulici, bavi se već od rane svoje mladosti pronalaskom mašine za letenje.

Još đakom na Velikoj školi njega je zarazila ta misao, ali ga je zla sudba po svršetku škole bacila kao suplenta u unutrašnjost, dakle u sredinu koja ga nije mogla razumeti i gde nije mogao crpeti poleta svojoj velikoj ideji. O, koliko je tamo patio toga radi. Šta ti se sve nije šuškalo i govorilo o njemu.

Gazdarica, kod koje je sedeo, raznela je po varoši glas da on ima običaj skoro svaki dan da se zavuče u svoju sobu, da zaključa vrata, pa po celo poslepodne da provede tamo zaključan. Taj glas išao je od usta do usta, i šta ti sve nije još dodavano uz to. Ne samo žene, no i ozbiljni ljudi, čija su deca bila gospodin Antonijevi đaci, zabrinuli su se bili. Jedanput su toga radi Raka kasapin, Sava galanterista, pop Jova i Sima terzija bili i kod načelnika da se posavetuju.

– Pa šta mislite vi, šta bi to moglo biti? – zapitaće ih načelnik.

– Ja mislim – uzeće reč Raka kasapin – ništa drugo nego pravi lažne banke kad se tako zaključava.

– A to ne verujem – reći će načelnik – on je profesor, predstavnik prosvetne struke, kako bi mogao praviti lažne banke.

– Pa i ja kažem – reći će Sava – ja sve mislim, gospodine načelniče, da to neće biti ništa važno. Može biti čovek farba brkove i bradu, pa se zato zaključava.

– Eto ti na! – na to će pop. – Koješta, i kad bi farbao ne bi valjda ceo dan farbao. Nego ja mislim, pre će biti da se bavi nekim nečistim stvarima. Na primer, taj spiritizam, astalčići i takve stvari.

– To može biti – dodaće načelnik – sve te tako usijane glave bave se tim stvarima.

– Nego, ovaj – nastavi pop – pa to smo baš i hteli da kažemo: nije to zgodno ni za decu koja uče kod njega. Ko zna kakvo bezverje može on usaditi deci u dušu.

Zabrinu se i načelnik i obeća deputaciji da će on već učiniti što treba. Razume se, odmah je otišlo u Beograd poverljivo saopštenje, pa je onda došlo izjašnjenje i premeštaj gospodin Antonijev u Beograd.

Gazdarica danu dušom, okadi sobu u kojoj je sedeo gospodin Antonije i zovnu još popa te osveti vodicu i poškropi njome zidove.

To je sve bilo, razume se, u unutrašnjosti, dok je gospodin Antonije sedeo kod gazdarice i dok je bio neženjen.

U Beogradu se, međutim, oženio. On se posle ozbiljnih premišljanja tek rešio da se ženi. Beograd je kafanska varoš, neženjen čovek, hteo – ne hteo, mora po kafanama provoditi život, a to znači ne moći se sav posvetiti svojoj velikoj ideji, svome velikom poslu, pronalasku mašine za letenje.

I gospođica Zorka – današnja njegova žena – ozbiljno je premišljala pre no što se rešila da njemu pruži ruku. On nije bio ni lep, ni dovoljno mlad, a uza sve to bio je još profesorski aljkav. Ali o njemu se znalo da radi na nekakvome pronalasku; ono što ga je u palanci pravilo zlim duhom, u Beogradu ga je pravilo baš interesantnim. Pa onda, ako on uspe u svome pronalasku, postaće veliki čovek a gospođa Zorka žena profesora Velike škole.

Sve je to gospođica Zorka ozbiljno sračunala i – jednog dana pobacala je sve suvo cveće koje je čuvala presovano s raznih zabava; pocepala je i iz knjige „Spomenice“ jednu stranu na kojoj je on – gospodin Mirko – zapisao neke stihove; pocepala je i njegovu fotografiju i pružila ruku gospodinu Antoniju.

Već je godina dana kako je gospođica Zorka gospođa Zorka; već je godina dana kako gospodin Mirko jednako rešava da l' da ode u kaluđere, da l' da ne ode; već je godina kako gospodin Antonije zaključan u svojoj sobi predano radi na svojoj mašini za letenje.

Gospođa Zorka već je nestrpljiva. Oh, kako bi ona volela da ta mašina bude što pre pronađena; da se Antonijevo ime što pre prostre širom celoga sveta; da se čuje, da se proslavi, da se time upravo i njena udaja i neverstvo prema gospodin Mirku opravda.

Koliko puta ona uđe u njegovu sobu za rad pa se dražesno nagne na sto, po kome je on polegao i previo kičmenicu računajući neke „otporne snage", pa ga tiho zapita:

– Antonije?

– Šta je? – veli on suvo.

– Kaži mi, kako izgleda, hoće li moći što biti od toga? Nadaš li se da ćeš moći stvar svršiti sa uspehom?

– Dabome da se nadam. Na hartiji sam ja stvar već pronašao i utvrdio, ali praktično, to još ne ide...

– Pa dobro, ajde da te ne uznemiravam. – I povlači se iz sobe utešena.

To je tako bilo prve godine braka, a druge, razume se, počela je da mu prebacuje.

– Ja ne mogu da razumem – rekla bi mu tako za večerom – devet godina sediš tako zaključan u sobi i zapustio si se već; zar ne vidiš kakav izgledaš – pa opet ništa.

– Te stvari se rade i po dvadeset i po trideset godina – odgovara on nemarno.

– No, hvala lepo, a zar ne vidiš ti da sam se ja prosto radi toga žrtvovala. Niti idem kuda, niti me izvodiš gde; saranila sam prosto svoju mladost između ova četiri zida.

– Pa idi, ko ti brani?

– Da idem je li, a s kim? Tebi je milija ova mašina nego ja! – I, razume se, poleti potok suza iz očiju ove lepe ženice sahranjene između četiri zida.

To je bilo druge godine braka a treće, prešlo se i na krupnije razgovore.

– Ja hoću da ti meni otvoreno kažeš; jesi li se ti venčao s mašinom ili sa mnom? – grmi gospođa Zorka.

– Pa dobro, šta hoćeš? – pita grešni Antonije.

– Neću ništa, ja nisam ljubomorna na tu mašinu, sedi ako hoćeš po ceo dan zaključan u sobi, ali hoću da mi dozvoliš da i ja sebi nađem zabave.

– Pa dobro, nađi – odobrava Antonije i opet se povlači u svoju sobu za rad i zaključava vrata za sobom.

III

Sasvim je dobro učinio gospodin Mirko što se nije zatrčao da se zakaluđeri, kao što je dobro učinila i gospođa Zorka što je izvojevala pravo da i ona sebi nađe zabave.

Sreli su se opet. On je njoj ispovedio koliko je patio od onoga čemernoga dana kada je ona drugom dala ruku, a ona je njemu ispovedila da joj je muž dozvolio da sebi nađe zabave.

On je njoj ispovedio da se nimalo nije izmenio od onda, da je drugovao samo s dragim uspomenama a ona se njemu ispovedila da joj je muž dozvolio da nađe sebi zabave.

On je njoj ispovedio da je još voli, beskrajno voli, sad upravo više nego pre, a ona se njemu ispovedila da joj je muž dozvolio da nađe sebi zabave.

Posle takvih međusobnih ispovesti pozvala ga je da joj dođe, da bi ga mogla i mužu predstaviti, i on je došao.

– Ovo je, Antonije, moj drug iz detinjstva. Tako sam se obradovala kad sam ga videla.

– Milo mi je, vrlo mi je milo – veli Antonije, pa se opet povlači u svoju sobu za rad i zaključava vrata za sobom.

A „drug iz detinjstva“ i žena kojoj je muž dozvolio da nađe sebi zabave ostaju sami u sobi i razgovaraju, razume se o detinjstvu, o vremenu i uopšte o tako nevinim stvarima.

Pa to tako svaki dan ide. „Drug iz detinjstva“ sad je već često i gost na ručku i večeri. On je čak i samom Antoniju omilio, jer se interesuje za pronalazak, uvek raspituje, i kad mu Antonije objašnjava, a on s najvećom pažnjom sluša.

IV

A i pronalazak napreduje. Još samo jedan zavrtanj, koji je gospodin Antonije naručio kod kovača, pa – on veruje da će uspeti. To je neki čudan zavrtanj, koji će pričvrstiti dvoja krila, i to ona koja daju pravac mašini za letenje.

Od jutros je rano otišao kod kovača, jer mora lično da nadzirava pravljenje toga zavrtnja. Kad je zavrtanj bio gotov, on ga zadovoljno ščepa pa pohita kući.

– Kako će se obradovati Zorka ako joj budem mogao već danas reći da je delo gotovo, da je mašina za letenje pronađena – misli u sebi profesor i žuri. – I najzad – misli on jednako usput – krajnje je vreme da jedan Srbin unese svoje ime u kulturnu istoriju sveta.

Najzad stiže do kuće, ali ga nasred dvorišta predusrete služavka plačući:

– Gospodine!

– Šta je Rozo?

– Čisto ne smem da vam kažem.

– Govori, šta je?

– Gospođa je odbegla od vas.

– Šta kažeš?! – vrisnu profesor.

– Odbegla je sa onim svojim prijateljem. Poneli su i stvari, dva kofera, i otputovali su još jutros rano u Zemun. Odmah čim ste vi izašli iz kuće.

Profesor zadrhta i preblede, pa onda uze da urla, i poče sâm sebe tući u glavu onim zavrtnjem koji ima da reši pitanje o mašini za letenje. Pa onda utrča u kuću i poče da traži ženu po svim sobama i najzad, kad je ne nađe, poče grešnik i da plače.

U sobi za spavanje, na stočiću kraj njena kreveta, nađe i jedno pisamce. On ga grčevito otvori i časkom prelete ona dva reda pisaljkom ispisana. U pismu je samo ovoliko pisalo:

Dragi Antonije,
Ti se već godinama mučiš da pronađeš mašinu za letenje; ja sam je, međutim, pronašla – i odletela sam.
Zorka

On uđe u svoju sobu za rad, dočepa jednu sekiru i polomi celu svoju mašinu za letenje. I tako čovečanstvo ostade bez mašine, a Antonije bez žene.

Pogreb Pere Spasića

I od jutros su, kao i svako jutro, oko stola pred *Kafanom* na Terazijama oni koji rane na jutarnju kafu. Među njima je i profesor gospodin Sima Stanojević, od kojega svako revnosno čuva svoju cigaretu ili kafu, jer profesor u razgovoru vrlo često hoće da dopuši tuđu cigaretu ili da posrče tuđu kafu. Od trideset pet godina profesorske službe ostala mu je jedna skromna penzija i jedna raskošna rasejanost. Iako se još pre dva meseca iselio s koteža „Neimara" u Skenderbegovu ulicu na Dorćolu, njemu ništa ne smeta ni danas da svako podne plati tramvaj i krene na ručak na kotež „Neimar", a kad se usput seti, da se opet vrati. On i sad seje po tramvajima, po kafanama, po bibliotekama i ministarskim čekaonicama kišobrane, kaljače, tašne i sve što se dâ zaboraviti.

Za stolom se, kao i uvek uz kafu, vode obični razgovori i saopštavaju novosti.

– Čuli ko od vas za grešnoga Peru arhivara? – zapitaće tako neko sa stola.

– Peru Spasića iz Ministarstva prosvete? – pitaju ostali.

– Jest. Pa čujem da je umro juče popodne. Ne znam da li je istina! – tvrdi odlučno profesor.

– Taj čovek boluje od čira u stomaku a pre tri ili četiri dana pojeo je ovde, preda mnom, u ranu zoru, glavicu kisela kupusa i istresao u nju celu papriku meunku. Ima da svisne a ne da umre.

– Može biti to mu je škodilo – dodaje onaj koji je saopštio novost.

– Pa dobro a kad mu je pratnja? – pita profesor.

– Ne znam ja! – odgovara onaj. – Ne znam ni je li sigurno da je umro, a kamoli da znam kad mu je pratnja.

– Umro je, velite juče popodne? – nastavlja profesor. – Onda znači pratnja mu mora biti danas popodne.

– Ali, zaboga – brani se onaj – pitanje je još je li umro.

– A umro je, to je nesumnjivo da je umro, nije on mogao onu glavicu kupusa preživeti! – tvrdi profesor.

– Može biti! – dodaje on.

– I pošto je juče popodne umro kao što tvrdite vi...

– Ama ne tvrdim ja – brani se onaj – tako sam čuo i možda nije ni istina.

– To mu je onda danas popodne pogreb – nastavlja profesor svoju misao. – Moram otići. Pune dve godine radili smo mi u Ministarstvu u istoj kancelariji i moram priznati bio je vrlo pažljiv prema meni. Moram mu otići!

To popodne oko tri sata, profesor Sima Stanojević spusti se ulicom Miloša Velikog te siđe u Kraljice Natalije ulicu, gde je pokojnik stanovao. Još nije bio ni stigao do njegove kuće, a srete pratnju koja se već krenula te se povuče na trotoar, sačeka da joj se pridruži.

Palo mu je u oči mnogo sveta, naročito mnogo oficira, pa onda jedan vod pešaka i kare na kojima je nošeno telo pokojnog Pere Spasića. Nije znao da je pokojnik bio tako velikoga vojničkog čina. On ga se seća 1912. kao bolničara u niškoj bolnici kod Ćele-kule, ali bilo je još šest godina ratovanja zatim; ko zna kakva je čuda za to vreme počinio arhivar bolničar.

U Vaznesenskoj crkvi, gde je telo opevano, nije ni ulazio u crkvu; morao je kao strastan pušač sve vreme da provede u porti. Išao je od gomile do gomile, pripaljivao cigarete i mešao se u već započeti razgovor koji se u toj gomili vodio.

– Ne, ne, gospodo, vi se varate, on je morao umreti. On koji boluje od čira u stomaku preda mnom je pojeo glavicu kisela kupusa s paprikom meunkom.

– Ama šta govorite, gospodine – reći će mu jedan rezervni oficir pripaljujući mu cigaretu – pokojnik je umro od zapaljenja mozga.

– Pa da – potvrđuje profesor – samo čovek koji ima zapaljenje mozga kadar je pojesti glavicu kupusa.

Pred crkvom je jedan rezervni oficir držao govor, ali ga profesor nije slušao. Prišao je bio da čuje, ali je besednik već u prvoj rečenici napravio strahovitu gramatičku grešku te profesor pljunu i ode čak iza crkve da ne bi slušao besedu dalje. Kada pogreb krete, pođe i profesor za njim, dokazujući svakome kome bi se pridružio da je pokojnik morao umreti zbog one glavice kisela kupusa. Na groblju opet održaše govor. Iz toga govora, koliko je do njega mogao dopreti, saznao je da je pokojnik bio rezervni major, da je načinio čuda od junaštva na Dobrom polju, a da je i inače važio kao ugledan građanin i dobar suprug.

Najzad onaj vod vojnika opali počasni plotun i prisutni počeše da se razilaze. Razume se, profesor se uputi kotežu „Neimar“, i tek kada dođe do Savinačke crkve, on se seti da sedi u Skenderbegovoj ulici na Dorćolu. Sede na tramvaj da se spusti do Narodnog pozorišta i, razmišljajući usput o pokojniku, njemu pade na pamet jedna vrlo važna stvar. Za vreme dok je on, još kao suplent, radio u istoj sobi u Ministarstvu prosvete s pokojnikom, pokojnik je vodio neke beleške, kao neku vrstu memoara. Što god bi u zvaničnim aktima koja su prolazila kroz njegove ruke zapazio istorijski interesantno on je to u svoju knjižicu beležio. Još tada mu je profesor govorio:

– Beležite, beležite svaku sitnicu; ono što izgleda danas beznačajno može sutra imati velikoga značaja.

A trideset godina je otkako su se arhivar i profesor rastali iz te kancelarije i, ako je arhivar nastavio istrajno da vodi te beleške, to bi danas morao biti neocenjiv istorijski materijal. Ali da li je nastavio, razmišlja profesor u tramvaju ili, ako i nije nastavio, gde je ono što je radio tada? Je li to kod udovice i hoće li udovica da prida dovoljno važnosti te da sačuva? Neće li se naći ko da joj to ščepa ili, neće li ona, udovica, sama baciti to kao staru hartiju?

Profesora, kao istoričara, ta misao je počela strašno da muči i, predavši se sav njoj, on se probudi tek kad tramvaj udari u gradske zidine.

Izlazeći iz tramvaja on se krete ulici Kraljice Natalije, kući pokojnikovoj, samo da svrati i da obrati udovici pažnju na taj rukopis; samo toliko, jer inače ne bi mogao celu noć zaspati.

Stigao je i ušao tiho u kućicu, kao što je to red u takvim prilikama, odmah posle pogreba. Udovica ga dočeka na vratima:

– Izvoľte, izvoľte, gospodine!

– Da se nisam nešto prevario, jer davno nisam dolazio; ja tražim kuću Pere Spasića.

– Ovde je, ovde, niste se prevarili, izvoľte samo! – i ona otvori jedna vrata i propusti profesora da uđe.

– O, gospodine profesore – uzviknu arhivar Pera Spasić koji je leškario na jednom otomanu s toplim oblozima na stomaku. – Otkud vi, gospodine profesore?

Profesor zadrhta celim telom, spade mu cviker s nosa i on se saže, pa kad ga na jedvite jade nađe, on ga izbrisa i ponovo natače na nos.

– Sedite, gospodine profesore! – nude ga u isti mah i udovica i arhivar Pera Spasić.

– Molim vas samo da se najpre razumemo... da se objasnimo, jer ovde postoji neka pogreška ili zabluda ili... ja ne znam upravo – petlja profesor sedajući.

– Ali na šta se odnosi ta zabluda? – pita Pera i daje ženi suvu oblogu da mu zameni.

– Tiče se vas, vi ste u zabludi, to jest... da, drukčije ne može biti – petlja i dalje profesor.

– Ali, ja vas ne razumem! – čudi se Pera Spasić.

– Da počnemo, dakle, iz početka! – odlučuje se najzad profesor. – Pre svega, recite vi meni, jeste li vi pre tri dana u mome prisustvu pojeli jednu glavicu kisela kupusa?

– Jesam! – veli arhivar. – I da vidite od tada mi je bolje, mnogo mi je bolje.

– I vi niste od te glavice kisela kupusa umrli?

– Ne, naprotiv, bolje mi je.

– Pa dobro – nastavlja profesor – kome sam ja danas išao na pogreb?

– Šta ja znam kome! – veli arhivar.

– Pa ipak, nije to tako prosta stvar kao što na prvi mah izgleda – nastavlja da se buni profesor. – Molim vas, recite vi meni, šta ste vi u vojsci, recimo u rezervi?

– Bolničar.

– Bolničar i ništa više?

– Ništa!

– Pa dobro, neka je i tako, ali otkud onda onaj vod vojnika da pale počasnu paljbu?

– Ama kome?

– Pa vama.

– Pa nije meni, zaboga!

– Nego kome?

– Šta ja znam!

– Pa ipak... ipak... – nastavlja profesor razmišljajući. – Ne mogu nikako da razumem celu stvar. Eto, sad se i sami možete uveriti zašto je istorija koji put u zabludi. Pa mora biti kad ljudi brkaju datume i brkaju događaje. Eto uzmite, molim vas, vaš slučaj – i profesor se diže i poče da šeta po sobi kao da drži predavanje – uzmite, molim vas, vaš slučaj. Umrli ste i sasvim ste opravdano umrli, pošto ste pojeli glavicu kisela kupusa. Dakle, umrli ste i protiv toga ne može se imati ništa. Samom vašom smrću utvrđen je i datum vaše smrti i istorija, recimo, to zabeleži. Međutim, šta vi radite? Dok mi vas sa svima počastima sahranjujemo, dotle vi sedite kod kuće i mećete tople obloge na stomak. Eto, sad kažite i sami, kako tu istorija može da utvrdi jedan pouzdan datum, i onda se čudite kad istoričari po nekoliko decenija vode polemiku oko datuma smrti ili rođenja nekoga čoveka.

– Pa dobro, šta sad vi hoćete od mene? – zapitaće najzad Pera arhivar kad ga je već izdalo strpljenje.

– Šta hoću? – izbrecnu se profesor. – Hoću, gospodine, kad ste već umrli, da budete mrtvi, a ne da menjate obloge na stomaku.

– Ali ja sam živ, gospodine!

– Možete vi biti i živi, ali ja vam to ne priznajem... Ne priznajem, razumete li?

I profesor ščepa šešir i izlete iz sobe vičući neprestano:

– Ja to ne priznajem!

Mark Tven

Juče je naš Presbiro objavio telegram iz Njujorka da je čuveni humorista Mark Tven umro.

Dabome da ovoj vesti nisam poverovao, i to iz dva razloga: prvo i prvo, što je naš Presbiro šaljivčina, tj. upravo što je Mark Tven šaljivčina; što Mark Tven ima običaj da laže, tj. upravo što naš Presbiro ima običaj da laže.

Mark Tven je dosad već nekoliko puta umirao, i uvek je uhvaćen da laže. Pre dve godine, kada su listovi najozbiljnije pisali o njegovoj smrti, jedna mu se pariska redakcija telegrafski obratila pitanjem: „Čast nam je zamoliti Vas da se izvolite izjasniti jeste li mrtvi?“ Na to je Tven telegrafski odgovorio: „Koliko mi je poznato, za sada sam živ!“

Ali po svemu tom njegovom vrdanju od nekoliko godina naovamo, ja sam video da će on morati na kraju krajeva da umre. A naposletku, šta mu i vredi da živi, kad se tako rasprostre glas da je mrtav, pa mnogi misle da je odista mrtav. Onako isto, otprilike, kao kada se o nekoj poštenoj ženi rasprostre glas da je nepoštena, što ona ima prava da uzvikne: „Pa kad se o meni već govori te govori da sam nepoštena, zašto onda ne bih i bila nepoštena!“ Isto tako i Mark Tven, o kome su se poslednjih godina rasprostirali glasovi da je umro, imao bi puno prava da uzvikne: „Pa kad se već govori te govori da sam umro, zašto onda ne bih i umro!“

To bi se, razume se, lako dalo tako zaključiti, ako je on odista umro, ali ja u to ne verujem. Ima ljudi kojima je to prosto strast da se prave mrtvi iako su živi; kao što ima ljudi kojima je strast da izigravaju žive ljude iako su mrtvi. Uzmite, na primer, toliko živih kojima sa strane dođe pismo s kakvim potraživanjem, a oni napišu na koverti: „Retur, adresant umro!“ To su ti, znate, što su živi, a vole da su mrtvi. A koliko je njih mrtvih, naročito među političarima, koji izigravaju žive. To su ti, znate, što vole da se prave živi.

A ima i takvih koji vole da se šale sa životom. Upravo malo je njih koji vole da se šale sa životom, više je njih koji vole da se šale sa smrću.

Ja se sećam nekoga Pere bravara, koji je otišao negde u Ameriku, pa mu palo na pamet da se pošali sa ženom, i zamoli svog prijatelja da joj javi da je umro. Uživao čovek da izazove kod žene ljubav i tugu posle svoje smrti. Međutim, žena je to sasvim ozbiljno shvatila, pa se odmah preudala. Ima ih i sada koji tvrde da je to ona samo pravila vic, ali ih ima koji tvrde da je ona svoga novoga muža sasvim ozbiljno shvatila. Glavno je tek, kad se Pera vratio iz Amerike, zatekao je vic u kući. I to da je jedan, ni po jada, već je zatekao dva i tri vica; jedan vic od četiri godine, jedan od tri, a jedan od godinu dana. Tri vica sve jedan drugome do ušiju. Možete misliti kako se iskidao od smeha.

E, eto zato, vidite, što ima ljudi koji se šale smrću, a Mark Tven je, međutim, poznata šaljivčina, ja nisam mogao ni da poverujem jučerašnjoj vesti Presbiroa da je Tven umro. Stoga sam juče popodne uputio dva hitna telegrama, jedan u Njujork, a jedan na nebo.

Onaj upućen u Njujork glasio je: „Ako se Mark Tven još tamo nalazi, molim vas upitajte ga: je li još živ?"

Onaj drugi telegram isposlat na nebo glasio je: „Ako je Mark Tven već stigao tamo, molim vas pitajte ga: je li još živ?"

Noćas sam dobio s neba od samoga Tvena ovakav odgovor: „Šala na stranu, ovom sam prilikom umro, i to samo zato da bih vašem Presbirou dao prilike da prvi put otkako postoji javi jednu istinitu vest."

I tako, kad je već umro, onda bog neka prosti njegovu amerikansku dušu, i neka nam oprosti svima koji smo se uvek smejali i koji se nećemo moći uzdržati da mu se ne smejemo i posle smrti.

Rep

Dosad su vam mnogi i mnogi lekari i profesori držali predavanja, recimo, o plućima, stomaku, mozgu, zubima i glavi, ali nijedan nije pokušao da vam progovori koju reč i o repu koji se za čovekom vuče. Međutim, to je vrlo važan organski deo čovečjeg tela, te kad se mogu potrošiti tolika predavanja o glavi, može baš i jedno o repu.

Naučna definicija repa koji se vuče za čovekom bila bi otprilike ovakva: rep je nevidljivi organski deo tela koji čoveku izvuku ili ga on sâm sebi nakači.

Po jednim piscima, čovek još od kolevke vuče za sobom rep. To bi izgledalo malo preterano, ali da vidite nije neverovatno. Vi znate, na primer, one posete koje prave komšike, prijateljice i poznanice porodilji. Uđu, pozdrave se, kažu porodilji kako dobro izgleda, strpaju detetu u pelenu deset dinara ucelo, popljuju ga i stručnjački promerivši ga dodaju:

– Ju, isti, pljunuti otac!

Razume se posle posluženja, kad se oproste i pođu, zadrže se još na reč dve pred kapijom i onda, tek što su obrisale usta od posluženja i slatkih reči kojima su obasipale porodilju, okrenu drugi list:

– Vide li bogati onu bruku?

– Hoćeš da kažeš za prljav jorgan?

– Ama nije to... što je prljav jorgan neka je đavo nosi. Bolje je prljav jorgan nego prljav obraz. Nego, vide li ti na koga ono dete liči? Pa ono pljunuti Pera sekretar. I nos i oči i usta.

– Kako da nisam videla! Gledam dete, pa oborila oči, ne smem da te pogledam, a ne smem ni nju da pogledam, bojim se iz očiju će mi pročitati da sam pogodila.

Eto, tako se otprilike rastaju prijateljice koje su posetile porodilju, i to je prvo izvlačenje repa čoveku dok je još u kolevci.

Posle već lako ide, i takva izvlačenja repa prate čoveka kroz ceo život. Jer valjda znate za onaj naš lepi narodni običaj da ogovaramo mladu i mladoženju još u crkvi za vreme venčanja, i da nastavljamo i dovršavamo izvlačenje repova, i njoj i njemu. Još po svadbenom ručku, odmah posle zdravice u kojoj smo kazali puno lepih reči o vrlinama i mladinim i mladoženjinim.

Jedna je vrlo interesantna stvar kod tih repova koje društvo izvlači
čoveku. Logično bi bilo, jelte, da rep, koji čoveku izvučemo još u kolevci, kad on umre, savijemo lepo i spakujemo zajedno s njim i mrtvački
sanduk, pa kad već sahranjujemo čoveka, da sahranimo i njegov rep.

Međutim, to ne biva tako. Naprotiv, mi često i sahranjujući čoveka,
zavučemo ruku u mrtvački sanduk, uhvatimo vrh od repa, pa onda
počnemo, još vraćajući se s groblja, da ga vučemo i prevlačimo.

Zar ne pamtite one bogougodne razgovore koje mi obično vodimo
vraćajući se s groblja gde smo sahranili dragoga pokojnika.

– Dobar je, siromah, bio. Baš onako plemenit čovek, samo se, grešnik, kockao. Nije se odvajao od kockarskog stola – veli jedan.

– E pa šta ćeš, niko bez greha. Ali, najzad, to bi mu se dalo i oprostiti što je kockar, da nije pokojnik samo inače bio švindler. Upropasti
onog grešnog svog ortaka i ostavi ga bez hleba. A inače, što kažeš, odista je bio plemenit čovek, šteta što je umro! – dodaje drugi.

I tako već redom svi, skoro svi povučemo čoveku još s groblja rep i
vučemo ga kroz čaršiju, kroz kafane, kroz žureve.

Eto tako biva s repovima koje mi čoveku izvučemo. S onim drugima, koje čovek sâm sebi nakači, ide mnogo lakše. Kao god ono kad čovek uđe u dućan pa kaže: „Dajte mi toliko i toliko metara toga i toga!“,
tako ide i s tim repovima. Odseče svaki sebi na metar koliko mu treba
i koliko može kroz život poneti.

Kao što vidite, ovde nije bilo ni reči o ženskim repovima. A o njima
vredi naročito govoriti.

Moje kumovanje

Otkako sam poneo ime Ben Akiba, bar sam se oprostio jedne napasti. Niko više ne sme da me pozove da mu kumujem detetu, bojeći se da mu, kao što je to u redu, ne prišijem svoje ime, pa kud bi u svet s tim imenom.

Ali pre, to je bilo da bog sačuva! Nije bilo nedelje a da ja ne pođem od kuće s kakvom babicom, i nije bilo nedelje da me ne vidite u crkvi kako držim neko žgepče na ruci i lomim jezik da izgovorim ono: „otrekohsja" i da pljujem preko deteta.

I kakvih ti sve tu kumstava nije bilo: te po starini, te po novom kumstvu, te da zamenim neku svoju tetku i kad sve to nije bilo dovoljno da popuni broj mojih krštavanja a ono počeo sam na ulici da nailazim na decu, onu što se podmeću da ih, zdravlja radi, krsti namernik koji prvi naiđe. Razume se, kako sam ja inače u životu često zapadao u ulogu namernika, nije čudo što sam i tu bio dobre sreće.

I s kumovima svojim bio sam raznolike sreće; počev od onoga „umre kumče, rasturi se kumstvo", pa do onoga „kum je isto što i roditelj" sve sam iskusio. Ali jedan mi je kum zadao više muke no svi ostali. Taj, kad je počeo da rađa, nije nikako umeo sviralu da zadene za pojas.

Tek dođe k meni i poljubi mi ruku:

– Zar opet? – dreknem ja.

– Opet! – odgovara on sramežljivo.

I tako svaki čas. Pa još u početku i bože pomozi, ali posle se bio tako okomio na mene da je počeo i po dvoje da rađa.

– Šta je, pobogu, kume? – tek dreknem ja kada ga spazim na vratima, a on samo digne dva prsta i pokaže mi.

A krstiti tako često dvojke nije samo materijalno već i fizički težak posao. Nije to lako držati na obema rukama po jedno dete, kazati, umesto tri puta, šest puta „otrekohsja" i pljunuti i levo i desno preko dece.

Ali da je bar to jedna jedina teškoća pa ni po jada, već možete misliti kako je to teško izmišljati tolika imena. Dobro, prvo dete, dao sam mu ime Aleksandar, hajd' i drugome, recimo, dao sam mu ime Borivoje; ali kad on okupi da ih vadi kao mađioničar jaja iz šešira, a meni ne ostade ništa drugo nego, kad sam već počeo sa A i B, a ja lepo da nastavim azbuku. I tako sam trećem detetu dao ime Vladislav. Posle su dvojke, kojima sam dao imena Gligorije i Dobrivoje i od tada, čim mi se kum pojavi na vratima, a ja samo dreknem:

– Jel' jedno ili dvoje?

– Za sada jedno – izvinjava se kum.

– Kod kojega smo slova ono stali? – pitam ja dalje.

– Kod slova D! – odgovara kum.

Sutradan hajd' u crkvu i pljunem dete, izgovorim „otrekohsja" i dam mu ime Đurđija.

Tako smo ja i moj kum terali, terali dok nismo doterali do slova Z. A tada se čovek i sâm prepade, jer uvide da gospod bog ima nameru da mu napuni kuću celom azbukom. Čim je došao do toga saznanja, a on eto ti ga opet meni očajan.

– Zar opet? – dreknuh ja.

– Opet – krši on ruke – ali, kume, došao sam da te nešto zamolim.

– Šta to?

– Da ne teraš slova baš po redu, nego da preskočiš koje.

– Ama kume, ubio te bog da te ubije, ne pomaže tu ništa ja da preskačem, već preskači ti ako možeš.

– Pa jeste, što kažeš – češe se kum za uvetom – ali ja, ko velim, ako ne može to, a ono ti da počneš azbuku od natrag.

– Kako, more?

– Da daš detetu poslednje slovo, valjda će to zaustaviti.

I sad da vidite moje nove muke. Poslednje slovo u srpskoj azbuci je Š, a nema imena koje počinje tim slovom.

Najzad odoh u crkvu, opljunuh dete, rekoh „otrekohsja" i dadoh mu ime „Šonja", pa kako mu bog dâ.

Ali bar da je pomoglo. Terali smo posle azbuku od natrag i sreli smo se sa slovom Z.

Sad me bar niko više i ne poziva, pa i to je dobro.

Eto, takve sam ja sreće bio kao kum.

Vladarske posete

Otvorite koje hoćete novine i zavirite u koju hoćete rubriku, pa ćete svakoga dana naći po jednu novu vest: te vladalac otputovao tamo, te onaj tamo. Uzmuvali se pa samo jure kroz Evropu.

Ja ne znam zbog čega i na koji način naiđe tako najedanput taj vladarski nastup za putovanje. Da li Njihova veličanstva zasvrbe tabani, ili – možda – od mnogoga sedenja na prestolu osete da će dobiti vladalačke žuljeve?

A pravo da vam kažem, meni se ta vladalačka lutanja ne dopadaju tako mnogo; uvek se tu izrodi neko diplomatsko ili političko čudo! Ono, istina, vladari kada se sastanu govore jedan drugom vrlo lepe reči. „Pijem uzdravlje vaše zemlje!“ – kaže na primer jedan; „I ja pijem uzdravlje vaše zemlje!“ – odgovara mu drugi. Ali to toplo nazdravljanje svršava se često time što to međusobno „pijem uzdravlje vaše zemlje“ kad se prevede često znači: da oni piju za pokoj duše neke zemlje.

I posle, pravo da vam kažem, to često putovanje vladalaca učiniće još da će evropska politika postati potpuno putnička politika. Sve će se tako usput svršavati, i onda će, videćete, svaka država osetiti potrebu da ima po dva vladaoca: jedan će kao biti sedeći vladalac, a drugi putujući vladalac.

Oni sedeći vladaoci biće potrebni državi zbog raznih parada, a oni putnički ličiće na trgovačke agente koji putuju s mustrama. Ja ne znam, doduše, kakve će oni mustre nositi, ali izvesno mustre slobode naroda nad kojima vladaju i onih nad kojima bi zavladali.

Bože moj, ala bi to lepo bilo kad bi se tako uredilo, a kako je pošlo, vrlo je verovatno da će na kraju krajeva tako i biti.

Još me jedno pitanje vrlo muči kod ovih vladarskih lutanja. Da li oni putuju zato što se osećaju sigurni kod kuće, ili naprotiv zato što se ne osećaju sigurni kod kuće. I onda, da li se njihovi narodi raduju kada su oni na putu, a žaloste kada se vrate, ili obratno.

To bih voleo da znam, jer vidim i obrnute pojave. Bugarski narod, na primer, ne voli da mu vladalac putuje, a on ipak zato putuje; dok grčki narod izgleda da bi voleo da mu vladalac putuje, ali on to neće.

Otkad Grci viču svome Georgisu:

– Oriste, oriste!

A on im uvek odgovara:

– Neka, hvala, ostaću kod kuće.

– Ama izađi malo iz Grčke, promeni klimu! – vele mu učtivo Grci.

– Efharisto – odgovara im on i uhvatio se grčevito za presto, pa se i nogama upleo za prečage na prestolu.

Eto, dakle, ima i takvih vladalaca koji ne vole da putuju.

Pa ima ih svakojakih, ne može čovek ni da se seti svih njihovih osobina.

Čudnovate srećke

Mesec januar zanimljiv je po tome što obično početkom toga meseca padaju balovi i izvlačenje srećki, kako državnih tako i pojedinih korporacija. Te dve pojave uostalom nisu bez ikakve veze i srodstva. Jer ko dobije pozamašan zgoditak na lutriji, taj će odmah uzviknuti: „Kad je bal nek je bal!“ i, ako ikome, njemu će biti odista do bala. Ili, ako hoćete obratno: Zar je malo njih koji baš na balu izvuku glavni zgoditak?

I kad već postoje takve ili ma kakve veze između balova i srećki, onda nije ni čudno što u isto doba godine padaju i balovi i srećke.

Ali ono što je čudo, to su vrste srećki. Kakvih ti sve, gospode bože, nema? Počev od onih na kojima se dobija 500.000 dinara pa do onih na kojima se dobijaju čačkalice i papučice za sat.

Ali među svima, ove godine su se naročito izdvojile srećke crkveno-pevačkog društva „Stanković“, u koje su zgodici bile razne knjige, manjim delom svetovnih a većim delom crkvenih pesama.

Možete misliti kako sam se iznenadio pre neki dan, kad mi dođe neki momak i donese neku zavijenu hartiju.

– Gospodine, vi ste igrali na srećkama crkveno-pevačkog društva „Stanković“?

– Jesam, imao sam srećku broj 13.

– E, dobili ste!

– Gde, a šta sam dobio?

– Aliluja.

– Šta sam dobio? – razrogačih ja oči.

– Aliluja, gospodine.

– Ama, jeľ se ti šališ?

– Nije, gospodine, tako mi Svetog Kornelija. Evo i doneo sam vam note, i pozdravio vas pop Pera i čestita vam zgoditak.

– E hvala, hvala!

Ode momak a ja otvorih one note, zagledah se i počeh nešto da razmišljam: šta da radim s tim notama, da li da otpevam ili da otkukam ono aliluja. I ostao bih tako neraspoložen da se nisam zatim utešio kada sam se raspitao i čuo kakvi su sve i kome su pali zgodici ovih čuvenih srećki.

Tako, na primer, prema raspitivanju dobili su:

„Tijelo Hristovo primite“ – gospodin Steva Stojković, saradnik *Politike*.

„Plaču i ridaju jegda pomišljaju“ – vladika Nikanor.

„Glas gospodnji na vodah“ – Đoka Moskva.

„Da ispolnitsja usta naša“ – fotografi Čeda i Iv. Živković.

„Ko ti kupi papučice“ – vladika šabački Sergije.

„Isajije likuj“ (prva polovina pesme u dva glasa) – gospođica Milka R.

„I rodi sina Emanuila“ (druga polovina za dečji glas) – gospođa Perka raspuštenica.

„Vo Jordanje...“ – Ljuba s Uba.

„Majka Maru hop, hop, hop“ – Voja vojni pop.

„Slava tebi bože naš!“ – Alimpije Bogić koji je istoga dana dobio i 100.000 dinara na duvanskim lozovima.

I već ko bi vam sve izređao na koga su i kakvi zgodici pali, tek glavno je da smo svi koji smo secovali – profitirali.

Jedan veleizdajnički list

Čuli ste, dakle, da je Austrija zabranila list ženskog društva *Domaćicu* za celu Austrougarsku monarhiju.

Ja sam tu zabranu u prvi mah na dobro tumačio. Rekoh, Austrija je voljna da održava s nama najbolje susedske i prijateljske odnose, pa nije rada nipošto te odnose da poremeti. Znajući da se komšiluk uvek zbog žena zavadi, Austrija je pala na misao da zabrani prelazak preko granice jednome ženskom listu, ne bi li samo otklonila sve povode koji bi mogli tako dragocen komšiluk da zavade.

I kad bi tako bilo, ja bih potpuno odobravao taj postupak. Ja bih s naše srpske strane zabranio ulazak u Srbiju njihovom ženskom listu *Neue Freie Presse*, i tako bi i jedna i druga strana bile obezbeđene od ogovaranja i verovatno bi se razvili vrlo prijateljski komšijski odnosi.

Ali, kao što sam naknadno obavešten, nisu to bili razlozi koji su Austriju rukovodili da zabrani *Domaćicu* već „velikosrpski duh" u kome se ona uređuje.

Da bih se uverio u opravdanost i ovih austrijskih razloga, ja sam baš naročito uzeo nekoliko brojeva *Domaćice* i razgledao njihovu sadržinu. I odista – našto kriti istinu – ja sam se prosto zgranuo kad sam video kakvih ti sve tu revolucionarnih i velikosrpskih misli nema. Prosto ne može čovek da veruje. To kipti svaka strana i svaki broj.

Evo molim vas da vam navedem samo jednu belešku, pa recite sami, zar zbog takvoga pisanja ne treba Austrija da se uznemiri.

Slušajte na primer ovo:

„*Ruske štanglice.* Zamesi na dasci 140 grama putera, 140 grama brašna, 70 grama šećera, 70 grama neoljuštena, sitno tucana badema, 3 kuvana i 1 presno žumance i dodaj malo vanile. Zatim zasebno od 3 belanca šne, 140 grama obarenog i sitno tucanog badema. To se sve zamesi pošto je gornje testo zamešano, zatim se metne u nepomazanu modlu i ispeče. Kad je pečeno (ali ne sasvim) pomaže se pekmezom, pa se metne ono drugo testo odozgo i ponovo metne u rernu da se prosuši. Čim je gotovo, seče se još dok je toplo."

Eto, molim vas, pa cenite sad sami, može li ovako što da se dozvoli u Austriji da se čita.

Zamislite vi da je pri pretresu stana zagrebačkih veleizdajnika nađen jedan ovakav broj *Domaćice*, sigurno je da bi otišli na vešala. Eto, Valerijan Pribićević je kaluđer i recimo da je baš u njegovom stanu nađen broj s takvom sadržinom. Ja već zamišljam kako bi ga Taraboki secao i cedio.

To bi izvesno bilo ovako:

Taraboki: Jedete li vi ruske štanglice?

Valerijan: Jedem bogami.

Taraboki: A biste li znali kazati: kako se one prave?

Valerijan: Ja sam kaluđer a nisam manastirska kuvarica.

Taraboki: Pravi li se šne od tri ili od četiri belanca za ruske štanglice?

Valerijan: Ne znam.

Taraboki: A zašto vi baš volite ruske štanglice, što vi ne biste jeli, na primer, hrvatske štanglice?

Valerijan: Molim vas, izvoľte vi samo naredite da se umese. Jeo bih ja i turske štanglice. Što se tiče melšpajza, tu mi kaluđeri ne gledamo na veru.

Taraboki: A jeľ istina da i kralj Petar jede rado ruske štanglice?

Valerijan: Ne znam.

Taraboki: Ali to Nastić tvrdi.

Valerijan: E, ako Nastić tvrdi, onda je izvesno. Držite se slobodno njegovih tvrđenja.

Verovatno bi se, posle ovako jasno utvrđenih sumnja, izvršile i premetačine u svim poslastičarnicama u Austrougarskoj monarhiji, ne bi li se uhvatilo: ne prave li se u kojoj ruske štanglice po receptu beogradske *Domaćice*.

Turska revolucija

I
Revolucija

I puca se iz topova i pušaka, i proklamacije narodu, i mrtvi i ranjeni, i uzvici: „Živela sloboda!" i sve, sve kao odistinska revolucija, pa opet ima nečega u carigradskim događajima što ti liči kao da nije revolucija. Pogledaš od napred – revolucija, pogledaš od natrag – revolucija, pa ipak nije.

Jeste li vi čuli, molim vas, gdegod i kadgod da se revolucija i vladalac pogađaju. No, kako bi to tek izgledalo, kad bi još tako što ušlo u modu.

Zamislite, digne se Revolucija pa dođe pred Vladaoca.

– Šta ćeš, kćeri moja? – zapita je Vladalac ljubazno.

– Vaše imperatorsko veličanstvo, ja bih, znate, Vašu glavu?

– Kako moju glavu? – pravi se šeret Vladalac. – Želiš li glavu zajedno s telom?

– Ne, ne, baška, sasvim baška – odgovara Revolucija.

– E, žao mi je, ali ne krčmim. Ja sam, znate, grosista, ne prodajem detalje – odgovara Vladalac.

– Da, ali, znate, ne da se zamisliti jedna revolucija a da pred njom ne zaigra vladareva glava. Tako se svršava svaka revolucija.

– Slušaj, kćeri moja! – veli Vladalac. – To je suviše konvencionalan svršetak. Pravo da ti kažem, meni to čak izgleda i teatralno, namešteno samo radi efekta. Treba poći novim putevima, treba neki nov svršetak izmisliti. Zar moraju baš sve revolucije da se svrše po jednom istom kalupu?

Eto, otprilike takav je odnos u ovome trenutku između carigradske revolucije i carigradskoga vladaoca. Oni sad traže i kombinuju kako da izvrše revoluciju.

Kombinuje Sultan a kombinuju Mladoturci i svako jutro kad se probude a oni jedno drugo pripitaju:

– Jeste li vi štogod smislili, Vaše imperatorsko veličanstvo? – pitaju kao oni njega.

– Ja ništa! A vi, deco?

– Ni mi.

I tako nikako ne umeju da izmisle kako da završe celu komendiju.

Kako sam ja iz privatnih izvora saznao, između Mladoturaka i Sultana vode se pregovori. Oni su njemu postavili uslove pod kojima pristaju da ga ostave u životu, a on je opet njima postavio uslove pod kojima pristaje da bude mladoturski Sultan.

Mladoturski uslovi Sultanu ovi su:

1. da ubuduće bude nevin kao jagnje;

2. da pije mleko na cuclu;

3. da pelene ne pere više u evropskim vodama; i

4. kad hoće da se pročisti, da ne pije budimsku vodu iz izvora Franje Josifa, već da jede kuvane šljive ili da upotrebljava štanglice od domaćeg sapuna.

To su kao mladoturski uslovi, na koje je Sultan odgovorio svojim uslovima:

1. Pristaje da bude ubuduće nevin i toga radi rado će navući na sebe jagnjeću kožu;

2. Pošto mu ne godi da sisa iz cucle, on moli da mu se dozvoli da sisa Otomansku banku, pošto mu je to dojilja još iz najranije mladosti;

3. Pošto je za vreme bombardovanja Jildiza dobio odličnu stolicu, pri kojoj će ostati ubuduće stalno, to pristaje na uslov pod broj 3.

4. Živeće povučeno, idilski ali da bi i on koji put imao radosti – to moli da mu se bar jedanput u godini, recimo o rođendanu, dozvoli da izvrši pomalo pokolja, bilo nad Jermenima, Bugarima ili Srbima. On neće praviti od toga pitanje, njemu je samo glavno da mu se dozvoli to nevino zadovoljstvo.

Eto to su jedni i drugi uslovi a danas ili sutra čućemo kako su se pogodili.

II
Situacija

Ovo je zbilja neka sasvim turska situacija, ni napred ni natrag.

Mladoturci opkolili Carigrad ali nikako da uđu unutra; Staroturci zaseli u Carigradu pa nikako da izađu.

Mladoturci klikću pobedonosno: „Situacija je u našim rukama!"

– Pa držite je! – odgovara im Sultan.

– Pa mi je i držimo! – odgovaraju Mladoturci ponosito.

– Vrlo dobro! – odgovara Sultan spokojno, i raspaljuje nargilu.

I tako, u ovome momentu, situacija izgleda otprilike ovako: Mladoturci stoje pred carigradskim zidovima i drže situaciju u rukama, Sultan sedi u Carigradu i, pošto ne drži situaciju, uzeo je nargile tek koliko da i on ima nešto u rukama, i spokojno puši.

S vremena na vreme progovore tako među sobom:

– Kako, kako, jeste li se umorili držeći situaciju? – zapita ih Sultan kroz prozor.

– Pa da vidiš, dosta teška stvar! – odgovaraju Mladoturci.

– Poslaću vam jedan voz hrane da se potkrepite.

– Baš vam hvala!

I tako, on im pošalje hranu, oni se potkrepe i nastave strpljivo držati situaciju.

Kad im se zamore ruke, a oni tek kucnu na prozor Sultanu.

– Šta je? – pita ih on.

– Pa ovo bi trebalo na nekakav način rešiti.

– Sasvim, trebalo bi. Šta mislite, kako bi se moglo rešiti? – pita radoznalo Sultan.

– Pa kad bi Vaše veličanstvo htelo da nam učini jednu ljubav.

– Molim, samo kažite. Pa ja sam se zakleo na ustav i meni je želja moga naroda preča od svega.

– Situacija bi bila odmah rešena, kad bi Vaše veličanstvo bilo tako ljubazno pa da se obesi na prozor.

– Drage volje – odgovara Sultan ljubazno – samo ako to može da bude po šerijatu. Konsultovaću Šeik-ul-Islama i hodže.

– Izvolite molim vas!

I onda Sultan prizove k sebi Šeik-ul-Islama i hodže i saopšti im zahtev Mladoturaka:

– Gospodo pravoverni! Mladoturci koji su opkolili Carigrad zahtevaju da se vi svi obesite i onda će mirno ući u Carigrad.

– A može li to po ustavu da bude? – pitaju hodže.

– Pa... kako da vam kažem... Koliko sam ja pročitao ustav, po njemu se može obesiti ko god želi.

– Čudan neki zakon! – vrte hodže glavom.

– Izvoľte se, gospodo hodže opredeliti, ja neću da utičem na vas. To mi već i sâm ustav uskraćuje, da utičem na državne poslove. Rešite se, ako želite da se obesite, da mogu ljudima da odgovorim.

Tada ustaje Šeik-ul-Islam i u ime sviju odgovara:

– Vaše veličanstvo, mi svi do jednoga poštujemo ustav i, ako je do toga, mi bismo se rado za ljubav ustava obesili, ali to ne dozvoljava šerijat.

I sutradan Mladoturci ponovo kucaju na prozor Sultanov:

– E, dakle, je li se rešilo Vaše veličanstvo?

– O, majku mu, ala ste nestrpljivi! – veli im Sultan. – Evo kako stoji stvar: Ja sam sa svoje strane potpuno voljan da se obesim. Toliko je mnome ovladalo ustavno čuvstvo da bih to smatrao za pravo zadovoljstvo da sâm sebi nataknem zamku na vrat.

– Pa ajde, bolan, učinite nam to! – mole ga sinovljim glasom Mladoturci.

– Ali postoji jedna jedina smetnja. Tome se protivi šerijat.

– Tă nije moguće?

– Jeste!

– O, brate, pa kako da rešimo ovu situaciju? – pitaju zabrinuto Mladoturci.

– I ja sam o tome ozbiljno razmišljao i našao sam izlaz.

– E boga vam? Kažite nam bolan.

– Dakle, stvar bi se mogla ovako rešiti: da ja ostanem gde sam, da vi meni date da skinem glave Šefket-paši, Enver-begu i Niazi-begu[7] i vi da se vratite u Solun. Raspitivao sam hodže i oni kažu da se tome nimalo ne protivi šerijat.

– Mi poštujemo šerijat, i kao muslimani odani smo mu do dna duše – odgovaraju Mladoturci – ali se tome protivi ustav.

– To nije moguće? – pita začuđeno Sultan.

– Jes’ bogami! – odgovaraju Mladoturci.

I eto, tako sad stoji situacija. Mladoturci opkolili Carigrad, aľ nikako da uđu unutra, a Staroturci zaseli u Carigradu pa nikako da izađu.

Sasvim neka turska situacija.

____

[7] Vođi mladoturske revolucije.

Sultan dole, sultan gore

Oho, pa ovo mu na ozbiljno izađe! Nismo se nadali ni ja ni sultan Abdul Hamid da će se ovako svršiti. Do juče-prekjuče još telegrami su glasili i ovako i onako: te Sultan dole, te Sultan gore – pa na jedanput strmeknu s prestola glavom naniže kao plivač kad skače s trambuline.

I, razume se, čim je Abdul skočio strmoglavce s trambuline, pojavio se na njoj Rešad. I ja čisto zamišljam njihov razgovor. Abdul pliva dupke u vodi, voda mu svaki čas puni usta i jedva stigne da progovori reč, a Rešad stoji na dasci i razgovaraju otprilike ovako:

Rešad: More, pa ova se trambulina ljulja?

Abdul: Dabome da se ljulja.

Rešad: I može čoveka vrlo daleko da odbaci?

Abdul: Može, može, grdno daleko. A ako se još zamaješ, može da ti odleti baška glava a baška noge.

Rešad: Hm! Hm!

Abdul: Ajde, što ne skačeš?

Rešad: Neka, oznojio sam se dok sam se popeo na trambulinu, pa da se malo prosušim.

Abdul: Pa jest!

Rešad: A misliš li daleko da plivaš?

Abdul: Pa tako do Soluna.

Rešad: Pa jest, kažu tamo je lepo preko leta.

Abdul: Rešade!

Rešad: Oj?

Abdul: Vidi li mi se glava?

Rešad: Vidi se.

Abdul: Molim te, to mi je vrlo važno da mi se vidi glava. Ne volim nikako da potonem.

Rešad: Pa što, bar si ti dobar gnjurac?

Abdul: More, ostavi se ćorava posla. Kad ti kažem, volim da mi se vidi glava.

Tako otprilike ja zamišljam da bi oni mogli razgovarati. Međutim, to nije u stvari tako bilo. Abdul i Rešad sasvim su ličili na dve kirajdžije, od kojih se jedan iseljavao iz kvartira a drugi useljavao.

– Ajde, ajde, kupi prnje! – veli kao novi kirajdžija.

– More, javaš, javaš...

– Ama kako javaš. Seli se, brate. Otkazan ti je kvartir, pa se seli.

I tako se Abdul Hamid iselio, eno ga u Solunu odakle je razaslao ovakav glas stranim listovima:

„Jedna carska glava rado bi se osigurala. Pozivaju se sva osiguravajuća društva da se jave majoru Enver-beju, koji će im o toj glavi dati bliža obaveštenja."

Kažu da su mnoga društva poslala već svoje agente u Solun. Od naših otputovali su gospoda Blagoje Nedić i Dimitrije C. Đorđević.

IV
Solunski sultan

Sultan Abdul Hamid sproveden je u Solun, i tom prilikom se on prvi put u životu vozio železnicom, nikad dotad. Izgleda da su Mladoturci rešeni da mu u ovim teškim časovima učine sva zadovoljstva koja mu je raniji položaj sprečavao da uživa.

– Jeste li se koji put vozili železnicom? – pitao ga je Šefket-paša u Carigradu.

– Nisam!

– Vrlo dobro. Onda ćemo vas provozati malo do Soluna.

Mladoturci su čak rešeni tako daleko da teraju u pažnji prema svome bivšem Sultanu, da mene neće iznenaditi ako jednoga dana Enver-bej zapita:

– Jeste li se, Veličanstvo, koji put vozili na mrtvačkim kolima?

I kad onaj odgovori da nije, ali da on uopšte i ne mari za ta moderna saobraćajna sredstva, onda će Enver-bej protrljati ruke i reći:

– Zašto ne, molim. Zašto biste vi sebi uskratili jedno zadovoljstvo koje vam je dosadašnji teški položaj sprečavao da okusite?

– Ama ostavite vi mene. Okusio sam ja što je trebalo okusiti. Ne želim ništa više da okusim! – odgovorio bi, recimo, Sultan.

Sad da li je baš takav govor vođen i da li će ovih dana takav govor biti vođen, ja mislim da nije toliko interesantno. Mnogo je interesantnije saznati štogod o životu novoga solunskoga sultana.

Ja sam se naročito o tome raspitivao i saznao sam sve detalje.

Sultan se svakoga jutra budi vrlo rano i odmah zvoni. Čim mu uđe hanuma, prvo je pitanje koje joj upravlja:

– Da li mi je na ramenu glava?

– Jeste! – odgovara hanuma.

– Ama nemoj tako olako da govoriš, zagledaj sa svih strana.

Hanuma zagleda sa svih strana, pa mu opet potvrdi da je na njemu glava.

– Ne verujem, ne verujem nikome, daj mi ovamo ogledalo.

Pošto mu dadu ogledalo, te se i sâm uveri da je glava na njemu, on se malo umiri, i tad počne pričati šta je sanjao. Vele da su mu vrlo interesantni snovi. Sanja kao raskošni carski presto, pa kao on sedi na njemu i drži državne dizgine u rukama. Ali kao ti dizgini su od gajtana a ne od kože, i on se kao zgadi pa odmah ispusti dizgine.

– Šta ispuštate, Veličanstvo; držite dizgine!

– Gadi mi se kad vidim gajtan – veli on – ne volim da ga uzmem u ruke.[8]

Drugi put opet sanja, kao uzeo lokuma i pojeo, kad ono, to nije parče lokuma, nego pilula na čišćenje. I sve takve neke snove.

Zatim šeta po bašti, a oko podne prima svog ličnog lekara.

– Kako se osećate Veličanstvo?

– Osećam užasnu nesvesticu.

– To je simptom nove bolesti kočenja vrata.

– Idite, vi, ećime, dođavola! Šta mi pominjete vrat. Kakav je to red govoriti o mome vratu, kad znate da sam tu tugaljiv.

Poslepodne prima ađutanta koji mu referiše o situaciji. Čim ga ađutant malo duže zagleda, a on skače:

– Ama šta ste se zagledali u moj vrat?

– Nisam, Vaše veličanstvo.

– Šta niste, primetio sam ja, fiksirali ste mi vrat. Gledajte u tavan kad govorite sa mnom.

Ađutant digne glavu i pogleda u tavan.

– Govorite, šta ste čuli o meni: dokle ću biti ovde u Solunu?

– Privremeno, Vaše veličanstvo.

– A, privremeno. Mislite, ja ne znam šta hoćete da kažete s tim privremeno. Hoćete da kažete da sam ja uopšte privremeno ovde na zemlji.

– Pa tako je i po *Koranu*.

– Ne pominji mi više *Koran*. Ustav, hoću samo o ustavu da se govori. Ne znate kako sam zavoleo ustav, ako je istina da se po ustavu ne može ubiti čovek.

Eto tako otprilike provodi dane solunski sultan kojega su poslali u solunsku banju da provede leto. Ja mislim da ću vas moći skoro izvestiti da mu je banja potpuno pomogla.

---

[8] Svilenim gajtanom u Turskoj su davljeni velikodostojnici.

Moja jučerašnja smrt[9]

Prekjuče je donela *Pravda* na svojoj prvoj strani krst i pod krstom moje ime, a zatim vrlo toplu reč povodom moje smrti.

Kad sam kupio broj i to sagledao, pravo da vam kažem, čisto sam posumnjao i počeo sam se pipati, povukao sam sebe za uvo i uštinuo sam se za butinu. Kad mi ni to još nije bilo dovoljno, ja sam utrčao kod jedne mašamode, pogledao sam se u ogledalo, pa kad sam video da sam odista živ, ja sam u ushićenju zagrlio prvo samu mašamodu, na čije se ime vodi radnja, pa onda sve mašamodčiće koji su prešli petnaestu godinu. Možda bih ja taj posao u preteranom ushićenju i nastavio, da nije naišao sam mašamodin muž – te me izbacio iz dućana.

Našavši se na ulici, prva briga mi je bila da potrčim kući i da moju ženu uverim da sam živ. Senulo mi je kroz glavu da je neobično potrebno da moja žena ni za trenutak ne pomisli da je udovica.

– Slušaj ženo – rekoh, kad sam stigao kući – ti znaš kakav je svet. Ne treba svetu svašta verovati. Svet tako makar šta izmisli.

– Pa dobro, ali šta hoćeš time da kažeš?

– Evo šta. Da počnem iz početka: osećaš li se ti od juče kao udovica?

– Ne!

– Veruješ li ti da sam ja živ?

– Verujem.

– I kad bi neko sad došao pa bi ti kazao da sam ja umro ili čak i kad bi to novine donele, je li tebi dovoljno da me pipneš, pa da ne veruješ u to?

– Pa dabome!

– E, vrlo dobro!

I tek što sam izgovorio te reči: „E, vrlo dobro!“, bacih pogled kroz prozor i spazih novinara Rosića.

– Gospode bože – zgranuh se ja – evo ga ovaj ide da me intervjuiše.

Ja sam svakako mislio da će moja smrt morati da napravi senzaciju, ali sam ja među prvim posetiocima očekivao direktore novčanih

---

[9] Jedne godine, list *Pravda* je na čelu lista doista objavio smrt Nušićevu.

zavoda, moje potpisnike i one koji bi odmah obrazovali odbor radi priređivanja koncerta za moju sahranu. Nisam ni slutio da će Rosić pre sviju stići.

U jednom momentu hteo sam da se pojavim na prozoru i da viknem gospodinu Rosiću:

– Slušajte, nisam umro! – Ali mi posle beše žao, mora grešnik da nema rukopisa a sâm sam novinar, pa umem da saučestvujem sa onima koji nemaju rukopisa.

Da mu, dakle, ne bi bio uzaludan trud, legao sam odmah u postelju i naredio sam da mi se upali jedan fonos više glave.

Gospodin Rosić, kome nije tako teško u ovim oskudnim danima napraviti tužno lice, uze stolicu, sede kraj moje postelje i tako otpoče intervju koji je otprilike ovako tekao:

Rosić: Je li vama poznato da ste umrli?

Pokojni ja: Da, načuo sam nešto. Čitao sam u jednim novinama, ali sad očekujem da vidim neće li to naš Presbiro demantovati.

Rosić: To se desilo sasvim iznenada. Jeste li od čega patili?

Pokojni ja: Ako hoćete pravo da vam kažem, ja sam celoga života patio od srca.

Rosić: Dakle, srčana bolest?

Pokojni ja: A ne, srce mi je potpuno zdravo, nego sam verovatno patio od preterane upotrebe srca.

Rosić: Kad ste, u koliko sati tačno umrli?

Pokojni ja: Juče u četiri popodne. Imao sam jedno plaćanje, i sve do četiri sata – bio je drugi dan roka – imao sam neke nade, a kad je otkucalo četiri, ja sam imao puno razloga da umrem.

Rosić: Ostavljate li što za sobom?

Pokojni ja: Dabome: dvadeset knjiga, dvoje dece i 15.000 dinara duga.

Rosić: Molim vas, hoćete li biti tako dobri da mi kažete koje su vam bile poslednje reči prilikom umiranja?

Pokojni ja: Moje poslednje reči bile su: „Ah, bože, uzmi mi duh, kako bih mogao izbeći intervju s gospodinom Rosićem!“

Kod tih reči, gospodin Rosić mi zablagodari i oprosti se sa mnom.

Čim je gospodin Rosić otišao od mene, ja nisam imao kad ni da se dignem, jer već počeše da stižu posete, koje su na vratima izjavljivale sažaljenje mojoj ženi i zatim prilazile meni i celivale me.

Prvo me je celivala jedna baba. Možete misliti već kako mi je bilo, jedva sam čekao da se zagovori sa mojom ženom pa da se obrišem.

Zatim je došla lepa gospođa Sofija, kojoj sam u očima spazio iskrene suze, kao što sam i u očima moje žene opazio iskreni strah da me ne celiva gospođa. Gospođa mi priđe blizu i prekrsti se, pa se tad nadnese nada mnom. Ja osetih poznati mi miris njene toalete, slatku toplotu njenoga tela i tiho kucanje njenog srca, te me prođe prijatna jeza.

A ona opet, bez obzira na to što zna da bih ja i mrtav rado primio ženski poljubac, celiva me u čelo, dok se moja sirota žena sva nakrivila i povila da vidi gde će me gospa Sofija poljubiti.

Zatim se gospođa opet diže, prekrsti se i okrete mojoj ženi i tiho prošaputa:

– Još se nije sasvim ni ohladio!

Zatim naiđe gospođa Zorka, briznu u plač i pristupi pravo postelji, pa me zagrli i celiva pravo u obraz. Taj poljubac me nije tako mnogo potresao, jer sam na gospođine poljupce već bio navikao još dok sam bio živ.

Razume se, najteža situacija je bila kad je naišla gospođa Mica udovica. Bila je teška za mene, još teža za moju ženu, a jedino za gospođu Micu što je bila laka situacija.

Ona sa vrata još potrča pravo meni a moja žena, da bi predupredila sve mogućnosti, priđe joj pa joj tiho prošaputa:

– Nemojte ga celivati u usta.

– A što molim? – upita udovica tužno.

– Pa znate – uze moja žena da zavija – izgleda da je umro od kočenja vrata, a to je zarazno.

– A, to ništa ne mari – odgovori udovica. – Baš ako je od kočenja umro, ja ću da ga poljubim u usta.

I priđe mi, te ja grešnik sasvim instinktivno napućih usta, pa kad puče poljubac a one tri babe mal' ne padoše u fras.

– Ju – učini udovica – ubio ga bog, ništa se nije izmenio, kakav je bio za života, takav je ostao i posle smrti.

– Tä platiće on već to što se nije izmenio! – ne mogade moja žena a da ne progunđa.

– Kako, platiće! – iznenadi se udovica.

– Pa da, platiće bogu! – dodade moja žena, kao da popravi stvar.

– Eh bogu! – uze udovica da me brani. – Nije on ovde na zemlji plaćao zavodima i izvršiteljima kad su ga žandarmi jurili, pa će sad bogu da plati. Umeće on i kod boga da prolongira plaćanje za svoje grehove.

Htedoh da reknem: „Pravo kažeš!", pa se uzdržah.

Posle već naiđoše još neke žene, a ja se već umorio od ležanja na leđima. Kad bi jedan momenat da nikoga nije bilo u sobi, ja se prevrnuh malo potrbuške, koliko da se odmorim. U tom naiđoše neki moji prijatelji i potpisnici s menica, te ja ostadoh u tom položaju, i onda nastade nova serija celivanja.

Propast sveta

Dakle, šta je tu je. Vrdali smo, vrdali: te hoćemo da propadnemo, te nećemo da propadnemo; godinama se to tako proricalo, ali sad je tu. Utvrđeno je kao definitivno da će svet propasti 25. marta ove godine.

I to proročanstvo nije prosta bajka i nagađanje, već je sad tačno utvrđeno i kako će propasti svet. Naša zemlja će u martu mesecu da se nađe u repu jedne komete i usled toga će nastati lom. Pravo da vam kažem, ja sam uvek do sada mislio, ako propadnemo, da ćemo propasti s glave, a ono, eto vidite, izgleda da ćemo propasti s repa. I ta propast je utoliko čudnija što sam ja kao pouzdano računao da smo mi na repove toliko navikli, da nam oni ne mogu nikako dosaditi. Ali, eto, čovek jedno misli, a bog drugo.

I sad, kad nam je već propast tako blizu, priberimo se i spremimo. Nemojmo, što kažu, da nam bude um za morem a smrt za vratom. Jer šta nam ostaje? Svega još dva meseca, i to vreme treba svi korisno da upotrebimo kako bismo svoje stvari sredili.

Tako, na primer, trebalo bismo svi da napišemo testamente, da se zna tačno i jasno ko kome ostavlja u nasleđe svoju imovinu, a ne posle, kada propadne svet, da nastanu parničenja i suđenja. Bolje je to lepo urediti.

Pa onda treba požuriti i regulisati svoje dugove; činovnici treba da regulišu svojim udovicama penzije; poreznici treba što pre da uteraju nenaplaćene poreze; trgovci što pre da naplate svoje veresije, i uopšte sve stvari tako urediti i srediti, da nam posle, pošto propadne svet, niko ne prebaci da nismo bili tačni i uredni i da se sâm bog ražali i da se pljesne po čelu s uzvikom:

– Ih, baš šteta što upropastih ovaj svet!

Što se mene tiče, ja ću gledati da ova dva meseca malo proživim. Željan sam života, i taman sam dospeo u godine da malo proživim, a ono eto propast. Ali i dva meseca dovoljno je da se lepo proživi. Neću nikome ništa plaćati; gde god nađem dobro vino, piću ga; gde god nađem lepu ženu, poljubiću je; gde god sretnem kreditora, pobeći ću od njega; gde god vidim izvršitelja, izbaciću ga, i tako ću mirno, srećno i zadovoljno provesti ova dva meseca.

A to ću sve utoliko pre učiniti što sam ja za ovu propast sveta založio jedan veliki svoj rizik. Juče sam se s gazda Spasom svađao oko propasti; ja sam tvrdio da će svet propasti 25. marta, a on je tvrdio da neće. Najzad smo se opkladili i opklada glasi: ako svet ne propadne, da on meni plati hiljadu dinara, a ako propadne, ja njemu da platim sto hiljada dinara.

Pomislite samo koliko sam ja reskirao, i onda, priznaćete i sami, da je pravo da proživim ova dva meseca...

Beogradska računica

I

Pitanje: Radnik Stojan Nikolić ima ženu i dvoje dece. On zarađuje teškom mukom i krvavom rukom 900 dinara mesečno, a to čini deset hiljada dinara godišnje na celu tu porodicu. Od toga plaća kiriju za jednu vlažnu sobicu, time hrani, krpi i školuje svoju decu, time zalaže sebe i održava snagu svoju da bi mogao raditi.

Gospođa Zorka Slavkovićka ima prolećni kostim i to: žipon od teške svile 1.000 dinara; rival-cipele 650 dinara; kostim 3.700 dinara; šešir 1.200 dinara i suncobran 1.600 dinara, što čini ukupno 8.200 dinara.

Kad, dakle, prolećna toaleta gospođe Zorke Slavkovićke košta toliko isto koliko godišnje izdržavanje jedne sirotne porodice, to koliko bi se sirotinjskih porodica moglo izdržavati godišnje od vrednosti četiri toalete gospođine za sva četiri godišnja vremena?

Odgovor: Od četiri kostima gospođina za sva četiri godišnja vremena moglo bi se izdržavati osam sirotinjskih porodica godišnje.

Pitanje: Kako to?

Odgovor: Kad prolećna toaleta gospođina košta 8.200 dinara, onda jesenja izvesno košta 12.000 a zimska 16.000 dinara. Prema tome od četiri gospođine toalete moglo bi se izdržavati osam porodica, računajući na svaku porodicu po četiri glave, ukupno dakle 32 duše.

II

Pitanje: Jednu sirotu udovicu s troje nejake dečice izbacuje bezdušni gazda iz stana i baca za njom na ulicu sve prnje, zato što nema da plati sto dinara dvomesečne kirije, i udovica već prvu noć nema gde da zanoći, a još manje da ishrani izgladnelu decu.

Gospođa Zorka Slavkovićka već tri dana oglašava preko novina da nudi 200 dinara nagrade onome ko joj nađe pudlicu koja se prošle srede izgubila na Kalemegdanu i koja je bila čupava, s crnom belegom na levoj nozi.

Koliko bi meseci mogla sirota udovica i troje dece sedeti u kvartiru, kad bi bili srećni kao pudlica ili bar kad bi gospođa Zorka Slavkovićka imala toliko osećaja za ljude, koliko za kučiće.

Odgovor: Četiri meseca.

III

Pitanje: Kuvarica Erža ima svoga momka. Ona preko dana radi, pa kad uveče lepo opere sudove i ubriše krpom ruke, hoće bome tim umornim rukama i da zagrli snažnog momka, te da se i ona naplati svojoj mladosti. I taj momak dolazeći u kuću ne krije se baš bogzna koliko, on čak lupi vratima kad ulazi i kašlje glasno dole u suterenu.

Gospođa Zorka Slavkovićka nije vrlo zadovoljna sa svojim mužem gospodinom Vladom. Ili, ako je baš i zadovoljna, ona tek ne može provoditi tako monotono život i ne poželeti malo promene. Ona ima svoga prijatelja, ali to je vrlo velika tajna, svega ako znaju njih deset--petnaest o tome, jer on vrlo pažljivo i kradom ulazi u kuću kad gospodin Vlada nije kod kuće.

Pitanje je, dakle: može li gospođa Zorka da trpi taj javni nemoral u kući, koji priređuje kuvarica sa svojim momkom i, ako trpi, neće li svet o njoj što ružno misliti kad vidi da se neko noću u kuću uvlači?

Odgovor: Eržu treba što pre izbaciti iz službe, jer u jednoj tako uglednoj kući ne može se trpeti nemoral.

Monolog jedne biračke kuglice

Užasno mi je dugo vreme.

Ja sam kao bajagi biračka kuglica, i to s utisnutim grbom Kraljevine Srbije na sebi, a sedim već godinu dana, zatvorena u kutiji pod pečatom.

Ne možete ni zamisliti kako mi je dugo vreme. Šta to znači sedeti ovako skrštenih ruku i to u Srbiji?

Još dok sam bila prost kaučuk u fabrici, pa uzeše iz mene da liju biračku kuglicu, govorila sam sama sebi:

– Ju, nedajbože samo da me izliju za englesku biračku kuglicu. Tamo kuglice provode povučen, kaluđerski život i, što kažu, usmrde se od besposličenja.

A kad spazih da će mi utisnuti grb Kraljevine Srbije, nigde moje radosti.

– U toj ću se zemlji bar lepo provesti. Vucaraće me iz opštine u opštinu, gnjaviće me, krašće i šta ti neće biti sa mnom, tek biću svaki čas u poslu. Jer tamo u Srbiji bar dvaput godišnje biraju poslanike i tri-četiri puta kmetove, a to znači da ću svaki čas biti zaposlena. Ah, to volim, takav život, to neprestano kretanje.

I, da vidite, kad sam došla ovde u Srbiju, u početku, tako je nekako i bilo. Malo-malo pa se otvarala ona plehana kutija, u kojoj smo mi kuglice zarobljene, i mi smo izlazile na izbore.

Ali, šta je ovo sad? Toliko vremena sedimo kao zatočenice.

A kad biste vi znali kakvo je to uživanje prošetati malo za vreme izbora, ne biste se nimalo čudili što se ja ljutim. Zamislite, dođe, na primer, dan izbora i otvore kutiju, pa sagledamo dan božji. Pa onda, vidiš, uzme me predsednik biračkog odbora fino, između dva prsta, jer to je uvek kakav činovnik i fakultetlija. Pa me on preda glasaču koji me zgrabi grubim, oznojenim rukama i stegne me čvrsto.

Po tome koliko me koji glasač stegne, ja odmah mogu da poznam je li ta stranka, za koju on glasa, u manjini ili većini. Onaj, što je u većini, ne mari ako me baš i ispusti, ali onaj grešnik što je u manjini, tako me tiranski stegne da bi mi izvesno sva creva ispala, samo kad bih ih imala.

Pa onda tek proletim kroz onaj sulundar i tu nađem puno mojih drugarica. Skupile se u kesi kao na kakvom žuru i pričaju jedna drugoj događaje koje su proživele za ono nekoliko časova slobode.

A jedanput mi se desilo da sam sama samcita bila u kesi. Nije mi ipak bilo dugo vreme, jer sam unapred uživala i s nestrpljenjem očekivala da vidim lice čuvara liste kad se otvore kutije i počnu prebrojavati glasovi. Uostalom, nemojte se nimalo čuditi toj mojoj pakosti, jer smo i mi kuglice ženskog roda.

Samo što ta moja pakost i uživanje nisu dugo trajali. Ne prođe malo vremena, i ja čuh nada mnom da sulundar zabobonja. Rekoh, baš dobro, eto mi još jedne drugarice. A kad ono – možete zamisliti kako sam se prepala – ulete u kesu jedan brabonjak.

No, možete već misliti kako mi je bilo! Morala sam s tim brabonjkom provesti u društvu čitavih pet sati. Juh, juh, juh, ubio ga bog da ga ubije, da sam mogla iskočila bih iz kese! Zamislite molim vas i sami tu situaciju! Ja zvanična glasačka kuglica, koja nosi na sebi i grb, pa u društvu s jednim brabonjkom!

Ali, i pokraj svih tih neprijatnosti, ja volim glasanje, i ovo mi se mrtvilo ne dopada.

Hajdete zaboga, vi političari, promrdajte se malko te udesite nekako izbore. Ne znate kako sam ih se uželela i dobila sam kao neki svrab; tako bih volela da se malo pročešemo!

Budući ljudi

Hirurgija je na jedan mah koraknula za sto koraka unapred. Naučni svet stoji zapanjen pred jednim novim i uspelim pokušajem a čovečanstvo blagodarno pomišlja na buduće dane.

Doktor Doajen u Parizu bavio se poodavno mišlju da bolesne delove tela čovekovog prostom operacijom odseče i da ih zameni istim delovima životinje. Sad je on već prešao i na delo: tu skoro odsekao je jednome bolesniku za čitav metar bolesno crevo pa je uzeo lepo metar, izvadio iz ovna crevo, izmerio tačno metar i još nešto popustio na šav, pa sašio lepo onome čoveku na mesto odsečenog parčeta, i onaj ti se posle mesec dana živ i zdrav pridigao.

Pa nije samo to, nego se sad sprema jednome bolesniku da odseče bolesne bubrege i da ih zameni psećim bubrezima. Kad i to već uspe, onda će mogućnost zamenjivanja bolesnih delova objaviti kao sasvim svršenu stvar i onda će taj posao preuzeti i svi ostali hirurzi-lekari po celome svetu.

Razume se da će to dopreti i do nas, i kroz godinu ili dve dana za nas neće biti ništa čudnovato kad sretnemo, na primer, popa s volovskim stomakom, praktikanta s pilećim crevima, gospodina načelnika s magarećim ušima, gospodina ministra s psećim srcem i kakvu gospođicu s mačjim očima.

Sve to može da bude, i neće proći mnogo vremena pa će sve to i biti. Ja samo nešto ne znam, i sve se bojim da moja sumnja neće biti baš tako neopravdana. Sve bih rekao da će to donekle morati uticati i na karakter samoga čoveka. Jer, molim vas, najzad kad pop zameni svoj stomak volovskim, to može sasvim i ne uticati na njega, može on komotno ostati onakav kakav je bio i pre – sem naopako ako bi počeo preživati – ali kad gospodin načelnik metne magareće uši, dozvolite da to može da bude fatalno čak i po naše političke prilike.

Jer, najzad, okružni načelnik i s ovakvim ušima kakve mu je srezao gospod bog, sluša došaptavanja i denunciranja s raznih strana, i zamislite tek kako će mu sva ta došaptavanja morati izgledati preuveličana, kad ih bude slušao na magareće uši.

I onda praktikant s pilećim crevima to još može da bude dobra kvalifikacija, čak može biti da će biti vrlo velika tražnja takvih praktikanata s obzirom na ono malo mrvica hleba s koliko njih država hrani, pa ako hoćete i gospođica s mačjim očima može da ostane vrlo neprimetna jer i mnoge današnje gospođice imaju dražesne mačje oči, sem ako ne bi počela da mauče a posle udaje i da grebe. Ali zamislite muža sa ovnovim crevima i ženu recimo, s kokošijim srcem. No to bi bio lep par ljudi! Šetaju oni, recimo, po Kalemegdanu, i tek vidite: gospođa se za svakim petlom okreće i počne širiti rep, a muž tek, čim vidi zelenu travicu, priđe i počne da pase.

Budi te bog s nama!

Uostalom, kad se metne ruka na srce, ni to baš ne bi tako mnogo padalo u oči. Zar mi nemamo i danas gospođa koje se okreću za svakim petlom i muževa koji rado pasu travu i koje žene čak izvode na otavu.

Jedan magareći roman

Da ste prošli pre nekoliko dana, rano izjutra, kraj kvarta varoškog, videli biste u avliji vezano jedno magare. To, u stvari, nije nikakav događaj na koji biste vi obratili pažnju. Svako od vas pomisli: magare kao magare, napravilo kakva magareća posla i sad će u kvartu izvući magareće batine pa kvit!

Međutim, stvar sasvim drukčije stoji i ima čitavu svoju istoriju, koju je vredno čuti. Zato sam ja počekao u kvartu dok je naišao pisar, da vidim kakvo će isleđenje preduzeti protiv magarca.

Pisar, međutim, kad naiđe, svrši ceo posao s nogu.

– Jel' to ono magare?

– Jes' gospodine! – odgovara žandarm.

– Opet pobeglo?

– Jes' gospodine!

– I opet je tamo uhvaćeno?

– Tamo!

– Javite gazdi neka dođe da ga vodi.

– Razumem! – odgovara žandarm.

I sad po svemu ovome stvar izgleda vrlo prosta. Magare pobeglo od kuće – što izgleda da mu nije prvina – i otišlo „tamo". A to „tamo", biće da je kakva lepa utrina zarasla zelenom i mekom detelinom.

Jelte da tako izgleda da se desila cela stvar? Međutim, evo kako je u stvari:

Daleko negde u Paliluli živi jedan furundžija i ima magare. Oni žive mirno, tiho i povučeno od sveta. Upravo to je jedan patrijarhalan život, koji nikad nije remetio mir i tišinu te kuće. Magare je poštovalo svoga gazdu, kao što je i red da jedno magare poštuje gazdu. Izvlačilo je, recimo, svaki dan po jedanput batine, ali to se zaboga i u drugim porodicama dešava i ta sitna okolnost (iako su batine uvek bile vrlo krupne) nije nikad poremetila lep život u kući.

Magare je išlo svaki dan za vodu i to mu je bio sav posao. Ono nije poznavalo ovaj svet. Sve što je poznavalo bilo je dvorište i štala njegova i onaj put koji od kuće vodi do česme s koje je vodu vuklo.

Jedanput se samo desilo da je magare moralo otići i do „Tri ključa" da donese iz mlina dva džaka brašna, i tom prilikom ono se divilo velikim zgradama kraj kojih je prolazilo, fijakerima obmotanim gumama, tramvajima i konjima s nekim kapama na ušima.

I mada je taj izlazak ostavio dublji utisak u njegovoj magarećoj duši, ipak je on ostao skromno magare, poslušno gazdi, i sve njegove želje svodile su se na jednu jedinu: da dobije što više hrane i što manje batina.

Eto, tako je mirno i tiho, takoreći patrijarhalno proticao njegov život, ničim neuznemiren, ničim nepomućen.

I kao što u svima romanima prelom u životu počinje s „ali jednoga dana", tako eto i u romanu ovoga magareta moram početi tom frazom.

Ali jednoga dana dođe k furundžiji jedan nepoznati čovek pod cilindrom. On objasni da je činovnik Narodnog pozorišta i da je došao da zamoli za magare.

– Šta će vi moje magare? – iznenadi se gazda.

– Ima da igra u jednom pozorišnom komadu, u *Bajacu.*

– Ne zna ono to. Nikad nije igralo! – brani se gazda.

– Ama ne brini ti. Ima samo da izađe, da se pojavi.

I ovamo i onamo, prelomi taj gospodin gazdu, te hajd' najposle pristade i on da učini izvesnu žrtvu narodnoj prosveti.

Od toga momenta nastaje u životu ovog magareta čitav prelom. Ono sad saznaje za čitav novi svet o kome dotle nije ni sanjalo. Ono ide sad svaki dan na probu i prolazi Terazijama. Oko njega se na probi okupljaju neke ženske i miluju ga nežnim ručicama. On vidi jedan nov čaroban svet.

A već predstava kad je došla, onda je to bila jedna noć iz *Hiljadu i jedne noći.*

More svetlosti, muzika koja zanosi, publika koja aplaudira i puno šarenih, divno i ukusno obučenih lepotica oko njega.

Ah, ah, ah! U njemu se razbudilo nešto, ono je poznalo što nije poznavalo.

A kad se sve to svršilo, kad se zaključila serija predstava *Bajaco*, njega su odveli u ono malo dvorište da opet vuče vodu i batine.

I je li čudo onda što se magarac na mah promenio? Ni ono magare ni dajbože. Postalo je sentimentalno i jednako je uzdisalo. Ide s putunjama punim vode, ide, ide, pa stane i zamisli se. A iz toga sna ga probude obično batine.

Obesilo uši, oči mu poodmakle i počelo da mršavi.

Pa bar da je na tome ostalo. Ali magare jednoga dana – ono što nikad dotle nije učinilo – pobeže od kuće. O tražio ga je grešni furundžija, tražio ga na sve strane i – gde da ga nađe? – pred pozorištem.

Razume se posle magarećih batina koje je tom prilikom dobilo, primirilo se malo, ali ga je srce stalno vuklo „tamo". I kad je idući put pokušalo opet da pobegne, gazda je već znao gde će ga naći.

– Ama isteraću ja tebi tu bubu iz glave! – dere se gazda udarajući ga nemilostivo i vukući ga u dvorište, u ono malo dvorište.

I sve do pre neki dan bilo je mirno. Bile su pozorišne ferije, pa se valjda smirilo. Ali pre neki dan, čim je počela sezona, ono opet kidnu od kuće pa pravo pred pozorište.

– *Pourquoi quittez vous la maison paternelle, rentrez chez vous!* – savetuje ga Miloš, stari pozorišni patroldžija, koji je u poslednje vreme počeo da uči francuski, ali magare kô magare, neće da makne sve dok nije došao žandarm i odveo ga u kvart.

Eto tako je ovo magare dospelo u kvart, i tako je pisar unapred znao da je ono „tamo" nađeno. Međer ima i magaraca koji vole aplauze.

Vojni psi

Sad su psi uopšte u modi. Bili su, to jest, oni uvek u modi kao ljubimci matorih devojaka i sentimentalnih gospođa, ali se oni sad počinju uvoditi i u ozbiljnije službe. Tako, na primer, odavno već po snežnim planinama spasavaju one koje smetovi zatrpaju, pa onda ih ima koji spasavaju davljenike, ima ih i u policijskoj službi, a sada se uveliko uvode i u vojsku. Oni su neobično dobri stražari i uvek brižniji no pravi stražar.

Stoga će, vele, i kod nas u vojsku da ih uvedu. To je vrlo lepa i pohvalna misao i njihova služba može biti neobično korisna, samo se ja nečega bojim. Kod nas, vidite, nije ništa stalno, nema još nijednog činovnika i službenika u Srbiji koji je zagrejao mesto. Svaki čas premeštaji, svaki čas ukaz. I, ako tako počne i sa psima da se radi, onda nas neće morati iznenaditi jednoga dana naredba Ministra vojnog koja glasi:

„Da se pas Karo, sa službom pri niškom garnizonu, premesti u zaječarski garnizon, zadržavajući i dalje rang koji je dosad imao", ili:

„Keruša Sultanija, sa službom pri ćuprijskom garnizonu, da se premesti u beogradski garnizon, s tim da i dalje prima sledovanje iz budžeta ćuprijskog garnizona."

A nemojte misliti da se neće naći i razloga za te premeštaje. Šeta, na primer, tako predveče gospodin garnizonar sa suprugom, a garnizonski pas lane. Ne lane na garnizonara, jer zna da ga ne bi okrpilo ni deset dana zatvora. Nego vidi, recimo, na gospođi garnizonarki nov moderni šešir, uplaši se i lane.

Gospodinu garnizonaru to uvredi častoljublje, i sedne odmah, previje tabak i napiše ministru odlučan akt, koji oštro završi: „Ili ja ili pas!"

Razume se, kad gospodin ministar dođe u takvu nepriliku, radije će žrtvovati psa, i ovaj će ni kriv ni dužan otperjati u drugi garnizon.

Ili baš ne mora lanuti na gospođu garnizonarku. Može on onako uopšte lajati, a to se u vojsci nikako ne dozvoljava. I kad, recimo, pas i posle prve kazne nastavi lajati, onda komandant napiše referat u kome izjavi: „Dotični pas koji je sa službom pri ovom garnizonu, ne samo što nije lojalan, no je naprotiv suviše lajalan, što vrlo remeti red i disciplinu u ovome garnizonu, pa stoga predlažem da se premesti."

I lajalan pas, razume se, hitnom naredbom bude premešten.

Eto, tako će to izgledati kad se i kod nas u vojsci uvedu psi.

Muške usedelice

Izgleda li vam malo neozbiljan takav naslov? Otkud kog đavola postoje muške usedelice, kad vi znate samo za izraz „matori momci".

Međutim, to nije jedno isto, i upravo vrlo je velika razlika između muških usedelica i matorih momaka. Matori momci to su one bećarine koji ne misle, a nikad nisu ni mislili ženiti se, već su zadovoljni kada im gazdarica pripremi praznične radosti, a kafedžija dâ o Uskrsu crveno jaje. Dok muške usedelice, to su one matore neženje, koji su se celoga života zanimali pitanjem o ženidbi, koji su celoga života uzdisali za „toplim bračnim životom" i celoga svog života išli na „gledanje", pa ipak ostali usedelice.

Muške usedelice i po karakteru i po prirodi i po načinu života veoma se razlikuju od matorih momaka, a naprotiv imaju vrlo mnogo sličnosti sa ženskim usedelicama, izuzimajući razliku što ženske usedelice pletu kosu, a muške se usedelice češljaju peškirom.

U našem društvu ima ih puno i lako ih je poznati. Obično su lepo uglađeni, uvek izbrijani i ono nekoliko dlaka ekonomski razređeno da bi pokrile što veći deo ćele. Njihov pogled je uvek sanjalački, pod očima imaju uvek modre kolutove, i smeše se umerenim smehom, kojim se smeše devojke na zabavama, gde ne pristoji smejati se glasno. Odelo im je uvek čisto i pripijeno uz telo, uvek nose po dve džepne maramice, jednu u pantalonama, ta je za nos, a jednu u spoljnom gornjem džepu od kaputa. U grudnom džepu od kaputa stoji njihov notes. Taj notes ili portfelj je najinteresantnija stvar kod muških usedelica. To je zbirka uzdaha i datuma, to je zbirka adresa, spisak žureva, pa čak i podaci o mašamodama i krojačicama. Vrlo često u tim notesima ima i stihova, jer, bezmalo, muške usedelice rado se posvećuju poeziji; razume se, sentimentalnoj poeziji. Pa onda njihov portfelj! Oh, bože, da čudnoga muzeja! Tu je stara izbledela fotografija one koja ga je, „jedina istinski volela" i čija je duša bila „srodna s njegovom". Pa tu je pramen kose, „jedna topla uspomena", pa je tu detelina od četiri lista, pa je tu jedno rumeno mirišljavo pismo, u kome možda ne piše ništa neobično, ali koje je neobično lepa dekoracija za portfelj jedne muške usedelice, kad se slučajno taj portfelj u prisustvu usedelica otvori; pa onda – i to sam video u portfelju jedne muške usedelice – u jednoj hartiji uvijen beli nokat gospođice N. N. Jednoga dana, zavaljena u naslonjači, ona se koketno igrala svojim rumenim prstićima a on sedeći presamićen na niskome taburetu gledao u te lepe prstiće kao mačka u miša, kojega ne može da dočepa. Igrajući se ona je zaparala nokat i tada je on brže bolje ponudio makazice iz svoga peroreza i kada je noktić odleteo na tepih, on se sagao, žudno ga je dohvatio i mećući ga u portfelj tiho prošaptao:

– I nevoljno ste mi dali jednu dragu uspomenu.

To je sadržina njihovog kaputa; a i njihov prsluk uvek ima četiri džepa. U gornjem, levo na grudima, obično je ogledalce; u donjem levo sat, u gornjem desno mala kutija s bombonama za usta a u desnom donjem džepu pribor za čišćenje nokata, perorez s makazicama i kleštice za čupanje dlaka iz nosa.

Eto, tako su otprilike snabdevene muške usedelice.

Niko se tako rado ne druži među sobom kao muške usedelice, jer se one najbolje razumeju. Videćete ih često u kakvoj kafani „gde nema dima“, sakupljene oko melanža, gde razgovaraju o ovoj ili onoj temi, najradije, razume se, o ženama i devojkama. Videćete ih još češće u odborima, u humanim i zabavnim, u svima odborima koji imaju „patronese“. Videćete ih stalno na žurevima: „Ah, bože, još da nije tih žureva, kako bi čovek i prekratio vreme u ovome sumornome Beogradu, gde se ne mogu naći nikakve duševne atrakcije.“

Na žurevima pristaju uz sva ogovaranja, često oni vode reč; nude se damama za sve usluge; plačevno pričaju o kakvoj svojoj tužnoj ljubavi i toploj želji da „saviju svoje gnezdo“. Izbegavaju, razume se, pažljivo razgovor o godinama, a ako takva tema slučajno padne u društvu, muška usedelica će odmah pritrčati klaviru i početi prevrtati note ili će brže-bolje okrenuti razgovor na literaturu, umetnost ili najzad i na politiku.

Jelte da su takve muške usedelice? Poznajete li ih? O, u nas ih ima dosta, te biste ih vrlo lako mogli poznati. Ima ih toliko da sam ja čuo da među njima postoji ozbiljna namera da po primeru „Kola srpskih sestara“ organizuju „Kolo srpskih mladića“.

Kancelarijska kafa

U nas ima tri kvaliteta kafe: prvo „domaća kafa", drugo „kafanska kafa" i treće „kancelarijska kafa".

Iako smo mi muževi dužni uvek da hvalimo „domaću kafu", ipak znamo da su one druge dve bolje i pretpostavljamo ih domaćoj. To je onako isto kao kad se muž vrati sa puta, o kome ne bi smeo položiti računa ženi, pa ležeći u krevet uzvikuje: „Badava, ništa slađe od svoje kućice i od svoga kreveta!"

Tako mi hvalimo i domaću kafu, tj. onu što nam žena skuva.

– Tri u kafani da popijem pa mi nije slatka kao jedna tvoja – rekao sam ja već toliko puta dosad ženi, srčući kafu posle ručka, zato da bih posle dvadeset minuta još s kafanskog praga viknuo:

– Jednu kajmakliju!

Ali je nadasve kancelarijska kafa. Vi znate svi već za taj lepi srpski narodni običaj da se u državnim nadleštvima po ceo dan pije kafa i puši turski.

Bilo ih je ministara ili načelnika, onih što su se na Zapadu navikli na melanž, koji su pokušavali da vojuju protiv ovog narodnog običaja, ali nisu uspeli.

Čim su zabranili kafu, osetili su ogroman zastoj u radu. Prosto se zaustavio ceo državni točak. Badava stroge naredbe, badava inspekcije, badava što stariji grune iznenada u kancelariju mlađega da vidi da li radi. Svi rade, a državni točak opet stoji.

– Ama, gospodine sekretare, ja sam vam od jutros dao sedamnaest predmeta na rad a vi ste do podne svršili jedva jedan i to... – primećuje strogo načelnik.

– Pa jeste! – odgovara skromno sekretar.

– Ja ne znam šta vam je od nekog doba?

– Pravo da vam kažem, gospodine načelniče, otkako ste zabranili kafu i cigaru u kancelariji, ne umem da radim. Ne umem prosto da konceptiram.

– To znači i svi ostali?

– Svi. Eno ih pisari, svaki čas izlaze u čekaonicu da puše, a praktikanti i ne izbijaju iz nužnika.

– O maj! – počeše se načelnik za uvom, slegne ramenima, odobri kafu i duvan po kancelarijama i državna mašina odmah krene svom silom napred.

Tako je to kod nas. Ako ne verujete, a vi otidite u koje hoćete ministarstvo, načelstvo ili uopšte kancelariju državnu, pa ćete videti kako je država sama, iz kancelarijskih troškova, nazidala čak i odžaklije za kuvanje kafe.

Ta kancelarijska kafa tako je važan pokretač našega državnoga života, da mene neće iznenaditi ako se pri prvoj reviziji ustava, kafi naročitom odredbom zagarantuje opstanak u državnim nadleštvima.

Pod tako povoljnim uslovima, kakve srpska država nudi toj grani domaće industrije, kuvanje kafe se kod nas razvilo do neobičnoga savršenstva. Zna se, na primer, i na glasu je Glavna kontrola, kao vrlo ugledna kafedžijska firma, pa onda Ministarstvo spoljnih poslova, pa onda kafa Državnoga saveta.

Uporedo s razvićem te industrije razvijalo se i rivalstvo između pojedinih nadleštava.

Na primer, poznata je u istoriji srpske industrije ona dugogodišnja borba i rivalstvo između Ministarstva inostranih dela i Ministarstva finansija oko pitanja gde se kuva bolja kafa. I činovnici i momci ovih ministarstava podelili su se u dva tabora, kao Monteskijevići i Kapuletovići, i počeli su prosto da se mrze.

Kad su jednog mladog diplomatu strpali iz Ministarstva inostranih dela u poreznike, njega kolege nisu žalile što pravi tako rđavu karijeru, već što će sad biti primoran da „pije rđavu kafu Ministarstva finansija“. Tako je isto bilo i obratno, kad je jedan đumrugdžija otišao u diplomaciju, što je, međutim, kod nas mnogo češći slučaj.

U poslednje vreme učinilo je vrlo veliki utisak kuvanje kafe u Državnom savetu. Izgleda da je kafa u Državnom savetu odnela rekord i, kada bi Ministarstvo privrede kod nas vodilo malo više računa o razvitku domaće industrije, ja verujem da bi kafi Državnog saveta dosudilo nagradu.

Jedna je samo nezgoda kod te kafe Državnoga saveta. Momak kafedžija taksirao je šolju kafe 1,50 dinar za državne savetnike, a jedan dinar za pisare Državnoga saveta. I ta taksa bi bila opravdana da nije dosad već izazvala nekoliko sukoba. Tako je, na primer, neraspravljeno pitanje: pošto je kafa kad savetnik časti pisara, a pošto opet kad pisar časti savetnika. I onda, u toj raznolikoj taksi, leži izvor i mnogim drugim sukobima. Tako, na primer, kad savetnik ode u pisarsku kancelariju, pa kaže pisaru da poruči kafu, a on je, tj. savetnik popije.

Da bi se izbegli svi ti sukobi, izgleda da će za vreme ferija savetskih
izaći ovo pitanje pred plenum Državnoga saveta te će se tako pitanje
o kancelarijskoj kafi jednom već raspravljati i pred najvišom administrativnom vlašću.

A vreme je i bilo da se tom važnom državnom pitanju pokloni
malo više pažnje.

Kriza

Otkad, bolan, nije bilo krize kod nas! Ima već nekoliko meseci.

Međutim, nama je nemoguće biti bez krize, kao što je, recimo, ženama nemoguće bez mode. Dozvolite, da bi jednoj ženi apsolutno nemoguće bilo poneti ove jeseni isti žaket koji je nosila, recimo, prošle jeseni. E tako isto i mi, kažite sami, da li bismo mogli poneti istu vladu ove jeseni koju smo nosili prošle jeseni?

Kod nas je politika tako i tako moda i, prema tome, mora i vlada biti moda. Mi moramo svakojako imati svoju zimsku, prolećnu, jesenju i letnju vladu. Jer najzad ne može se tek ista vlada nositi i snositi o jeseni koja nam je pasovala preko leta.

Prošle zime nam je, na primer, bila potrebna teška, dobro postavljena vlada, da bismo pod njom morali izdržati zimu. I mi smo je našli i postavili s nekoliko koža. Došlo je sad leto, temperatura se popela skoro na četrdeset stepeni, i nama je bila suvišna topla haljina. Počeli smo, dakle, da paramo postavu i, kao što vidite, rasparali smo je.

Još malo pa bi se kod nas rentiralo izdavati jedan modni žurnal, u kojemu bi se u prvoj polovini govorilo o modi u unutrašnjoj i spoljnoj politici, a u drugoj polovini o ženskoj modi. Tako bi se mogle možda izdavati i mustre za razne sezonske vlade. A ne samo to, no bi se mogli čak i propisivati programi pojedinih vlada.

Tako, recimo, *zimska* vlada mogla bi na sebe uzeti kakav vrlo težak hladan zadatak. Na primer, da zaključi kakav nov državni zajam ili, recimo, da nametne nove teške poreze na narod.

Prolećna vlada već bi morala imati sasvim drugačiju zadaću. Ona bi, na primer, mogla voditi političke pregovore s raznim državama, od kojih bi pojedini bili uspeli a pojedini neuspeli. Jer, najzad, u proleće se i sadi seme raznog bilja od kojih će pojedino uspeti a drugo neće. Tako je u prirodi, te tako treba da bude i u politici.

Letnja vlada treba da bude sasvim laka vlada, tako da se pod njom može izdržati vrućina. Tu vladu upravo treba sastaviti iz ministara od kojih jedni boluju od reumatizma, drugi od išijasa, treći od bubrega itd. Treba, dakle, da se udesi da budu takvi ministri, koji će biti voljni da svi odu u banju te da na taj način načine vladu još lakšom. Kao god ženska laka i lepršasta haljina, tako i letnja vlada mora biti laka i lepršasta. Drugim rečima, vlada u koju je dovoljno samo dunuti pa da se kao perje razleti.

O jeseni, dabome, treba sastaviti jednu sasvim JESENJU vladu. Vladu koja je kadra da vrda između vrućine i hladnoće. A ja mislim da kod nas u stvari ništa lakše no sastaviti vladu koja je kadra da vrda između dve temperature.

Jelte da bi to bilo najlepše kad bismo udesili tako nekako da vlade udešavamo prema modi koja vlada u sezoni?

A to ja vama predlažem kao nešto novo, kao da to već ne postoji kod nas.

Novi kalendar

Od jutros kad sam se probudio i zagledao u kalendar, neobično sam se naljutio. Ne znate vi koliko mene može da nervira kad osvane prvi. Ne da kažete da ja mrzim taj datum, nego tako, sa svakim prvim u mesecu osvane čoveku vazdan neprijatnosti, koje bi mogao komotno da izbegne kad uopšte prvog ne bi bilo, no kad bi svaki mesec odmah počinjao, recimo, s petim ili šestim.

Kad bi do mene nešto stajalo, ja bih datume sasvim izokrenuo, da svaki mesec počinje s tri'estim, i da ide sve naniže dok se ne svrši s prvim. To ne bih ja učinio zato da dovedem poverioce i izvršni odeljak u zabunu, već zato što nalazim da bi to bilo vrlo logično. Otkud ima, molim vas, smisla, da se kalendar penje sve naviše kad život ide sve naniže. Kad čovek ili žena (pomislite na one koji su već zašli u godine) imaju pred sobom čitav mesec, onda je pravo da imaju svih trideset i da ih polako krnje, jedu, skidaju, sve dok ne ostanu na jednom.

Kad bi se to učinilo, bila bi to, doduše, jedna od najradikalnijih reformi kalendara, ali uostalom kalendarska reforma je i inače na dnevnom redu. Njome se podjednako bave i pravoslavni i katolici, i ona je čak počela da zanima šire krugove, te nije bez interesa da vam saopštim i jednu anketu, koju sam ja od jutros – ovako ljut što je osvanuo prvi – izvršio.

Čim mi je, dakle, pala na pamet ideja o tome da kalendar treba reformisati, ja sam zašao da se raspitam i intervjuišem nekolike predstavnike istaknutijih profesija i položaja kod nas, i, bože moj, kakva sam sve raznolika mišljenja sreo!

Razume se, kad se tiče kalendarskoga pitanja, da sam prvo otišao svešteniku.

– Šta mislite vi, gospodine popo, o budućoj reformi kalendara?

– Ja mislim, gospodine moj – odgovoriće grobljanski gospodin sveštenik – da bi kalendar trebalo tako reformisati da u svakome mesecu bude bar devet subota.

Otišao sam zatim jednome mladome činovniku, koji je napunio pet godina ukazne službe i četrdeset hiljada dinara duga.

– Šta vi mislite o reformi kalendara?

– Ja gospodine? Ja mislim da bi ga trebalo reformisati tako da bude bar dva-tri prva u mesecu. Svaki čas prvi, svaki čas prvi.

Otišao sam i jednoj odrasloj – da ne upotrebim reč prosedoj – udovici.

– Ah, ja mislim – reći će mi ona, da bi kalendar trebalo udesiti tako da se svake dve godine računaju u jednu. Šta znači to 365 dana u godini; mnogo bi bolje bilo, recimo, 800 dana u jednoj godini.

Međutim, jedna mala šiparica, koja je tek prevalila petnaestu godinu a koju, i kraj sve njene dobre volje, niko neće da smatra gospođicom, odgovorila mi je:

– Reforma kalendara? No, pa načinite je takvom da godina traje svega tri meseca. Ionako je kratak život, pa dajte da se što brže živi.

Pitao sam i jednog oficira. On veli:

– Najbolje bi bilo da kalendar ostane onakav kakav je, ali da se celog života, a ne samo u ratu, godine računaju duplo.

Jedan stari gospodin, koji je s ukazima imao tako često posla, a kome fali još 27 godina, 9 meseci i 14 dana pa da steče pravo na punu penziju, odgovorio je:

– Treba skratiti godine, gospodine. Šta znači to, otegla se godina kao gladna godina. Nikad čovek ne može da joj sagleda kraj...!

Eto, tako su raznolika mišljenja predstavnika raznih profesija. E pa de se ti reši tu da predlažeš ma kakvu reformu kalendara!

Noć uoči proslave

Na stolu, na kome pišem, odavno već imam jednu lobanju, koja tako godinama mirno i poslušno služi kao pritiskivač na hartiji. Dobio sam je od jednog prijatelja iz Niša, koji mi reče da je ta lobanja iz Ćele-kule, a koja je zapala u njegove ruke još u doba kada su naši, po osvajanju Niša, pohitali da počupaju lobanje iz kule te da ih ponesu „kao uspomenu".

Mirno ona stoji tu na stolu godinama i gleda bezizrazno svojim šupljim očima ko zna gde. Iako joj je skoro sto godina, na njenome čelu nema bora; njen krti osmeh koji se golim vilicama razvukao širom lica nepromenljiv je. Ona mirno stoji tu na stolu, i gdekad tek, kad zamoren dignem glavu, susretnu se naši pogledi.

Sinoć sam ostao kraj stola duboko u noć. Bilo se rashladilo s večera, te je kraj otvorenih prozora moglo da se radi. Ponoć je bila davno prevalila, na ulici mir i tišina, a tako i u sobi koja se napunila dima od cigara, te se oblaci motaju kao senke kroz polutamu. Nestalo je, valjda, gasa u lampi, te i ona poče da se tuli i sve veća tama da me obavija.

U tom trenutku, kada pređoh pogledom po sobi, zaustavih se na lobanji. Učini mi se da su se one duboke očne šupljine zagledale pravo meni u oči i to ne onako bezizrazno kako sam to navikao dosad.

Nebom minu jedan mračan oblak, jedan od onih što prekjuče prosu onu silnu kišu, te zakloni mesec a u sobi nasta još gušći mrak. Lampa poče da se tuli i dršće kao umirući žižak na kandilu a mlaz dima obavi i mene i lobanju i približi nas jedno drugom, te se sad iskreno pogledasmo oči u oči. Učini mi se tada da se vilice na lobanji počeše da kreću i neke tamne reči iz groba nejasno mi dopirahu do ušiju.

Utom duhnu vetar kroz otvoren prozor, zavesa se teško zanjiha i ugasi lampu te potpun mrak zavlada u sobi, i tada mi reči koje je lobanja izgovarala behu oštrije i jasnije. Čuo sam ih bolje.

Između nas se razvi ovaj razgovor:

Lobanja: Probudio me je iz stogodišnjega sna šum, veliki šum. Šta pripremate vi to?

Ja: Spremamo vam proslavu, svete kosti naše. Sto godina je kako ste vi pali za našu slobodu.

Lobanja: Proslavu? A zašto?

Ja: Pa mi bismo bili neblagodarno potomstvo, kada se ne bismo setili vaših svetih grobova iz kojih je nikla sloboda.

Lobanja: Lepo je to, hvala vam. Samo, reci mi, kako ćete nas proslaviti, kojim redom, po kome programu?

Ja: Pa, zna se. Voz sa spuštenim cenama, izaslanstva, barjaci, venci, govori, topovi, banket. Eto to, šta može drugo.

Lobanja (zacereka se suvo, i taj potmuo, grobni smeh ispuni onaj mrak, a talasi toga smeha rashladiše mi obraze kao studen vetar i prodreše mi do dna duše kao usijan nož).

Ja: Smeješ nam se?

Lobanja: Drukčiji sam ja program očekivao. Drukčije se proslavlja ona krv koju smo mi prosuli na Čegru.

Ja: Reci kako?

Lobanja: Drukčije, drukčije. Ne besede, već proklamacije, ne litije već bataljoni i pukovi, ne pesme već plotuni, ne venci već krvavi potoci. Ne slavi se naša stogodišnjica na Čegru, već na Ivan-planini i na Trebeviću.

Ja: Tako je, priznajem.

Lobanja: A mislite li i kakav spomenik da nam dižete, o vi blagodarni potomci?

Ja: Da, dići ćemo.

Lobanja: Od kamena, je li?

Ja: Od kamena.

Lobanja: A znaš li kakav nama spomenik valja, ako nam se njime mislite odužiti i ako mislite na njemu zapisati reči „blagodarno potomstvo?“

Ja: Reci mi!

Lobanja: Ćele-kulu, jošte jednu Ćele-kulu morate podići i to tamo, na obalama plavog Dunava, pred zidinama Budima grada. Tako ćete nas proslaviti, tako ćemo vas priznati za potomke svoje...

Lobanja ućuta, neka studena jeza prođe kroz mrak i zavlada nema tišina, isprekidana tajanstvenim šapatom koji mi do ušiju dopiraše sa sviju strana:

– Tako ćete nas proslaviti, tako ćemo vas priznati za potomke svoje...

Otkriće Severnoga pola[10]

Vi možda i ne znate, jer sam sve do sada držao u tajnosti, ali i ja sam pronašao Severni pol. Prekjuče sam o tome telegrafisao akademijama u Londonu i Njujorku, i danas već izvesno širom Amerike i evropskoga Zapada, kliče ceo svet:

– Živeo Kuk!

– Živeo Peri!

– Živeo Ben Akiba!

– Dole Kuk!

– Dole Peri!

– Dole Ben Akiba!

Kao i ranija dva pronalazača, tako i mene uveliko već jedni proslavljaju a drugi grde. Juče rano izjutra dobio sam iz Njujorka telegram da je jedna ulica u Njujorku nazvana „Ulica Ben Akiba“. To je svečano objavljeno juče u osam časova izjutra. Na podne sam, međutim, dobio telegram da je svečano skinuto moje ime i istoj ulici dato ime: „Ulica Kukova“. To je bilo juče popodne. Jutros sam dobio treći telegram u kome mi se veli da je jutros svečano skinuto Kukovo ime i istoj ulici dato ime „Ulica Peri“. To je bilo danas prepodne.

I kakve sve raznolike telegrame ne dobijam. Jedno varijete-pozorište iz Buenos Ajresa telegrafski mi nudi 5.000 dolara za jedno veče, samo da se pojavim na pozornici da me publika vidi; u isto vreme građani varoši Buenos Ajresa, s predsednikom opštine kao prvopotpisnikom, telegrafišu mi: „Ako dođete ovamo, razbićemo vam glavu i izmazaćemo vas jajima!“

Prema vestima koje su mi pred podne stigle, londonska Akademija je raspisala ogromnu nagradu za rešenje teme: „Ko je u stvari od trojice, Kuka, Perija i Ben Akibe veći švindler i ko najviše laže?“

Ja ne znam kako će proći pri raspravi te teme Kuk i Peri, ali ja mogu da dokažem da sam otkrio Severni pol.

---

[10] Poznati svetski skandal, kada su se Peri i Kuk otimali o prvenstvo otkrovenja Severnoga pola, koji u stvari ni jedan ni drugi nisu našli.

Dozvolite mi da vam u nekoliko reči saopštim moje doživljaje na tome putu i izvesna fakta do kojih sam došao pri istraživanju.

Ja sam se krenuo, dakle, od *Pozorišne kafane* i mislio sam da udarim pravo na sever, tj. Dositejevom ulicom naniže. Ali tu naiđem na jednu ogromnu santu leda koju sam morao da obiđem. Ta santa leda je moj krojač, koji je zbilja tako hladan kad mene spazi, i koji bi me izvesno dugo zadržao. Morao sam, dakle, da pođem za nekoliko stepena zapadnije.

Jedna od najvećih smetnji s kojom sam u mojoj ekspediciji morao da se borim to su bile užasne pukotine zemljine koje tamošnji stanovnici nazivaju „kanalizacija". To su strahovite provale i bezdani, koji su utoliko opasniji što nad ovim predelima caruje beskrajna polarna noć.

Pošto sam prebrodio te nevolje, ja sam – ne sećam se na kome stepenu širine – otkrio jednu novu zemlju, o kojoj dosad niti geografija niti opština beogradska nije ništa znala. Toj novoj zemlji dao sam ime „Gušin plac".

Ispitujući bliže ovu novootkrivenu zemlju, naišao sam na njoj tragove nekih prastarih hramova. Izgleda kao da je ovde nekad, možda u praistorijsko vreme, živelo neko pleme koje je odavno izumrlo.

Baveći se radi proučavanja na toj novoj zemlji ja sam već predosećao da sam u blizini Severnoga pola, jer sam naišao na nekoliko crknutih pasa koji su morali tu ostati od ranijih ekspedicija.

Odatle nastaju novi, nepoznati i strahoviti predeli. Blato, večito blato, koje tu leži možda milijardama godina i koje je teško prebroditi, osim kad bi se ekspedicija snabdela naročito konstruisanom lađom za prevoz preko ovih blatnih predela.

Ja nisam sobom vodio i pse, ali mi se tu već pridružila čitava povorka pasa, u nauci poznatih pod imenom „dorćolski psi", rasa veoma izdržljiva i naviknuta na ove krajeve.

Odmah po izlasku iz blatnih predela, naiđem na tragove još jedne ekspedicije. Poznao sam po čovečjim stopama. Malo zatim, a ja odista spazim u daljini jednoga čoveka koji se sagao kao da traži izgubljeni novac. Približim mu se, i poznam u njemu onog kapetana savskoga pristaništa.

– Što si se sagô? – uzviknem ja.

– Nisam se sagao, već je to tako od boga. Savila su mi se leđa od silnih napora pri istraživanju polova – veli on.

– Pa dokle si najsevernije dopro?

– Do „Đerdapa" – veli on – i dalje neću. Tu prezimljuju sve naučne ekspedicije, pa tu ću i ja.

I on se zbilja uvuče u jednu pećinu da u njoj prezimi, a ja nastavih dalje.

Prodirući sve napred i napred, ja već sagledah jedno pusto polje a u daljini belasa se more. Na tome polju naišao sam na Eskime. To je jedno divljačko pleme s grdnim masnim čizmama, koje se hrani najviše ribom. Našao sam ih baš kad su posedali oko vatre, pa uzeli parčad mesa i natakli na jednu batinu pa je kraj vatre okreću. Svakojako da je to neka divljačka hrana. Oni su me mirno gledali, i ostali su vrlo ravnodušni kad sam kraj njih prošao.

I sad sam se već nalazio na Severnom polu. Ja ne znam koji je to stepen širine bio, ali znam da je veća širina na tom polu no što uopšte treba.

A šta sam uspeo? Ništa. Razočarao sam se kao i Peri, jer sam video da je pre mene već neko pobô zastavu na tome polu.

Partija šaha[11]

Opet jedan vladalac skinuo se sa prestola. Šta im je, pobogu brate, te se u poslednje vreme ne drže?

Sad opet javljaju da se šah persijski naljutio na svoj narod i skočio sa prestola pravo u rusko poslanstvo. Iz Teherana već se krenula naročita deputacija, koja će ići u Solun, u Alatinijevu vilu, da notificira Abdul Hamidu šahovo strmoglavstvo.

E ovo će biti jedna od najlepših partija šaha koja je odigrana u poslednje vreme. A znate li kako je tekla ta partija? Evo kako:

Prvo i prvo, pomakli su se za jedan korak napred pioni i uzviknuli:

– Šah kralju!

Kralj, kao pametan čovek, vrdne jedno polje u stranu i da ustav. Čim je dao ustav, došao je na njega red da vuče. I on povuče figure, pa uzvikne:

– Šah skupštini!

Skupština, kao svaka pametna skupština, vrdne korak i dva napred, pa ode u narod, te digne revoluciju i uzvikne opet:

– Šah kralju!

Šah, kao svaki dobar igrač šaha, uzme ruske kozake i s tom figurom napravi cug, kličući radosno:

– Šah narodu!

No kako su svi šahovi koji su hteli da naprave šah narodu prošli rđavo, tako je i ovaj Nastradin-efendija ili kako mu je, tamo njemu, ime prošao rđavo.

I narod sad, zamisli se nad šahovskom tablom, zamisli, pa krene i pione i konje i topove i to ne obične, već čak i brzometne topove. Pritera narod tako šaha u jedan ćošak, i uzvikne mu pre neki dan:

– Šah šahu!

---

[11] Prilikom persijske revolucije kada je zbačen šah. Alatinijeva vila u Solunu je kuća u kojoj su Mladoturci prilikom svoje revolucije internirali sultana.

I tako ti moj šah skupi svoje prnje, prizna igru za svršenu i odmah pošalje oglas preko listova, ruskih i engleskih, kojima se raspituje da li ima još koja Alatinijeva vila za izdavanje pod kiriju.

Baš se u poslednje vreme ne drže nešto vladaoci. Čisto sam radoznao ko je sad na redu.

Policijski psi

Kao god što čovek ima izvesnih životinjskih osobina, tako ima i životinja koje imaju čovekove osobine. Ja neću da pominjem one primere kako srna ume da plače kao udovica a som da se uozbilji kao diplomata. Nego svaka životinja ima neku naročitu sklonost koja odgovara sklonostima izvesnog reda, izvesnog poziva ljudi. Tako, na primer, pas ima policijske osobine, voli da njuši i da tera trag; svraka ima popovske osobine, voli da zbira i krije sve što je svetlo; petao ima gigerlske osobine, voli da se šepuri pred kokoškama; golub ima devojačke osobine; magarac profesorske (mislim zbog preterane strpljivosti svoje) itd.

E vidite, kod pojedinih od tih životinja ljudi hoće da iskoriste te osobine, te ih stave u svoju službu. Tako, na primer, pse su već dosta davno upotrebili u Evropi u policijskoj službi, te postoje čitavi odredi policijskih pasa izvežbanih da tragaju za lopovima i da ih hvataju.

Sad se hoće i kod nas da učini pokušaj u tom pogledu i već se uveliko drže probe, a izveštaji glase da je uspeh prosto neobičan.

Kao prva pseća stanica u Srbiji određen je Topčider, odnosno topčiderski policijski komesarijat. Komesarijat je već nabavio nekoliko čobanskih pasa i svaki dan ih pušta na publiku koja čini izlete do Topčidera, te se vežbaju.

Idete vi, na primer, idete stazom topčiderskom i šetate razmišljajući ma šta o životu. Tek ujedanput zaurla pas za vama i sčepa vas za tur.

Razume se, iako je to čobanski pas, nema potrebe nimalo da se uplašite, jer to je samo jedna proba. Baš i ako vam pocepa rukav ili nogavicu, to ne treba takođe da vam je žao, jer najzad nešto se mora žrtvovati u početku, dok se psi ne izvežbaju.

Razume se, kao i kod svih takvih proba, dešava se i pogdešto komično. Tako, na primer, pođete s decom u Topčider, i tek grunu među decu policijski psi topčiderskog komesarijata i deca od straha popadaju u fras, i to tako popadaju da čovek, hteo – ne hteo, mora da se iskida od smeha.

Ili kakva gospođa u novoj novcatoj haljini šeta stazom, a pas je ščepa, pocepa joj haljinu, obori je i žena dobije lupanje srca. I to, znate, takvo ozbiljno lupanje srca da se i muž i doktor moraju prosto da iskidaju od smeha.

E, ali šta ćete, tako je to u početku, a zna se već odavno da je svaki početak težak.

Sad su, međutim, ovi topčiderski psi počeli da vrše i probe mnogo šireg značaja. Tako, na primer, nije nimalo redak primer da iz Topčidera beže osuđenici. I da nije tih pasa, verujte, ti bi osuđenici odmah, pri samom pokušaju bekstva bili uhvaćeni. Ovako to malo teže ide sve dok se psi ne izvežbaju.

Drukčije bi dabome bilo da su osuđenici ljudi od reda, pa da izveste upravu kad misle pobeći. Ali oni nekako uvek iznenada pobegnu. Psi se, razume se, zbog toga iznenađenja zbune pa dočepaju za tur prvog koga stignu. Tako vele da su pri prekjučerašnjem bekstvu dvojice osuđenika psi pogrešno umesto osuđenika ščepali stražara za tur i time osujetili svaku poteru.

Najzad, budimo strpljivi. Mi smo građani već navikli na to da idemo iscepanih turova za ljubav viših državnih interesa, i navikli smo na to da nas razni psi drpaju za ljubav viših državnih interesa. Zašto se, dakle, ne bismo mogli i u ovoj prilici strpeti?

Političke svadbe

Prošli su izbori za narodne poslanike, i sad je kao nastalo malo zatišje, te imamo kad da se osvrnemo i pogledamo šta smo sve radili i kakva smo čuda činili i počinili. Onako, znate, kao kad pijan čovek razlupa stolove, stolice i ogledala, pa naiđe policija a on se istrezni, te kad ga povede žandarm u kvart, a on se trezan okrene da vidi šta je počinio.

A nije davno bilo te da se još svi dovoljno ne sećamo one lude terevenke, koju smo mi nazivali unutrašnjom politikom našom, ili, još bolje, partijskim životom.

Znalo se koje je liberalska bakalnica a koje radikalska kasapnica, pa je bilo i naprednjačkih crkava, samostalnih pevačkih društava i najzad radikalskih ili liberalskih putujućih pozorišnih družina. A već o kafanama i da ne govorimo. Kafane, kao partijske, i danas još postoje kao ostatak onoga velikoga doba i uzvišenih ideala srpske nacije. Počev od prestonice pa do najzabačenije selendre, imamo i danas još kafana: liberalsku, naprednjačku, radikalsku i samostalsku, od kojih svaka, na račun svojih partijskih prijatelja, toči rđavo vino, ofarbano partijskom bojom.

Ali nad svim tim što sam naveo, a kao vrhunac svega, postojala je kod nas sve do jesenas još jedna vrlo lepa ustanova, kao obeležje toga doba. To je politička svadba.

Bar ste na jednoj od tih političkih svadbi bili svat, pa biće da ih znate. Pa ipak, neće smetati da vam ih opišem, koliko da ih se setite i koliko da ih lakše opazite, ako bi ih ubuduće bilo.

Dakle, mladoženja je nesumnjivo mlad činovnik koji se uverio da mu ništa ne vredi ni školska svedodžba ni valjana konduita. Mlada je ćerka bilo trgovca, bilo državnog savetnika ili višeg činovnika, tek ona je ćerka liberala, naprednjaka, radikala ili samostalca, jer to je ono što je važno.

Kod ovih političkih svadbi drukčije se razvija i zaljubljivanje. Pre dok nije bilo tih političkih svadbi, obično bi zet prvo majci izjavio ljubav, pa na osnovu toga zaprosio ćerinu ruku. Ovde nije tako, ovde se najpre ocu izjavi ljubav.

– Nisam se još partijski opredelio – počeo bi mladić da objašnjava ocu – ali zbilja nalazim da je vaša stranka najispravnija i najsposobnija da u ovoj zemlji učini štogod.

Pa to tako danas, tako sutra, dok ne uspe da otac, onako uzgred, u kući za ručkom rekne:

– Baš mi se ovaj mladić dopada. Vrlo ozbiljan mlad čovek!

To je već signal da je stvar sazrela i da sme devojku prositi.

E sad, jednom isprošena devojka već je dovoljna osnova da se može mladi čovek venčati ne samo njome već sa svima partijama u Srbiji.

Hvala bogu te u nas nema više partija od četiri, a to je taman toliko koliko je potrebno da se organizuje jedna politička svadba. Tast, recimo, pripada jednoj partiji, i to je dovoljno za naslon na nju a sad valja napraviti raspored za ostale časnike.

To je vrlo prosta stvar. Uzme se prosto pisaljka u ruke i izračuna se. Ta i ta stranka ima u skupštini najveći broj poslanika, prema tome iz te partije treba uzeti kuma; prva partija za njom ima da dâ starog svata, a najmanja devera. Kada bi se u ovome momentu ko ženio i uzeo recimo ćerku kakvog liberalnog gazde, iz glavne čaršije, s obzirom na broj poslanika, imao bi mu biti kum stariji radikal, stari svat samostalac a ručni dever naprednjak.

I takvih ste vi svadbi viđali vrlo često kad se u dugom nizu fijakera spuštaju niz Terazije. O, te političke svadbe toliko su odomaćene kod nas, da bi Skupština ili bar klubovi mogli komotno u početku sesije da izaberu iz svoje sredine stalne kumove, starosvate i devere, pa da to bude kao jedno naročito državno zvanje.

I tako se mladi čovek venča jednovremeno s mladom, sigurnom klasom i sa sve četiri zemaljske partije. Čak i ako se dogura u tom braku do razvoda, mladi čovek se razdvaja samo sa ženom, ali ne i s kumom, starim svatom i deverom, jer mu oni i dalje trebaju za karijeru.

Jelte da ovo sve nije nimalo smešno? Naprotiv, vrlo je žalosno, ali je tako, i zato što je tako, valjalo je sve ovo i zabeležiti.

Poštanski štrajk

U Parizu i po celoj Francuskoj već od nekoliko dana besni poštansko-telegrafski štrajk.

Svi poštari i raznosači i sve telefonistkinje sabrali su se jednoga dana na Marsovom polju pa digli tri prsta uvis i zakleli se:

– Tako nam bog pomogao ako liznemo još jednu marku, ako nam se ne poboljša položaj! – uzviknuli su poštari.

Telefonistkinje, razume se, nisu se zaklele da neće ništa liznuti, ali su se zaklele da neće više mrdnuti uvom, a to im kao znači da svoje uši neće upotrebljavati u službi države, dok god im se položaj ne poboljša.

Tako isto i raznosači pisama zakleli su se da će svoje noge povući iz javnoga života i da nijedno pismo neće razneti.

Čim je stigao urečeni čas, poštari obrisaše gumu s jezika i pobacaše žigove; telefonistkinje spustiše slušalice i pročačkaše frizuru a raznosači pisama odoše u kupatilo, okupaše se i dadoše da im se iseku žuljevi na nogama.

I sad u Francuskoj muku muče. Upotrebili su vojsku i oficire za poštansko-telefonsku službu, ali im, da bog sačuva, ne ide.

Možete već i sami misliti kako to izgleda kad oficiri sede u telefonskoj centrali. Jer, dozvolićete, da jedna učtiva žena ne sme ni da traži vezu preko centrale. Sreća još te je u Parizu vrlo mali procenat učtivih žena. Inače, zlo bi bilo.

A već s raznošenjem pisama ide još dva puta gore. Uzme ih kakav podnarednik, pa kad siđe u prvu kujnu da preda devojci pismo, a on po jedan sat ne izlazi.

Eto, molim vas, sami zamislite kako bi to izgledalo kod nas kad bi, na primer, poštari, telegrafiste, telefonistkinje i raznosači terali štrajk? Uostalom, kod nas kad bi se to i desilo, ne bi se taj štrajk čak ni primetio. Ja se nešto mislim, mislim, i nikako da mi padne na pamet po čemu bi se to kod nas mogao primetiti štrajk?

Ili upravo ja mislim da kod nas već ima uveliko štrajka, i to u mnogo većem obimu no što Francuzi mogu da ga izvedu. Badava su oni

Francuzi, ne mogu se oni nikad tako organizovati i izvesti takav štrajk kakav izvode naše pošte, telegrafi i telefoni.

Čitav paket, molim vas, koji vi uputite, na primer, u Gornji Milanovac, vraća vam se posle mesec dana iz Loznice, i na njemu piše da je adresant nepoznat... Zar to nije odlično organizovani štrajk?

Ili, na primer, vi telegrafirate iz Jagodine u Beograd, kao danas, a depeša vam stigne kao prekosutra. Recite, molim vas po duši, kada bi Francuzi bili kadri da organizuju takav štrajk?

Ili potražite telefonsku vezu pa tražite, recimo, Đoku Dimitrijevića, kafedžiju kod *Kolarca*, a dobijete Milutina Prokića, mitropolitovog sekretara, ili tražite Narodno pozorište pa dobijete Bogosloviju Svetog Save.

E recite sad, tako vam boga po duši, kad bi mogle, ma koliko da su okretne i duhovite francuske telefonistkinje, da organizuju takav štrajk?

Zato ja i mislim da francuski štrajkači neće uspeti sa svojim zahtevima. Ako bi hteli da uspeju, oni treba da pošalju k nama svoje izaslanike, da prouče organizaciju našega štrajka, pa bi tek onda bili kadri da dosade francuskoj državi. Ovako, ne verujem da će uspeti.

Petrovdan

Ipak mi je Petrovdan ostao najmiliji dan još iz detinjstva. Nije mene baš svake godine obradovao Petrovdan. Bilo je i takvih školskih svedodžbi prilikom kojih je najpre meni otac dao izvesno objašnjenje, pa sam posle ja njemu morao.

Ali kako su se izmenila vremena od tada pa do sada! Kad sam ja doneo ocu svedodžbu s dvojkom, izvinjavao sam se obično ili inatom koga profesora ili ovako, na primer:

– Jes' ja sam kriv. A kako sam mogao da učim, kad me majka svaki dan šalje u čaršiju. Te ajd' kupi za groš bibera, te ajd' kupi kutiju fiksa!

Pa meni kao bajagi to oduzelo mnogo vremena, pa nisam mogao da stignem.

A moj sin kad mi je juče doneo svedodžbu s dvojkom (razume se iz latinskog), on mi se ovako pravda:

– The, šta ćeš. Tome su uzrok političke prilike.

– Ama kakve političke prilike, nesrećniče?

– Pa tako. Za vreme sukoba srpskog sa Austrijom, očekivao sam svaki čas rat; nastala jedna opšta nervoza i napetost, i osetio se vrlo veliki zastoj, kako u čaršiji tako i u školi.

– Pa dobro, rode moj! – nastavljam ja ljutit i merkam da l' da ga dohvatim za tur ili za uši. – Pa dobro, rode moj, ali kad je već svršena bila aneksija, kad je Srbija kapitulirala, što onda nisi popravio belešku?

– Tada je – veli mi sin – nastupila opšta klonulost u svim redovima građanstva.

I sad zamislite, kad se ovim razlozima moj sin pravda, kako li će se moj unuk, kroz jedno dvadeset godina, pravdati svome ocu, jer je nesumnjivo da će i kroz dvadeset godina deca stalno dobijati slabe ocene iz latinskog jezika. Ja mislim da će se taj unuk morati ovako pravdati:

– Ove mi je godine progutao sve vreme interes o marokanskom pitanju.

Ili možda:

– Nisam mogao da učim ove godine, jer sam s vrlo velikim interesom pratio razvoj japansko-američkih trgovinskih odnosa.

Tako će izvesno biti kroz dvadeset godina. Ali, i pored neprijatnosti koje pogdekad u životu donose ti ispiti i svedodžbe, ja bih ipak bio zato da se ispiti zavedu po svima strukama i kroz ceo život. Sad se u nas gradi puno novih zakona i postoji težnja da se kroz sve struke zavedu ispiti i svedodžbe.

Ja bih čak išao tako daleko da bih njih i u braku zaveo. A što da ne? Nekakav mislilac rekao je da je brak škola. Pa ako je škola zašto ne bi postojali i ispiti i svedodžbe.

Ne mislim ja da se samo prvi mesec po venčanju smatra kao neka vrsta ispita. Naprotiv, to bi bio samo „prijemni ispit“, a posle bi muž ženi i žena mužu izdavali svake godine svedodžbu i bez polaganja ispita, po opštim godišnjim ocenama, kao što je to i u gimnazijama zavedeno.

Bože, što bi tu bilo lepih svedodžbi! Ja zamišljam, ovako otprilike, tekst tih svedodžbi:

Moja žena Simka, svršila je treću bračnu godinu i prešla u četvrtu, s ovim rezulatom:

Računica .... slaba
Domaća ekonomija .... rđava
Društveno ophođenje .... odlično
Srpska književnost .... nije studirala
Strana književnost (žurnali) .... odlično
Vladanje .... prilično
Odsustvo od kuće .... banjska sezona

A šta mislite, kako li bi glasila svedodžba koju bi žene svojim muževima izdavale?

Interesantan izvršitelj

Dabome, vi izvesno mislite da ću vam govoriti o kakvom izvršitelju s kojim sam ja naseo. Bože sačuvaj! O tome vam najmanje mogu pisati već i zato što se nikad nije moglo desiti da ja s izvršiteljem nasednem. Naprotiv, uvek su izvršitelji sa mnom nasedali.

Nije, dakle, reč o meni i izvršitelju, jer nas dvojica uvek i sve svršavamo bez reči. Mene izvršitelj, čim pogleda u oči, on zna da nemam ni pare u džepu na ime otplate. I tako se svi odnosi između nas svršavaju. O tome, dakle, i ne vredi da vam pišem, jer to ne bi bilo ni interesantno.

Interesantniji su mnogi oni izvršitelji koji rade u velikom stilu, a takvih je u Srbiji u poslednje vreme vrlo mnogo. Otkako se proslavio onaj izvršitelj što je prošle godine izložio prodaji imovinu Ministarstva prosvete, svi bi sad hteli tako nešto veliko da izvrše. Ali veće i teže delo izvršenja još nije palo niti će pasti kome, no što je Kvartu terazijskom ovih dana. Kad vam ispričam stvar, vi prosto nećete verovati.

A evo u čemu je stvar: pre toliko i toliko godina, nazidana je ona zgrada na Terazijama u kojoj se sad nalazi Ministarstvo pravde i Terazijski kvart. Sedeli oni tu tako godinama, sedeli kao najbolje komšije i jedno drugome ni dur ni vur. Naprotiv, živeli su u najboljem prijateljstvu.

Ali jednoga dana naljuti se nešto Ministarstvo pravde i naredi Kvartu da se iseli.

Kvart se ispreči, pa rekne:

– Ovo je opštinska kuća i nas je ovde smestila Opština, koja je i dužna da plaća kiriju za nas.

– Jok, neće biti tako – veli Ministarstvo pravde – koliko se ja sećam, ovo je državna kuća.

Te hoće biti, neće biti, povedu ti, bome, država i Opština parnicu i tu ti parnicu na kraju krajeva dobije država.

Čim država dobi parnicu, a ona, kao svaki gazda, namrgodi se pa najozbiljnije naredi Kvartu da se iseli. Metne ti Kvart terazijski prst na čelo, razmisli pa odgovori:

– Jok, neću!

– E, kad je tako – pomisli država u sebi – ko neće milom, taj će silom!

I država ti se obrati sudu, dobi odsudno rešenje, po kom Kvart terazijski ima prosto da se izbaci.

To sudsko rešenje upućeno je odmah Upravi grada Beograda, a Uprava ga je uputila na izvršenje Kvartu terazijskom kao nadležnom.

I sad nastaje ono što je najinteresantnije. Rešenje je odsudno, a Kvart terazijski je odista nadležan, jer je to u njegovom rejonu. Taj Kvart, dakle, mora sad sâm sebe izbaciti iz kuće u kojoj je.

Možete misliti kakva je briga nastala u Kvartu. I član i pisari se zabrinuli, kako i na koji način da izbace sami sebe. Da uđu, recimo, jednog dana na vrata pa da izađu kroz prozor, ne ide, ne odgovara dostojanstvu vlasti; da pozovu, na primer, žandarme iz susednog kvarta da ih zamole da ih oni izbace, i to ne ide.

Najzad je, kažu, održana u Ministarstvu unutrašnjih dela konferencija i rešeno je da se ovako postupi: najpre će pisar uhvatiti za vrat člana i izbaciti ga, zatim će biti dozvan praktikant, i on će izbaciti pisara, a odmah zatim izbaciće žandarm praktikanta.

Sa žandarmima će, međutim, teže ići, jer ko će njih da izbacuje. Ostalo bi još jedino da se pozove Opština – pošto cela stvar i jeste opštinska briga – da uputi vatrogasce pa da ovi sa susednih kuća štrcaju u kvart, dok ne razjure i žandarme.

Videćete da će tako nekako morati ova stvar da se izvrši.

Svinjski dijalog

Vraćam se juče ujutru s Trkališta, a preda mnom idu dva dečka, i svako od njih nosi po jedno prase držeći ga za zadnju nogu. Prasci oborili glave i pažljivo gledaju da im se njuška ne očeše o kaldrmu. Pa kako se dečaci jedno drugom približili da usput razgovaraju, to su i prasci gotovo naslonili jedno na drugo glave te otpočeli dijalog, koliko tek da im prođe vreme.

– Pa kaže rodi se – otpoče prvo reč crno a mršavije prase – kad ti tako već na prvom koraku zagorča život.

– Meni je najgore – odgovoriće belo, punačko prase – što ovako glavačke srljam u smrt. Teško mi je što me ovako glavačke, za zadnju nogu nose.

I kad su tako izjavili jedno drugom prve žalbe, upustili su se i u intimniji razgovor koji je ovako tekao:

Belo prase: A je li ti bar poznato ko će da te pojede?

Crno prase: Neki praktikant, čuo sam kad je pri kupovini rekao: „Oh, oh, oh, već od prošlog Božića nisam jeo prasetine! Po tome sudim da je praktikant.

Belo prase: Grešniče, pa tebe će možda čak i bez salate pojesti?

Crno prase: Sasvim mi je svejedno. Kad me već jedu, sasvim mi je svejedno hoće li me jesti sa salatom ili bez salate.

Belo prase: Grešiš, prijatelju. Ljudi su prihvatili toliko naših osobina da i mi moramo težiti da prihvatimo njihove. A čovek i umirući treba da ostane veliki i gord na svoje dostojanstvo i poreklo.

Crno prase: Poreklo? Pa i ja i ti smo svinjskog porekla.

Belo prase: Između svinje i svinje ima razlike. Moja sva porodica je poznata i van naše otadžbine. Moj pradeda i jedan njegov brat sećam se da su bili u Pešti; moj jedan stric je, istina u usoljenom stanju, otputovao u Hamburg. Moj jedan teča otputovao je u Italiju, a moj otac, poznati orijentalista, otputovao je preko Jegejskog mora u Aleksandriju i još se otuda nije vratio. Biti potomak tako jedne znamenite porodice...

Crno prase: Moji su svi preci pa i roditelji prolili krv ovde, u svojoj otadžbini, ali ja ne vidim ni ti da imaš fajde od tako sjajne prošlosti. Poješće te kao i mene.

Belo prase: O, to se varaš. Ja sam pao u ruke nekom vrlo bogatom čoveku i, ako ništa drugo, bar sam siguran da će me jesti s nekoliko vrsta salata, da će me okititi peršunom i metnuti mi jabuku u usta. A drugo, ja sam siguran da će mi rep i trticu pojesti gospodin ministar.

Crno prase: Gospodin ministar?

Belo prase: Da. Kad me je kupovao ovaj gospodin, grdno me je pipkao oko repa i čuo sam kad je rekao svome sluzi: „Ovo ćemo prase uzeti, dosta je debelo. Znaš da je sutra ministar na ručku i da voli rep!“ E, dozvolićeš prijatelju, da to ipak nešto znači.

Crno prase: Ja ne uviđam da to ma šta znači?

Belo prase: Ima jedna latinska mudra izreka koja glasi: „Bolje je da ti ministar pojede rep, nego praktikant glavu!“ Tu je poslovicu naučio jedan moj stric u Pešti, gde je ležao deset dana u karantinu pa ga posle kao zaraženog vratili.

Crno prase: A ja opet znam jednu drugu poslovicu: „Bolje živa svinja nego mrtav kralj!“ Tu poslovicu je naučio moj jedan stric koga su bili ukrali Cigani iz Meljaka i bio među njima deset dana pa ga posle policija pronašla i vratila familiji.

Belo prase: Najzad, možeš ti kako hoćeš misliti, ali ja sam siguran da će i moj domaćin i sâm gospodin ministar lizati prste jedući me. A i to je neka uteha!

Crno prase: Ako je i to uteha, onda je ja imam mnogo više. Moj praktikant i njegova deca ne samo što će lizati prste nego će polizati i sâm ražanj na kome ću ja biti pečen.

Belo prase: To jeste!

I kod tih reči stigosmo već do Dačićeve knjižare, na Terazije, te ja zavih levo a deca s prascima desno. Nisam više ni reči čuo, a šteta, jer nalazim da je ipak bio interesantan taj razgovor između sentimentalnog crnog praseta i onoga belog, prasećeg aristokrate.

Smotra

Prekjuče je ministar vojni držao smotru nad vojskom beogradskog garnizona na Topčiderskom brdu. Zašao lepo čovek od vojnika do vojnika i od oficira do oficira, pa mu pretresao i torbu i ranac i futrolu, sve redom.

A tako i treba, i ne samo što to tako treba u vojsci već i u svim strukama.

Kako bi to, bože moj, bilo lepo i idealno, kad bi, recimo, ministar finansija iznenadno naredio da svi poreznici i carinici izađu na Topčidersko brdo na smotru. Pa se uparade oni lepo, a ministar tek ide, ide između redova, zagleda svakome u oči, pa tek stane pred poreznikom:

– Prevrni džepove!

– Ama... – počne ovaj da muca.

– Prevrni džepove!

I ovaj krasnik prevrće džepove, a iz njih ispadaju taksene marke odlepljene sa akata, kusuri od poreze i drugi poreski računi.

Ministar, recimo, zabeleži to, pa pođe dalje i stane pred carinikom.

– Prevrni džepove! – grmne ministar.

A onome počnu iz džepova ispadati cvikeri, dečje igračke, lepeze, čarape i sve druge sitnice koje se daju pri pregledu odvojiti i strpati u džep.

I dok ministar finansija vrši smotru na Topčiderskom brdu, ministar spoljnih poslova, recimo, vrši je na Banjici, jer njegovom je personalu lakše istrčati donde, pošto se činovnici ministarstva spoljnih poslova smatraju uopšte kao lakoatletičari.

– Prevrni džepove! – grmne, recimo, Milovan svojim muškim glasom.

A onima se počnu tresti kolena, kao što je to red u diplomaciji u takvim prilikama, i počnu im iz džepova ispadati mala staklad i parfemi, svilene marame, lažni zubi, prolongirane menice i pomade za kosu.

I Milovan, recimo, popiše svakoga od njih i zadovoljno dodaje:

– Milo mi je što ste tako spremni da u svakom momentu poslužite svojoj Otadžbini!

A već kad bi nešto palo na pamet i ministru prosvete i crkvenih poslova da izvrši smotru, te bi sazvao, na primer, popove kod manastira Rakovice, onda bi to izgledalo da bog sačuva.

– Prevrni džepove! – viknuo bi, recimo, ministar.

– Ne može! – odgovara kakav bezazleni pop.

– Prevrni kad ti kažem!

– Ama ne može! – pravda se pop.

– Zašto!

– Pa duboki su, hvataju čak do zemlje.

I onda ministru ništa ne ostaje nego da odredi anketu koja će lično sići u popovski džep. Pozove dva momka iz ministarstva pa oni uhvate, recimo, gospodina Rošu, referenta za crkvene poslove, i strpaju ga u džep. Pa onda ščepaju gospodina Milivoja načelnika i strpaju ga. Pa se onda nagne ministar i pita:

– Ima li još mesta unutra?

A gospodin Milivoje odgovara iz dubine: – Ima. Može stati ceo personal ministarstva prosvete.

Eto takva bi otprilike izgledala smotra kada bi je i ostali ministri držali.

Reorganizacija neba

Poznato je manje-više svima, koji se još ovde na zemlji bave nebeskim stvarima, da su se dva sveca nekako provukla ili, što bi naši vojnici rekli, „zabušila", te su ostala sve do dan-danas živa. To su Sveti Arhanđel i Sveti Ilija. Izgleda da su oni izabrali sebi takvo „doživotno" zanimanje, da im je prosto nemoguće umreti. Tako, na primer, Sveti Ilija je i dan-danji upravnik vodovoda na nebu a Sveti Arhanđel je doktor celokupnog lekarstva koji se poziva ili sâm dolazi bolesniku tek posle konzilijuma.

E ta dva sveca, i to je poznato, zato što imaju prava na život, nemaju prava da im se o danu njihove slave kuva žito. Taj im je dodatak kao oduzela Crkva, jer nije pravo em da žive em da imaju isti dodatak kao i ostali sveci.

I dok su pomenuti sveci na nebu time sasvim zadovoljni, dotle izgleda da su crkveni tutori na zemlji nezadovoljni. To jest, nisu nezadovoljni svi crkveni tutori uopšte, već samo tutori onih crkava koje slave Svetog Arhanđela Mihaila. Jer znate, kada bi bilo koljiva, ipak bi svet više posećivao crkvu prilikom hramovne slave. Ako baš ne bi onaj veliki svet, a ono bi bar deca napunila crkvu, pa bi slava ipak ličila na slavu.

Elem, u toj svojoj lepoj i bogougodnoj želji, tutori naše Saborne crkve, koja slavi Svetog Arhanđela, umolili su gospodina mitropolita, te je on jednom naredbom prosto uveo da se i o Svetom Arhanđelu kuva koljivo. Tako je i učinjeno pre neki dan, prilikom hramovne slave.

Najzad, to nije ništa ni rđavo, utoliko pre što je sad bar utvrđeno da nebeski odnosi mogu da se regulišu jednom naredbom srpskoga mitropolita. Ja sam toliko puta dosad pomišljao: ama ko je to nadležan da izda izvesne naredbe nebu, da regulišu izvesne stvari tamo, jer, brate, dosta smo uređivali ovu jadnu zemljicu, krajnje je već vreme da se umešamo malo i u nebeske stvari.

Ja sam, u svome nepoznavanju tih nebeskih prilika (uostalom, ja ne želim tako skoro da upoznam nebeske prilike) bio tako naivan, te sam mislio da je za kakvu izmenu na nebu potreban čitav vaseljenski sabor ili bar vsemirni sinod – kad ono, dovoljna je i naredba srpskoga mitropolita.

Vrlo dobro, vrlo dobro! Sad će bar najkraćim putem moći mnoge izmene i dopune da se učine na nebu.

Tako na primer čujem da se u našoj Mitropoliji već rade zakonski predlozi i to ovi:

1. Zakonski predlog o uvođenju trošarine na kišu. Sveti Ilija će istovremeno, pored dužnosti upravnika vodovoda, vršiti i dužnost upravnika trošarine. Tom novom trošarinom na kišnicu najviše su opterećene mehandžije i mlekadžije.

2. Zakon o izmeni uniforme nebeskih svetaca. Beogradski slikari, pošto su izmolovali sve crkve u Srpstvu, podneli su predlog Mitropoliji da je već krajnje vreme da se promeni uniforma svetaca, kako bi se te iste crkve mogle ponovo molovati. Najzad, mi Srbi tako rado volimo da menjamo uniforme, pa što ne bismo i na nebu to učinili.

3. Zakonski predlog o naplaćivanju takse za umiranje. Ovo je zbilja bilo koješta dosad. Nastala je bila jedna raspasanost, pa potegne čovek i umre kad hoće. Ali tako je to kad je besplatno. Odsad ga to majci neće više biti.

4. Zakonski predlog kojim će se urediti „bedno stanje" nebeskih svetaca. Jer, najzad, mora se i njima na nebu dati kakva dijurna i kakvi dodaci, inače sveci prete štrajkom.

A osim ovih nabrojanih predloga spremaju se još i silne naredbe, uputstva o vršenju službe, i raspisi kojima se sveci upućuju na savesnost i tačnost.

E, vidite, to mi se dopada. Uredili smo zemlju, zašto ne bismo sad i nebo.

Uzbuna

Aha, jeste li videli šta se desi prekjuče, kad zasviraše trube na uzbunu? Odavno Beograđanima nisu tako sišla srca u pete, kao onomad na noć.

I ajd', ajd', da je ta uzbuna priređena predveče ili do deset sati uveče, dok je još svaki oficir na svome mestu, ali u tri sata ujutru, to je koješta. Ko je kadar u tri sata ujutru pronaći sve oficire beogradskog garnizona? Teško je u takvim prilikama pronaći i ženjene a kamoli neženjene, koji su naučili da logoruju makar gde?

I sad već možete misliti šta se sve ispodogađalo onomad na noć. Nije potrebno ni da vam pričam, jer, najzad, to i nije tako čudna stvar da oficir u ovoj zabuni zaboravi štogod da ponese. To se redovno na svim uzbunama i u svim vojskama dešava. Ne može oficir u takvoj prilici zaboraviti, na primer, čizme ili kapu, ali voštane svećice ili čarape ili tako nešto, to se da i u redovnim prilikama zaboraviti, a kamoli za vreme uzbune.

Sve je to obično i sve se to dešava, ali ono što je sasvim neobično i što se možda samo ovom prilikom desilo to je da je jedan potporučnik odjurio u garnizon s dve ratne spreme.

Možete misliti koliko je zaprepašćenje izazvao među drugovima čovek duplo spreman za rat. I, najzad, što je poneo umesto dva para čarapa četiri, to još nije ništa, ali je taj sin poneo i dve čuturice i dva durbina pa čak i dva revolvera.

– Pa dobro, kako je to moguće? – pitaju ga drugovi.

– Pa... ovaj... tako, dvaput sam se oblačio na znak uzbune! – odgovara duplo spremni potporučnik.

I pored sveg njegovog objašnjenja da se dvaput oblačio, da on svaki ratni pribor ima u duplikatu, niko tu pojavu nije mogao da razume.

– Pa dobro – pitao ga jedan od intimnijih drugova – što će ti dve ratne spreme? Nema nigde u propisima da oficir mora da se snabde s dve ratne spreme?

– Pa treba! – odgovara potporučnik zbunjeno.

– Ama zašto treba?

– Pa za slučaj da Srbija jednovremeno ratuje s dva neprijatelja – šeprtlja potporučnik.

I tako bi ta objašnjenja išla i dalje da potporučniku ne priđe jedan drug i izazva ga poverljivo na stranu:

– Slušaj, ti si se dvaput noćas oblačio?

– Jesam!

– I u dvema raznim kućama?

– Pa... jeste.

– I potrpao si u zabuni na sebe sve što si gde dohvatio?

Potporučnik ćuti.

– E vidiš – uze da ga savetuje prijatelj – onaj major tamo psuje oca i mater svome posilnome što mu je zaturio ratnu spremu, pa je došao bez igde ičega. Nego skidaj ti te duplikate sa sebe, još dok je ovako mrak. Kad nas uhvati zora, poznaće na tebi ako ništa drugo a ono bar svoju čuturicu!

I tako, duplo spreman ratnik ipak izađe ispravan na front.

Opet kriza

Otkad već neispeglani cilindri leže pod krevetima, otkad već nije bilo ministarske krize. A to nam je tako neobično! Nekako nam je šuto, mrtvo, monotono kad nema krize.

Zamislite, na primer, da se kod nas desi koji put da jedan kabinet posedi jedno deset godina. Sedi tako deset punih godina, sedi, sedi, sedi i ne miče.

Bože, kako bi to izgledalo? Ja mislim da bi to moralo vrlo neobično izgledati.

Naša deca već bi dorasla za ministre, a ne bi mogla to postati, jer ne bi bilo mesta. I deca bi se naša kao siročići vukla po ulicama, ne znaju-ći šta da rade. Mi roditelji morali bismo da pravimo čitave demonstra-cije, uzvikujući: „Dajte nam ministarska mesta, deca vas mole!“

Pa onda, to bi moralo imati i svojih širih i dubljih posledica na sve odnose u društvu. Naša deca se u poslednje vreme ne žene dok ne po-stanu ministri. I onda bi počele da se bune i devojke, sve one bar koje nose preko trista hiljada dinara i pretenduju da budu ministarke.

Ali, hvala bogu, to kod nas nikad ne može da se desi. Kod nas vlade ne mogu da potraju deset godina, a kad potraju deset meseci, i to je dosta.

Eto, na primer, otkad već nije bilo ministarske krize, i otkad mirno počivaju neispeglani kandidatski cilindri pod krevetima.

A od juče su bogme izvađeni iz svojih skrovišta i već se danas sijaju kao da su mašću namazani i stoje u hodniku na čiviluku, da budu sva-koga trenutka pri ruci.

Još preksinoć predveče vratio se malo dockan gospodin Toma kući, pa s vrata već poče:

– Ovaj, Savka, šta bi, bogati, s onim mojim cilindrom?

– Pa – odgovara ona ravnodušno – kako si ga metnuo na glavu poslednje ministarske krize, tako je jednako u kutiji. A što pitaš?

– Pa, tako, palo mi nešto na pamet.

– Da nećeš da ga pokloniš Narodnom pozorištu?

– Nije, nego velim da ga pošalješ sutra da se ispegla?

– Šta kažeš?

– Pa da se ispegla.

– Ju, a da nema nešto ministarske krize?

– Pa da, kabinet je dao ostavku.

– Bože, i to tako mirno. Umesto da si mi odmah s vrata viknuo: dragička, a ti to tako.

– Pa rekoh...

– Slušaj, ja ću odmah sutra da dam onu crnu svilenu haljinu da mi se popravi. Skinuću one somotske revere i rukave ću prepraviti. Ne nose se više onakvi...

– Ama čekaj, zaboga, ženo.

– I onda da znaš, ujutru rano da mi poručiš vizitkarte. Ni jedne vizitkarte nemam.

– Ama čekaj zaboga.

– I onda, hoću da mi...

– Ama čekaj, ženo, pobogu!

– Pa jest, ti to tako, samo čekaj, pa nikad nećeš ni biti ministar.

I sada nastade u gospodin Tominoj kući kriza. Jer kad gospa Savka počne, ne ume da se zaustavi. I ja mislim da ta kriza ni do ovoga časa nije svršena, utoliko pre što gospodina Tomu – kao što vidim – niko nije ni pomenuo kao ministarskog kandidata.

Jedan bogat temelj

Prilikom Sinđelićeve stogodišnje proslave i u Nišu i u Svilajncu u programu je bilo i „svečano polaganje temelja". To „svečano polaganje temelja" nije baš tako nova tačka u našim programima. O, znam ja već vrlo mnogo temelja koji su prilikom raznih svečanosti položeni a na kojima nije ništa nazidano. Bilo je čak u svoje vreme to polaganje temelja toliko ušlo u modu da je opština beogradska morala da priteče sa svoje strane građanstvu u pomoć.

Da bi to učinila, opština je sa svoje strane odredila jedan plac u Beogradu koji je namenila čisto za polaganje temelja. Čim kojoj korporaciji naspe da polaže temelj, a opština joj ustupi taj plac. Održi se lepo svetkovina, iskopa se rupa, napiše se povelja koju potpišu svi prisutni, spusti se u rupu po jedan novac od svake monete i povelja, udari se triput čekićem i – svršena stvar. Programska tačka je izvršena.

Sad naiđe drugo društvo kome je naspelo da polaže temelj svome domu i zatraži od opštine plac i opština potegne odmah taj isti plac, koji je specijalno određen za polaganje temelja i ustupi ga društvu. Iskopa se opet rupa pa jedan metar-dva dalje od one stare, napiše se opet povelja koju potpišu svi prisutni, spusti se u rupu po jedan novac od svake monete i povelja, udari se triput čekićem i – svršena stvar. Programska tačka je izvedena.

Sećam se jedanput naišao tako u Beograd neki brat Čeh. Dobar Slovenin pa mu redom sva društva slala pozive na svetkovine polaganja temelja za svoj dom. I čovek telegrafirao svima redom i čestitao svetkovine, pa kad je došao u Beograd a on hajde da vidi sve te društvene domove kojima je prilikom polaganja temelja čestitao. Pa ga ja tako vodim kroz Beograd i pokazujem mu.

– Ovo je dom Književno-umetničkog društva! – pokazujem mu ja kuću Đorđa Vuče.

– A ovo je ovde dom Beogradskog pevačkog društva! – pokazujem mu kuću Joce Jovanovića.

Pa onda redom tako, pokažem mu kuću apotekara Viktorovića kao muzičku školu i kuću Nikole Spasića kao dom gimnastičkog društva „Soko“.

I tako čovek ode iz Beograda zadovoljan i ne znajući da su sva ta društva položila temelj na jednom i istom placu, koji opštini na tu celj služi.

Vama je poznat valjda taj plac o kome govorim? To je onaj ispod Narodnog pozorišta gde se sad nalazi mali, trouglasti park.

E vidite, po tome placu je zasađeno nekoliko temelja nekolikih naših kulturnih ustanova, koje neće nikad nići. I ja se već unapred pakosno radujem onoj zabuni koja će nastati kroz četiri do pet stotina godina, kad neko buduće pokolenje počne graditi kakvu kanalizaciju ili što slično, pa se oko rupa koje će se iskopati na tome placu, iskupe arheolozi i počnu vaditi jednu po jednu povelju.

Bože gospode, kad nastane zbrka i polemika između njih, jer svakojako nijedan od njih neće moći pojmiti kako je to moglo biti da se na jednom i istom placu podigla recimo danas velelepna zgrada „Umetnički dom“, pa odmah šest meseci zatim na istom mestu „Gimnastički dom“, pa šest meseci zatim opet „Velosipedski dom“, pa opet šest meseci zatim i na istom mestu „Pevački dom“.

I još sam nešto radoznao: ne znam koje će pokolenje pokupiti iz toga bogatoga temelja onaj novac u raznim monetama koji je u pojedine rupe strpan prilikom svečanog polaganja temelja?

Mitrovdan

Mitrovdan je vrlo popularan praznik u nas. Njega praznuju oni kojima je isplaćen ajluk danas, a oplakuju ga domaćice koje su dosadašnji kvartir otkazale pa im se prvi novembar približava kao oštar nož.

– Ne znam odakle ću i da počnem. Kad mi dođe ta seoba, a mene hiljadu troletnica spopadnu – vajka se takva domaćica.

– Ne znam gde bi se sastali večeras, da utucamo ovo malo ajluka – dogovaraju se oni koji su danas isplaćeni.

I tako Mitrovdan je praznik otkaza. Sve što se može otkazati, i kvartir, i služba, i ugovor, i zakup, sve se danas otkazuje. I sve to nije nimalo čudno, ali je čudo neviđeno i nečuveno da se u poslednje vreme o Mitrovdanu i Đurđevdanu i ljubav otkazuje. Ja to nisam do sada znao i možete misliti koliko sam se iznenadio kada sam čuo da gospođica Savka skoro svakoga Mitrovdana i Đurđevdana otkazuje ljubav.

Poslednji kirajdžija njenoga srca bio je gospodin Panta, znate onaj mali s cvikerom što šetajući se Knez Mihailovom ulicom stalno vrti štap među prstima.

E, on je, dakle, bio na stanu u srcu gospođice Savkinom.

– Kako, kako ste zadovoljni s vašim stanom? – upitao bih ga ja pogdekad.

– Pa dobar je, dosta ugodan stan, upravo čak i suviše komotan, pa onda nema promaje itd.

E, vidite, taj gospodin Panta, za koga svi znamo da je nastanjen u srcu gospođice Savkinom, dobio je 15. ovog meseca prepodne jedno pismo ove sadržine:

Gospodine,

Od prvog idućeg meseca otkazujem Vam ljubav, pošto sam se u drugog zaljubila. Ovo činim u zakonom roku, na petnaest dana ranije, kako bi Vi imali vremena u koju drugu zaljubiti se.

Jelte da je to interesantno pismo? Izvesno i vi sad prvi put čujete da kakva gospođica o Mitrovdanu otkazuje ljubav! Međutim, to mene nimalo ne iznenađuje. Jedino što me iznenađuje, to je što se već ne zavede običaj da gospođice uoči Mitrovdana i Đurđevdana lepe s leve strane na grudima cedulje na kojima bi pisalo „Stan za samca“:

Ala bi to bilo zgodno, bože moj. Ne mora čovek tu vazdan da se muči, već gde vidi listu, on zakuca na vrata.

Razume se, da bi te liste onda raznoliko glasile. Kao na primer: „Elegantan stan za otmenog samca“ ili „Vrlo udoban stan za čoveka srednjih godina“ ili „Dva samca mogu naći zajednički stan“ itd.

Kad bi tako bilo uređeno, bilo bi odista odlično. Ako ništa drugo, mogle bi se izbeći provodadžike, jer bi se oglasi dali i ovako napisati: „Jedno prazno srce izdaje se odmah od prvog novembra pod kiriju. Posrednici isključeni.“

Uostalom, što ja o tome svemu pričam kao o nečemu što bi tek moglo biti, kao da to već ne postoji kod nas. Niko još, doduše, ne lepi liste na grudi, ali su se ženidbeni i udadbeni oglasi već uveliko odomaćili, a to je gotovo to isto.

Čitajte samo poslednju stranu naših novina, pa ćete već u svima naći bar po jedan oglas, kojim se koja devojka ili udovica nudi da se uda ili mladić kakav ili udovac traži sebi ženu.

A kad se samo na te oglase naviknemo, počećemo mi već, videćete, i liste da lepimo. Tä šta je to još što je od nas uteklo?

Pokojni pop

Bože moj, što ti je sudbina. Badava, od sudbine se ne može pobeći, pa ma šta čovek činio. I to ne samo čovek, nego ni pop ne može od sudbine pobeći.

Eto, molim vas, uzmite samo ovaj onomadašnji primer. Jednom popu bilo suđeno da bude odlikovan. Još kada je bio mali, kada je nosio ripidu, pevao za pevnicom i krao poskurice, njemu se javio heruvim u snu i kazao mu: „Tvoj trbuh će krasiti odlikovanje!"

Majka njegova je bar tako tvrdila da mu je heruvim kazao: „Tvoj će trbuh krasiti odlikovanje!", dok je otac uvek tvrdio da je heruvim rekao: „Tvoje grudi će krasiti odlikovanje!" Usled te zbrke u memoriji očevoj i materinoj bila je čitava borba u kući, da li dete da daju u popove ili oficire. Majka, pozivajući se na svoje tvrđenje da će mu trbuh biti odlikovan, teglila je da ga dadu u popove; otac pak teglio je u oficire.

– Ali, zaboga – dokazivala je majka – ako ga damo u popove, on može pored crvenoga pojasa, kojim bi mu mogao biti trbuh odlikovan, biti odlikovan još i ordenom na grudima, a ako ga damo u oficire, osim ordena na grudima on ne može biti odlikovan i crvenim pojasom. Znači, dakle, da bi reskirali da ne dobijemo nijedno, umesto dva odlikovanja.

Tako su, najzad, pobedili materini razlozi, i dete je otišlo u popove sa unapred utvrđenom sudbinom da će biti odlikovano. I popovao je, i popovao je, i popovao je, a nikako ni odlikovanje trbuha, ni odlikovanje grudi. Koliko se puta sâm u sebi pitao:

– Šta je, bre, heruvime, što se praviš lud?

Ali heruvim niti mu se više javlja, niti mu što odgovara. Najposle pop, dok je čekao čekao, pa kad mu se dosadi, a on potegne pa umre, a u grob, sem skrštenih belih ruku, ne ponese ni crveni pojas, niti kakav državni orden na grudima.

Umro je lanjske godine.

Ali sudbina je sudbina, ako te ne stigne pre groba, ona će te stići posle groba. Pa tako i s popom. Onomad, o Svetom Savi, izašao je ukaz u *Srpskim novinama*, kojim se pokojni pop odlikuje Ordenom Svetog Save i, kako čujem, Kancelarija kraljevih ordena već je uputila Ministarstvu unutrašnjih dela pitanje: misli li ministarstvo da taj orden treba predati pokojniku preko opštine varoši Beograda, koja bi ga uputila svome čuvaru groblja na nadležni postupak, ili preko gospodina mitropolita, koji bi ga uputio nebeskoj administraciji na nadležni postupak.

Ali, najzad, kako će pokojnom popu biti predan taj orden, nas se najmanje tiče. Ono što ja hoću povodom ovoga odlikovanja da izjavim to je: da mi se taj postupak Ministarstva prosvete neobično dopada.

Zamislite ako se taj presedan, odlikovanje pokojnika, uvede u praksu, kako bi nam se dala prilika da se mnogim i mnogim našim precima odužimo i ne dižući im spomenike.

Tako bi, na primer, Ministarstvo prosvete moglo sad, posle ovoga svoga pronalaska, odlikovati Ordenom Svetog Save I reda sa zvezdom samoga Svetoga Savu; Ordenom drugoga reda sa zvezdom: Dositeja Obradovića, Vuka Karadžića, Simu Milutinovića, Steriju Popovića, Branka Radičevića; pa onda trećim stepenom: Bogoboja Atanackovića, Lukijana Mušickog i Pavla Solarića; pa četvrtim stepenom: Joakima Vujića, Kostu Trifkovića i Miloša Svetića; pa petim stepenom: S. Stefanovića, Novića Otočanina, Novaka Radonjića, itd.

A tek Ministarstvo vojno? Bože! Ono bi tek moglo kroz svoje ukaze potpuno da nas oduži prema zaslužnim precima. Zamislite ovakav ukaz Ministarstva vojnog:

Ordenom za vojničke vrline: Miloša Obilića, Ivana Kosančića, Milana Toplicu, Hajduk Veljka, Žiku Deligradskog, Sinđelića, Vasu Čarapića, Zeku Buljubašu, Koču Petrovića, Karađorđa, itd.

Ordenom Belog orla: Kneza Miloša, Protu Mateju Nenadovića, Despota Stevana Lazarevića, Luku Lazarevića, Braću Nediće i Antu Bogićevića.

Ordenom Svetoga Save: Cara Lazara, Petra Ička, Kara Mustafu „sirotinjsku majku“, Đurđa Brankovića, „našeg zeta“ Bajazita, i arhimandrite Melentija i Ruvima.

I već tako dalje. Mogla bi se odlikovati cela srpska istorija, od korica do korica. A to bi odista i bilo lepo, te mi samo možemo biti blagodarni našem Ministarstvu prosvete što je učinilo taj lepi pronalazak: odlikovanje pokojnika.

E hvala mu i s moje strane!

Jedna mračna zabava

Svaka zabava ima svoju svetlu i svoju mračnu stranu. Svetla strana joj je ono što je osvetljeno, a mračna ono što se u mraku dešava.

Tako, na primer, ode gospođica Anka prvi put na zabavu, i, recimo, već se kod prvoga kadrila zaljubi. To nije nimalo brzo, jer sve devojke kad prvi put odu na zabavu, zaljubljuju se obično kod prvoga kadrila. E, sad, pošto se ta ljubav razvija pod svetlošću električnih lustera, to je već svetla strana te zabave. Ali kad ta mlada devojka ode kući pa se pokrije jorganom preko glave, da bi sabrala sve drage uspomene sa zabave, onda je, razume se, pod tim jorganom mračno, i to je mračna strana zabave.

No ima još mračnijih. Odu, na primer, gospođa Sofija i gospodin Pera na zabavu, i lepo ide donekle. Ona mu čak usput u kolima kaže:

– Nemoj, bogati, da se po tvome običaju zavučeš u kafanu, nego se nađi oko mene. Mogao bi baš igrati i prvi kadril, nema smisla da ja kao udata žena igram s mladićima.

I to vrlo lepo izgleda kada se u kolima kaže, ali na zabavi sasvim drukčije izgleda, i to toliko drukčije, da muž već oko ponoći dobije migrenu, da nabusito poziva ženu da idu kući i da, najzad, u kolima ni reči ne progovore jedno drugom. I onda kod kuće nastaje ona mračna strana zabave koja se po koji put svrši time što se mnogi sitni predmeti od nameštaja razlupaju.

Ono bi prvo, dakle, bila mračna strana zabave, ovo drugo mračnija, ali postoji i najmračnija strana. To je ono kada na nekoliko dana posle lepe provodnje, posle prijatno provedene zabave, počnu da stižu računi od krojačica i trgovaca i kada te neprijatne trenutke kruniše i rok one menice koja je radi te zabave eskontovana.

Ali i pored ovih mračnih, mračnijih i najmračnijih strana svake zabave, desila se pre neki dan jedna najmračnije mračna zabava. To je ona zabava Ženskog društva priređena pre nekoliko dana u Oficirskom domu, kada je prskao akumulator za električno osvetljenje i zabava ostala potpuno u mraku, a publika počela da beži.

Bože, što je tu nastalo smešnih i čudnovatih scena, da je meni i dan-danas žao što se nisam desio na toj zabavi, jer neobično volim da se u takvim prilikama nađem u mraku.

Kažu da je nastala užasna panika; dame koje su se zatekle u zagrljaju kavaljera igrajući vals ostale su tako, jer nisu smele u mraku da mrdnu.

Mrak je bio totalan, jedva se čuo pogdekoji ženski glas: „Juh!“ i očajan uzvik muževa: „Perso! Sofija! Tinka! Anka! Milice! Jelena, gde ste zaboga!?“

I onda, šta se sve nije desilo! Kažu, jedan oficir u hitnji pripasao ženski amrel; jedan gospodin strpao u džep slanik umesto tabakere; jedna gospođa je, pipajući po mraku, napipala nečije brkove i tako vrisnula kao da se srušio kućni krov, i najzad jedan oficir je poveo kući tuđu ženu, i jedva primetio da je tuđa kada je stigao kući i upalio u svojoj spavaćoj sobi sijalicu.

Eto, to je mračna strana zabave koja se pre neki dan desila u Beogradu. A znao sam ja da se tako nešto mora desiti; čim sam čuo da će Žensko društvo prirediti zabavu u Oficirskom domu. Verovatno je da će se taj maler ponoviti ako se, za ljubav revanša, budu oficiri beogradskog garnizona rešili da svoju zabavu prirede u lokalima Ženskog društva.

Belgijska misija

Jedan od najvažnijih događaja od prošle nedelje, to je bavljenje u našoj sredini belgijske misije, koja je došla da notificira stupanje belgijskoga kralja na presto.

Mogu reći da ta gospoda nisu na nas učinila nikakav utisak: naši ministri su ih predusretali vrlo hladno, naši poslanici govorili su o njima sa omalovažavanjem, a naši opštinari umalo da ih nisu prezreli. Raspitivao sam se i razabirao sam se otkuda to dolazi i jedva sam najzad saznao. Ta su se gospoda – zamislite samo – toliko nisko spustila da su se na ovaj veliki put po evropskim zemljama krenuli o svome sopstvenom trošku. To je odista pravi evropski skandal!

Pa, ajd', ajd', najzad, što su o svome trošku putovali u Englesku, Francusku i Nemačku, ali zamislite samo, oni potegli pa došli u Srbiju, u zemlju gde ni ministar, ni poslanik, ni načelnik, ni poreznik, ni niko živi neće ni do Topčidera da ode o svome trošku.

Znate šta sam ja uradio kada sam to čuo? Otišao sam odmah i napravio posetu toj gospodi.

– Izvinite, molim vas – bile su moje prve reči – ali molim vas da mi kažete koliko se mislite baviti u našoj otadžbini?

– Svega dvadeset četiri sata – odgovoriše gospoda ljubazno.

– Uh, šteta! – uzviknuh ja, ne mogavši da savladam svoje osećaje.

– Kako, zašto? – iznenadiše se oni.

– Pa, da ste se mogli duže zabaviti, ja bih vam predložio jedno preduzeće, koje bi meni neobično koristilo.

– Kakvo je to preduzeće? – zapitaše Belgijanci radoznalo.

– Ah, kad biste mi vi dozvolili da zauzmem jedan lokal i da vas s ulaznicom od pet dinara prikazujem svetu, silan bih novac na vama zaradio.

– Mislite?

– Razume se, jer kod nas u Srbiji još se nisu videli ljudi koji državnim poslom o svome trošku putuju. To se još nikada nije videlo, i na takvu retkost trčao bi svet kao lud. Da dođe sada Blerio u Beograd, to nije tako čudna stvar: leti čovek i ništa više. Da dođe Kuk ili Piri u Beograd, i to nije tako retka stvar. Gazili ljudi po snegu i ledu i stigli na Severni pol i ništa više. Ali ljudi, živi ljudi da o svome trošku putuju i svršavaju državni posao, e to je za nas Srbe odista nečuveno.

– Žao nam je – odgovoriše mi Belgijanci, pošto sam uspeo ubediti ih – ali moramo odmah dalje putovati, inače bismo vam dozvolili da nas izložite.

I tako se ja rastadoh od njih ožalošćen što mi je propalo jedno lepo preduzeće, a ponesen mislima kako bismo mi, kad i inače u težnji da se preporodimo kopiramo sve od kulturnih naroda, mogli i u ovome da idemo za njima.

Zamislite, na primer, hoće Srbija da kupi topove, ili hoće, recimo, Ministarstvo privrede da kupi priplodna grla, ili opština hoće da prouči uređenje trošarine ili ma čega drugog u inostranstvu. Ma koje od toga bilo, zamislite kako bi izgledalo na delu. Donese, na primer, ministar narodne privrede rešenje o kupovini priplodnih grla u inostranstvu, i kao kroz koji dan će odrediti komisiju koja će o svome trošku taj državni posao da obavi.

Sutradan po rešenju, ministar već zateče na svome stolu molbu gospodina načelnika za desetodnevno odsustvo jer pati od „lakog nazeba“ i lekar mu je preporučio da čuva postelju; istoga dana prepodne javlja mu se sekretar i sa suzama u očima moli da ga ne šalje u komisiju s obzirom na njegovo četvoro dece.

Toga istoga dana popodne javlja se ministru jedna dama. To je tetka gospodina Sime pisara, i kao što su nekada tetke dolazile da izrade svojim nećacima da uđu u kakvu komisiju, tako sada dolaze da ih spasavaju komisije.

Razume se da u ovoj prilici ne bi izostala ni pokoja ceduljica narodnoga poslanika: „Bogati, nemoj onoga Petra određivati u tu komisiju što treba da putuje u inostranstvo. Naš je čovek, pa nije pravo da ga to od nas snađe!“

Ja mislim da bi to odista tako izgledalo kada bismo se mi ugledali na ove Belgijance. Ali hvala budi milostivom bogu, mi na to niti mislimo niti ćemo misliti. Nećemo se, beli, mi lako odreći dijurne i kilometraže. A nismo valjda ni ludi, i to sada baš kad i država i opštine zaključuju nove zajmove.

Naše zaraze

Naše društvo pati od raznih zaraza. Kad naiđe kakva društvena bolest, a ona kosi, kosi, pa prestane, i onda naiđe druga. Bože sačuvaj, izgleda kao da su to neki naročiti bacili koji nam okuže vazduh.

Tako, na primer, naiđe prvo bacil samoubilački, i onda počnu da vrše samoubistva svi odreda, i oni koji ima smisla da se ubiju, i oni koji nema smisla da se ubiju. Pa kad prođe ta bolest, a ono naiđe bacil bankrotiranja, i onda nastanu bankrotiranja, i ona koja su unapred udešena, kao i ona koja nisu unapred udešena. Pa to traje, tako, traje, dok se bolest ne proredi, a tad tek naiđe nov bacil, koji se latinski zove, recimo, *Bacillus deficitus*. I onda počnu kase raznih državnih nadleštava i novčanih zavoda da padaju u nesvest, nadzorni i upravni odbori počnu se potpasivati, a čamcima između Beograda i Zemuna počne rasti vrednost.

Pa tako traje ta zaraza, traje donekle, pa onda tek naiđe zaraza bračnih skandala, koju proizvodi bacil, u nauci nazvan *Bacillus consistorialis*. Najglavniji znaci te bolesti su: nekakva jurnjava, pa batine, svedoci, hvatanja, mlaćenja i premlaćivanja.

Eto, tako otprilike naše beogradsko društvo nikada nije bez jedne od tih zaraza, tako da sam ja dolazio na misao da u javnosti plediram za ustanovu jednoga naročitoga saniteta za sprečavanje društvenih zaraznih bolesti.

Eto, na primer, pogledajte kakav je sad tek naišao čudan bacil na Beograd. Od nekoliko dana naovamo zahvatila je Beograd zaraza obijanja kasa. Svaki bogovetan dan skoro čuje se tek za nov slučaj obolevanja. Bolesnik – ako u ovom slučaju kasu smatramo bolesnikom – ili je probušen spreda, ili sa straga, ili su mu pokvarena rebra ili leđa. Pogdegde se javi bolest u najjačem stepenu – kao što je, na primer, sa Šenkerovom kasom – a pogdegde i u blažem vidu, kao što je, na primer, obijanje kakvoga čekmedžeta. I ako tako potraje, a u našem Beogradu zaraze vrlo lako hvataju korena, onda može to vrlo rđavo da se svrši. Ja sam se, na primer, od te zaraze toliko uplašio da sam već sav svoj novac izvadio iz kase.

I nije da kažete da se kod tih naših društvenih zaraza dâ pomoći, kao što to biva kod drugih zaraznih bolesti. Tamo se neko razboli od tifusa, na primer, i onda mu se prikači tabla na kuću koja glasi: „Pazi, u ovu kuću ne ulazi“. Ali se takve table ne mogu tek prikačiti na kućama gde vladaju društvene zaraze. Ne možete vi, na primer, na banku, u kojoj je izvršena pronevera, metnuti tablu koja glasi: „Pazi, u ovu kuću ne ulazi jer vlada deficit!“ Ili ako bi to pogdekad i za pogdekoju banku i moglo biti, ali ne možete vi za onaj drugi slučaj, za slučaj bračnih skandala, metnuti tablu na kuću, jer kuća u kojoj se dešavaju bračni skandali ima već svoju tablu. Samo u jednom slučaju mogla bi se na takvu kuću prikačiti tabla, a to je kad bi na njoj pisalo: „Pazi, u ovu kuću ne ulazi, jer možeš dobiti batine od muža!“

Ipak, za slučaj ove poslednje zaraze, obijanja kasa, možda bi te table bile praktične kada bi se na njima napisalo: „Pazi, u ovu kuću ne ulazi, jer ovde je već kasa obijena!“ Na taj bi se način moglo uticati na lopove da bar ne nailaze po dvaput na jedno isto mesto, te bi građani kojima je jedanput obijena kasa i isharana mogli zatim mirno spavati.

Kmetovsko pitanje

Jedno od najvažnijih pitanja naših, za poslednjih trideset godina, pitanje koje je bilo uvek važnije i od ustavnog i od dinastičkog, bilo je i ostaće kmetovsko pitanje. Najzad, to je jedino od naših pitanja koje je prošlo sve moguće instancije, tako da to zaslužuje da vam kao priču ispričam.

Elem, bilo je to pre toliko i toliko godina. U selu Cerovcu dosadio kmet svima onima koji bi želeli da zauzmu njegovo mesto, te po lepom srpskom običaju dogovore se oni da odu do kapetana i da tuže kmeta. Dignu se tako njih četvoro te hajd' kapetanu.

– Ovakva, i ovakva, i ovakva stvar – vele oni. – Tužimo ti našega kmeta, i nećemo ga ni za živu glavu.

Kapetan razgleda tužbu odovud i odonud, i lepo ti odbije tužioce. I razume se, kmet kojega su tužili, iako im dotle nije bogzna koliko dosadio, sad im tek počne dosađivati. I onda, kada tužiocima dođe duša u podgrlac, šta će i kako će, nego hajd' kod okružnog načelnika.

– Žalimo se na našega kmeta – veli deputacija – jer nam dosadi svojim nasiljima i nezakonitostima.

Načelnik razgleda tužbu pa ih vrati u selo, a kmet ih dočeka i počne ih secati onako kmetovski. Šta će sad i kuda će nego hajd' pravo ministru. Pravo je da i sâm ministar čuje za nasilja i nezakonitosti kmetove.

Dođe, dakle, deputacija u Beograd pa hajd' u ministarstvo.

– Aman, gospodine ministre, aman i zaman. Propišta celo selo od nepravde i nasilja.

Razgleda i ministar stvar, razgleda pa ih i on odbi.

– Ama ima i nad popom popa! – uzviknu deputacija i predade žalbu Državnom savetu. Državni savet metne prst na čelo, razmisli o tužbi, prevrne zakone i odbije tužbu.

Dabome, u selu inat raste sve više i više. Naturio se kmet na deputaciju, naturila se deputacija na kmeta, pa inatu nema kraja.

– E vala ići ćemo i samome kralju, kad kod vlasti nema zaštite – uzvikuje deputacija i gruva se u grudi. I jednoga dana odista tek vidiš krenuo se „narod" od Zlatnoga topa pa pravo hajd' u dvor.

– Vaše veličanstvo, narod sela tog i tog izaslao nas je da podnesemo svoje ponizne izjave odanosti i vernosti, i da se žalimo...

Kralj ih odmeri od glave do pete i blagodari im na izjavama vernosti, a za resto uputi ih vlastima. Izađu oni pokunjena nosa pa se opet upute u selo, u čeljusti kmetove.

– Šta ćemo, pobogu, brate, sad kad u ovoj zemlji nema vlasti nad kraljem?

– A mi ćemo Bogu!

– Vala, ići ćemo i samome Bogu.

I odovud, odonud, rešiše oni da idu samome Bogu. Opremiše se, udesiše se, oprostiše se od kuća pa hajd' na nebo. Dođoše tamo pa se javljaju Svetome Petru.

– Prijavi nas Bogu, tako ti boga!

– A šta ćete kod njega? – iščuđava se Sveti Petar.

– Vala, da mu se žalimo na našega kmeta, valjda će nam on što pomoći, kad na zemlji nema pravde i zakona.

Odmahuje glavom Sveti Petar pa odlazi Bogu i veli mu:

– Neka deputacija iz Srbije...

– Znam, to su Srbi, hoće da se žale na kmeta; no, samo mi još to treba. Ne mogu da ih primim – veli Bog.

– Ali oni preklinju, kako da im kažem?

– Reci da spavam – veli Bog.

– Čekaće oni.

– Onda im reci da sam umro – odgovori Bog osorno i zalupi vratima.

Izađe Sveti Petar, slegnu ramenima, pa će reći:

– Žao mi je, braćo, ali Bog je baš malopre umro.

– Ene! – učini jedan iz deputacije.

A najstarijem među njima, kome je i Bog već dodijao, skinuće tek kapu pa će reći:

– A, vala, ako je i umro, i njegovog je bilo dosta. Eto, tu mi se popeo i sâm taj Bog! – pokaza na vrh svoga temena.

Eto, kroz sve te instancije prošlo je kod nas do sada kmetovsko pitanje, i prolaziće i nadalje.

Dva važna koraka

Gospodin poručnik Pera učinio je ove godine dva odlučna i značajna koraka. Kupio je konja i oženio se. Jedni kažu da se prvo oženio pa onda od miraza kupio konja, ali ja znam pouzdano da je prvo kupio konja i tek pošto je uzviknuo: „E, sad sam na konju!" on se oženio. To je uostalom sasvim prirodan red stvari, jer nije se tek mogao oženiti pa uzviknuti: „E, sad sam na konju!"

Uostalom ja taj red stvari znam i po tome što sam nekako samim slučajem bio prisutan i kad je kupio konja i kad je zaprosio, i baš zato hoću o tim njegovim koracima da pišem.

Elem, ponudi mu jedan njegov poznanik konja i odrede dan posmatranja. Otišao gospodin Pera u štalu da vidi konja. Zagledao ga je sleva, zdesna, teglio mu uši, teglio mu rep, dizao mu noge te zagledao u kopita; metao mu šake pred oči, merio mu širinu grudi; terao konja da pred njim jede. Pun sat ga merio, premeravao, gladio i zagledao.

– No, kako ti se dopada? – pita ga prodavac.

– E, pa znaš kako je, ne mogu tek tako to. Nije to šala kupiti konja! Moraš mi ga dati da ga pojašem.

– Dabome, eto poslaću ti ga sutra.

Sutradan izjahao je gospodin Pera konja. Bre, puštao ga kasom, pa hodom, pa trkom, pa ga ustavljao, pa ga naterivao na direk, pa na baru, pa mu zavlačio ruku pod ašu da vidi da li se oznojio; pa mu opet trljao oči, pa uši, pa mu zagledao kopita, pa mu teglio rep i najzad odveo ga u štalu, gde ga je očekivao nestrpljivi prodavac.

– No, kako ti se čini, jesi li se rešio?

– Dopada mi se, ali znaš kako je, ne ide to tako preko kolena.

Posle tri dana doveo je gospodin Pera dva svoja prijatelja, te su i oni posmatrali konja. Bre, zagledali mu zube, teglili uši, metali šaku pred oči, merili mu grudi i činili sve ono što je gospodin Pera pre nekoliko dana bio činio. Nestrpljivi prodavac poskakuje s noge na nogu i pita:

– No, kako vam se sviđa?

– E pa – odgovaraju sva trojica u jedan glas – pa dobro je, dobro.

– Pa hajd’ da svršimo.

– Polako, brate, ne ide to tek tako.

Posle pet ili šest dana došao je opet gospodin Pera i doveo marvenog lekara te je i ovaj ispočetka pregledao konja i zavirivao i gde se zaviruje i gde se ne zaviruje. I opet mu zagledao zube, jezik, teglio rep, dizao kopita, trljao i, pri polasku, opet odgovorio nestrpljivom prodavcu:

– Pa, ovaj, odgovoriću ti za dva dana.

Ta dva dana upotrebio je gospodin Pera na savetovanje s prijateljima.

– Šta mislite, da l’ da uzmem onog konja? – pitao je svakog redom.

Jedni su bili za, drugi protiv, jedni ovako, drugi onako; najposle prelomi se gospodin Pera posle dugog razmišljanja, ode prodavcu, udari šakom o šaku, te prekine pogodbu.

Eto, tako je najzad gospodin Pera kupio konja.

E sad da vidimo kako se oženio: upoznao se s njom na jednoj zabavi Oficirskog doma. Ona je na tu zabavu došla kao ne znam čija svastika. Brzo ga je osvojila. Kod drugog kadrila on je već piljio u nju kao mače u žižak. Još to veče čuo je od jednoga majora u penziji da nosi 80.000 miraza i napućio malo usne.

– Najzad, 64.000 za isplatu mojih dugova, a 16.000 da napravim jednu novu uniformu i pokrijem svadbene troškove! – pomislio je on u sebi.

Posle četiri dana on je već išao na viđenje, ali niti joj je zagledao zube, niti posmatrao jezik, niti teglio rep, niti joj je metao šaku pred oči, niti joj je trljao uši. Razgovarao je s njom pola sata, i uvideo je da bez nje ne može živeti.

Sutradan je, razume se, isprosio.

Eto, tako je gospodin Pera izveo ova svoja dva važna koraka u životu. Uostalom, tako bi i svaki drugi, jer ipak ćete priznati da je lakše oženiti se nego kupiti konja.

Maskenbal

Ove zime, češko društvo priređuje „Lumir" maskenbal, a odmah zatim biće priređen i jedan maskenbal u Narodnom pozorištu. Nalazim da nije nimalo rđava ideja da se taj lepi običaj odomaći i kod nas, i to utoliko pre što meni izgleda da mi ne samo imamo potrebu, već smo uveliko i naviknuti da se krećemo pod maskom.

Ili hoćete da vam to dokažem?

Uzmite, na primer, naše političare i državnike. Zar se oni ne provlače kroz život pod maskom „narodnih prijatelja", koju ne skidaju sve do kraja svoje karijere i koju, što im manje liči, sve više meću na lice.

Ili naši popovi, koji nose i masku i kostim pobožnih ljudi, a koji su samo epitrahiljem vezani za crkvu. Zar vam oni ne izgledaju stalno spremni da zaigraju na maskenbalu koji se zove život?

Pa redom svi, svi naši, ne izuzimajući ni same dame. Eto ovom prilikom baš sam imao iskrenu nameru da preskočim dame, da o njima ne govorim, al' badava, kad je reč o maski, o kome bih pre progovorio nego o njima? O njima tim pre što se one raznovrsno maskiraju, te ovaj veliki životni bal, naše društvo, čine tim interesantnijim.

Pogledajte, eto, gospođu Milevu, udovicu, koja tako rado stavlja na sebe masku „čestite žene", i kojoj ta maska čak lepo i stoji, ali koja tako isto često i skida tu masku.

Pa onda setite se samo gospođe Perse, koja toliko prkosi maskom „verne žene", i kojoj je muž dvaput, triput skidao tu masku da bi je mogao iskreno, supružanski poljubiti.

Pa onda, evo, i gospođa Julka, koja stalno nosi masku „dobre duše", i koja je dosad pod tom maskom razvela sedam bračnih parova, razortačila dve velike firme i krvno zavadila tri ulice, te sto šezdeset sedam građana pljuje kad prođe jedno kraj drugoga.

Pa onda, čitav niz raznolikih maski. Sedite samo sa mnom, ovako skriveni u loži pozorišta života, pa posmatrajte kako redom prolaze kraj vas maske: „nežna majka", „ožalošćena udovica", „poslušna ćerka", „naivna devojčica", „dobra domaćica", „odbornica patriotskog

društva", pa „humanog društva" i tako redom sve lepša maska za lep-
šom i sve šarenija za šarenijom!

O, kako je to lepo ovako iz prikrajka posmatrati sve te maske. Po-
smatrajte ih samo kao ja, pa ćete se uveriti da je kod nas maskenbal
odavno već uveden i da je celo naše društvo i ceo naš život u stvari
jedan veliki maskenbal.

Paragraf 128

Aha, jeste li videli? – i tome je došao red. U skupštini se burno diskutuje paragraf 128, po kome neće moći činovniku nikako da se stavi zabrana, niti da mu se popišu stvari.

Ama znao sam ja da ćemo mi jednoga dana doći glave našim kreditorima, i čekao sam samo svoje vreme. Kad god sam do sada dobijao iz policije poziv s tri štrikle, ili iz opštine poziv na kome je pet puta podvučeno pisalo da je to četvrti poziv, ja sam uvek uzdisao u sebi i šaptao: „Vreme i moje pravo!"

Znao sam ja da ću dočekati svetlije dane života, kad ću smeti slobodno da prođem kroz sve beogradske ulice; kada ću smeti ponosno i uzdignute glave nositi na plećima gornji kaput koji još nisam ni platio i kada ću na državnoj kasi neokrnjeno primiti ono što sam krvavo zaradio.

Bože moj, kako će to lepo biti kad sad s proleća sine i činovničko sunce! Tek vidim gospodina Peru pisara, koji zbog jedne nervozne beogradske firme nije već tri godine prošao Knez Mihailovom ulicom, ide kao paun, osvrće se levo i desno i galantno se javlja onoj nervoznoj beogradskoj firmi.

Pa onda gospodin Janko, koji se iselio čak na Vračar, koji već pune dve godine nije silazio u varoški kvart, koji u novinama čita šta se dešava u varoškom kvartu i koji o varoškome kvartu ovako raspituje prijatelje:

– Šta se radi tamo dole? Je li se nazidala koja kuća; je li gotova već kanalizacija; posećuje li svet pozorište; napreduje li uopšte taj kvart?

Eto, i taj gospodin Janko, ako se usvoji paragraf 128, te sine činovničko sunce, rešiće izvesno da doputuje u varoški kvart. O, bože, što će biti radosti, suza i grljenja sa stanovnicima kvarta varoškog, s kojima se nije video već dve godine. Zaći će Vasinom ulicom, pa će grliti svakoga koga stigne. Grliće poznanike, tramvajske stubove, poverioce, bogi-lampe, izvršitelje, sve, sve što sretne i što vidi.

Eto, takva će radost nastati, i odista je lepo od Narodne skupštine što hoće takvu radost da nam priredi. I kada bi nešto Skupština htela da tu radost načini savršenom, na onoj osnovi: „Kad je bal, nek je bal“, pa da lepo u taj paragraf unese i malo kredita, tj. da zakonski naredi krojačima, obućarima, kafedžijama i novčanim zavodima da nas moraju kreditirati, bez nade na stavljanje zabrane i tužbe, onda bi to bila divota. Uzmem, na primer, menicu, povalim je potrbuške, pa joj tek ispružim preko leđa: „Na osnovu paragrafa 128 akceptiram“.

Ili odem u kafanu i napravim ceh. Uzme calkelner ceduljicu i računa, računa, računa i najzad stigne do kraja da sabere račun:

– Molim, šezdeset četiri dinara.

– Dobro – odgovaram ja ležerno i ne turam ruku u džep.

– Izvolite platiti.

– Ne.

– Kako?

– Na osnovu paragrafa 128 izvolite vi tu sumu negde zabeležiti ili je upamtiti.

A? Šta mislite kad bi to tako bilo! A biće, bogami, jer je krajnje vreme da se i na nas bog osmehne.

Jedan originalni štrajk

U Grčkoj se nešto silno zamesilo i, kako prema svemu izgleda, zasad se još ne zna ko pije, a jasno je samo ko plaća.

Njegovo veličanstvo grčki kralj, kako se jesenas zaljuljao, ne može nikako da se zaustavi. A ljuljaška mu se tako zahuktala da čas vidiš glavu gore a noge dole, a čas noge gore a glavu dole. Pa onda kruna njegova, otkako je dao da se malo proširi, računajući da pod nju stane i Krit, od tog doba muku muči s njom. Čas mu spadne s glave, čas mu se nabije preko ušiju, pa hoće da ga uguši. I sad je u Grčkoj na dnevnom redu pitanje: da li da se traži kruna koja bi za kraljevu glavu bila taman, ili da se traži glava koja bi za kraljevsku krunu bila taman?

Ovako ili onako, tek se u Grčkoj porađa novo stanje. Oko ovako krupnoga porođaja morale bi se okupiti sve grčke babice, ali eto iz Atine stiže juče originalni telegram da su se sve grčke babice rešile na opšti štrajk.

Ne, to nije šala, ozbiljno vam kažem da su se sve grčke babice rešile na opšti štrajk. Tražile su i tražile tamo od njihove vlade da im uredi „bedno babičko stanje“, pa kad im sve molbe i svi apeli nisu pomogli, a one se reše na štrajk.

Možete misliti kako je to, pored ostalih briga, zabrinulo grčku vladu. Sazvali su odmah sednicu koja se burno zanimala babičkim pitanjem.

– Da upotrebimo umesto babica marvene lekare – uzviknuo je ministar Cakakis.

– Lako je vama predlagati to kada vam žena nije trudna – uzvikuje Karakakis.

– A vi što dopuštate da vas žena za vaš sedamdeseti dan rođenja iznenađuje decom? – dobacuje Spanakis.

– Ja sam tog mišljenja da izdamo naredbu svima muževima da nam u ovoj neprilici pomognu – veli predsednik ministarstva.

– Ama šta bi oni imali da rade da nam pomognu? – pita Cakakis.

– Tä upravo ne treba ništa da rade, ako žele da nam pomognu.

– Da, ali šta ćemo sa status kvoom? – pita Papajanakis.

– Nemojte, molim vas, mešati kritsko pitanje i babičko pitanje! – dere se predsednik.

– Ne, zaboga – brani se Papajanakis – ja mislim sa status kvoom kod žena, tj. šta ćemo sa ženama koje imaju status kvo, tj. koje su trudne?

– I onda, ako bismo baš i zamolili muževe da nas u ovoj prilici pomognu, šta ćemo sa onim ženama koje rađaju bez muževa? – pita zabrinuto Cakakis.

– Ja mislim da sve pomenute slučajeve predamo našoj vojnoj ligi. Kod nas u Grčkoj sve važnije državne poslove svršava vojna liga, neka se ona pobrine i o porođaju onih koje, verovatno da bi napravile što veće teškoće vladi, hoće pošto-poto da se porode za vreme štrajka.

Eto, tako je otprilike rešeno pitanje o babičkom štrajku u Grčkoj.

Ali zamislite nešto da se i kod nas pojavi ta napast. I što je najgore, kod nas bi se izvesno i popovi pridružili babičkom štrajku, jer ionako davno prete.

No, to bi tek bilo lepo. Niti bi se ko mogao roditi, ni umreti. Đavo bi ga znao kako bismo se mi iskobeljali iz te neprilike?

Kometa

Pre neki dan je preletela preko Beograda kometa o kojoj je toliko pisano. Kao što ste videli – ako ste je videli – to je jedna obična zvezda s repom i ja ne nalazim da je to baš tako interesantna pojava. Mnogo bi interesantnija i ređa pojava bio rep sa zvezdom, nego zvezda s repom! Zar je u našem društvu malo zvezda s repom? O, još koliko ih ima, samo se okrenite oko sebe, pa ćete ih opaziti.

Ja znam, na primer, kod nas jednu političku zvezdu za kojom se vuče još kakav rep. Pa eto, tu političku zvezdu s repom niko danas nije nazvao kometom, niti je gledaju na durbine sa raznih astronomskih kula, niti o njenoj pojavi pišu čitave naučne članke.

Pa onda, znam i jednu žensku zvezdu s grdnim repom, pa i nju niko ne smatra da je kometa. Pa onda, a to je bar u vezi s nebom, znam i jednu crkvenu zvezdu s repom, pa i nju niko ne gleda kroz durbin.

Zato, vidite, ja ne nalazim da je ta kometa, što je pre neki dan letela nad Beogradom, tako interesantna pojava, pa ipak izgleda da je ona imala uticaja na nas. Zbog nje je, na primer, moja komšika Ruža odsedela sve do dva sata po ponoći na prozoru.

– Šta ćete vi tu? – zapitao sam je vraćajući se posle ponoći.

– Čekam kometu.

– A, tako! – i otišao sam dalje, a nisam je sutradan ni zapitao da li joj je došla kometa.

Pa onda gospodin Pera, bivši poreznik, tako se napio te noći kao nikada dotle.

– Šta ti bi, ubio te bog da te ubije, te se napi kao svinja? – pozdravila ga je nežno žena, dodajući mu kroz prozor ključ.

– Zbog komete! – odgovara on kroz zube.

– Ama kakve komete, iskometio se dabogda!

– Pa tako... čekao sam kometu...

– Pa dobro, što si se napio?

– Pa gledao u nebo i... tako... jednako gledao u nebo.

– Bre, naučiću ja tebe da gledaš u zemlju! – dreči žena i uvlači ga u kuću, gde joj je on verovatno u detaljima opisao zvezdu s repom.

Interesantno je, međutim, kako je ta zvezda s repom, koja se nad Beogradom pojavila, imala uticaja na pojedine ljude. Tako, na primer, gospođa Perka, raspuštenica, žalila mi se, veli:

– Eto, čim se pojavila ta zvezda s repom, znam da se ove godine neću udati, to mi je prorekla jedna vračara.

– Pa šta vam je smetalo prošlih godina da se udate, kad se nisu pojavljivale zvezde s repom?

– Smetao mi je rep – odgovorila mi iskreno gospođa Perka.

Pravo kaže, ne mora uticati na sudbinu žensku i smetati joj udaji baš zvezda s repom, dovoljno je i sâm rep.

Predsednici biračkih odbora

Skoro su izbori narodnih poslanika i Državni odbor je već objavio preko *Srpskih novina* raspored predsednika biračkih odbora. Kroz koji dan, razume se, izaći će ispravke toga rasporeda, jer, zaboga, kod nas se i ukazi dan i dva posle objave ispravljaju, te neće jedan raspored.

Vama nije nepoznata stvar da mi Srbi naročito volimo dijurne. Ne znam otkud nam taj ukus, jesmo li to nasledili od predaka ili nam je to došlo sa zapadnom kulturom, ili je to uopšte znak našeg kulturnog preporođaja, tek stoji fakt da mi volimo dijurne. E, pa sad zamislite građenje rasporeda za predsednike biračkih odbora koje je skopčano s dijurnama, kako nas je moralo sve sabrati oko Državnog odbora. Kao pobožni hrišćani kad se zbiju i počnu tiskati oko popa za naforu, kao dečica umorna od igre kad se počnu zbirati i stiskati oko majke za užinu tako smo svi pohitali oko Državnog odbora za malo dijurne.

Jednome je potrebno iz zdravstvenih razloga da obiđe krajeve u kojima paprat uspeva (a to je, znate, užički okrug, i najdalje od Beograda), pa moli da se o tome vodi računa i da se pošalje u takav kraj; drugi kao književnik želi da upozna milu mu majku Srbiju, da bi proučio najinteresantnije i najzabačenije krajeve otadžbine (opet što zabačeniji kraj, to veća dijurna); treći kao umetnik imao bi tom prilikom da se koristi te da vidi spomenike stare kulture u Studenici (u Rakovici i Rajinovcu, razume se da nema ni traga stare kulture); četvrti kao profesor imao bi da ispita izvesne dijalektološke osobine na granici srpsko-bosanskoj pa moli odbor da o tome vodi računa, kako bi mogao vršeći dužnost prema državi učiniti usluge i nauci.

I tako sve to ide, sve neki viši obziri skopčani sa što većom dijurnom, što je uostalom i opravdano, jer ti „viši obziri" odvajkada su koštali ovu zemljicu.

I tako je svako dobio mesto što dalje od Beograda, a samo gospodin Jova, bivši sreski načelnik, dobio je tu kraj Beograda. Izmišljao je od svake ruke neki razlog na osnovu kojega bi tražio kakvo mesto što udaljenije, pa nije umeo da ga izmisli.

Sretosmo se prekjuče, pa mi se žali:

– Ne vredi ništa, gospodine moj – žali mi se ozlojeđeno – mala država, mala koliko pedalj. Baš i da te bace gdegod na granicu, pa šta napraviš, sto-dvesta kilometara puta, uzmeš sto-dvesta dinara dijurne, pa šta je to? Drugo je to, da je to, na primer, Dušanovo carstvo.

– Eh, dabome da bi to drugo bilo! – dodadoh ja sentimentalno.

Zamislite vi za vreme Dušana da su bili izbori. Pa recimo izađe ukaz kojim se – molim vas, to je samo radi primera – Jovan Anđelković, sreski načelnik u penziji, postavlja za predsednika biračkog odbora, na primer u Jenidže-Vardaru, u solunskom okrugu. Zamislite samo ukaz: „Mi, Dušan prvi, ili može biti: Mi, Dušan Silni, postavljamo gospodina Jocu Anđelkovića za predsednika biračkog odbora u Jenidže-Vardaru“. Eh, gospodine moj, to bi bila dijurna. A ne danas. Zamislite, nekakav Rošu! Molim vas, otkud to ima smisla: „Mi Rošu prvi...“

– Pa molim vas – uzeh ja da ga obaveštavam i tešim – ne postavlja Rošu, a posle to se i ne postavlja ukazom.

– Pa jeste – veli gospodin Jova – znam i sâm da je tako, ali samo volim da lanem, tako volim da lanem i da ogovaram državnu vlast.

Pa onda poćuta malo, poćuta, te nastavi:

– Došlo mi je, bogami, da se odrečem i srpskog podanstva pa da odem u Ruse. Eto, gospodine moj, to je država. Baš je i opravdano što se zove velika Rusija. Zamislite samo izbore za Dumu, pa, na primer, pošalju mene za predsednika biračkog odbora u Kamčatku. Zamislite vi to samo, pođeš iz Petrograda za Kamčatku. Izvoľte, uzmite samo pisaljku pa računajte, izračunajte dijurnu. Četrnaest dana železnicom i danju i noću, pa onda droške, sedam dana putovanja na droškama, pa tek onda dođete na Severni pol i vuku vas kučići. Tri-četiri dana, recimo, putujete na saonicama koje vuku kučići. Izračunajte, molim vas, tu dijurnu.

– To se ne može izračunati.

– Ne može, dabome! Eto vidite šta vredi veliko carstvo, a ne ovde, molim vas, odredili me u Sremčicu, zamislite: ja činovnik čovek pa da idem u cigansko selo za pedeset groša dijurne.

– Žalost, zaista! – dodadoh ja i s puno saučešća.

Rastadosmo se, i sutra čekam ispravke u rasporedu. Valjda će novim rasporedom gospodin Joca dobiti Kamčatku.

Vezuv

Dve najinteresantnije pojave u Evropi, zbog kojih će se mnogi i mnogi bogati stranci krenuti na put da ih posmatraju, danas su van svake sumnje: sednice beogradskog opštinskog odbora i izbacivanje Vezuva.

Kod našeg opštinskog odbora čuje se samo tutnjava, ali on još ne izbacuje lavu, dok Vezuv izbacuje lavu i ona gradi svoj vatreni put po dva kilometra širok bez obzira na to što je sad u modi uzak kolosek.

Kažu da je Vezuv već počinio čuda, zatrpao sela, razorio crkve, zasuo stare, aristokratske zamkove pa popretio i samom Napulju. Tamo je stanovništvo već u strahu, i one reči: „*Vedi Neapoli e poi mori*", ne znače sada: „Vidi Napulj, pa umri", nego: „Vidi Napulj ako hoćeš da pogineš".

I zamislite ako Vezuv učini nepravdu ovome veku, pa zaspe lepi Napulj, da ga kao našem dobu Pompeju preda nekim docnijim pokolenjima!

Tako sedim nešto pa razmišljam o toj mogućnosti, a zla me slutnja odvede i dalje. Gospode, kad bi jednog dana našoj Avali palo na pamet da poludi.

Šta zna čovek šta sanja zemlja pod njim? Ona se celog svog života vrti kao luda oko sebe pa zar je čudo ako joj se i zavrti mozak. Zamislite samo jednoga dana, bez ikakvih prethodnih objava, bez ikakvih ceremonija (na primer, kako bi to lepa svetkovina bila, a mi ih tako volimo, kad bi nas Avala prethodno pozvala na posvećenje kratera) i bez ikakvih formalnosti, bljune i zaspe Beograd lavom.

Neću da ulazim u detalje, kako bi to izgledalo, nije to ni prijatno misliti na tako jezive stvari, ali zamislite samo da Beograd jednoga dana pretrpa lava sa Avale i da ga nestane sa geografske karte?

I zamislite posle dve hiljade godina, nekakvo pokolenje, nekakvi novi narodi, nove rase, stanu kopati Beograd i istraživati. Šta li bi oni sve našli skamenjeno?

Zamislite prvo i prvo pri iskopavanju naiđu na jednu veliku salu: puno ljudi oko jednog zelenog stola, jedni zinuli, drugi digli ruke uvis, a na vrhu stola stoji jedan čovek i drži zvonce, takođe skamenjeno. Muče se naučari, muče se da protumače kakav je to skup, pa najzad protumače da je to okamenjen odbor Beogradske opštine, sa okamenjenim dnevnim redom o minimalnoj dnevnici.

Pa onda nađu sobičak i u njemu mladog čoveka koji nešto piše. Tako sedi dve hiljade godina okamenjen i piše. Razume se njih će tu najviše interesovati šta piše. Predadu ono parče hartije svojoj akademiji, i ona najozbiljnije legne da reši jeroglife, ne bi li natrapala na kakav istorijski podatak koji se odnosi na nekadašnju varoš Beograd i na život stanovništva te varoši. Posle dugih muka, posle silnih naprezanja svih akademijinih članova, najzad pročitaju i nađu ovakav istorijski dokumenat:

Do danas sam pripadao toj i toj partiji, no kako sam uvideo da ona vodi zlu ovu zemlju, to je se odričem i prelazim u tu i tu partiju kao jedinu koja iskreno želi dobra zemlji.
Filip Jovanović
sreski pisar u penziji

Kopaju zatim naučnjaci dalje, kopaju pa naiđu na čoveka; stoji kraj otvorene kase, drži jedne velike makaze i seče neke sitne hartijice. Začude se naučnjaci, kakvo li mu je to zanimanje, pa studiraju one hartijice i pronađu da su to kuponi, okamenjeni kuponi.

Pa onda, zamislite, kopaju dalje, kopaju i u jednoj sobici nađu okamenjenu ovakvu sliku: za stolom sedi jedan i piše neki spisak, za njim stoje dva građanina a za ovima žandarm a u ćošku sobe jedan čovek bled kao kamen, tj. okamenjen kao i ostali. Posle mnogih i mnogih ispitivanja pronađu da je to okamenjen izvršitelj u kući, i posle mnogih i mnogih još ispitivanja pronađu da je njemu vrlo lako bilo okameniti se, kad je još pre izbacivanja lave iz Avale imao kameno srce.

Pa onda nađu i puno drugih skamenjenih stvari. Na primer, jednu skamenjenu beogradsku ljubav, pa jednog skamenjenog dobrotvora i kreditora; pa jedan skamenjen ručak, koji je muž taman potegao da baci na patos, što znači da je bio skamenjen još pre izbacivanja lave na Avali; pa onda skamenjen odbor za zbiranje dobrovoljnih priloga i skamenjenog blagajnika kome je ta okolnost dobro došla, jer inače ne bi mogao da položi račune; pa skamenjene naše gospe i gospođice na korzou Knez Mihailove ulice. Ah, skamenjene naše gospe i gospođice. To bi izvesno bio jedan od onih mekših kamenova koji se daju lako rezati i seći, te praviti lepe figure.

Neću dalje, razmišljajte i vi sami šta bi se sve moglo naći u okamenjenom Beogradu posle dve hiljade godina.

Anzihts-karte

Već vidite svi da je nastala čitava poplava anzihts-karata. U Beogradu ima deset dućana koji samo od toga žive.

I čega tu nema naslikanog, i predela, i ljudi, i životinja obučenih u frakove. Pa onda žena i životinja i ljudi obučenih u životinjske kože, s nogama, pa žena bez nogu, tj. opet s nogama, ali pokrivenih suknjom. Pa onda šume, lišće, razno cveće i već čega ti tu nema. Što god hoćeš kome da čestitaš, a ti ćeš naći kartu koja svojom slikom odgovara onoj radosti.

Ima čak takvih anzihts-karata preko kojih čovek može razgovarati šaljući samo slike a da ni reči ne napiše.

Eto baš da vam ispričam šta se desilo s gospođom Kajom. I ona voli anzihts-karte, skuplja ih rado i kiti njima zidove.

Dakle, gospodin Pera i gospođa Kaja ne idu često u kafane. Bili su tu skoro jedanput kod *Hajduk Veljka* na crno pivo. Gospođa Kaja zaželela se da popije čašu crna piva, pa je gospodin Pera izveo. Nisu mogli dobiti zaseban sto, jer je bilo mnogo sveta, nego je do njih seo i jedan poručnik. Tako su se upoznali i upustili u razgovor.

– Ne idete često u pozorište? – pita poručnik.

– Pa, idemo uvek kad je nov komad.

I tako uopšte razvezao se razgovor o pozorištu, o crnom pivu, o skupoći u Beogradu i o svemu i svačemu, dok će tek jedan dečko ponuditi anzihts-karte.

Gospođa Kaja tom prilikom izjavi kako ih skuplja.

– Šta najviše volite – upitaće poručnik – možda lepo cveće ili onako što idealno?

Gospođa Kaja pogleda ispod očiju gospodina Peru, pa odgovori smerno:

– Volim lepe predele.

– A hoćete li mi, gospođo, dozvoliti slobodu da ovda-onda, kad nađem tako lep predeo, pošaljem poštom?

Gospođa Kaja pogleda u gospodina Peru, a gospodin Pera napući usne pa procedi kroz zube:

– Pa... ovaj... zašto ne... tako nekakav predeo, na primer, šuma, česma i tako...

– Pa da, moliću – dodade brzo poručnik.

I tako se rastadoše, a već kroz dva dana počeše da stižu anzihts-karte. Ništa na njima ne piše, samo lepa slika i piše: „Vaš poštovalac poručnik Vasa".

E sad, evo kako su izgledale te anzihts-karte:

Prva karta: Vrlo lep predeo. Natrag šuma i neko brdo, pa s brda pada voda i teče po celoj anzihts-karti, a preko vode pružila se neka klada, pa onda jedan, dva, tri, četiri kamena, sve u raznim poz`iturama.

Druga karta: Opet lep predeo. Kao neko jezero, a kraj jezera krava gleda u mesec kako zalazi.

Treća karta: Nikakav predeo, nego samo jedan list deteline s četiri kraka.

Četvrta karta: Na jednoj grani stoje golub i golubica, beo on a bela ona. Ljube se a golubica sve žmirka očima.

Peta karta: Na jednoj crvenoj pantljici visi jedno srce a preko samog srca piše: „Vaš poštovalac poručnik Vasa".

Šesta karta: Jedan gospodin i jedna gospođa sasvim učtivo šetaju po jednoj šumi.

Sedma karta: Taj isti gospodin i ta ista gospa u toj istoj šumi, samo sad sede na klupi i još dosta učtivo razgovaraju.

Osma karta: Ta ista gospa, u toj istoj šumi, na toj istoj klupi, sedi na kolenu tom istom gospodinu, on je zagrlio i strasno ljubi tu istu gospu.

E kad je već i ta karta došla, gospodin Pera nije više mogao da izdrži.

– Pa ovo nije nikakav predeo? – reći će on gospođi Kaji.

– Ju, Pero, kako da nije, zar ne vidiš šumu, pa onda ovu stenu, pa onda vidiš tamo u daljini neko brdo.

– Ama ostavi ti to šta se vidi tamo u daljini, nego gledaj ti ovo što se vidi ovde u blizini. Nego... ovaj... nije pravo da se ovaj čovek toliko troši i da šalje karte a mi njemu da ne vraćamo. Moraću i ja njemu da šaljem karte.

I tako se i gospodin Pera reši da šalje karte poručniku Vasi na kojima neće ništa pisati nego se samo potpisati: „Vaš poštovalac Pera".

I poručnik poče da dobija karte. Evo sad da razgledamo i njegove:

Prva karta: Vrlo lep predeo, natrag brda, napred drveta, s jedne strane kamenje, s druge strane voda.

Druga karta: Izdaleka iza plota vidi se jedna lisičja njuška a ovamo napred neki čiča lovac razapeo kljusu pa se sakrio i čeka. A mesec divno sija i kao neka drveta pola zelena a pola žuta zbog mesečine.

Treća karta: Kod ove karte ne može odmah da se razazna da li je predeo ili nije. Sa strane ima, istina, neko brdo, ali kad se bolje zagleda, vidi se da to nije brdo već jedan deo čovečjeg tela, i to onaj koji obično poslednji ostaje u sobi kad se, na primer, izlazi iz sobe. S druge opet strane anzihts-karte vidi se samo jedna noga i stopala koja je potegla pravo u onaj gore opisani deo tela. Lica i nema, samo što pod onim ostatkom tela piše: „Kućni prijatelj“, a pod nogom piše: „Muževljeva noga“. I na toj karti gospodin Pera se potpisao: „Vaš poštovalac Pera“.

Razume se, posle ove karte poručnik je prestao slati svoje, a nisu se ni sreli više. Možebiti videće se dogodine, kad opet stigne Salvator kod *Hajduk Veljka.*

Opštinsko dete

Pre neki dan se desio neobičan događaj. Na brzome vozu koji je stigao iz Niša porodila se neka putnica, i na prvoj idućoj stanici se izgubila, a dete ostavila u vozu koji je stigao noćas u Beograd.

Čim je voz stigao i dete nađeno, doneto je u komesarijat železnički. Tu je sastavljen protokol kojim su utvrđena ova fakta:

a) da dete faktički postoji, da ne bi posle njegovoj majci palo na pamet da odriče da ono uopšte i postoji;

b) da je dete žensko i

v) da dete pripada Kraljevini Srbiji, na osnovu onoga poznatog pravnoga principa da voćka pripada onoj zemlji na kojoj je iznikla.

Na osnovu svih ovih fakata policijski komesar sastavi akt, priloži pod jedan dete, i uputi sve to u Opštu državnu bolnicu.

Opšta državna bolnica pročita akt, prostudira prilog uz akt, i oglasi se nenadležnom. I onda previje akt i na poleđini napiše: „U povratku ovoga akta i priloga uz akt, čast je Opštoj državnoj bolnici izjaviti da je ona nenadležna za nađenu decu.“

I tako komesar ponovo „primi dete u svoje ruke“. Šta će sad i kako će? Okretao se, prevrtao je s njime, kao Damjanova ljuba s rukom Damjanovom i pade mu na pamet da u bolnici na Vračaru postoji ginekološko odeljenje i babički kurs. Niko, dakle, nadležniji da to dete „prihvati“ nego ta bolnica. Sedne komesar pa napiše lep i ljubazan akt toj bolnici, priloži dete uz akt, i uputi ga tamo.

Dok je to dete putovalo, desilo se, međutim, nešto drugo.

Komesar taman danuo dušom misleći da je rešio pitanje s detetom, a ulazi jedan žandarm, salutira:

– Gospodine... našlo se...

– Šta se našlo? – pita zvanično komesar.

– Pa... – veli stidljivo žandarm – našlo se dete.

– Ama jel' ono?

– Nije ono, nego drugo!

– Šta?! – dreknu komesar i poče da se baca divitima i lenjirima po kancelariji. – Neću da čujem, razumete li, dosta mi je i ovo jedno, nosite ga u Zemun, bacite ga, poklonite ga, radite s njim šta hoćete! Šta to znači, sad kad je otvorena granica, sad kad je nastao izvoz, sad...

– Ali ne, molim vas – primećuje skromno žandarm – našlo se vama.

– Ama šta mi se našlo, govori?

– Pa našlo vam se dete. Gospođa rodila.

Razume se, komesar sad zagrli žandarma, pojuri kući i koga god usput sretne, zagrli; stigne u svoj stan i zagrli svoje dete. I tek što je počeo da se topi u svojoj prvoj roditeljskoj radosti, a stiže akt iz bolnice sa Vračara i uz akt razume se – prilog! I bolnica sa Vračara oglašava sebe za nenadležnu.

Komesar se sad na jedan mah nađe s punim rukama dece, upravo s punim rukama posla. Šta će sad i gde će s detetom? Ostalo bi mu još jedino da ga uzme pod svoje, ali bi time mogao stvoriti rđav presedan, pa gde god se koje dete nađe da se njemu pošalje. Jedva se u zlo doba seti da postoji kod nas Materinsko udruženje kome je to upravo i zadatak da pravi zbirku dece.

Sedne, dakle, ponovo, napiše akt tome udruženju, priloži (pod) dete i uputi ga tamo, pa se opet vrati svojoj roditeljskoj radosti, koja je već tako velika bila da mu se mal' nije desilo da kao prilog uz akt pošalje svoje dete a ovo da zadrži kod sebe.

Ne prođe mnogo, a momak mu ponovo donese natrag jedan akt, koji mu upućuje Materinsko udruženje zajedno s prilogom, izjavljujući najpre, da je budžet prekoračen te je udruženju nemoguće primiti pod jedan priloženo dete i, drugo, da to udruženje i ne prima decu koja mu se aktom upućuju, jer na osnovu akta treba sazvati sednicu, pa, ako sednica uprave Materinskog udruženja reši većinom glasova, dete može biti primljeno, a bez rešenja upravinog to se ne može učiniti, sem u slučaju kad je dete podbačeno te nađeno na ulici.

Komesar je prvi razlog sasvim lepo pojmio: prekoračen budžet pa svršena stvar. Uostalom, i ona majka što je rodila dete u vozu, učinila je to zato što je prekoračila budžet.

Ali drugi razlog mu nije išao u glavu. Znači, dete ne može biti primljeno ako se lepo i pošteno uputi, a ako se podbaci biće primljeno. I njemu nije ništa drugo ostalo no da on, i to vlast, podbaci novorođenče. I to ajd', ajd', da je to njegovo dete, nego neko belosvetsko koje je on sad, ni kriv ni dužan, ni kusnuo ni liznuo, morao metnuti pod šinjel i krišom, da ga ne spazi vlast, da ostavi dete pred vrata Materinskog udruženja. Tako je najzad posle dva dana lutanja i nezapamćenih muka jednoga grešnoga predstavnika vlasti, dete primljeno u Materinskom udruženju.

Da nije *Opštinsko dete* već napisano, ova fakta bi bila dovoljna za čitav roman.

Stanovi za izdavanje

Od jutros je osvanuo Beograd iskićen onim silnim ceduljama i ceduljicama po prozorima kojima se kiti svakih šest meseci.

I sad, razume se, prilikom pravljenja vizita o Uskrsu, osim o lepom vremenu, svaki posetilac je imao u džepu još po jednu gotovu temu o kojoj može razgovarati. Ako se na prozoru onome kome pravi vizitu nalazi lista, a on tek:

– A vi ne ostajete u ovome stanu?

A ako se ne nalazi lista, onda:

– A vi ostajete i dalje ovde u stanu?

I sad se razveze razgovor o stanovima, o skupoći, o nezgodama seobe itd.

Ove godine je prvi tako zgodno pao uoči Uskrsa, te smo imali za razgovor jednu temu više. A kad je Uskrs prošao, razleteli smo se po ulicama na sve strane. Vidiš tek ženu, pristavila supu pa metla na kraj šporeta da ne uvri, zadigla suknju pa zašla ulicom od jutra do podne, te iz kuće u kuću. Na podne otrči kući, ocedi i zakuva supu, napravi sos od rena, ruča nadvoje-natroje, protrlja vratne žile koje su joj se ukrutile od čitanja lista, pa opet pođe kroz ulice.

Pa onda uveče kad dođe kući, a ona bar ima o čemu da razgovara sa susetkom ili prijateljicom. Puna joj torba novosti.

– Čega ti se, prijo, nisam nagledala, da se čovek prekrsti i levom i desnom rukom, čega ti sve nema na ovome svetu!

I onda nastaje ogovaranje; te kako kod ove nije krevet namešten sve do deset sati; te kako su kod one prljavi čaršavi i jastuci „smrad da te uguši“, te kako ona neočešljana i neumivena prima vizite i već tako dalje i tako dalje, sve što je žena mogla da opazi.

Žene, dakle, imaju bar šta ovom prilikom i da vide te i da se naogovaraju sve do Mitrovdana. Meni ih nije žao kad tako zađu te traže stanove, ali mi žao sebe, jer ove godine zašao sam i ja od kuće do kuće da tražim stan, pa je red sad i ja malo da ogovaram.

I zbilja, čega ti tu nema što sam zabeležio za ova dva dana samo kako tražim stan, a čega ti još neće biti, jer ja ne žurim, volim tako da idem od kuće do kuće te da svud zavučem svoj nos.

Evo samo nekoliko stvari da vam kažem:

U jednom stanu zatečem gazdaricu mladu kao kaplja. Očešljana, u beloj jutarnjoj haljini, lepa i umiljata.

Razgledam stan i dopadne mi se.

– A držite li vi služavku? – pita mlada gazdarica.

– Da, gospođo.

– Mladu?

– Da, gospođo.

– Onda vam ne mogu dati stan! – veli ona odlučno.

– Zašto, zaboga?

– Tako, ima to svojih familijarnih razloga.

Posle sam tek čuo; ona je tek šest meseci udata, a muž joj, s obzirom na prošlost svoju, nije još uspeo da steče poverenje. Blago njemu, taj će se tek docnije provesti.

Na drugom mestu natrapao sam na jednu dozlaboga zlu gazdaricu. Čim sam je video malu, brkatu, ja sam se već poplašio. A stan dobar i dopao mi se.

– Kakvi su uslovi, gospođo?

– Vrlo povoljni, gospodine, hiljadu i sedam stotina dinara mesečno. Ali vam moram i druge uslove saopštiti.

– Molim.

– Prvo: kirija se plaća unapred, svakog prvog.

– Dobro.

– Kapija se zatvara u devet sati uveče.

– Dobro.

– Dalje, ne smete imati dece.

– Ali ja ih imam.

– To me se ne tiče; ne smete ih imati, to je moj uslov.

– Vrlo dobro, imate li još kakvih?

– Ne smete se mešati u politiku.

– Eto ti sad, a zašto to?

– Tako, ja imam lupanje srca, pa neću da mi se žandarmi vuku oko kuće i da mi upadaju u kuću; imala sam ja to, pa daleko im lepa kuća, onima što se mešaju u politiku.

– Ima li, molim vas, još kakav uslov?

– Da, još jedan vrlo sitan.

– A taj je?

– Adresu za telegrame morate dati na koju drugu kuću, nikako neću da vam telegram dođe na moju kuću.

– A zašto molim vas?

– Čim vidim momka s telegramom, a ja taki dobijem lupanje srca.

– Vrlo dobro, gospođo, uslovi su odista vrlo povoljni. Ja ću se razmisliti pa ću doći da vam odgovorim.

Upao sam u jednu kuću koja bi mogla obrazovati opštinu za se. Petnaest stanova i ozgo još gazda Sima.

– Pa ima ih – veli on – petnaest partaja.

– Pa tu mora biti svađa i intriga, a?

– Pa ima, ima... – veli gazda Sima – ne može partaje da se slože u jednu državu, a koliko je ona široka... te će da se slože u jednu kuću.

– Pa to je onda teško tu sedeti.

– Zašto – veli gazda Sima – s parlamentarnost može da se živi.

– Kako s parlamentarnost?

– Tako, jeľ čitaš ti novine?

– Čitam.

– Je li znaš šta je to koalicija?

– A tako?

– E pa tako; dve-tri familije naprave koaliciju pa se svađaju s druge, pa onda druge dve-tri naprave drugu koaliciju, pa tako.

Razume se, nisam smeo da uđem u te koalicije, pa sam pobegao bezobzirce iz toga stana.

Natrapam opet na jednu udovicu, koja izdaje neki vrlo rđav stan. Sve one osobine koje bi stan trebalo da ima, opazio sam da ih samo ona ima.

Stan je vlažan a udovica suva; stan neokrečen a udovica okrečena; stan bez ikakvih udobnosti a udovica sa svim udobnostima; stan skup a udovica, kako mi po svemu izgleda, vrlo jeftina.

Sutra ću, od ponedeonika, opet da nastavim traženje stanova.

Ludi mart

Gde je mnogo dece u kući, mora ih biti svakojakih. Jedno je ozbiljno i mudro, drugo skromno i pitomo, treće ludo i pusto, četvrto ovako, peto onako. E pa tako je i sa ovom božjom decom ili bolje sa ovom dečicom majke godine. Dvanaestoro ih je, pa ih ima svakojakih, ali se mart od svih njih izdvojio; toliko je pust i lud. Jeste li videli samo juče koliko se sprdao s nama Beograđanima?

Molim vas, samo da vam ispričam šta se meni desilo. Pošao sam jutros sa zimskim kaputom i kišobranom od kuće. Nisam izmakao ni pedeset koraka a ja se vratim pa uzmem iberciger a ostavim kišobran; posle malo vratim se pokisao kao miš te uzmem opet zimski kaput i kišobran pa onda ostavim to usput kod jednog prijatelja i pozajmim od njega slamni šešir, zatim opet jurim kod prijatelja itd. itd. Nisam već više znao ni šta ću, ni kako ću. Došlo mi je bilo da uzmem ona kolica u kojima su vozana moja deca pa da metnem u njih iberciger, zimski kaput, šubaru, kaljače, kišobran, slamni šešir i već svu toaletu potrebnu za sva četiri godišnja vremena, pa da se tako krenem u čaršiju vukući ta kolica za sobom.

Zapitao sam i jednog profesora koji sa mnom u istoj kući sedi, da li mi on može objasniti šta je bogu; šta ovo radi s nama; ima li u prirodi kakvih zakona ili nema? Ako ih nema da tražimo da se donesu, a ako ih ima, onda da tražimo da se primenjuju?

Da sam znao, grešnik, da je to profesor filologije, ja mu to pitanje ne bih postavio, jer sam imao već to iskustvo da su profesori filologije kadri sve da objasne. Pa tako mi se i desilo. Profesor me sa zadovoljstvom ščepa i poče mi objašnjavati:

– Vidite, Sloveni su mesec mart zvali ožujak. Dakle, valja naći koren toj reči ožujak. Kao što vam je poznato L se na kraju reči pretvara u O. Ovde se, međutim, premetanjem to pretvaranje desilo u početku reči, te je reč prvobitno glasila LŽUJAK. Staroslovensko jat pretvorilo se u U, pretapanjem, slivanjem i umetanjem slova radi blagoglasija, a na osnovu zakona o fonetici, dva slova U i J su strana u ovoj reči, te prvobitna reč glasi lžak. Kad se sad umetne jedno A radi zeva, odnosno radi pravila po kome se dva suglasnika ne trpe jedan do drugoga, onda bi reč glasila: lažak ili lažov. Drugim rečima, stari Sloveni su mesec mart nazivali lažovom, tj. mesecom kome ne treba ništa verovati.

Iako je to teško iskušenje bilo pasti u ruke jednom filologu, ipak mi je ovo objašnjenje dobrodošlo. Odista, stari Sloveni su imali prava što su mart nazivali lažovom. Ako ikad, ove nas je godine izlagao.

Izlagao kafedžije te već izneli stolove pred kafanama; ja napisao feljton kojim sam pozdravio proleće; naše dame posule naftalinom zimske bunde i mufove i spakovale ih u ormane; praktikanti već založili zimske kapute a izvukli iz donje pregrade ormana lanjske žute cipele; gospođice već kupile prolećne kostime i napravile prolećna lica. I taman smo se svi udesili i onako osećali u sebi neko prolećno zadovoljstvo, a ludi mart unese neku pometnju među nas te sad ne znamo ni da l' je leto ili zima, ni da l' je proleće ili jesen.

Eto juče, molim vas, valjalo je samo pogledati u Knez Mihailovoj ulici kako su ljudi promicali u kostimima iz svih doba godišnjih. Vidiš gospođu u lajbu, s lakim plitkim cipelama, s prolećnim šeširom i liht suncobranom, pa odmah za njom drugu u teškom plišanom mantilu kožom postavljenom a ruke joj u mufu. Pa onda gospodin u lakom belom kostimu a za njim drugi s kaljačama, do kolena povrnutim pantalonama i zimskim kaputom lisičinom postavljenim.

Pa onda i druge muke i nevolje, naročito za nas oženjene ljude. Teško oženjenom čoveku čiji se veš pere i suši meseca marta. Vi znate da naše žene veruju u to da će po tome najlakše poznati da li joj je muž neveran, ako kiša pada kad se njegov veš suši. E sad, zamislite, koji je taj muž koji meseca marta može ostati veran svojoj ženi?

Pa ima i drugih briga zbog ovakvog zlog vremena, na koje se mi ostali možda i ne osvrćemo ali ima ljudi koji i te brige brinu.

Baš juče prepodne piju kafu kod *Kolarca* jedan Branin otpušten glumac i jedan bivši praktikant; piju tako kafu i zabrinuto glede kakvo je ovo zlo vreme.

– Žao mi je dece zbog Vrbice – veli glumac osećajući u tom momentu nečega roditeljskog u sebi.

– More deca, poslednja briga – veli praktikant – ama me brine za letinu, neće li ovo škoditi usevima?

– Pa... neće valjda. Osim ako su šljive cvetale.

– Da... – dodaće opet zabrinuto praktikant – a to je naš najvažniji izvozni artikal.

Eto tako, bar imamo ko da brine i za naše više interese, kad ih se mi ne sećamo.

Jedna avijatičarska porodica

Danas je dan letenja, dan kada ćemo svi dići glave uvis. To jest, dići ćemo glave mi koji budemo išli na Banjicu da gledamo letenje gospodin Maslenikovljevo.

Mnogi od vas misle da je to prvo letenje kod nas (onog Simona i ne računam, on nije leteo već je padao), međutim, nije tako. Ima u nas vrlo mnogo letećih stvari, počev od letećih državnih dugova pa sve do leptirova koji sleću na korzo u Knez Mihailovoj ulici.

To što je u nas tako mnogo letećih predmeta, dolazi verovatno otud što smo mi svi manje-više laki.

– Vitka je kao košuta a laka kao perce! – kaže se u nas za gospođicu koja nosi preko 120.000 dinara miraza.

– A ona je laka! – kaže se za ženu koja ne priznaje bračni monopol.

– Hm! To je lak čovek! – kaže se za čoveka koji nema karaktera, ili za čoveka koji nema para ili, najzad, za čoveka koji nema ni karaktera ni para.

Ali, najzad, što ima lakih devojaka, žena i ljudi, to još i nije čudo; ima toga i u drugom svetu, ali u nas ima i čitavih letećih porodica.

Ako to ne verujete, a ja ću vam baš prikazati jednu takvu avijatičarsku porodicu koju možda mnogi od vas poznaju.

Ima ih svega petoro u porodici: muž, žena, tašta, svastika i jedna kanarinka, i od njih petoro, izuzimajući kanarinku, svi lete. Prosto ne možete verovati kako cela ta porodica leti.

Siromah muž – inače gospodin Paja – prvo je leteo od vrata do vrata, od čoveka do čoveka, od rođaka do rođake, dok je dobio službu, a kad je jednom dobio, onda je počeo da leti iz sreza u srez, iz okruga u okrug. Preleteo je skoro celu Srbiju, odnosio je prosto rekorde. Hiljadu devet stotina četrdeset kilometara preleteo je u državnoj službi. A sad, otkako nema službe, eno ga leti od zavoda do zavoda, od jednog zajmodavca do drugog zajmodavca, od jednog poverioca do drugog poverioca. Po ceo dan leti.

Ona – gospođa Julka – leti takođe, ali se ona više spušta sa visine. I mogu vam reći da je u tom pogledu već odnela rekord, jer se spustila sa vrlo velike visine.

I neka vas to nimalo ne čudi, da baš žena nosi rekord u spuštanju sa visine. Zar ne vidite da je svaka ženska suknja pravi pravcati amrel za spuštanje sa visine. Čim se suknja raširi, žena se spušta sa visine, a na zemlju, međutim, ne može pasti. O, žene vrlo retko na zemlju padaju!

I sad, ja znam već, vi ćete ovo dovde pojmiti. Ubeđeni ste već da leti i žena, i sad ste samo radoznali da čujete: kako to tašta leti? Svako će od vas pomisliti u duši: A znam, to je jedna od onih tašta što ih zetovi bar dva puta na dan izbacuju iz kuće i one niti lete na velike visine niti na velike daljine: prelete samo kućni prag, pa se opet vrate! A nije, međutim. Ova tašta, o kojoj vam govorim, leti u snu. Čim se ujutru probudi a ona sirotom zetu priča san.

– Ja ne znam šta mi je, zete, pa sve neko letenje sanjam. Mora da mi neko zlo misli u ovoj kući. Eto noćas tako, počela sam da letim sa Saborne crkve, pa kao letim, letim, letim, letim...

– I opet sletite na moju kuću! – gunđa pogruženo zet.

– A preksinoć, ubio me bog da me ubije, popela sam se kao na *Moskvu*, pa se opet spustim i počnem da letim.

– A s *Moskve* ste baš mogli da sletite kod vašeg drugog zeta. Bilo vam je mnogo bliže.

– I htela sam da idem – dodaje tašta uvređeno – ali kao neki vetar duva, pa me sve nosi ovamo.

Eto tako tašta leti.

Što se tiče svastike, pored svega truda i raspitivanja, nisam mogao da saznam kako ona leti. Najzad sam drznuo da zapitam samoga zeta.

– Jelte molim vas, biste li vi bili ljubazni da mi kažete leti li i vaša svastika?

– Pa kako da vam kažem – poče da oteže grešnik – njoj znate fali samo peruška pa da poleti.

Pobogu ljudi, baš bi pravo bilo ovoj devojci nabaviti perušku, te bi tako Beograd imao ono što nijedan grad na svetu: imao bi avijatičarsku porodicu.

Iz oglasa

Gospođu Milevu Petrovićku ja sam poznao iz oglasa. Ona se s vremena na vreme pojavljivala u redakciji i donosila poneki oglas. Ti oglasi su uvek bili vrlo karakteristični i jasno su ocrtavali njenu biografiju.

Prvi put je donela oglas kad je izgubila kuče, jer docnije, kad je izgubila muža, nije ni davala oglas.

Po tome prvome oglasu, kojim obećava bogatu nagradu onome ko joj bude našao kuče, ja sam već video da je njoj u braku dugo vreme. I onda me nimalo nije iznenadilo, kada je uskoro donela oglas kojim objavljuje da izdaje vrlo ugodnu sobu za samca.

A vi i sami možete pretpostaviti: kakvi su to brakovi i kako se završavaju, kad se muž i žena reše da izdaju i sobu za samca.

Upravo posle toga rešenja i posle toga oglasa, sasvim je prirodno bilo kad je gospođa opet došla u redakciju i donela oglas kojim objavljuje da izdaje dve sobe za samca.

– Uzeli ste izvesno veću kuću? – primetiću ja, primajući oglas.

– A ne – veli gospođa Mileva – nego se moj muž iselio od mene.

Dugo vremena zatim, gospođa je svakih šest meseci obnavljala oglas kojim objavljuje da izdaje sobe za samce.

Nije prošlo mnogo vremena i došao je nov oglas, koji sam ja sasvim prirodno i očekivao. Gospođa javlja da izdaje sobu, ali traži samca, starijeg gospodina.

Mora biti da ga je i našla, jer se dugo zatim nije javljala, a jednoga dana – to sam očekivao – gospođa je donela oglas kojim ne objavljuje više da ona izdaje stanove, već, naprotiv, ona traži sebi sobu kao samica.

Docnije je sledovao ovakav oglas: „Jedna ozbiljnija ženska, rado bi stupila kao domaćica kod kakvog starijeg samca ili udovca.“

Kada je najzad i tu karijeru prošla i osetila se verovatno isuviše poznata u Beogradu, donela je oglas: „Jedna ozbiljnija ženska rado bi otišla gdegod u unutrašnjost kao domaćica ili družbenica kod kakvog samca ili udovca.“

Od tog doba gospođa Mileva se ne javlja više oglasima. Verovatno se udomila gdegod tamo u unutrašnjosti. Ali – neće proći mnogo vremena i javiće se ona. Izvesno će se javiti.

Srpski Tisa

Biće da raznoliki običaji pojedinih naroda zavise najvećim delom od klimatskih odnosa koji u dotičnoj zemlji preovlađuju. Tako, na primer, ja ne znam kako drugačije da protumačim mađarski narodni običaj izbacivanja narodnih poslanika iz parlamenta, do prosto klimatskim odnosima koji u toj zemlji vladaju. Mađarsko političko sunce – koje se u astronomiji zove Beč – kad dođe u podnevicu, tako strašno priprži mađarske mozgove da opozicioni poslanici prosto osećaju potrebu da budu izbačeni na čist vazduh. I onaj famozni Tisa služi u stvari kao neki aparat za rashlađivanje.

A da vidite, ako ćemo po duši, meni je taj Tisa, predstavnik mađarskih narodnih običaja, čak i simpatičan. On tako prosto i jednostavno rešava stvari oko kojih se kod drugih naroda more i lome najveći umovi. Opozicija je protivna izvesnom vladinom predlogu, daj policiju ovamo, izbaci opoziciju iz skupštine, pa izglasaj mirno i bezbrižno vladin predlog. Ima li čega prostijeg i jednostavnijeg?

I toliko sam puta, ovih dana, čitajući telegrame iz Pešte razmišljao o tome kako bi vrlo korisno bilo za naš srpski parlamentarni život kada bi i mi nešto mogli da imamo jednog Tisu. Zar ne bi on mnogo i mnogo doprineo da parlamenat pravilno funkcioniše. Samo, da se razumemo.

Kod nas nisu takve prilike kao u Pešti. Tamo ometa pravilnu funkciju parlamenta to što svi poslanici hoće pošto-poto da dođu na sednicu; kod nas, međutim, ometa pravilnu funkciju parlamenta to što naši poslanici neće da dolaze na sednice. I prema tome, dok Mađari imaju potrebu za jednim Tisom koji će izbacivati poslanike iz skupštine, kod nas bi bio potreban jedan Tisa za ubacivanje poslanika u skupštinu. Drugim rečima, kao što Mađari imaju jednoga unutrašnjeg Tisu, za nas bi dušu dalo kada bismo imali jednog spoljnog Tisu.

Funkcija našega Tise, prema tome, bila bi da zađe po Beogradu, eventualno da putuje i po unutrašnjosti, da silom žandarmerije i vojske zbira narodne poslanike i da ih ubacuje u skupštinu, kako bi se jednom obezbedio kvorum te skupština omogućila da radi.

Tada, kada bi to bilo, telegrami iz Beograda, koji bi se štampali u stranim listovima, glasili bi ovako:

„Beograd 14. marta. Srpski Tisa s jednim bataljonom vojske i celokupnom žandarmerijom opkolio je juče prepodne ministarstvo privrede, gde su se u čekaonici ministrovoj bili okupili poslanici koji očekuju koncesije. Tisa je poslanike najpre pozvao da se sami predadu, pa kad ovi to nisu hteli, on je naredio napad. Žandarmi su ušli u zgradu i otuda silom iznosili jednog po jednog poslanika i odnosili ga u skupštinu i ubacivali ga. Na taj način je stvoren kvorum i skupština je otpočela rad.“

Tako bi, razume se, taj naš Tisa zalazio i po ostalim ministarstvima; u ministarstvo unutrašnjih dela gde se zbiraju poslanici koji premeštaju kapetane, pa u ministarstvo prosvete gde se zbiraju poslanici koji optužuju učitelje, pa u ministarstvo finansija gde se zbiraju poslanici koji akontiraju dijurnu, pa... po svima ministarstvima i po svima nadleštvima, i svuda gde se poslanici zbiraju radije no u skupštini.

Gde je spaljen Sveti Sava

Mi svi već znamo, i učili su nas drugi, da je Sveti Sava spaljen na Vračaru. Na kom baš mestu, ne bi se moglo reći, ali će po svoj prilici biti tamo gde je sad Savinačka crkva. Dokaz da je tu spaljen je i to: što su naši popovi već kupili oko toga mesta sebi imanja, očekujući da će se tamo podići saborna crkva, bogoslovija i mitropolija te da će tim imanjima duplo skočiti cena.

Jest, ali sad nastaje pitanje: pripada li Sveti Sava kao arhiepiskop srpske crkve nama svima ili ne pripada; da li smo mi svi Srbi pravoslavne vere jednaki pred Svetim Savom ili nismo, i da li nas on kao jedan srpski svetac smatra sve podjednako kao čeda jedne zajednice ili ne? Jer, ako mu svi pripadamo, ako smo svi pred njim jednaki i ako smo svi čeda, onda nije pravo da on samo jednima diže cene imanja a drugima ne. Trebalo je da on, kao jedan svetac, bude jednak prema svima nama, i da dâ sebe spaliti na nekoliko mesta u Beogradu, a ne samo na jednom, pa i to jedno ne zna se pouzdano gde je.

Eto, molim vas, taman je nekoliko popova od svoje krvave zarade kupilo imanje tamo gde će se na spalištu Savinom podići bogoslovija, mitropolija, saborna crkva i pijaca, i to više zato kupiše tamo imanja da bi se nalazili što bliže prahu svečevom, a digoše se Palilulci i nađoše istorika te počeše dokazivati da je Sveti Sava spaljen na Paliluli.

I da vidite, oni raspolažu lepim istorijskim dokazima. Evo ih:

a) U Paliluli je i danas groblje;

b) Batal-džamija je u stvari Vračar. To se vidi iz toga što se Palilula, kao takva, ni u kakvoj carskoj povelji ne pominje;

v) One čuvene bitke koje smo mi vodili kao Dorćolci, Palilulci i Vračarci izvesno su ostaci kakvog istorijskog antagonizma između ovih pojedinih nacija. I u tim prilikama Vračarci i Palilulci išli su uvek zajedno protiv Dorćolaca pod predvođenjem Miloša Šlosera. Znači, dakle, da su Palilulci instinktivno osećali da oni nisu nikakva posebna narodnost i da su nekad u preistorijsko doba i oni pripadali plemenu Vračaraca ili, drugim rečima, da se ime Vračar prostiralo i na Palilulu!

g) I u Paliluli ima ljudi koji imaju svoja imanja, pa je pravo da i tim imanjima skoči cena na račun Svetog Save.

Kao što vidite, razlozi sasvim opravdani i dovoljno istorijski i jaki. Pred takvim razlozima morao je i odbor za zidanje katedrale da zastane, i odustalo se od svečanosti polaganja temelja, dok se istorijski ne dokaže gde je Sveti Sava spaljen.

Pa bar da je ostalo na tom sukobu između Palilule i Vračara, ali – sad se pojavljuje sa svojim pretenzijama i Dorćol i već se našao istorik – to je bar kod nas lako naći – koji će utvrditi da je Sveti Sava spaljen na Dorćolu i to baš na Gušinome placu.

Taj istorik već pribira podatke za to i, koliko sam čuo, dosad već raspolaže ovim podacima:

a) I na Dorćolu imaju ljudi imanja kojima treba da skoči cena;

b) Dorćol je jedino istorijsko mesto u Beogradu, a pošto je spaljivanje Svetog Save istorijski događaj, to se svakojako morao na Dorćolu desiti;

v) Da je Dorćol istorijski kraj, kazuje nam svaka istorija Srba: tu se razvijao život za vreme Stevana Visokog, tu su i danas razvaline princa Jevđenija, koje se samo zato više ne raspoznaju što oko njih postoji još puno dorćolskih razvalina;

g) Na Dorćolu je sad skoro Pinto Almuzlino podigao dvokatnu kuću, i on se kune u svoje oči da u njegovoj porodici postoji tradicija da je Sveti Sava na Dorćolu spaljen.

Ja ne znam kako će Dorćolci sa svojim pretenzijama proći, ali čujem da je sad i Savamala raspisala stečaj, kojim se traži jedan istorik koji bi dokazao da je Sveti Sava u Savamali spaljen.

Zlatan zub

Primetili ste već da se gospođa koja ima zlatan zub drugačije smeje od one koja nema zlatan zub. Više razvuče usta, više se iskezi, kao da bi htela reći:

– Bogami, toliko sam ga platila, pa neka se bar vidi!

Jer zlatan zub, u vilicama jedne dame, to je sad već tako ovladala moda da gotovo dama i nije prava dama ako nema zlatan zub. Kao što je pre, recimo, trebalo imati brilijantski prsten ili minđuše, tako sad treba pošto-poto imati zlatan zub.

Tu skoro baš sam slušao razgovor između gospođe Mileve Jankovićke i Perse Gavrilovićke.

– Bogami, blago vama! – veli gospođa Mileva iskreno uzdišući. – Tako vam dobro stoji taj zlatan zub!

– Da, svi mi to kažu – odgovara gospa Persa.

– A ja, ubio me bog da me ubije, šta ne činim, te nikako da i ja stečem jedan zub. Imam, znate, plombiran zub, ali kutnjak. Ovi napred svi su mi zdravi. I šta ne činim: čačkam zube i ornodlom, čačkam ih čak i perorezom, pa nikako da se pokvari makar malo, makar samo toliko koliko da ga mogu pokriti zlatom.

Moda sa zlatnim zubom toliko je već zarazila naše dame da sad već i provodadžike, nabrajajući kandidatu šta sve devojka nosi, dodaju i to u miraz.

– Pa znate, devojka ima i dva zlatna zuba u vilicama.

– Dobro je – odgovara obično mladoženja – samo raspitajte se da li se ti zubi vade ili su uglavljeni u vilici.

A to i takvo raspitivanje mladoženjino ima i svoga smisla, jer tu skoro desila se jedna strašna porodična istorija, samo zato što su se dva zlatna zuba gospođa Macina vadila iz vilica.

Nastao je, znate, kao uveče, vrlo veliki sukob između gospodina Paje i gospođe Mace zbog toga što je gospodin Paja dockan došao. Mora da mu je tom prilikom gospođa kazala i malo oštrijih reči, jer se gospodin Paja reši da je strahovito kazni. Sutradan dok je ona još spavala, uzme on sa nahtkasne zube i odnese ih u Založnu banku.

U prvi mah u Založnoj banci su bili u velikoj neprilici da procene vrednost zuba jedne gospođe, jer su to prednji zubi, a prednji zubi svake gospođe imaju drugu vrednost. Najzad, našao se i jedan član upravnog odbora, koji je inače muž, i koji je umeo proceniti, i tako gospodin Paja dobije novac s kojim nastavi lumpovanje.

Možete misliti, gospođu Macu mal' nije šlog udario. Niti sme svoju bruku kome da priča, niti sme da izlazi gdegod od kuće, niti opet može da viče na gospodina Paju, jer bez zuba što god kaže ne razume se.

Čitavih dvadeset dana štedela je, što kažu, od usta, kuvala vrlo ekonomski i prodala dve stare haljine dok nije nakrmila koliko joj je trebalo da izvadi zube iz zaloge.

Ali ova istorija koju sam vam ispričao i nije tako strašna kao tragedija koja se desila u kući Jove Petrovića. Njegova gospođa je imala jedan zlatan zub na šrafu. Taj zub je koštao pet stotina dinara. Gospodin Jova je založio svoj zlatan sat, dva prstena i dvanaest srebrnih kašičica, te nakrmio toliku sumu kolika je potrebna da se plati zlatan zub.

I taj zub je odista divno stajao gospođi, naročito kad se nasmešila. Ali, kako je gospođa neobično mnogo govorila, šraf se morao razmrdati, i pre dva dana, opet prilikom jedne svađe, gospođa proguta zub.

Možete misliti tu tragediju, progutati pet stotina dinara u zlatu. Čupao je grešni gospodin Jova kose i lupao glavu o zid. I evo sad već treći dan kako gospođa pije ricinus a gospodin Jova i ne izlazi iz kuće, očekujući svakog trenutka porođaj.

Baš ću danas da ih obiđem da vidim sija li već u vilici zub, i smeši li se gospođa pokazujući ga.

Roditeljska radost

Palo mi je na pamet da vam o ovome pišem povodom praznika Očeva, koji će nam sutra osvanuti.

I vama je poznato, kao god i meni, da ima raznolikih očeva, tako isto kao što ima i raznolikih matera. Ima, na primer, očeva koji bi voleli sutra da budu vezani, a ima ih koji bi, naprotiv, voleli da budu odrešeni. Ima ih koji s razlogom smatraju da su isuviše vezani, pa sutrašnji dan i ne smatraju kao kakav naročiti praznik, a ima ih koji jedva čekaju da budu vezani.

Ali ta sutrašnja roditeljska radost ne zavisi toliko samo od raspoloženja očevog koliko i od broja dece koja se sutrašnjem očevom prazniku raduju.

Juče mi se baš jedan potpukovnik žali:

– Tä kakvi Očevi, molim vas, ko je sad opet taj praznik izmislio. Ja imam na licu mesta sedmoro dece, pa kad dođem predveče kući, a četa se postroji u front i žena mi raportira o stanju u četi a mene žmarci podilaze. Trebovanje, svaki dan trebovanje, gospodine. Ja sam se već rešio da imenujem jednoga komesara koji će stalno nabavljati cipele, školske knjige, cucle i snabdevati moju četu svima ratnim potrebama.

Eto taj potpukovnik, na primer, ne može se sutrašnjem danu onako od srca radovati.

Tako isto razgovarao sam i s jednim sveštenikom kojega je gospod bog obdario sa osmoro dečice.

– Kako da vam kažem, gospodine, ja se moram radovati sutrašnjem prazniku, kao što se svakom božjem danu moram radovati. Ali, znate, mene kod kuće čeka čitava pastva, imam ih, znate, osmoro oglašenih i deveto još neoglašeno, ali tu je. Da ih naforom hranim, pa je mnogo. Vi treba da vidite samo kad ujutru počnemo mi da se budimo u kući na prvo zvono, a prvo zvono, znate, to je moja najmanja ćerčica, pa onda odmah udare sva zvona i onda nastane jutrenje. I da mi je bar da se smem služiti crkvenim utvarama, pa da držim ripidu u kući, možda bih još mogao održati red; ovako, istinu vam kažem, ja verujem da je u mojoj kući već nastao raskol, i sve mi se vrze po glavi misao, da svoju decu podelim na nekoliko parohija.

E eto, ni taj se roditelj, iako dužnošću pozvan da poštuje božje praznike, ne može vrlo mnogo radovati sutrašnjim Očevima.

A poznao sam i jednoga četvorostrukog oca. Ženio se grešnik četiri puta – poslednji put s blagoslovom koji ga je koštao sto dinara – i iz svakog braka ima po jednu felu dece.

– Tä manite – žalio mi se on na sutrašnji praznik – pre svega, tu decu treba sakupiti pa da me mogu vezati. A nijedna od matera ne dozvoljava da se deca sakupe u tuđoj kući. I znate kako ja provodim sutrašnji praznik. Uzmem sobu u hotelu, pa onda prvo dođu plava deca, za njima crnomanjasta, pa onda riđa i za njima ova poslednja, šućmurasta. Kad sva deca svrše, onda dođe kafedžija, pa me i on veže i tako ja otpraznujem ovaj praznik.

E, eto vidite kakvih sve roditelja ima, te prema tome i kakvih sve roditeljskih radosti na ovome belome svetu.

Radijumburg

Ljudi božji, videste li vi koliku milost izli gospod bog na ovaj naš Beograd? Pronađeno je sad da u vodi beogradskoga vodovoda ima radijuma, a radijum je onaj znameniti elemenat, od čijeg se dejstva ostaje večito mlad i svež; element koji daje sunčevu svetlost i toplotu, koji leči sve bolesti i koji ima tako čudno i neobično dejstvo da premaša već sve naučničke fantazije.

I, ako je to istina, a hemijskom analizom utvrđeno je već da u beogradskom vodovodu ima radijuma, onda već možete misliti kakva nas sve budućnost čeka. Beograd će postati velika svetska banja, i neće se zvati Beograd već Radijumburg. Beograđani će se svi odreći vina i piće samo radijum-vodu. Po ulicama će iz kaldrme izbijati, kao mlade vrbice, masa vodovodnih cevi i svet će tu po ceo dan sisati vodu.

Beograđani će biti večito mladi, naše majke ličiće na devojčice od osamnaest godina, naši penzioneri izgledaće kao regruti koji su pobegli iz vojske, naše kafedžije napisaće slobodno i javno na svojim buradima: „Vino s radijumom“, a mlekadžije će javno vikati ulicom: „Ajde, taze mleko s radijumom!“

A Opština beogradska – o gospode da srećne li opštine – ili će pasti na ideju da na ovaj radijum digne nov zajam ili će udariti novu taksu na vodu. Kažu da je jedan opštinski statističar već izračunao da su za ovo nekoliko godina otkako postoji vodovod Beograđani popili radijuma u vrednosti 3,727.634.26 dinara, ili, drugim rečima, svaki Beograđanin popio je dosad oko trideset hiljada dinara radijuma. Taj isti opštinski statističar izračunao je da jedan litar beogradske vode košta 7.45 dinara, i već se mnoge bozadžije nose mišlju da napune kante pa da zađu po Srbiji prodajući beogradsku vodu, i mnogi se poduzetnici nose mišlju da ovde u Beogradu otvore vodene radnje.

Svet, otkako je pročitao da se u beogradskom vodovodu nalazi radijum, počeo je listom da se upisuje u antialkoholičarsko društvo, tako da u tom društvu neće ostati mesta za dosadašnje njegove članove, već će morati da istupe.

I onda to će sve biti samo s one lekovite osobine radijumove, a kamoli šta će sve biti i s drugih njegovih osobina. Radijum, na primer, daje sâm od sebe svetlost. Beograd, budući Radijumburg, svetleće sâm sobom, i to tako da će osvetljavati i Zemun i Pančevo, a do Smedereva i Obrenovca dopreće bar toliko svetlosti kao kad je mesečina. Uostalom, Smederevci takvo osvetljenje i vole.

Pa ne samo Beograd već i sami Beograđani će svetleti. Svaki Beograđanin predstavljaće sâm sobom jednu pokretnu bogn-lampu. Biće, razume se, i takvih koji posredstvom vina snabdevaju svoje telo vodom; ti će ličiti samo na sijalice od deset do petnaest sveća, a biće ih čak koji će ličiti i na pregorele sijalice.

A zato se ja čudim što mi još sad naši antialkoholičari toliko svetle. Vidim Ulicom Miloša Popovića, na primer, i vidim da sav cakli koliko svetli, a ne mogu da se setim šta je, kad on već deset godina pije ovu našu radijumsku vodu. Pa onda, pogledajte Žiku Dačića kako se svetli, a već o Daniću i da ne govorim.

I zamislite samo kako će to lepo izgledati kad svi mi Beograđani budemo svetleli. To jest, to može lepo izgledati prilikom limunacija, kermesa i drugih javnih zabava, ali će naši hemičari pronaći valjda kakav šraf koji ćemo mi u datoj prilici moći i da uvrnemo pa da se ugasimo. Jer, najzad, znate kako je, ima prilika kad čovek baš ne želi mnogo svetlosti.

Najzad, kako će sve biti, ne ume čovek unapred da kaže, ali je jedno sigurno a to je da ćemo mi Srbi, svojom velikom radijumskom svetlošću izvesno prvi skrenuti pažnju Marsovih stanovnika na nas, a to je i u redu. Dosad smo već bili uspevali da skrećemo na sebe pažnju celoga sveta, i ubuduće nam ne bi niko drugi ni ostao do Mars.

Pseća sezona

E, pa izvol'te vi sad, molim vas, na 38 stepena toplote pisati štogod iz beogradskog života. Nemoguće je jesti, nemoguće spavati, sveg me gola voda oblije dok potpišem samo kakav poziv iz opštine, a kamoli još da zasednem i da pišem beogradski život. Pa onda, što je najglavnije, beogradskog života i nema. Molim vas, metnite ruku na srce pa recite: postoji li beogradski život?

Žene otišle u banje, ljudi se zavukli u 'ladovine; škole zatvorene, pozorište zatvoreno; lekari, advokati, novinari, profesori, ministri, sve na odsustvu, sve se razbeglo. I onda, razume se, da nema beogradskog života.

Ali nisu to samo moje nevolje; još gore nego ja prolaze novinarski reporteri. Jer ja, najzad, mogu da vam ispričam i pogdešto staro; nešto što se desilo, recimo, pre nedelju i dve dana, ali grešni reporteri koji jure po ovom suncu od jutra do mraka da čuju kakvu novost, pa se vraćaju praznih šaka...!

Baš prekjuče razboleo se naš reporter, pa urednik zamoli mene da ga zastupim.

– Zađite – veli – po ministarstvima redom, pa se raspitajte.

Zapnem ja redom u svih osam ministarstava i vratim se u redakciju pun vesti. Sednem pa ih napišem otprilike ovako:

„Kao što iz Ministarstva inostranih dela saznajemo, gospodin ministar je još na odsustvu."

I pošto su svih osam ministara na odsustvu, to ja napišem osam takvih vesti i ponosito ih predam uredniku.

– Koješta – veli on.

– Kako koješta? – kao osetim se ja uvređen.

– Pa prvo i prvo, to je svega jedna vest koja bi se dala napisati svega s dve reči: „Vlada je na odsustvu", a drugo to nije ništa novo. Idite u Opštinu, pa vidite ima li tamo što novo?

– I tamo su svi na odsustvu.

– Sud?

– Sudovi ne rade.

– Pa lepo, saznajte kakvu privatnu novost.

– I privatni ne rade.

– Kako?

– Pa tako. Niti je kome do ženidbe na ovoj vrućini, niti se ko svađa, niti se bije i ubija, uopšte ceo svet se povukao u hladovinu, i tako se ništa ne događa.

– Onda ništa drugo ne ostaje, nego vi sami, Ben Akiba, da izazovete kakav događaj.

– Ali kakav događaj?

– Pa tako, na primer, udesite, recimo, da vas neka gospođa, primi k sebi.

– To je lako.

– I, recimo, da vas zateče muž i da vas istuče.

– Ama ko da udesi to, jel' ja?

– Pa jeste.

– Tä idite, molim vas, gde bih ja sâm sebi udesio batine.

– Ama, razumete, potreban je ma kakav događaj.

– Pa ono jest, i ja bih onu prvu polovinu događaja rado podneo, ali kad bi se udesilo da ovu drugu polovinu podnese neko drugi.

– Ko drugi?

– Pa tako. Kad bih ja, na primer, imao sastanak s kakvom gospođom, i neka me, recimo, muž zateče, ali u prvoj ljutini, umesto mene, da istuče sâm sebe. Tako bi uostalom pravilno i bilo, jer svakoga muža je dužnost, kad se uveri o neverstvu ženinom, da najpre istuče sâm sebe.

– Pa lepo – veli urednik – ja nemam ništa protiv da i tako bude. Samo udesite.

Rešen da na taj način napravim događaj, ja već tri dana merkam priliku. Rešio sam se, najzad, da dam u listove ovakav oglas:

„Traži se jedna gospođa koja bi za ljubav jednog malog događaja, o kome bi se moglo pisati, pristala na jedan prijatan randevu, i jedan muž koji bi tom prilikom sâm sebe istukao.“

Eto, to ako pomogne, teško se može naći o čemu bi se u ovoj mrtvoj, psećoj sezoni moglo pisati.

Prosinac

Vi znate da se mesec decembar zove inače „prosinac". A to vam je, valjda, jasno otkuda dolazi. Pratite samo ovog meseca one sitne beleške u novinama, pa ćete svakoga dana sresti po nekoliko beležaka koje glase: „Gospođica Mila Petrovićeva, ćerka toga i toga, i gospodin Pera Milić verili su se. Čestitamo."

I što više zabava ovoga meseca, to sve puniji listovi takvih beležaka. I to je vrlo lepo, toliko lepo da bih ja sasvim ostao pri imenu „prosinac", te ne bih ovaj mesec ni zvao više „decembar". Ja bih čak, s obzirom na naš bračni život i razvoj, i sve ostale mesece prekrstio.

Decembar, dakle, kao mesec balova, izjave ljubavi i provodadžijskih poslova ja bih i dalje zvao „prosinac".

Januar mesec, kao mesec okićenih kola, nevestinskih venaca i deverskih boščaluka, ja bih nazvao „svadbinac".

Februar, već i po tome što je vrlo kratak, a s obzirom na ono da sve što je slatko to je kratko, zvao bih „medenac" ili „šećerac", kakvo ime i priliči prvom mesecu posle svadbe.

Mart je i inače mesec kada je vrlo promenljivo vreme, te nije ni čudo ako tu nastanu prve promene i prva razočaranja u braku. Otuda bi tom mesecu vrlo lepo pasovalo ime „razočaranac".

Posle razočaranja već se zna šta nastaje u kući, i zato se april mesec može komotno zvati „svađinac".

A onda, već se zna, posle prve svađe ko se umeša u kuću, i vodi prvu reč. I zato se mesec koji dolazi posle „svađinca" – a to je maj – sme slobodno nazvati „taštinac".

A kad se već i tašta umešala, onda je sasvim prirodno da se mesec koji za njim ide – a to je jun – može zvati „ogovaranac".

I sad već, lako je pogoditi kako bi se dalji meseci zvali. Odmah dolazi na red mesec „rastanac", pa za njim „konzistorijanac".

I tako bismo imali imena meseca koja odista i odgovaraju životu našem i pojavama u društvu našem, kao što „prosinac" odgovara

verenjima koja se s dana na dan beleže u onim sitnim beleškama no-
vinarskim.

A to bi dobro bilo i stoga što bi na taj način kalendar služio i kao
neka vrsta uputstva bračnome paru, šta kog meseca treba da radi.

Posle seobe

Grdan se svet juče selio iz stana u stan. Gotovo da veruje čovek da se ceo Beograd selio, izuzimajući one koji sede u svojoj sopstvenoj kući i one koji su dužni kiriju.

I kakvih ti sve razloga nema za seobu. Jednima je tesna kuća; drugima je suviše prostrana kirija; trećima je dosadio komšiluk; četvrtima je dosadio kućni gazda koji prvog ujutru dođe na kafu pa sedi sve do podne. I tako svako redom ima svoju muku, i seli se da bi toj svojoj muci olakšao.

I da znate samo kakvih tu još intimnih muka ima. Eto gospođa Persa Simićka, sa svojim kćerima gospođicom Zorom i Danom, seli se svakih šest meseci, a mnogi možda i ne znaju zašto. I lepo živi s komšilukom, i tačno plaća kiriju, i vrlo joj je ugodan stan, pa ipak se seli svakih šest meseci.

– Nema valjda momaka samo u Dobračinoj ulici. Veliki je Beograd. Ako se niste udale u ovoj ulici, udaćete se u Kralj-Milutinovoj – veli gospođa svojim kćerima, kad god otkazuje dosadašnji stan.

– Ali mama – veli starija gospođica Zora – gledaj samo da kuća ima bar dva prozora s lica, jer ovo je najgore ovako, jedan prozor pa sednemo ja i Dana zajedno na prozor.

– Pa jest što kažeš, i mladić kad prođe ne zna koju će pre da pogleda – veli srećna majka, pa zadiže suknje i zapne na Vračar da traži stan s dva prozora sa lica.

Tako je gospođa Persa za ovo šest-sedam godina presedela u četrnaest ulica, a juče se odselila u petnaestu.

A ima i drugih razloga za seobu. Gospodin Jova sekretar je samac čovek pa mu je lako seliti se. I zna se tačno kad se on seli, kao što se zna i gde se seli. Njemu je glavno da idući u kancelariju mora proći onim sokakom u kome stanuje njegov ministar, i to onom drugom stranom sokaka, kako bi ga ministar mogao svako jutro spaziti i diviti se njegovoj tačnosti.

– Izgleda sitnica, ali kad se čovek zrelo razmisli, i nije sitnica – razmišlja sâm u sebi gospodin Jova – spazi te ministar danas, spazi sutra, vidi te dvadeset dana uzastopce, najposle mora da zapita: „Ama ko je ovaj čovek?“ I kad jedanput sazna ko je, onda već počinje drugačijim očima da me gleda i što je glavno, navikne se na moje lice!

A tako i jeste. Vi i ne znate kako je to važna okolnost kad se ministar navikne na jedno lice. A gospodin Jova pravi vrlo tačan račun. Jedan ministar ministruje u Srbiji prosečno sedam meseci i toliko meseci gospodin Jova stanuje u dotičnoj ulici, što znači da će prolazeći četiri puta dnevno zbog kancelarije gospodin Jova proći kraj ministrove kuće 840 puta. A njemu je dosta ako ga gospodin ministar samo polovinu puta vidi.

Gospođa Milka udovica takođe se seli svakih šest meseci, ali iz sasvim drugih razloga. Ona se lepo useli u kvartir, i počne da živi sasvim povučeno, kao što i dolikuje jednoj udovici. Jest, ali svet kao svet, ne trpi da ko živi povučenim životom.

– Jest, povučen život, a nema ni deset dana kako se uselila pa već joj obijen sims pod prozorima!

I obično u svakoj ulici prvo se počne s tim prokletim simsom, pa se onda ospe ogovaranje kome nema kraja. Ne prođe ni dva meseca sedenja, a grešnoj udovici pohvataju sve krajeve. Saznadu joj, da prvo i prvo ona i nije udovica, da se nikad nije ni udavala.

– To joj je samo firma.

– Ama kako firma, kad svake subote ide na groblje i nosi buket cveća?

– Ide brate, ali čučne uz čiji bilo grob, koliko samo da izgleda kao udovica.

I onda, šta ostaje grešnoj udovici, kad joj se već i to sazna, da njen pokojni muž nije nikad ni postojao? Kakvih šest meseci ona bi čak volela kad bi Đurđevdan i Mitrovdan bili sasvim blizu, čak kad bi se mogao zavesti običaj, pa svaka tri meseca da se seli svet. To bi za nju bilo najbolje.

I nisu to svi razlozi s kojih se svet seli. Ima još čudnijih i još originalnijih, samo gde bih ja stigao sve da ih zabeležim.

Popovski štrajk

Budi bog s nama, šta ti sve neće doživeti i preživeti ovo naše pokolenje. Eto sad, na primer, i beogradski popovi prete štrajkom i to ni zbog čega drugog do zbog deobe parohija. I to nemojte misliti da je šala, već su beogradski popovi najozbiljnije odlučili da oglase opšti štrajk. Kažu, uzeli su jednu naforu, otišli su predveče na jevrejsko groblje, metnuo je svako po tri prsta na naforu i zakleli su se: ili da se svakome pri deobi parohija dâ po hiljadu domova ili će praviti opšti štrajk.

Gospode bože, zamislite samo kako će to strašno izgledati kad popovi naprave štrajk. No, samo nam još to fali. Udesite lepo svadbu, pogodite ručak, okitite fijaker, nataknete deveru peškir na rame i konjima o amove i krenete u crkvu. Kad tamo – ne možete da se venčate, popovi štrajkuju. Ili još gore: čekate devet meseci dete i dočekate ga. Prođe još nedelja dana i vi ga lepo povijete u jastuče, pa ga onda popljunete vi kao majka, zbog uroka, popljunete ga i vi kao otac, zbog uroka, i pošaljete ga po babici u crkvu, očekujući s nestrpljenjem hoće li mu kum dati ime Hristofor po očevom ocu ili Teofilo po materinom ocu. Kad, a ono babica se vraća s detetom iz crkve:

– Šta je, jel' Hristofor?

– Nije.

– Jel' Teofilo?

– Nije!

– Pa kog je đavola?

– Nije ništa. Ne može se ni krstiti. Popovi štrajkuju.

Eto tako bi to otprilike izgledalo kad bi, bože sačuvaj, nastupio taj štrajk.

Ima, doduše, stvari kod kojih bi se u takvom slučaju moglo i pomoći. Tako, na primer, mi beogradski građani mogli bismo nešto malo da pauziramo te da ne pohodimo službu, pa onda, mogli bismo se uzdržati i od pričešća, a svakoga ko bi umro, mogli bi proglasiti za samoubicu i sahraniti ga bez crkvenih obreda.

Ali ima stvari koje se nikako ne bi mogle izbeći. Eto, molim, recite sami: kako bi se, na primer, mogli uzdržati od rađanja ili od svadbe? To je prosto nemoguće.

Međutim, popovi ozbiljno prete štrajkom, i svakoga dana se može očekivati da štrajk i nastupi.

Čujem čak da je policija preduzela najozbiljnije mere da, za slučaj popovskog štrajka, građanstvo prestoničko ne ostane bez crkvenih obreda. I kao god što su se u Francuskoj prilikom poštarskog štrajka poslužili vojskom za vršenje službe tako je i ovde beogradska policija učinila sav potreban raspored, kako bi u slučaju štrajka policijski činovnici vršili crkvene obrede.

Po tome rasporedu, u slučaju štrajka, gospodin Žika Stojković pisar kvarta terazijskog imao bi opsluživati Sabornu crkvu; njemu bi kao đakon bio pridodat gospodin Ljuba Glavonja. Vaznesensku crkvu opsluživaće gospodin Nikola Veličković pisar kvarta varoškog, a crkvu Svete Natalije opsluživaće gospodin A. Savić pisar kvarta terazijskog. Crkvu Ružicu opsluživaće gospodin Zumbulija a Grobljansku crkvu na Novom groblju gospodin Andra Milovanović član kvarta.

Dužnost ispovednika za varoš Beograd vršiće i dalje gospodin Žika Lazić islednik Uprave varoši Beograda; dužnost prote, s tim da opslužuje i Savinačku crkvu, vršiće gospodin Čeda Kostić načelnik ministarstva, a za svećenje vodice ići će po kućama s bakračetom gospodin Bobić blagajnik ministarstva. A pošto je Državni savet poništio ukaz kojim se gospodin Mita Vlašče postavlja za komesara železničke policije u Nišu, to će ga ministar, da bi se popravila učinjena nepravda, odrediti da vrši dužnost kapelana u dorćolskoj kapeli.

Tako, dakle, sve je udešeno da beogradsko građanstvo ne ostane bez crkvenih obreda, te sad taj budući štrajk možemo spokojno očekivati.

Jesen

Već sunce ne greje kao što je do malo dana grejalo. Kad svane jutro, a ono po Topčiderskom brdu i na Jaliji belasa se inje kao rasut biser; izlozi naših modiskinja umesto onih lakih, lepršastih haljina ispunjeni žaketima; na kućnim prozorima već izlepljene liste za stanove koji se izdaju od Mitrovdana; u pozorištu već se spremaju dugačke i sumorne drame, a gospoda koja predveče šetaju korzoom uveliko smrde na naftalin zbog iberciga koje su izvadili, bilo iz svojih sanduka bilo iz ormana Založne banke.

Otidite samo na Kalemegdan pa ćete odmah osetiti da je jesen već tu. Oni što kašlju i oni što osećaju štrecanje u kolenima premestili se na druge klupe, dok su pre sedeli na klupama koje bije sunce. Dok su pre pljuvali samo na jednoj polovini Kalemegdana, sad su se radi simetrije premestili da ispljuju i drugu polovinu.

Ali to su sve spoljni znaci koji pokazuju da je jesen već stigla. Ja, međutim, poznajem promenu godišnjega vremena ne samo po tim spoljnim znacima već i po temama o kojima se govori u našim društvima. Drugi se razgovori vode u proleće, drugi u leto, a drugi o jeseni i zimi. I to su uvek jedni i isti razgovori koji se vode u istim krugovima.

Penzioneri, na primer, s proleća govore o banjama, leti o beogradskoj prašini, s jeseni o špiritusu i kamforu a zimi o skupoći drva.

Profesori leti, uoči ispita, govore stalno o školskim stvarima i revizorstvu, leti o premeštajima, s jeseni o politici, zimi obično ne govore ni o čemu, jer onda svi pišu neke udžbenike kojima će usrećiti našu siromašnu nastavu, a s proleća govore o ekskurzijama.

Oficiri s proleća govore o regrutima, leti o ženama čiji su muževi otišli u banje ili o ženama čiji su muževi ostali kod kuće a one otišle u banje; o jeseni govore o manevrima i trkama, a zimi o svojim dugovima i ženidbi.

Novinari s proleća grde koga stignu, leti izmišljaju dnevne vesti; s jeseni se među sobom zavade i grde a zimi preštampavaju velike senzacione romane.

Popovi s proleća prebrajaju ponovo domove u svojoj parohiji, leti polemišu preko novina, jer njihove dugačke polemike mogu dobiti mesta u listovima samo za vreme mrtve sezone; o jeseni govore samo o pogrebima, a zimi samo o klanju svinja i zimnici.

Žene, moglo bi se ukratko reći, preko cele godine, bez obzira na četiri godišnja vremena, stalno se ogovaraju. Pa ipak ima razgovora koji i kod njih zavise od sezone. Tako, na primer, one s proleća govore o kostimima i banjama; leti govore o kostimima i kermesima, s jeseni govore o kostimima i banjskim skandalima a zimi o kostimima i zabavama.

Svako godišnje doba donosi i svoje teme za razgovor. I kako u privatnom životu tako i u državi, tako i u opštini. Vladine jesenje brige su rešavanja pograničnih sukoba, a opštinske veliki zajam. To je sad o jeseni; na zimu će se promeniti situacija, pa će opština (uoči izbora) brinuti o rešavanju činovničkih sukoba, a vlada o velikom zajmu.

Nova bolest

Morali ste i vi primetiti, naročito ovih dana, da gospođa Sofija S. nekako sasvim drugačije drži glavu kad šeta predveče korzoom. Ne ide više onako nemirno i njen se labudov vrat ne povija, već ga je ukrutila kao da je metnula oko vrata manžetnu ili obukla mundir konjičkog potporučnika.

U prvi mah svako bi pomislio da je to zbog ogromne težine šešira. Jer, osim ogromne dimenzije, ovi novi šeširi koji se prave od košnica, imaju još i tu osobinu da su teški po nekoliko kila. Ali nije to zbog toga, već gospođa Sofija, kao što sam pouzdano čuo, boluje od kočenja vrata.

Nećete možda verovati, ali je to sušta istina da gospođa Sofija ove godine boluje od ove nove bolesti kočenja vrata.

Ako ne verujete, ja ću vam to i objasniti. Gospođa je udata već četrnaest godina i trinaest puta je već bila u banji. Ove godine se sprema da ode i četrnaesti put. Prve godine po udadbi, bolovala je od malokrvnosti. To je uostalom i sasvim u redu, i onako nekako prirodno je, jer zamislite nešto kako bi to izgledalo kad bi mlada odmah po udaji bila punokrvna.

Druge godine, kad je došlo vreme banji, već je patila od lakoga reumatizma, koji je trebalo što pre izlečiti, da se ne bi uselio.

Treće godine bračnog života, međutim, sasvim je dovoljno da jedna žena dobije nervozu. A kad već jednom dobije nervozu, onda ima na raspoloženju bolest s kojom može nekoliko godina ići u banju, jer, najzad, nervoza se i ne leči za jednu godinu.

Čak ako hoćete, nervoza je bolest koja se i ne leči, a iziskuje stalno potrebu da se posećuju banje. Jedini dosad poznati lek da se žena oprosti nervoze to je slučaj kad ta nervoza pređe na čoveka.

Tako je bilo i s gospođom Sofijom. Četiri godine uzastopce išla je u banju na račun nervoze, dok jednoga dana pri ručku, opet tako s proleća, gospodin Sima ne tresnu kašikom o tanjir i ne uzviknu:

– Pa dosta jedanput i s tom nervozom. Ima i njoj valjda kraja!

Iduće godine već, gospođa je išla u banju zbog nevralgije, pa onda druge zatim zbog stomačnog katara, treće zbog bubrega i tako je nekako isterala trinaest punih godina, a sad je nastala jednovremeno i četrnaesta godina bračnog života i četrnaesta banjska sezona.

– E ovo je da se čovek ubije – žalila se tu skoro gospođa Sofija jednoj svojoj prijateljici – ja već ne umem više da pronađem od čega treba bolovati. I ne razumem zašto ovi modni žurnali kad već donose sve što je jednoj ženi potrebno, ne donesu i spisak bolesti od kojih se može bolovati uoči banjske sezone!

– Odista, to bi trebalo! – teši je njena prijateljica.

– Pa zar vi, zaboga, ne znate kakvu novu bolest?

– Znam. Eto, kočenje vrata, to je najnovija bolest.

– Vrlo dobro, baš vam hvala.

I eto, otkako je saznala za tu bolest, gospođa Sofija šeta predveče korzoom sa ukočenim vratom.

Nije samo to, već čim se vrati iz šetnje, a ona tera gospodina Simu da joj trlja vrat špiritusom, ne bi li se što pre ražalio.

Sinoć sam baš sreo gospođu Sofiju, pa je pitam:

– Kako ide s kočenjem vrata?

– Ne valja, sve gore. Moraću u banju.

– Pa šta kaže gospodin Sima na to?

– Veli: on pati od kočenja džepa.

– Pa utoliko bolje. Nek on trlja vama vrat a vi trljajte njemu džepove.

– Pa tako će i biti!

Od jutros sam već čuo da se gospođa Sofija pakuje.

Inostrankinje

Vi možda i ne znate ko su u našem društvu inostrankinje. Prva će vam misao biti da su to one silne strankinje u Beogradu što predaju jezike i od kojih više mi stariji naučimo no naša deca; ili možda mislite na strankinje koje su udate za naše građane i koje posle uče jezik od svoje dece. Bože sačuvaj, ni jedne ni druge nisu „inostrankinje", već je to jedan sasvim nov red ženskinja kod nas.

Vi znate da je poslednjih desetina godina otišla masa profesora i masa oficira u inostranstvo. Otišli su tamo, posedeli su i vratili su se. Bilo ih je dabome koji su išli sami, ali ih je bilo koji su, hteli – ne hteli, morali vući i svoju drugu polovinu.

– To nemoj ni da sanjaš da ideš sâm! – počela je prvo tašta. – Gledaj ti, molim te, njega. Godinu dana da se smuca po svetu sâm, a dete moje u najboljim godinama da ostane čitavu godinu dana bez muža!

– Pa ono, kad se uzme s te strane – mrmlja i tast kroz brkove – odista nije zgodno.

– Ali zaboga, nemam sredstava; država mi je vrlo malo odredila – brani se grešni zet.

– Pa baš zato što ti je malo odredila, treba da povedeš ženu – objašnjava mu tašta. – Tebi mnogo više treba ako sâm pođeš, bez kontrole.

– Pa jeste! – dodaje tast.

– I posle, šta bi ti radio da mi nismo živi. Nego ovako kô veliš, umešeno pa obešeno. Našao si mene dobru taštu – jaoj ne bila ti koja druga – pa ajd' ženu tek obesiš ovde o klin a ti u svet. E ne biva to brajko!

I tako, hteo – ne hteo, on se grešnik pakuje udvoje. I za vreme dok se oni pakuju, tašta zađe po kućama i pravi vizite. Može početi razgovor ma o čemu, ona će ga naviti na ono radi čega je došla.

– Jeste li već kuvali slatko od trešanja? – pita, recimo, domaćica.

– Tä idite, molim vas, nije mi ni do čega. Znate moja Sojka ide u Francusku, pa me tako spopala neka žalost.

– A dakle, i ona ide s gospodin Lazom?

– Pa šta će. Kažem zetu: „Ostavi je, Lazo, kod nas, gde će dete u tuđ svet.“ E, ali on znate zapeo: „Pa gde bih ja bez žene, pa zar ja godinu dana da ne vidim moju Sojku.“

– Pa to jeste! – dodaje učtivo domaćica.

– A da vidite, i ona sama hoće. Ja joj kažem: „Sojka, dušo, zar godinu dana da ne vidiš majku“, a ona kaže: „Bože, majka, pa treba i ja da vidim sveta. Toliko sam čitala o tome svetu, pa treba da ga vidim.“ A znate – dodaje tašta sa svoje strane – što kažu to joj treba i za njeno vaspitanje.

– Pa jeste! – odgovara domaćica.

I tako redom zalazi tašta od kuće do kuće, sve dok ne isprati Sojku i Lazu.

Čim voz pređe u Zemun, Sojka već postaje „inostrankinja“. Ona sa svake stanice usput šalje anzihts-karte svojim prijateljicama koje su sa službom u Valjevu, Čačku i Ćupriji.

Sa novosadske stanice ona piše: „Na putu za Francusku, da ti se javim odavde, iz tuđine.“

Sa peštanske stanice ona piše: „Da ti se javim odavde, iz beloga sveta, iz ove daljine, odakle putujem još dalje, čak u Francusku.“

Za to vreme, dok Sojka putuje, tašta za ručkom i večerom plače. Jede, na primer, supu od rezanaca, pa se tek zaplače:

– Sojka je volela rezance. Ko zna da li tamo u belome svetu ima rezanaca...

– A i on! – dodaje tast.

– More, za njega je lako, on je kadar i oskoruše da ždere.

A čim iz Francuske stigne prva Sojkina karta, tašta opet zađe da pravi vizite po kućama.

E, sad već „inostrankinja“ piše opširnije karte svojim prijateljicama u Čačak, Valjevo i Ćupriju.

„Osećam se ovde kao kod svoje kuće“, veli ona u tim kartama, „zdravo su me lepo primili. Kad prolazim ulicom, svi me gledaju i čisto se čude: kakva li je ovo ženska? Znaš, padam im u oči kao strankinja. Koliko uviđam, francuski ću vrlo brzo savladati. Ne znam doduše nijednu reč, ali se po svemu vidi da je vrlo lak jezik. Ovde je pravi raj, i šteta je, bogami, provesti mladost u kakvom Čačku!“

Već druga i treća pisma su i mnogo opširnija i mnogo pakosnija.

Žene vojnici

U Engleskoj sve više i više uzima maha jedna nova moda. Kao bajagi tamo u njihovoj otadžbini pripretila tolika opasnost da je malo ako joj se stave na raspoloženje samo njeni sinovi, već moraju i kćeri.

A, međutim, Engleskoj i ne preti nikakva opasnost. Njihove žene izmislile su opasnost, samo da bi mogle izmisliti jednu novu modu. I izmislile su je, i eno sad u Engleskoj čitava vojska žena, sve pod uniformom i pod svijetlim oružjem. One imaju i svoje kaplare i redove, i oficire i dobošare, i vežbaju se svake nedelje, kako bi bile spremne kad opasnost nastupi.

I sad, sve to što vam rekoh, ne bi bilo tako ni važno ni interesantno, da se ja samo ne plašim ove mode, kao i svake druge mode. Ne bojim se ja baš da će ona danas ili sutra sići k nama. Ne, ona će poći putem kojim su silazile sve mode ovamo na Istok. Kad tamo gore, na Zapadu, nešto izgustiraju, onda to siđe među nas kao „najnovija" moda. I onda, kroz godinu ili dve, a vi tek vidite, uspalile se naše žene pa hoće i one pod barjak.

I kako nas to izvesno neće mimoići, ja sam, uslužan kao i uvek prema lepom polu, zaseo, te još sad izradio formaciju te buduće vojske. Neka je ta formacija gotova, zlu ne trebalo.

Prilikom izrade te formacije ja sam se naročito starao da ničim ne poremetim red stvari kakav sad vlada u našim odnosima. Videćete da se moja formacija ženske vojske u svemu poklapa sa stanjem stvari onakvim kakvo je.

Tako, na primer, po toj formaciji regruti bi bili gospođice koje su i sad u stvari regruti. U komisiju za prijem regruta ušle bi dve do tri udovice i ja kao predsednik. Prilikom regrutovanja ne bi nam se nikad desilo da imamo ni stalno ni privremeno nesposobnih. Jedino možda što bi moglo biti prekobrojnih.

Mlade, tek udate žene, služiće stalni kadar, kao i sad. Rok službe će im biti najviše tri godine, a zatim prelaze u rezervu, kao i do sada. U stalnom kadru, odnosno u braku, učiće one i teoriju i praksu, i tek kad budu dovoljno spremne za ratnu službu, prevešće se u prvi poziv, koji će se pozivati na službu i vežbu samo s vremena na vreme.

Kao što vidite to sve nije ništa novo, taj red stvari i sad kod nas postoji. Stalni kadar i sad predstavljaju one žene koje ne mogu da se odlepe od muža, kao regrut što ne ume da mrdne od kaplara, a čim vidite ženu da sama šeta korzoom u Knez Mihailovoj ulici ili Kalemegdanom, znajte da je ta već u prvom pozivu, koji se samo s vremena na vreme poziva na službu.

A drugi poziv, to se već zna šta je. To je ona vojska koja se samo u velikoj nuždi poziva na službu, a to je ujedno i najmnogobrojnija vojska u ženskim redovima. Poslednja odbrana to su tašte i svekrve.

To je uglavnom samo nacrt. Međutim, u mojoj organizaciji ima i vrlo mnogo detalja. Tako, na primer, označeno je tamo da bi za ordonanse bile uzete one dame koje su kadre za jedan dan da obiđu bar deset žureva. A ima ih, hvala bogu, dosta. Za ađutante bi bile uzete udovice i raspuštenice kao ženske koje su kadre i na najopasnijem putu da prate svoje pretpostavljene. Za barjaktare bile bi uzete udovice koje su najmanje tri muža sahranile, kao žene koje su kadre ne puštati barjak iz ruku. Za dobošara... ja ne znam zbilja koje bi žene bile kadre da vrše dužnosti dobošara. To me je pitanje toliko zbunilo da sam tu stao i celu formaciju ženske vojske ostavio nesvršenu. Ja se i sad još pitam: da li su žene kadre da vrše dužnost dobošara?

Žandarmi kursiste[12]

Dakle, sad su i naši žandarmi položili ispite, i to se smatra kao da su svršili viši kurs, jer svaki od njih, pre no što je i postao žandarm, svršio je izvesno niži kurs.

A zamislite kako je to lepo što ćemo odsad imati školovane žandarme, jer najzad, priznaćete i sami, da tu ima neke razlike kad vam žandarm sasvim prostački opsuje oca ili kad vam, recimo, opsuje i oca i majku, ali sasvim pravilno, gramatički.

Pa onda nije samo to. Žandarmi su se izvesno sad u školi vežbali u boksovanju, i prvi put kad budu muvali građane pesnicama, osetiće građani izvesnu razliku između školovanih i neškolovanih žandarma. Tako npr. neškolovani žandarm, grune te pesnicom ma gde, gde stigne, dok školovan će odsad pravo u slezinu, tako da ti oči senu, i u duši moraš priznati da je taj dobro položio ispit.

Bio sam baš prekjuče prisutan kad su polagali ispite i, bogami, milina ih je bilo slušati.

Uzme predsedavajući profesor pisaljku pa se zadubi u spisak đaka, zadubi pa tek:

– Neka izađe broj 734.

A đak broj 734 tresne tek čizmama pred njim da se svi prozori na školi zatresu.

– Reci ti meni... ovaj – uzeće reč profesor – reci mi šta ćeš ti reći građaninu kad vidiš da prosipa pomije na ulicu?

A đak broj 734 odsalutira pa tek počne:

– Ja ću reći... reći ću... ovome... ja ću reći građaninu: „Stoko jedna, zar ne nađe na drugo mesto!“

– Da, mogao bi i tako, ali ti si dužan istovremeno građanina da uputiš na vršenje naredbi i da mu kažeš šta da radi s pomijama.

– Pa ovaj... – češe se broj 734 – ja ću da mu kažem: „Da počistiš ovo što si prosuo po ulici, jer ću da ti savijem šiju pa ćeš da posrčeš ove pomije.“

---

[12] Prilikom prvog ustanovljenja žandarmskog kursa.

– E dobro – nastavlja profesor – ti, recimo, opomeneš građanina, a on ne postupi po toj opomeni, kako ćeš ga drugi put opomenuti?

– Ja ću mu reći: „Slušaj, bre, nemoj dvaput da ti kažem“, i pokazaću mu pesnicu.

Posle ovoga odgovora profesori počeše među sobom da šapuću nešto, i pošto konstatovaše da su broju 734 dali dosta teško pitanje, rešiše da mu postave lakše:

– Reci ti meni šta ćeš da radiš kad nađeš na ulici da se dvojica tuku?

– Opaliću šamar i jednom i drugom.

– Dobro, to je recimo kao onako usput. Ali šta ćeš ti njima kao vlast da kažeš?

– Pa... reći ću im: „Oca vam vašeg, ovde ste našli da se bijete.“

– Lepo, ali reci mi: na koji ćeš način ti da saznaš ko je od njih dvojice kriv?

– Neću ni da saznajem! – odgovara broj 734 odlučno.

– Kako nećeš ni da saznaješ?

– Pa tako. Oteraću ih obojicu u kvart, pa tamo neka se raskrste ko je kriv.

Eto, takav je otprilike izgledao ispit. Možemo, dakle, biti mirni mi prestonički građani: stekli smo školovane žandarme.

Sad, međutim, čujem da su i lopovi rešili da otvore jednu svoju školu, jer ne žele ni oni da zaostanu za žandarmima. Ne mogu se oni neškolovani nositi sa školovanim žandarmima.

Vazdušne lađe

Kao što već svi znate, stvar je gotovo svršena s pronalaskom vazdušnih lađa. Te naprave su se za poslednje dve i tri godine toliko usavršile i doterale, da je sad gotovo obezbeđena plovidba na vazdušnim lađama, te će to saobraćajno sredstvo do malo vremena ući i u praktičnu primenu.

Dabome, da i mi tada nećemo ostati iza ostaloga sveta, te će se i u nas, kao god ono „Srpsko parobrodsko društvo“, izvesno osnovati „Srpsko vazdušno društvo“.

Iako kod nas i sad ima vrlo mnogo vazdušnih akcionarskih društava, ipak nema sumnje da će nas rodoljublje nagnati da svi listom upišemo ove vazdušne akcije, jer tek nećemo valjda dozvoliti da se stranci koriste srpskim vazduhom i da iz srpskog vazduha oni vuku profit.

Ja mislim čak da će te naše vazdušne akcije neobično dobro stajati, i da će se za mnogoga gazdu u čaršiji, kad se hoće da predstavi njegovo bogatstvo, reći:

– A, taj dobro stoji, puna mu je kasa vazdušnih akcija!

I onda, zamislite samo kako bi to izgledalo samo putovanje tim lađama.

Ispraća, na primer, muž ženu balonom u banju. A vi znate kad se žena isprati da ona neodoljivo zahteva od muža onu malu pažnju: da stoji na šteku kad ona putuje lađom, sve dok se lađa ne izgubi ili da stoji na peronu sve dok se voz ne izgubi. I, ako tu svoju malu ambiciju budu žene zadržale i pri putovanju balonom, zamislite grešnoga muža sa iskrivljenom glavom uvis sve dok se balon ne izgubi. Takvi će muževi, posle svakog ispraćanja žene, ići pravo u kupatilo da se masiraju.

I onda, putovanje na balonu izvesno se neće ni zvati „putovanje“. Glagol putovati zameniće glagol leteti.

– Imate li, gospođo, nameru ovog leta da odletite gdegod? – zapitaće, recimo, kakav posetilac žureva domaćicu.

– Tä kako da vam kažem, moraću malo da letnem.

Ili sretnete muža s prljavom kragnom i neočišćenim šeširom, po čemu se najčešće poznaju beli udovci, i kako bi drukčije nego da ga upitate:

– Tvoja žena mora da je gdegod odletela?

I onda, nema sumnje da bi se i na tim vazdušnim lađama dešavalo sve ono što se dešava i na lađama koje plove po vodi.

Tako, na primer, i te lađe bi vrlo često nasedale. Ne prođe malo vremena, a tek stigne telegram iz Jagodine: „Jutros je lađa Srpskog vazdušnog društva *Avala* nasela na jagodinski toranj i procepala se. Od putnika iz lađe ispala je jedna žena i pala je nasred pijace u jedno bure puno s kljukom, a jedan pop ostao je i do ovog časa viseći na krstu jagodinske crkve. Većih nesreća nije bilo.“

Ili, na primer, vi se sećate da se pre četiri godine na *Šumadiji*, lađi Srpskog parobrodskog društva, porodila jedna učiteljica, i da se za uspomenu na taj događaj kapetan lađe primio da bude kum, i krstio dete imenom Šumadinka. To se isto može desiti i na vazdušnim lađama. I mene tada neće nimalo iznenaditi ovakva vest u novinama: „Juče se u vazduhu rodilo jedno dete. Kapetan vazdušne lađe, na kojoj se to desilo, za uspomenu na taj događaj, primio se da bude kum i detetu je dao ime Atmosfera.“

Sve to može biti i sve će tako biti. Čekajte samo dok se i kod nas ustanovi vazdušni saobraćaj.

Mašinsko vreme

Jeste li već kupili ovu novu mašinu za mešenje hleba? Ako niste, pogrešili ste i treba što pre da je nabavite. Za tri nepuna minuta vi imate umešen hleb i ne samo hleb već i svako drugo testo kojim možete goste uslužiti.

Ja sam bome uzeo sebi tu mašinu, pa sad jedući hleb koji mi je ona umesila razmišljam nešto na osnovu onog mudrog narodnog uputstva da je pravo i bogu drago za vreme dok svoj hleb jedeš, tuđu brigu da vodiš. Razmišljam nešto, bože, dokle smo već doterali s tim mašinama, i dokle ćemo možda još doterati. Šijemo sebi košulje mašinama i štrikamo čarape; seckamo meso mašinom i tucamo orahe; kuvamo kafu mašinom i mesimo hleb. Pa onda šišamo se mašinom, brijemo se mašinom i grejemo se mašinom. I malo nam bilo to, nego i pišemo mašinom i računamo, i svira nam mašina, pa najzad i peva nam mašina.

Sad nam ostaju još samo dve-tri sitnice, koje će se uskoro pronaći. Prva bi takva sitnica bila, na primer, kad bi se moglo jesti mašinom. A kako mi svi već imamo manje-više veštačke zube, to gotovo i s tim pronalaskom je svršeno, utoliko pre što sad sve više ulaze u modu metalni zubi, te nimalo ne treba da nas iznenadi ako jednoga dana vidimo da su Evropljani pronašli da je bolje umesto zuba metnuti red nožića u gornju i red nožića u donju vilicu.

Druga sitnica bi bila, za koju ja očekujem da će se svakojako pronaći, mašina za porađanje. Porađanje je jedna vrlo neprijatna stvar, naročito za dame iz viših krugova. Zbog te glupe prirodne pojave često se izgubi struk, pa se onda dobiju fleke po licu, pa onda dama je često obavezna, zbog jednoga žgepčeta, da ne izlazi iz kuće po nekoliko nedelja. A i docnije, kad već počne izlaziti, taman se umorna vrati s kakvog koncerta ili igranke, mora po nekoliko puta noću da se budi.

I onda, pored tolikih smetnji, neka vres nimalo ne iznenadi ako se jednoga dana pronađe i mašina za porađanje.

Odete tek u posetu gospođi Sojki i vidite u njenoj sobi zavese spuštene, namešten krevet sa ajsecima, crven jorgan okićen čipkama a pod jorganom nekakva mašina, a na stolu stoje štampana uputstva kako se ima s mašinom postupati i rukovati.

– A vi opet? – pita recimo gošća.

– Pa tako, palo nešto Stojanu na pamet, koliko da nam prođe vreme. A posle znate imamo devojčicu, pa bi Stojan želeo da imamo i jednog muškarca!

I onda već, kada nastane to srećno vreme, da se stanemo mašinama porađati, nemojte se čuditi ako se mašine upotrebe i u svima drugim društvenim odnosima. Tako, na primer, mogu se pronaći mašine za prosidbe, mašine za izjavu ljubavi, mašine koje za tri minuta svršavaju razvode brakova, pa čak i mašine koje mesto nas polažu ispite, vrše agitaciju u narodu i rade u kancelarijama.

Jedna nebeska sednica[13]

Nije to slučajno što se ja svake godine, o dubokoj jeseni, teže razbolim i doguram do 39 na termometru; doguram do jednog ili dva konzilijuma; doguram porodicu do najmračnijih slutnji a novinarske reportere do nezajažljive radoznalosti i – povučem se opet u život. Neće to biti slučajno. Jedne čak noći, pod temperaturom 38 sa 6, pokušao sam da prodrem u tu tajnu: da vidim, ne intrigira li ko protiv moga života; ne protestuje li kogod što ja još živim?

Razume se, pod temperaturom 38 sa 6, nije mi bilo teško prodreti u tajnu i naći odgovor svome pitanju. Te noći, krčeći sebi put kroz oblake kojim mi valja krenuti na nebo, zastao sam pred jednim poluodškrinutim nebeskim vratima, jer sam sagledao tamo čudnu jednu pojavu. Bila je to kao neka tajna sednica, gde sam oko stola zapazio sve poznata mi lica i čuo tako poznate mi glasove. Zastao sam utoliko pre, što sam čuo da se moje ime vrlo često pominje, te sam opravdano posumnjao da je upravo o meni reč. Naoružan svima zemaljskim osobinama, a naročito zemaljskim ušima i radoznalošću, ja sam od reči do reči čuo diskusiju koja se na toj sednici vodila, i kroz odškrinuta vrata video svaki pokret i svaki mig.

Za jednim dugim stolom sedeli su okupljeni: Milovan Glišić, Milutin Ilić, Simo Matavulj, Dragomir Brzak, Vladimir Jovanović, Nikola Đorić, Dragutin Ilić, Paja Adamov, Ivo Vojnović, Kosta Arsenijević, Stevan Sremac, Janko Veselinović, Vojislav Ilić, Svetolik Ranković, Ilija Vukićević, Aleksa Šantić, Milorad Mitrović, Ivo Ćipiko, Svetozar Ćorović, Milorad Petrović, Boža Knežević, Bora Stanković i Radoje Domanović.

Sede tako svi namrštena pogleda i mračna lica i tek posle dužeg ćutanja neko će reći (nisam ga spazio ko) da bi se moglo pristupiti razgovoru.

---

[13] O jeseni 1933. godine Nušić je po drugi put teško oboleo a kad se malo pridigao zabeležio je ovu sednicu.

Prenuše se svi, pogledaše se među sobom i ponudiše najpre Milovana Glišića da predsedava. Milovan ni da čuje, veli, nikad on te stvari nije radio.

– Ti, striče, i niko drugi! – veli mu Janko. – Ti, brate, jedini među nama imaš čestitu bradu.

Pri toj reči Jankovoj prođoše prstima kroz bradu Dragomir Brzak, Vlada Jovanović, Nikola Đorić i Dragutin Ilić, a Vojislav pogladi svoju pažljivo podšišanu, Šekspirovu bradicu, dok Kosta Arsenijević zari svoje suve prste u čekinjastu bradu i uze da se češe pod vratom.

– Ma ostavi ti mene, sinovče, na miru – nastavlja da se brani Glišić od Janka – gde bih ja to? Eto vam Dragomira Brzaka, zar ne vidiš da i inače liči na predsednika Glavne kontrole.

Brzaku polaska ova kandidacija, zadovoljan, ako nije mogao predsedavati zboru živih, a ono bar da predsedava zboru mrtvih književnika. On odmah zauze predsednički stav, ubrisa cviker i uze prvi reč:

– Gospodo, mi smo se ovde iskupili da učinimo jednu konstataciju. Mi smo, gospodo, jednoga iz naše generacije zaboravili na zemlji...

– Nismo ga zaboravili – pisnu s donjega dela stola, gde se okupila opozicija, Radoje Domanović – nismo ga zaboravili, nego se on izvukao iz spiska. On je na nekakav način preparirao spisak naše generacije pa izostavio sebe.

– Jeste, jeste! – vrišti Ilija Vukićević i mlatara kroz vazduh dugim rukama.

– I da je samo izostavio sebe, pa ni po jada – nastavlja Radoje i lupa pesnicom o sto – nego je uveo sebe u spisak mlađe generacije, one što dolazi za nama, pa se pravi lud i živi još.

– I mislite li vi da će se on na tome zaustaviti? – pridružuje se Radoju Milorad Mitrović. – Poznajem ja njega dobro; taj će se prebacivati iz generacije u generaciju, i dok god bude mogao, podvaljivaće i nama i bogu.

– I bar da je skroman – pridružuje im se mrzovoljno Bora Stanković – i kao što je red da se jedan dezerter pravi tutkun, da sedi u kut, u pepel, da ne daje glas od seb'. Ali on zapeo, pa svima nama drži posmrtne govore, a kad grune zemlja povr' nas, a on pita: „Ajde, ima li još neko?" Beše tako u Vranje, u staro vreme, neki Mile sojtarija; nije mu bog dao mnogo pamet, a gola sirotinja, pa kad ko umre, njemu mu daruju za dušu pokojnikove haljine. Pa on tako, kad se pocepa, pa niko ne umire, zađe od kuću do kuću, pa lupa u kapiju i pita: „Ima li, more kogod skoro za umiranje?" E, tako, vidiš, i ovaj Nušić, ide od kapiju do kapiju i sve nas posahrani, i to nije da kažeš jednu, nego sahrani nekoliko generacija, celu novu književnost. E, pa, brate, što ne biva ne biva!

– Gospodo – isprsi se predsednik i pogleda preko cvikera po svima. – Debata se ovako proizvoljnim razgovorima može nastaviti u beskonačnost, i mi na taj način nećemo doći ni do kakvog zaključka. Mislim da je bolje ako budem svakom redom davao reč.

– Tako je! – prihvati zbor.

– Ima, dakle, reč Konte Ivo Vojnović!

– Ja?! – iznenadi se Konte Ivo i izvadi malu maramicu čipkicama opervaženu i obrisa čelo. – Ma nemojte! Ja, dragec moj i prelijepi predsjedniče moj, nijesam mislio govoriti ni o životu ni o smrti. O životu još i koži koži, ali, oštija že roba, ko će još o smrti govoriti. Život je nemilosrdni vladar ljudskijeh dneva, a smrt varljiva gospodarica onijeh velelepnijeh palača što ih vječnost podiže svijem nezasićenijem ljudskijem snovima. Život svak voli kao što mladićak pomorac voli široku pučinu rasplamćenu beskrajnom žudnjom za neshvatljivim i neviđenim...

– Eh, cvrc! – gunđa Bora. – Pa ovaj se bre navezao na pučinu pa nam priča neke morske priče!

– Molim, ne upadajte u reč! – protestuje predsednik. – Budite parlamentarni!

– A on neka govori u prozi – odgovara Bora. – Šta je okupio tu neke žudnje, neke snove i neke rasplamćene palače, kao da smo mi beogradske gospe pa da zinemo kad on zanoveta.

– Čujmo dalje! – upada predsednik da bi ubrzo prešao preko ovog neprijatnog incidenta. – Ima reč Stevan Sremac!

– A, ne! – brani se očajno Sremac. – Ja nikad ne govorim, nikad nisam javno govorio, sem kad sam polagao ispite.

– Moraš da govoriš – gunđa opet Bora – izvlačite se, pa sve ja. E, ne može tako. Nego ti tako: rodio si se u Bačkoj, zoveš se Sremac, a pišeš na nišlijski dijalekt. E, u literaturi vrdaj koliko hoćeš, ali ovde mora da govoriš.

– Pa šta imam da govorim – odbija Sremac uvređeno. – Mogu samo to kasti, što veli onaj moj Palčika, zet Sose Grkinje: Nušić neće u truc umreti, pa eto ti!

– Molim samo da dopunim braca Stevu – uzima reč Paja Adamov – odnosno da objasnim ono što je on hteo kasti. U nas tamo, u Čortanovcima, bili neki Đuka i Nića, dobri prijatelji. U mladosti bili pajtaši pa ostali tako dobri prijatelji sve do starosti. Đuka imao dvoje dece, Sidu i Spiridona, a Nića samo kćer Sosu. Pa tako...

– Ajde pa sad – upada u reč opet Bora. – Pa ovaj zapeo, od Čarnojevića, pa će sad da pređe na Stratimirovića, pa na Šupljikca, dok ne svrši sa: „Na kraj šora čađava mehana“. Ostavi, bre Pajo, da nam čitaš tvoja karlovačka jektenija, ovde je reč o drugom nečem.

– Ja hteo sam samo... – htede da se pravda Paja Adamov.

– Pa hteo si, ali eto, zapeo si kao Sremčeva Gabrijela. Daj nekom drugom reč, predsedniče! – brecnu se Bora.

– Evo, ja bih reko ako ćete čuti! – nadvisi glasom Janko Veselinović i pogleda po svima redom, kao da bi toga časa rad da zapeva Starca Vujadina.

– Da čujemo Janka! – kliče omladina s donjega stola.

– Kardo rode, reći ću ti po duši (Janko je rado govorio u jednini kad se množini obraćao). Ja velim, nismo se mi ovde sabrali da budemo sudnici, te da presecamo tuđe niti. Znate kako naš narod veli: pisano ti je, pisano, niti ga možeš domaknuti ni odmaknuti. Pa eto, velim, nek živi čovek do suđena dana kad mu je tako pisano!

– Ostavi, bre Janko, jedanput te tvoje narodne mudrosti! – gunđa opet Bora. – Dosadi mi tam’ na zemlji s tvoji *Zeleni vajati*, pa hoćeš sad valjda da mi kažeš da je Nušić *Adamsko koleno*?

– Ima reč Vojislav Ilić! – prekida Borino gunđanje predsednik.

Vojislav se diže, uspravi i zanese glavu unazad, provuče ruku kroz kosu, pa je zatim zadenu između dugmadi zakopčanoga kaputa. On poče ovako:

– Šta je život? Pod vremena rukom,
Prah postaje što je granit bilo
I jejina otpozdravlja hukom
Tok života i samrti krilo!

– Gle ga sad pa ovaj – gunđa opet Bora. – Ovaj tek ode u čikmače, u ćorsokak. Ostavi se, bre, Vojo, brate, tvoje sentimentalnosti, sentimentalnost te i u grob otera.

– Nisam još ni reč kazao o smrti, a mislio sam – kao buni se Voja.

– Ama šta ima da nam govoriš o smrti – buni se i Bora – kao da mi koji smo umrli ne znamo šta je smrt.

Vojislav spusti obrve, strpa ruku u džep i uvređeno sede, i mada su ga svi molili da nastavi, on ne hte više ni reči da rekne.

Javi se za reč i Ivo Ćipiko:

– E, oštija – reći će on – bilo bi pravo pozvati ga, toga blaženoga Nušića, amo k nama, ma velim da pasa još malo vremena, bar do proljeća, jerbo se sada već ukišeljio kupus te prispele sarme i pršut je već nafuman, a biće da su dospijele i svinjske daće, te đe bi čovjeka s punijem ustima otjerali s pune trpeze. Nije nam, veli, preša da toliki grijeh činimo.

– Što govoriš, bre Ivo – reći će Bora – jeretičke stvari, zar ne vidiš kako Brzaku kaplje pljuvačka iz usta.

– Mogao bih ja što reći, ako bi bilo koga da čuje – oglasi se Boža Knežević, koji je sve do sada uporno ćutao.

– Čujmo! – prihvatiše sa svih strana.

– Gospodo – poče Boža – vama je poznato da je život zemlje samo jedan sat, na kome je ceo istorijski život čovekov samo jedan sekund, a organski njegov život je samo jedan minut. Ništa nije večito: večnost je proces u kojem je što više prošlosti to sve više i budućnosti. Život je samo malo, vidljivo parče konca, koje se proteže dugo pre i posle života...

– Pa ti bre, gospodin Božo, ode u filozofiju – opet će Bora. – Ama pa i ti! Pa da ti je vredela nešto ta filozofija, tebe bi sad znali i cenili tamo dole, a evo, siđi dole, pa ako te zna kogod, sem one tvoje Ksenije, a ti me seci gde sam najtanji.

– Ljudi koji duboko misle – odgovara Boža – teško se kreću u društvu i slabo se čuju među živima.

– E, pa kad se ne čuješ među živima, ne mora da se čuješ ni među mrtvima! – završava Bora.

– I ja bih hteo riječ! – reći će na to Simo Matavulj dižući dva prsta desne ruke uvis.

– Čujmo gospara Simu! – odazva se nekolicina.

– Koliko sam razumio, gospodo – poče gospar Sima – riječ je ovda o tome: treba li Nušića ostaviti još da živi, ili ga treba već jednom pozvati da se vrati svojoj generaciji. Ja velim, gospodo, griješite vi koji biste prekratili mu vijek. Nama je kao generaciji, koja je učinila tako zamašan potez u srpskoj književnosti i zaorala jednu duboku brazdu, potrebno da imamo dole na zemlji svojega predstavnika. Nušić se može smatrati kao zaostali predstavnik naše generacije na zemlji, upravo kao naš konsuo na zemlji...

– Pa jeľ to – prekida ga Bora – on kao naš predstavnik i konsuo, što kaže šjor Šime, pa može da naplaćuje tantijemu i za moju *Koštanu*?

– Uha, gde ti ode! Ne može to! – graknuše nekolicina.

– Molim gospodina Borisava da me ne prekida – nastavlja gospar Sima s puno mirnoga dostojanstva. – Vi vidite svi, gospodo, kako je nastalo jedno novo pokolenje koje bi htelo da nas izbriše i da od sebe počne istoriju nove književnosti. Potrebno je dakle, podsetiti sve te što hoće od sebe da počnu da smo i mi postojali, da smo i mi nešto gradili i dograđivali na zgradi koju novom srpskom književnošću nazivamo i zato je – vidite – potrebno da bitiše, da živi neko tamo dole, za kojega će, kao ono poznija frančeska pokolenja što su, pružajući prst na poslednjega Napoleonovog vojnika, govorila: „I ovaj je bio na Austerlicu!“ – tako, velim, neka i za našega predstavnika reku: „I ovaj je pripadao onoj vrednoj generaciji!“

Simino mišljenje nekako osvoji sve, i tako, samo s nekoliko glasova opozicije, meni produžiše mandat još za godinu dana. Dogodine videću kako ću proći.

Beleška o autoru

Branislav Nušić, srpski književnik (Beograd, 20. 10. 1864 – Beograd, 19. 1. 1938). Studije prava završio je na Velikoj školi u Beogradu (1887). Učestvovao je u Srpsko-bugarskom ratu. Zbog satirične pesme protiv obrenovićevskog režima (*Dva raba,* 1887) bio je osuđen na dve godine zatvora. Nakon pomilovanja, službovao je u konzulatima Kraljevine Srbije; od 1900. bio je upravnik pozorišta u Beogradu, Novom Sadu, Skoplju i Sarajevu. Sarađivao je u periodici (u *Politici* je imao podlistak pod pseudonimom *Ben Akiba*). Nastavljajući se na tradiciju Jovana Sterije Popovića, pisao je satirične komedije (*Narodni poslanik,* 1883; *Sumnjivo lice,* 1888; *Protekcija,* 1889), u kojima je prikazao srpsko građansko društvo na prelazu iz 19. u 20. vek. Scenskog uspeha imale su i istorijsko-romantično obeležene drame (*Knez Ivo od Semberije,* 1900; *Hadži Loja,* 1908). Antiratna raspoloženja izrazio je u zbirci *Pripovetke jednog kaplara* (1886), drami *Velika nedelja* (1920) i memoarskoj knjizi *Devetsto petnaesta* (1921). Objavio je humoristički roman *Opštinsko dete* (1902), roman za decu *Hajduci* (1934) te humorističku *Autobiografiju* (1924). Potkraj života vratio se komediji (*Gospođa ministarka,* 1929; *Ožalošćena porodica,* 1934; *Pokojnik,* 1937; *Vlast,* nedovršena); spontanim šalama i duhovitim dijalozima te satiričnim portretisanjem karaktera, oštrom kritikom društvenih deformacija i veštim građenjem zapleta stekao je široku i trajnu popularnost u pozorišnoj publici.

Sadržaj